LA CASA NEVILLE

Primera Parte
La formidable señorita Manon

FLORENCIA BONELLI

LA CASA NEVILLE

Primera Parte
La formidable señorita Manon

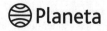 Planeta

Obra editada en colaboración con Editorial Planeta – Argentina

© 2023, Florencia Bonelli

© 2023, Grupo Editorial Planeta S.A.I.C. – Buenos Aires, Argentina

Derechos reservados

© 2023, Editorial Planeta Mexicana, S.A. de C.V.
Bajo el sello editorial PLANETA M.R.
Avenida Presidente Masarik núm. 111,
Piso 2, Polanco V Sección, Miguel Hidalgo
C.P. 11560, Ciudad de México
www.planetadelibros.com.mx

Primera edición impresa en Argentina: octubre de 2023
ISBN: 978-950-49-8359-0

Primera edición impresa en México: noviembre de 2023
ISBN: 978-607-39-0847-4

Impreso en los talleres de Litográfica Ingramex, S.A. de C.V.
Centeno núm. 162-1, colonia Granjas Esmeralda, Ciudad de México
Impreso en México – *Printed in Mexico*

*A las memorias de mi lectora Leslie Farrell y de su pequeña hija
Sofía, que partieron de este mundo en octubre de 2022.
Querida Leslie, tu energía y la de la dulce Sofi siguen presentes entre
tus familiares, que las adoran y que siempre celebrarán tu vida y la
de tu hija. Gracias por haber leído mis libros con tanta pasión.*

*A la memoria de la querida Rosarito Trabazzo, de quien siempre
hablamos, a quien siempre recordamos, por lo mucho que la queremos.*

*A la memoria de mi sobrino Tomás, que nos acompaña desde ese
lugar de infinita paz e inconmensurable amor en el que un día todos
volveremos a ser uno.*

Sé que poseo el cuerpo de una mujer débil y extenuada, pero tengo el corazón y el estómago de un rey, del rey de Inglaterra.

Extracto del discurso de Tilbury,
de Isabel I de Inglaterra.
(1533-1603)

Árbol genealógico
de la familia Blackraven
«Fortis in bello»

Roger Blackraven
(1770),
duque de Guermeaux
c. con Isaura «Melody» Maguire

Estevanico «Nico»
Blackraven (1797),
hijo adoptivo de los
duques de Guermeaux

Alexander Fidelis
Blackraven (1806),
conde de Stoneville

Anne-Rose «Rosie»
Blackraven (1808)
c. con Edward Jago

Arthur Roger «Artie»
Blackraven
(1811)

Isabella Isaura «Ella»
Blackraven
(1813)

Donald Jago
(1830)

Edward Jago
(1832)

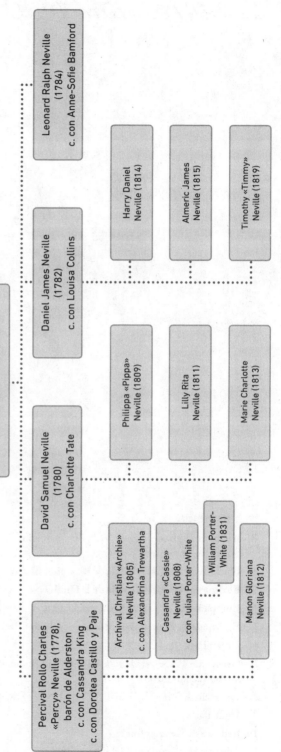

Árbol genealógico de la Familia *Neville*

«*Ne ville velis*»

Alistair Neville (1754),
vizconde de Falmouth
c. con Beatrix Penhaligon

Percival Rollo Charles «Percy» Neville (1778),
barón de Alderston
c. con Cassandra King
c. con Dorotea Castillo y Paje

David Samuel Neville (1780)
c. con Charlotte Tate

Daniel James Neville (1782)
c. con Louisa Collins

Leonard Ralph Neville (1784)
c. con Anne-Sofie Bamford

Archival Christian «Archie» Neville (1805)
c. con Alexandrina Trewartha

Cassandra «Cassie» Neville (1808)
c. con Julian Porter-White

William Porter-White (1831)

Manon Gloriana Neville (1812)

Philippa «Pippa» Neville (1809)

Lilly Rita Neville (1811)

Marie Charlotte Neville (1813)

Harry Daniel Neville (1814)

Almeric James Neville (1815)

Timothy «Timmy» Neville (1819)

Londres – circa 1830

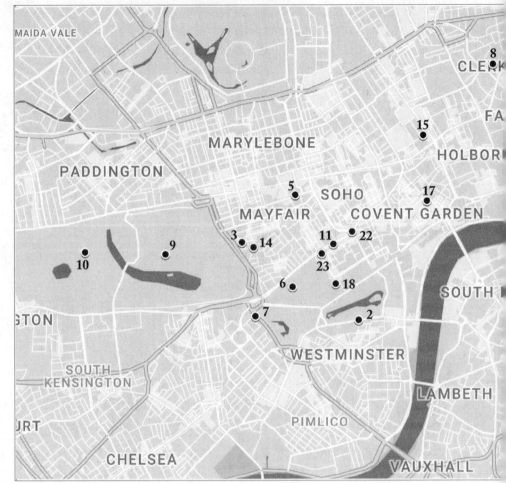

Referencias

1. **Banco de Inglaterra:** se encuentra en la esquina de Threadneddles Street y Princes Street, frente al Royal Exchange.

2. **Blackraven Hall, residencia de la familia Blackraven:** 10 de Birdcage Walk.

3. **Burlington Hall, residencia de la familia Neville:** 7 de Aldford Street.

4. **Compañía de las Indias Orientales:** 12 de Leadenhall Street.

5. **Embajada de Francia, residencia del príncipe de Talleyrand:** 21 de Hanover Square.

6. **Green Park**

7. **Grosvenor Place, residencia del conde de Stoneville:** 5 de Grosvenor Place, en esquina con Halkin Street.

8. **Hospicio de Timothy Neville:** 23 de Yardley Street.

9. **Hyde Park**

10. **Jardines de Kensington**

11. **Librería Hatchard's:** 187 de Piccadilly.

12. **London Stock Exchange (bolsa de Londres):** Bartholomew Lane, casi en esquina con Lothbury Street.

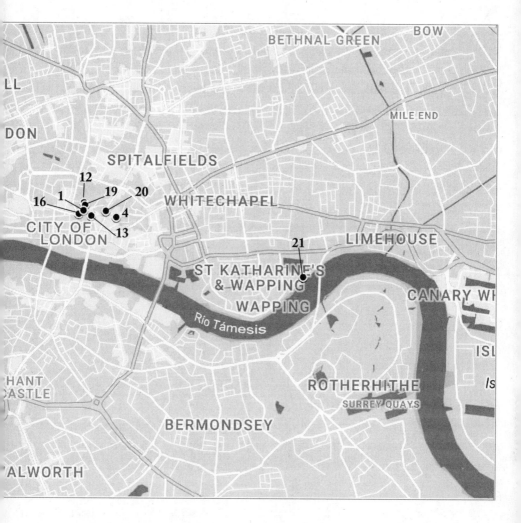

El origen de todos los males

Lunes, 12 de diciembre de 1825. Hampstead, en las afueras de Londres

Los amantes retozaban en la cama; se besaban, se provocaban, se acariciaban, se contemplaban a los ojos, e intentaban olvidar que la sodomía constituía una ofensa para la ley inglesa, castigada incluso con la muerte.

Fuera, la noche helada y silenciosa ocultaba los peligros que amenazaban a ese amor desgraciado y condenado. En la intimidad del dormitorio, con el fuego de la chimenea como única fuente de luz y de calor, se sentían seguros y se permitían soñar con un futuro en la lejana y exótica Australia.

Tres aldabonazos hirieron la calma apenas quebrada por el crepitar de los troncos. Los amantes intercambiaron miradas preocupadas.

—¿Esperas a alguien? —preguntó el más joven, de rizos dorados y aspecto de querubín.

—Claro que no —respondió el otro, muy delgado y de cabello oscuro.

—Tal vez sea tu madre —sugirió el rubio.

—¿Mi madre a esta hora? —desestimó, y consultó un reloj de leontina de oro, que depositó sobre la mesa de noche—. Quédate aquí y no hagas ruido. Iré a ver.

Se vistió deprisa con una camisa de noche y unos largos calzones, se echó encima la bata y descendió por las escaleras. Su amante se levantó y se aproximó a la chimenea. Atizó el fuego. Prestó atención a los sonidos que lo alcanzaban desde la planta baja. Escuchó el chirrido de los goznes al abrirse la puerta y a su amante que decía con un fastidio mal disimulado:

—Ah, eres tú. Acordamos…

Su voz se cortó súbitamente. Le siguieron un gemido y un golpe seco. Se cubrió deprisa con la camisa y se puso el pantalón sin los

15

calzones. Salió del dormitorio y se movió con sigilo hacia la escalera. Bajó el primer tramo en puntas de pie y se detuvo en el rellano. Desde allí observó el vestíbulo. Había un hombre alto, cubierto por un largo gabán negro. Su amante yacía inerte en el suelo. La franela celeste de su bata se teñía de un color oscuro y viscoso. Era sangre; una enorme cantidad se encharcaba en el suelo con rapidez.

Se mordió el puño para sofocar un alarido al caer en la cuenta de que el amor de su vida estaba muerto, o que pronto lo estaría. El instinto lo mantuvo quieto y callado mientras contemplaba al asesino. Le resultaba difícil identificarlo, en parte por la chistera que le cubría la cabeza, y también porque mantenía la vista hacia abajo. Lo circundaba una tranquilidad antinatural. Su mano izquierda enguantada blandía un cuchillo ensangrentado al que limpiaba con la derecha sin apartar la mirada de la víctima. Repasaba el filo con un pañuelo, y lo hacía con la pericia, la familiaridad y la minuciosidad del que realiza la acción habitualmente.

Se deslizó hacia atrás, consciente de que, si no se escondía, correría la misma suerte. El hombre se acuclilló junto al cadáver, le abrió el salto de cama y lo revisó en el acto del que busca objetos de valor. ¿Se trataría de un simple ratero? ¿Qué clase de ladrón llamaba a la puerta de la casa que planeaba atracar?

Un tablón del rellano crujió bajo su peso. El asesino alzó la vista y estudió la oscuridad de la escalera. El joven amante se estremeció al descubrir unos ojos oscuros y fríos, determinados y malévolos. Tuvo la certeza, la misma que había tenido la tarde en que lo conoció, que se hallaba en presencia del mal encarnado. El miedo lo paralizó.

—Sé quién eres, Mungo Walker —afirmó el asesino, y su voz, que rasgó la tensa quietud, le provocó un erizamiento—. Distingo tus cabellos rubios en la oscuridad.

Echó a correr escaleras arribas. El hombre lo siguió. Oía el estampido que causaban sus botas al caer sobre los peldaños. La pequeña casa se sacudía bajo el peso de su ferocidad. Cerró con la traba antes de que el asesino se abalanzase sobre la puerta. De pie en medio de la habitación, la observaba agitarse y resistir los embates del monstruo que se hallaba del otro lado. No duraría mucho antes de ceder. Se puso la chaqueta y recogió las botas del piso. Sin calzárselas, abrió la contraventana y salió fuera, a la terraza que asomaba al jardín trasero. El aire gélido de la noche le cortó el aliento. La puerta del dormitorio rebotó contra la pared al abrirse. El estruendo lo impulsó a lanzarse sobre la hierba húmeda y mullida. Corrió ajeno a sus pies descalzos. Frente al muro que marcaba el límite de la propiedad, arrojó primero las botas. Lo trepó con la agilidad desarrollada durante esos meses de encuentros furtivos en los que habían juzgado más sensato evitar la entrada principal después de que una vecina los acusase de sodomitas. Habían sido afortunados: la denuncia quedó sin efecto tras demostrar que la señora gustaba de la ginebra más de lo que la prudencia aconsejaba.

Saltó y aterrizó en la angosta y desolada Cannon Lane, apenas iluminada por una lámpara de aceite ubicada en la esquina con East Heath Road. Se calzó las botas, mientras miraba hacia uno y otro lado buscando una salida. Tenía los pies ateridos y mojados. Sus ojos se detuvieron en el famoso parque Hampstead Heath, más conocido como The Heath, el páramo.

No lo dudó: corrió hacia la esquina, cruzó la calle y se internó en la espesa vegetación, donde se agazapó tras unos matorrales. La silueta negra del asesino se dibujó bajo el charco de luz temblorosa que producía la lámpara. Cesó de respirar y de pestañear. Su atención se concentró en el hombre. Quieto en la esquina, echaba vistazos hacia ambos lados de la East Heath Road. Su figura comunicaba una maldad inefable, una determinación inquebrantable.

Existió un instante en el que el asesino fijó la vista en el parque delante de él, que por las noches se transformaba en un gran hueco negro. Percibió que dudaba, y supo que estaba preguntándose si su presa habría reunido el valor para internarse en ese espacio insondable y misterioso. Debió de considerarlo un cobarde pues dio media vuelta y se alejó por Cannon Lane.

Pasaban los minutos y no se atrevía a abandonar el escondite. Temía que su cazador se hubiese ocultado en un rincón penumbroso y que aguardase a que él emergiera del escondite. Tras el pánico inicial, que lo había preservado del frío y de la incomodidad, comenzó a sufrir el rigor de la baja temperatura. Anhelaba su grueso abrigo de lana, que había quedado en el perchero del vestíbulo. Por fortuna, tenía con él las llaves y su documento de identidad. Palpó la faltriquera del pantalón para confirmarlo. Dejó caer los párpados en un gesto de rendición al percatarse de que solo tenía las llaves. El resto había quedado en el bolsillo interno de su gabán. La policía lo relacionaría con el crimen. Lo buscarían, lo interrogarían, de eso estaba seguro. Lo habrían hecho igualmente pues se sabía que eran amigos. Le preguntarían dónde había pasado la noche. ¿A quién recurriría para una coartada?

Se obligó a establecer prioridades; en ese instante, solo contaba escapar del asesino; después pensaría en lo demás. Lloró en silencio, vertiendo lágrimas cálidas que le provocaron un severo temblor al tocarle la piel helada. Convencido de que moriría si permanecía allí, se puso de pie lentamente. Padecía cada vez que articulaba las extremidades; castañeteaba los dientes produciendo un sonido delator; la vista se le nublaba. Una vez en la calle, intentó correr, pero la respiración se le tornó fatigosa y debió caminar.

Unos minutos más tarde, se encontraba frente a la casa de la mujer que le alquilaba un cuarto en la planta baja. Entró y, como conocía cada tablón del suelo, llegó hasta su habitación sin arrancar un crujido a las maderas. Se envolvió con el cobertor de la cama. No resultó fácil encender el fuego; las manos le temblaban. Una tenue llama prendió la hojarasca bajo la leña. Aproximó las manos a la fuente de calor e hizo bailotear los dedos.

Acuclillado delante de la chimenea, con la vista fija en la danza del fuego, solo veía el cadáver de su amante tendido en el suelo. La imagen se repetía con obstinación. La mancha de sangre crecía y se expandía, le arruinaba la bonita bata celeste, se escapaba llevándoselo para siempre. Se cubrió los ojos y ahogó un clamor mezcla de odio y de angustia.

En tanto se le normalizaba la temperatura del cuerpo y unos sorbos de brandi le devolvían el ánimo, meditó acerca de la tragedia que acababa de vivir. Repasó los hechos. «Sé quién eres, Mungo Walker», había asegurado el asesino. Lo recordaba del breve encuentro en la taberna The Spaniards Inn ocurrido pocos días atrás. Vendría a buscarlo y lo destriparía, no dejaría el cabo suelto que lo habría conducido a la horca.

¿Iría a la policía y confesaría lo que había visto? Le preguntarían por qué se encontraba a esa hora en casa de su amigo. Si bien habían desestimado la denuncia de la vecina, la sospecha no había desaparecido y se sabían bajo vigilancia. Se hallaba entre la espada y la pared.

Fue duro aceptar que lo sucedido esa noche no solo le había arrebatado al hombre al que amaba; había cambiado su vida para siempre. La única opción era huir.

* * *

Frenó al pie de la escalera y elevó la vista hacia el piso superior. Se preguntó si reuniría la fuerza para subir. Aunque era joven y saludable, la detenía un peso repentino en las piernas. Arriba, la esperaba Nuala, su fiel criada, para terminar de armar los baúles con los que partiría muy temprano al día siguiente. Para el mundo, se dirigía a Lausana, en Suiza, a una famosa escuela de acabado donde le enseñarían a comportarse como la esposa perfecta. Solo su tía materna Anne-Sofie Neville, Bamford de soltera, sabía dónde iría en realidad. El secreto moriría con ellas; de lo contrario, se convertiría en su ruina y en la de su familia.

Había colocado a Anne-Sofie en una posición muy difícil y comprometida, la había decepcionado, a su querida tía, la mujer que se había dedicado a ella con el celo de una madre amorosa desde que era una niña. Para su tía, ella siempre estaba primero, e incluso cuando el señor Leonard Neville le pidió matrimonio, Anne-Sofie se dirigió a su sobrina para consultarle si le habría gustado tenerlo como tío. «Si tú no lo apruebas, querida», había asegurado, «yo tampoco lo haré, pues jamás te impondría que vivieses con alguien a quien no aprecias». Leonard Neville había resultado encantador, por lo que la boda se había llevado a cabo.

No podía negar que su tía en ocasiones se tornaba opresiva y demandante, y que su tío Leo, además de viajar de continuo, cuando estaba en casa se comportaba de un modo extraño. Todo lo soportaba con tal de que nunca la abandonasen. Tenía la impresión de encontrarse sola en el mundo, pues era huérfana de madre desde los nueve años y su padre, prácticamente un desconocido, vivía en la India.

Tiempo atrás, había regresado a Londres para sellar su destino, y ella no se atrevió a plantarse y a luchar por lo que amaba. Despreciaba su cobardía, pero enfrentar a Jacob Trewartha estaba fuera de discusión.

En su corazón llevaba grabada a fuego la imagen de un hombre duro, intransigente y, quizá, despiadado, con el que había vivido antes de que, al cumplir diez años, la enviase a Inglaterra a educarse bajo la tutela de su cuñada Anne-Sofie. No necesitaba de su presencia física para sentirse intimidada. Deseaba amarlo y admirarlo, y, sin embargo, le temía. No se lo habría confiado a nadie, ni siquiera a su tía, pero cuando lo pensaba lo llamaba «el déspota», lo cual la hacía sentir una ingrata, pues vivía holgadamente gracias a las remesas de dinero que le enviaba y que le permitían pasar la temporada de Londres alquilando una graciosa casa en el barrio de Marylebone y el verano en la vieja finca familiar de Cornualles, remozada después de décadas de abandono.

Su mirada vagó por la escalera de roble que no deseaba subir y se detuvo en el retrato de cuerpo entero entronizado en el rellano. Resultaba imponente por su tamaño y por la hermosa mujer que representaba: la hermana mayor de su padre, su única y venerada hermana. Nadie la mencionaba y quienes la habían conocido se cuidaban de señalar que guardaba un parecido sorprendente con ella, como si temieran que, junto con el parecido, la mujer le transmitiese sus infortunios. Como fuese, había heredado la belleza de su tía Victoria Trewartha, muerta tantos años atrás en las tierras inhóspitas de Sudamérica. Se la había llevado la viruela, o eso aseguraba la historia oficial. Jacob Trewartha sostenía que la había asesinado su esposo, Roger Blackraven, para casarse con la «mujerzuela papista», como se refería a la actual condesa de Stoneville.

Su tía Anne-Sofie hablaba poco de Victoria y, cuando lo hacía, empleaba la locución «pobre desgraciada» para relatar sus desventuras. En su tía paterna y en sus desatinos radicaba el origen del mal que la perseguía como un anatema y que le impedía ser feliz. Deseaba morir. El resentimiento que Victoria le inspiraba la dotó del vigor para subir la escalera, correr a su dormitorio e irrumpir con rabia. Cerró dando un portazo.

—¡Mi niña! —se quejó Nuala, que extendía la ropa interior sobre la cama—. Me ha dado un susto de muerte. Espero que en esa escuela suiza le enseñen a cerrar las puertas; de lo contrario, su esposo tendrá que arreglar la mampostería a cada rato. Terminará por cansarse y la mandará de regreso aquí, repudiada y desgraciada para siempre.

Entonces, mi señor Jacob, su buen padre, se pondrá hecho un basilisco, y eso no es algo que me guste ver. Cuando el demonio que lo habita se libera… —La criada chasqueó la lengua y negó con la cabeza mientras retomaba el doblado de las camisas de lino, los cubrecorsés y los calzones.

Nuala, una irlandesa regordeta y cincuentona, que había servido a los Trewartha aun en los años de pobreza, los conocía como nadie. La mujer alzó la vista y la fijó en la muchacha. Soltó el cubrecorsé y caminó hacia ella. Le acunó el rostro con la familiaridad que se le concedía por el hecho de haber participado en su crianza.

—¿Qué pasa, mi niña? No esté triste. Verá lo bonita que resultará la escuela en Suiza. Además, le vendrá bien alejarse un poco. Ya sabe usted por qué se lo digo —añadió con un gesto cómplice y preocupado—. No debí jamás prestarme a llevar y traer mensajes entre usted y ese muchacho. ¡Santa Brígida bendita! —exclamó con las manos y los ojos al cielo—. Si su padre se enterase…

—Yo, en cambio —replicó la muchacha, y su voz resultó culta y agradable—, siempre te estaré agradecida por haberlo hecho.

Se abrazaron. Nuala la apartó y se secó las lágrimas con el mandil.

—Cuando regrese, vendrá corriendo a buscarla —vaticinó la mujer—. ¿Qué le diré?

—Lo que sabes —respondió la joven—. Aunque lo amo, sé que jamás podremos estar juntos.

—¿Por qué lo alentó, entonces? —quiso saber Nuala, sin reproche en la voz.

—¿Cómo evitarlo? Es el amor de mi vida.

* * *

Finales de junio de 1832. Patna, India

El verano recién comenzaba y el calor ya resultaba bochornoso. El aroma dulzón del opio se acentuaba e inundaba el depósito de enormes dimensiones y de techos elevados, propiedad de la omnipotente Compañía de las Indias Orientales. La actividad se incrementaba en los días previos a la temporada del monzón, por lo que los caporales, sobre todo el jefe, de nombre Zayan, descargaban con frecuencia sus varas de bambú sobre las espaldas de los cientos de niños que se ocupaban de estibar las tortas de opio en los estantes que alcanzaban hasta el cielo raso, y no solo, pues también era parte del trabajo evitar que se embichasen, lo que implicaba girarlas de continuo y aplicarles pétalos de amapola para preservarlas del moho.

Rao Sai, menudo para sus doce años, se dirigió hacia el sector donde otros niños arrancaban pétalos; necesitaba recargar su canasta. Al pasar junto a la oficina del patrón, descubrió, a través del resquicio de la puerta, que se encontraba reunido con Trevor Glenn, su mano derecha. Hablaban en inglés.

En la Compañía de las Indias Orientales nadie sabía que él entendía el inglés, incluso que lo balbuceaba gracias a las lecciones que le daba el pastor Trevik. Permaneció oculto para escuchar la conversión, interesado después de haber oído que mencionaban a la esposa del patrón, la princesa Ramabai, a quien él adoraba pese a que se hubiese convertido a la religión de los ingleses. Minutos más tarde, atemorizado al ver que Zayan se acercaba, prosiguió su camino.

No aguardó a que terminase su turno y, a riesgo de que lo descubrieran y le propinasen una tunda, se escabulló y corrió a la casa del sabio de la aldea, el bondadoso Sri Sananda, a quien todos querían, excepto los patrones de la Compañía de las Indias Orientales, que lo detestaban.

Encontró a Sananda como siempre, cubierto solo con su *dhoti* blanco, los ojos cerrados, sentado sobre una alfombra en medio del jardín y rodeado de personas que solicitaban su consejo y su ayuda. Sananda alzó los párpados, repentinamente alerta, y, en medio de tanta gente, clavó la mirada en el niño. Como era hombre de pocas palabras, se limitó a agitar la mano para convocarlo. Rao Sai se aproximó y le susurró al oído lo que había escuchado. El anciano, sin delatar una emoción, le indicó:

—Ve a llamar al pastor Trevik. —A continuación, se puso de pie y se marchó al interior de la casa ayudado por un cayado de caña.

Rao Sai corrió al templo donde los ingleses practicaban sus extraños ritos. Él los detestaba, a los ingleses y a sus ritos, con excepción del pastor Trevik Jago, que era tan bueno como Sri Sananda, aunque más parlanchín y simpático. Lo encontró sentado a su escritorio, leyendo. El joven pastor lo escuchó atentamente y asintió. Se calzó unas sandalias y se puso una chaqueta de algodón liviano antes de convocar a un culi a su servicio, que le preparó el faetón, regalo de un amigo del clérigo, rico como un nabab.

Llegaron a lo de Sananda, que los recibió en una salita a la que solo accedía a quien el sabio invitase. A Rao Sai lo envaneció que se le permitiese entrar.

—¿Me necesitas, querido Sananda? —preguntó Trevik Jago y se quitó el sombrero de jipijapa en señal de respeto.

—¿La princesa Ramabai está por partir a Rayastán con Binita y Dárika?

—Así es —confirmó el pastor anglicano—. Ella y las niñas partirán mañana por la mañana, muy temprano. Sabes que es su costumbre en esta época, para evitar la temporada del monzón. ¿Por qué lo preguntas?

—No deben emprender ese viaje —declaró el anciano con una firmeza que asombró al clérigo—. Su vida y la de sus hijas corren peligro. Y también la tuya. Deben huir. Esta noche.

—¿Cómo? ¿Huir? ¡Imposible!

El anciano dirigió la mirada hacia Rao Sai, que habló sin más.

—Escuché a Trevor Glenn decirle al patrón que ya había contratado a los bandidos que se ocuparían de la princesa durante el viaje a Rayastán. El patrón le dijo: «Debe parecer un asalto de los *thugs*. Son comunes en esta época».

Trevik Jago se dejó caer en una silla y miró con fijeza la nada. Se cubrió la frente, de pronto agobiado por las implicancias de la revelación. Sri Sananda se aproximó y le colocó una mano en el hombro.

—Tú también corres peligro, Trevik. Eres el único testigo de ese matrimonio.

—Lo sé —admitió el pastor y alzó la vista en busca de la serenidad que el sabio indio siempre le infundía—. No puedo llevarla a Bithoor donde se encuentra su familia. Sería el primer lugar al que irían a buscarla.

—Es cierto —acordó el anciano—, en Bithoor, en la corte del *peshwa* Bajirao, ya no hay sitio para la princesa. Es un lugar disoluto y corrupto.

—Podría llevarlas, a ella y a las pequeñas, a Calcuta —propuso el clérigo.

—No estarán a salvo dentro de los territorios dominados por la Compañía —objetó Sri Sananda—. Tampoco fuera de ellos. La Compañía tiene ojos y oídos en todo el subcontinente.

—¿Qué haré, querido Sananda? Dime tú qué hacer.

—Escóndela en la hacienda que tu amigo posee en Ceilán. Hablaré con alguien de mi confianza para que los conduzca en barco.

Solo la idea de enredar en ese turbio asunto a los Blackraven le causó un malestar en el estómago. Y, sin embargo, no tenía otra opción.

Capítulo I

Jueves, 20 de junio de 1833. La City, Londres.

Manon Neville acompañó hasta la puerta de su despacho a la señora Olsen, clienta de la Neville & Sons, el banco más importante de la City, al que se conocía como la Casa Neville.

Si bien era cierto que se ocupaba de manera personal de varios clientes, en especial de los «menesterosos», como su padre apodaba a los menos acaudalados, a la señora Olsen la atendía con especial empeño por razones que iban más allá de las cuestiones financieras. Su esposo, Sven Olsen, era parte de la tripulación del *Leviatán*, y a ella le interesaban las noticias vinculadas a ese clíper, en especial las relacionadas con su capitán, Alexander Blackraven, conde de Stoneville.

A punto de regresar a su escritorio, se detuvo y observó el de su padre, oscuro y pesado, y extrañamente vacío. Ubicado apenas a una yarda del suyo, representaba el imperio del hombre que lo ocupaba diariamente, pues su padre, Percival Neville, primer barón de Alderston, futuro vizconde de Falmouth, era sin duda un hombre poderoso, al que se mencionaba de continuo en los periódicos.

Dos días atrás, el martes 18 de junio, mientras las publicaciones londinenses celebraban el decimoctavo aniversario de la batalla de Waterloo, un periodista de *The Times* había afirmado que la guerra contra el tirano Napoleón Bonaparte la había ganado tanto el duque de Wellington como sir Percival Neville, futuro vizconde de Falmouth, porque jamás habrían vencido al Ogro de Córcega sin el flujo constante de monedas de oro con que había abastecido al ejército británico y a los aliados del continente. Así lo entendió el príncipe regente Jorge, y en 1816 lo premió con la baronía de Alderston.

Manon se aproximó al escritorio de su padre y acarició la lustrosa caoba. Sonrió al recordar la anécdota que su padrino, Arthur Wellesley, duque de Wellington, le refería de tanto en tanto, en especial en esas fechas, y que a ella le gustaba escuchar. «En 1809, ningún banquero londinense se atrevía a enviarme una sola remesa de dinero a Portugal. Fuese por mar o por tierra, era muy probable que los franceses la interceptaran. Créeme cuando te digo, querida Manon, que la posición de mi ejército era desesperada. Percy, tu valiente padre, alquiló el barco pesquero de aspecto menos atractivo que halló en el puerto de Plymouth. Con la asistencia de Roger Blackraven y de cuatro de sus marineros más antiguos y de confianza, una noche y en gran secreto, cargaron las cajas colmadas de guineas de oro, y todos disfrazados de pescadores, incluso tu padre, zarparon hacia el mar Cantábrico. Tuvieron suerte, y el buen tiempo los acompañó, por lo que en seis días Blackraven condujo la nave sin incidentes hasta el puerto de Oporto para la salvación de mi ejército. Recuérdalo siempre, querida Manon, y cuéntaselo a tus hijos para que sepan que su abuelo, Percy Neville, también es un héroe».

—También lo son Roger Blackraven y sus marineros —susurró la joven, y apartó la vista del escritorio vacío.

Su padre se ausentaba desde hacía pocos días, y ella lo echaba de menos. Lo asistía en las cuestiones de la Casa Neville desde hacía casi tres años y se había acostumbrado a estar siempre a su lado. Al principio se había tratado de algo temporal, hasta que Percival Neville se recobrase tras el accidente de caza que le había dejado el brazo en cabestrillo. Algunos familiares y amigos criticaron a Percival: que su hija de dieciocho años trabajase en el banco era escandaloso e inaceptable; dañaba su reputación. En opinión de Percival, habría dañado la reputación de Manon que él terminase condenado a muerte tras haber asesinado a uno o a varios de sus empleados, una caterva de inútiles.

Sus cuñadas Charlotte y Louisa le sugirieron con cierta vehemencia lo que a ojos vistas resultaba lógico: que emplease a su primogénito, Archibald Neville.

—Archie solo es bueno para la caza y la cría de caballos —afirmó Percival, y sus ojos azules se fijaron en ellas desafiándolas a que volviesen a importunarlo.

Las mujeres se batieron en retirada y no osaron cuestionar de nuevo la decisión, más allá de que en los salones echaron pestes. Su cuñado

Percival Neville podía ser muy rey de la City y uno de los hombres más poderosos del Imperio, pero se comportaba como un insensato y un irreverente. Bastaba para demostrarlo que se hubiese casado en segundas nupcias con una actriz española y, para peor, papista. De nada valía que la mujer se hubiese convertido a la fe anglicana antes de la boda, ni que el mismo Arthur Wellesley hubiese oficiado como padrino en la ceremonia. Dorotea Castillo y Paje, conocida en las tablas como Dorotea la Dea, había sido una mujerzuela. Jamás la trataron y la condenaron al ostracismo.

Cumpliendo una orden de Alistair Neville, el patriarca de la familia, que no quería a la inconveniente segunda esposa de su primogénito en suelo inglés, Percival la instaló en un suntuoso *petit hôtel* en París, sobre la *rue* de Rivoli, donde la visitaba a menudo, pues sus viajes a través del canal de la Mancha se repetían con frecuencia. La sede de la Casa Neville en la capital francesa, responsabilidad de su hermano David, esposo de Charlotte, se hallaba en serios aprietos; precisaba de su asesoramiento y, sobre todo, de su ayuda financiera.

Manon Gloriana Neville nació en la casa de la *rue* de Rivoli el 14 de julio de 1812, en el vigésimo tercer aniversario de la Revolución. Charlotte, que para la época vivía a pocas calles de la residencia de Dorotea, envió a una doméstica a averiguar de qué sexo y cómo era la criatura. «Niña, madame», le informó la muchacha. «Y dicen que nació roja como la grana, con una pelusa transparente en la cabecita y berreando como un cerdito». Siendo Dorotea de piel aceitunada, cabello negro y ojos oscuros, era improbable que sus amistades parisinas y londinenses aceptasen la teoría de que Manon no era una Neville. De igual modo, continuó conjeturando y llegó a la conclusión de que el amante de Dorotea podía ser rubio y de ojos claros, similar a su cuñado Percival. Durante meses la observó por la calle y mandó espiarla. La actriz española salía para hacer compras siempre escoltada por la madre, una española con aspecto de gitana, y por el tal Thibault Belloc, un gascón, antiguo artillero del ejército napoleónico y hombre de confianza de Percival, por el que habría dado la vida, nadie sabía el motivo de tanta devoción. Belloc quedaba descartado porque era de tez tan oscura como la de Dorotea.

Con el tiempo, la sospecha de Charlotte quedó en la nada, pues la niña no solo era rubia y de ojos azules como el padre, sino que acabó por convertirse en su vivo retrato. Algunos señalaban que los duros y varoniles rasgos de Percival se habían suavizado en su hija menor y que semejaban a los de la madre, una beldad indiscutible, por muy española y papista que fuese.

Cinco años más tarde, cuando Charlotte se enteró de que su cuñado Leonard Neville había contratado un tutor italiano para que se ocupase de la educación de su sobrina Manon, un tal Tommaso Aldobrandini, y que el hombre se alojaría bajo el techo de Dorotea, creyó que había llegado la oportunidad para demostrar que se trataba de una mujerzuela. Sus intenciones parecieron confirmarse la noche en que vio a Aldobrandini compartiendo el palco del Théâtre-Italien junto a Dorotea, Percival y Leonard. El italiano, de unos cuarenta años, era notablemente bien parecido. Días después, su intriga se desmoronó cuando una fuente atendible le confió que el dómine prefería la compañía de los hombres.

* * *

Lo que había comenzado como una asistencia temporal duraba desde hacía casi tres años. Percival Neville afirmaba que solo podía trabajar con su hija menor. Lo entendía sin necesidad de palabras y actuaba con sensatez, sin mencionar que poseía una excelente caligrafía y que dominaba varias lenguas, talento inestimable en una entidad internacional como la Neville & Sons, con casas en París, Nápoles y Fráncfort, y con corresponsales en el resto de Europa y en las ciudades principales del norte de África.

Así como la sociedad londinense se declaraba escandalizada con la situación afrentosa de la señorita Manon, los empleados de la Casa Neville miraban con beneplácito que la hija del patrón se ocupase de asistirlo personalmente, pues le temían. Percival era impaciente, implacable e irascible. Manon era tolerante y de buen carácter, aunque expeditiva y rápida. No habrían osado engañarla; confundir su bondad con estolidez habría constituido un grave error de juicio.

Apenas llegada al banco en septiembre de 1830, una mañana Manon avistó desde su carruaje a un empleado de rango menor del Tesoro de la Casa Neville consultar un reloj de leontina antes de entrar en la sede del banco. Al mediodía, durante la pausa para almorzar, se acercó al perchero y rebuscó en el interior de su redingote hasta dar con lo que buscaba: la etiqueta de una sastrería en Jermyn Street, la misma en la que su padre y otros ricos aristócratas se confeccionaban la ropa. Decidió estudiarlo de cerca, incluso lo hizo seguir por Thibault Belloc, quien le sugirió que emplease los servicios de un profesional que trabajaba para sir Percival desde hacía algún tiempo, Samuel Bronstein, un judío tudesco a quien jamás recibían en las oficinas del banco; las reuniones se mantenían en lugares secretos. Thibault le advirtió que ni siquiera sus tíos David, Daniel o Leonard sabían de su existencia.

Bronstein la recibió en su oficina en Bloomsbury Square, una zona de casas adosadas ocupadas en su mayoría por profesionales de la clase burguesa. Una oscura tarde de invierno Thibault la condujo en un carruaje despojado del escudo de la Casa Neville. A Manon, Bronstein le cayó bien pese a que en un principio la intimidaron su corpulencia y el rostro embrutecido por fieras cicatrices —según Thibault, era un eximio pugilista—. Desconcertaban su aspecto de matón y las maneras de caballero con que se comportaba. De unos treinta y cinco años, resultó además un hombre práctico y fue al punto sin andarse con vueltas.

—El joven en cuestión es de orígenes muy humildes. Jamás habría podido permitirse un reloj de oro ni confeccionarse una prenda en Jermyn Street ni en Saville Row, donde supe que acaba de comprar un par de zapatos.

—El reloj podría haberlo heredado —sugirió Manon, y Bronstein negó con un movimiento de cabeza antes de afirmar:

—Adquirió el reloj en una joyería de Hatton Garden, que también funciona como casa de empeño. Le costó una suma de dinero que está muy por encima de sus posibilidades.

—¿Cómo supo que lo adquirió en ese lugar? Imagino que en Londres hay cientos de joyerías y sitios de empeño.

—Lo seguí días atrás y lo vi entrar en ese negocio de Hatton Garden. Por el modo en que saludó al dueño, deduje que eran viejos conocidos. Ayer le vendió dos táleros.

—Oh —se sorprendió Manon, pues entre los valores que se custodiaban en la bóveda del banco había monedas antiguas, en especial, táleros de plata—. ¿El dueño del negocio le confió a usted, sin más, que le vendió el reloj?

Bronstein torció la boca en una sonrisa maliciosa y Manon se dijo que, pese a las facciones toscas, era bien parecido.

—No empleamos métodos tan directos, señorita Manon. Descubrimos que el relojero que provee a esta joyería de Hatton Garden es John Bennett. Y descubrimos también que el reloj de leontina de su empleado lleva el sello de John Bennett. Está claro que lo adquirió allí. Y está claro también que su empleado y este joyero hacen negocios con cierta frecuencia y desde hace un tiempo.

—Todo parece coincidir —acordó Manon—. ¿Cómo debemos proseguir?

—Tengo a dos de mis hombres siguiéndolos, al empleado y al joyero —aclaró Bronstein—, donde sea que vayan. Ayer por la tarde, luego de vender los táleros en Hatton Garden, se dirigió a Hockley-in-the-Hole.

—No conozco ese sitio —admitió.

—No me extraña —afirmó el investigador—. No es lugar para una dama. Allí se organizan peleas de osos, de toros y de perros, y se apuesta fuerte en ellas. El sujeto en cuestión anoche perdió dos guineas y una corona.

—¡Dos guineas y una corona! —se escandalizó Manon.

—Lo interesante —prosiguió Bronstein— es que allí se encontró con otro empleado de la Casa Neville: Julian Porter-White. Él no apostó —afirmó el investigador tras una pausa deliberada y con los ojos fijos en ella—. Se limitó a contemplar el espectáculo.

Manon asintió, perturbada por la noticia. Porter-White, que se desempeñaba como tenedor de libros, le despertaba una repulsión inexplicable si se consideraba que era galante, bien parecido, pese a llevar las patillas a la Souvarov, y un buen empleado, además de amigo de su hermano. Justamente había sido Archie el que lo había recomendado para el puesto en la Neville & Sons.

Tal vez la repugnancia se originaba en la persecución bastante tenaz a la que Porter-White la había sometido para seducirla. La persecución terminó cuando ella le aseguró en términos directos y llanos, ya que los refinados no surtían efecto, que jamás lo habría aceptado como esposo.

Al poco tiempo, Julian Porter-White encausó las atenciones hacia su hermana mayor Cassandra, y Cassie parecía encantada con el cortejo.

Abandonó la oficina de Bronstein bastante perturbada, no solo porque resultaba probable que el empleado del Tesoro estuviese robándoles, sino porque Julian Porter-White era de esos que disfrutaban con el sufrimiento de los animales.

—Estás exagerando, Manon —intentó razonar Thibault Belloc con la confianza que se le otorgaba por haberla cargado en brazos con apenas horas de nacida.

—¿Lo crees en serio, Thibaudot? Yo, en cambio, pienso que Porter-White es de naturaleza perversa.

—¿Porque va a ver una pelea de gallos o de perros? —se rio el gascón—. Entonces también lo son varios de los señorones que ocupan la mesa de tu padre cuando tú y Cassie organizan esas veladas pomposas, porque te aseguro que disfrutan apostando en esas peleas.

—Tú no, ¿verdad, Thibaudot querido? Tú no disfrutas de esas peleas.

—No, mi niña. Quien ha realmente peleado en una guerra no podría disfrutarlas.

—¿Por qué no? —se interesó Manon.

—Porque de pronto ves a esas pobres bestias desgarrándose para el solo divertimento de los hombres y te das cuenta de que es lo mismo que hacen los potentes del mundo con nosotros, los soldados.

Manon asintió y se mordió el labio para evitar que su adorado Thibaudot, como lo llamaba cariñosamente, notase que estaba experimentando pena por él. De igual modo, Thibault Belloc lo sabía, tanto la conocía.

* * *

Dos días más tarde, la recién creada Policía londinense allanó la pensión donde se hospedaba el empleado de la Neville & Sons. Se incautaron varias monedas antiguas (táleros y cárolus), un bono del tesoro del Imperio austrohúngaro, tres cucharas de plata, un salero de oro y siete medallas de la colección de Daniel Neville. De inmediato circuló el rumor que la señorita Manon había descubierto al truhan y que le había bastado verlo consultar un reloj de oro para sospechar de su honestidad.

Manon, que había aprendido de su abuelo Alistair que la ocasión hacía al ladrón, le solicitó permiso a su padre para realizar una profunda investigación. Resultaba claro que las medidas de seguridad del banco habían fallado. Le bastó analizar el funcionamiento del Tesoro durante una jornada para comprender que el desorden imperante volvería a traerles problemas. La caja fuerte se mantenía abierta durante las horas de oficina; bolsas con monedas y bonos se hallaban tiradas en el suelo, mientras los empleados de otros sectores, incluso a veces los clientes, entraban y salían. Los títulos de deuda se guardaban en el mismo sitio que los cupones, lo que habría facilitado el cobro de los intereses en caso de robo. Dado que el inventario de la bóveda no se encontraba al día, dificultaba la determinación del monto exacto de los valores sustraídos.

Avalada por Percival, Manon dispuso algunos cambios. En primer lugar, despidió al jefe del Tesoro, cuya inocencia en la cuestión del robo no podía demostrarse a ciencia cierta, y nombró en su lugar a un administrativo de unos cuarenta años, Ross Chichister, hijo de un comerciante de Surrey amigo de su abuelo Alistair y muerto tanto tiempo atrás. Chichister trabajaba para la Casa Neville desde los diecinueve años. Había comenzado como chico de los mandados y escalado en la nómina del banco. Para Manon, era un desperdicio mantenerlo entre los escribientes; no solo lo reputaba inteligente y avispado, fluido en las lenguas italiana y francesa, sino que le inspiraba confianza.

El segundo cambio alteraría el precario equilibrio familiar, pues no tenía duda de que heriría la susceptibilidad de sus tíos David y Daniel: la persona en cuestión, Charles Mansell, encargado del sector de cajas, era su amigo.

—¡Cómo permites que esta mocosa haga y deshaga sin criterio! —irrumpió David Neville en el despacho de su hermano mayor, con Daniel por detrás, y habló sin importarle que Manon se hallase presente.

—Esta mocosa, como tú la llamas —replicó Percival—, fue la única en darse cuenta de que estaban robándonos. Además, ¿debo recordarte que desde hace unos años tú, Daniel y Leonard son solo accionistas minoritarios y por la simple razón de que es mi buena voluntad de que lo sean? Lo perdieron todo debido a vuestra estolidez e incompetencia.

A Manon la perturbó el desprecio con que David contempló a su padre. Daniel, de disposición más tranquila, se dirigió a Manon para preguntarle:

—Querida, ¿qué razones tienes para proponer que tu padre despida a Charles?

En realidad, a ella no se le habría ocurrido despedirlo. Conocía demasiado poco la complejidad del banco para sugerir una medida de esa naturaleza. Era cierto, había descubierto lo del robo en el Tesoro, pero, en honor a la verdad, se había tratado de un golpe de fortuna. La decisión de despedir a Charles Mansell había nacido tras un comentario de Thibault, que aseguraba que se lo veía a menudo en el Garden of Venus, uno de los lujosos prostíbulos en Bury Street, conocido por sus hermosas mujeres y por sus mesas de juego, en las cuales, se murmuraba, los tahúres cómplices del dueño desplumaban a los inocentes parroquianos. «Un jugador empedernido y el encargado del dinero de un banco no pueden ser la misma persona», le había advertido Thibault Belloc. El investigador Samuel Bronstein terminó por ratificar la sospecha al descubrir que Mansell debía una gran suma al Garden of Venus.

—Mantiene una deuda abultada con un sitio de mala reputación, tío —respondió Manon—. ¿Lo sabías?

—No, no —balbuceó Daniel.

—¿Qué sabes tú de esas cosas? —se impacientó David—. ¡Es inaudito que estemos hablando de esto contigo! ¡Sitio de mala reputación! ¿Qué sabes tú de los sitios de mala reputación?

—De los sitios de mala reputación no sé nada —admitió Manon—. Pero sí entiendo que una persona que debe poco más de doscientas libras…

—¡Doscientas libras! —se horrorizó Daniel, y Manon se limitó a asentir.

—Una persona que debe doscientas libras —retomó— no puede manejar dinero ajeno sin caer en una gran tentación.

—Charles gusta de jugar de tanto en tanto —señaló Daniel— y se permite también perder algunos peniques, pero jamás habría sido tan temerario como para acumular una deuda de esa magnitud.

—Es verdad —concedió Manon—, pero desde hace unos meses se ha enredado con una mujer a la que le ha alquilado un apartamento en Marylebone y a quien sostiene en todos sus gastos. Mantener a una esposa y a dos hijos y al mismo tiempo a una amante se ha demostrado imposible con el salario que le pagamos. Eso lo impulsó a buscar suerte en las mesas de juego.

Los tres hombres la contemplaron boquiabiertos. Percival Neville fue el primero en reaccionar; soltó una risotada. Sus hermanos abandonaron el despacho dando un portazo.

Charles Mansell fue despedido y, dado que no terminó en la prisión de Fleet por deudas ni degollado por los matones del Garden of Venus, Manon dedujo que sus tíos le habían prestado el dinero. Al tiempo supo que Alexander Baring, el presidente de la banca Baring Brothers, lo había contratado como jefe de cajeros, probablemente gracias a la recomendación de David, muy amigo del banquero. Como Alexander Baring le caía mal desde que Percival le había contado acerca de ciertas maniobras turbias con las que se había beneficiado al conceder un empréstito a una antigua colonia española de la América del Sur, decidió no advertirle del peligro que corría al colocar el zorro en el gallinero.

El puesto de Charles Mansell lo ocupó Ignaz Bauer, un treintañero alemán, empleado de la Casa Neville desde hacía diez años, primero de la sede de Fráncfort y desde hacía pocos meses de la de Londres. Le gustaba Bauer; lo notaba serio, callado y solícito. Se le permitía vivir en una habitación en el altillo del banco, por lo que el muchacho se sentía en deuda con la familia Neville, a la que pagaba trabajando con abnegación. Tiempo más tarde, Manon se enteró de que Bauer se levantaba todos los días a las cinco de la mañana para mejorar su inglés, su francés y sus conocimientos de aritmética. Al saber que Ignaz Bauer y Ross Chichister se habían vuelto grandes amigos terminó por confirmar su primera impresión. ¿Por qué su querido hermano Archie no se relacionaba con personas como Bauer y Chichister en lugar de tipos como Julian Porter-White?

Manon escribía semanalmente a su abuelo Alistair, que desde el último ataque de apoplejía prefería evitar Londres. Permanecía en Larriggan Manor, la propiedad que los Neville poseían en las afueras de Penzance, en Cornualles.

En sus cartas se mostraba minuciosa y le detallaba cada hecho y cada circunstancia desde que asistía a su padre en el banco. Aguardaba con ansias la respuesta. Alistair, que había convertido la Casa Neville en un imperio internacional, le daba su parecer y la aconsejaba. Hubo un comentario que la impresionó vivamente. *Creo, querida Manon, que en poco tiempo la vida te ha enseñado una de las experiencias más valiosas: confía en tu instinto, como los animales.*

* * *

Aunque habría debido regresar a su escritorio y proseguir con el trabajo, Manon se alejó en dirección al gran ventanal que daba sobre Cornhill Street, en el corazón de la City. Desde allí dominaba la vista de los edificios más imponentes de la zona, el Royal Exchange y el Banco de Inglaterra, del que su padre era uno de los accionistas mayoritarios, lo que había llevado a un redactor de la revista *Edimburgh Review* a declarar que «*no es sensato que un solo hombre concentre tanto poder*».

Como solía ocurrirle, su mirada se detuvo en la fachada del edificio del frente, perteneciente a la Child & Co., donde había un bonito reloj de sol coronado por una frase en latín: «*Omnes vulnerant, postuma necat*».

—Todas hieren, la última mata —murmuró.

Su tutor, el italiano Tommaso Aldobrandini, a quien le debía todo lo que sabía, le había explicado que se refería a las horas de la vida, en las que siempre existía una cuota de dolor; la última era fatal. Pensó en su madre, Dorotea Castillo y Paje, a la que había perdido exactamente un día como ese, un 20 de junio, en París, debido a la epidemia de cólera que había devastado la ciudad desde los comienzos de ese año, 1825. Le daba pena la niña que había sido en aquellas circunstancias trágicas, y evocar las escenas de llanto de su abuela Aldonza y de su padre, aun ocho años después, seguía sumiéndola en un oscuro pesar.

Había amado a su madre y veneraba su memoria. La recordaba etérea al tiempo que mundana, habitada por un espíritu dúctil e inquieto, que adoptaba variadas formas con la facilidad del agua. Dorotea la Dea nunca había dejado de interpretar, e incluso cuando se vio obligada a abandonar las tablas tras su boda con el futuro vizconde de Falmouth, siguió viviendo como si la vida se tratase de un gran escenario.

Se cuestionaba a menudo si su madre había sido feliz. ¿Sus horas la habían lastimado excesivamente? Desde pequeña, y de un modo inconsciente, había sabido que Dorotea ocultaba una tristeza que solo se desvanecía fugazmente cuando hablaba de su tiempo como actriz. Por eso, y con la ayuda de Tommaso Aldobrandini, había escrito para ella obras de teatro, en general inspirada en los personajes de la historia antigua y en los de la mitología griega, porque añoraba verla sonreír. ¡Obras de teatro! Apenas una secuencia de dos o tres escenas. La enternecía recordar lo inocentes y simples que habían resultado. Su madre, que debió de encontrarlas muy infantiles, las interpretaba con profesionalismo. Se divertían ensayando, diseñando los decorados y cosiendo el vestuario con la abuela Aldonza. Realizaban la puesta en escena cuando su padre las visitaba y para las fechas importantes.

Solo recordaba una ocasión en la que se había enojado con Dorotea, y por una cuestión que ahora juzgaba insignificante. Siempre le había fascinado la historia de la elección de su nombre Manon. Se trataba de la protagonista de la obra que su madre interpretaba en la ciudad de Oporto la noche en que conoció a Percival: *Manon Lescaut*. «Tu padre no me atrajo porque fuese bien parecido ni porque se destacase en medio de tanto uniforme rojo con su chaqueta de terciopelo verde, sino porque me miraba como nadie lo ha hecho jamás. Me miraba, y con sus ojos me decía: "Para mí, solo estás tú en el escenario"», aseguraba Dorotea en un éxtasis que Manon se proponía repetir al pedirle que le contase las circunstancias de su primer encuentro una y otra vez.

A los nueve años le imploró a Tommaso Aldobrandini que le prestase su volumen de *Manon Lescaut*, muy entusiasmada por conocer a la heroína a la que honraba llevando su nombre. Sufrió una devastadora desilusión al descubrir que se trataba de una joven tonta, que carecía absolutamente del sentido de la lealtad, volátil y banal, y aunque intentó que la llamasen por su segundo nombre, Gloriana, como a la reina Isabel, jamás lo consiguió.

—¡No quiero llamarme como Manon Lescaut! —se quejó la niña en la siguiente visita de su padre—. Es necia e inconstante.

—Me importa muy poco cómo sea la Lescaut —argumentó su padre—. Manon es el nombre que eligió tu madre, y, para mí, lo que ella dice es ley.

La niña se quedó mirándolo y deseó preguntarle por qué, a diferencia del padre de su amiga Rosine, vivía lejos de casa; por qué, en ocasiones, peleaba con su madre y alzaban el tono de voz. En especial quería preguntarle por qué, si él amaba tanto a Dorotea, el resto de los Neville, a excepción de Leonard, la ignoraba. ¿Cuándo conocería a su hermano Archibald y a su hermana Cassandra? ¿Sabían de ella? ¿Deseaban verla? ¿Y los abuelos Alistair y Beatrix? Algo la impulsó a guardar silencio, tal vez la certeza de que no le habrían agradado las respuestas.

Conocía a los miembros de la familia, sus historias y sus personalidades. Diseñaba árboles genealógicos de manera recurrente, que Aldobrandini le ayudaba a trazar y su tío Leonard a completar. Uno había quedado tan bonito y colorido, con los rostros dibujados en miniatura, que Percival lo mandó enmarcar y lo colgó en su despacho de la sede en Londres.

De todos sus diseños infantiles, Manon se enorgullecía especialmente de uno que había trazado con esmero para su padre cuando tenía doce años: el escudo de los Neville, el que habían traído de Francia al desembarcar al sur de Inglaterra con el ejército de Guillermo, duque de Normandía, y que aún representaba a la familia.

Aldobrandini, que se proclamaba un rey de armas dada su afición a la heráldica, le había enseñado a desmenuzarlo y a analizar cada parte, desde el blasón sotuer con la cruz de San Andrés blanca y los cuarteles en gules, hasta el yelmo rodeado de lambrequines y coronado por un toro, que representaba el valor, la magnanimidad y la fuerza de la familia de Neville. Nada la atraía tanto como la leyenda escrita sobre una banda de pergamino a los pies del escudo: «*Ne vile velis*». Todavía recordaba la emoción que había experimentado al traducirla del latín con la ayuda de Aldobrandini: «No quieras nada vil».

* * *

Apartó la mirada del reloj de sol en la fachada de la Child & Co. y la elevó al cielo. Evocar a Dorotea en el día del aniversario de su muerte la había entristecido. Percival, como siempre para esa fecha, se encontraba en Penzance para visitar la tumba de su segunda esposa, pues si bien Dorotea Castillo y Paje había fallecido en París, descansaba en el cementerio de los Neville en Larriggan Manor.

Aquel año de 1825 existió una férrea oposición por parte del patriarca Alistair y también de la temida matriarca Beatrix para que el ataúd, que acababa de cruzar el canal de la Mancha, terminase en Cornualles. Percival, destruido por la pérdida de su único amor, agobiado por la culpa, reunió el valor que le había faltado durante los años de matrimonio clandestino y amenazó con repudiar a la familia y con renunciar a la presidencia del Consejo de Administración del banco si no le concedían ese acto de compasión.

Manon aún se preguntaba si sus abuelos habían accedido por compasión o porque temían que Percival los abandonase justo cuando la City y otras bolsas europeas atravesaban una de las peores crisis de los últimos tiempos. En el origen de la causa se hallaban los títulos de deuda de los países americanos recién independizados de España, cuyo valor se había inflado sin asidero para reventar meses más tarde, dejando un tendal de economías arruinadas y de suicidios. David, Daniel y Leonard Neville, en contra del consejo del hermano mayor, habían atiborrado de bonos de las Provincias Unidas del Río de la Plata, de Chile y de Venezuela los balances de las sedes de París, Fráncfort y Nápoles, que habrían quebrado si Percival no hubiese acudido a rescatarlas invirtiendo altísimas sumas de dinero. No lo hizo por amor fraterno —hacía tiempo que David y Daniel no formaban parte de sus afectos—, ni para preservar el buen nombre de la Casa Neville, sino como estrategia para apoderarse de la mayor parte de las acciones del banco y erigirse prácticamente como único dueño, lo que había conseguido. Sus hermanos poseían el seis por ciento del capital de la Neville & Sons; él todo lo demás.

Con los años, terminó por convertirse en el único propietario. El primero en venderle su dos por ciento fue Daniel, cuya debilidad por las carreras de caballos y los naipes lo condujo a un callejón sin salida, que Percival supo aprovechar para asestar el golpe de gracia. David, con una esposa y tres hijas derrochadoras, una amante dispendiosa y otros vicios, no tardó en claudicar. Leonard, interesado solo en el arte, le cedió sus acciones a cambio de ser nombrado curador oficial de la colección Neville. Exigió un estipendio anual más el costeo de los gastos de los frecuentes viajes, a lo que Percival accedió. Anne-Sofie Bamford, casada desde hacía pocos años con Leonard, no presentó objeciones; parecía contentarse con formar parte del clan Neville. Por otro lado, su cuñado, Jacob Trewartha, le enviaba remesas desde India, por lo que el dinero no la preocupaba.

Alistair Neville, que había repartido en vida la propiedad del banco entre sus cuatro hijos, y que desde hacía tiempo se desentendía de las cuestiones financieras, percibía una abultada renta anual producto de sus propiedades en Inglaterra y en el principado de Hesse-Kassel. Vivió como un fracaso personal la debacle económica de sus hijos menores y asumió la responsabilidad de sustentar a sus nueras y a sus nietos. Sin embargo, una vez fallecido el patriarca, y de acuerdo con lo estipulado por la ley de mayorazgo, las propiedades y las rentas recaerían en el heredero del título, Percival Neville, y el resto de la familia volvería a quedar en una situación precaria.

Herido por el desprecio con que sus hermanos y sus cuñadas habían tratado a Dorotea, en especial David y Charlotte, que para la época vivían en París, Percival se sintió con derecho a desentenderse de ellos. Por el bien de las apariencias, seguía tratándolos socialmente. Lo único que Percival tomó bajo su responsabilidad fue el pago mensual del asilo en la zona de Clerkenwell, al noroeste de la City, donde vivía su sobrino Timothy, el tercer hijo de Daniel, que, en opinión de la partera, se había malogrado y sería idiota la vida entera.

A Percival, que lo había conocido con pocas horas de nacido, lo había impresionado su peculiar aspecto, con ojitos achinados que llamaban la atención. Le había despertado una conmiseración como jamás había experimentado por otro ser viviente, razón por la cual seguía ocupándose de él, convencido de que, si lo dejaba a su suerte, Daniel y su esposa Louisa lo habrían echado dentro de Bedlam, el asilo para locos y menesterosos más antiguo de Londres, un infierno en la tierra, del que raramente se salía con vida.

Para el mundo, Timothy había nacido muerto, y ni siquiera Alistair y Beatrix conocían la verdad. Thibault Belloc se ocupaba de pagar el asilo y de visitar a Timothy para comprobar que lo tratasen de acuerdo con el altísimo precio que cobraban. Percival había notado que el gascón, usualmente hosco y taciturno, volvía contento del hospicio. En una ocasión, incapaz de controlar la curiosidad, le preguntó a qué se debía su buen humor. El antiguo artillero del ejército napoleónico fue categórico al responder:

—Acabo de pasar un par de horas en la compañía de Timmy. Después de Manon, es el mejor de los Neville.

* * *

Manon se decidió a regresar al escritorio y a continuar con la tarea. Antes de que su hermana Cassandra fuese a buscarla, quería preparar la letra de cambio para el pago del asilo de Timothy. Por un lado, le agradecía a su padre que le hubiese revelado la existencia de su primo; por el otro, seguía enojada con él por haberles permitido a Daniel y a Louisa que se desentendieran de él. Habían agotado el argumento infinidad de veces, y ella siempre volvía a abrirlo, como una herida que no terminaba de cicatrizar.

En contra de la orden de sir Percival, había comenzado a visitar a Timothy una vez por mes en compañía de su abuela Aldonza. Se trataba de una situación delicada porque su primo estaba muerto para el mundo, y ella no tenía intenciones de propiciar un escándalo ni de acentuar las desarmonías, y, sin embargo, cuando veía a su tía Louisa tan malhumorada o a su tío Daniel rezongar por la falta de dinero, les habría sugerido que visitasen a su extraordinario hijo, que contaba con el talento de levantarle el ánimo al pesimista más redomado.

Depositó la péñola en el tintero y dirigió la mirada hacia el árbol genealógico que había dibujado para su padre siendo aún una niña. Le vinieron ganas de agregar a Timothy. ¿Por qué? ¿Cuál era la verdadera motivación? ¿Vil o noble? *Ne vile velis*, se recordó. ¿Pretendía rectificar un acto injusto? ¿O se trataba de una venganza para castigar a los Neville, que también habían marginado e ignorado a su madre, incluso a ella misma? Ser la hija de la mujerzuela española y papista constituía un baldón que no se lavaba con los años. Más allá de que los abuelos Alistair y Beatrix hubiesen concedido el permiso para que la enterrasen en el cementerio de Larriggan Manor, por compasión o por conveniencia, lo que fuese, la familia jamás había aceptado a Dorotea como la segunda esposa del primogénito.

La abuela Beatrix, a la semana del entierro de su despreciada nuera, al que no asistió, cayó muerta en su jardín mientras cortaba unas rosas, víctima de un infarto. «Se le ha partido el corazón de piedra», fue todo lo que masculló Aldonza cuando las alcanzó la noticia en la cabaña cercana a la propiedad de los Neville donde las había instalado Percival. Vivían en compañía de Thibault y de Aldobrandini, y solo Leonard las visitaba.

La acomodación, de carácter provisorio, se terminó cuando Percival convenció a Alistair de que las recibiese en Larriggan Manor. Se pactó que Manon y Aldonza ocuparían el ala norte y que no se aventurarían en el resto de la mansión, acuerdo al que Manon faltó a las pocas semanas, y todo a causa de lo que su tío Leonard le había contado acerca de una antepasada, una tal Gracia Nasi, banquera y hábil mujer de negocios del siglo XVI, que había nacido en Lisboa en el seno de una familia de comerciantes judíos y que, huyendo de la Inquisición, acabó sus días en Constantinopla admirada incluso por Solimán el Magnífico. Conocida como una de las mujeres más ricas de la Europa renacentista, aristócratas y burgueses la llamaban «la señora». De todos los personajes de los cuales le habían hablado Leonard y Aldobrandini, Gracia Nasi era su favorita, más que Alejandro Magno y que Aníbal Barca, que Juana de Arco y que Christine de Pizan, que Artemisia de Halicarnaso y que la reina Isabel; estaba al mismo nivel de su admirada Hipatia. Averiguar sobre ella se convirtió en una obsesión, sobre todo en ese tiempo posterior a la muerte de Dorotea.

Leonard regresó de uno de sus viajes con la noticia de que había encontrado en el Judengasse, el barrio judío de Fráncfort, el retrato perdido de Gracia Nasi. Lo había adquirido por ocho mil seiscientos florines. Dado que Percival le había enseñado el valor de las distintas monedas europeas y cómo calcular el cambio, Manon hizo una rápida cuenta mental y determinó que el precio era de unas ochocientas libras, una fortuna si se tenía en cuenta que la semana anterior su padre había adquirido, por una cifra similar, un bergantín para la flota de la Neville & Sons.

Alistair había dispuesto que colgasen el óleo en la habitación en la que transcurría la mayor parte de la jornada, la biblioteca, que se hallaba fuera de los límites impuestos a Manon y a Aldonza.

A la niña no le bastó con la descripción minuciosa que Leonard hizo del cuadro; la asaltaba una necesidad imperiosa de verlo en persona. Una tarde, mientras su abuela dormía la siesta, salió subrepticiamente en busca de la biblioteca. Solo sabía que se encontraba en la planta baja, a un costado del amplio vestíbulo, cerca de la puerta principal. Se cruzó con un par de domésticas, que la contemplaron con sorpresa y con curiosidad, y que, de seguro, pronto alertarían al mayordomo.

Dio con la biblioteca. Apenas cerró tras ella, avistó el retrato, el que, aun en medio de tantas pinturas, se destacaba con una luz propia, tal vez la que irradiaban el rostro de su antepasada y el vestido en damasco rojo. ¡Qué beldad! No conseguía apartar los ojos de los serenos y oscuros de la señora Gracia Nasi. Un niño la acompañaba; Leonard suponía que se trataba de Joseph Nasi, su sobrino y posterior socio. Se le dio por establecer las similitudes entre ella y esa mujer estupenda, que había conducido el negocio familiar desde los veinticinco años y que, pese a haber sido perseguida por su condición de judía, había salvado la fortuna de los Nasi. Quería ser como ella, en lo físico y en el temperamento. ¿Llegaría a ser tan hermosa? Compartían la frente amplia, los ojos almendrados y la boca carnosa. La nariz de Gracia era pequeña y delicada; la de ella, similar a la de los Neville, más bien larga y con el tabique un poco abultado, constituía la nota discordante. Lo más difícil, se dijo, sería convertirse en la gran mujer de negocios que había sido su antepasada. Ella no conocía a ninguna. En las ocasiones en que había recorrido de la mano de su padre la *rue* de Quincampoix donde se erigían la bolsa parisina y los principales bancos franceses, jamás había visto a una de su sexo entre los agentes y los banqueros.

Extasiada en la contemplación del retrato, oyó demasiado tarde las voces masculinas y los taconeos sobre el suelo damero del vestíbulo. Contó con un instante para ocultarse tras un sofá antes de que dos hombres entrasen en la sala: su maestro Tommaso Aldobrandini y un anciano, Alistair Neville, a juzgar por el parecido con Percival.

—Mi hijo Leonard me ha dicho que es usted un eximio jugador de ajedrez, doctor Aldobrandini.

—Por favor, milord, llámeme Masino, como lo hace la mayoría —solicitó el italiano en su fluido e impecable inglés.

Manon, aterrorizada ante la posibilidad de que su abuelo la detectase y la mandara de regreso a París, se acurrucó contra el sofá y se cuidó hasta de suprimir el sonido de la respiración. Para colmo de males, su abuelo eligió sentarse en el mismo sofá a escasas pulgadas de ella. Por fortuna, se lo veía muy concentrado en la partida, por lo que Manon fue calmándose. A poco, la cautivó el desarrollo del juego que Aldobrandini le había enseñado tanto tiempo atrás y que ella amaba.

En el silencio de la sala solo se oían el estallido eventual de los troncos en la chimenea y la exhalación un tanto congestionada del dueño de casa. Manon seguía los movimientos de las piezas negras, las de su abuelo Alistair, con una atención que le hacía olvidar su precaria circunstancia.

Aldobrandini aprovechó que era el turno de Neville para rellenar las copas con oporto. Se puso de pie y se alejó hacia la arquimesa donde se guardaban las bebidas. A punto de mover el alfil, Alistair se detuvo al susurro imperativo de una vocecilla.

—¡Esa no! Caballo a c seis.

El anciano se giró bruscamente. Sus ojos azules se toparon con unos muy similares que lo observaban desde una ubicación peculiar, cerca del suelo y junto al brazo del sofá. Se sostuvieron la mirada. Manon, consciente del lío en el que se había metido, no se permitió flaquear. Repitió con una voz que simulaba firmeza:

—Caballo a c seis.

El anciano se volvió hacia el tablero y, tras estudiar el movimiento sugerido, lo realizó. Tommaso Aldobrandini simuló no haber visto el intercambio. Ocupó su sitio y prosiguió con el juego fingiendo no reparar en que Manon le susurraba a su abuelo los movimientos. Alistair Neville ganó la partida y Manon huyó de la biblioteca. Un rato más tarde, el dueño de casa mandó llamarla.

—Jovencita, ¿por qué estabas aquí? —la interrogó sin la severidad esperada.

—Porque quería ver el retrato de la señora, milord —respondió con la vista al suelo y el corazón que le latía, desbocado.

—¿La señora?

—Se refiere a Gracia Nasi —terció Aldobrandini—. La llamaban «la señora» en su tiempo.

Alistair Neville asintió, serio, y dirigió de nuevo la atención a la niña.

—Era una antepasada de mi padre. ¿Lo sabías?

—No, milord —admitió la niña, pues no sabía que el parentesco venía por ese lado—. ¿Somos judíos, entonces?

—Tu bisabuelo lo era. Se llamaba Solomon Engelberg.

—Monte del ángel —tradujo Manon.

—Oh —se sorprendió Neville.

—Le he enseñado el alemán desde su más tierna infancia —intervino Aldobrandini—. Posee un talento especial para las lenguas.

Alistair Neville aguzó la vista y contempló a su nieta en reconcentrado silencio. Cuando volvió a hablar, lo hizo en la lengua de su padre, el alemán.

—Te pareces a mi hijo Percy —declaró.

—Me hubiese gustado parecerme a mi madre —replicó Manon en el mismo idioma—. Era muy hermosa —añadió, y le destinó una mirada desafiante al hombre que la había detestado en vida y que vilipendiaba su memoria.

—¿Cuántos años tienes? —se interesó Neville.

—Trece, milord.

—Eres alta para tu edad. Tu hermana Cassandra es mayor que tú y me atrevo a afirmar que te llega al hombro.

Los ojos de Manon se iluminaron a la mención de la hermana que tanto ansiaba conocer. No se atrevía a formular ninguna pregunta; le habían enseñado que en presencia de los adultos debía guardar un respetuoso silencio, y ella ya había quebrado unas cuantas reglas en lo que iba de la tarde.

—Tengo la impresión de que deseas preguntarme algo —dedujo Alistair.

—En realidad, deseo preguntarle dos cosas, milord.

—Conque dos cosas. ¿Cuáles?

—La primera es: ¿por qué nuestro apellido es Neville y no Engelberg? —Neville sonrió, satisfecho—. Y la segunda: ¿dónde están mis hermanos Archibald y Cassandra? Me gustaría conocerlos.

El anciano se apretó el mentón mientras la estudiaba con genuino interés.

—Responderé a la primera —decidió—. Cuando tu bisabuelo Solomon se fue del Judengasse en Fráncfort del Meno y vino a Inglaterra en busca de libertad, vivió primero en Manchester, donde se dedicó al comercio de telas. Se hizo inmensamente rico, lo que le permitió concertar un acuerdo con tu tatarabuelo, Archibald Neville. Le prometió que se convertiría al cristianismo, que cancelaría las grandes deudas que amenazaban con expulsar a los Neville de estas tierras, que se casaría con su única hija y que adoptaría su apellido para que el primogénito heredase el título de vizconde de Falmouth, lo cual le fue concedido por licencia real del año 1750. De ese modo, una de las casas más antiguas de Inglaterra sobreviviría. Y así lo hizo. En cuanto a su trabajo como mercader de telas, mi abuelo Neville le exigió que lo abandonase. La honorabilidad y el comercio se excluyen mutuamente, al menos eso sostienen algunas mentes esclarecidas —agregó con acento sarcástico—. Mi padre lo hizo sin quejarse porque ya había descubierto que ganaba más dinero financiando las deudas de sus clientes que vendiéndoles telas. Fue él quien fundó la compañía Neville & Sons y fue él quien nos enseñó a tu tío abuelo Ralphie, que en paz descanse, y a mí todo acerca de la bolsa.

—Pero fue su señoría el que hizo de la Casa Neville el imperio que es hoy —proclamó Manon, y calló repentinamente, avergonzada por su comentario inoportuno—. Eso dice papá —acotó a media voz.

Alistair sacudió la cabeza para negar.

—Fue Percy quien hizo de la Neville & Sons la poderosa banca que es hoy. ¿Sabías que tu padre participó del Congreso de Viena en el 15? ¡Ja! —exclamó, orgulloso—. Mi hijo en medio de emperadores, reyes y landgraves decidiendo sobre el destino de Europa tras la caída de Bonaparte. ¿Lo sabías, jovencita?

—Hemos estudiado en profundidad el Congreso de Viena, milord —acotó Aldobrandini—. Manon sabe de la participación de su padre.

—No estoy de acuerdo con los resultados —apuntó la niña y borró la sonrisa de Neville—. La creación de la Santa Alianza, tan absolutista, tan despótica, demuestra que los adultos son más insensatos de lo que imaginé.

Alistair carcajeó. Aldobrandini intentó justificarla.

—Manon no acepta que la humanidad se desplace en movimientos pendulares, acción y reacción, reforma y contrarreforma.

45

—¡Y tiene razón! —El viejo Neville se puso de pie ayudándose con un bastón que a Manon le resultó atractivo: la empuñadora de oro representaba la cabeza de un toro, cuyos afilados y brillantes cuernos podrían haberse empleado como un arma.

El anciano se alejó hacia la puerta; los dejaba en medio de la biblioteca sin otra explicación. Antes de salir, se giró y miró a su nieta a los ojos.

—Manon —dijo, y pronunció su nombre por primera vez—, esta noche, durante la cena, responderé a tu otra pregunta y a cualquiera que desees hacerme. A ti también te espero, Masino.

—Gracias, milord.

Esa tarde de septiembre de 1825 nació una amistad entre la nieta repudiada y el abuelo temido que se profundizaría con los años y que alcanzaría niveles de confianza y de intimidad que Neville ni siquiera había experimentado con sus hijos. Manon era la única, además de un puñado de amigos íntimos, que se atrevía a llamarlo Ally, y lo hacía para provocarlo, en especial cuando el anciano perdía la paciencia, algo que ocurría con frecuencia.

Manon aprendió a amar a su abuelo y le perdonó los años en que la había mantenido lejos de él. El anciano se convirtió en otro mentor, distinto de Tommaso Aldobrandini o de su padre. Alistair Neville le enseñó a ver la realidad bajo una luz completamente distinta, más descarnada y cínica, limpia de romanticismos vanos. Leían los periódicos, analizaban las noticias, pronosticaban el futuro, opinaban sobre este o aquel negocio, compartían la lectura de libros de economía y de política, y Manon aprendía y aprendía. Su abuelo era una fuente inagotable de conocimiento y de sapiencia. Sobre todo, le enseñó a comprender los mecanismos de la «bestia cruel», como apodaba al mercado financiero.

Una mañana cálida de verano, mientras paseaban por un sendero en los bosques de Larriggan Manor, Alistair le confió:

—Siempre supe que David, Daniel y Leonard no serían capaces de llevar adelante las sedes que puse en sus manos.

—¿Por qué dividiste la Neville & Sons, si lo sabías?

—Para evitar que se destrozaran entre ellos —respondió el anciano— y temo que propicié justamente lo que traté de evitar. Ah, la

46

codicia, querida Manon. Es una de las bajezas más repugnantes del ser humano. ¿Y para qué? Después de todo, acabamos allí. —Alzó el bastón y señaló en dirección del cementerio—. Ven, vamos a visitar a nuestros muertos.

—¿Dónde estará enterrada Gracia Nasi? —se preguntó Manon—. Haría cualquier cosa por recuperar sus restos y traerlos aquí.

—En Constantinopla, imagino —conjeturó el anciano—. Llegarás a ser más que ella.

—No, abuelo. La señora fue la jefa de su familia.

Neville masculló un asentimiento y se quedó pensativo.

—Ya tienes veinte años, querida Manon.

—¿Tú también me dirás que estoy poniéndome vieja y que tengo que buscar un esposo?

—Moriría en paz si viese a un hombre digno a tu lado. Uno de tu estatura moral, con tu cultura e inteligencia.

—Ningún hombre estará a mi altura, excepto tú —comentó, risueña, y lo besó en la mejilla.

Tras el comportamiento retozón, Manon escondía un pensamiento que celaba desde los catorce: ella conocía al hombre con el que habría compartido sus días. En realidad, se trataba de un joven seis años mayor que ella, solo que se comportaba con la severidad de un adulto que ha vivido demasiado y no con la ligereza propia de un muchacho. Lo habría elegido como esposo sin dudar. Él, en cambio, amaba a otra.

—Te recuerdo —persistió Manon— que la señora enviudó a los veinticinco años y que jamás volvió a desposarse. Todo lo hizo sola. Dijiste que podría llegar a ser más que ella. ¿Lo crees de veras, abuelo, o piensas que, sin un hombre a mi lado, no podré lograrlo?

—No, querida, no —susurró Neville con acento conciliatorio y le palmeó la mano que descansaba en su antebrazo—. Al igual que Gracia Nasi, podrías llegar a ser la jefa de nuestra familia. Tus hermanos te adoran, en especial Archie. Además, con tal de que tú sigas haciéndote cargo de los asuntos y las responsabilidades de la Casa Neville y le permitas vivir su vida de calavera, ese cantamañanas hará de todo para facilitarte el camino hacia la jefatura.

—Mi hermano es un hombre casado ahora —intercedió Manon, siempre a la defensiva cuando de Archie se trataba—. Está decidido a sentar cabeza. Quiere hacer feliz a Alexandrina. Su suegro le ha propuesto algunos negocios.

Alistair se detuvo de modo abrupto y la contempló con una mezcla de ansiedad, temor y encono.

—Cuídate de Jacob Trewartha.

—¿Por qué, abuelo? ¿Qué sabes de él?

Alistair sacudió la cabeza para negar y reinició la marcha.

—¿Recuerdas lo que he dicho acerca de la codicia? —Manon aseguró que lo recordaba—. Pues Jacob Trewartha es el más codicioso de los hombres.

Se detuvieron frente a la tumba de Beatrix. Manon soltó el brazo de su abuelo y se encaminó hacia la de su madre. Se acuclilló para quitar las ramas y las hojas secas y para depositar el ramo de flores silvestres recogidas durante la caminata. Al ponerse de pie, descubrió a Alistair junto a ella, lo que la sobresaltó; su abuelo jamás le rendía homenaje a Dorotea. Sintió la mano enguantada del anciano aferrar la suya.

—He aprendido a honrar la memoria de tu madre, adorada Manon. Bendita sea por haberte dado la vida.

—Gracias, abuelo —farfulló con la voz estrangulada.

Capítulo II

Cassandra Porter-White entró en el despacho sin anunciarse y arrancó a Manon de sus cavilaciones.

—¡Discúlpame! —exclamó y se aproximó al escritorio para besarla—. Llego tarde, y no por mi culpa. La señora Olsen me detuvo a la entrada del banco dispuesta a contarme la historia de la humanidad.

Manon rio por lo bajo y cubrió de modo disimulado la letra de cambio para el hospicio de Timothy.

—Estuvo conmigo hace un momento —confirmó antes de ponerse de pie y dirigirse hacia el perchero.

—¿Por qué la atiendes tú personalmente? —se impacientó Cassandra—. Estoy segura de que lady Sarah no atiende a nadie en su banco.

—No, no atiende a nadie —ratificó Manon—. Eso no implica que no se ocupe personalmente de dirigir la Child & Co. A mí me gusta tratar con los clientes —añadió.

—Pero la señora Olsen es insufrible. ¿Qué puede importarme a mí que el clíper de su esposo haya atracado en el puerto de Londres dos días atrás?

Manon, a punto de retirar la capota del perchero, se quedó quieta. Por fortuna, daba la espalda a Cassandra; de otro modo habría advertido su perplejidad.

—¿Ah, sí? —dijo como al pasar—. ¿El *Leviatán* llegó hace dos días? Es extraño, no me lo comentó. Solo habló de la boda de su hija, que será en un par de semanas.

—Habrá supuesto que lo sabías por el boletín de la Lloyd's —dedujo su hermana.

—Hace tiempo que los Blackraven no aseguran su flota con la Lloyd's, sino con nuestra compañía —la corrigió, aún de espaldas.

«Está en Londres», pensó mientras se anudaba la cinta de satén bajo el mentón.

—¿Willy nos espera en el carruaje con Thibault?

—No lo he traído —dijo Cassandra—. Se ha quedado con Aldonza. ¿Te imaginas a un crío de un año en Swan & Edgar? Dios nos libre.

Manon se desanimó. Su sobrino William era una de las pocas fuentes de alegría de su vida.

—¿Y tu cuñada? —preguntó repentinamente al notar la ausencia—. ¿No ha dicho esta mañana que nos acompañaría?

—Tía Charlotte y las muchachas fueron a buscarla para llevarla a conocer los Jardines de Vauxhall.

—¿Y te dejó plantada? —se fastidió Manon.

Hacía poco que Alba Porter-White, en realidad, Alba de Acevedo, por su apellido de casada, había llegado de las lejanas tierras del sur y ya le gustaba menos que el hermano.

—Tía Charlotte ha insistido —la justificó Cassandra—. No lo ha hecho por desgano. Sabes lo buena que es. —Emitió una risa forzada—. Todos están un poco enamorados de Alba, incluso papá.

—¿Vamos? —la urgió Manon, y le tendió la mano, que Cassandra aferró.

* * *

Hacía calor ese mediodía del 20 de junio, por lo que Manon abrió la ventanilla del carruaje para refrescarse y ver la gente pasar. En realidad, lo buscaba a él. Se dirigían hacia Regent Street, a la tienda Swan & Edgar, donde Cassandra esperaba encontrar el terciopelo azul del vestido con el que Dorothée de Courland, duquesa de Dino, había descollado en el último baile en Almack's. Manon deseó que aún quedase un retal del bendito terciopelo veneciano y que colmase las expectativas de su hermana, que solía entusiasmarse y desencantarse con facilidad.

—Te noto callada —comentó Cassandra y le sujetó la mano—. ¿Echas de menos a papá? ¿O es por tu madre? —añadió en un susurro; las hermanas no hablaban de Dorotea.

—La ausencia de papá, el aniversario de mamá, el calor, los asuntos del banco —enumeró y sonrió—. Un poco de todo —mintió, porque era su cuñado, Julian Porter-White, el que la mantenía pensativa—. Me volverá el ánimo ahora que estás conmigo.

—Falta poco para tu natalicio, menos de un mes —precisó la hermana mayor—. ¿Qué deseas que te regalemos Julian y yo?

«De Julian no quiero nada», habría respondido si no hubiese contado con la certeza de que habría perdido el amor de su hermana; la sola idea la perturbaba.

No pretendía encariñarse con Porter-White ni quererlo como a un hermano; habría bastado con un poco de respeto mutuo. Sin embargo, lo detestaba. Su abuela Aldonza, que de la naturaleza humana conocía «más que el diablo», como solía jactarse la sevillana, lo apodaba la Serpiente.

Manon se había enfurecido con su padre al enterarse de que había aceptado el pedido de mano de Cassandra. Se había tratado de una de las pocas ocasiones en las que habían discutido.

—No me gusta Porter-White —había declarado con firmeza—. ¿Quién es? ¿De dónde proviene? No conocemos a su familia.

—Pensé que no te importaban cuestiones de esa naturaleza —comentó Percival—. ¿No eres tú la que cita a Salustio y a Poggio Bracciolini para pontificar que la nobleza de las personas no está en sus antepasados, sino en la virtud de sus corazones? Siempre te muestras tan liberal y contraria a las normas sociales —añadió con una sonrisa impaciente.

—Papá —se irritó—, si hago estas preguntas es porque no creo que Porter-White sea virtuoso.

—Sé que Julian intentó casarse primero contigo, lo cual me resulta lógico.

—¡Oh! —se desconcertó Manon; con excepción de su abuela Aldonza y de su mejor amiga, Isabella Blackraven, a nadie se lo había confiado.

—¿Crees que tengo la red de espías que tengo para no saber quién corteja a mi hija?

—Entonces, sabes que Porter-White está detrás de nuestro dinero.

—Hija, tu hermana no es agraciada, ni de dulce carácter. No conseguirá fácilmente un pretendiente, como no sea uno que la doble en edad. Que al menos el dinero que hemos acumulado sirva para algo.

—Estás comprándole un marido —se escandalizó Manon.

—Sí —admitió Percival—. Y tu hermana está feliz.

—¡Está enamorada de él! Cree que él la ama igualmente.

—El amor solo complica el matrimonio, que no es más que un negocio.

—Si se trata de un negocio —razonó con la voz endurecida a causa de la rabia—, al menos protégela incluyendo una cláusula en el contrato de dote: si ella muere, él no cobrará su renta anual ni obtendrá un centavo de su patrimonio. Todo irá a manos de sus hijos y, hasta que sean mayores de edad, será Archie el tutor y el administrador de los bienes.

El padre sonrió con condescendencia y la besó en la frente.

—Vaya, vaya, hija mía. Te has vuelto más cínica y dura que yo.

—¿Lo harás? —se impacientó Manon.

—¿Tanta difidencia te inspira el prometido de tu hermana?

—No sabemos nada de él.

—Sabemos que es el primogénito de un comerciante norteamericano que vive en el Río de la Plata.

—¿El duque de Guermeaux lo conoce?

—Roger Blackraven asegura conocerlo, pero no profundamente. Sé, porque me lo dijo Adrian Baring, que Julian llegó en el 24 con la comitiva de funcionarios del Río de la Plata, la que vino a negociar el empréstito para la construcción del puerto de Buenos Aires.

—¡Empréstito escandaloso del cual te negaste a participar! —le recordó Manon.

—Julian no estaba inmiscuido en la negociación de los títulos de deuda. Vino en calidad de traductor y de secretario de uno de los funcionarios, un tipo importante del gobierno del Río de la Plata, amigo de Jeremy Bentham, a quien se lo presentó. Sé que Bentham recibe a menudo a Julian en su casa.

—¿Con eso te basta para dar fe de su moralidad?

—¿No confías en el gran filósofo Jeremy Bentham —la provocó su padre—, uno de los hombres más inteligentes y sensatos de Londres? Estoy citándote, Manon.

—No me enredarás como cuando negocias con tus clientes. Dime, ¿incluirás la cláusula en el contrato de dote de Cassie?

—Lo haré si eso te hace feliz —cedió—. Pero serás tú y no tu hermano quien se hará cargo de los bienes de los eventuales hijos de Cassie. Archie me inspira la misma desconfianza que a ti Julian.

—Archie no es como Porter-White. No los compares, por favor.

Percival Neville torció la boca para expresar su desacuerdo.

—Solo espero que tu hermana no pierda a su prometido a causa de esta condición.

—Lo dudo.

* * *

Cassandra y Julian Porter-White contrajeron matrimonio a mediados de 1831 en la catedral de Saint Paul, en Londres. Poco después, Porter-White fue promovido por su suegro y pasó a ocupar la jefatura del sector que administraba la emisión y la adquisición de títulos de deuda de la Neville & Sons. Manon decidió no oponerse para evitar una pelea con su hermana, que vivía con una sonrisa y lucía feliz.

Lo vigilaba dentro del banco sirviéndose de Ignaz Bauer y de Ross Chichister. Fuera de la Neville & Sons, se ocupaba Samuel Bronstein, quien, al cabo de unas semanas, afirmó que Porter-White, más allá de ser arrogante, pomposo, vestirse como un *dandy* y transcurrir la mayor parte de su tiempo libre en el exclusivo club para caballeros White's, cuya costosa membrecía había obtenido gracias al dinero y a los auspicios de sir Percival, no podía imputársele otro pecado, como no fuese tomar unas copas de más o perder unas guineas en los juegos de naipes o en las peleas de animales en Hockley-in-the-Hole.

—Igualmente, señorita Manon —la previno Bronstein—, yo en su lugar no le quitaría los ojos de encima. Es solo una corazonada —admitió—, pero en la vida he aprendido a hacerle caso. A mi corazón —añadió, y se tocó la parte izquierda del pecho con la mano grande y tosca de boxeador.

Manon asintió mientras evocaba las palabras que su abuelo le había escrito tiempo atrás acerca del instinto. Impulsada por el consejo del investigador privado y por sus sospechas, le escribió a Floriana Bedoya, la mejor amiga de Dorotea, también actriz. Al igual que su madre, Floriana había abandonado el teatro después de casarse con Roque

Condarco, un comerciante gaditano. En 1814, tras la vuelta al trono del absolutista Fernando VII, habían huido para salvar la vida, pues Condarco, además de haber participado en el gobierno de las Cortes, era un defensor recalcitrante de la constitución liberal que se oponía a la forma de gobierno borbónica. Terminaron en Buenos Aires, desde donde Floriana escribió infinidad de cartas a Dorotea, costumbre que Manon había mantenido tras la muerte de su madre.

Si era cierto lo que aseguraba Isabella Blackraven, que la ciudad de Buenos Aires no era mucho más grande que la City, a Floriana no le resultaría difícil recabar información acerca del comerciante norteamericano Porter-White, quien, con motivo de la boda de su primogénito, se había limitado a enviar una carta para felicitar a los esposos acompañada de un broche de plata y amatistas para Cassandra.

La respuesta de Floriana se reveló como una gran desilusión: nada podía decirle del tal Porter-White, no lo conocía, y le habría sido imposible indagar acerca de él y de su familia puesto que desde hacía dos años vivían en una lejana ciudad llamada La Rioja, donde Roque se había convertido en el administrador de un rico hacendado, un tal Juan Facundo Quiroga.

* * *

Hacía media hora que paseaban por la tienda Swan & Edgar. Dos empleados las seguían con obsecuencia y atendían a sus preguntas y a sus comentarios. Detrás de ellos iba Thibault Belloc, que se negaba a acarrear los paquetes. «Manon», le había dicho en una oportunidad, «¿cómo pretendes que empuñe mi pistola para protegerte si estoy cargando tus benditas cajas?».

—Señorita Manon —se dirigió a ella el gerente de la tienda—, ¿envío como de costumbre la factura a la Casa Neville?

—Sí, por favor, señor Pearce.

A pesar de que la mitad de la compra era para «el querido Julian» y para «la buena de Alba», la Neville & Sons se ocuparía de cubrir el gasto. Los empleados llevaron los paquetes hasta el carruaje y, una vez que los hubieron acomodado entre el pescante y el interior del coche, aceptaron los chelines que Thibault depositó en sus manos.

—¿Volverás a la City o debo llevarte a alguna otra parte? —preguntó Belloc a Manon.

—Thibaudot, no hables en francés delante de mí —se enojó Cassandra—. Sabes que no comprendo nada.

—Ha preguntado si volveré al banco —intercedió Manon y entrelazó el brazo con el de su hermana—. Caminaremos un poco, Thibaudot.

Los tres emprendieron la marcha en dirección a Piccadilly. Manon simulaba escuchar a su hermana cuando en realidad prestaba atención a los transeúntes. Al tiempo que la invadía una ansiedad incontrolable, se sentía una necia por pensar que podía cruzárselo en una ciudad de las dimensiones de Londres. ¿Y si, apenas llegado, había partido hacia Hartland Park, la propiedad de su familia en Cornualles? Desmoralizada, bajó la vista y alteró el ritmo de sus pasos.

—No estás escuchándome —se quejó Cassandra.

—Pensaba que podría enseñarte francés —mintió Manon.

—Oh, no, no. Yo no soy inteligente como tú.

—Que no tengas aptitudes para las lenguas no significa que seas poco inteligente, Cassie —la amonestó Manon.

La contrariaba que su hermana se rebajase; tenía la impresión de que Porter-White empleaba esa debilidad para su conveniencia.

—No soy brillante como tú, es la verdad.

—Tú sabes pintar y diseñar como pocos, Cassie —le recordó—. Yo no sabría siquiera trazar el esbozo de un huevo.

Thibault y Cassandra rieron al unísono.

—Exageras para levantarme el ánimo —afirmó la hermana mayor.

—Masino fue un gran tutor. Me enseñó tantas cosas, pero no consiguió que aprendiese a realizar un trazo que terminase en algo con sentido.

—No es cierto. El árbol genealógico y el escudo que dibujaste de niña y que papá mandó enmarcar y colgar en su despacho desmienten lo que estás afirmando.

—Son mayormente obra de Masino.

—No te creo —se empecinó Cassandra—. Y quizá no sabes trazar ni un huevo, pero sabes de arte más que tío Leo y que el propio Masino.

—Ahora eres tú la que exagera —señaló Manon—. Nadie sabe más de arte que tío Leo o que Masino. No por nada son los críticos más reputados de Londres.

Entraron en la librería Hatchard's, donde Manon debía retirar unos libros. En tanto se los empaquetaban, recorrieron los anaqueles con los volúmenes referidos a la historia del arte. Manon hojeaba uno con la biografía de Vermeer cuando se sintió compelida a alzar la vista. Sus ojos cayeron en los celestes de un joven, que la contemplaba con deliberada fijeza a través de la vidriera. Lo reconoció enseguida: Dennis Fitzroy. Se sorprendió de que el rostro y el nombre le viniesen a la mente con tanta facilidad pues había sido uno de los tantos caballeros con los que había bailado en la última recepción de Almack's tres semanas atrás, y quizá lo recordaba vivamente no solo por el modo en que los habían presentado, sino porque era cuáquero y cirujano. Su condición social, tan por debajo de las personas admitidas en Almack's, también se añadía al misterio. ¿Cómo habría conseguido el billete de admisión? Lady Sarah Child Villiers, la patrocinadora más reputada del famoso club social, no se lo concedía a cualquiera.

Dennis Fitzroy le había solicitado al maestro de ceremonia que los presentase, una convención aceptada por la sociedad londinense, aunque a regañadientes. Dada la manera poco ortodoxa en que se habían conocido, sin intervención del anfitrión o de un amigo en común, el decoro imponía que, en caso de volver a encontrarse en la calle o en una fiesta, el caballero debía aguardar a que la dama lo habilitara a acercarse con un ligero asentimiento.

Manon asintió y el joven se quitó la chistera para devolverle el saludo. Entró en la librería y se encaminó directo hacia ella con una sonrisa que le embellecía el rostro de duros rasgos.

—Amiga Manon, qué agradable sorpresa —dijo con el acento sincero y amable que caracterizaba a los de su religión.

—Señor Fitzroy, permítame presentarle a mi hermana, la señora Cassandra Porter-White, y a un amigo de la familia, el señor Thibault Belloc.

Se intercambiaron los saludos de rigor y las frases de cortesía. Fitzroy también estaba allí para retirar un libro, por lo que fueron juntos al mostrador a liquidar sus compras.

—Nos dirigimos a Green Park —anunció Manon apenas salieron de Hatchard's—. ¿Desea unirse a nuestra caminata, señor Fitzroy?

—Con enorme placer.

Emprendieron la marcha hacia el ingreso del parque, a pocas calles de la librería.

—¿Lo juzgaría una impertinencia si le preguntase qué libro ha comprado? —se interesó Manon.

—En absoluto —aseguró Fitzroy—. Se trata de un libro acerca de las técnicas inventadas por un cirujano italiano del siglo XVI, Gaspare Tagliacozzi, que luego cayeron en desuso.

—¿Qué técnicas son esas?

El resto del trayecto lo recorrieron atentos a las palabras del cirujano que les relataba de qué modo Tagliacozzi había reconstruido la nariz de sus pacientes. Cassandra preguntó en qué circunstancias las habían perdido y, aunque el cuáquero, evasivo, contestó «castigos y accidentes», Manon sabía que las lesiones severas en la nariz eran una de las consecuencias de la sífilis.

—Dice usted que sus técnicas cayeron en desuso —le recordó Belloc.

—Después de la muerte de Tagliacozzi, la Iglesia de Roma convocó a la Inquisición para que analizase su trabajo. Fue acusado de utilizar prácticas mágicas pues había modificado la cara humana y de ese modo interferido con la voluntad divina.

—¿Así lo cree usted, señor Fitzroy? —lo interrogó Manon—. ¿Tagliacozzi había interferido con la voluntad divina?

—Creo que también fue voluntad del Señor que Tagliacozzi encontrase el modo de reparar el rostro de esos pobres desgraciados.

Le agradó la respuesta. Le agradaba Fitzroy. Pocas personas le despertaban admiración y respeto, y el cuáquero estaba convirtiéndose en un miembro del selecto grupo.

—¡Oh, Manon, mira quiénes vienen allí! —la alertó Cassandra.

Pese a que se trataba de un nutrido grupo de jinetes el que avanzaba por el sendero del parque, Manon lo distinguió solo a él: Alexander Fidelis Blackraven, conde de Stoneville, futuro duque de Guermeaux, y el amor de su vida.

Capítulo III

Mayo de 1827. Larriggan Manor, a cinco millas de Penzance, Cornualles.

Percival Neville había autorizado a Tommaso Aldobrandini a acompañar a Leonard a la ciudad de Amberes donde esperaban encontrar el famoso cuadro de Johannes Vermeer *La lechera.* Pretendían adquirirlo. Solo que Leonard no era experto en el barroco flamenco, por lo que solicitó la asistencia de Aldobrandini, que desde hacía décadas estudiaba la obra de esa escuela neerlandesa. Habían partido hacía casi una semana.

Manon echaba de menos a su tutor, en especial a la hora de la siesta cuando el abuelo Alistair y la abuela Aldonza se retiraban a descansar. Como de costumbre, Percival estaba en Londres, Archie estudiaba en Oxford y Cassie pasaba una temporada con sus abuelos maternos en Bath.

Tenía prohibido cruzar los límites de la propiedad; adentrarse en el bosque constituía una gravísima infracción. A Manon le pesaba la falta de libertad. Caminó hacia el sur de Larriggan Manor decidida a subir la lomada y, desde allí, apreciar la finca vecina, Hartland Park, un palacio estilo isabelino propiedad del ducado de Guermeaux. Quería conocerlos, a los Guermeaux, en especial a la niña de los cabellos rojos que había visto el domingo anterior en la escuela dominical del pastor Donald Jago.

Se trataba de una agradable tarde de primavera, y quizá la benevolencia del clima la alentó a lanzarse a la aventura. Al llegar al camino que bordeaba el risco, se aproximó para apreciar la vista del mar. Entre los graznidos de las gaviotas distinguió el relincho de un caballo. Provenía de la playa, varios pies debajo. Se asomó con cautela y, tras dominar el vértigo, divisó dos monturas que ramoneaban la vegetación que crecía entre las piedras. Se preguntó dónde se hallarían los jinetes. Impulsada por la curiosidad, descendió el risco usando las rocas como una escalera natural. De seguro, reflexionó, se trataría de contrabandistas. Su abuelo le había contado que escondían los productos del estraperlo en las cavernas de la costa.

Los jinetes se hallaban en una caverna, pero no eran bandidos ni contrabandistas; eran amantes. Se besaban recostados en la arena húmeda y se susurraban palabras que despertaban más besos y caricias fervientes. Desde su escondite tras la roca, los observaba sabiendo que obraba mal. Se decía: «Debo irme», y seguía allí, hechizada por la imagen que componían esos dos. A él no lo conocía; a ella sí. Se llamaba Alexandrina Trewartha, la sobrina de la esposa de su tío Leonard. No se la habían presentado. Alexandrina pasaba la mayor parte del año en Londres y, cuando regresaba a Cornualles, vivía en Penzance.

El joven se puso de pie y le tendió la mano. Ella aceptó con una sonrisa traviesa y acabó entre sus brazos. Nuevos besos, más palabras fervorosas, caricias, miradas elocuentes. Resultaba claro que les costaba separarse. Se pusieron en marcha. En pocos segundos saldrían de la gruta. Manon corrió hacia el risco. Los caballos se inquietaron cuando pasó a su lado. Subió sin mirar atrás, espantada por la idea de que la descubriesen, convencida de que habría muerto de vergüenza.

Alcanzó la cima del risco y siguió corriendo, hasta que pisó una piedra, se dobló el pie derecho y perdió el equilibrio; rodó cuesta abajo y acabó en el fondo de un cañadón con los cabellos con hierbas, el vestido con polvo y un latido feroz en el pie. Intentó incorporarse, sin éxito; no podía apoyarlo. Comprendió que le resultaría imposible trepar la empinada cuesta del barranco con el pie inutilizado. Se echó a llorar hasta que le vino a la mente uno de sus personajes favoritos de la Antigüedad, Aníbal Barca, y evocó las tantas anécdotas que Masino le había referido acerca del cruce de los Alpes con sus treinta y ocho elefantes de guerra. El recuerdo del cartaginés la serenó.

Tras evaluar la situación, aceptó la realidad: solo le quedaba pedir ayuda. Gritó y gritó. La voz comenzaba a fallarle y las fuerzas a abandonarla cuando una sombra se proyectó en el cañadón. Se cubrió la frente con la mano y avistó un jinete solitario en un caballo negro de gran alzada. Era el joven de la caverna.

Sintió alivio por haber sido hallada y también un profundo embarazo. El muchacho saltó de la montura y descendió por el barranco con una agilidad sorprendente. Se acuclilló junto a ella, la miró a los ojos y le dedicó una sonrisa alentadora. Ese instante guardaba el secreto del amor que la acompañaba desde ese 5 de mayo de 1827, cuando ni siquiera contaba con quince años y supo que acababa de ocurrirle algo extraordinario. Sus ojos de un turquesa inverosímil, realzado por las gruesas y negrísimas cejas, la hechizaron. Su sonrisa de una belleza inefable la hizo feliz.

* * *

En tanto se apeaba de su montura para saludarlos en ese sendero de Green Park, ¿Alexander Blackraven evocaría la tarde de mayo de 1827, cuando la cargó en su espalda y la condujo cañadón arriba? ¿Se acordaría de lo que siguió? Ella jamás olvidaría que la sentó en la grupa del caballo, se ubicó detrás de ella y la condujo hasta Hartland Park, donde la mismísima señora condesa, a quien en la intimidad llamaban miss Melody, se ocupó de vendarle el pie. Esa tarde se le cumplió el otro gran deseo: conocer a la niña de los cabellos rojizos, la menor de los cuatro hermanos. Su nombre era Isabella, pero la llamaban Ella; acababa de cumplir catorce años. Después aparecieron Anne-Rose de dieciocho y Arthur de quince. Le siguió un desfile de niños y de adultos que compendiaban las distintas razas humanas. Con el tiempo se acostumbró a que Isabella considerase al pardo Estevanico su hermano mayor, que llamase al negro Rafael «primo» o que le inspirase más respeto la cingalesa Trinaghanta que lady Sarah Child Villiers.

Amaba a su familia. Los Blackraven, sin embargo, encarnaban el modelo al que aspiraba. Le resultaba difícil identificar lo que experimentaba cuando se encontraba entre ellos, hasta que su abuela Aldonza acertó al declarar: «Alrededor de la señora Melody hay paz».

Desde el 5 de mayo de 1827 averiguar acerca de los Blackraven, y en especial del primogénito, se convirtió en una obsesión, y su abuelo, en la mayor fuente de información. Gran amigo del duque de Guermeaux, conocía la historia familiar del derecho y del revés.

La alegró saber que Roger Blackraven era uno de los mejores clientes de la Casa Neville, además de amigo de su padre. Se dedicaba al transporte y al comercio marítimo y poseía la flota privada más grande del reino. Su fortuna y su poder habrían podido medir fuerzas con la joya de Inglaterra: la Compañía de las Indias Orientales.

Comprendió con un peso en el corazón por qué los amantes se encontraban a escondidas en una caverna: su historia de amor estaba prohibida. Alexandrina Trewartha era la sobrina de Victoria, primera esposa de Roger Blackraven, muerta en el Río de la Plata a causa de la viruela. Jacob Trewartha, hermano menor de Victoria y padre de Alexandrina, aseguraba que Roger Blackraven la había asesinado para casarse con su actual mujer. La enemistad estaba jurada.

—En realidad —opinó Alistair—, a Roger lo tiene muy sin cuidado lo que diga o piense el necio de Trewartha. En el fondo, creo que todavía conserva un poco del cariño que le tenía cuando desposó a Victoria, y Jacob era tan solo un mozalbete inquieto y ambicioso. Roger lo ayudó a sentar cabeza. Le consiguió un puesto en la Compañía de las Indias Orientales. Tú no lo sabes, querida Manon, pero los puestos en la Compañía son muy codiciados. Se obtienen por recomendación y pagando una suma escandalosa de dinero. Pues bien, el bueno de Roger pagó las casi setecientas libras exigidas y molestó a un miembro de la familia real para conseguir la asignación. Y mira cómo le repaga ese idiota de Trewartha, acusándolo de la muerte de Victoria.

—Dicen que era muy hermosa —comentó Manon.

—¿Victoria? —El gesto de Alistair resultó suficiente confirmación—. Era bellísima, de una perfección casi inverosímil. La sobrina se le parece —concluyó su abuelo, inconsciente de la pena que le causaba.

Alexander y Alexandrina. Incluso en los nombres estaban hechos el uno para el otro. Alexander, como su admirado Alejandro Magno. Alexander en griego significaba «defensor de los hombres», lo que implicaba nobleza, valentía y vigor.

Lo observó mientras se apeaba del caballo en el sendero de Green Park. Sus ojos no se apartaban de él y hacían caso omiso de los demás jinetes. Una sujeción ingobernable los mantenía concentrados en su rostro inusualmente barbudo, en su figura alta y delgada, en la elasticidad de sus piernas al caer en tierra, en el dominio de sus brazos al controlar el zaino de arisco temperamento. Le había enseñado a montar su tío Sebastian de Lacy, conde de Grossvenor, ese irlandés con un parche en el ojo izquierdo, al que apodaban el Centauro de las Pampas, mitad salvaje, mitad aristócrata. Alexander había resultado un pupilo sobresaliente. En una ocasión, el embajador francés Charles-Maurice de Talleyrand-Périgord, al ver a Alexander galopar en la playa de Penzance, le había preguntado: «¿Quién es ese jinete, querida? Monta como un númida», había añadido.

Sus miradas se cruzaron, y ella apartó la suya para no quedar en evidencia. Había transcurrido casi un año desde el último encuentro. Recordaba la ocasión, el 22 de julio, en Blackraven Hall, la residencia en Londres de los duques de Guermeaux, y con motivo de la celebración del natalicio de la señora duquesa.

Le había bastado ese cruce furtivo para descubrir en sus ojos la misma tristeza de aquella velada, que en realidad lo acompañaba desde hacía varios años. ¿Su familia la notaría? Ella recordaba que sonreía con frecuencia. Ahora, en cambio, su seriedad contrastaba con la jovialidad de su hermano Arthur.

Jamás le había revelado a nadie lo descubierto en la caverna de Penzance aquella tarde de mayo de 1827, ni siquiera a Isabella Blackraven, a quien todo le confiaba. ¿Su amiga sabría acerca del amorío que había existido entre su hermano mayor y Alexandrina Trewartha? Si lo sabía, había hecho un voto de silencio.

¿Alexander la odiaría por ser la cuñada de Alexandrina? Aunque había intentado convencer a Archie de que desistiera de la boda, había sido en vano. Su hermano parecía encantado con el matrimonio acordado entre sir Percival y Jacob Trewartha, y se burlaba cada vez que ella intentaba hacerlo razonar.

—Estás celosa —la provocaba—. Crees que la quiero más que a ti.

—¡No seas necio, Archie! Estoy hablándote por tu bien. Drina Trewartha es una joven encantadora, solo que tengo la impresión de que no está enamorada de ti.

—Por una vez acordaré con papá y repetiré lo que siempre dice acerca del amor: en el matrimonio, es un gran incordio. —Su hermano la abrazó, la besó en ambas mejillas y la dejó sola en el vestíbulo.

«¿Me odias?», habría deseado preguntarle. «Cuidado con lo que deseas», solía advertirle su abuela Aldonza, y en ese instante la comprendía: había anhelado encontrárselo y, ahora que su deseo se había cumplido, la paralizaba el miedo, a ella, que departía con ministros, embajadores, políticos, banqueros y filósofos, todos en una misma velada y sin que nada la contrariase.

Además de Alexander Blackraven, era de la partida su hermano menor Arthur, una de las figuras más jóvenes y prominentes de la Cámara de los Comunes y del partido Whig. Los acompañaban William Gladstone, otro miembro del Parlamento, y su hermana Helen Jane, de hermosa y larga cabellera rubia, quien se esmeraba en llamar la atención de Alexander, lo que inspiraba la ternura de Manon, que conocía sus problemas de salud mental. Un poco rezagados venían el negro Rafael, el pardo Estevanico y James Walsh, mitad chino, mitad inglés, que, al igual que Rafael, era cirujano, además del protegido del duque de Guermeaux.

—Señora Porter-White. Señorita Manon —dijo Alexander y se inclinó para saludarlas.

—Milord —respondieron las hermanas al unísono e hicieron la reverencia de rigor.

—¡La Formidable Señorita Manon! —Arthur se quitó la chistera y sus cabellos rubios se agitaron cuando realizó una inclinación aparatosa, que hizo reír a todos excepto a su hermano mayor—. Señora Porter-White —dijo, más circunspecto.

—Artie —comentó Manon—, veo que haberte convertido en el miembro más joven del Parlamento no ha templado tu espíritu irreverente.

—Ah, Manon, ya sabes lo que decía el admirable Quijote —citó en español—: «Demasiada cordura puede ser locura, ver la vida tal como es y no como debería ser».

Manon asintió con una sonrisa apenas reprimida. Se volvió hacia Dennis Fitzroy.

—Permítanme que les presente…

—¡Des, viejo amigo! —Arthur lo estrechó en un abrazo, gesto inapropiado dados el lugar y las circunstancias—. Íbamos a buscarte —le confió.

«Ahora comprendo cómo fue que Fitzroy obtuvo el billete para acceder al baile de Almack's», concluyó Manon.

A continuación, saludaron a los hermanos Gladstone, a Rafael, a Estevanico y al señor Walsh, y todo el tiempo Manon sintió el peso de la mirada de Alexander sobre ella y sobre Cassandra. Intuía que las estudiaba, atento al tratamiento que les conferían a sus exóticos amigos, a quienes la aristocracia londinense no les habría dirigido la palabra.

Capítulo IV

Alexander Blackraven se preguntó qué hacía Dennis Fitzroy, un cirujano cuáquero de humildes orígenes irlandeses, en compañía de la «Formidable» Manon Neville —después le preguntaría a Artie por qué la había llamado de esa guisa—. No la recordaba tan mujer. La observaba conversar con Helen Jane Gladstone y le gustaba lo que veía; la trataba con indulgencia y la escuchaba con atención, pese a que la pobre Helen Jane, con sus maneras exuberantes y su verborrea, era un fastidio. Ya había saludado a Estevanico y a Rafael con genuino respeto, el que le habría inspirado un par del reino, y cuando Arthur le presentó a Jimmy Walsh, cuyos rasgos y larga trenza denunciaban claramente su origen oriental, le dedicó una sonrisa que lo sorprendió por lo bonita y unas palabras que lo impulsaron a alzar apenas las comisuras con un profundo sentido de la gratitud. «Señor Walsh, es un verdadero placer conocerlo,» había dicho. «Mi amiga, la querida Ella Blackraven, habla muy bien de usted».

La hermana, la señora Porter-White, palidecía en comparación. Se la veía incómoda entre personas a las que debía de juzgar unos palurdos, y la mala cara acentuaba sus facciones poco regulares. Resultaba notable que, siendo Manon y Archibald Neville medio hermanos, parecieran hijos de los mismos padres. Cassandra Porter-White, de cabello castaño y de ojos como dos rajas, era de baja estatura y menuda cuando su hermana menor era alta, tanto como Ella, calculó, y con formas proporcionadas, aunque no voluptuosas. Le miró la diminuta cintura y se convenció de que no era el resultado de la constricción del corsé. Su rostro poseía una cualidad que le atraía la mirada y se demoró unos segundos en comprender que se trataba del contraste entre la piel lechosa y la tonalidad encarnada de los labios. Los estudió: eran pequeños y suculentos. Se encontró preguntándose, no sin cierta perplejidad, qué habría sentido al besarlos y a qué habría sabido el interior de su boca. Por alguna arcana razón, tuvo la certeza de que la experiencia habría resultado satisfactoria.

Más allá de que la menor de los Neville se hubiese revelado como una grata sorpresa, lo fastidiaba que, apenas llegado a Londres, tuviese que lidiar con las cuñadas de Alexandrina. No podía preguntarles por su bienestar sin riesgo a levantar sospechas —para el mundo, Alexandrina y él eran desconocidos— y juzgaba improbable que la mencionasen. En resumen, la Formidable Señorita Manon y la señora Porter-White no servían para nada. Comenzó a inquietarse, ya quería seguir su camino y ocuparse de la infinidad de asuntos que lo aguardaban.

Desvió la mirada y se topó con la inquisitiva de Estevanico, que más que un amigo, más que un hermano de la vida, encarnaba su conciencia. Se la devolvió con otra impaciente porque así eran las cosas entre ellos; y sin embargo, le habría confiado la vida, tanto valoraba su juicio y su lealtad. Además de sus padres, solo Estevanico conocía lo de su romance con Alexandrina Trewartha, y quizá estaba vivo gracias a él, porque tras la ruptura, cuando decidió lanzarse en un viaje por el mundo del que habría preferido no retornar, Estevanico lo siguió como un escudero fiel y lo guio hasta que recobró el equilibrio.

Nunca olvidaría lo mal que lo había tratado en aquella fonda del puerto de Liverpool, cuando, completamente borracho, lo amenazó con un cuchillo. «Vamos», lo había alentado Estevanico, «asesíname. Nací condenado a una muerte prematura», afirmó con voz calma y consiguió espabilarlo. «Habiendo sido parido por una esclava a la que nunca conocí, siendo menos que una rata, ¿qué probabilidades tenía de sobrevivir? Lo que he vivido hasta aquí es un don que me dieron tu padre, que me salvó en Río de Janeiro, y tu madre, que me amó como a un hijo. Esta vida que tengo es un regalo que les debo a ellos, y por tanto la daré gustosa en sus nombres. Cuidar a su primogénito de su propia estolidez, es cierto, lo hago por ellos, a los que considero mis padres, pero también por ti, al que quiero como a un hermano».

Alexander soltó el cuchillo, se cubrió los ojos con las manos y lanzó un quejido doliente. «Hablas demasiado y a mí me duele la cabeza», se lamentó. «Te duele porque has bebido ginebra barata, y no por las verdades que acabo de decirte», refutó Estevanico, y como de costumbre, tenía razón. A la mañana siguiente, Alexander le advirtió: «Vendrás conmigo, si eso es lo que deseas, pero seré yo el que dará las órdenes». «Es lógico», respondió Estevanico. «Siendo hijo de quien eres, no esperaba otra cosa. Ojalá también poseas la sensatez de nuestro padre, que siempre pone en primer lugar el bienestar de sus hombres». Aunque le lanzó un vistazo furibundo, Alexander no se atrevió a replicar.

Habían vagabundeado durante un año y alcanzado incluso la ciudad de Constantinopla. Sabía que Estevanico enviaba noticias a la familia, y no le reclamaba. Él, tras una carta a su madre antes de partir, mantenía un pertinaz silencio. Estaba enojado con todos, en especial con su padre por haber desposado a Victoria Trewartha y condenado al fracaso su historia de amor con Alexandrina.

Con el paso de los meses, el enojo fue desvaneciéndose, lo que le permitió regresar. El dolor causado por la herida que jamás cicatrizaba lo acompañaba incluso en el presente. De nuevo en Londres, todo refería a ella. A Alexandrina Trewartha.

* * *

—El sábado por la noche daremos una pequeña recepción en casa para celebrar el regreso del *Leviatán* y del *Constellation* —comentó Arthur, y Alexander habría deseado callarlo a golpes—. ¿Contaremos con vuestra presencia? —quiso saber.

—Por supuesto, milord —respondió la mayor de las Neville, como se esperaba.

Intentó leer en la expresión de Manon Neville si la idea le agradaba; no lo consiguió. Thibault Belloc, con el reloj de leontina en la mano, se aproximó por detrás y le habló en francés para indicarle que la bolsa de Londres cerraría en menos de una hora y que apremiaba regresar a la City. Al girar la cabeza para escucharlo, Manon expuso una parte del cuello donde un pequeñísimo lunar le mancillaba la piel, imperfección minúscula que solo su ojo entrenado, acostumbrado a las vigilias nocturnas en alta mar, detectaba a esa distancia. Lo sobresaltó el anhelo por mordérselo, por succionar la untuosidad de la piel perfecta. Se imaginó dejándole una marca roja impresa en la lechosa blancura.

—Artie —lo llamó con impaciencia mal disimulada—, permite que las damas prosigan con su jornada. De seguro tienen cosas que hacer.

¿Qué cosas tenía que hacer una joven de la edad de Ella en un sitio como la bolsa de Londres? La imaginó ingresando en el salón de la London Stock Exchange; lo cruzaba, majestuosa, con la frente en alto y una sonrisa amable, y a su paso atraía la atención de los agentes, de los compradores y de los curiosos, que la seguían con miradas atentas.

Hacía tiempo que no visitaba el edificio de la bolsa en Capel Court. «Podría hacerlo mañana», pensó. «Me queda de paso», meditó, pues planeaba ir a la academia de boxeo de su amigo Daniel Mendoza, que se hallaba cerca. Allí se encontraría con Samuel Bronstein para algunas lecciones, favor que devolvería enseñándole esgrima en el club White's. Bronstein, que conocía a todos los que había que conocer en esa infernal ciudad, le brindaría información acerca de la señorita Manon.

Montó el caballo, que se agitó al percibir su cólera. No quería que Manon Neville le despertase la curiosidad, no quería que le interesase. Pasó junto a las damas, levantó apenas la chistera en señal de saludo y prosiguió su camino.

* * *

Cerca de las siete, Alexander regresó a su casa ubicada en Grosvenor Place, en la esquina con Halkin Street. Herencia de su abuelo, se trataba de una mansión en estilo georgiano de tres pisos, que él había remozado con los últimos adelantos en materia de construcción, como agua corriente con un sistema de arcaduces de bronce, iluminación a gas y calefacción a vapor producida por cuatro hornos dispuestos en el sótano. Vivía solo, pues Estevanico, Rafael y Jimmy Walsh preferían hospedarse en Blackraven Hall cuando atracaban en Londres. Resultaba un arreglo conveniente dadas las extrañas circunstancias que había encontrado en su casa al llegar dos días atrás.

Salieron a recibirlo Robert, el mayordomo, y Mackenzie, su fiel lebrel escocés, alto, flaco como un galgo y con un pelaje greñudo en una tonalidad azul grisácea.

—¡Ey, Mackey, muchacho! —dijo para responder al saludo del animal y le acarició la cabeza—. ¿Qué sucede? ¿Echas de menos el

Leviatán? ¿Necesitas el mar tanto como yo? —Se incorporó para dirigirse al mayordomo—. ¿Mis huéspedes, Robert? —se interesó en tanto le entregaba la chaqueta de calle, la chistera y los guantes de montar.

—En el saloncito verde, milord —contestó el empleado.

Subió las escaleras con Mackenzie por detrás y entró en su dormitorio, donde se desnudó antes de pasar a la recámara contigua, una amplia estancia donde se encontraba también la sala de baño. Pocas cosas extrañaba cuando se encontraba en alta mar; el agua corriente, maravilloso invento de la modernidad, era una de ellas. Con un artilugio instalado en el sótano de la casa, que funcionaba con hulla, conseguían calentarla. Se sumergió en la tina y descansó la cabeza en el borde.

Lo acuciaban los problemas y las incertidumbres, y su mente traidora lo conducía sin remedio a los hechos de esa tarde en Green Park. Había oído, mientras se alejaba, que Dennis Fitzroy le solicitaba a la señorita Manon que lo recibiese en el banco. ¿Qué se proponía ese cuáquero? Le tenía una enorme simpatía. Bondadoso y humilde, era amigo y colega de Rafael, hijo de esclavos del Río de la Plata, y de Jimmy Walsh, un mestizo de padre inglés y de madre china, admitidos en la Escuela de Cirujanos del Hospital Saint Thomas solo porque el duque de Guermeaux lo había exigido. Una vez dentro, Fitzroy había sido el único en tenderles una mano amiga.

Se obligó a concentrarse en las personas que lo aguardaban en el saloncito verde. Dos días atrás, tras varios meses de ausencia, se sorprendió al encontrarse en el vestíbulo de su casa con Trevik Jago, su amigo de la infancia e hijo del pastor de Penzance, al que creía misionando en el norte de la India. El mayor de los Jago, Edward, era el esposo de su hermana Anne-Rose. El menor, Goran, periodista y escritor, vivía en un apartamento cerca de Fleet Street, donde se situaban las redacciones de los periódicos más importantes.

Trevik había llegado a Londres a principios de junio y le había solicitado asilo a Robert, que conocía a los Jago de sus años en Cornualles, cuando trabajaba para el difunto duque de Guermeaux. Trevik le explicó, y Robert comprendió, que su presencia en la ciudad debía permanecer secreta, lo mismo que las de la joven mujer y las dos niñas que lo acompañaban.

Se sintió mejor después del baño. Ludovic, su valet, el mismo que había servido al anterior duque de Guermeaux, estaba eligiendo unas prendas. Lo asistió en silencio mientras se vestía.

—Ludo, saldré más tarde —informó Alexander—. Déjame una chaqueta sobre la cama, nada formal. Mañana despiértame a las siete y trae los aparejos para rasurarme —ordenó mientras se estudiaba la barba tupida y se la acariciaba frente al espejo de caballete—. También me recortaré un poco el cabello —añadió y se tocó los mechones de un negro profundo, sin tonalidades ni matices.

—Como usted disponga, milord.

—Regresaré tarde esta noche. No es necesario que me esperes levantado. Retírate a descansar.

—Gracias, milord —dijo el cincuentón con una inclinación de cabeza.

Alexander bajó rápidamente las escaleras, urgido por hablar con su amigo Trevik Jago. Desde su llegada dos días atrás, no había tenido tiempo para conversar con él. Se proponía hacerlo en ese momento. Entró en la salita, y las niñas que correteaban se detuvieron abruptamente y se refugiaron tras el colorido sari de su madre. Alexander no supo si era su presencia o la de Mackenzie lo que las amedrentaba.

Trevik Jago apoyó el libro sobre la mesa y se puso de pie con expresión ansiosa. Por las pocas palabras que había cruzado con su amigo, Alexander sabía que la mujer era una princesa del Imperio maratha, sobrina del actual *peshwa* Bajirao, por lo que se inclinó ante ella.

—Alteza —la saludó—, espero que estén cómodas en mi hogar.

—Milord, mis hijas, Binita y Dárika, y yo le agradecemos su hospitalidad —respondió la mujer en un inglés impecable—. Hemos sido tratadas con infinita consideración.

«Ha recibido una educación esmerada», dedujo Alexander, mientras le estudiaba los rasgos típicos de su raza, exóticos, bellos, de pómulos elevados y prominentes y de ojos enormes y negros, que ella resaltaba con trazos de kohl.

—Trevik, ¿tienes un momento para mí? —Jago asintió y Alexander volvió a dirigirse a la princesa india—. Alteza, solo serán unos minutos. Cualquier cosa que deseen, tire de aquel cordel y una persona vendrá a servirlas.

La mujer le destinó una sonrisa y asintió con garbo. Los hombres abandonaron la salita verde y cruzaron la amplia recepción. Entraron en el despacho, donde Alexander atendía sus asuntos cuando se encontraba en Londres.

—Hermano —dijo al tiempo que le señalaba un asiento—, debes disculparme por no haber tenido tiempo para ti. Estuve en el puerto controlando la descarga de los productos. Es una tarea delicada, que requiere...

—Eres tú quien debe disculparme —lo interrumpió Trevik y aceptó la copita de licor que Alexander le ofreció—. Te he puesto en una posición muy comprometida viniendo aquí.

—Sabes que esta es tu casa y que puedes quedarte el tiempo que necesites. Dime, ¿qué haces en Londres? Te hacía en Bengala.

—Estoy metido en un gran lío —se sinceró Jago—. La princesa Ramabai, sus hijas y yo debimos huir de Patna para salvar nuestras vidas.

Alexander se ubicó en un sillón frente a su amigo, cruzó las piernas y mantuvo un silencio de entrecejo apretado.

—Debimos huir a finales de junio del año pasado. Fuimos a Párvati. —Alexander, con el mentón apoyado en la mano, se limitó a alzar las cejas ante la mención de la hacienda que su familia poseía en Ceilán—. Por fortuna, el viejo Edmond Pascoe aún administra la propiedad. Me reconoció, dijo que soy el fiel retrato de mi padre. Nos permitió quedarnos allí.

—Huyeron a las puertas de la temporada del monzón —reflexionó Alexander.

—Exacto. Tuvimos que esperar que acabase y luego esperar un tiempo más, a que algún barco partiese de Colombo. Uno de la flota de tu padre fue a recoger una carga de copra y de azúcar y nos embarcó.

—El *Macedonian* tenía que recalar en Colombo en febrero de este año —recordó Alexander.

—Exacto, viajamos en el *Macedonian*. Llegamos a Londres el 4 de junio y, desde ese día, nos hemos escondido aquí.

—¿De qué huyen?

—El esposo de Ramabai, un hombre poderoso y ambicioso, ha decidido deshacerse de ellas, de Ramabai y de sus hijas. Y de mí. Huimos de puro milagro, gracias a un niño muy listo que trabaja para él. Lo escuchó dar la orden. El plan era eliminarlas durante un viaje a Rayastán que Ramabai emprendería con sus hijas. Unos *thugs*, unos bandidos…

—He oído hablar de la secta de los *thugs* —se apresuró a decir Alexander—. Salteadores de caminos, hábiles con el cuchillo.

—Unos demonios —se apasionó el clérigo—, adoradores de la diosa negra Kali, capaces de cualquier cosa por dinero.

—¿Por qué el esposo de la princesa quiere asesinarlos?

—Porque no quiere que se sepa aquí, en Londres, que está casado con una india. Casado por la ley de la Iglesia anglicana —remarcó el pastor Jago—. Traje conmigo el registro que lo demuestra. Si llegase a saberse, sería el fin para él.

—Estamos hablando de un inglés —dedujo Alexander.

—Así es —confirmó Trevik y se restregó las manos con creciente inquietud—. Se trata de un inglés que conoce a tu familia, con el que tu padre ha tenido problemas en el pasado. Por esa razón habría preferido no inmiscuirlos. Pero no sé a quién recurrir para poner a salvo a Ramabai y a las pequeñas —dijo con manifiesta angustia.

—¿De quién se trata? —preguntó Alexander.

—De Jacob Trewartha.

* * *

Samantha Carrington en persona le abrió la puerta de su casa frente a los Jardines de Kensington y se le echó al cuello. Cubierta por una bata de muselina, debajo iba desnuda. Unos diez años mayor que él, todavía conservaba la piel lozana y una silueta generosa. Casada a los catorce con un capitán de navío de la Armada Real británica treinta años mayor, había enviudado a los veintisiete. Dueña de la propiedad donde vivía y con derecho a una renta de cuatrocientas libras anuales, había jurado no volver a casarse.

Goran Jago los presentó en los Jardines de Vauxhall durante un espectáculo de fuegos artificiales. Él acababa de regresar del *grand tour* con Estevanico y, seguro de haber olvidado a Alexandrina Trewartha, se propuso seducir a la joven viuda. Lo atraía su pasado de esposa de un oficial de la Marina; sabía de barcos y había viajado a sitios tan lejanos como las Molucas y Macao. Terminaron en la cama esa misma noche.

La experiencia le sirvió para comprender que no había olvidado a su primer amor y que la viuda de Carrington era una excelente amante. Se veían siempre que él se encontraba en Londres, y el arreglo resultaba conveniente para los dos. Ninguno exigía nada, ni fidelidad ni compromisos vanos.

Entre besos y palabras procaces y provocadoras, llegaron al dormitorio, donde Alexander le entregó un preservativo de tripa de cordero. Samantha, que ya tenía preparado un jarrito con leche tibia, lo sumergió unos instantes, los que necesitó el artificio para ablandarse, mientras Alexander se desvestía con rapidez. Ella misma le cubrió la erección y le ató el preservativo con el cordoncito azul que, a modo de jaretera, se ajustó en la parte superior.

Un rato más tarde, se recuperaban de una cópula que, como de costumbre, los había extenuado. Ninguno de sus amantes la hacía vibrar como ese conde que no debía de llegar a los treinta. En una ocasión, a riesgo de enfadarlo, le preguntó dónde había aprendido las cosas que le hacía. La respuesta había sido: «En Constantinopla». Una de esas cosas era la preparación de la absenta, el licor de ajenjo al que se le adjudicaban propiedades afrodisíacas. Se levantó y fue hasta un mueble donde había dispuesto los utensilios para elaborar el trago. Alexander la detuvo; esa noche no se quedaría a beber ajenjo. Samantha volvió a la cama, frustrada.

—¿Qué edad tienes? —quiso saber, y rompió el plácido silencio.

Alexander alzó apenas los párpados y la miró de reojo.

—Veintiséis.

—¿Falta mucho para que cumplas los veintisiete?

—Unos meses —contestó con aire evasivo.

Abandonó la cama y levantó los calzones del suelo.

—Te compré un regalo —dijo Samantha, y le entregó una caja negra.

Alexander dudó en aceptarla; no le gustaban las implicancias del impulso inusual de su amante. Por fin, la abrió. Se trataba de una petaca de plata con una inscripción: *«Para que me recuerdes en las frías noches de los Rugientes Cuarenta. Samantha».*

—Tú no puedes permitirte esto, Sam. Debió de costar una cifra elevada.

—No me reproches, cariño. ¿Te ha gustado mi regalo?

—Sí, me ha gustado. Pero dime cuánto has gastado. Te daré el dinero.

—No fastidies, Alex. ¿Qué clase de obsequio sería si me lo pagases? Además, te consta que soy sensata —le recordó—. Conozco mis límites. Es que últimamente me ha ido muy bien en la bolsa —explicó con una sonrisa.

Alexander, que se había inclinado para calzarse la bota, se incorporó repentinamente.

—¿Te refieres a la bolsa de la City? —Samantha asintió—. ¿Qué sabes tú de la bolsa?

—Nada, cariño. Pero en la Casa Neville están asesorándome muy bien.

Lo fastidió que se le disparasen las pulsaciones a la mención del malhadado apellido, y no por su vinculación con Alexandrina, sino por la señorita Manon. Se instó a no hacer la pregunta que ansiaba formular.

—¿Quién está asesorándote? —preguntó sin remedio.

—Julian Porter-White, el yerno del dueño. —La desilusión resultó más arrolladora de lo que se permitió admitir—. ¿Lo conoces? —Negó con la cabeza mientras acababa de atarse el lazo de la camisa frente al espejo—. ¡Qué extraño que no lo conozcas! El banco está prácticamente en sus manos. Es muy hábil en las cuestiones de la bolsa.

Alexander la sujetó por el mentón y la besó en la boca, más para callarla que como acto de pasión.

—Cuidado, Sam —le advirtió mirándola fijo a los ojos—. Una mesa de juego y la bolsa no son muy distintas.

—Oh, pero sí que lo son, querido. Julian dice que es cuestión de contar con la información correcta.

«Conque Julian», pensó.

* * *

Consultó su reloj de leontina: la una de la mañana. Bebía en su estudio echado en la butaca, con los pies sobre el escritorio. Mackenzie dormía sobre la alfombrita, la misma que usaba en el camarote del *Leviatán*.

Había una atmósfera de aparente calma, y sin embargo su mente no descansaba.

Mackenzie alzó la cabeza, paró las orejas y soltó un ladrido corto. Alexander bajó las piernas rápidamente y se incorporó. Empuñó la pistola que descansaba sobre el escritorio y corroboró que el estilete veneciano estuviese calzado en su cintura; sabía, además, que habría encontrado una daga corta en el costado de su bota derecha.

Volvió a recostarse al ver que se trataba de Trevik Jago, cubierto por un salto de cama.

—¿No puedes dormir? ¿Te pesa la conciencia, hombre de Dios? —se mofó Alexander.

—Necesito un trago —confesó el clérigo.

—Rellena mi vaso, ¿quieres?

Sorbieron en un cómodo mutismo. Se conocían desde pequeños. El padre de Trevik, el pastor Donald Jago, había sido el primer maestro de los Blackraven.

—Le doy vueltas al tema de la princesa y de sus hijas —dijo Alexander—. ¿No juzgas un poco precipitado haber abandonado Patna basado solo en lo que escuchó un niño y en un idioma que no es el de él?

—Oh, pero no pienses en los niños de la India como en los de aquí —lo previno Trevik—. Son sobrevivientes desde que nacen. Sus mentes crecen antes que sus cuerpos. Además, Rao Sai es especialmente listo. Confiaría en cualquier cosa que él me dijese, sin mencionar que fue Sri Sananda, el gurú de la región, quien me urgió a huir. Conoce bien a Trewartha.

Alexander guardó silencio. Cada lugar tenía sus costumbres y sus reglas, y él, de las de Bengala, no sabía nada. Que el padre de Alexandrina fuese odiado no lo sorprendía; ella le había temido de una manera irracional y había preferido sacrificarse a contrariar su voluntad.

—No volveré a la India —anunció Trevik tras vaciar por segunda vez el vaso—. Quiero estar cerca de mi madre. Desde la muerte de papá, no ha estado bien. Eddy y Rosie pasan mucho tiempo en Londres por el trabajo de Eddy, y Goran... Bueno, no podemos contar con él, ¿verdad? Le pediré a tu padre la vicaría de Penzance. Los duques de Guermeaux siempre fueron los patrocinadores. El pastor que sucedió a mi padre está mal de salud, según me contó mi madre en su última carta. Tal vez pueda esconder a Ramabai y a las niñas en Penzance.

—Te gustaba tu vicaría en Patna —le recordó Alexander—. ¿No la echarás de menos?

—Echaré de menos solo dos cosas —aseguró el pastor con una sonrisa melancólica—: el magnífico faetón que me regalaste, y que debí abandonar al huir, y a mi guía espiritual.

—¿Otro pastor?

—No, el sabio indio que te mencioné hace un momento, un gurú, como los llaman en la India. Sri Sananda es su nombre.

—¿Por qué lo llamas sabio? ¿Qué te enseñó?

Trevik se concedió un momento para meditar la respuesta.

—A veces su cuerpo no proyectaba sombra —susurró, y alzó la mirada para encontrar la impasible de su amigo—. No estoy desvariando. Yo mismo lo vi. Pero no es eso lo que más conmueve de ese hombre, que vive prácticamente desnudo, come poco y se lo pasa escuchando las súplicas de los demás.

—¿Qué es lo que conmueve, entonces?

—Que vive en una perpetua serenidad y que a nada teme.

—Eso sí que conmueve —concedió Alexander.

—Cuando le dije que yo a todo le temía, me respondió: «Eso es porque aún no sabes que eres Dios».

—Le escuché decir algo similar a un cirujano amigo de Jimmy Walsh y de Rafael. Dennis Fitzroy se llama. Es cuáquero.

* * *

Las vendas blancas con que se había protegido los nudillos comenzaban a teñirse de rojo. Golpeaba la bolsa con arena y percibía el dolor que se prolongaba hasta el codo. Golpeaba, y el ardor le nublaba la vista. Golpeaba, y golpeaba el dolor y el odio que desde hacía más de tres años lo reducían a ese ser rabioso y resentido. No importaba cuán lejos huyera, el sentimiento lo acompañaba donde sea que fuese. Lo llevaba dentro, siempre con él. «¿Por qué no resignarte a vivir con esa pena la vida entera?», había razonado Estevanico. «Yo vivo sabiendo que jamás sabré quién me parió».

—¡Ey! —se quejó Samuel Bronstein, y soltó la pesada bolsa—. ¿A quién golpeas? ¿A tu peor enemigo? —preguntó en son de broma—. Te noto más enojado que de costumbre —señaló de pronto serio, mientras se secaba el rostro y los brazos—. Por hoy hemos terminado.

Abandonaron el gimnasio y se dirigieron hacia el sector donde se hallaba el baño turco, costumbre que Alexander había adoptado en Constantinopla y que conseguía serenarlo. Cubiertos por unos lienzos cortos, ocuparon un sitio sobre los bancos de mármol junto a la fuente de vapor.

—Se dice que batiste un nuevo récord con el *Leviatán* —comentó Bronstein—. Australia-Londres en noventa y siete días.

—No presto atención a esa obsesión por las carreras de los clíperes —desestimó.

—Oh, tu modestia me conmueve —se mofó el investigador privado—. Solo que tú y yo sabemos que la popularidad de tus clíperes te gana buenos contratos de transporte y muchos pasajeros —señaló.

—¿Qué sabes de Manon Neville?

Bronstein alzó las cejas con genuino asombro.

—La Formidable Señorita Manon, deberías decir.

—¿Por qué la llamas de ese modo?

—Así la llaman en la City. Una joven de poco más de veinte años en el timón de una de las bancas más importantes es algo que solo puede calificarse de «formidable». —Abandonó el sarcasmo para añadir—: Dicen que fue el ministro Talleyrand quien la bautizó la Formidable Manon.

—¿Talleyrand-Périgord? —se sorprendió Alexander—. ¿El embajador de Francia?

—Exacto. La conoce de la época en que la señorita Manon vivía en París, cuando era una niña. Encontrarás quienes dicen que es como un querido tío para ella y también encontrarás quienes afirman que son amantes.

Alexander se secó el sudor del rostro para ocultar el desagrado que le causó la última afirmación.

—¿Cómo es posible que no sepas estas cosas siendo tu padre amigo de sir Percival Neville?

—Me lo paso embarcado —justificó con vaguedad—. ¿Es cierto que ella misma va a la bolsa?

—Es cierto —confirmó Bronstein—. Si quieres, podemos ir a verla más tarde.

Después del baño, subieron al sector donde el dueño de la academia y famoso pugilista, Daniel Mendoza, atendía la cantina del lugar. Se trataba, además, de una de las personas más informadas de Londres. Les sirvió unos jarros con cerveza y el plato del día, budín de Yorkshire, y se sentó a charlar con ellos.

—Tremendo jaleo está armando el pequeño Artie desde su escaño en el Parlamento —comentó Mendoza—. Él y el *tory* Gladstone están echándose encima a todos los comerciantes de opio del reino, sin mencionar a la Compañía de las Indias Orientales. ¿Supiste que en mayo le revocaron la carta de comercio con China? ¡Basta monopolio con China para la Compañía! ¡Ja! —exclamó el boxeador—. Tenía que llegar un Blackraven al Parlamento para que esa sarta de corruptos de la Compañía tuviera su merecido.

—No fue solo mi hermano quien peleó para que se revocase la carta de comercio de la Compañía, Dani —le recordó Alexander—. Muchos parlamentarios que representan a industriales de Manchester y de Sheffield también lo hicieron. Fue un trabajo mancomunado.

—Ese Artie… —murmuró Mendoza—. Todavía recuerdo la vez en que tu padre lo trajo para que le enseñase a boxear. No medía más de tres pies.

—Ey, Dani —Alexander bajó la voz para preguntar—: ¿Qué puedes decirme de la Compañía? No creo que se conformen tal fácilmente con perder el monopolio del opio en China.

—En abril eligieron al nuevo presidente de la Corte de Directores —intervino Bronstein—. Estaba por contártelo. Tal vez tu padre ya te lo dijo.

—No he podido hablar con mi padre desde que llegué tres días atrás —admitió Alexander.

—Eligieron a un viejo conocido de tu familia, Alex —señaló Mendoza con aire conspirativo—. Se trata de Trewartha. Jacob Trewartha.

Alexander siguió masticando el bocado de budín sin denunciar la impresión causada por la noticia. Trewartha se hallaba en Londres.

Resultaba obvio que Trevik Jago lo hacía aún en la ciudad de Patna. El comentario de Mendoza a continuación resultó esclarecedor.

—Se dice que volvió a Londres para buscarse una esposa. Una esposa rica —acotó en voz baja y con un guiño de ojo—. Visita a menudo Burlington Hall, la casa de su consuegro Percy Neville —aclaró—. La única soltera de la casa es la señorita Manon. Saca tus propias conclusiones.

Un cliente reclamó un jarro de cerveza. Daniel Mendoza, tras disculparse, se encaminó hacia la barra. Alexander y Samuel Bronstein intercambiaron miradas elocuentes.

—Trewartha no se quedará quieto —le advirtió el investigador—. Si la Compañía ya no cuenta con el monopolio, él hará lo que sea para conservar la cuota con la que abastecen a China, la mayor hasta hoy. Sin la venta del opio, la Compañía perecería.

—Pero la Compañía ya no cuenta con el monopolio —razonó Alexander.

—Si no puede servirse de la Compañía como hasta ahora, lo hará por su cuenta —vaticinó Samuel y se inclinó hacia delante buscando más intimidad—. Ahora que Dani no está, déjame decirte algo que se rumorea en los rincones de la bolsa. Voces creíbles sostienen que tu familia y la Casa Neville están por asociarse para abastecer de lingotes de plata al emperador de China.

De nuevo, Alexander mantuvo el gesto impasible, aunque el comentario lo hubiese conmocionado. Se suponía que se trataba de un secreto. Que Bronstein contase con esa pieza de información significaba solo una cosa: había un felón entre ellos o en la Casa Neville.

—La leyenda de mi padre y de su todopoderosa influencia siempre ha suscitado los comentarios más disparatados —afirmó con una sonrisa ladeada.

—Su amistad con el emperador Qianlong era conocida por todos —rebatió Bronstein.

—También lo es su amistad con el nieto de Qianlong, el actual emperador Daoguang —ironizó Alexander—. Y dime, ¿qué murmuran los intrigantes de costumbre? ¿Que nos haremos cargo del comercio del opio ahora que le quitamos el monopolio a la Compañía?

—Exacto —ratificó Samuel.

—Qué previsibles.

—Eso dicen —insistió Bronstein—, y varios quieren anotarse en la empresa. Los nombres de tu padre y de Neville garantizan el éxito.

—¿Y qué hacemos con Artie y con Willy Gladstone, que luchan en el Parlamento a brazo partido para prohibir el comercio del opio?

—Las malas lenguas aseguran que se trata de una cortina de humo.

—Samuel, existen convicciones personales en la lucha de mi hermano y de Gladstone —señaló, de pronto muy serio—. Uno de nuestros mejores amigos, Goran Jago…

—El periodista, lo conozco —aseguró Bronstein.

—Goran es un adicto empedernido —informó Blackraven—. Cuando era adolescente, tuvo en accidente. Para calmarle los dolores, le prescribieron láudano durante meses. Nunca pudo desembarazarse de la adicción que le provocó. En cuanto a Willy, su hermana menor, Helen Jane, también es adicta.

—No lo sabía —admitió Samuel con expresión contrita.

—Desde pequeña ha padecido de arrebatos de furia y de un comportamiento errático. Los médicos aconsejaron tratarla con opio. No necesito agregar nada más. —Alexander se puso de pie y su compañero lo imitó. Lanzó unos peniques, más que suficientes para cubrir el almuerzo y una sustanciosa propina para Daniel Mendoza—. Y ahora vamos. Son las tres. Entiendo que falta poco para que cierre la bolsa y quiero ver a la Formidable Señorita Manon en acción.

* * *

Samuel Bronstein lo guio dentro del espacioso salón del edificio de la London Stock Exchange. Se ubicaron en un sitio alejado de la aglomeración. Se trataba de otra jornada calurosa, y los aromas desagradables los alcanzaban aun en ese rincón apartado. Bronstein le señaló la mesa asignada a la Casa Neville, una de las pocas que había. Los demás agentes exclamaban las ofertas de pie y apuntaban las compras y las ventas apoyándose en las columnas o en las paredes. Alexander observaba con repugnancia al tiempo que con fascinación ese mundo tan ajeno al suyo, aunque debía admitir que existía cierta similitud en lo que para los de afuera habría sido juzgado como un gran caos y que, en realidad, funcionaba como un mecanismo de relojería.

A eso de las tres y diez, se abrió la puerta principal y entró Manon Neville. Al igual que el resto, Alexander concentró su atención en ella, y no habría sido capaz de apartarla, pues su figura ejercía una atracción magnética. Femenina y grácil, descollaba en ese mundo masculino, tosco y maloliente. Avanzaba escoltada por dos muchachos bien parecidos y con atuendos sobrios.

—Ross Chichister e Ignaz Bauer —informó Bronstein—, empleados del banco y sus hombres de confianza. Si su padre estuviese en Londres, habría venido acompañada por él. Pero Neville viajó a Penzance.

Alexander seguía con atención las palabras de su amigo sin apartar la mirada de Manon. Lo sorprendió un deseo irracional por oler la fragancia que se le arremolinaría en torno a su cuello y que habría cancelado los olores ofensivos del salón. La contemplaba avanzar mientras los agentes se le aproximaban para hacer sus ofertas. Parecían entrar en una especie de exaltación si ella se detenía para atenderlos o si adquiría sus acciones, bonos consolidados, planes de anualidades o títulos de deuda, lo que tuviesen para tentarla.

—Este espectáculo es por el bien de las apariencias —comentó Samuel—. Los Neville no hacen sus compras en público.

—¿Por qué no? —se interesó Alexander.

—Porque serían los responsables de generar un gran desequilibrio. Su peso es enorme en la bolsa de Londres y en las del continente —explicó—. Imagínate que el resto está esperando a ver qué hace el gran sir Percival para imitarlo. Si comprase determinado valor, el precio escalaría hasta las nubes, inflándolo inútilmente. Lo mismo si decidiese desprenderse de un valor: el precio se precipitaría dejando un tendal de capitalistas arruinados.

—¿Es responsabilidad de los Neville? —se extrañó Alexander.

—No desde un punto de vista legal —aclaró Bronstein—. Pero cuando llegas a ocupar el sitio que ellos alcanzaron, lo es desde un punto de vista moral. Eres responsable de la estabilidad del mercado. Por eso son temidos y respetados. Demasiado poder —masculló para sí—. Demasiado poder, y ella es solo una jovencita —añadió, y Alexander apartó la mirada, atraído por la preocupación de Samuel.

—Una jovencita «formidable» —evocó Alexander con cierto sarcasmo—. ¿Te preocupa? —se intrigó—. Lady Sarah Child Villiers también maneja el banco que heredó de su abuelo, lo ha hecho desde hace años y...

—Lady Sarah y la señorita Manon no son lo mismo —lo interrumpió el investigador—. Lady Sarah preside el Consejo de Administración de la Child & Co., pero tiene un esposo que la protege y colaboradores que se ocupan de la mayor parte de la tarea. Jamás la verás en la bolsa ni atendiendo a un cliente. Me he preguntado de modo recurrente por qué la señorita Manon lo hace —confesó Bronstein—. Creo que quiere demostrarle algo al mundo, no sé qué. Tal vez que se enorgullece de su índole de mujer. ¡Ah, pero mira quién ha elegido aparecerse hoy! —exclamó repentinamente.

Un cincuentón alto caminaba en dirección a Manon Neville con expresión decidida y paso largo y seguro. A la zaga iban otros dos, uno más joven, bien parecido; el otro, de aspecto tosco y pendenciero, observaba con desconfianza, como a la espera de una emboscada.

—¿Quiénes son?

—El que va delante es Jacob Trewartha —indicó, y Alexander se irguió en el asiento.

Lo veía por primera vez, al padre de Alexandrina, su enemigo mortal, el responsable de sus desvelos y angustias. Pese a haber dejado atrás la cincuentena, el cornuallés conservaba una buena figura; era alto y corpulento. El pelo completamente blanco relucía en contraste con la piel curtida tras años bajo el sol de Bengala. Vestía de modo impecable pero sin afectación; lucía cómodo consigo mismo. Le destinó una sonrisa expansiva a Manon. Ella, en cambio, se mostró formal y distante. Tras pocos minutos de charla, la joven se giró para hablar con sus empleados y, al hacerlo, lo detectó en aquel rincón lejano. Sus miradas quedaron atadas por un instante imperceptible, suficiente para causar una honda impresión. Manon apartó la vista sin saludarlo, y Alexander experimentó una alteración del ánimo. Preguntó, simulando impavidez:

—¿Quiénes son los otros dos?

—El que usa las patillas a la Souvarov, el más joven —recalcó Samuel—, es Julian Porter-White, esposo de la hermana mayor de la señorita Manon. Viene del Río de la Plata, como tu madre. Hijo de un comerciante norteamericano. Del otro sé poco. Llegó de la India con Trewartha. Se llama Trevor Glenn y lo sigue a sol y a sombra. Te daré mi opinión, aunque no me la hayas pedido. Ninguno me gusta y no les confiaría ni mis calzones.

Capítulo V

Manon salió a la calle asaltada por emociones tan opuestas que, pese a saber que Ignaz Bauer le hablaba, no discernía de qué. El desagrado por el encuentro con Jacob Trewartha y con Porter-White se mezclaba con la sorpresa causada por la presencia de Alexander Blackraven en el salón de la bolsa; estaba en compañía del investigador privado Samuel Bronstein.

Marchó a paso rápido, que reflejaba el ritmo de sus latidos y la convulsión de sus reflexiones. A punto de subir en el carruaje, se detuvo al clamor de unos gritos.

—¡Señorita Manon! ¡Señorita Manon!

Un hombre se aproximaba a la velocidad que su bastón le permitía. Thibault Belloc se ubicó delante de ella; otro tanto hicieron Ross Chichister e Ignaz Bauer.

—Es el señor Harris —dijo Manon—, el fabricante de sombreros —les recordó—. Permítanle acercarse.

—Gracias, señorita Manon —dijo el hombre y se secó el sudor de la frente.

Desde la boda de Cassandra, que había adoptado el nombre de Porter-White, era su derecho que la llamasen señorita Neville. Ella, sin embargo, prefería la vieja forma y a nadie corregía.

—Necesito hablar con usted, mi admirada señorita Manon.

—Le daremos una cita… —terció Chichister.

—Lo noto un poco pálido, señor Harris —lo interrumpió Manon—. Debe de ser el calor. Venga, suba a mi coche. Thibaudot, ayúdalo, por favor.

Pocos minutos más tarde, llegaron a la sede de la Casa Neville en Cornhill Street, y Manon condujo al hombre a una salita en la planta baja para evitarle subir las escaleras. Indicó que les llevasen té y unos bocaditos de tofe.

—Dígame, señor Harris, ¿en qué puedo ayudarlo?

—Señorita Manon —dijo el hombre, afligido—, venir hoy aquí para hablarle de este asunto tan delicado no es fácil para mí.

—Hable, señor Harris —lo invitó con dulzura—. Aquí estoy para escucharlo.

Harris la contempló con lágrimas suspendidas en los ojos. Abrió un cartapacio de badana oscura y extrajo unas láminas de papel grueso, que Manon reconoció enseguida: bonos del tesoro de Portugal; valían poca cosa. Los agentes los compraban y los vendían porque en las pequeñas variaciones de precio obtenían ganancias en ese período en que el mercado estaba demasiado tranquilo. Se usaban para especular, y nadie esperaba que el gobierno portugués pagase la renta anual. La Neville & Sons poseía algunos. Manon los había recibido como parte de pago de la deuda de un amigo de Percival, un productor de corcho de Portugal; incluso los aceptó a un precio más elevado para favorecerlo. Solo se vendían a hábiles especuladores. ¿Qué hacía un fabricante de sombreros, que de la bolsa no entendía nada, con varios centenares de libras en bonos de altísimo riesgo?

—Su cuñado, el señor Porter-White, me los vendió.

El impacto del nombre se reflejó en la expresión de Manon. Le palidecieron las mejillas.

—Nos encontramos a la salida de Saint Paul algunos domingos atrás —prosiguió Harris—, después del servicio. Conversamos de posibles inversiones y él me invitó a visitarlo ese lunes. Vine a verlo y me habló de la conveniencia de adquirir estos bonos del reino de Portugal. Y lo hice. —Se cubrió el rostro—. Oh, señorita Manon, qué gran error. Ayer supe que no valen nada y yo los pagué a noventa y tres libras cada uno.

«¡Se los vendió casi a la par!», se escandalizó Manon.

—Siempre trata estos temas conmigo, señor Harris —le recordó en un tono que no pretendía ser admonitorio—. ¿Por qué no vino a verme antes de adquirirlos?

—Pensé que el señor Porter-White, siendo ahora uno de los dueños…

—El señor Porter-White *no* es propietario de la Casa Neville —lo interrumpió e imprimió un énfasis a su voz que rectificó carraspeando—.

El señor Porter-White es un empleado más de nuestra casa. En el futuro, si yo no me encuentro para atenderlo personalmente, pedirá hablar con el señor Chichister o con el señor Bauer. Esto es, si aún desea hacer negocios con la Casa Neville.

Harris se pasó el pañuelo por la frente y por los ojos húmedos.

—Estoy arruinado, señorita Manon —murmuró sin alzar la vista—. Los ahorros de toda una vida perdidos por adquirir esta basura —se lamentó y sacudió los pliegos.

—¿Cree que yo permitiría eso, señor Harris? —Manon le retiró los títulos con delicadeza en el instante en que una joven llegaba con el servicio del té—. Gracias, Nora. Yo me ocuparé de servir. Ve y busca al señor Bauer.

Si Ignaz Bauer se escandalizó al ver los títulos del tesoro de Portugal en manos de un cliente como el señor Harris no lo dejó entrever. Los recibió y se retiró para proceder a la liquidación a un precio un poco superior a las noventa y tres libras por pliego.

—Nada compensará la ansiedad que debió de padecer desde que supo que estos son bonos de cobro muy incierto, señor Harris —reconoció Manon—, pero esos chelines de más que le daremos por bono quizá me ganen su perdón.

Sin meditar, Harris le aferró las manos y se las besó. Manon le perdonó lo impropio del arrebato pues ella misma se sentía conmovida ante la gratitud de un hombre trabajador y honesto.

—¿Qué tengo yo que perdonarle a su merced, señorita Manon? Su señoría es un ángel y yo estaré siempre a sus pies.

—Solo le pido una cosa, señor Harris. Absoluta discreción.

—Mis labios están sellados —prometió el sombrerero.

Al día siguiente, Manon recibió tres cajas con el sello de Harris & Sons Hatters, que contenían dos capotitas primorosas, una de ormesí rosado y otra más informal, de cordellate de seda amarilla, y un tocado de plumas azul pavo real con pequeñas flores de cristal, que decidió estrenar en el próximo baile de Almack's, el último de la temporada.

* * *

La taberna The City of London era el lugar donde los agentes y los especuladores se reunían tras el cierre de la bolsa a las tres y media y donde incluso seguían comprando y vendiendo, en especial aquellas acciones o títulos prohibidos, como los bonos de las Cortes españolas o de las naciones americanas emancipadas de los Borbones de España. Se trataba de un sitio de cierto lujo, famoso por las columnas de capiteles corintios que circundaban el recinto principal y por los saloncitos privados tapizados con *chintz* de distintos colores. A Trewartha le gustaba el de tonalidad dorada, tal vez porque era el más apartado. Allí se encontraba en compañía de su hombre de confianza, Trevor Glenn, de Julian Porter-White y de su asistente, Lucius Murray. Compartían un almuerzo tardío tras la visita a la bolsa.

—Me dices que llegaron noticias del Río de la Plata —se dirigió a Porter-White.

—Me escribió Bernardino Rivadavia —confirmó—. Sus noticias no son buenas. —Lucius Murray le pasó la carta referida—. Asegura que el duque de Guermeaux envió al Río de la Plata a un ingeniero, un tal Francis Turner, para que estudiase las posibilidades de realizar una explotación minera en esos territorios.

Trewartha engulló un trozo de cordero y sorbió un generoso trago de vino de saúco. En tanto, se daba tiempo para evaluar la información suministrada.

—Y durante tu visita en el Río de la Plata —preguntó con cierta impaciencia—, ¿nada oíste acerca del tal...?

—Francis Turner —apuntó Porter-White—. No, claramente no, pese a que ya debió de hallarse en mi tierra. Supongo que se encontraría recorriendo las provincias.

—¿Rivadavia no está exiliado en Montevideo? —se acordó de pronto Trewartha.

—Sí, pero tiene amigos en Buenos Aires, entre ellos mi padre, que le hacen de espías. Además, el tal Turner estuvo en Montevideo. —Lucius Murray le entregó una publicación, que Porter-White desplegó junto al plato de Trewartha—. Mira —indicó un listado en la primera página—, es el boletín de la British Assurance. Aquí dice que ayer atracó en Londres el bergantín *Hermes* proveniente de Montevideo. En él viajaba Turner, estoy seguro.

—Pues bien —dijo Trewartha con acento impaciente—, por lo que te comentó tu suegro acerca de la exportación de plata para la China, ya sabíamos lo que Blackraven se traía entre manos. No es extraño, entonces, que esté buscando minas donde abastecerse del metal.

—No es solo eso lo que me preocupa —señaló Julian—. El contenido del informe que Turner presentará en el Parlamento podría perjudicarnos.

Trewartha, de pronto atento y despabilado, asintió, sus ojos azules fijos en los oscuros de su interlocutor.

—El contenido no es favorable —dedujo.

—No lo es, no —confirmó Porter-White—, al menos eso asegura Rivadavia.

—¿Lo leyó?

—No. Se supone que es secreto. Pero un amigo de Rivadavia, que conoció a Turner en una tertulia en Buenos Aires, le dijo que, por algunos comentarios velados que Turner realizó, su opinión es decididamente contraria. Permíteme que te lea una parte de la carta de Rivadavia. —Desplegó la misiva y carraspeó—. «Por cuanto sé, querido amigo, las palabras vertidas en el malhadado reporte no son favorables para la explotación minera, en especial la referida al cerro Famatina, en la provincia de La Rioja. Recuerdo el tiempo en que yo mismo me interesé en su aprovechamiento. Unos mineros venidos de Cornualles sostuvieron que, si bien la empresa era de difícil consecución, podía llevarse adelante».

Trewartha guardó silencio mientras sometía el párrafo a una atenta reflexión.

—Dices que se espera que este tal Turner hable frente al Parlamento —preguntó repentinamente—. ¿Por qué?

—Porque Blackraven quiere involucrar al gobierno en la explotación minera, y para eso necesita la autorización de las dos cámaras.

—¿Por qué? —insistió Trewartha—. ¿Por qué quiere involucrar al gobierno?

—Porque necesita un gran aporte de capital —aventuró Lucius Murray, y provocó una risotada vacía de Trewartha.

—Blackraven es más rico que Creso —afirmó—, no necesita del dinero de nadie. Pero además de rico, es ladino y artero, y no da puntada sin hilo. Si busca asociarse con el gobierno, debe de tener razones de peso.

—No tendrá problema en lograrlo —apuntó Lucius Murray—. Se dice que es muy amigo del primer ministro Grey. Además, su hijo Arthur tiene mucho peso entre los miembros de la Cámara de los Comunes.

—Y su padre en la de los Lores —añadió Trewartha con desprecio—. Como sea —se impacientó—, si el informe del tal Turner se hiciese público sería el fin de nuestro proyecto. Creo que estamos a tiempo de hacerle una visita antes de que abra la boca. Quizá podamos convencerlo con una fuerte suma. —Se dirigió a Julian—: La British Assurance es la compañía de seguros de tu suegro, ¿verdad? —Porter-White asintió—. Entonces, no te será difícil hacerte con los datos de los pasajeros de los barcos que asegura; el domicilio, por ejemplo.

Porter White volvió a asentir. Extrajo un reloj de oro del bolsillo de su chaqueta y consultó la hora. Trewartha admiró la exquisita pieza de relojería.

—Es un reloj muy fino —comentó—. Regalo de tu suegro, imagino.

—De mi padre —lo corrigió Porter-White antes de dirigirse a su secretario—: Lucius, ve a las oficinas de la British Assurance —le ordenó—. A esta hora Godspeed y sus empleados suelen visitar las barracas del puerto, por lo que podrás buscar en los archivos sin que nadie te moleste.

Lucius Murray se puso de pie, se echó al coleto el último trago de vino y, tras una breve inclinación, abandonó el salón privado.

—¿Has recibido respuesta de Facundo Quiroga? —preguntó Trewartha, y su voz evidenció cierta ansiedad.

—No —contestó Julian.

—¡Mierda! —masculló Trewartha—. Ese montaraz de repente decide no contestar.

—Cuando me entrevisté con él en Buenos Aires casi un año atrás —afirmó Porter-White—, me aseguró que solo esperaba una buena oferta de alguna compañía inglesa para ponerse manos a la obra. Recuerdo que me dijo: «Mi tierra tiene los recursos, pero no el capital ni los hombres para hacerlo. Necesito mineros y herramientas».

—Pero ahora todo ese entusiasmo se ha convertido en un gran silencio —se enfadó Trewartha—. Sabes que sin él no hay ninguna posibilidad de llevar adelante nuestro plan.

—Rivadavia asegura que ahora el hombre fuerte es el anterior gobernador de Buenos Aires, Juan Manuel de Rosas —explicó Porter-White con aplomo—. Podría escribirle. Conoce a mi padre.

—Por si no lo recuerdas, querido Julian —dijo Trewartha con sarcasmo—, aquella tierra dejada de la mano de Dios es una especie de confederación, y cada estado es autónomo. La mina está en la provincia de La Rioja, el feudo de Quiroga, según me explicaste. Solo él cuenta con el poder para, además de explotar el cerro, acuñar moneda.

—Cometes un error si piensas que las cosas son como acá —advirtió Porter-White—. Allá solo rige una ley: la del más fuerte. Y en este momento el más fuerte es Rosas.

—Quien ni siquiera es gobernador de Buenos Aires —se mofó Trewartha.

—Eso es lo de menos —rebatió Julian—. Rosas maneja a las provincias tras bambalinas.

—¡Está bien! —se impacientó Trewartha—. Escríbele también a Rosas. Y ahora ve —ordenó con un ademán impaciente de la mano—. Quiero las dos cartas en el primer clíper que parta hacia el Río de la Plata.

—No —objetó Porter-White, imperturbable, y se puso de pie—. Le escribiré solo a Rosas. Aquella es mi tierra y aquella es mi gente, no las conoces como yo. Hemos perdido a Quiroga, es claro. Si no ha respondido es porque ha muerto o porque ya no tiene interés.

—O porque ahora está en tratos con Blackraven —habló por primera vez Trevor Glenn, que recibió un vistazo poco amigable de Trewartha.

Porter-White cerró la puerta del saloncito dorado al retirarse. Trewartha llenó su jarro de vino. Sorbió un largo trago.

—Hay que admitir que tiene agallas —comentó Trevor Glenn—. No se amedrenta ante tu mal carácter.

—Lo que tiene es algo en la mirada que me provoca repulsión —admitió Trewartha—. ¡Maldito Blackraven! —explotó súbitamente—. Es muy probable que sea acertado lo que dices: que tiene en un puño a Quiroga. Creí que, con los contactos de Porter-White en el Río de la Plata, tendríamos una baza.

—¿Para qué necesitas meterte en este lío de las minas? —intentó razonar Glenn—. Nosotros tenemos el monopolio del comercio del opio.

—Ya no —le recordó Trewartha—. Parece mentira —dijo, y sonrió sin ánimo—, pero Blackraven llega para arruinarme el que habría sido el mejor momento de mi vida. Tras décadas de codiciarlo, por fin me encuentro presidiendo la Corte de Directores, y este hijoputa logra que le quiten a la Compañía el monopolio del comercio con China.

—Nosotros tenemos nuestros propios clientes —expresó Trevor Glenn.

—Pero usábamos los barcos de la Compañía para transportar el opio, no lo olvides. Necesitaremos de nuevas naves, y conseguir eso no será fácil, a menos que Julian convenza a su suegro de usar algunos de sus barcos.

—La flota de Neville, esos cuatro bergantines de poca monta —desdeñó Glenn—. No nos servirían de mucho. Se mueven entre el canal de la Mancha y el Mediterráneo. A sus capitanes se les arrugaría el ombligo si tuviesen que enfrentar el Atlántico, ni qué decir un tifón en el mar de la China. Es la flota de Blackraven la que necesitamos —concluyó.

—Hablas del asesino de Victoria —le recordó Trewartha con la vista fija en el contenido del jarro y las manos convertidas en puños sobre la mesa—. Vuelve a sugerir que me asocie con él y te degüello.

—Lo siento. Fue un comentario inoportuno. —Trewartha gruñó una aceptación—. ¿Por qué Blackraven necesita asociarse con el suegro de Porter-White en este asunto de las minas?

—Por el azogue —respondió Trewartha—. Necesitas azogue para refinar la plata. Y Neville posee los derechos para explotar las minas de azogue más grandes del mundo, las de Almadén, en España. —Su expresión cambió repentinamente y un ceño le ensombreció la mirada—. ¿Alguna novedad de Ramabai?

—Nuestros hombres están buscándola por toda la ciudad.

—Trevik Jago es un gran pillo —dijo—. Tal vez simuló que se embarcaban en Colombo hacia Londres y, en realidad, lo hicieron hacia otro destino.

—Es la única pista con la que contamos —se justificó Glenn.

—Sabes lo que podría ocurrir si esos cuadernos cayesen en las manos equivocadas —le recordó—. Allí está la evidencia de nuestro comercio de opio fuera de la Compañía. El más inútil de los contables se daría cuenta de que robamos las tortas de opio del depósito de la Compañía si cotejase esos cuadernos con los registros oficiales.

—No creo que se deshaga de los cuadernos —razonó Trevor Glenn—. Es lo único que tiene para extorsionarte.

* * *

A eso de las cuatro de la tarde, Alexander llegó a Blackraven Hall, la residencia de su familia en Londres, sobre la calle de Birdcage Walk. Desmontó del caballo y se lo entregó al encargado de las caballerizas, al que saludó con aire ausente. No conseguía dejar en paz la imagen de Manon Neville en la bolsa, asediada por los agentes. Lo recalcitrante del pensamiento comenzaba a fastidiarlo. El ámbito masculino y brutal de la bolsa solo había servido para exaltar su feminidad. Al igual que le había ocurrido el día anterior en el parque, volvió a asombrarlo que ya no fuese la jovencita asustada que había rescatado en el barranco de Hartland Park. Tenía más o menos la misma edad de su hermana Isabella, a quien él todavía consideraba una niña por la que había desarrollado un gran sentido de la protección. La señorita Manon, en cambio, le inspiraba respeto.

Entró en el estudio de su padre sin llamar. Le urgía hablar con él. Lo encontró escribiendo una misiva.

—Ya estoy contigo, hijo —prometió Roger Blackraven, y le indicó que ocupase el asiento del otro lado del escritorio.

Alexander se quitó los guantes antes de acariciar la enorme cabeza de Sansón III, nieto del terranova que había sido su compañero de juegos de la infancia, en especial durante los largos viajes en barco. Se ubicó en la butaca. El sonido del rasgueo de la péñola sobre el papel fue apaciguándolo. Observó a su padre. Desde hacía años usaba quevedos para leer y escribir. El pelo corto y encanecido era un claro indicio de sus sesenta y dos años, también los rasgos curtidos tras décadas en el mar. Su cuerpo, por el contrario, los desmentían; aún conservaba la fortaleza que él tanto había admirado de niño. En el presente, eran de la casi exacta estatura, solo que su padre era robusto y macizo, cuando él era delgado y flexible.

Roger Blackraven depositó la péñola en el tintero y lo miró, y Alexander confirmó que en sus potentes ojos azules se entreveía el fuego que lo dotaba de una eterna vitalidad.

—Tu madre te esperaba para almorzar —le recordó con un acento que escondía malamente el fastidio que le provocaba que hubiese contrariado a su esposa.

En una ocasión, Isabella, la más irreverente de los cuatro, le había dicho: «Dada, solo amas a mamá. Y a nosotros nos quieres *un poco* porque somos sus apéndices». Alexander reprimió la sonrisa causada por el recuerdo.

—Fui a la academia de Dani a practicar un rato con Samuel. Me contó cosas interesantes. No te gustará escuchar lo que me dijo —advirtió Alexander, y Blackraven lo invitó a hablar con un ademán de la mano, las cejas gruesas y todavía negrísimas muy apretadas en el entrecejo—. Según Samuel, voces fidedignas aseguran que nuestra familia y la Casa Neville están por asociarse para abastecer de lingotes de plata al emperador Daoguang.

Roger inspiró largamente y se retrepó en la butaca. Clavó la mirada en la de su hijo.

—¿Tú qué le dijiste?

—Nada en concreto. Fui evasivo.

—En verdad, no me gusta nada lo que acabas de contarme —concedió Blackraven—. Un rumor de esa naturaleza podría perjudicarnos enormemente. Los agentes harían acopio de plata y el precio se iría a las nubes. Y hasta que nosotros consigamos nuestras propias minas, dependeremos del mercado para abastecernos.

—Esto significa solo una cosa —declaró Alexander—: hay un felón entre nosotros o bien lo hay en la Casa Neville. Por nuestra parte, solo lo sabe nuestro círculo más íntimo, por lo tanto, ya podemos ir eliminando la idea de que exista un traidor de este lado. Por parte del gobierno, solo el primer ministro está al tanto.

—Charles Grey es de mi absoluta confianza —proclamó Blackraven—. Hablará con el gabinete cuando haya que presentar el proyecto en el Parlamento.

—¿Y qué hay con la Casa Neville? ¿A quién se lo confió sir Percival? ¿Tal vez a su hija? Supe que se ha convertido en su mano derecha. No imagino a una mujer manteniendo la boca cerrada. —Se arrepintió de su comentario apenas lo pronunció.

—Lo que acabas de decir es indigno de ti —se enfadó Roger—. Les confiaría a tu madre y a tus hermanas mis secretos más arcanos, y ellas jamás los desvelarían. Manon me inspira la misma clase de confianza.

—Lo siento —replicó, afligido—, no debí referirme a ella en esos términos.

—Aunque acordamos la más estricta discreción, Percival pudo comentárselo a algún colaborador —especuló Blackraven.

—¿Tal vez se lo confió a Archie? —tentó Alexander.

—Archie continúa en Cantón. Viajó para abrir una sede de la Neville & Sons, pero cree que se trata de una sede más, como las que poseen en el continente. No sospecha que detrás de la apertura esté la exportación de lingotes de plata para China. Percy no confía en su hijo mayor —masculló tras un silencio—. Pero sí en su yerno, que trabaja con él.

—¿Julian Porter-White?

—El mismo. Es porteño —comentó Blackraven— y sé que meses atrás regresó del Río de la Plata. Según Percival, viajó por cuestiones familiares. Hablando del Río de la Plata, Francis Turner llegó ayer de Montevideo en el *Hermes*. Estaba respondiéndole la esquela que me envió hace un momento.

—¿Francis está en Londres? —se alegró Alexander.

Se habían conocido en el Trinity College, en la Universidad de Cambridge, a la que Turner había accedido gracias a la munificencia del patrón de su padre, que era un simple mayordomo. En aquel tiempo, Alexander y Turner estudiaban Matemática, Física y Geología. Alexander, apenas obtenido el título de ingeniero, y tras la ruptura con Alexandrina, inició el *grand tour* con Estevanico que lo condujo hasta Constantinopla. Turner, apenas graduado, y con una especialidad en el estudio de los suelos, comenzó a prestar servicios para los Blackraven, que mantenían intereses en varias partes del mundo.

—No adelanta mucho en su nota —anticipó Roger—, pero dice que no trae buenas noticias.

—Le llevaré la esquela yo mismo —ofreció Alexander—. Y lo invitaré al convite de mañana por la noche, si me autorizas.

—Claro, invítalo —accedió Blackraven—. Dile que hablaremos en esa oportunidad.

Alexander recibió la esquela y la guardó en el bolsillo interno de la chaqueta.

—Papá, tengo que referirte un asunto delicado.

—Hazlo —le concedió Roger—, pero debes saber que estoy esperando a tu tío Adriano de un momento a otro para hablar del tema que ya sabes.

—Se trata de Trevik Jago —anunció Alexander—. Desde el 4 de junio está viviendo en casa. Me lo encontré al llegar.

—¿En Grosvenor Place? —se asombró Blackraven, y Alexander lo confirmó con un asentimiento—. ¿Abandonó la vicaría de Patna? —Alexander volvió a asentir—. ¿Por qué no vino a hospedarse aquí, conmigo y con tu madre?

—Supongo que no quiere comprometerte. Es un asunto delicado —reiteró—. Trevik está escondiéndose. Asegura que debió huir de la India por su vida.

—Continúa —lo urgió Blackraven.

—No viajó solo. Lo acompañan una princesa maratí, sobrina del actual *peshwa*, y sus dos pequeñas hijas.

—¿Sobrina de Bajirao?

—Exacto. Ramabai es su nombre. De mi edad, calculo —especuló Alexander—. Muy hermosa, culta, con una exquisita educación. Huye de su esposo. Según Trevik, el hombre quiere deshacerse de ella para ocultar un matrimonio inconveniente. Y quiere asesinar también a Trevik, único testigo del matrimonio.

—Imagino que hablamos de un inglés —dedujo Roger, y Alexander asintió—. No me sorprende. La bigamia ha sido el gran problema desde que la Inglaterra y la India se han vuelto, digamos, tan unidas —ironizó—. Pero veo que este señor planea ir más allá y borrar del mapa a la esposa india y al pastor que los casó.

—Así es. —Alexander pausó antes de añadir—: Ese hombre es Jacob Trewartha.

Blackraven detuvo el jueguecito que hacía con su anillo. Tras unos segundos de reflexión, admitió:

—Lo creo capaz. Un matrimonio con una india lo arruinaría, por muy sobrina del *peshwa* que sea. Quedaría completamente marginado de la sociedad y, en la próxima votación, perdería el cargo de presidente de la Corte de Directores, que ambicionó desde que entró a trabajar en la Compañía cuando tenía dieciséis años.

—Trevik no sabe que Trewartha está en Londres.

—Si la memoria me asiste —meditó Roger—, Jacob llegó durante el otoño del año pasado. Se dice que vino a buscar esposa, lo que se ajustaría a lo que estás contándome.

—Te confieso que no sé qué hacer —admitió Alexander.

Llamaron a la puerta. Blackraven invitó a pasar. Un paje de librea azul y plata, los colores de la casa de Guermeaux, le franqueó el paso al portugués Adriano Távora, ilegítimo del rey José I y viejo amigo de la familia Blackraven, a quien se le iluminó la expresión al encontrarse con Alexander en el estudio.

—¡Muchacho querido! —exclamó y lo abrazó—. Decides crecer unas cuantas pulgadas cada vez que te vas, ¿o estaré encogiéndome?

—Cada vez que me ausento varios meses, tú te decides a rejuvenecer —lo lisonjeó Alexander, y lo tomó del brazo para guiarlo hasta un sofá cerca de la chimenea apagada.

—¡Rejuvenecer! Mira, ahora camino con bastón a causa de esta rodilla. Cada mañana, abro los ojos y me preguntó qué nuevo dolor me asaltará. Pronto cumpliré setenta y cuatro —anunció—. Tu abuela, en cambio, que cumplirá ochenta y uno en noviembre, luce más joven que yo. ¡Si fue ella la que me regaló el bastón! Creo que lo hizo para mofarse.

Roger y Alexander rieron.

—Deja de lamentarte —lo reconvino Blackraven—. Acabas de regresar de Portugal, y el capitán Marlowe me confesó que casi tomas el timón por asalto. Te lo pasaste dando órdenes a la marinería.

—Alcahuete. Ese Marlowe no sabría distinguir una vela cangreja de una gavia.

Discurrieron sobre el tema que amaban: la navegación. Alexander les refirió los detalles de su viaje a Australia, del que había regresado con un cargamento de oro para la Casa Neville y para el Banco de Inglaterra.

—¿Cómo están las cosas en Lisboa? —se interesó Roger, y Távora profirió un bufido.

—Mis sobrinos nietos Miguel y Pedro están disputándose el trono como perro y gato. Como si no fuesen hermanos. Y la pequeña María de la Gloria en medio de esta disputa deshonrosa. Pero ya conocen la historia. —Agitó la mano para desestimar el asunto—. No quiero aburrirlos. —Dirigió la mirada hacia Roger—. En tu billete decías que necesitabas hablarme con cierta urgencia. ¿Para qué soy bueno?

—Necesitamos tu ayuda en la corte portuguesa. Pero Alex te explicará de qué se trata —indicó Blackraven—. Después de todo, esta ha sido una idea suya.

—En mi último viaje a Cantón —dijo el aludido—, me entrevisté con Lu Kun, el gobernador.

—Oh —se sorprendió Távora—, creí que estaba prohibido que los extranjeros entrasen en contacto con los mandarines.

—Lo está —confirmó Alexander—. Se trató de una entrevista clandestina en la isla de Lin Tin. Howqua ofició de traductor.

—El viejo Howqua es garantía de discreción —afirmó Adriano Távora—. De todos los comerciantes del Cohong, solo él me inspira confianza. Pero anda, dime, ¿qué quería el gobernador de Cantón? Has conseguido intrigarme, nada fácil en un viejo como yo, que ha visto y vivido todo lo que hay para ver y vivir.

—Su intención era entregarme una carta del emperador Daoguang para papá.

Blackraven se puso de pie. Caminó hacia un sector alejado de la habitación, apartó un panel de madera que cubría una porción de la pared y desveló una caja fuerte, de la cual extrajo un rollo de papel en una tonalidad amarillenta. Desenrolló el pliego y lo entregó a Távora. Que la carta estuviese escrita en la peculiar tinta rojo bermellón hablaba de la autenticidad de la comunicación imperial, pues la tinta roja era de uso exclusivo del emperador.

—Aquí está la traducción que la acompañaba —dijo, y le entregó otro pliego en tinta negra; le ofreció los quevedos, que Távora aceptó.

En el estilo pomposo de los soberanos de la dinastía Qing, Daoguang comenzaba recordando la amistad entre su abuelo, el emperador celestial Qianlong, y el gran duque de Guermeaux, y el servicio que este le había prestado al rescatar a su concubina favorita, a quien la traición de un infame eunuco había puesto en manos de unos depravados piratas. Távora sabía, porque su barco, el *Minerva*, había sido parte del convoy, que se había tratado de una coincidencia que se enfrentasen con los piratas chinos y que, tras vencerlos, encontrasen a la desafortunada joven encadenada y en una crisis nerviosa. Lo primero que llamó la atención fueron los costosos géneros que la cubrían. La suavidad de las manos y los pies de loto evidenciaron su origen aristocrático. Uno de la tripulación terminó por confesar de quién se trataba; planeaban pedir rescate. Blackraven la condujo al puerto de Tianjín, habilitado a los extranjeros por aquellos años, y la entregó a las autoridades junto con los que la habían raptado. Dos días más tarde, Blackraven recibió en el castillo de popa a unos mandarines, que lo condujeron en un viaje por tierra hasta el Palacio de Verano, donde se reunió con el emperador Qianlong, que lo cubrió de regalos y le juró amistad eterna.

Superada la larga introducción, la carta de Daoguang proseguía con un detalle de las calamidades que asolaban a su imperio, entre las cuales el comercio ilegal del opio, prohibido en varias oportunidades por distintos decretos imperiales, era la peor; además de destruir la voluntad y la salud del pueblo, desestabilizaba la economía y propiciaba el alza desmesurada de los precios, lo que finalmente se traducía en escasez y en hambre. En resumidas cuentas, Daoguang estaba solicitando la ayuda del poderoso duque para salvar a su país.

—Las cuestiones relacionadas con la economía siempre me han resultado un galimatías —se justificó Távora—. Leí *La riqueza de las naciones* y todavía sigo sin entender cómo funciona. Explícame con simpleza qué ocurre en China.

—El problema es que China está desangrándose —expuso Alexander—. Sus lingotes de plata *sycee* fluyen fuera del país para pagar los cargamentos ilegales de opio y no vuelven a ingresar cuando los comerciantes del Cohong reciben los pagos por el té, la seda, el jade, la porcelana y los tantos productos de los cuales los ingleses ya no podemos prescindir.

—Estoy viejo —concedió Távora—, pero creo que todavía la cabeza me funciona. A ver, muchacho, si he comprendido bien. Los lingotes de plata... ¿cómo los llamaste?

—*Sycee*. También los llaman *yuanbao*. Es el típico lingote chino, en forma de barca.

—Sí, los recuerdo —aseguró Távora—. Entonces, si los lingotes de plata salen para pagar el opio a los traficantes ingleses, ¿por qué no vuelven a entrar para pagar el té que tanto añoran los ingleses?

—Los comerciantes del Cohong no pueden aceptar los lingotes porque en China es ilegal exportar la plata. Al salir del territorio chino —aclaró—, el lingote se transforma en un valor espurio y ya no puede emplearse en el comercio legal.

—Algo han de recibir, ¿verdad? Con algo se les deben de pagar las toneladas de té.

—Hasta hace unos años —explicó Alexander—, recibían dólares españoles, que luego fundían para moldear los *sycee*. Pero desde hace un tiempo se comenzó a pagar el té y la seda con letras de cambio pues los comerciantes ingleses y los norteamericanos no quieren deshacerse de la plata.

—¿Por qué? —se intrigó Távora.

—Es una cuestión de escasez —intervino Roger—. La decadencia de las minas del Potosí y las guerras de independencia en la América española propiciaron que la plata se volviese un metal muy codiciado. Nadie quiere desprenderse de él.

—Por eso —retomó Alexander— es imperativo encontrar nuevas explotaciones y ponerlas a producir. Es en esta instancia donde necesitamos tu intervención en la corte de los Braganza. En el norte de Portugal se han detectado unos yacimientos potencialmente ricos.

Távora asintió con expresión seria.

—Supongamos que consiguiésemos la explotación de las minas —especuló el portugués—. Ustedes entregarían este metal tan preciado al emperador Daoguang. ¿A cambio de qué?

—A cambio de la apertura de algunos puertos en el norte de la China —declaró Alexander y guardó silencio a la espera de que la información surtiera efecto.

—¡Cielo santo! —exclamó Távora y se colocó los quevedos para continuar leyendo la traducción de la carta imperial—. Tianjín, Ningbo, Shanghái y Qingdao —enumeró, atónito—. ¡Esto es increíble! Los Blackraven habrán conquistado lo que el Imperio británico ha deseado durante casi un siglo sin éxito, que los puertos chinos del norte vuelvan a abrirse al comercio. Basta muy poco para contar con una embajada en Pekín.

—No tan deprisa, Adriano —lo detuvo Blackraven—. La apertura de esos puertos sería exclusivamente para nosotros, a cambio de la plata que China tanto necesita y que nadie está dispuesto a cederle.

—Oh —susurró—. ¿El resto de los comerciantes ingleses deberá seguir comerciando exclusivamente en el puerto de Cantón?

—Exacto —confirmó Alexander.

—Estamos hablando de miles, tal vez de millones de libras en lingotes de plata —calculó Távora—. ¿Cuánto té, seda y porcelana recibirás a cambio? Inundarás el mercado inglés. Los precios caerán estrepitosamente.

—¿No era que comprendías poco de las cuestiones de la economía? —bromeó Blackraven—. Una parte de la plata entregada se considerará una retribución al emperador por el permiso concedido para comerciar en los puertos prohibidos. Lo demás será pagado con té, seda, jade y los tantos productos chinos que codiciamos.

—Sé que eres más listo que un fenicio en los negocios —concedió el portugués—, pero ¿será rentable para ti? ¿Cuántos de esos lingotes de plata serán destinados a la retribución de Daoguang?

—Te aseguro que el negocio será beneficioso para ambas partes —declaró Blackraven—. El acuerdo con Daoguang también prevé el compromiso por parte de China en adquirir nuestros productos y nuestros *commodities*. Parte de la plata regresará a nuestras manos una vez que los vendamos en los puertos del norte.

—Nuestras producciones de cueros en el Río de la Plata son enormes —le recordó Alexander—, como también lo son los productos de La Isabella y de Párvati, sin mencionar los de mi hacienda en Sumatra.

—¿La que adquiriste en la zona de Lampung? —quiso precisar Távora.

Alexander asintió antes de explicar:

—Los chinos codician el glasto, una planta que crece por toneladas en mi hacienda, y con la que fabrican tinturas y medicinas. También planeo producir una tela impermeable con una resina que producen unos árboles que también abundan allí —dijo, entusiasmado—. La venderemos en China como pan caliente.

—Roger, esto podría traerte consecuencias gravísimas —razonó Távora—. Necesitaría tiempo para meditar todas las posibles derivaciones, pero se me ocurre una en este instante: el gobierno inglés podría acusarte de traidor y exigirte que termines tus tratos privados con Daoguang. ¿Por qué deseas meterte en este lío? Entiendo que la apertura de esos puertos duplicaría tus ingresos, los triplicaría tal vez, pero tú no lo necesitas.

—En realidad, lo necesitamos —replicó Alexander—. Inglaterra depende de su comercio con China. Los otros mercados, incluso el de la India, palidecen frente al gigante chino. Es más, hoy la India vive del opio que les vende ilegalmente a los traficantes chinos en Cantón. Pero este gigante del que tanto dependemos tiene los pies de barro, y hemos sido los ingleses con el comercio del opio quienes hemos aportado a debilitarlo. Si el gigante cae, nos arrastrará a todos —vaticinó.

—¿Tan delicada es la situación de China? —Távora dirigió la pregunta a Roger, que se limitó a bajar los párpados a modo de asentimiento—. Pero también es delicada la situación en la que te posicionarías —insistió el portugués, visiblemente preocupado—. ¿Cuánto pasará antes de que los demás comerciantes de Cantón se enteren de que tus barcos siguen rumbo hacia el norte?

—Hemos previsto esa cuestión. Nosotros mismos haremos la primera entrega —explicó Alexander—, escoltados por la flota de Liu Tao y...

—¡Esa pirata! —se exaltó Távora y propició las sonrisas de Roger y de Alexander—. ¿Pueden confiar en ella?

—Tío, no hables mal de las mujeres piratas frente a Ella o te endilgará una filípica de una hora. Y la respuesta es sí, confiamos en Liu Tao.

—Lo sé, lo sé —concedió Távora y miró a Blackraven—, tú y Melody prácticamente han criado a sus hijos.

—Jimmy y Quiao son parte de nuestra familia —confirmó Roger—. Mi amistad con su padre también está en la balanza.

—Debo admitir que la presencia de Jason Walsh le brinda un poco de seriedad al asunto —concedió Távora—, aunque sea un redomado pirata igual que su mujer.

—Es uno de los mejores navegantes que conozco —comentó Blackraven—. Lo he visto sortear tifones con una destreza única. Nadie conoce esos endiablados mares de China como él. Hay poca cartografía, y la poca que hay la ha trazado él mismo. Además, su palabra vale oro.

—Después de la primera entrega —retomó Alexander—, será la flota de Liu Tao y de Jason Walsh la que viajará al norte con las mercancías.

Távora se acarició la barbilla y fijó la vista en un punto indefinido. Alexander y Roger respetaron su mutismo.

—¿Dónde se realizará la carga y la descarga? —preguntó de pronto—. No frente a los otros comerciantes, estimo —ironizó.

—Otra de las concesiones de Daoguang es el uso de una pequeña isla, un promontorio prácticamente vacío, a poco más de cincuenta millas al sur de Cantón —contestó Alexander—. Hong Kong se llama. Es uno de los mejores puertos naturales que he visto.

Távora negó varias veces con la cabeza.

—Parece que han tenido en cuenta todos los detalles —concedió— y, sin embargo, lo juzgo un asunto arriesgado. La corrupción de los mandarines me inquieta.

—Contamos con el apoyo del emperador —se apresuró a responder Alexander.

—Daoguang no ha conseguido terminar con la corrupción que facilita la entrada del opio en su país —les recordó—. Permítanme dudar de su poder.

—Adriano —terció Blackraven—, sabemos que el plan presenta puntos débiles, pero si no logramos estabilizar la economía de China, sobrevendrá una crisis de magnitudes gigantescas, como Alex te ha explicado. Este acuerdo no durará mucho, lo sabemos, pero al menos nos dará tiempo para calmar las cosas.

—Por otro lado —acotó Alexander—, estamos trabajando para acabar con el comercio del opio. Artie y otros miembros del Parlamento están ocupándose.

—¿Es posible —se preguntó Távora— que ninguno de los funcionarios ingleses se dé cuenta del peligro que implica para el Imperio británico destruir China?

Roger Blackraven inspiró profundamente y se acomodó en el asiento.

—Te sorprenderías al comprobar lo extendida que está la estupidez entre los políticos de este país —declaró con semblante serio—. Sin embargo, lord Palmerston no es ningún estúpido.

—¿Te refieres al canciller actual?

—El mismo. Es simpático, irreverente y popular. Pero bajo esa traza de hombre del pueblo, se esconde uno con mano de hierro y una enorme soberbia. Lo conozco y sé cómo resolverá la cuestión china si pasa de castaño a oscuro.

—¿De qué modo? —se interesó Távora.

—Con la guerra, y si el Imperio británico le declara la guerra a China, la nivelará con el suelo.

—Y nadie quiere eso —susurró el portugués.

* * *

Alexander Blackraven subió de dos en dos los escalones que lo conducían a la planta alta de la propiedad donde su amigo Francis Turner alquilaba un apartamento sobre Horseferry Road, en la zona de Westminster. Se fundieron en un abrazo; hacía casi dos años que no se veían. Turner lo invitó a sentarse y a probar un *bourbon* bien añejado.

—No, gracias, voy de paso —se excusó—. He venido a entregarte este mensaje de mi padre —le tendió la esquela sellada— y a invitarte a la velada de mañana a las ocho en Blackraven Hall. Aprovecharemos para hablar de tu viaje.

—Cuenta con mi presencia —aceptó Turner—. Allí les mostraré el resultado de mi trabajo en la Confederación Argentina —anticipó—. Llevaré los mapas, los informes y algunas publicaciones. Traigo carta de tu tío Tomás Maguire y otra de Facundo Quiroga para tu padre, que está entusiasmado por asociarse con él. De igual modo te adelanto que mis conclusiones no son favorables.

—¿No hay metales preciosos en el cerro Famatina?

—Verás, Alex, el Famatina posee varias vetas de oro y de plata y, si bien son de escasa extensión, se compensa con la pureza. Es cierto que hay un problema con el agua subterránea, que se encuentra a pocos pies, lo que constituye un gran riesgo para los mineros, pero con potentes bombas lograríamos sortear el escollo. La triste soledad en la que se halla el Famatina, a leguas de la civilización, y su clima extremo no son obstáculos menores, pero si están dispuestos a realizar una fuerte inversión, también podría vencerse esa dificultad. Es la gran confusión política y militar en la que se encuentra el Río de la Plata la que en verdad me preocupa. Allí radica, a mi juicio, la verdadera imposibilidad de llevar adelante una explotación minera en esas tierras. No hay marco legal. Reina la anarquía y la ley del más fuerte. El señor Quiroga hace votos para que tu padre cierre el acuerdo con él y me repitió que había rechazado otros porque el buen nombre de tu padre lo precede.

—¿Qué tipo de hombre es?

Turner se encogió de hombros.

—Estos sudamericanos son tipos rudos, acostumbrados a desenvainar el cuchillo por cualquier cosa, muy orgullosos de su tierra y de su origen, más feudales que republicanos. En cuanto a Quiroga, está metido hasta las trencas en las rencillas políticas. Créeme, hacer política en el Río de la Plata requiere de una gran cuota de coraje pues arriesgas el pescuezo cada día. Es un jugador empedernido y pierde fortunas con los naipes. En más de una ocasión lo vi coger una borrachera de aúpa y, cuando esto ocurría, perdía los papeles por completo. Sin embargo, existe un sustrato muy noble en él, que me inspira respeto.

Alexander se despidió de Turner y salió a la calle cuando ya comenzaba a oscurecer. Saltó sobre su caballo y marchó a paso tranquilo en dirección hacia Hyde Park.

Capítulo VI

Ese sábado, Manon se dirigía muy temprano a la City; no eran aún las siete y media. Le gustaba ser de las primeras en llegar al banco. Sin embargo, esa mañana se encontraba desanimada y le latían las sienes. Había dormido poco y mal tras la discusión con su cuñado durante la cena, cuando le reclamó la venta de los bonos portugueses a un cliente incauto e ignorante como el sombrerero Harris. Cassandra se había echado a llorar y había intentado aplacar los ánimos, lo que había inspirado una pena tan profunda en Manon, que cerró la boca y dio por terminado el asunto.

Thibault Belloc detuvo el carruaje frente a la entrada del banco, desplegó la zancajera y la ayudó a descender. Se miraron con deliberada intensidad. El gascón chasqueó la lengua y movió la cabeza para negar.

—Debes referírselo a tu padre cuando regrese de Cornualles —le aconsejó mientras la escoltaba hasta la entrada de la sede—. Lo que hizo Porter-White es de una enorme gravedad.

—Lo sé, Thibaudot, pero Cassie sufrirá.

Se detuvieron en el umbral del ingreso. Manon elevó la vista. El gran escudo de la Casa Neville embellecía el frontis del edificio en estilo neoclásico. *«Ne vile velis»*, leyó para sí.

—¿Sabes, Thibaudot? A veces me pregunto si el negocio bancario no estará envileciendo a los Neville.

—No a ti, mi niña. No a ti —reiteró.

Apenas ocupó el escritorio, Manon convocó a Ross Chichister y a Ignaz Bauer, que ya se encontraban en sus puestos. Se presentaron con expresiones graves y, tras unos saludos bisbiseados, se sentaron a una indicación de Manon.

—Ignaz, quiero saber, y quiero saberlo lo antes posible, si la Casa Neville ha vendido bonos portugueses o de naturaleza similar a algún otro cliente.

—Prepararé el informe enseguida —aseguró Bauer.

—Ross, quiero conocer el inventario completo de los bonos que tenemos en el Tesoro. Desde ahora y en adelante, no se venderá un bono sin mi aprobación.

—El señor Porter-White administra la emisión de títulos de deuda —le recordó Chichister—. Es parte de su trabajo vender los bonos que tenemos en el Tesoro.

—Pues le dices que ha sido una orden mía —se fastidió Manon.

Un amanuense llamó a la puerta y anunció la presencia del señor Dennis Fitzroy. Manon despidió a sus empleados y se tomó unos minutos para serenarse. El cirujano Fitzroy se quitó el peculiar sombrero y se inclinó ante ella. Le destinó una sonrisa tan cálida y desprovista de artificios, que Manon, pese a sentirse deprimida, se la devolvió con sinceridad.

—Gracias por haberme concedido unos minutos de tu preciado tiempo, amiga Manon. Sé que eres una persona ocupada, por lo tanto iré al grano. He venido a preguntarte si es posible que la Casa Neville me preste dinero.

—Los bancos, entre otras cosas, señor Fitzroy, prestan dinero. El monto dependerá de las cualidades del solicitante, esto es, de las garantías que pueda ofrecer.

—¿Se refiere a garantizarlo con tierras o con propiedades?

—Son las garantías más usuales, sí. Títulos de deuda y acciones también podrían tomarse en consideración.

Fitzroy se puso de pie.

—Entonces, estimada amiga Manon, no te haré perder el tiempo, dado que yo no cuento ni con tierras ni con títulos de deuda.

—Por favor, señor Fitzroy, tome asiento. Por favor —debió insistir—. Ahora cuénteme para qué necesita el dinero.

Dennis Fitzroy asintió antes de explicarle la situación hospitalaria en Londres. Disertó durante largos minutos. Manon no lo interrumpió, cautivada por el ardor con el que el cuáquero le refería las características de un sistema que a ojos vistas era injusto y arbitrario. La admisión en un hospital dependía del pago de una cuota anual, que se dividía en un determinado número de billetes; cada billete otorgaba el derecho a una internación. Los pobres dependían de los personajes ricos para la obtención de los billetes que les franqueaban el acceso al hospital. En la mayoría de los casos, nunca los obtenían, por lo que morían en sus casas.

—El único pasaporte para obtener la admisión deberían ser la pobreza y la enfermedad —declaró Fitzroy—. Por eso he venido hoy hasta aquí, porque deseaba obtener un préstamo que me permitiese fundar un hospital para los pobres, sin necesidad de billetes ni de recomendaciones. Un hospital para los amigos —concluyó.

Manon, aún conmovida por la pasión del discurso, pensó en el lema que había guiado a los Neville durante centurias. Quizá el cielo le enviaba a ese hombre excéntrico, noble y bueno para redimir la vileza de su familia.

* * *

Estaban llegando tarde a la velada en Blackraven Hall, y por culpa de su cuñado, que empleaba más tiempo que las mujeres para acicalarse.

—Ve a llamarlo, Cassie —se impacientó Leonard—. Son casi las ocho —apuntó con la mirada en el reloj de péndola del vestíbulo.

—Ya lo he hecho, pero no responde —contestó, preocupada—. He intentado entrar en su habitación, pero la puerta está con llave.

—Siempre ha sido un poco duro de oído —comentó Alba Porter-White, y soltó la risita que a Manon crispaba.

Se alejó del sonido irritante y se contempló en el espejo veneciano del vestíbulo. Habría deseado que su cuñado nunca retornase del intempestivo viaje que lo había conducido a Buenos Aires el año anterior después de casi una década de ausencia de su tierra natal. Fijó la vista en la mirada de ojos azules que le devolvía el reflejo y la juzgó endurecida, tal vez cínica. Experimentó una gran culpa, porque en sus motivaciones egoístas olvidaba la pena que habría significado para Cassandra y para el pequeño William que Porter-White no volviese.

Por fin había regresado, y en compañía de Alba, la bella hermana que no superaba la treintena y que, tras un breve matrimonio con un tal Rodrigo Acevedo, había enviudado poco antes de que Julian se embarcase hacia Londres, lo que la decidió a acompañarlo para alejarse del sitio que le recordaba a su adorado esposo. ¿No se suponía que estaba de luto? Ni siquiera vestía de negro y llevaba una vida social tan ajetreada que resultaba difícil imaginar que, pocos meses atrás, había sufrido una pérdida capital.

En el espejo se reflejó la imagen de su abuela Aldonza, que si bien lucía elegante en un vestido de corte princesa confeccionado en una rica muselina gris, algo en su expresión le desvelaba la índole de gitana. ¿La astucia que brillaba en sus ojos oscuros, que se aguzaban continuamente? ¿Tal vez la voz lenta, rasposa y grave de quien ha fumado tabaco la vida entera traicionaba sus aires de señora? Debían de ser sus lóbulos cargados de largos pendientes, o la bolsita grisgrís, dedicada a Santiago Matamoros, regalo de un hombre santo de Sevilla, que ni siquiera se quitaba para una tertulia en lo de miss Melody pese a que era bastante conspicua dado su tamaño de varias pulgadas. Como fuese, amaba a su abuela gitana. Se dio vuelta y la besó en la mejilla.

—Estás hermosa. Me recuerdas a mamá.

La mujer se encogió de hombros.

—Sabes que solo acepto concurrir a lo de miss Melody pues en medio de la feria de rarezas que hay en su hogar, yo seré una más. A nadie puedo ocultar que no soy una dama —afirmó—. En cambio tú —dijo, y la estudió con atención— luces magnífica. ¿Tal vez te has preparado con especial esmero para ver a cierto joven de los ojos del color del cielo?

Un arrebol coloreó las mejillas de Manon. Sus tías Louisa y Charlotte llamaban bruja a Aldonza, y quizá no se equivocaban, pues ¿cómo había adivinado el secreto que celaba en su corazón? No se lo había confiado a nadie y había sido prudente en las palabras y en el comportamiento, sin mencionar que le sobraban los dedos de una mano para contar las veces que Aldonza los había visto, a Alexander y a ella, en la misma habitación.

—Eso, muy bien —aprobó la anciana y le acunó el rostro—, pon un poco de color en tu pálido rostro. ¿Estás llevando las castañuelas? —recordó de pronto, y Manon asintió al tiempo que tocaba la escarcela de satén.

El recuerdo del billete que había recibido cerca del mediodía la hizo sonreír. *Queridísima Manon, trae tus castañuelas esta noche. Boccherini te espera. Melody.* La duquesa de Guermeaux, que conocía su preferencia por el compositor italiano, siempre la halagaba exigiendo a la orquesta que incluyese piezas de su autoría. El pedido de las castañuelas significaba que interpretarían el vivaz fandango que ella tanto amaba y que se esperaba que ella tocase frente a los invitados. En otra ocasión, habría accedido sin dudar. Esa noche, que Alexander fuese parte del público la hacía dudar. Nunca había tocado frente a él. ¿Y si pretendían que acompañase la música con una danza flamenca? A eso se negaría rotundamente, así fuese el propio duque de Guermeaux el que se lo pidiera.

Porter-White bajó las escaleras y se presentó en el vestíbulo con una disposición agitada. Pidió disculpas antes de indicarles la salida.

—¡Julian! —exclamó Cassandra—. ¡Tienes rasgada la levita del frac!

Aldonza estudió el jirón en una de las colas de la chaqueta.

—Me llevará horas zurcir esto —diagnosticó.

—Deberías contratar un valet —aconsejó Anne-Sofie, la esposa de Leonard—. Jamás habría pasado por alto un detalle como este.

Porter-White regresó a la carrera a la planta superior para cambiarse. Cassandra fue tras él.

—Julián —comentó Alba, y empleó la forma española del nombre— siempre ha sido muy descuidado con la ropa. Recuerdo cuando mi madre…

La joven siguió discurriendo y Manon dejó de escucharla. Le provocaba una ojeriza injustificada si se tenía en cuenta que se trataba de una mujer educada y comedida, que se había encariñado con Cassandra. En honor a la verdad, el origen de la antipatía radicaba en su padre, que se ponía hecho un tonto cada vez que Alba aparecía.

Porter-White bajó con una chaqueta de Percival, que le iba corta de mangas. Pocos minutos más tarde, se hallaban confinados en el interior del carruaje rumbo a Blackraven Hall. Habría preferido ir en el coche con sus tíos Leonard y Anne-Sofie, con su tutor Masino Aldobrandini y con su abuela Aldonza. Cassandra, al tomarla del brazo e indicarle que correspondía que viajase con los jóvenes, no le dio opción. Compartir el espacio reducido del habitáculo con Porter-White después de la discusión de la noche pasada estaba demostrándose insoportable. Su cuñado, sentado frente a ella, le clavaba la mirada, y ella no era capaz de sostenérsela, tanta aversión le inspiraba.

Se olvidó de Porter-White apenas entró en el vestíbulo de Black-raven Hall. La asaltaron otro tipo de emociones cuando los anfitriones fueron a recibirlos al ingreso del salón tras el anuncio del mayordomo. Observó la pareja que conformaban el duque y la duquesa de Guermeaux. Notablemente más joven que Roger Blackraven, Melody, como la llamaban en la intimidad, parecía inmarcesible, como si el paso del tiempo no la alcanzara ni la rozase. Una mirada más severa habría detectado algunas líneas en el rostro, las curvas más redondeadas o los cabellos plateados que se confundían entre los rizos de una tonalidad indefinida entre el rubio y el pelirrojo. Era famosa la exuberancia de su cabellera, para algunos el símbolo de su vulgaridad; para ella, un rasgo más del atractivo de la duquesa. La moda imponía que las mujeres casadas llevasen el cabello recogido en tocados con la raya al medio, y Melody se había ajustado a la imposición, ocultando al mundo uno de sus atributos más notables.

—Manon querida —la saludó con una voz que la primera vez siempre desconcertaba, pues era más bien grave—. Estás bellísima esta noche. Lamento que Percy no haya podido venir.

—Mi padre regresa la semana que viene —contestó, emocionada por el simple hecho de encontrarse en la esfera mágica que se generaba alrededor de esa mujer.

—¿Has traído las castañuelas? —Melody lo preguntó en un susurro cómplice, y Manon dio unos golpecitos a su escarcela, donde las castañuelas emitieron un agradable sonido.

Una de las tantas rarezas de miss Melody, como las llamaba Aldonza, se encontraba como de costumbre pegada a la duquesa. Se trataba de Quiao Walsh, la hermana del cirujano James Walsh, también mestiza, mitad inglesa, mitad china. La notoria timidez de Quiao no bastaba para empañar su belleza. «Parece una figulina de porcelana», había declarado en una ocasión su tía Anne-Sofie, y con justicia. Manon se preguntó si Alexander también la encontraría bonita en ese notable contraste entre su piel tan clara y el cabello tan negro.

—¡Manon! —exclamó Isabella Blackraven y, haciendo caso omiso de las normas de urbanidad, la abrazó y la besó en ambas mejillas—. ¡Estás bellísima!

—Acabo de decírselo —acordó Melody—. Ese organdí azul de ultramar realza el color de tus ojos. Confección de Aldonza, imagino —conjeturó la duquesa, y Manon asintió—. Aldonza querida —Melody se dirigió en español a la silenciosa mujer—, eres un hada con la aguja y el hilo. El vestido de Cassie es una obra de arte también. Nadie confecciona como tú las mangas *beret* —afirmó al tiempo que les daba golpecitos a las del vestido de Manon para abullonarlas—. Y qué genialidad emplear gasa en esta parte del escote.

—Gracias, Melody —respondió la anciana, y Manon supo que el cumplido la había halagado—. Años cosiendo tras bambalinas los trajes de las actrices y de los actores me sirven hoy para embellecer a mis niñas.

Melody sonrió y la tomó del brazo para guiarla dentro del atestado salón. Isabella hizo lo mismo con Quiao y con Manon, y las condujo dentro; en tanto, iba refiriéndoles las novedades. Manon la observaba de reojo y la notaba especialmente contenta, y sospechaba que se debía al regreso de James Walsh, que se desempeñaba como cirujano en el *Leviatán*, el clíper capitaneado por su hermano Alexander.

Isabella Blackraven habría podido elegir entre los mejores solteros de la aristocracia británica; cualquiera la habría aceptado gustoso. No solo contaban su belleza impactante, su personalidad alegre y su genio chispeante; ser la hija del duque de Guermeaux, con una de las dotes más elevadas del mercado casamentero, era para muchos la virtud más notable de Isabella.

Manon se dijo que le sentaban de maravilla el vestido de tafetán de seda verde y el aderezo de diamantes y esmeraldas, obsequio de su abuela paterna en ocasión de la presentación en el palacio de Saint James. Las joyas realzaban cada detalle de su rostro. Era la versión más joven de miss Melody, solo que había heredado los ojos de azul negro del padre y una figura menos voluptuosa que la de la madre; en realidad, era alta y delgada como un junco.

Días atrás había escuchado a su tía Charlotte comentar acerca de la jovencita Blackraven, que no terminaba de aceptar las tantas propuestas matrimoniales recibidas desde su presentación cinco años atrás, lo que impedía que otras muchachas virtuosas, como «sus pobres hijas» Philippa, Lilly Rita y Marie, encontrasen marido. Manon nada replicó, aunque meditó que las queridas Pippa, Lilly y Marie podían aguardar sentadas, pues era improbable que una criatura tan excéntrica y libre como su amiga Ella, que solía vestirse como un hombre, que montaba quizá mejor que sus hermanos, que tenía una excelente puntería con las armas de fuego y con el arco y que aspiraba a ser la capitana de su propia nave, aceptase desposar a un emperifollado señorito de ciudad.

Desvió la mirada hacia Jimmy Walsh y lo pescó observando a Isabella de un modo que la conmovió. Había hambre, codicia y anhelo en esos ojos oscuros y rasgados. ¡Lo que habría dado por que Alexander Blackraven la contemplara como Jimmy lo hacía con su amiga!

* * *

No se la habría podido calificar de «pequeña recepción», como había asegurado Arthur Blackraven dos días atrás durante el encuentro en Green Park. Había más gente de la esperada. Pese a tratarse de un anochecer caluroso, el salón estaba fresco; se habían abierto los ventanales y las contraventanas, por lo que corría una brisa agradable. Manon divisó varios pebeteros donde se quemaban pastillas de Lima y papel de Armenia, cuyas fragancias se fundían con la de las bujías de cera de abeja dispuestas en tres arañas de cristal. La orquesta de diez instrumentos, con clavecín y todo, interpretaba uno de los conciertos de Brandeburgo. Los camareros recorrían el salón y ofrecían a los invitados bebidas y refrescos; unas domésticas daban los últimos toques a las fuentes en la mesa donde, tras el concierto, se serviría un bufé.

Resultaba divertido ver las rarezas de miss Melody mezclarse con el primer ministro Grey, el duque de Wellington y el canciller lord Palmerston. Lo buscó entre la concurrencia, sin éxito. En cambio avistó al embajador de Francia, el príncipe de Talleyrand, o tío Charles-Maurice, como lo llamaba desde que tenía memoria. El diplomático conversaba con Adrian Baring, hermano menor de Alexander, el famoso banquero de la City. Un poco más allá, y en compañía de sus colegas Rafael y Jimmy Walsh, se encontraba el cuáquero Dennis Fitzroy, que ya la había visto y la seguía con ojos ansiosos, que no consiguieron emocionarla, solo le despertaron una gran simpatía. Inclinó la cabeza en su dirección, y Fitzroy se sintió habilitado para aproximarse con sus amigos a la zaga.

Quiao e Isabella se alejaron para atender un llamado de Anne-Rose, la mayor de los Blackraven. Manon se quedó sola.

—Amiga Manon —la saludó Fitzroy—, su señoría está muy elegante.

—Creí que los cuáqueros no atendían a cuestiones como la elegancia —bromeó Rafael—. ¿Cómo estás, querida Manon? —dijo, y se inclinó ante ella—. En verdad luces encantadora esta noche.

—Rafael, eres el zalamero de siempre.

—Des y Rafael solo dicen la verdad —intervino Jimmy, un poco azarado, como si atreverse a abrir la boca hubiese significado una imprudencia.

—Des estaba contándonos acerca de la reunión que tuvo esta mañana contigo —comentó Rafael— y del hospital para pobres que la Casa Neville ha ofrecido sustentar. Manon —dijo y, tras inclinarse nuevamente y con un movimiento exagerado, añadió—: podría echarme a tus pies y besártelos.

Rieron. Tras las bromas, hablaron acerca del proyecto en ciernes que tanto animaba a Manon, una suerte de expiación por las bajezas de su familia. Discurrieron acerca de la ubicación más conveniente, de los posibles inmuebles para rentar, o tal vez fuese mejor construir uno desde los cimientos; hablaron de la organización, de la cantidad de camas, de los servicios que prestarían, del instrumental que necesitarían.

—El lunes consultaré al notario del banco acerca de la condición jurídica que le daremos al hospital —informó Manon—. Creo que constituirlo como una sociedad de beneficencia es lo más apropiado, con el señor Fitzroy como presidente.

—¡Qué responsabilidad! —declaró el cuáquero.

Se aproximaron el turco Somar, excéntrico con el turbante amarillo y los tatuajes desleídos impresos en los pómulos, y su esposa Miora; eran los padres adoptivos de Rafael. Después de saludarla con afecto, se llevaron a su hijo y a Jimmy; Alexander necesitaba hablar con ellos. A la mención del ansiado nombre, Manon, que había estado buscándolo entre los invitados, lo descubrió en un sector apartado, poco iluminado y medio oculto tras una columna. Tenía el gesto grave, como de costumbre, y charlaba con Goran Jago, el famoso periodista, que solía escribir ácidos artículos acerca de los bancos en general y de la Casa Neville en especial.

Habría deseado estudiar a Alexander con detenimiento; Cassandra y sus primas Pippa, Lilly y Marie se lo impidieron al acercarse para saludarla. Al mirar hacia el sector otra vez, lo encontró vacío. Giró la cabeza hacia uno y otro lado y no lo encontró; se había esfumado.

—Amiga Manon —la distrajo Fitzroy—, no pude evitar ver el jueves pasado, cuando tuve la fortuna de encontrarte en Hatchard's, que, entre los libros que compraste, estaba *Confesiones de un inglés comedor de opio*, de Thomas De Quincey.

—Desde que me enteré de la lucha que Artie y otros miembros del Parlamento están llevando adelante para prohibir el consumo de opio —explicó Manon— quise comprender qué significa depender de esa sustancia.

Resultaba sorprendente lo bien informado que estaba Fitzroy. El tema derivó en China, y el cuáquero les habló de su historia y de su literatura.

—Detesto la sola mención del nombre de ese país de bárbaros —se quejó Cassandra— porque me recuerda lo lejos que está Archie, en esa tierra de salvajes.

—No son salvajes ni bárbaros, Cassie —la reconvino Manon con sutileza—. Son un imperio milenario, con una cultura vastísima.

—A juzgar por la larga trenza del señor Walsh —dijo Pippa—, llamarlos bárbaros no me resulta tan equivocado.

Manon amaba a sus primos, fuesen las hijas de su tío David o los hijos de su tío Daniel, pero en ocasiones su afectación la irritaba al punto de querer aporrearlos, como habría hecho con Philippa en ese instante. El señor Fitzroy percibió su avergonzada perturbación y cambió de tema.

—¿Es cierto lo que dice Artie, que fue el ministro Talleyrand quien te apodó «la Formidable Manon»?

—Tío Charles-Maurice no es un juez imparcial —alegó Manon.

—¿Es tu tío? —se asombró el cuáquero.

—Oh, no en el sentido estricto. Es amigo de mi padre y lo conozco desde que era muy pequeña. Papá y él se conocieron en París. La amistad se consolidó cuando papá intercedió para que se lo invitase al Congreso de Viena en el 15. A partir de ese año, tío Charles-Maurice comenzó a frecuentar nuestra casa en París, cuando mamá aún vivía. Lo considero un tío a todos los efectos.

—Un tío poderoso —señaló Marie.

—Papá dice —acotó Lilly Rita— que la Europa de hoy es el fruto de sus maquinaciones.

—Un tío poderoso, sí —admitió Manon—, aunque también un superviviente. Haber atravesado la Revolución de la Francia, el Terror, las guerras napoleónicas, la revolución del 30, y todavía llevar la cabeza en su sitio, bueno, créanme, ese es el mayor talento de tío Charles-Maurice, el de sobrevivir, para la felicidad de los que lo amamos.

Fitzroy se quedó mirándola y Manon se preguntó si estaría pensando lo que muchos, que ella y el viejo Talleyrand eran amantes. Al menos, eso se murmuraba.

Como si lo hubiesen atraído con la conversación, el ministro Talleyrand se aproximó apoyado en el bastón y a un paso que intentaba disimular la cojera que él adjudicaba a un accidente de la infancia; a Manon le había confesado que se trataba de una malformación. Lo acompañaban su sobrina política y amante, la duquesa de Dino, por la que Manon sentía un gran cariño, y Adrian Baring, el único Baring simpático a juicio de Manon; los demás se caracterizaban por una expresión hosca y un genio severo.

Escondió una sonrisa tras el abanico al advertir que el impávido cuáquero se inquietaba al ver que el gran Talleyrand se aproximaba. El grupo se abrió para incluir al ministro, a su sobrina y al hermano del banquero. Todos se inclinaron al unísono.

—No comprendo qué sortilegio me mantenía conversando con aquellos carcamanes —expresó Talleyrand y señaló con el bastón— cuando aquí se encuentra este encantador ramillete de jovencitas.

—Querida Manon —dijo la duquesa—, estás particularmente hermosa esta noche.

—Coincido contigo, Dorothée —acordó Adrian Baring.

—Gracias, Dorothée. Gracias, Adrian —contestó, y le habría gustado que les destinasen cumplidos a su hermana y a sus primas, que parecían haberse congelado ante tan magnánimos personajes—. No es preciso que te diga lo bien que luces, Dorothée. Como siempre, estás bellísima. Tío Charles-Maurice, Adrian, permítanme que les presente al señor Dennis Fitzroy, cirujano.

Los hombres inclinaron apenas las cabezas.

—Señor Fitzroy, admiro la sangre fría de los de su oficio —afirmó el embajador francés.

—Gracias, amigo Charles-Maurice —dijo el cuáquero, y Manon volvió a ocultarse tras el abanico; la perplejidad de Talleyrand estaba a punto de arrancarle una carcajada.

—El señor Fitzroy pertenece a la Sociedad Religiosa de los Amigos —terció rápidamente—. No ha sido su intención ofenderte ni ser irrespetuoso. Para ellos somos todos iguales; no existen títulos ni distinciones.

—Sí, lo sé —masculló Talleyrand, que a lo largo de su vida había adquirido tantos títulos nobiliarios y distinciones hasta perder la cuenta de la enorme colección.

—La Casa Neville está por fundar una sociedad de beneficencia —prosiguió Manon— y el señor Fitzroy será el presidente. Nuestra primera obra será la apertura de un hospital para pobres.

—Entonces, nadie mejor que un miembro de la Sociedad de los Amigos para ese encargo —contemporizó la duquesa de Dino—. La fama de honestos e industriosos los precede.

—Pero el ángel que costeará las erogaciones será la Formidable Manon —remarcó Talleyrand.

—¿Recuerdas cuánto disfrutabas cuando mamá tocaba las castañuelas? —le recordó Manon para cambiar de tema.

—Claro que lo recuerdo —contestó el ministro francés, y enseguida se le suavizó el gesto—. Claro que recuerdo a la querida Dory —repitió con acento nostálgico—. Amábamos verla bailar.

—Amamos verte bailar a ti también, querida Manon —apuntó la duquesa de Dino.

—Pues las he traído —aseguró Manon, y apoyó la mano en la escarcela—. La duquesa de Guermeaux me lo ha pedido. Tocaré una pieza de Boccherini con la orquesta. Pero no bailaré —se apresuró a aclarar al leer la intención en los ojos vivaces del embajador francés.

Igualmente, el grupo celebró la noticia, y la duquesa de Dino vaticinó que se trataría del *Quinteto para guitarra número cuatro*.

* * *

—Es la única manera de ponerla a salvo —afirmó Alexander en el despacho de su padre.

Además de Roger, se encontraba el turco Somar, el mejor y más viejo amigo del duque de Guermeaux, que, pese a haber superado los setenta años, lucía en forma y vital. También asistían a la reunión Estevanico, Arthur y los hermanos Edward, Goran y Trevik Jago; este último había acudido de incógnito. El reencuentro entre los Jago había sido emotivo después de años de separación. Goran había sollozado abrazado a Trevik.

—Debemos hacer pública la noticia de que la princesa Ramabai se encuentra en Londres con sus hijas —insistió Alexander—. He pasado la noche dándole vueltas al asunto y no veo otra salida.

—Alex tiene razón —lo apoyó Blackraven.

—Exponerla de ese modo —dudó Trevik—, no lo sé.

—Trev, si no sale a la luz —razonó Edward—, tendrá que vivir escondida y en el miedo.

—Acabas de decir que, desde el 4 de junio, desde que desembarcaron en Londres —precisó Goran—, no ha puesto pie fuera de la casa de Alex. Terminará por enloquecer. El miedo termina por volver loco a cualquiera.

—Debemos anunciar que está en Londres —insistió Roger— y hacerlo con gran pompa. Goran, muchacho, para eso necesitaremos de ti. Un buen artículo en *The Times* anunciando la llegada de la sobrina del gran Bajirao, esposa del presidente de la Corte de Directores de la Compañía, generará interés, no lo dudo. Podrías pasar la información a tus colegas del *Morning Chronicle* y del *Bell's Messenger*.

—También tengo un conocido en *The Courier* —dijo el periodista—. Sí, lo haré. Cuenten con eso. Pediré que se incluya en la publicación del lunes.

—Dirás que la princesa y sus hijas son huéspedes del duque y de la duquesa de Guermeaux —indicó Blackraven—. Se trasladarán aquí mañana mismo, antes de que Goran publique el artículo. Alex, organiza todo con Somar —ordenó, y desvió la mirada hacia el turco, que se limitó a asentir—. Y mientras sean huéspedes en Blackraven Hall, pondremos a cuatro de nuestros mejores hombres vigilando la casa día y noche.

—Podríamos llevar a la princesa al último baile de Almack's —propuso Arthur— y presentarla en sociedad.

—Buena idea —acordó Alexander.

—Y tú, querido Trevik —dijo Blackraven, y le apretó el hombro—, no luzcas tan afligido.

—Lo estoy —admitió el clérigo—. Causarles este inconveniente es duro para mí. Pero no tenía a quién recurrir.

—¿Qué has pensado hacer después? —se interesó Roger—. ¿Regresarás a Patna?

—Quiero quedarme en Inglaterra, pero todavía no sé qué haré.

—Podrías colaborar en el proyecto que Manon y Des están por llevar adelante —sugirió Arthur.

Alexander despegó el trasero del filo del escritorio y descruzó los brazos, de pronto alerta.

—¿Qué proyecto? —preguntó con un acento que no logró ocultar cierta nota agresiva.

—Des llegó hoy hecho unas pascuas —explicó Arthur— y nos contó que Manon financiará la construcción y la manutención de un hospital gratuito para menesterosos.

Alexander recordó lo que había oído de pasada el jueves por la tarde en Green Park, cuando Fitzroy le solicitó a Manon Neville una entrevista. Acababa de resolver el misterio.

—Tal vez perdamos a Jimmy y a Rafael —masculló Estevanico, capitán del clíper *Constellation*, donde Rafael se desempañaba como cirujano—. Los dos lucían más entusiasmados que Des con la noticia.

—Lo dudo —opinó Edward—. Soportan Londres a mala pena. En cambio, aman el mar.

—Alex, ¿cuándo presentarás la gutapercha en la Royal Society? —se interesó Blackraven, y cambió el curso de la conversación.

—¿La qué? —preguntó Edward Jago—. Qué palabra tan peculiar.

Alexander le explicó que se trataba de una resina exudada por unos árboles que crecían en abundancia en su hacienda de Sumatra. Planeaba emplearla en la producción de telas impermeabilizadas. Había mandado confeccionar barraganes de calicó tratado con la gutapercha, que les habían dado magníficos resultados durante las tormentas en alta mar.

—Es mucho más ligera y flexible que el alquitrán —acotó—. Será un buen producto que ofrecer a los chinos —vaticinó—. Nos lo quitarán de las manos. Si logramos el respaldo de los botánicos de la Royal Society, nos lloverán las ofertas de las textiles de Manchester.

—Creo que deberíamos asociarnos con la Mansfield & Co. —sugirió Arthur—. Sir Larry es amigo de nuestra familia desde hace décadas.

—Nunca mezcles la amistad y los negocios —aconsejó Alexander—. Pero es probable que la Mansfield & Co. haga la mejor oferta. Su producción es la mayor del mercado. Por ende, poseen los mejores precios.

Edward Jago extrajo el reloj del bolsillo del frac.

—Deberíamos volver a la fiesta —sugirió, y solicitó autorización a Roger con la mirada—. Anne-Rose me pidió que fuese puntual. El concierto iniciará a las nueve.

—Vayan, no lleguen tarde —concedió Blackraven—. Somar, ocúpate de que Trevik regrese a lo de Alex sin ser visto. Y pon dos guardias toda la noche en su casa, en Grosvenor Place y en la entrada a las caballerizas —añadió—. Alex, Nico —dijo sin pausar, en el modo expeditivo que todos le conocían—, quédense un momento. Necesito hablar con ustedes.

La puerta se cerró tras Somar, Arthur y los hermanos Jago, y el despacho se sumió en un silencio profundizado por el murmullo lejano de la fiesta. Roger escanció una medida de coñac.

—¿A qué hora te dijo Turner que llegaría? —preguntó a Alexander—. Ya son casi las nueve de la noche.

—A las ocho. Y me extraña; Francis es famoso por su puntualidad.

—Presentará los resultados de su viaje el martes ante el Parlamento —señaló Roger—. No contamos con mucho tiempo para saber dónde estamos parados.

—Francis me adelantó que es la situación política de la Confederación el verdadero escollo para explotar el Famatina —informó Alexander.

—No me sorprende que haya llegado a esa conclusión —masculló Blackraven.

—¿Por qué necesitas el apoyo del gobierno para la explotación de la mina? —preguntó Estevanico—. Podríamos ocuparnos nosotros y no participar a esos políticos inútiles. Solo servirán para causarnos problemas.

Blackraven sonrió con paciencia.

—Nico, si consideras unos inútiles a los políticos ingleses, no imaginas lo que son los del Río de la Plata. Necesitamos el apoyo del gobierno británico, de otra manera será imposible llevar adelante la explotación en medio de los vaivenes de ese país. Prefiero enfrentar un tifón en el mar de la China que vérmelas con esos tipos, en especial con Rosas, con el cual tuve mis diferencias en el pasado. No me fío de él y por cierto él no me mira con buenos ojos. Se declara muy federal y republicano, pero no es más que un estanciero codicioso. ¡Bien! —exclamó después de echarle un vistazo al reloj de péndola—. Está claro que Turner ha decidido no venir. Regresemos a la fiesta —ordenó.

* * *

No comprendía por qué estaba deteniéndose en detalles a los que nunca prestaba atención como, por ejemplo, en las delicadas clavículas que el escote no cubría, o en el modo en que caía la extraña manga abullonada, que nacía por debajo de los delicados hombros, apenas velados por un género traslúcido. Se imaginó pasándole los labios por la curva que formaban con los brazos. Recordó el lunar, el que había deseado morder en Green Park, ahora cubierto por una cinta de satén negro, que le rodeaba el delgado cuello, lo que desencadenó otra fantasía en la cual ella se le presentaba completamente desnuda con esa cinta negra como única vestimenta. Allí sentada, junto al guitarrista de la orquesta, atenta a la partitura, a la espera de su momento, Manon Neville poseía un aire desvalido que, él sospechaba, era un espejismo.

Los acordes del último movimiento del *Quinteto para guitarra número cuatro* de Boccherini, un fandango, inundaban el salón. La melodía crecía, su ritmo vivaz aumentaba y presagiaba un cambio. Alexander percibió la tensión que se apoderaba de su cuerpo. Aguardaba con expectativa. El momento llegó, y el tañido de las castañuelas se impuso al resto de la orquesta con un ímpetu que, si bien lo esperaba, le causó una emoción tan inusual, que quizá lo hizo temblar, nada notorio, de modo imperceptible, y, sin embargo, su hermana Isabella, sentada junto a él, lo percibió, pues apartó la mirada de su amiga y la clavó en él. No le prestó atención, y siguió estudiando a Manon Neville, sus manos pálidas y delicadas que manejaban con una destreza notable los pequeños instrumentos de percusión, arrancándoles un sonido tan español. Observó también la elegancia con que movía los brazos y las delicadas muñecas y lo adorable que resultaban los mechones de un rubio cobrizo que, habiendo escapado del tocado, danzaban a los costados del rostro. Lo enterneció su reconcentrada expresión y la soflama que le coloreaba las mejillas y que resaltaba el azul de sus ojos. Era muy hermosa, ¿cómo no lo había notado antes?

El fandango terminó, y los invitados se alzaron de pie para aplaudir. Él también celebró la belleza de la pieza musical y la maestría de Manon Neville, pero su ánimo había cambiado y no compartía el entusiasmo general. Sus labios no sonreían como los de Dennis Fitzroy, su voz no se imponía para exclamar «bravo» como la del príncipe de Talleyrand-Périgord, sus ojos no destellaban con orgullo como los de Isabella. Un sentimiento familiar comenzaba a ahogar la emoción que esa muchacha acababa de despertarle. La sensación cálida que desde hacía años no experimentaba y que había creído olvidada terminó por esfumarse y, como de costumbre, pensó en ella, en Alexandrina Trewartha.

* * *

De regreso a su casa, confinada dentro del carruaje, Manon simulaba mirar por la ventanilla; en realidad, ocultaba las lágrimas. El triunfo que había significado su participación en la pieza de Boccherini, celebrada por todos, se había desvanecido poco después cuando Alexander Blackraven le dio a entender que la consideraba una indiscreta. A pesar de que no quería revivir la escena desconcertante, se repetía con la tenacidad de una cantilena fastidiosa.

Se había aproximado a la mesa del bufé, mientras ella llenaba un plato con las viandas preferidas de su tío Charles-Maurice, y la sobresaltó al susurrarle:

—¿Dónde aprendió a tocar las castañuelas?

El plato le tembló en la mano. Golpeó la fuente al retornar el utensilio para servir. Se volvió para responderle sin sentirse segura. De cerca, lo juzgó aún más elegante, y su rostro, ya sin la espesa barba de días atrás, le resultó de una perfección sorprendente. Sus ojos, que Aldonza definía del color del cielo, la contemplaban con una fijeza extraña, exigente tal vez, definitivamente no amigable. Despedía una agradable fragancia, que se impuso al aroma de la comida, y ella se preguntó si él percibiría su costosa loción de jazmines.

—Me enseñaron mi madre y mi abuela —contestó—. Es una práctica muy generalizada en Sevilla. Mi abuela es sevillana —acotó.

—No sé nada de música —admitió Alexander—, pero su interpretación debió de ser magistral a juzgar por los aplausos.

Manon se dijo que había sarcasmo en su voz.

—Supongo que no hace falta saber de música —replicó, de pronto incómoda y a la defensiva—. En el arte, si algo nos proporciona placer, de nada valen los juicios académicos ni los conocimientos previos. Es muy simple: nos gusta o no nos gusta.

Alexander le destinó una sonrisa que ella sospechó insincera.

—Acuerdo con sus palabras —afirmó a continuación—. Disfruté de la interpretación del fandango de Boccherini. Disfruté mucho menos al enterarme de que prácticamente toda Londres sabe de nuestro acuerdo secreto con la Casa Neville para exportar plata a China.

Lo inesperado de la declaración la dejó muda. Alexander apartó la mirada y se dedicó a observar los platos ofrecidos.

—No sé de qué me habla —murmuró con un acento nervioso que la avergonzó.

—Ah, lo siento —dijo, dándoselas de afligido—. Creí que sabía que su familia y la mía están planeando un gran negocio de exportación. Según entiendo, su merced es la mano derecha de sir Percival.

—*Sabía* lo del negocio de exportación de plata. No sabía que la noticia se hubiese hecho pública. —Alexander se quedó mirándola como a la espera de una explicación—. ¿Me culpa a mí, milord?

—Alguien de la Casa Neville habló, alguien que no valora la discreción —añadió con dureza.

Alexander realizó una rápida inclinación y se alejó. Manon se quedó con el plato en la mano. Solo sus ojos se movieron para seguirlo mientras él cruzaba el salón con su figura engalanada en el frac negro y una soltura que ella no habría podido imitar; le temblaban un poco las piernas. Momentos más tarde, entregó el plato a Talleyrand, que la notó pálida. Se excusó y se retiró a la habitación que miss Melody disponía para las damas. La señora Isabella, la madre del duque de Guermeaux, la encontró llorando, lo que sumó más vergüenza a la vergüenza. La anciana la trató como si la hubiese pillado empolvándose la nariz y riendo, y la animó con una charla intrascendente. Volvieron juntas a la fiesta, pero ya nada la atraía; quería irse. Le suplicó a Cassandra dar por terminada la velada. Su hermana, al notarla desmejorada, aceptó.

Se secó las lágrimas con disimulo y volvió la vista hacia el interior del habitáculo. Su cuñado dormitaba en el asiento. ¿Su padre habría cometido la imprudencia de participarlo en algo tan importante?

* * *

Samantha roncaba suavemente, desnuda junto a él. Se había puesto feliz al verlo en el zaguán, pese a que la obligó a salir de la cama a las dos de la madrugada. Era fogosa, siempre estaba dispuesta a experimentar cosas nuevas, no lo cuestionaba ni se metía en sus asuntos; era perfecta. Él, sin embargo, seguía pensando en la Formidable Señorita Manon, por quien el gran Talleyrand sentía una admiración tan palmaria que terminaba por despertar sospechas. Durante el concierto, mientras el objeto de su devoción tocaba las castañuelas, lo había escuchado compararla con la Inmaculada del Escorial, de Murillo, y asegurar que el ministro español había estado de acuerdo con él en que la señorita Manon poseía el mismo tipo de belleza, ese que no se reconocía de un primer vistazo, pero que una vez descubierto resultaba imponente.

Se arrepentía de haberla acusado de indiscreta. No entendía por qué se había comportado de un modo tan vil. Se sintió peor cuando, después de la fiesta, oyó que su abuela le comentaba a su madre que la había encontrado llorando en el gabinete de las damas, a lo que Melody sugirió que tal vez tocar las castañuelas le había recordado a Dorotea, su madre. «La semana pasada se cumplieron ocho años de su muerte», había añadido.

Abandonó lo de Samantha Carrington y regresó a su casa acompañado por las primeras luces del día. Los guardias apostados por

Somar —dos marineros que servían a su padre desde hacía años— le reportaron que todo estaba tranquilo. Robert, el mayordomo, le informó que su alteza, la princesa Ramabai, desayunaba con sus hijas en la salita verde, lugar que parecía haberse convertido en el predilecto de la aristócrata maratí. Le entregó la correspondencia del día anterior y añadió algo que lo detuvo al pie de la escalera.

—¿Francis Turner estuvo aquí ayer?

—Sí, milord, cerca del mediodía —informó el empleado—. Lo esperó una media hora. Luego se marchó. Le dejó una nota —anunció y señaló las cartas que Alexander tenía en la mano—. La agregué al resto de la correspondencia.

Entró en su dormitorio. Oyó ruidos en la recámara, y supo que Ludovic le preparaba el baño. Impaciente, rompió el sello del billete de Turner; tal como Robert le había anticipado, estaba fechado el día anterior, sábado 22 de junio. *Alex, hoy por la mañana vinieron a verme dos tipos. Se presentaron como John Smith y Jack Jones, nombres falsos, estimo. Querían contratarme para un estudio geológico, pero pronto quedó de manifiesto su verdadera intención: saber de mi viaje a Sudamérica. Me ofrecieron dinero para que les vendiese mi informe. Los despedí sin decirles ni una palabra. Se ve que este asunto está levantando ampollas. Lo hablaremos en detalle esta noche en Blackraven Hall. Cuídate las espaldas. Tu sincero amigo, F. Turner.*

La esquela le provocó una profunda inquietud. Se bañó y se vistió deprisa asaltado por un mal presentimiento. Antes de abandonar la casa de nuevo, le indicó a Robert que se ocupase de empacar las pertenencias de sus huéspedes; Somar se presentaría en breve para trasladarlas a Blackraven Hall.

El peso en el estómago no se debía a que estuviese en ayunas sino al mal agüero que lo acompañaba mientras se dirigía a la casa de Turner. Supo que lo peor había ocurrido al encontrar a un hombre con el típico uniforme azul de los agentes de policía apostado en el ingreso del edificio de apartamentos donde residía su amigo.

—Soy el conde de Stoneville —se presentó sin apearse del caballo, y obtuvo el efecto buscado, pues el hombre se cuadró con respeto—. ¿Qué ha sucedido aquí?

—Un asesinato, milord. Un tal Francis Turner.

Alexander enmascaró la impresión causada por la noticia.

—¿Quién está a cargo del caso?

—El inspector Holden Brown, milord, pero ya ha partido. Me ha dejado a mí de guardia.

Marchó hacia la sede de la Policía Metropolitana, creada solo cuatro años atrás por el ex primer ministro Robert Peel. Ingresó por la entrada posterior, sobre la calle Great Scotland Yard. Le entregó a un agente su tarjeta con el escudo de los Guermeaux.

—El inspector Holden Brown, por favor —solicitó con imperio en la voz, y pocos minutos después fue conducido a una oficina pequeña y mal iluminada.

El inspector Brown, bajito, rubicundo y con una calvicie incipiente, lucía intimidado.

—Habría podido convocarme, milord —aseguró el policía—, y yo habría acudido a su casa de inmediato.

—Soy amigo del difunto —dijo Alexander sin más—. Quiero saber qué le ocurrió. Lo esperábamos anoche en casa de mi padre, en Blackraven Hall —aclaró.

—Llevaba puesto un frac —confirmó el policía—. De seguro, estaba saliendo para Blackraven Hall. ¿A qué hora exacta lo esperaban?

—A las ocho. ¿Cómo murió?

—Apuñalado —respondió—. Varias veces. Lo halló esta mañana una vecina. Vio la puerta abierta y entró. Se encontró con el cuerpo tendido en la sala.

—¿Algún indicio?

—Ninguno certero. El apartamento estaba patas arriba, si me permite el término vulgar, milord. De seguro se trató de simples ladrones que buscaban dinero o alhajas —conjeturó el inspector Brown.

—Ayer al mediodía, Turner estuvo en mi casa. Yo había salido, por lo que me dejó este billete. —Se lo tendió a través del escritorio—. Léalo. Es importante.

Tras una lectura rápida, el inspector alzó la vista, claramente impresionado.

—Estas líneas ponen el caso bajo una nueva luz —admitió.

—Así lo creí yo cuando me enteré de que mi amigo había sido asesinado.

—Si su excelencia me permite el atrevimiento, ¿puedo preguntar a qué informe se refería Turner? ¿Qué quería decir con «levantar ampollas»?

—Este martes, Turner se habría presentado en la Cámara de los Comunes para informar acerca de la factibilidad de una explotación minera en la Confederación Argentina.

—¿La Confederación Argentina, milord?

—Un país de América del Sur —aclaró Alexander—. Por lo poco que me adelantó, su informe era desfavorable.

Holden Brown se acarició la barbilla al tiempo que repasaba la nota de Turner.

—Si esto tiene que ver con su muerte —conjeturó el inspector—, resulta evidente que alguno o algunos no deseaban que el informe desfavorable se hiciese público.

—El señor Turner tenía entre sus cosas algunos documentos y dos cartas que estaban destinados a mi padre.

—¿Para su gracia, el duque de Guermeaux?

—Sí —ratificó Alexander—. Agradecería que, luego de revisar el apartamento de mi amigo, si los encontrase, los hiciese llegar a Blackraven Hall.

—Así lo haré, milord.

Alexander se limitó a asentir. Aferró su chistera y sus guantes de montar y se puso de pie. Holden Brown lo imitó con premura.

—Milord, discúlpeme el atrevimiento —se excusó, y Alexander, al inclinar apenas la cabeza, lo invitó a hablar—. ¿Por qué el señor Turner le sugirió que se cuidase las espaldas?

—Porque fue mi familia quien encomendó al señor Turner el estudio que realizó en América del Sur. Y ahora, señor Brown, lléveme a verlo. Quiero ver su cadáver —remarcó ante la mueca desorientada del policía.

—La vecina ya reconoció el cuerpo, milord. No es ne…

—Lléveme —dijo sin alzar la voz, aunque con firmeza.

Bajaron dos pisos hasta las entrañas lúgubres del edificio, donde se hallaba la morgue. Un olor nauseabundo le asaltó las fosas nasales. Siguió caminando como si nada. Holden Brown levantó la sábana que cubría a Turner. Alexander le estudió la blancura fantasmal del rostro y el tono azulado de los labios. Retiró un poco más la sábana. Habían lavado el cuerpo, lo que le permitió contar siete puñaladas diseminadas entre el plexo solar y el estómago. Había saña en cada golpe. Volvió a cubrirlo.

—Yo daré aviso a sus familiares —anunció—. Cuando hayan terminado con él, hágamelo saber. Me haré cargo de las exequias. Encontrará mi domicilio en la tarjeta.

—Como vuestra excelencia disponga —contestó Brown.

Regresaron a la planta superior. Antes de despedirse, Alexander expresó:

—Si la cuestión de las minas de América del Sur está en el centro de este asesinato, el lugar más propicio para comenzar a investigar es la City. En las tabernas que rodean la bolsa de Londres se hacen y deshacen negocios todos los días.

—Gracias, milord.

Capítulo VII

Un silencio pesaroso inundó el despacho de Blackraven Hall, apenas perturbado por las risas lejanas de Melody, que jugaba con sus nietos Donald y Edward. La noticia del asesinato de Francis Turner, precedido por la visita de dos extraños, había enmudecido a todos.

—Su muerte no es consecuencia de un asalto casual —expresó Estevanico—. Está relacionada con el informe sobre el cerro en esa provincia de la Confederación Argentina.

—No cabe duda —acordó Roger.

—¿Qué haremos ahora? —preguntó el turco Somar.

—Seguiremos adelante con nuestro plan —dispuso Alexander—. Francis me advirtió que traía una carta de tío Tommy y otra de Facundo Quiroga para ti —dijo, y miró a su padre—. Me aseguró que Quiroga está muy interesado en formar una sociedad para explotar el Famatina.

—Es probable que jamás veamos esas cartas —profetizó Roger—, en especial la de Quiroga. Será mejor que le escriba hoy mismo y agilice las cosas. El 1° de julio partirá el *Sweet Lord* hacia el Río de la Plata. Saldrá de Portsmouth, por lo que urge que la envíe hoy mismo con un mensajero.

—¿Cuánto tiempo le tomará llegar al Río de la Plata? —quiso saber Edward Jago, poco avezado en las cuestiones marítimas.

—Como se trata de un clíper —explicó Estevanico—, y si no queda atrapado en las calmas ecuatoriales, podría alcanzar el puerto de Buenos Aires en poco más de un mes. Con fortuna, el día de la Asunción de la Virgen, Quiroga tendrá la carta en sus manos.

—¿No vive en La Rioja? —se extrañó Arthur—. Si mal no recuerdo, está a unas cuantas millas de Buenos Aires.

—En su última carta, tu tío Tommy me refirió que Quiroga ahora vive allí, en Buenos Aires —aclaró Roger.

—Muy conveniente —masculló Arthur, y cambió de tema—. ¿Y qué será del dichoso debate en el Parlamento?

—Queda en la nada —aseveró Alexander—. Igualmente, no habríamos contado con el apoyo del gobierno. Francis me adelantó que su opinión era adversa, no tanto por las cuestiones geológicas como por las políticas. Aquello es un gran desmadre.

—Las últimas cartas de Tommy —intervino Roger— confirman la opinión del pobre Francis. Por eso habría sido conveniente contar con el apoyo del ministro de su Majestad en el Río de la Plata. Su respaldo habría sido valioso. —Se puso de pie y abrió los brazos en señal de rendición—. No será la primera ni la última vez que nos arreglaremos solos —sentenció—. Somar, ¿ya está listo el traslado de la princesa Ramabai? ¿Le avisaste a tu señora?

—Miss Melody tiene todo preparado —contestó el turco—. Solo aguardo tu orden.

—Pues tráela ahora mismo. —Somar asintió y abandonó el despacho—. Nico, ve con Somar. Quiero la mayor cantidad de hombres hábiles protegiendo a la princesa y a sus hijas. —Estevanico se calzó la chistera y se despidió—. Alex, ocúpate de entregarle una buena suma a la madre de Francis.

—Lo haré —aseguró—. Le indiqué al inspector Brown que nos haríamos cargo de las exequias.

—Por supuesto.

Trinaghanta llamó a la puerta antes de entrar. Se dirigió a Blackraven para anunciarle que miss Melody lo precisaba en su salón.

—Gracias, Trinaghanta —dijo. Detuvo a Alexander antes de que cruzase el umbral—. Ni una palabra a tu madre de la muerte de Francis —advirtió—. Quiero que pase un domingo en paz. Yo se lo diré mañana —decretó, y Alexander se limitó a asentir.

* * *

—¡No era lo que yo quería! —se enfureció Trewartha, y asestó un golpe sobre la mesa en el pequeño salón dorado de la taberna The City of London.

Trevor Glenn se estremeció sutilmente. Julian Porter-White bebió un trago de cerveza y contempló a Trewartha con apatía.

—No hemos sido nosotros, Jacob —balbuceó Glenn—. Lucius Murray y yo hicimos lo que tú nos indicaste. Fuimos a verlo el sábado por la mañana y le ofrecimos dinero a cambio de su silencio. El tipo no aceptó, ni siquiera cuando subimos la oferta a mil libras. Nos fuimos de su casa y estaba vivo. Lo juro, Jacob.

—Asesinado —masculló Trewartha—, y quizá por nada. De seguro dejó todo por escrito. Encontrarán el informe entre sus cosas, y todo saldrá a la luz igualmente.

—No lo encontrarán —afirmó Porter-White y se apresuró a añadir—: Dicen que su apartamento ha sido saqueado. Quien lo haya asesinado nos ha hecho un gran servicio.

—¿No lo ves, Julian? —se impacientó Trewartha—. La muerte de Turner nos ata de pies y manos. No podremos fundar nuestra sociedad minera sin levantar sospechas. La muerte de Turner no pasará inadvertida si los poderosos Blackraven deciden indagar a fondo esta cuestión.

—Entonces, esperaremos —respondió—. Dejaremos pasar la tormenta. De todos modos, tenemos que aguardar la respuesta a mi carta a Rosas —le recordó—. ¿Cómo va tu asunto con mi cuñada? No has hecho grandes progresos.

—Es un puercoespín —replicó Trewartha.

—Tal vez si intentases con otra táctica —sugirió Porter-White—. Sé que está planeando financiar la fundación de un hospital para pobres. Ofrécele una contribución, incluso ser miembro de la asociación que creará —propuso, y recibió un silencio como respuesta. Consultó la hora en su reloj de leontina—. Señores, ahora debo dejarlos.

Glenn esperó a que Porter-White cerrase la puerta para mascullar:

—Fue él, ese hijoputa asesinó a Turner. Me lo dicen las tripas, y mis tripas nunca fallan.

—Es muy probable —acordó Trewartha—. Pero en algo tiene razón: favorable o no, ese informe tenía que desaparecer. Ahora, con la muerte de Turner, hemos ganado tiempo. Después de la deserción de Quiroga, necesitamos tiempo para convencer al tal Rosas.

—Jacob, no me gusta Porter-White y menos aún su secretario, el tal Lucius Murray.

—A mí tampoco —admitió Trewartha—, pero lo necesitamos. Sin sus contactos en América del Sur, no podríamos hacer nada.

—¿Y él para qué nos necesita a nosotros?

—Me necesita para que me convierta en el esposo de Manon Neville. Porter-White sabe que, si algo le ocurriese a sir Percival, la hija se quedaría al frente de la Casa Neville.

—¿La hija? —se sorprendió Trevor Glenn—. ¿Dónde se ha visto semejante cosa? Ese puesto le corresponde a tu yerno, Archibald Neville.

—Eso creí yo cuando concerté el matrimonio de Alexandrina y Archibald —afirmó Trewartha—. Pero sir Percival es cualquier cosa menos tonto. Sabe que en manos de su hijo la Casa Neville duraría tanto como las sedes continentales en manos de sus hermanos. Créeme cuando te digo que la verdadera heredera de sir Percival es esa jovencita, Manon Neville.

Jacob Trewartha abrió *The Times* cuya edición de ese lunes 24 de junio hablaba acerca del asesinato de Francis Turner. Al pie de la página, un título captó su atención. Leyó con ojos incrédulos hasta que soltó el periódico y sobresaltó a Glenn.

—¡Mierda! —exclamó sin pudor—. ¡Blackraven! ¡Bastardo hijoputa!

Glenn recogió *The Times* y rápidamente halló el origen de la rabia. «*Llega a Londres la princesa Ramabai, sobrina del* peshwa *Bajirao II y esposa del presidente de la Compañía. Huésped de los duques de Guermeaux*». Dejó caer los párpados en un gesto de rendición.

* * *

Habían elegido los floretes como arma para ejercitarse y desde hacía más de un cuarto de hora se batían en un combate de esgrima. Los demás tiradores habían detenido las prácticas y se congregaban alrededor de la pista para observar los tocados, los desplazamientos y los ataques ejecutados con admirable destreza. Alexander Blackraven, delgado y cimbreño, poseía una elegancia natural pese a la agresividad y a la rapidez con que realizaba las tretas, las fintas y los floretazos. Su oponente, fornido y macizo, no se quedaba atrás, y desplegaba un contraataque que garantizaba la calidad del espectáculo.

Tras los quince toques se dio por terminada la competición, y Blackraven fue declarado vencedor. Hubo aplausos y palmeadas de espaldas. Alexander se quitó la careta y agradeció los cumplidos con actitud impaciente y semblante sobrio. De camino hacia los vestuarios del exclusivo club White's, comentó:

—Has mejorado desde la última vez.

—En tu ausencia, practico con Artie —contestó Samuel Bronstein.

Un rato más tarde, compartían un almuerzo en el comedor de White's, al que Bronstein jamás habría accedido sin la invitación del conde de Stoneville.

—Triste asunto el de Francis —dijo Bronstein—. Lo siento, Alex. Sé que eran buenos amigos.

—Solo quiero descubrir quién lo hizo —masculló Blackraven—. ¿Has oído algo al respecto?

—Tantas especulaciones; ninguna con asidero —admitió el investigador privado.

—Samuel, quiero contratarte para que lleves adelante una investigación privada. No me fío del inspector Holden Brown. No lucía muy espabilado. Quiero que interrogues a los vecinos. Sé que dos tipos fueron a verlo el sábado por la mañana. Un tal John Smith y Jack Jones, nombres falsos, probablemente. Intentaron sobornarlo para que les entregase una información destinada a mi padre. Estos dos sujetos lo visitaron por la mañana. Por la noche, estaba muerto.

—Trataré de obtener una descripción interrogando a los vecinos.

—De igual modo —prosiguió Blackraven—, el origen de todo fue la fuga de información acerca del negocio minero con Neville —aseguró con ira mal encubierta—. ¿Podrías averiguar dónde se originó?

—Podría —asintió Bronstein—. Dame unos días y ahondaré en el asunto.

—Pon atención en la señorita Manon.

—Como siempre, la señorita Manon —dijo Samuel— está suscitando comentarios en la City. —Alexander simuló desinterés y se llevó un trozo de salmón a la boca con actitud flemática—. Parece ser que su cuñado le vendió a un pobre sombrerero unos bonos que son más basura que otra cosa, de Portugal, creo. Ella se los recompró cuando el hombre se dio cuenta de la treta y fue a reclamar.

—Decisión riesgosa —opinó Blackraven—. Si los que compraron esos bonos a la Casa Neville lo supiesen, irían en masa a reclamar, tal como lo hizo el sombrerero.

—¿Crees que la señorita Manon no lo ha tenido en cuenta? —rebatió Bronstein—. Debe de saber exactamente cuántos bonos incobrables vendieron y a quiénes. Y me juego el jopo que más de uno que intentó pasarse de listo, se arrepintió.

—La tienes en alta estima —ironizó Alexander.

—Creo que es la primera vez que un banquero —dijo Samuel—, más bien, una *banquera*, se comporta con honestidad. También supe que está por financiar la construcción de un hospital para pobres, completamente gratuito.

—Mi madre se enteró del proyecto —comentó Alexander— y ofreció el aporte de nuestra familia.

Comieron en silencio hasta que Samuel Bronstein recordó un asunto importante.

—El lunes leí en *The Times* acerca de la esposa india de Jacob Trewartha. El artículo era de Goran, por lo que supongo que es cierto lo que dice.

—Lo es. Desde hace unos días, ella y sus dos hijas son huéspedes en Blackraven Hall.

Samuel Bronstein asintió con gesto serio y siguió disfrutando del salmón. Se limpió la boca antes de afirmar:

—Esto no le facilitará las cosas a Trewartha en la Corte de Directores. Tiene muchos enemigos en la Compañía, y los que lo apoyaron durante su elección se esfumarán ahora que salió a la luz este inconveniente matrimonio.

Alexander Blackraven se limitó a contemplarlo fijamente. Lo desorientaba no sentir nada cuando habría debido exultar.

* * *

A la alegría por el regreso de Percival Neville se le sumó la sorpresa de que sir Alistair hubiese decidido acompañarlo. Pese al largo viaje, lucía animado y saludable.

—Te echaba tanto de menos —aseguró el anciano a Manon—. Te traje el cuadro de la señora. Es mi regalo por tu próximo natalicio.

—¡Padre! —se escandalizó Leonard, y, aunque Tommaso Aldobrandini no emitió sonido, hizo una mueca que comunicaba consternación—. ¿Has traído el óleo de Gracia Nasi, así, sin más? ¡Doscientas millas sacudiéndose en tu carruaje! —se escandalizó—. ¿Dónde lo tienes? Dime dónde. Es preciso que Masino y yo lo revisemos.

—¡Cállate, Leo! —ordenó sir Alistair—. Volvimos por mar. Está en perfectas condiciones. ¿Dónde deseas colgarlo, cariño? —preguntó el anciano, al tiempo que ofrecía el brazo a Manon.

Entraron en el comedor principal. La familia Neville al completo se había reunido en esa templada noche del viernes 28 de junio para celebrar la llegada del patriarca y del heredero. Manon guardó silencio durante la cena, abrumada por ciertas cuestiones delicadas que debería abordar con su padre tarde o temprano; se lo había prometido a Thibault.

Terminada la comida, las mujeres se trasladaron a uno de los salones y dejaron solos a los hombres para que fumasen cigarros, bebiesen oporto y conversasen sobre cuestiones que habrían aburrido a las damas. Manon se acomodó en un sillón junto a su abuela Aldonza y se dedicó a escuchar la charla entre sus primas y su hermana; la divertía. Alba Porter-White, al igual que ella, guardaba silencio y remendaba unos calzones de liencillo.

—Aldonza querida —dijo Lilly Rita—, nos confeccionarás los vestidos para el último baile de la temporada, ¿verdad?

Aldonza, que detestaba a Charlotte y a Louisa, sentía, en cambio, un gran afecto por sus hijos. Alzó la vista fugazmente del bordado y asintió con una seriedad que, Manon sabía, no implicaba enojo.

—Tenemos que lucir espléndidas —afirmó Philippa—. El duque y la duquesa de Guermeaux irán con la princesa india que se hospeda en su casa.

A la mención de la casa de Guermeaux, el corazón de Manon se aceleró.

—¡Qué importa la princesa india! —desdeñó Marie—. Lo único que cuenta es que Alexander Blackraven asistirá, al menos eso dicen. —La muchacha se llevó la mano al pecho y soltó un suspiro—. Es tan elegante, tan apuesto. Esos ojos...

—Yo prefiero a Arthur —dijo Lilly Rita—. Lo encuentro irresistible.

—Arthur Blackraven es más parecido a su tío Sebastian de Lacy —señaló Louisa—, no solo en el cabello rubio y en los ojos de ese celeste tan impactante, sino en el corte de las facciones.

—Arthur es más sociable y simpático —remarcó Lilly Rita-. Su hermano siempre tiene una expresión solemne y nunca asiste a los bailes, menos aún a los de Almack's, y no importa cuánto le insista lady Sarah.

—Está siempre hecho a la mar —le recordó su madre Charlotte.

—Lilly tiene razón —acordó Marie—, ni siquiera cuando está en Londres asiste —añadió con una nota de amargura.

—Es muy raro ese muchacho —opinó Louisa—. Ya debe de estar pisando los treinta y ni miras de buscar esposa.

—Tal vez esté por fin buscando esposa —persistió Marie, de nuevo ilusionada—, pues se murmura que asistirá a este baile.

—Todas nuestras amigas y conocidas están ansiosas por verlo en Almack's —afirmó Lilly Rita—, y no entiendo por qué. Sí, es galante y muy buen mozo, pero se dice que, tiempo atrás, regresó de un viaje a Constantinopla convertido en un musulmán.

—¿En un hereje? —se escandalizó Anne-Sofie—. Dios nos libre y nos guarde —masculló.

—No me sorprende —dijo Charlotte—. Con la madre que tiene…

—Hay quienes aseguran que, cuando está en su casa, anda vestido como un turco —puntualizó Philippa—. También fuma… Fuma… —reiteró, y llevó la mirada hacia arriba en el gesto de quien rebusca en la memoria—. Bueno, fuma con uno de esos extraños aparatos…

—¿Te refieres a un narguile? —intervino Manon.

—Un narguile, sí —contestó Philippa, que a continuación adoptó una actitud confidencial, se echó hacia delante y se cubrió el costado de la boca antes de asegurar—: Dicen que tiene una amante en la zona de los Jardines de Kensington.

El comentario provocó un vuelco en el estómago de Manon. Enseguida percibió la mano de Aldonza, que se cerró sobre la rígida y de pronto helada de ella.

—Una viuda muy hermosa —prosiguió Philippa—. Varios años mayor que él.

Excepto Aldonza y Manon, las mujeres rompieron en una risita cómplice.

—¿Es tan buen mozo como afirman? —se interesó Alba, y la ojeriza que le inspiraba a Manon se convirtió en una decidida hostilidad.

—No creo que estemos haciéndole justicia, querida Alba —contestó Cassandra—. Sabes que amo a tu hermano, pero, en cuanto a elegancia y belleza, nadie compite con el conde de Stoneville.

—Manon —la interpeló su tía Charlotte con el acento autoritario de costumbre—, tú que eres tan amiga de esa salvaje de Isabella Blackraven, ¿nada sabes de su hermano mayor?

—No sé nada. —Se puso de pie y se alisó las tablas de la falda—. Y ahora, si me disculpan, subiré a darle las buenas noches a Willy.

Caminó hacia la puerta sintiéndose a disgusto y observada.

* * *

Consultó el reloj en la pared: las seis y diez de la mañana. Se sentó frente al tocador y se estudió el semblante, que reflejaba una noche de mal dormir. La mención de la amante de Alexander Blackraven la había mantenido con los ojos como platos hasta la madrugada. Se inclinó hacia delante y profundizó el análisis de la imagen que le devolvía el espejo. Desvió la vista hacia el cuadro de Gracia Nasi, que habían dejado apoyado en el suelo. Admiraba su rostro de una beatífica serenidad, de una belleza pura, sin artificios, y también su estampa de mujer de carácter, a la que nada amilanaba. Decidió concurrir al baile de Almack's en un traje similar al de la señora, de espléndida sarga roja y escote de encaje dorado. Lo hablaría con Aldonza durante el desayuno.

Se vistió y se peinó con la asistencia de Catrin, una muchacha galesa, que estaba a su servicio desde hacía poco, desde que la vieja y querida Maureen había fallecido víctima del cólera, posiblemente. Echaba de menos a su antigua ayuda de cámara, pero admitía que Catrin, pese a su joven edad, era más diestra en la confección de tocados a la moda, en especial cuando se trataba de hacer trenzados o de enrollar mechones. Catrin permaneció en el dormitorio ocupándose de poner orden. Manon se encaminó a la *nursery* para saludar a su sobrino, tan mañanero como ella. La niñera lo tenía listo. Lucía adorable en su trajecito de montar azul. El niño caminó a trompicones hasta sus brazos y ella lo alzó y lo hizo dar vueltas en el aire. «La risa de Willy es más hermosa que una composición de Boccherini», pensó, mientras le llenaba los carrillos de besos.

—¡Oh, señorita Manon! —se afligió la niñera—. Arruinará su elegante vestido de seda. Mire, se le han escapado unos mechones del bonito rodete que le ha hecho Catrin.

—No te preocupes, Jane. Te aseguro que ahora estoy mejor que antes de entrar aquí.

A las siete, bajaron los tres al comedor de diario para desayunar con Percival después de esos días de ausencia. Disfrutaba de la hora del desayuno. Además de su padre y de Aldonza, los acompañaban su tía Anne-Sofie y Masino Aldobrandini, los únicos madrugadores. Leonard, Cassandra, Porter-White y Alba desayunaban más tarde, en sus habitaciones.

Apenas entró, Manon advirtió la extraña prenda que cubría a su padre. Se inclinó para recibir el beso en la frente y la observó de cerca; la tocó. Aunque tenía un aspecto rústico, estaba confeccionada en una lana de extraordinaria suavidad.

—Es de un animal de las tierras de la América del Sur —dijo Percival—. Se llama vicuña. Siempre deseé tener una de estas prendas desde que se la vi a Sebastian de Lacy tiempo atrás. Pancho se llama.

—Poncho —lo corrigió Aldonza, mientras le servía las gachas que ella misma le preparaba en el punto justo y con la cantidad exacta de melaza y de leche fría.

—Poncho —repitió, risueño—. Tuve un poco de frío esta mañana y decidí estrenarlo.

Aldonza le tocó la frente, preocupada por la alusión al frío en esa agradable mañana de verano.

—¿Te sientes bien, hijo? —lo interrogó en español.

—Muy bien —replicó Neville en el mismo idioma.

—¿Y el abuelo? —se interesó Manon.

—Duerme —contestó Percival—. El viaje lo extenuó.

—Percy —dijo Aldobrandini—, ¿es una prenda típica de esas tierras?

—Así parece, Masino. Me la trajo de regalo el querido Julian.

—*Timeo Iulianus et dona ferens* —dijo Manon mientras elegía un filete de arenque.

Aldobrandini lanzó una risotada.

—Perdóname, Percy —se excusó cubriéndose la boca con la servilleta—. El humor ácido de tu hija siempre me hace reír.

—Un humor que nos deja fuera —se ofendió Neville—. Pese a mis conocimientos de latín, un poco limitados —admitió—, no he entendido una palabra. ¿Y tú, querida Anne-Sofie?

—Tampoco, Percy —respondió la mujer con una sonrisa tímida en los labios delgados.

—Se trata de un pasaje de la *Eneida* —explicó el italiano— en el que uno de los personajes, un sacerdote llamado Laocoonte, dice, para referirse a los griegos y a su caballo de Troya: «*Timeo danaos et dona ferentes*», que significa: «Temo a los dánaos —o sea, a los griegos— y a los regalos que traen». Manon ha dicho, en cambio: «Temo a Julian y a los regalos que trae».

Manon, que se ocupaba de que Willy comiera la sémola, se volvió hacia su padre y lo miró con deliberado aplomo. Tras devolverle un vistazo de advertencia, Percival destinó su atención a Aldobrandini y le mencionó el próximo remate en Christie's, donde planeaban adquirir un mosaico de Soso de Pérgamo.

Media hora más tarde, Manon y su padre se dirigían a la City, el primer día de Neville desde su viaje a Penzance. Había tensión en el habitáculo del carruaje, que Manon ignoraba leyendo *Confesiones de un inglés comedor de opio*.

—No quiero que hagas esas alusiones acerca de Julian —dijo Percival cuando ya no soportó el silencio.

El enojo de su padre le sirvió para reunir valor e impulsarla a hablar sobre la venta de los bonos portugueses al sombrerero Harris. Para su sorpresa, Percival no se mostró lo escandalizado que ella había creído. Para colmo de males, le informó que estaban planeando con Porter-White realizar una nueva emisión de deuda para apoyar la lucha del emperador Pedro, que le disputaba el trono de Portugal a su hermano Miguel. La noticia la dejó boquiabierta.

—Nadie amenazó a Harris para que comprase los títulos portugueses —razonó Neville—. Y fue riesgoso lo que hiciste, hija —le recriminó.

—¡Papá! —se encolerizó—. Nosotros, y otros hábiles como nosotros, sabemos cómo aprovechar los bonos de alto riesgo, pero los pequeños inversionistas como el sombrerero Harris no. Julian se sirvió de añagazas para vendérselos. Él sabía que se trataba de un ignorante. Harris y personas como él perderían lo poco que tienen si no los protegiésemos. Ellos confían en la firma Neville & Sons. ¡Y el crápula de Julian le endilga esos bonos portugueses! ¡Bonos basura, eso es lo que son!

—Bonos basura —murmuró Neville con una mirada pensativa—. Me gusta el término. Lo acuñaré, con tu permiso.

—¡Papá, estoy hablando de algo serio!

—La conciencia nos hace cobardes a todos.

—Ahora citas a Hamlet —se mosqueó, y cerró el libro de un golpe.

—Manon, hija mía, no puedes tener escrúpulos de esa naturaleza, no si quieres ser una banquera exitosa. Los inversionistas, por muy pequeños e inexpertos que sean, saben que, al ingresar en la bolsa, están sentándose a una mesa de juego. —Manon lo contempló con desconsuelo. Su padre suspiró y le besó la mano—. No me mires con esa mezcla de tristeza y acusación. Sabes que estos bonos son los únicos que nos permiten un poco de juego en este momento. Las variaciones en sus precios nos dan la posibilidad de obtener ganancias.

—Los pequeños inversionistas desconocen esto —porfió y retiró la mano—. Ellos los compran para quedárselos, creyendo que cobrarán la renta. No conocen el juego de la especulación.

—Tú podrías enseñarles —bromeó Neville—. Eres amiga de todos nuestros clientes menesterosos. Avísales cuando sea conveniente deshacerse de esos «bonos basura», como los apodas. Sin embargo, existen otros que recibirán esos títulos con los brazos abiertos, porque están aburridos de la predictibilidad del mercado y buscan un poco de diversión y de riesgo.

Manon suspiró y se obligó a callar lo evidente: conocía a una ínfima cantidad de los inversionistas inexpertos que caerían en la trampa de la Corona portuguesa. ¿Quién protegería a los demás? Poco a poco abría los ojos ante la dura realidad: la actividad de los banqueros y los escrúpulos morales no iban de la mano. Recordó, como le ocurría con frecuencia últimamente, el lema de su familia. ¡Qué lejos se encontraban de respetarlo!

—Querida —se compadeció su padre—, sé muy bien que muchos inversionistas poco avezados o desafortunados podrían caer en la trampa de estos bonos. Y sé también que nuestro nombre estaría comprometido. Esto no sería beneficioso para la Neville & Sons, no si queremos seguir emitiendo deuda de otros Estados y lograr que la compren.

«¿No es malo porque perjudicaríamos a muchas personas sino por la reputación de la Casa Neville?», pensó con amarga ironía.

—Si es malo para la reputación de nuestro banco, ¿qué haremos?

—Lo que sea necesario para que Portugal pague el interés —respondió Neville.

—¿Cómo harías algo así?

—Enviaré a Ignaz a la Corte de Lisboa. Él asesorará al ministro de Finanzas. Fue una de las condiciones que impuse para convertirme en el emisor de estos nuevos bonos. Si, llegado el vencimiento, comprobamos que las arcas portuguesas están vacías, les haremos un préstamo para que afronten el pago de la renta.

Manon juzgó el remedio peor que la enfermedad.

—De este modo —razonó—, cuando los inversionistas cobren la renta, creerán que Portugal es un Estado sólido y confiarán en que seguirán cobrándola en el futuro. Nosotros no podremos prestarle a Portugal a cada vencimiento de renta. Además, ¿cómo recuperaremos el préstamo? Es ilógico.

Neville palmeó la mano de su hija.

—Tesoro, en este juego no puedes controlar todas las variables. Una a la vez. No te apresures a vivir en el futuro. Verás que, de algún modo, y con astucia, resolveremos la cuestión.

Manon suspiró, consciente de que Percival Neville rara vez comenzaba algo sin la certeza de que obtendría una ganancia. Reflexionó que su padre lucía tranquilo porque, de seguro, ya había pergeñado el modo de cobrarse la fortuna que la Corona portuguesa acabaría por deberle. Recordó, entonces, el informe que había descubierto tiempo atrás sobre su escritorio y que refería al descubrimiento de minas de plomo y de plata al norte de Portugal. Desplegaría la misma táctica empleada con España durante las guerras por la independencia de sus colonias en América del Sud, que el rey Fernando VII pretendía recuperar a como diera lugar, y para lo cual precisaba de ingentes cantidades de dinero. Se había acordado una emisión de títulos españoles contratada muy por debajo del valor nominal, al setenta y cinco por ciento, lo que reflejaba la mala reputación de la Corte española en las bolsas europeas, y con una renta del seis por ciento. La Casa Neville, que se ocuparía de la emisión, la administración y el pago de las rentas, exigió una garantía extra: la concesión de la explotación de las minas de cinabrio de Almadén, del cual se extraía el azogue tan necesario para refinar el oro y la plata. El rey Fernando, quien, en opinión de Aldonza, era un cenutrio, se negó a concederla. En aquella oportunidad, su padre acudió a Roger Blackraven, quien siendo nieto de Carlos III de España por parte de madre y por tanto primo hermano de Fernando, poseía un gran ascendente en el Palacio de Aranjuez.

—Papá —retomó Manon tras esa pausa—, si tu idea es la de echarle el guante a esas minas de plomo y de plata que se encuentran al norte de Portugal, te recomiendo que no lo comentes con tu yerno. —Percival alzó la vista y la miró con seriedad—. Durante el concierto del sábado pasado en Blackraven Hall, lo vi conversando animadamente con el encargado de negocios austríacos en Londres.

—¿Con Hummelauer? —se asombró Neville.

—El mismo. Sabes que le comunicará de inmediato tus intenciones al príncipe Metternich, que hará lo imposible para obstaculizar tu camino, siendo que él apoya a Miguel, ese gran absolutista, y es sabido que tú estás de parte del emperador Pedro. Ya tuviste problemas con Metternich en el pasado —le recordó—, cuando apoyaste la independencia belga.

Percival sonrió al dirigir una mirada chispeante a su hija.

—Vaya, vaya, querida Manon, veo que soy un libro abierto para ti. Dedujiste lo de las minas en Portugal…

—Encontré el informe del prospector sobre tu escritorio —lo interrumpió con tono admonitorio—. Fue una imprudencia dejarlo a la vista de todos, si me permites señalar. Ayer por la mañana encontré a ese demonio de Lucius Murray fisgoneando en nuestro despacho. Por supuesto, se justificó diciendo que traía unas letras de cambio que precisaban de mi firma. No le creí una palabra.

—Dices que Metternich apoya a Miguel de Braganza —retomó Neville sin hacer caso del comentario de su hija.

—No es difícil llegar a esa conclusión. Entre absolutistas y déspotas se protegen.

—¿Por qué crees que el esposo de tu hermana les contaría a los agentes austríacos nuestros secretos?

Manon elevó los ojos al cielo y soltó un largo suspiro.

—Padre, eres el hombre más inteligente que conozco, pero tienes una venda en los ojos cuando de tu yerno se trata. Quizá debería rectificar mi declaración y afirmar que Julian Porter-White es el hombre más inteligente que conozco. Después de todo, logró engañarte a ti, al gran sir Percival. ¿Quién crees que les advirtió a los espías de Metternich que planeabas prestarle dinero a Leopoldo Saxo-Coburg una vez que se convirtiese en el rey de Bélgica?

—¡De seguro no tu cuñado!

—¡Por supuesto que fue él! ¿Quién si no?

—No tienes pruebas, Manon.

—Pero tengo ojos y discernimiento.

—Insisto —reiteró Neville—: ¿por qué tu cuñado querría desvelar nuestros secretos?

—No lo sé —admitió—, es el instinto el que me dicta que desconfíe de él. Quizá no está de acuerdo con el modo en que conduces el banco y quiere implementar cambios.

«Quizá quiere apoderarse del banco», reflexionó, sin valor para expresarlo a viva voz. El coche se detuvo frente a la sede de la Neville & Sons, y Manon se aprestó a bajar. Su padre la retuvo con gentileza antes de que Thibault abriese la portezuela.

—Tesoro mío, no te preocupes por lo que Metternich pueda descubrir acerca de mis estrategias. No se atreverá a mover un dedo en mi contra. Sabe que en nuestra cartera contamos con una ingente cantidad de títulos de los Habsburgo. Y sabe también que en el pasado inundé el mercado de bonos de otras monarquías que intentaron perjudicarme.

—Metternich podría utilizar a sus títeres para impedir tus negocios con don Pedro, y tú jamás sabrías que se ha tratado de él —intentó persuadirlo—. No sabrías contra quién cobrar venganza —concluyó.

Percival Neville sonrió con condescendencia.

—Estoy orgulloso de ti y del modo en que razonas. Has llegado a comprender cómo se maneja el intrincado mundo de la política. Solo que estás olvidando que no contamos con la red de espías que contamos para no enterarnos de las cuestiones más importantes de la política europea, sin mencionar a tu querido Talleyrand, que está más informado que nadie en esta ciudad y que es tan generoso como para compartir sus conocimientos conmigo.

—Entonces —dijo dolida, ofendida y enojada—, pídele a tus espías que descubran cómo se enteró medio mundo de que los Neville y los Blackraven están planeando exportar plata a China. ¿Se lo has mencionado a tu querido Julian?

No se detuvo a escuchar la respuesta. Aceptó la mano de Thibault y descendió del carruaje. Caminó deprisa hacia el banco sin aguardar a su padre. Subió las escaleras sintiendo un gran peso en el corazón, abatida por lo que significaba vivir en un mundo tortuoso, plagado de intrigas y de mezquindades. Su padre, sin embargo, parecía disfrutarlo. Se preguntó si los Neville no habrían perdido el rumbo tiempo atrás.

Capítulo VIII

La noticia de la llegada a Londres de la princesa Ramabai, sobrina del *peshwa* Bajirao II, y esposa del actual presidente de la Corte de Directores de la Compañía de las Indias Orientales, levantó una gran polvareda. No resultaba un dato menor que la joven mujer y sus dos pequeñas hijas fuesen huéspedes en Blackraven Hall.

El carruaje se detuvo frente al imponente edificio que señoreaba en Leadenhall Street, una de las calles principales de la City. Trewartha descendió y, pese a que llevaba prisa, se quitó la chistera y elevó la vista para apreciar la construcción en estilo neoclásico que se erguía, imponente, para comunicar el poderío de la Compañía. ¿Perdería la posición que había conquistado a fuerza de trabajo y de tesón en la institución que dominaba gran parte del globo, y todo por culpa de una mujer india que se encontraba muy por debajo de su condición?

A la publicación del artículo en *The Times* les siguieron otras en los principales periódicos, y la noticia, que en otras circunstancias se habría reducido a un mero chisme de salón, adquirió una importancia capital y se convirtió en una cuestión política. En tanto subía las anchas escaleras de mármol, advertía las miradas solapadas y los comentarios bisbiseados de los empleados que, pocos días atrás, lo habían reverenciado. En esas circunstancias, detestaba la idea de entrar en el salón de reuniones de la Corte de Directores y sentarse a la gran mesa que albergaba a sus veinticuatro miembros, y, sin embargo, debía hacerlo. Entró, y se sorprendió al comprobar que la Corte estaba completa; a veces les costaba reunir el *quorum* necesario. Los miembros cesaron las conversaciones individuales y cayeron en un mutismo deliberado.

¿Ramabai les habría entregado los cuadernos y los documentos que demostraban su comercio con el opio en desmedro de las arcas de la Compañía? Habían tocado el espinoso tema días atrás, cuando fue a visitarla a Blackraven Hall. Se había tragado el orgullo y el odio, y el viernes anterior, a eso de las cuatro de la tarde, había llamado a la puerta de la casa del hombre al que consideraba el asesino de su adorada hermana Victoria. No le había quedado alternativa; las esquelas que le enviaba a su esposa desde la publicación en *The Times* regresaban sin respuesta.

Lo guiaron hasta un salón en la planta alta donde las halló, a Ramabai y a las niñas, en compañía de las mujeres de la familia, del pastor Jago y del propio Roger Blackraven. Las rodeaban en un claro acto de protección. Sus hijas, al verlo, no corrieron a saludarlo, y no las culpaba; en Patna rara vez les había prestado atención.

Ramabai alzó la vista, y sus enormes ojos negros lo atravesaron con una mirada acusatoria, cargada de lágrimas. Su belleza volvió a quitarle el aliento, y le permitió recordar por qué, loco de deseo, había consentido desposarla, el acto más estúpido de su vida, pero uno que lo había hecho feliz. Por un tiempo. Al planear el regreso a Londres para presidir el órgano más poderoso dentro de la Compañía, Ramabai se convirtió en un lastre. Y no tuvo escrúpulos cuando decidió deshacerse de ella. Pero ¿cómo se había enterado? Solo lo había conversado con Trevor Glenn, que se encargó personalmente de la contratación de los *thugs* que se habrían ocupado del asalto.

Solicitó hablar con su esposa a solas. Ramabai, tras mirar a Blackraven, asintió. Blackraven chasqueó los dedos y al instante se presentaron dos hombres fornidos que desentonaban con el femenino y delicado lujo de la sala. Lo cachearon de armas, lo que sumó una nueva humillación a la penosa circunstancia. Blackraven no consintió que hablasen en una habitación a puertas cerradas, por lo que se apartaron y lo hicieron a unas yardas de la familia.

—¿Por qué me has abandonado? —fueron las primeras palabras que le destinó después de dos años de separación—. ¿Por qué huiste de casa?

—Porque te temo.

—¿Por qué? Jamás te levanté la mano, jamás te hice pasar necesidades. Te daba en abundancia —le recordó.

—Pero la abundancia en la que vivíamos no era suficiente para ti —replicó Ramabai—. Tú quieres todo, Jacob, el mundo entero. Pero en tu mundo no cabemos tus hijas y yo.

—¿Dónde están los documentos que te llevaste al partir?

—Escondidos. No mires a su gracia —le advirtió—, él no sabe que existen. Están en buenas manos.

—Los tiene el pastor Jago —afirmó con una cólera mal disimulada.

—¿Crees que soy tan necia? —lo interpeló Ramabai—. ¿Crees que se los daría a la primera persona a la que acudirías para quitárselos? Quiero el divorcio —declaró con una resolución que la embelleció aún más—. Sé que, por la ley inglesa, solo el esposo puede solicitarlo y que es preciso un acto privado del Parlamento para obtenerlo. Te pido, por favor, que te ocupes. Las niñas y yo ya no seremos una carga para ti.

—¿Cómo se mantendrán?

—Ese no es tu problema.

—Yo te amo, Ramabai. No quiero el divorcio.

—Adiós, Jacob —dijo, y tras llevarse las manos unidas a los labios e inclinar el torso, se alejó en dirección a los Blackraven.

Había transcurrido una semana desde el encuentro. Por más que intentó volver a verla, Ramabai se negó a recibirlo, y Colton, el mayordomo de Blackraven Hall le negó el ingreso. En esos días, había dispuesto que los inútiles que la habían buscado sin resultados se ocupasen de seguirla y de conocer sus hábitos. Sabía que montaba en Hyde Park por la mañana, junto a la duquesa y a sus hijas. La habían visto de compras en la tienda Fortnum & Mason, y una vez en la librería Hatchard's. El día anterior había concurrido a la casa de té Twinings en The Strand en compañía de la duquesa, de su sirvienta más fiel, una cingalesa, y de una muchachita con rasgos orientales. Siempre, en todas las ocasiones, las escoltaban dos o más hombres de Blackraven.

En la asamblea de la Corte de Directores, la primera moción refería a la carta recibida el día anterior en la que el *peshwa* Bajirao exigía conocer el destino de su adorada sobrina Ramabai, la que, según sus informantes, había debido huir de Patna por su vida. Los miembros que habían votado en contra de Trewartha aprovecharon la circunstancia para reclamar por la irregular situación que empañaba el prestigio de la

Compañía; se consideraba una de las principales prioridades mantener la armonía con los gobernantes maratíes. Obtuvo una tibia defensa de sus antiguos sostenedores; no aceptaban su matrimonio con una india y mucho menos que lo hubiese ocultado. La reunión se concluyó horas más tarde en una especie de armisticio cuando él prometió escribirle a su majestad Bajirao y explicarle que no había de qué preocuparse.

Abandonó el edificio de la Compañía dando largos pasos, ansioso por huir. Un sitio que, antes del lunes 24 de junio, había considerado su palacio y señorío, ahora lo expulsaba con su rechazo y su desprecio. Se dirigió hacia la taberna The City of London. Allí, en el saloncito dorado, lo esperaba Trevor Glenn. Minutos más tarde, se les unieron Porter-White y su secretario Lucius Murray. El gesto hosco de Porter-White auguraba malas noticias.

—Por fin recibí carta de Facundo Quiroga —anunció—. Se ha echado atrás.

—Ya lo suponíamos —comentó Glenn—. ¿Por qué luces tan preocupado?

—El asunto de la aparición de tu esposa india —siguió hablando Porter-White como si Glenn no hubiese abierto la boca— arruina nuestros planes.

Trewartha, que no estaba de humor para reclamos, sonrió con abierto sarcasmo.

—Tendrás que buscarte a otro para que conquiste a tu arisca cuñada —replicó—. Más bien responde a la pregunta de Trevor: ¿por qué luces preocupado con la respuesta de Quiroga?

Porter-White sorbió un largo trago de ginebra y golpeó la mesa al devolver el jarro.

—Implica una gran pérdida de tiempo —explicó—. Ahora tendremos que aguardar la respuesta de Rosas. Y probablemente sea necesario volver al Río de la Plata para sellar el acuerdo. Con esas gentes nunca se sabe.

—De todos modos tendremos que esperar a que pase la tormenta desatada por la muerte de Turner —le recordó Trewartha—. Aunque me urge hacerme de dinero, constituir la compañía minera ahora atraería una atención indeseada. El asesinato ocurrió menos de dos semanas atrás y todavía se habla de él en los periódicos.

—Porque Alexander Blackraven está presionando a la policía para que descubra quién lo asesinó —comentó Lucius Murray.

—¿Cómo lo sabes? —se interesó Glenn.

—Un primo mío trabaja en Scotland Yard —respondió el secretario.

* * *

Lo habitaba una energía oscura y malévola de la cual intentó deshacerse con cada golpe propinado a la bolsa de arena y después en el cuadrilátero, durante una pelea con Samuel Bronstein, que Dani Mendoza aprovechó para levantar apuestas. Más tarde, el viejo boxeador los agasajó con una comida servida en su taberna. El gentío, la incesante vocinglería, las carcajadas y los eventuales insultos, todo le servía para aturdirse y olvidar que Francis Turner había muerto. Samuel, que devoraba el cordero, lo estudiaba desde el otro lado de la mesa.

—Ya llevas en Londres… ¿Cuánto?

—Llegué el 18 de junio. Hoy es 5 de julio. Haz el cálculo.

—Poco más de quince días, y ya no soportas la ciudad. ¿Qué esperas para hacerte a la mar?

—Regresamos por la boda de la hija de Olsen, mi segundo en el mando —aclaró—, que será en dos días, creo. No me iré sin antes resolver el asesinato de Francis.

—Alex —intervino Dani, que se había acercado para rellenarles los jarros—, tal vez tengas que resignarte a que nunca se descubrirá quién o quiénes lo hicieron.

—Los dos tipos que fueron a verlo la mañana del sábado parecen no existir —dijo Bronstein—. Entrevisté a los vecinos. Aseguran no haber visto ni oído nada —añadió, tras lo cual vació de un trago el jarro de cerveza y se puso de pie—. Caballeros, tengo que dejarlos. La señorita Manon me recomendó que comprase unos títulos y me dispongo a hacerlo.

Alexander habría deseado no alzar la vista del plato tan repentinamente ni con tanto interés a la mención de ese nombre. Samuel estaba observándolo mientras se calzaba los guantes, como si le hubiese tendido una trampa al nombrarla.

—Ese es un buen motivo para que dejes la mitad de mi cordero al burdeos, Sammy —bromeó Dani Mendoza—. Dicen que la señorita Manon rara vez se equivoca al asesorar a sus clientes.

La había visto dos días atrás, cuando escoltó a las mujeres de la familia a un concierto de beneficencia en la iglesia de Saint Martin-in-the-Fields. Llegaron un poco tarde, por lo que debieron ubicarse en la galería del entrepiso. De pie tras la princesa Ramabai, la vio ubicada en la primera fila, en el ala izquierda. Parecía hipnotizada por la pieza musical que la orquesta ejecutaba con prodigiosa maestría. Manon Neville se sujetaba las manos para evitar moverlas al son de la música y en ocasiones dejaba caer los párpados e inspiraba hondamente, lo que le ajustaba el escote del vestido al pecho. Después de observarla largamente, se dio cuenta de que llevaba el cabello recogido en una única y larga trenza, que le colgaba sobre el hombro derecho, y que se destacaba de entre los tocados más o menos iguales de las otras mujeres, todos severos y recogidos. Si hubiese deshecho la trenza, ¿qué largo habría alcanzado su cabellera? Comenzaba a resignarse a la atracción que esa muchacha le provocaba.

Las familias se saludaron en el atrio de Saint Martin-in-the-Fields y, como era de esperar, Manon Neville le destinó una corta reverencia y ninguna palabra. Volvió a arrepentirse de haberla acusado de indiscreta, en especial después de que sir Percival, de regreso de Penzance, visitase a su padre y le contara que había involucrado al yerno en el asunto de la exportación de plata a China. «Julian se ocupará de todo aquí en Londres y Archie lo hará en Cantón», había resuelto.

—Me marcho contigo —dijo a Samuel, y se puso de pie.

Se despidieron de Daniel Mendoza y salieron a la calle. Eran las tres de la tarde, y el edificio de la bolsa, pegado a la taberna, vivía su última media hora con la usual efervescencia. Bronstein se aproximó a una calesa de alquiler que acababa de dejar a un pasajero delante del ingreso de la London Stock Exchange.

—Me despido aquí, Alex —lo saludó.

Un poco desconcertado y bastante desilusionado de que la adquisición de los títulos no la realizaría en la Casa Neville, inclinó la cabeza y se despidió. Caminó hacia el establo donde se encontraba su montura, pero al llegar, siguió de largo. Minutos después, se detuvo frente a la puerta de la Neville & Sons. Se quitó el sombrero antes de estudiar el edificio de tres pisos. Su fachada era modesta y no revelaba mucho, pese a que allí, dos veces por día, a las diez de la mañana y a las tres de la tarde, se fijaba el precio del oro. ¿Sería consciente la señorita Manon del poder que ostentaba sir Percival?

La única nota destacable de la fachada la componía el escudo de la Casa Neville construido en yeso y pintado en vivos colores. *«Ne vile velis»*, leyó. Si sus herrumbrados conocimientos de latín no lo traicionaban, significaba «no desees nada vil». Cruzó el umbral, subió el corto tramo de escalera y entró en un amplio vestíbulo. Un empleado lo condujo al primer piso, donde funcionaba la aseguradora British Assurance. Su director, Benjamin Godspeed, era un brillante matemático y actuario, miembro de la Royal Society y amigo de los tiempos del Trinity College. Se habían encontrado días atrás durante las exequias de Turner.

—¡Alex, bienvenido! —Godspeed cerró la puerta de su despacho y lo invitó a sentarse—. Es extraño verte aquí. En general es tu padre o tu cuñado Edward los que vienen a resolver las cuestiones de los seguros de la flota.

—De hecho —dijo Blackraven—, vengo por otro tema. Mañana por la tarde expondré acerca de una nueva resina en la Royal Society. Me interesa saber si serás parte del público.

—Lo seré —afirmó Godspeed—. Están todos muy interesados en escuchar qué tienes para decirnos.

—Me servirá tu apoyo.

—Cuenta con él.

A punto de sugerirle que invitase a la señorita Manon, prefirió callar, y una vez que estuvo de nuevo en la calle, se obligó a aceptar que había ido a ver a Godspeed en la esperanza de saber acerca de ella. La suerte, o tal vez habría debido decir la mala fortuna, quiso que al día siguiente, en la galería superior del salón de la Royal Society, el sitio destinado a las mujeres, Manon Neville ocupase un sitio junto a la baranda. Lo fastidió que el corazón se le acelerase; perder el control no formaba parte de su carácter, ni él lo consentía. Ella aún no lo había visto, por lo que se permitió estudiarla sin comedimiento. Estaba flanqueada por Godspeed y por su abuelo, sir Alistair; no muy lejos se encontraban su tutor, Tommaso Aldobrandini, y su tío Leonard. Resultaba poco usual que los hombres se sentasen en las gradas superiores. Habían elegido acompañarla en aquella ubicación desventajosa en lugar de ocupar sitios en la platea, como habría sido su derecho por haber nacido con testículos. Concluyó que la señorita Manon despertaba una clase de devoción en sus parientes y en sus amigos que los inducía a realizar cualquier sacrificio por ella.

La joven Neville hablaba animadamente con el matemático. Un rubor le coloreaba las mejillas, y en el brillo de los ojos azules se adivinaba un espíritu lleno de fuego. La deseó como hacía muchos años no deseaba a una mujer y la celó de Godspeed, que acaparaba su atención y que recibía sus sonrisas.

La exposición resultó un éxito, en gran parte gracias a los detallados diseños con que acompañó el discurso. Los había preparado un ilustrador de *The Times*, amigo de Goran Jago. Los calurosos aplausos se extendieron por algunos minutos, y si bien era un buen indicio, la decisión final correspondía al duque de Sussex, presidente de la Royal Society, tras una deliberación con el consejo de científicos.

En tanto recibía las felicitaciones del público, buscaba a Manon Neville entre la concurrencia. Ya había descendido de la galería superior y se hallaba cerca de la puerta del salón. Conversaba con Dennis Fitzroy y con su hermano Arthur. La vio reír abiertamente de un comentario de Arthur, y se dijo que era la primera vez que veía su risa, comportamiento condenable en una joven de tan elevada crianza, solo que él habría deseado que volviese a hacerlo, y esa vez habría procurado escucharla.

Un cuarto de hora más tarde, al avistar a Manon Neville sola en un sector retirado del salón, se desembarazó del duque de Sussex. Se hallaba frente a una de las tantas bibliotecas que cubrían las paredes del suelo al techo. Lucía adorable con el abanico cerrado apoyado sobre los labios mientras repasaba con la vista los lomos de los libros.

—Buenas tardes —la saludó—. Disculpe —dijo—, no fue mi intención sobresaltarla.

—Buenas tardes, milord —contestó, y se le encendieron las mejillas—. Estaba distraída, disculpe mi reacción.

—Estaba concentrada en estos libros —señaló Alexander, y se aproximó para ver de qué trataban—. Ah, las obras de von Humboldt.

—Soy su admiradora.

—Tal vez habría preferido que fuese él quien expusiera y no yo, un simple marinero —dijo, e intentó ser bromista, sin éxito.

Manon lo miró a los ojos.

—Su exposición me ha resultado muy entretenida desde el punto de vista científico —declaró—. Ahora bien —dijo, y la inflexión en su voz puso en guardia a Blackraven—, una mirada más mercantilista diría que esta exposición busca el apoyo de la Royal Society para obtener la difusión que todo nuevo producto requiere. De los usos que su señoría tan bien enumeró, me atrevo a afirmar que su aplicación en el campo textil representa el de mayor interés. El hombre de mar conoce el valor de una tela impermeabilizada. —Alexander sonrió; Manon conservó el gesto adusto—. Conociendo la mayoría de las hilanderías de Manchester y de Sheffield, considero que hay solo dos o tres con la capacidad para realizar las pruebas necesarias y con la maquinaria para producir el nuevo material en grandes cantidades. Pero como sé que el duque de Guermeaux es muy amigo de sir Larry Mansfield, y siendo sir Larry un hombre cabal, diré que las posibilidades se reducen a la Mansfield & Co. —Sonrió, una sonrisa satisfecha—. Sí, creo que mi análisis ha dado en la diana —masculló para sí—. Les aconsejaré a mis clientes que compren acciones de la Mansfield & Co., pues se espera que aumenten en un futuro no muy lejano. Ahora sí podrá acusarme de indiscreta, milord, y estará en lo cierto, aunque lo insto a reconocer que he sido lo suficientemente honesta para decírselo a la cara.

—Honesta y encantadora.

—Buenas tardes, milord —dijo, e hizo una corta reverencia antes de alejarse.

* * *

Manon regresó de la exposición en la Royal Society y subió las escaleras corriendo. No quería encontrarse con nadie. Entró en su habitación y tiró del cordel para convocar a Catrin, que se presentó enseguida y la ayudó a cambiarse el vestido y a refrescarse; incluso a esa hora tardía, el calor era bochornoso. Más serena, buscó a su abuela Aldonza. Bajó al subsuelo, donde se ubicaban la cocina y la despensa. La recibió un inusual silencio, apenas perturbado por el sonido mecánico de la labor de Aldonza, que machacaba chufas en un almirez para elaborar la horchata que tanto gustaba a su padre.

Se sentó a su lado sin emitir palabra. Aldonza la besó en la frente y la observó fugazmente antes de proseguir con la tarea.

—Estás deprimida —afirmó la anciana— y se relaciona con el conde de Stoneville.

—Lo he tratado mal, abuela —se lamentó Manon—. Se acercó a saludarme, y yo lo he tratado con soberbia y con despecho. Me arrepiento —dijo con un temblor en la voz—. Tal vez nunca más vuelva a dirigirme la palabra. Pronto se hará a la mar y transcurrirán meses antes de que regrese a Londres. Nunca existirá nada entre nosotros. Me conformaría con su amistad —concluyó con lágrimas en las mejillas.

Aldonza soltó la maja y la contuvo entre sus brazos. Volvió a besarla en la frente.

—Nuestro destino ya está trazado —aseguró la anciana—. Será lo que tenga que ser. ¿Por qué preocuparse, entonces?

Manon se incorporó y, riendo con aire melancólico, se sirvió del mandil de su abuela para secarse los ojos.

—Me gustaría que en mi destino estuviese Alexander Blackraven.

—Lo sé, tesoro mío. Pero tienes que dejar eso en manos de Dios.

Se sobresaltaron al oír un ruido estrepitoso. Se trataba de Catrin, que, bajando por las escaleras, había dejado caer un aguamanil enlozado.

—Lo siento, señorita Manon —se afligió la muchacha—. ¡Qué torpe he sido! —se apenó.

Manon le destinó una sonrisa benévola. Aldonza, en cambio, la contempló con ojos suspicaces.

* * *

Por la noche, la familia Blackraven celebró en una cena íntima el éxito de la exposición. Se habló de lo útil que sería contar con una tela ligera, flexible e impermeable en lo más álgido de una tormenta en alta mar. La charla derivó, como solía ocurrir, en la navegación y en los barcos, e Isabella comentó que había leído en el *Morning Chronicle* que el miércoles se subastaría en el puerto un clíper, construido por uno de los mejores astilleros de Boston. Se podía visitarlo todos los días, incluido el domingo.

—Llévame, Alex —insistió—. Dada no me hace caso.

—¿Por qué no la llevas, Alejandro? —intervino Isabella di Bravante, y empleó el nombre que le había dado a su hijo al nacer y que, años más tarde, el viejo duque de Guermeaux cambió por Roger para respetar la tradición familiar.

—Madre —se impacientó Blackraven—, quiere que se lo compre. Pretende capitanearlo —añadió para más clarificación.

—¿Y? —lo instó doña Isabella.

—¿Cómo «y»? ¿Mi hija, la capitana de un barco?

—¿Por qué no? ¿Te preocuparás del escándalo a esta altura de tu vida?

Blackraven soltó un bufido.

—Isaura estaría en un sin vivir continuo —alegó, y llamó a Melody por su verdadero nombre, que solo él utilizaba—. Y todos ustedes saben que la tranquilidad de mi esposa es lo más importante para mí.

—Mi tranquilidad —terció esta— no puede valer más que la felicidad de mi hija.

—Ahí tienes, Dada —lo desafió Isabella—. Mamá sí me quiere.

—Ella —la amonestó Melody—, tu padre te adora y solo piensa en ti, en tu seguridad.

—Pero una vida segura es muy aburrida —afirmó la muchacha—. No me interesa quedarme en casa a bordar y a parir hijos.

Blackraven elevó los ojos al cielo; los demás reprimieron las risas.

—Jamás has bordado nada —le recordó Anne-Rose—, por mucho que he intentado enseñarte. Y jamás te he visto aburrida. Te lo has pasado montada y haciendo tiro al blanco, con el arco y la flecha y con el fusil de papá.

—Y en estos últimos días —dijo Arthur—, te has entretenido con el proyecto de Manon y de Des para fundar el hospital para pobres.

—Pero mi sueño es otro —declaró—. ¿Por qué Nico y Alex pueden ser los capitanes de sus barcos y yo no? —perseveró con la vista fija en su padre—. Y no me digas que es porque ellos son hombres y yo mujer, Dada. Sé de navegación tanto como ellos.

—Mi dulce niña —intervino Adriano Távora—, recuerda lo que decía Periandro de Corinto: «Todo es práctica». Y a ti te falta la práctica, cariño.

—Tío Adriano, ¿cómo la obtendré si Dada no me permite navegar? Soy la única aquí que nació en medio del océano. No soy de ninguna parte. Soy especial, hija del Atlántico —bromeó, y arrancó una sonrisa a Blackraven, pese a que el tema no le hacía gracia—. Soy la que más derecho tiene de convertirse en una navegante.

Alexander observó a su hermana y, aunque le temió a su índole inmanejable, la admiró. No resultaba casual que su mejor amiga fuese Manon Neville, otra rareza.

—Comenzaré a llamarte Atlanta —la provocó Arthur.

—Busquémosle un diminutivo —se aunó Rafael—. ¿Qué les parece Atlantona?

—Lo tengo —intervino Estevanico—. Atlas.

—Con hermanos y primos como ustedes —se quejó Isabella—, ¿quién necesita enemigos?

—Su alteza estará escandalizada ante el comportamiento de nuestros hijos —Miora, madre de Rafael y antigua esclava de Blackraven, se dirigió a Ramabai—. Melody y yo hemos intentado educarlos lo mejor posible.

—No estoy escandalizada en absoluto —replicó la princesa maratí—. Ustedes son la demostración de que una familia puede ser feliz.

Un rato más tarde, Alexander ayudó a su abuela a subir a la planta alta. La mujer se apoyó en su brazo e inició la escalada. Habían creído que se desmoronaría tras la muerte de su gran amor, el capitán Gabriel Malagrida, y que no pasaría mucho antes de que lo siguiese; así lo habían creído todos, excepto su padre. «Tu abuela ha resucitado tantas veces a lo largo de su vida como para creerla inmortal», había afirmado.

—Abuela —dijo en francés, la lengua que desde niño empleaba para dirigirse a ella—, ¿has visto alguna vez el cuadro de la Inmaculada del Escorial, el de Murillo?

—Sí, era uno de los favoritos de mi padre. Bellísima representación de la Virgen. Supongo que seguirá en el Palacio Real, en Madrid —aclaró—. ¿Por qué lo preguntas, cariño?

—El ministro Talleyrand lo mencionó el día de la velada.

—Y su comentario llamó tu atención —concluyó la anciana—. ¿Por qué? ¿Pretende comprárselo al necio de mi sobrino Fernando?

—No, no —la tranquilizó—. Lo comentó mientras la señorita Manon tocaba las castañuelas. Dijo que se le parecía.

Isabella asintió y guardó silencio. Al llegar a la puerta de su dormitorio, le acunó el rostro y lo obligó a inclinarse para besarlo en la frente.

—Charles-Maurice no se equivoca —dijo a continuación—. El dulce rostro de nuestra querida Manon se parece al de la Inmaculada del Escorial. Pero te aseguro que no es por eso que Charles-Maurice admira profundamente a Manon, quizá como a ninguna otra mujer. La conoce desde que tenía tres años, la ha visto crecer y convertirse en esa criatura al que él apodó de formidable. He conocido a mujeres que me han inspirado gran respeto a lo largo de mis tantos años, pero pocas me inspiran lo que Manon Neville.

* * *

Alexander salió de Blackraven Hall alrededor de las once de una agradable noche de verano y, aprovechando las calles relativamente vacías, cabalgó hacia la zona de los Jardines de Kensington. Su mente recreaba una y otra vez la escena con la señorita Manon en el salón de la Royal Society y el diálogo con su abuela pocos minutos antes. Solivantó la montura hasta alcanzar una velocidad temeraria. Buscaba aturdirse con el viento que le ululaba en los oídos. No deseaba pensar en ella; se había jurado no involucrar el corazón de nuevo. «¿Qué estoy diciendo?», se exasperó. «No estoy involucrando el corazón. La señorita Manon es bonita e inteligente, solo eso», concluyó. «Una de tantas», se convenció.

En las cercanías de los Jardines de Kensington los faroles a gas comenzaron a ralear, por lo que redujo la velocidad, primero a un ligero trote y luego al paso. A pocas yardas de lo de Samantha, tiró de las riendas repentinamente, y el arisco caballo se impacientó. Le palmeó la cruz y se inclinó para susurrarle palabras afectuosas, y en todo momento mantuvo la vista fija en el zaguán de su amante, donde acababa de avistar al cuñado de la señorita Manon, el tal Julian Porter-White, al que Samuel Bronstein no le habría confiado ni los calzones. Resultaba evidente que iba de salida.

Obligó al caballo a retroceder y a confundirse en la frondosidad de un serbal. Vio pasar el carruaje y notó que no tenía el escudo de la Casa Neville estampado en la portezuela. Aguardó a que se perdiese devorado por la oscuridad de Bayswater Road antes de ponerse en marcha. Hizo girar la montura y regresó a su casa; ya no volvería a ver a Samantha Carrington, no porque le molestara que tuviese otro amante; de hecho, el acuerdo entre ellos contemplaba una absoluta libertad. No regresaría porque el instinto le susurraba que no lo hiciese. Porter-White le gustaba cada vez menos.

Ingresó en su casa por la calle trasera, donde se hallaban las caballerizas. El palafrenero le había dejado un fanal y un yesquero detrás del portón. Lo encendió y se adentró con el animal. Antes de que pudiese quitarle la montura, un ruido a sus espaldas lo alertó. Se dio vuelta con la pistola empuñada y profirió un insulto al ver que se trataba de Trevik Jago.

—¡Qué carajo haces, Trev! —lo increpó—. Podría haberte puesto una bala en las tripas.

—Estaba esperándote —dijo con voz tensa.

—¿Por qué no fuiste a la exposición ni a la cena? Todos preguntaron por ti.

—No desensilles, Alex —le pidió—. Estaba esperándote —repitió—. Necesito que me acompañes a buscar a Goran. Esta tarde fui a su casa. Pensaba llevarlo a la exposición en la Royal Society y no lo encontré. Hace días que voy a buscarlo y no lo encuentro. Estoy muy preocupado.

—Mierda —masculló Alexander—. Debe de estar en un fumadero de opio.

—Es lo que temo. No conozco Londres como tú —se excusó—. No sabría por dónde comenzar.

Ensillaron otro animal para Trevik y partieron sin demoras. Lo hallaron en uno de los fumaderos del barrio de Whitechapel, un antro en el que parecían condensarse los males del mundo en la espesa y nauseabunda niebla que invadía cada rincón. Al igual que en los sitios anteriores, se cubrieron la boca y la nariz con un pañuelo y se adentraron con un fanal en alto. Alexander, acostumbrado a las guardias nocturnas en el océano, muchas veces envuelto en la bruma, lo identificó fácilmente, acostado entre un chino y un lascar, a juzgar por las prendas y los rasgos. Tenía la pipa en la boca pero no parecía succionar.

Se lo cargó al hombro. Lo asustó lo delgado y liviano que estaba. Trevik fue abriéndoles camino entre los cuerpos grasientos y malolientes hasta alcanzar la calle de nuevo. Alexander le lanzó unos peniques al niño que les había cuidado los caballos y cruzó a Goran sobre la montura.

De regreso en Grosvenor Place, lo instalaron en el cuarto junto al de Trevik. Estaba dormido o desmayado, no habrían sabido precisar. Con la ayuda de Ludovic, le dieron un baño porque hedía. Impresionaba la manera en que se le pegaba la piel a las costillas. Le pusieron unos calzones y una camisa de noche de Alexander y lo depositaron en la cama. La primera guardia le correspondería a Trevik.

—No dejará esta casa hasta que haya aprendido a vivir sin esa mierda —decretó Alexander, y el pastor asintió.

Capítulo IX

Ese lunes 8 de julio amaneció lluvioso y húmedo. Manon bajó a desayunar con su padre; como de costumbre los acompañaban Aldonza, Masino Aldobrandini y Anne-Sofie, a la que notó pálida y ojerosa. Se inclinó para recibir de Percival el habitual beso en la frente, más allá de que entre ellos regía una tensa tregua. Enterarse de que su cuñado se ocuparía de liderar en Londres la empresa de exportación de plata significaba un duro golpe. Que su padre se lo hubiese escondido durante tanto tiempo lo vivía como una traición.

A pesar de que estaba inapetente, levantó las tapas de los infiernillos alineados en el trinchero y eligió un filete de arenque y un puñado de hongos.

—¿Te sientes bien, tía? —susurró al oído de Anne-Sofie.

—No he pegado ojo, querida —contestó la mujer—. El calor era insoportable —alegó, y apartó la vista para atender a un comentario de Aldobrandini.

Manon tuvo la impresión de que Anne-Sofie la rehuía y que mentía. ¿Su comportamiento se relacionaría con lo que Ross Chichister le había señalado el viernes anterior? Según el contable, los gastos de su tío Leonard se habían incrementado de modo considerable cuando los viajes y las comisiones eran más o menos los usuales. Manon lo interrogó cauta y delicadamente, y Leonard se excusó diciendo que de la contabilidad se ocupaba su esposa. «Pregúntale a Anne-Sofie», le pidió. «Es ella la que administra el dinero y presenta la rendición a Chichister cada quincena. Si yo me ocupase», acotó, «dos más dos no darían cuatro».

—¿Has recibido carta de Drina? —preguntó Manon para atraer de nuevo la atención de la mujer.

—No. La última llegó a principios de junio, ¿recuerdas?

—Lo recuerdo —afirmó Manon—. Si no llega una en los próximos días, tendremos que esperar el fin de la temporada del monzón para recibir otra. Entiendo que los barcos no se aventuran durante esos meses.

—Roger asegura que el clíper de Alexander y otros más de su flota pueden vencer los vientos más tenaces —comentó Percival—, aun los monzones que mantienen anclada a la mayoría de los barcos. Se trata de una característica en el diseño —explicó ante una pregunta de Aldobrandini—. Son más angostos y con mástiles más altos e inclinados hacia la popa. Igualmente —acotó Neville—, se necesita una habilidad extrema para navegar esas embarcaciones en medio de las endiabladas tormentas monzónicas.

Manon buscó la mirada de su abuela, que le destinó una sonrisa cómplice que solo ella, que tanto la conocía, supo discernir en el movimiento imperceptible de las comisuras. El resto de la jornada evocó en varias ocasiones el comentario de su padre, en especial lo referido a la habilidad extrema para sortear una tormenta de esa magnitud. Experimentaba un orgullo que no le correspondía si se tenía en cuenta que Alexander Blackraven no era nada para ella y nunca lo sería.

A eso de las cinco de la tarde, cuando la actividad en el banco terminó, se alistó para la reunión con Samuel Bronstein. Lo había contratado para que controlase las actividades de su cuñado. Le mintió a su padre, le dijo que iría a Swan & Edgar a comprar la sarga para el vestido que llevaría en el último baile de la temporada en Almack's. Thibault Belloc la condujo a la oficina de Bloomsbury Square, donde el investigador privado la esperaba con el servicio del té.

—Han sido pocos días —se excusó Bronstein—. Su señoría me contrató el viernes y yo comencé el seguimiento el sábado muy temprano. —Le entregó una hoja escrita en una caligrafía grande y clara—. Aquí está el informe correspondiente.

Manon lo recibió y se lo pasó a Belloc, que lo plegó y guardó en el bolsillo de la chaqueta.

—Lo leeré en casa —alegó Manon—. Ahora dígame, señor Bronstein, en estos pocos días, ¿ha notado algo que merezca la pena mencionar?

—El sábado por la tarde, Porter-White pasó varias horas en la casa de una mujer. Una viuda —acotó, y guardó silencio.

160

La taza de té de Manon tintineó en el plato. La apoyó en una mesita.

—¿Quién es? —preguntó con acento vacilante.

—Su nombre es Samantha Carrington. Es la propietaria de una casa en Bayswater Road, frente a los Jardines de Kensington.

«Dicen que tiene una amante en la zona de los Jardines de Kensington», había declarado su prima Philippa en referencia a Alexander Blackraven. Una viuda muy hermosa. ¿Se trataría de la misma mujer? Desechó la idea por absurda y, sin embargo, le habría gustado preguntarle al investigador si sabía quién era la supuesta amante del conde de Stoneville. Después de todo, el investigador y el conde parecían amigos.

—Creo aconsejable, señorita Manon —sugirió Bronstein—, que averigüe si es clienta de la Neville & Sons. Es mi apuesta más certera.

Manon asintió y se puso de pie. El investigador le entregó la capota y la ayudó a echarse la esclavina a los hombros.

—Señor Bronstein, mi padre no sabe que lo he contratado para llevar adelante este seguimiento. Y me gustaría que, al menos por el momento, no lo supiese.

—Como su señoría disponga —dijo, y se inclinó en señal de respeto.

Ya en la calle, y antes de subir al coche, Manon se volvió hacia Belloc con lágrimas en los ojos.

—Oh, Thibaudot, ¿qué será de Cassie? Si llegase a saberlo, le rompería el corazón.

—¿Qué esperabas, mi niña? —la interpeló el gascón—. ¿Que le fuese fiel?

—¿Crees que deba decírselo a papá?

—Díselo —contestó—, pero prepárate para que lo justifique. Creo que sir Percival siempre supo que Porter-White no sería un ejemplo de fidelidad.

—¡Qué asqueada estoy de todo, Thibaudot!

* * *

Se turnaban para acompañar a Goran Jago en su período de desintoxicación; incluso los miembros de Blackraven Hall se presentaban para asistirlo.

—Nunca debe estar solo —indicó la princesa Ramabai, y los sorprendió. Era quien más sabía acerca del duro proceso que significaba expeler del cuerpo la nociva sustancia; había asistido a su padre en varias ocasiones—. La peor parte —les advirtió— es cuando, completamente sobrios, los adictos necesitan del opio para acallar las quejas del cuerpo, que se ha vuelto un tirano.

En su opinión, había poco por hacer, excepto obligar a Goran a beber agua e infusiones, comer alimentos ligeros y dormir. Pasaba largas horas sentada junto a la cabecera de la cama y a veces se negaba a aceptar un relevo. De noche, sin embargo, y por el bien de las apariencias, lo asistían los hombres de la familia.

Durante los primeros días hubo siempre una presencia masculina. Goran se violentaba y exigía que lo dejaran salir. Lo reducían fácilmente, pues estaba débil. Al atardecer le subía la fiebre, que bajaban sumergiéndolo en una tina de agua que enfriaban con trozos de hielo que Alexander conseguía a precio de oro. Lo atacaban las náuseas, que en ocasiones se convertían en vómitos de hiel. Los calambres en las piernas y en el bajo vientre lo tenían hecho un ovillo mientras lanzaba gritos desesperados.

El miércoles por la tarde, Alexander necesitaba un respiro. Entrevió la oportunidad para escapar un rato cuando su cuñado Edward Jago y Trinaghanta se ofrecieron a acompañar a la princesa Ramabai. Se dio un baño y le solicitó a Ludovic que le preparase el traje de montar con la chaqueta de lino azul y el pantalón de un ligero nanquín beige. Dado el calor, no llevaría chaleco, solo una camisa de fino algodón. El valet le ató el lazo al cuello y le entregó el sombrero, la fusta y los guantes de montar.

Se dirigió a la City. Tenía una buena excusa para visitar la Casa Neville: hablar con Benjamin Godspeed por la aseguración de uno de sus barcos. Se cruzó en el ingreso con Ignaz Bauer, uno de los empleados de confianza de Manon Neville, el que la había escoltado aquel día en la bolsa. Era bien parecido y muy cortés.

—Milord, el profesor Godspeed ha salido —le comunicó en un inglés con pesado acento alemán—. Pero me pongo a su servicio para lo que necesite.

—¿Podría hablar con la señorita Manon?

—La señorita Manon y el profesor Godspeed fueron juntos al puerto. Hoy se subasta un barco que la señorita Manon desea adquirir para la flota de la Casa Neville. Creí que lo sabía, milord.

—¿Por qué habría de saberlo? —se impacientó Alexander.

—Vuestra hermana, la señorita Isabella, los acompañaba.

—¿En qué lugar del puerto tendrá lugar la subasta?

—En el muelle que corresponde a la Escalera Pelícano —informó el muchacho.

Alexander inclinó la cabeza en señal de saludo, se calzó la chistera y salió rápidamente hacia la calle. La Escalera Pelícano era uno de los sectores más peligrosos del puerto de Londres. Un miedo visceral lo obligó a saltar sobre el caballo y azuzarlo en dirección a la Torre de Londres.

* * *

El remate tendría lugar dentro de pocos minutos en una de las casas de subastas del puerto. Entró en el salón atestado de personas, la mayoría curiosos. La cercanía del río Támesis y la aglomeración volvían el aire casi irrespirable, pese a que habían abierto las ventanas.

Las identificó rápidamente; el colorido de sus bonetes y de sus vestidos descollaba en la segunda hilera de sillas y contrastaba con las ropas simples y grises de las otras pocas mujeres. Manon Neville e Isabella eran las únicas damas. Lo tranquilizó distinguir también el turbante de Somar y la larga trenza de Jimmy Walsh. Junto a Manon se hallaba su fiel edecán, Thibault Belloc, al que conocía poco, pero que le agradaba. Era un tipo de mediana estatura y corpulento; y se decía que se había desempeñado como un diestro artillero de Napoleón, por lo que debía de saber de armas. Contando a Benjamin Godspeed, que en honor a la verdad no habría representado una gran ayuda, serían cinco en caso de tener que defender a las distinguidas señoritas. Somar, como de costumbre, estaría armado, y resultaba probable que Belloc también lo estuviera. En cuanto a Jimmy, había aprendido desde muy pequeño las artes de la lucha china que le había enseñado su tío materno, de una rapidez y eficacia que él no se habría atrevido a desafiar ni siquiera siendo el hábil pugilista que era.

163

Paseó la vista entre la concurrencia. Había rostros de expresiones temibles. La situación lo enojó. ¿Por qué dos damas de la más alta aristocracia inglesa se exponían a ese mundo desconocido y peligroso? Un hombre atrajo su atención porque le resultó familiar. Le llevó unos segundos recordar que lo había visto junto a Trewartha aquel día en la bolsa. Trevor Glenn se llamaba. Miraba con insistencia a la señorita Manon, que no lo veía por hallarse más adelante.

El martillero subió al estrado y, tras acallar a la concurrencia, presentó el clíper, diseño del astillero Rampling & Rampling de Boston, ocho años desde su botadura y de mil doscientas cincuenta y siete toneladas. Su nombre era *Creole*. La base se fijó en trescientas libras. Godspeed ofertó a un gesto de la señorita Manon y siguió haciéndolo hasta que la puja decantó entre la Casa Neville y Trevor Glenn. El clíper terminó adjudicado a la Neville & Sons por mil novecientas libras. Trevor Glenn se golpeó la mano con el sombrero en un gesto de frustración y abandonó el recinto. Manon Neville e Isabella se abrazaron entre risas.

Se aproximó en el instante en que la señorita Manon afirmaba:

—No me gusta *Creole*. Le cambiaré el nombre.

—Entonces no conseguirá marineros que quieran abordarlo —afirmó él a sus espaldas y la sobresaltó.

Manon se giró súbitamente y allí estaban sus ojos de un turquesa inverosímil que la contemplaban de un modo difícil de descifrar. ¿Había burla? ¿O impaciencia? Por cierto, nada de benevolencia ni alegría.

—Milord —balbuceó, e hizo una reverencia.

—Entre los marineros existe la creencia de que caerá una maldición sobre el barco al que se le cambie el nombre —declaró Alexander, y a continuación saludó a los demás.

—¡Oh, Alex! —exclamó Isabella—. Manon ha comprado el clíper que yo capitanearé. Formaré parte del servicio de correo marítimo de la Casa Neville. ¡Mi propio barco!

—Ella, ¿sabe nuestro padre que te encuentras aquí? —la interrogó con una mirada inflexible.

—Lo sabe —contestó Somar.

—¡Y me ha concedido el permiso para capitanearlo! —continuó exultando Isabella.

Manon no conseguía apartar la vista de Alexander Blackraven pese a lo incómoda que la tenía la situación. Percibía su antagonismo y lo enojado que estaba. Incluso con el gesto endurecido, lo consideraba el hombre más apuesto que conocía. Estaba espléndido en ese traje de montar de chaqueta azul, muy corta por delante, con doble hilera de botones dorados y con dos colas por detrás; le iba entallada y se afinaba en la cintura, realzando un cuerpo de perfectas proporciones. El pantalón de color muy claro se le ajustaba a las piernas largas y delgadas, que se enfundaban en unas botas de finísima confección en cuero marrón oscuro.

Ante la declaración de Isabella, Alexander desvió la mirada hacia Somar, que asintió apenas con una bajada de párpados.

—¿No estás contento por mí, Alex?

—¿No te has puesto a pensar en que tendremos que deshacernos al menos de cinco de nuestros mejores hombres para que integren la tripulación del *Creole*? —la interpeló Alexander.

—Oh, no, milord —terció Manon—. La Casa Neville se ocupará de contratar a la marinería.

Alexander movió la cabeza con deliberada lentitud hasta encontrar los ojos amigables y esperanzados de la señorita Manon.

—¿Y su señoría piensa —dijo con duro acento— que mi padre y yo consentiremos que mi hermana se encuentre sola en alta mar con hombres que no son de nuestra absoluta confianza?

—Oh —masculló Manon, y supo que las mejillas se le habían arrebatado.

—Buenas tardes —saludó Blackraven.

Se calzó la chistera y se alejó a paso rápido.

* * *

Nada salía como lo había previsto, ni siquiera la compra de un clíper, que había dado por descontada. Trewartha no quería descargar la furia en Trevor Glenn, por lo que mantenía la vista fija en el contenido del jarro y aguardaba a que se le evaporase.

La cuestión de Ramabai estaba trayéndole más problemas de los previstos. El malestar entre los directores de la Compañía había suministrado a sus enemigos una excusa para cuestionar cada una de sus propuestas y de sus decisiones; incluso se hablaba de enviar un auditor a la sede de Patna.

Por otro lado, la tenaz lucha que Arthur Blackraven y otros miembros del Parlamento llevaban adelante para prohibir la venta de opio a China estaba demostrándose un verdadero incordio. Por fortuna, en un par de semanas se iniciaría el receso estival y la cosa se calmaría. Sin embargo, aún quedaba el debate final en la Cámara de los Comunes antes de las vacaciones, al que había sido invitado en su carácter de presidente de la Corte de Directores para hablar en defensa del tráfico. Le haría una visita al canciller lord Palmerston para convencerlo de que Inglaterra dependía de que China siguiese adquiriendo la polémica sustancia producida en la India. El hábil político tenía una notable influencia entre los *whigs*, pero también la tenía el joven Blackraven, se recordó.

Lo de la mina de plata en América del Sud se dilataba, y él precisaba del capital que le habría permitido hacerse de su propia flota para transportar el opio a Cantón. No seguiría empleando los barcos de la Compañía; no habría sido sensato con todos los ojos puestos en él. ¿Dónde obtendría las tortas de opio en caso de que lo expulsasen de la Compañía?

—La semana que viene habrá otra subasta —intentó apaciguarlo Glenn—. Un buen bergantín. Fui a echarle un vistazo y luce sólido y en buen estado.

—Ese clíper era ideal —masculló—. Un bergantín necesitaría el doble del tiempo para transportar incluso menos tonelaje. La señorita Manon está convirtiéndose en un verdadero dolor de huevos —acotó.

—Jacob —dijo Glenn con acento inseguro—, tras el monzón, me gustaría regresar a Patna. —Trewartha apartó la vista de la cerveza y la clavó en su asistente—. No quiero dejar en manos de Zayan el primer embarque de la temporada. No me fío de ese bengalí.

—Zayan es fiel —aseguró Trewartha—, le pago generosamente para que lo sea, y sabe el fin que le tocaría si se atreviese a traicionarme. Lo vio con sus propios ojos —acotó en un murmullo—. Te necesito aquí, ¿o lo olvidas? Cuando constituyamos la compañía minera, tú serás mi testaferro. Yo no puedo aparecer como propietario ni como presidente siendo funcionario de la Compañía. Y solo en ti confío.

—¿Con qué dinero comprarás las acciones? Sin acciones, no tendrás participación —le recordó— y, sin participación, no obtendrás dividendos.

—Estoy meditando vender la propiedad de Penzance —anunció, y Glenn se mostró sorprendido—. Eso, sumado a la remesa que nos enviará Zayan por la venta del opio, tendría que bastar. Dime —cambió de tema—, ¿qué has sabido de Ramabai?

—Mis informantes aseguran que en los últimos días ha pasado mucho tiempo en casa del hijo del duque de Guermeaux, el conde de Stoneville. No han podido averiguar por qué. Dicen que los domésticos son incorruptibles.

—Como sea, sigue siendo el peor de mis problemas. —Sacó un papel plegado del bolsillo interno de la chaqueta y lo sacudió en el aire—. Y ahora esto. Carta de Alexandrina —explicó y elevó los ojos al cielo—. Dice que quiere volver a Londres, que está encinta. No quiere que su hijo nazca en esas tierras salvajes, así las llama. No le gusta el calor de Macao y lo limitado de la sociedad. También me da a entender que no soporta a su esposo.

—¿Qué le contestarás?

—Que deje de hacer caprichos —dictaminó Trewartha—. ¿Qué pretende esa necia? ¿Arruinar mis planes y su reputación? Mejor será que se quede donde está. No quiero problemas con Neville.

Se abrió la puerta del saloncito dorado, que dio paso a Porter-White seguido de Lucius Murray. Tras hacer el pedido al camarero, Murray extendió a través de la mesa una hoja de papel basto. Trewartha lo levantó. Glenn estiró el cuello para ver de qué se trataba. Era una octavilla.

—Están por todas partes en los alrededores de Westminster —explicó Porter-White.

Se titulaba ¡No al opio! y realizaba una minuciosa descripción de las calamidades que causaba en el ánimo y en el cuerpo de quienes lo consumían. Le venía bien, lo usaría para completar el discurso que estaba escribiendo.

—Esta es obra de Arthur Blackraven —comentó Murray—. Incluso sé en qué imprenta lo mandó estampar.

—Los Blackraven están demostrándose una gran molestia —señaló Porter-White.

—¿Scotland Yard sigue tras el asesino de Turner? —inquirió Trevor Glenn y lo miró fijo a los ojos.

—Sí —contestó Murray en su lugar—. Mi primo asegura que reciben presiones diarias de Downing Street.

—Eso es obra de ese bastardo de Roger Blackraven —masculló Trewartha—. No soltará la presa hasta saber quién lo hizo, lo conozco.

—Algo que a nosotros no nos interesa —apuntó Glenn—, pues no tenemos nada que ver con el asesinato.

—Pero tú y Murray visitaron a Turner por la mañana —le recordó Trewartha—. Si llegasen a descubrirlo, estarían en graves aprietos.

—Nadie nos vio —aseguró Lucius Murray.

—Mañana por la noche habrá una velada musical en casa de lady Sarah —anunció Porter-White—. Los Blackraven están invitados. Trataré de averiguar algo.

—¿Lady Sarah? —preguntó Glenn.

—Sarah Child Villiers —informó Trewartha—. La dueña de la banca Child & Co. En otros tiempos, y como presidente de la Corte de Directores de la Compañía, yo también habría recibido una invitación —se lamentó.

Porter-White comentó:

—Celebrarán la creación de la asociación de beneficencia de la que les hablé tiempo atrás, para construir un hospital para pobres —acotó—, idea de mi querida cuñada y de ese cirujano cuáquero que la sigue como perro faldero. Mañana por la mañana firmarán el acta constitutiva en la sede de la Child & Co. La duquesa de Guermeaux será otra de las socias fundadoras. No tienen nada mejor que hacer que despilfarrar la fortuna familiar en esos piojosos muertos de hambre.

Trewartha se alegró de no haber aportado a la asociación benéfica. Habría desperdiciado un dinero, que por cierto no le sobraba, pues por mucho que se hubiese ganado la admiración de Manon Neville, de nada le habría servido con Ramabai en Londres y a la vista de todos.

—Oye, Julian —dijo en tono intimista—, ¿crees que sir Percival aprobaría el matrimonio de su hija con un divorciado?

Lucius Murray soltó una corta carcajada. Porter-White le dirigió una mirada elocuente.

—Ni en un millón de años —respondió, y se puso de pie—. Mientras tu esposa siga paseándose por Hyde Park en compañía de la duquesa de Guermeaux, no existe ninguna posibilidad para ti, Jacob. Señores —dijo con frialdad e inclinó la cabeza—, buenas tardes.

Porter-White y Murray salieron, y el saloncito dorado se sumió en un mutismo incómodo.

—¿Para qué te necesita ahora? —preguntó Glenn con ironía—. Ya no podrás desposar a la señorita Manon.

—Si lo meditases un minuto, incluso tú llegarías a comprender que te necesita a *ti* por la misma razón que yo: para que seas su testaferro. ¿Cómo piensas que se lo tomaría sir Percival si supiera que su yerno está asociado a una compañía minera de la cual no lo ha participado? Para más inri, que explotaría el mismo cerro.

—No sabemos si Blackraven y Neville están detrás de la misma mina de plata —razonó Glenn con acento ofendido.

—¿No fuiste tú quien tiempo atrás sugirió que Quiroga ahora estaba asociado con Blackraven?

—Fue solo un comentario —se excusó.

—Pues yo creo que diste en el blanco. De todos modos —se impacientó Trewartha—, ¿por qué Julian habría de necesitarme para nada? Seremos socios en un negocio redituable. Yo pondré una parte del capital, él otra y lo demás lo aportarán los que deseen comprar las acciones.

—Este asunto me gusta cada vez menos —expresó el escocés—. Jacob, volvamos a Patna y olvidémonos de todo, de la Compañía, de tu esposa, de Porter-White y de su malhadada compañía minera.

—No —se plantó Trewartha—. Ahora nuestra fortuna está aquí.

—O nuestra perdición —vaticinó Glenn.

* * *

Alexander abandonó la zona portuaria de mal humor. Aunque adoraba a su hermana Isabella, en ocasiones habría deseado que no poseyese el espíritu indómito que la caracterizaba desde pequeña. ¿Por qué no se comportaba como Anne-Rose, sensata y reposada? No le molestaba que Isabella escandalizase a la sociedad londinense; lo tenía sin cuidado. Lo aterrorizaba que algún mal cayese sobre ella. Que capitanease un barco, más allá de que fuese entre Inglaterra y el continente, le congelaba las tripas de aprensión.

Llegó a Blackraven Hall y, mientras le entregaba a Colton, el mayordomo, los guantes y la chistera, le preguntó dónde se encontraba su padre.

—Acabo de verlo ingresar en el salón de la señora duquesa.

Estaban solos. Los observó desde la puerta entreabierta. Su padre, de pie tras el canapé ocupado por su madre, le hablaba al oído y le arrancaba risitas. Seguían amándose y haciéndose arrumacos como si el tiempo, la rutina y el tedio no existiesen para ellos. Abstraídos del entorno, ni siquiera repararon en que Sansón III abandonaba su sitio a los pies de Melody y se aproximaba a la puerta para saludarlo. Componían el doloroso ejemplo de lo que él podría haber tenido y que nunca tendría. Su madre giró la cabeza para encontrar la boca de su padre, y fue el instante en que eligió para carraspear.

—Hijo, pasa —invitó Roger, y tomó asiento.

—¿Cómo sigue Goran? —se interesó Melody—. Fui a verlo esta mañana... —Se interrumpió e hizo un ceño—. Tesoro, ¿estás bien? —se preocupó.

—Acabo de participar de la subasta en la que la señorita Manon adquirió un clíper. Para Ella —acotó tras una pausa—. Somar me aseguró que estabas al tanto —dijo en dirección a Roger, que suspiró y asintió.

—No viviremos en paz si no le permitimos cumplir su sueño —explicó Blackraven.

—Padre, sabes que te respeto y que te admiro, pero no estoy de acuerdo contigo en esta decisión.

—Siéntate a mi lado, cariño —pidió Melody y, tras sujetarle la mano, se la besó—. Hemos hablado largamente con tu padre sobre esto. Y hemos decidido apoyar a tu hermana en lo que ha soñado desde que era pequeña: capitanear su propio barco.

—Una locura, en mi opinión —se empecinó Alexander.

—No lo digas frente a tu tía Amy —bromeó Blackraven.

—Tía Amy es la mejor navegante que conozco después de ti, padre. Isabella no cuenta con la práctica suficiente para capitanear siquiera un bote en el Támesis. ¿Y quiénes compondrán la tripulación del barco? Tendremos que cederles nuestros mejores hombres para que la protejan.

—La solución nos la propuso Manon días atrás —dijo Melody—, cuando nos comentó su intención de incorporar un clíper a la flota del correo de la Casa Neville. Nos expresó su deseo de que fuese Isabella quien la capitaneara.

Alexander se puso de pie con ímpetu y se alejó hacia la ventana. Dio la espalda a sus padres para ocultar la turbación que le provocaba la mención del nombre que se repetía con fastidiosa frecuencia desde que había regresado. En esa instancia, la detestaba por haber generado un conflicto en el seno familiar.

—Es una buena solución —terció Roger—. Solo navegará por el canal de la Mancha y en el Mediterráneo. La condición, sin embargo, es que, antes de convertirse en capitana de una embarcación de los Neville, deberá acompañarte a ti en tu próximo viaje a China.

—¿Qué? —Alexander se giró súbitamente.

—Quiero que le enseñes —indicó Blackraven—. Quiero que navegue en los océanos más peligrosos, que enfrente los desafíos del mar y que lo haga de tu mano. Quiero que la hagas partícipe de cada aspecto del manejo de un barco. Tal vez cuando sepa lo que realmente implica comandar un barco decida abandonar la idea de convertirse en una capitana.

—Su reputación quedará hecha trizas —alegó Alexander—. ¿Quién la querrá por esposa después de saberla días y días en alta mar rodeada solo de hombres?

Melody se puso de pie y caminó en dirección a su hijo. Le tomó las manos y le sonrió.

—Tu padre me quiso a mí pese a que viví en un burdel con tu tío Jimmy durante meses —intentó bromear Melody, sin éxito—. Cariño, sé que te preocupas por tu hermana, sé que temes que algo malo le ocurra. Se me acelera el corazón cada vez que la pienso lejos de mí, pero ¿puedo vivir con la culpa de saber que la hice infeliz manteniéndola a mi lado? Tú eres libre, Alex. Libre y dueño de tu destino. Pues Ella es igual a ti. Tu padre y yo no podremos atarla por mucho tiempo.

Alexander dejó caer los párpados en un gesto de rendición y movió la cabeza para negar.

* * *

Había decidido no concurrir a lo de lady Sarah para evitar cruzársela. Sin embargo, allí estaba, en la suntuosa casa de los Villiers en Mayfair. Llegaba tarde. El concierto ya había comenzado, por lo que el maestro de ceremonia se limitó a acompañarlo al piso superior y no lo anunció. Se deslizó furtivamente dentro del salón, famoso por la excelente acústica. La música y la atención que recibía la orquesta le sirvieron para ocultar su entrada a destiempo. Se ubicó a un costado e hizo lo que no deseaba: buscó a la señorita Manon entre los espectadores. La distinguió enseguida sentada entre su hermana Isabella y sir Alistair Neville. Al igual que en el concierto en Saint Martin-in-the-Fields, se la notaba presa de un fervor místico, ajena a los susurros de Isabella.

La contemplaba, y la rabia que le había inspirado en el remate del puerto se esfumaba. Intentó romper el hechizo evocando a Francis Turner y la frustración que le causaba que ni el detective Holden Brown ni Samuel Bronstein hubiesen realizado avances en la investigación. Probó imaginando a Isabella a merced de una tormenta en el mar. Pensó en Goran y en su adicción. Nada resultó para impedir que volviese la mirada una y otra vez hacia ella. Reparó en que se sujetaba las manos, que de lo contrario habrían marcado el ritmo de la sonata. No importaba cuánto se reprimiese; él advertía la pasión que la dominaba, palmaria en el anhelo de sus ojos, en la respiración ligeramente agitada, en la tensión de los labios rollizos, en el leve movimiento de la cabeza y en el rubor de las mejillas.

«Debes regresar al mar», se instó. Le diría a Estevanico que se haría cargo del transporte de esas pieles de foca destinadas a un comerciante de Amberes. Le vendrían bien esos días en el *Leviatán*. Lo asustó que la idea de abandonar Londres le produjera reluctancia.

* * *

Bastó que la orquesta interpretase los primeros acordes de *Follia* de Arcangelo Corelli para olvidar que el día anterior había vivido otro encontronazo con Alexander Blackraven tras el remate del clíper *Creole*. De las doce sonatas para violín del compositor italiano, la doceava era su favorita; difería de las anteriores y no respetaba los cánones de la época, un poco como ella, meditó.

Nada iba bien por esos días, ni siquiera con su padre, con quien solía estar de acuerdo en todo. La había desautorizado frente a Porter-White al comunicarle que su cuñado no tenía que solicitarle permiso para vender o comprar acciones ni títulos. Fue en vano recordarle lo sucedido con el sombrerero Harris; Percival se mostró inflexible. Pensó en revelarle lo de la amante en los Jardines de Kensington, la tal Samantha Carrington, y decidió callar, convencida de que lo desestimaría.

Se había reunido con Samuel Bronstein el día anterior. El investigador le había confirmado que su cuñado continuaba visitándola. Bronstein también le informó que se reunía con frecuencia en The City of London con Jacob Trewartha. La noticia la contrarió. No olvidaba lo que su abuelo le había advertido acerca de Trewartha y de su codicia desmedida. ¿Qué tramaban esos dos? Tal vez fuesen solo amigos; de hecho, eran casi parientes. ¿Estaría volviéndose paranoica, viendo fantasmas donde solo había sombras?

Recordó la sugerencia de Samuel Bronstein, que hiciese espiar a Porter-White en el banco por alguien de su confianza, incluso que le revisara la correspondencia, la que recibía en casa también. La medida extrema la acobardaba y le temía a la furia de su padre en caso de que se enterase. Percival lucía tan seguro en la opinión de su yerno.

Dirigió la vista hacia su padre y lo descubrió observándola. Le sonrió, y él le guiñó un ojo. Seguía amándola de esa manera incondicional que nada cambiaría. De hecho, había accedido a donar la cuantiosa suma para la asociación de beneficencia, y esa mañana la había acompañado a la sede de la Child & Co. donde ella y las demás patrocinadoras —miss Melody, lady Sarah, la duquesa de Dino y lady Emily, hermana del ministro del Interior, lord Melbourne— habían firmado el acta constitutiva de la Asociación de Amigos Hospitalarios en la que se asentaron los nombramientos del cirujano señor Dennis Alfred Fitzroy como presidente y del pastor señor Trevik Marcus Jago como pastor de la iglesia, que se construiría junto al hospital. Sí, su padre seguía amándola. ¿Por qué sentía que estaba perdiéndolo?

El concierto terminó, y la concurrencia se trasladó al salón contiguo para cenar. Lady Sarah fue la primera en ingresar, y lo hizo del brazo del duque de Guermeaux, de acuerdo con lo que indicaban las reglas de precedencia. Miss Melody hizo otro tanto con el esposo de la anfitriona, el conde de Jersey, y los demás los siguieron respetando los rangos y los títulos.

Manon se giró para buscar a su abuelo —quería entrar con él— y se detuvo en la mirada de Alexander Blackraven, fija en ella. Haberlo contrariado en cada oportunidad que se habían encontrado estaba sirviendo para desbaratar las ideas románticas e ilusorias que le inspiraba el conde de Stoneville y que la confundían desde los catorce años. Jamás existiría nada entre ellos, en parte porque ella no le caía bien y sobre todo porque estaba segura de que él seguía amando a Alexandrina Trewartha. Inclinó ligeramente la cabeza en señal de saludo y se alejó deprisa cuando entrevió su intención de acercarse. No estaba de humor para soportar otro de sus comentarios acerbos. Como no daba con su abuelo, tomó del brazo a Talleyrand, que conversaba con el primer ministro Grey y el del Interior, lord Melbourne, y juntos entraron en el salón.

* * *

Aprovechando que su padre concurriría más tarde al banco, Manon decidió partir temprano esa mañana. Entró en la *nursery* para saludar a Willy y se marchó después sin desayunar, con Aldonza por detrás que se quejaba de que se fuese en ayunas. Estaba inapetente y con un peso en el estómago.

La noche anterior, durante la velada en casa de lady Sarah, su tía Anne-Sofie les había contado a Louisa y a Charlotte que su cuñado Jacob Trewartha había recibido carta de Alexandrina, donde la muchacha le confiaba que estaba en estado interesante. Manon se enteró minutos más tarde cuando su prima Lilly Rita vino a contárselo en secreto. Tras la alegría inicial, observó con qué rapidez la noticia se propagaba por la larga mesa, hasta que alcanzó la parte ocupada por los Blackraven. La suposición, de la que siempre había sospechado, que Alexander Blackraven aún amaba a su cuñada, se confirmó cuando descubrió la expresión de desolada sorpresa que se manifestó en su rostro. Lo vio luchar para ocultarla. Descubrió que solo miss Melody y el duque de Guermeaux le destinaban vistazos compasivos. El resto de la familia continuó cenando y conversando como si la llegada del primer hijo de Archibald Neville y de su esposa Alexandrina no les concerniese en absoluto.

En el banco se encontró con Ignaz Bauer, que por vivir en el ático, era el primero en presentarse a trabajar. Junto con Thibault Belloc, entraron en el despacho de Porter-White, precedido por la pequeña oficina de Lucius Murray.

—¿Qué buscamos? —quiso saber Bauer.

—Nada en particular —respondió Manon—. Cualquier documento que encuentres sospechoso. —Al acordarse de una recomendación de Samuel Bronstein, le indicó—: Antes de tocar algo, fíjate en qué posición se encuentra y, tras analizarlo, vuelve a dejarlo en el mismo sitio, en la exacta posición —subrayó.

Belloc, en tanto, se ponía manos a la obra e intentaba abrir un cajón del escritorio que estaba con llave. Manon sabía que su querido Thibaudot entendía de cerraduras pues, por parte de padre, descendía de una familia de cerrajeros de Toulouse. El gascón lo abrió sin dificultad. Había varios papeles, todos documentos referidos a la actividad del banco y de la bolsa. Uno llamó su atención por el sello de lacre; se trataba de una carta. La firmaba un tal Juan Facundo Quiroga. Ella había escuchado ese nombre con anterioridad. La leyó rápidamente pues ya se oían ruidos en el piso de abajo. Escrita en español, estaba fechada el 1° de abril de 1833, en la ciudad de San Juan. ¿A qué país pertenecería? Lo descubrió enseguida, en la primera línea.

Mi muy apreciado compatriota: aquí me encuentro escribiéndole desde mi puesto de comandante de las fuerzas que luchan contra el indio en un intento por aplacar sus ánimos y también por ganarles tierras para el progreso. Todo es muy complicado ahora, mi buen amigo, y el país sigue convulsionado tratando de hallar un camino en esta maraña de intereses espurios e ideales muchas veces ilusorios. Lo de nuestro acuerdo por la explotación del cerro no va a poder ser, al menos por ahora, pues mi mente, mi cuerpo y mi espíritu están consagrados a la conquista de la libertad y de la justicia. Llegará el momento, y auguro que pronto, en el que aprovecharemos los recursos que esta tierra bendecida nos ofrece. Nada es imposible cuando se trabaja con buena fe a favor del bien general. Lo saluda su compatriota, que besa su mano. Juan Facundo Quiroga.

* * *

Seguía cavilando acerca de la carta del tal Quiroga y se esforzaba por recordar por qué el nombre le sonaba familiar. No le venía nada a la mente. Ross Chichister entró en el despacho y se sentó en la butaca frente a ella.

—Aprovecho que sir Percival aún no ha llegado para mostrarte esto —dijo, y le extendió una carta a través del escritorio.

—¿De qué se trata?

—Es de mi tío Alan —contestó Ross—. La recibí ayer. Lee, por favor.

Alan Chichister, un comisionista que trabajaba para varias firmas inglesas en Cantón y en Macao, le expresaba su preocupación por Archie, que no mostraba entusiasmo por el asunto de la apertura de la sede de la Neville & Sons, frecuentaba gente poco recomendable y ya había tenido problemas con el *hoppo* y con el bueno de Howqua.

—¿Quiénes son el *hoppo* y Howqua? —quiso saber Manon.

—El *hoppo* es un funcionario del gobierno chino —explicó Ross—, el supervisor de la aduana de Cantón. Todo pasa por él. Para comerciar en Cantón sin trabas, debes pagarle un soborno sustancioso. En cuanto a Howqua, es el comerciante más respetado del Cohong.

—¿El Cohong?

—Así se llama al gremio que forman los trece mercantes chinos a los que el emperador les concede la autorización para comerciar con los extranjeros.

—¿Solo ellos pueden comerciar con nosotros?

—Solo ellos —confirmó Chichister—. Son trece. Y Howqua es el más importante entre los del Cohong. Es uno de los hombres más ricos de su país. Una gran persona. Amigo de mi tío. También es muy amigo del duque de Guermeaux —acotó.

—¿Por qué Archie habrá peleado con él?

—Con el *hoppo* —dijo Ross—, puedo entenderlo. Con Howqua, no.

Manon bajó la vista y repasó las líneas de la carta. *Tómalo como lo que son, habladurías, pero se dice que las cosas con su esposa Alexandrina no marchan lo bien que uno podría esperar en una pareja tan joven.*

—No quiero que mi padre lo sepa —señaló Manon—. Sabes lo que opina de Archie. Fui yo la que insistió en que le demostrara confianza y lo enviase a Cantón.

—Discúlpame que lo mencione, Manon —se excusó el contable—, pero desde temprano se ha corrido la voz de que Archie será padre por primera vez este invierno.

—Es cierto. Jacob Trewartha recibió carta de mi cuñada hace unos días. Me enteré anoche, en el concierto de lady Sarah.

Ross Chichister asintió con gravedad.

—Mi tío no me ha ordenado que mencione esto a sir Percival —declaró al tiempo que señalaba la carta—, por lo tanto no diré nada.

—Gracias, Ross.

—Igualmente quise que lo supieras. Tal vez lo mejor sea esperar. La llegada del niño podría propiciar un cambio en las cosas —vaticinó el empleado.

—Al igual que tú, yo también considero que lo mejor será esperar —acordó Manon.

—Aprovecho que tengo tu atención para comentarte otro asunto. —Chichister le entregó un papel con el membrete de la Casa Neville—. Es la rendición de gastos de tu tío Leonard. —Apuntó un concepto casi al final de la lista de erogaciones—. Mira.

—¡Doscientas cuarenta guineas! —se escandalizó Manon—. ¿Gastos varios? —Alzó la vista y Chichister asintió en un mutismo elocuente—. ¿Adjuntó los comprobantes? —El contable negó con la cabeza—. Esto es muy irregular. Déjame la rendición, ¿quieres?

—Por supuesto —dijo Ross, y abandonó el despacho.

Capítulo X

A eso de las cinco de tarde, Manon continuaba cuestionándose acerca de la identidad del tal Quiroga, de los gastos excesivos de su tío Leonard y de las malas noticias que llegaban de China, cuando Thibault entró en su despacho y le indicó que su abuela la aguardaba en el carruaje. No la sorprendió; era viernes 12 de julio, y los segundos viernes de cada mes los tres iban a visitar a Timothy al hospicio que se encontraba en Clerkenwell, al noroeste de la City.

Durante el trayecto, Aldonza le sujetó la mano y la rescató de los pensamientos.

—¿Qué te tiene tan preocupada?

—Abuela, ¿te resulta familiar el nombre Juan Facundo Quiroga?

Aldonza bajó la vista y se abstrajo durante unos segundos.

—¿No lo menciona Floriana en una de sus cartas?

—¡Claro! —exclamó Manon—. Es allí donde lo vi, en una carta de Floriana.

Floriana Bedoya, la mejor amiga de Dorotea, y su esposo Roque Condarco, un comerciante gaditano, habían huido al Río de la Plata tras el regreso al poder de Fernando VII. Quiroga era el propietario de la hacienda donde Condarco se desempeñaba como administrador.

El encuentro con Timmy la alegró. Su primo explotaba de dicha cuando los encontraba en el locutorio del hospicio. Manon lo hubiese visitado a diario solo para ver cómo se le iluminaba el adorable rostro de ojitos rasgados, nariz diminuta y boquita pequeña. Pese a que ya tenía catorce años, lucía como un niño regordete. Era cariñoso y dulce, y lo que durase la visita los abrazaba y los besaba en repetidas ocasiones. Aunque pronunciaba mal algunas palabras, se expresaba con bastante claridad, y la conversación era fluida y divertida.

Dejarlo siempre era una instancia desgarradora para Manon, y solo el consuelo que le proporcionaba verlo bien alimentado y saludable impedía que se lo llevase con ella. Ese día, sin embargo, Thibault cerró la portezuela del carruaje, y el llanto que había contenido a duras penas explotó sin remedio. Se cobijó en el abrazo de su abuela.

—No soporto dejarlo —sollozó—. Soy una cobarde, una hipócrita.

—Timmy es feliz aquí —argumentó Aldonza—. Este es su hogar. No conoce otra cosa. Estaba muy contento con los regalos que le trajimos.

—Solo le interesó el bate de críquet que le regaló Thibaudot. Apenas si miró las botas que le mandé hacer —se lamentó.

—¿De eso se trata? —intentó bromear Aldonza—. ¿Estás celosa? ¿O hay otra cosa?

Recibió el pañuelo que le ofreció la mujer y se secó las lágrimas. Miró a Aldonza a los ojos cuando esta la obligó a alzar el rostro.

—Se trata de Archie —confesó—. Ross recibió carta de su tío Alan ayer. Asegura que no está bien, que su matrimonio con Drina no está bien, tampoco la apertura de la sede en Cantón marcha bien. Oh, abuela, ¿qué haré?

—Que tenga problemas con su esposa no me sorprende —admitió la anciana—. Y ese de seguro es el origen de todos los otros males. Siempre supe que esa jovencita no estaba enamorada de tu hermano. Pero su padre la obligó a desposarlo para emparentar con la Casa Neville. Ese Trewartha —masculló— me gusta menos que el diablo, Dios lo mantenga lejos de nosotros —agregó y, mientras se persignaba, aferró la bolsita grisgrís—. Tu padre cedió porque Archie estaba muy enamorado de la muchacha. Pero ella... —dijo y guardó silencio.

—¿Ella qué, abuela?

—Ella ya le había entregado el corazón a otro, estoy segura.

Manon contuvo el aliento y miró a su abuela sin pestañear.

—A Alexander Blackraven —susurró, y experimentó una sensación peculiar, de alivio, pero también de vértigo y de vulnerabilidad—. Es la primera vez que se lo confieso a alma viva —añadió, y a continuación le relató los hechos ocurridos más de seis años atrás en los límites de Larriggan Manor—. Sé que él sigue amándola —declaró—. Anoche, cuando se corrió la voz en lo de lady Sarah de que Drina está encinta, vi su expresión cuando la noticia lo alcanzó. Y a juzgar por la reacción de los duques, ellos son los únicos de la familia al tanto de la cuestión.

—¿Isabella jamás te lo mencionó?

—Jamás, y yo nunca se lo conté. Eres la primera a quien se lo digo —insistió.

—Todos estos años llevando sola este peso —se apenó Aldonza, y, como era inusual inspirarle lástima, Manon se sintió peor; además de triste, una necia.

—Nunca olvidaré aquel día de mayo del 27 —evocó—, el día en que descubrí que Alexander y Alexandrina eran amantes, el mismo día en que me enamoré de él. Oh, abuela, aún recuerdo la impresión que me causaron sus ojos de ese celeste tan intenso, tan único, llenos de vida. ¿Quieres que te confíe lo más extraño?

—Dímelo, tesoro.

—Que daría lo que fuese para verlo feliz con Drina. No soporto la tristeza de sus ojos. Yo los conocí llenos de dicha.

—¡Cuánto lo amas! —se admiró Aldonza, y la abrazó.

* * *

Los sábados la actividad bancaria y bursátil terminaba cerca del mediodía, por lo que Manon y sir Percival regresaban para almorzar con la familia.

Ese sábado 13 de julio, después de regresar de la City y tras cambiarse para estar más cómoda, Manon fue a la *nursery* a saludar a su sobrino. Allí se encontró con sir Alistair, que jugaba con Willy, y con Cassandra, que leía con expresión ceñuda. Se acercó por detrás y descubrió que se trataba del libro *The New Peerage*, de John Debrett, la guía sobre etiqueta y precedencia que regía a la sociedad inglesa.

—¿Por qué estás leyendo eso? —se interesó Manon.

—¿Cómo por qué? —se impacientó Cassandra—. Papá me encomendó la organización de la cena de mañana por el festejo de tu natalicio. Es imperativo saber dónde se sentará cada uno. Vendrán las hijas casadas del conde de Exeter, pero no pueden ir antes de Isabella Blackraven, pese a que no está casada, porque es la hija de un duque. ¿Y qué hago con las esposas del conde de Mildford y del conde de

Montagu? Aquí dice que tiene precedencia la que haya desposado al noble con título más antiguo. No sé cuál obtuvo su título primero.

—Mildford —contestó sir Alistair mientras causaba la risa de su bisnieto al esconder y hacer reaparecer una muñequita de trapo.

—Gracias, abuelo. Lo que me tiene muy inquieta —confesó Cassandra— es que el príncipe Guillermo ha confirmado su presencia mañana.

—¿El elector de Hesse-Kassel? —se interesó Manon, y su abuelo asintió.

La amistad con el poderoso aristócrata alemán, uno de los nobles con más posibilidades de ser elegido para convertirse en el emperador del Sacro Imperio Romano Germánico, se remontaba a varias décadas, desde que el bisabuelo de Manon, Solomon Engelberg, tras enriquecerse en Inglaterra, regresó a Fráncfort y le prestó dinero en un período de carestía. Se había consolidado durante las guerras napoleónicas, cuando sir Percival salvó la fortuna del príncipe al transportarla secretamente a Londres antes de que el ejército francés invadiese su principado. No solo la salvó; la duplicó gracias a sus hábiles manejos financieros.

—Llegó a Londres ayer por la mañana —comentó sir Alistair—. Me lo encontré en White's. Trajo con él a su hermano soltero George Carl. —Sir Alistair dirigió una mirada significativa a Manon—. E insistió en la alegría que será volver a verte.

—¿A mí? —se sorprendió Manon.

—A ti —ratificó el anciano—. Habló loas de ti. Aseguró frente a todos que eres mejor banquera que tu padre. Nadie maneja sus títulos y sus acciones como tú. Ah, y alabó particularmente tu exquisita prosa en alemán. Asegura que recibir una de tus cartas le alegra la mañana.

—Ignaz corrige mis cartas —afirmó Manon—. Mi alemán no es tan bueno.

—Si tu padre aceptase un acuerdo matrimonial entre tú y el hermano del elector —teorizó el anciano, de pronto serio—, se ganaría mi repudio para siempre. —Manon rio—. No permitiré que te alejen de mi lado. Además, conozco el principado de Hesse-Kassel, y sé que no serías feliz allí.

—Abuelo —lo tranquilizó Manon—, dudo de que algún día me despose.

—Por favor —se impacientó Cassandra—, no me ayudan en absoluto con tanta charla, y yo sigo aquí, sin saber dónde sentar al elector y a su hermano.

—Pon al elector a la izquierda de papá —sugirió Manon— y al hermano a mi derecha. Me gustará darle celos al abuelo —bromeó—. Todo saldrá bien, Cassie, como de costumbre —la alentó—. Nadie te supera organizando veladas.

—Gracias a Dios, es la última de la temporada —suspiró la joven—. Solo queda el baile de Almack's y luego nos iremos de Londres, que en verano es bochornosa.

—¿Irán a Bath a visitar a tus abuelos? —quiso saber Manon.

—Willy y yo sí —contestó Cassandra—. Julian se quedará aquí. Tiene mucho trabajo —alegó.

Manon asintió en silencio y se alejó para jugar con su sobrino.

* * *

Alexander montó su caballo y se dirigió hacia la zona de los Jardines de Kensington. Extrajo el reloj de leontina del bolsillo de la chaqueta: las nueve de la mañana de un domingo nublado y deprimente. Pensó en la señorita Manon, en que por la noche los esperaban en Burlington Hall, la residencia de los Neville en el barrio de Mayfair, para celebrar su vigésimo primer cumpleaños, invitación que había declinado. No deseaba volver a verlos, ni a ella ni a su familia. Imaginar a Alexandrina gruesa con el hijo de Archibald estaba resultándole intolerable. No dormía bien desde el jueves por la noche, cuando la noticia recorrió el salón de lady Sarah. ¿Por qué no lograba resignarse a la idea de que jamás la tendría, tal como lo instaba Estevanico? Resignarse lo juzgaba imposible, tal vez la única faena imposible de su vida.

Esperaba encontrar a Samantha Carrington en casa; no la tenía por una que asistiera al servicio dominical. La viuda le había escrito el día anterior reclamándole su ausencia de semanas. De modo deliberado, la visitaría de día y para comunicarle que no regresaría. Si bien se trataba de una relación sin ataduras ni compromisos, Samantha merecía su sinceridad.

Le abrió la única doméstica de la casa y le indicó que aguardase en el pequeño salón junto al vestíbulo. La señora lo recibiría en unos minutos. Samantha bajó fresca, perfumada y muy atractiva en ese vestido rosa pálido. Le destinó una sonrisa que destilaba alegría y lo besó en los labios. Alexander no le respondió y se retiró con delicadeza.

—¿Qué haces aquí a esta hora, querido?

—Necesitamos hablar. —Tomó asiento a una indicación de la viuda—. He venido a decirte que ya no volveré a verte.

—¡Oh! —exclamó Samantha—. ¿Estás por partir de viaje?

—No es eso —explicó Alexander—. No volveré a verte porque lo nuestro ha terminado.

—¿Por qué? —se alteró la mujer—. ¿Has conocido a otra?

—No.

—¿Estás por contraer matrimonio?

—No.

—Entonces, Alex, no comprendo. Lo pasamos tan bien en la cama.

Se oyó la campanilla de la calle. La sirvienta corrió a abrir mientras se secaba las manos en el delantal. Alexander se puso de pie súbitamente. Manon Neville acababa de entrar en el salón. Sus mejillas, que él había visto ruborizarse a menudo, se vaciaron de todo color, y una tonalidad cenicienta le cubrió el rostro.

—¡Señorita Manon! —exclamó, y en un impulso instintivo caminó rápidamente hacia ella.

—Oh, se conocen —farfulló la dueña de casa, sin asombro, más bien con sorna.

—Samantha —dijo Blackraven—, te presento a la señorita Manon Neville. Señorita Neville, le presento a la señora Samantha Carrington, viuda del capitán de navío Geoffrey Carrington.

Las mujeres hicieron una corta reverencia.

—Señora Carrington —empezó Manon con acento bastante firme—, le pido disculpas por haber venido hoy aquí sin anunciarme. Como veo que está ocupada, pasaré en otro momento. —Giró para encaminarse hacia el vestíbulo.

—¡Oh, no! —exclamó la viuda con acento divertido—. Alex es un gran amigo. Es de confianza —remarcó—. Puede hablar delante de él sin problema.

—Se trata de un asunto delicado —señaló Manon—. Volveré en otra oportunidad.

—Creo que será lo mejor —intervino Alexander—. Yo también iba de salida —anunció—. La escoltaré fuera. —Indicó el vestíbulo con la mano.

—Tal vez vino a hablarme de su cuñado, el querido Julian —conjeturó la dueña de casa—. De otro modo, no comprendo por qué una joven tan encumbrada se ha rebajado para venir a verme.

—Samantha, por favor —terció Alexander.

—No intervengas, Alex. Este no es tu problema. ¿No estabas yéndote?

—Vamos —insistió Alexander, y rozó el brazo de Manon para obligarla a marcharse.

—Sí —contestó, y se alejó del contacto de Blackraven con un sutil movimiento—, he venido a pedirle que deje de ver a mi cuñado.

—Vaya, vaya —dijo Samantha Carrington—, qué jovencita atrevida.

Manon la contempló en silencio y adivinó la estrategia de la viuda: pelear y discutir para humillarla frente a Blackraven. Ella, en cambio, había ido a negociar.

—Sé que es clienta de nuestro banco —afirmó, y el comentario desorientó a la mujer—. He visto su legajo, señora Carrington. Sé que ha invertido fuertes sumas en acciones y en bonos en los últimos meses.

—¿Qué tiene que ver eso con mi relación con su cuñado?

—Es fácil ver la mano de Porter-White detrás de las compras y de las ventas que ha hecho. —La expresión de Samantha se ensombreció—. Una cartera muy riesgosa y volátil, me atrevería a decir. ¿Acaso fue mi cuñado quien le aconsejó que se deshiciera de las acciones de la minera Golden Mining? —Samantha asintió con un profundo ceño, y Manon sonrió con ironía—. De seguro terminó adquiriéndolas para él mismo. Son codiciadas.

—¡Oh!

—Yo podría devolvérselas a cambio de que terminase sus asuntos con él. —Extrajo una tarjeta de la escarcela de raso y la depositó en un barqueño—. Mándeme aviso a este domicilio y vendré a verla. No vaya al banco. Buenos días —saludó, y se dirigió hacia la puerta.

No aguardó a que la anfitriona la escoltase. Ella misma abrió la puerta y cruzó deprisa el jardín delantero hasta el cancel. Oía el ruido de las botas de Blackraven. No se volvería. La visión de Thibault, que la aguardaba con la portezuela abierta, le dio ánimo. El gascón fruncía el ceño y aguzaba los ojos, sorprendido de encontrar al conde de Stoneville detrás de ella.

—Thibault —dijo Alexander a sus espaldas—, ¿cómo estás? —preguntó en francés.

—Milord —contestó el hombre e inclinó la cabeza con más respeto del que Manon habría deseado.

—Señorita Manon —dijo a continuación—, ¿me concede unas palabras, por favor?

Manon, con un pie en la zancajera y la mano enguantada en la de Belloc, se detuvo y, tras un instante de vacilación, giró con lentitud. Jamás pensó que llegaría el día en que no querría contemplar su adorado rostro. La mirada de Blackraven la desconcertó porque no descubrió indiferencia, ni desinterés, ni sarcasmo, ni rabia, lo que usualmente despuntaba en sus ojos cuando los fijaba en ella. Parecía estudiarla y lo hacía con una actitud en la que entrevió admiración.

—Entiendo lo que acaba de hacer —expresó Alexander—, pero, le suplico, no vuelva a esta casa.

—Le agradezco su preocupación, milord.

—Llámeme Alexander.

—Le agradezco su preocupación —repitió—, pero es innecesaria. Mis asuntos no deberían inquietarlo. No le conciernen —añadió con una nota rencorosa que la avergonzó.

—Se equivoca —rebatió él—. Me conciernen desde el momento en que es usted tan querida y respetada por los míos.

Se miraron con una intensidad que, en otras circunstancias, Manon habría valorado como íntima y prometedora. La situación tan embarazosa le impedía siquiera pensar con claridad. Asintió, porque deseaba escapar. Imaginaba a la viuda de Carrington observándolos desde la ventana y no lo toleraba. Intentó subir de nuevo al carruaje. Alexander la aferró del brazo con suavidad y la retuvo.

«Extraño», pensó Manon al comprobar que Belloc no reaccionaba, cuando era muy celoso de ella y jamás permitía que se le acercasen, menos aún que la tocaran, sin mencionar que se reputaba altamente impropio.

—¿Me promete que no volverá aunque Samantha la convoque?

«Samantha», repitió para sí. Con qué familiaridad la llamaba. Se confirmaba lo que había juzgado absurdo, que la mujer a la que visitaba su cuñado en la zona de los Jardines de Kensington fuese la misma a la que se había referido Philippa como la amante del conde de Stoneville.

—Lo prometo —se apresuró a contestar y terminó de subir.

Belloc cerró la portezuela y Manon descorrió la cortinilla. Alexander y el gascón se apartaron unos palmos para hablar, solo unos segundos, tras los cuales Thibault se inclinó nuevamente con respeto y trepó al pescante. El carruaje inició la marcha con una sacudida. Manon y Alexander se contemplaron. Él alzó la mano para saludarla y ella respondió. Lo vio girar y desatar el caballo sujeto a la verja de la casa de la Carrington. Montó con la maestría que ella tanto le admiraba y, antes de que pudiese comprobar qué dirección tomaba, Thibault dobló, y Blackraven desapareció de su vista.

* * *

Catrin estaba haciendo un gran trabajo con el peinado. La abundancia y el largo de su cabellera le consentían realizar trenzas y bucles en tocados muy elaborados, los que, dada su condición de mujer soltera, no precisaban de un recogido. Manon admiró los rizos que caían desde la coronilla y le cubrían la mitad de la espalda, y la trenza que parecía atarlos. Catrin retiró el hierro caliente del brasero, lo sopló un poco y lo empleó para marcarle unos bucles diminutos alrededor del rostro. El resultado era notable.

—Llevaré ese —indicó Manon, y señaló el adorno de plumas azul pavo real y pequeñas flores de cristal, regalo del sombrero Harris.

—¿No dijo que lo estrenaría en el último baile en Almack's? —se extrañó Catrin.

—No, lo estrenaré hoy. He cambiado de idea para el baile de Almack's. Mi abuela está confeccionándome un vestido similar a ese —dijo, y apuntó el cuadro de Gracia Nasi colgado junto al tocador.

—Oh, rojo —se asombró Catrin; tras una pausa, afirmó—: Estará bellísima, señorita Manon.

No bien le colocó el adorno de plumas y flores de cristal, Catrin intentó aplicarle polvo de arroz para acentuarle la palidez, pero Manon se rehusó. Aldonza le había advertido que no usase esos potingues; había visto a muchas actrices morir intoxicadas y con las pieles destrozadas debido al amoníaco y al arsénico que contenían.

—¿Dónde obtuviste este polvo de arroz? —la interrogó, y tomó la lata con el producto.

—Lo compré para su merced —respondió la muchacha—. Con el dinero que me sobró después de comprar los galones y las cintas que me pidió la señora Aldonza —añadió deprisa, y con el rostro arrebatado.

—Yo no uso estos productos, Catrin —declaró con firmeza—. Y tú harías bien en no usarlos. Son venenosos.

La joven asintió y metió la lata en el bolsillo del delantal.

—Lo arrojaré al pozo de la basura —susurró.

Manon solo consintió en que le cubriera los labios con una mezcla de manteca de cacao y de polvo de cochinillas. La muchacha se retiró unos pasos y admiró su obra.

—¡Será la más bonita de la velada! —aseguró—. Y ese príncipe que viene del continente caerá a sus pies, lo sé.

—Gracias, Catrin —dijo Manon entre risas; la divertía la vehemencia de la joven.

—¿Qué fragancia desea, señorita? —Señaló los tantos frascos de cristal, la mayoría de la Casa Creed, famosos perfumistas londinenses y clientes de la Neville & Sons.

Se sintió atrevida y eligió una que, pese a ser floral, era intensa, con el aroma a nardo como nota predominante. Enseguida se sintió una tonta; la elegía pensando en Alexander, cuando Cassandra le había dicho que no concurriría.

Catrin la obligó a cerrar los ojos y oprimió varias veces la bomba del frasco para pulverizar la fragancia sobre su cabeza, el cuello, el escote y los brazos, cubiertos por guantes blancos hasta el codo, los que también absorbieron una cuota de perfume.

Se contempló en el espejo. Y se comparó con la viuda de Carrington. Pasaban las horas, y no lograba quitarse de la cabeza lo vivido esa mañana frente a los Jardines de Kensington. La ambigüedad de la situación la desconcertaba; no sabía si sentirse complacida con la actitud protectora desplegada por Alexander u ofendida por haberlo hallado con la amante. Su mente práctica le señalaba que ni lo uno ni lo otro, ya que ella nada significaba para él. Su corazón era otro asunto y le susurraba toda clase de ideas absurdas.

Llamaron a la puerta. Catrin se apresuró a abrir y abandonó la habitación a una orden de sir Percival, que entró con Aldonza.

—Si tu madre pudiese verte —dijo el hombre con emoción evidente. La besó en la mejilla y le presentó un estuche de terciopelo azul—. Este es nuestro regalo, de tu abuela y mío.

Se trataba de un aderezo de zafiros y brillantes, con piezas tan exquisitas que arrancaron una exclamación a Manon. Su padre le colocó el collar, mientras su abuela le cerraba las dos pulseras sobre los guantes blancos. Ella misma se puso los pendientes.

—El azul del zafiro va muy bien con el tono lavanda del vestido —comentó Aldonza.

—Estás bellísima —afirmó Neville; la tomó de la mano y la obligó a girar para verla desde todos los ángulos—. Conoces la tradición cuando alguien cumple veintiún años. Se le entregan las llaves de su casa.

—Es una tradición, sí —acordó Manon—, pero solo para los varones.

—Hoy será para ti —declaró Neville—, porque contigo todo es especial. —Extrajo dos juegos de llaves—. Estas no son solo las llaves de casa sino las del banco y de la bóveda. Como bien sabes, de las llaves del banco y de la bóveda existen otras dos copias. Una es la mía. Tú sabes quién tiene la otra.

Manon, emocionada, asintió.

—Thibaudot.

—Thibault, sí —ratificó sir Percival.

* * *

Alexander pasó el resto del domingo en la barraca del puerto, un depósito de enormes dimensiones desde donde su padre, Estevanico y él dirigían la flota Blackraven. Intentó distraerse y agotarse yendo y viniendo desde el muelle, para supervisar la carga de pieles de foca y otros productos que transportaría a Amberes, hasta el desangelado despacho, donde se ocupaba de completar los conocimientos de embarque y otra documentación que le exigirían en la aduana. Al mismo tiempo, ordenaba a los oficiales y a la marinería que cargasen los barriles de agua y el matalotaje, que sellasen la brazola con brea para que no gotease en la cubierta inferior, que ajustasen los tornillos de la cornamusa de estribor cercana al castillo de popa, o terminarían perdiendo el calabrote, y que cosieran el puño de la cangreja porque estaba deshilachándose. Siempre, incluso cuando trepó a la cofa para controlar el obenque de la gavia, que en el último viaje les había dado problemas, pensó en lo vivido esa mañana en casa de Samantha con la señorita Manon. No lograba quitársela de la cabeza, como le ocurría desde que había vuelto a verla aquella tarde en Green Park. Se asombró al reconocer que no había evocado a Alexandrina en todo el día.

A última hora de la tarde, se encontraba en su camarote cuando llamaron a la puerta. Ludovic fue a abrir. Se trataba del noruego Sven Olsen, contramaestre y segundo oficial de cubierta del *Leviatán*. Lo recibió en la antecámara, un espacio decorado y amoblado lujosamente, donde se reunía con los oficiales. Olsen alzó las canosas y pobladas cejas al verlo a medio vestir con un frac.

—¿Estás por salir, capitán Alex?

Sven Olsen y su primo Olaf Ferguson, primer oficial de cubierta del *Leviatán*, habían trabajado para la flota Blackraven desde antes de su nacimiento y eran dos de los marineros más hábiles que conocía. Lo habían visto crecer, y mucho de lo que sabía acerca de navegación se lo debía a ellos. La confianza era absoluta.

—Estaré de regreso antes de la marea —prometió mientras se ajustaba las mancuernas en los puños—. ¿Necesitas algo?

—Jimmy duda de la calidad del agua —informó Olsen—. Me hizo abrir todos los barriles. Afirma que es agua del Támesis. Tú sabes lo que piensan en China, que el cólera proviene del agua, sabe Dios si es cierto.

—Bueno —dijo Alexander con paciencia mientras extendía los brazos hacia atrás para que Ludovic le pusiera la levita del frac—, debes admitir que desde que seguimos a pie juntillas los consejos de Jimmy no hemos tenido enfermos de gravedad en nuestros barcos.

El noruego consintió con un gruñido.

—Pretende hervir cada galón de agua que usemos, Alex —se quejó—, y eso implicará varias libras más de carbón.

—Tenemos de sobra en el depósito —aseguró— y también contamos con espacio en la bodega para cargarlo. Es un viaje corto, serán pocos días. Haz lo que Jimmy diga. —Olsen asintió—. Y cambia el proveedor de agua. Se supone que lo contratamos porque trae el agua de vertientes puras. Y le pagamos en consecuencia —añadió con una dura mirada—. Despide al tonelero —ordenó, y Olsen soltó una corta exclamación—. Como alcalde del agua, su responsabilidad es controlar la calidad. Y no lo ha hecho.

—¿Sospechas que está en connivencia con el proveedor del agua? —Alexander volvió a destinarle una fría mirada, y Olsen asintió—. Sí, lo sospechas —contestó para sí.

—Le pagarás con generosidad y lo despedirás esta misma noche —ordenó—. No quiero encontrarlo en mi barco cuando regrese.

Olsen se cuadró y se retiró. Alexander volvió al camarote y se contempló en el espejo de cuerpo entero. Se miró a los ojos. Otra vez caía en el mismo comportamiento de días atrás, cuando, tras haber decidido no asistir al concierto de lady Sarah para evitar cruzarse con la señorita Manon, terminó por asistir. Había declinado la invitación de esa noche para la cena en lo de Neville y allí se encontraba, listo para concurrir cuando en pocas horas zarparía hacia Amberes.

La imagen de James Walsh se plasmó en el espejo. Había entrado con el sigilo que lo caracterizaba; ni siquiera Mackenzie lo había percibido. A diferencia de cuando estaba en tierra, en el *Leviatán* llevaba las cómodas ropas a la usanza china, y las delicadas zapatillas que calzaba no producían sonido al caminar.

—Gracias por apoyarme con el asunto del agua —dijo en su voz suave y baja.

Alexander asintió con un movimiento de cabeza y recibió de Ludovic el sombrero y el estoque.

—Veo que sales —comentó el cirujano chino.

—Ven, acompáñame hasta cubierta —invitó Alexander.

Se trataba de una templada noche de verano. Las nubes de la mañana habían desaparecido, por lo que la luna llena se reflejaba en las sucias y olorosas aguas del río.

—Buena noche para zapar —comentó Jimmy Walsh—. ¿Puedo preguntar dónde vas?

—A la cena en lo de Neville.

—Creí que habías declinado la invitación.

—Me enteré de que concurrirá el duque de Sussex —mintió—. Me interesa saber cómo va lo de la gutapercha.

—¿Estás interesado en la señorita Manon?

—No —replicó Alexander, y siguió caminando en silencio.

—Es una joven extraordinaria —afirmó Walsh, para nada intimidado con la actitud de su amigo—. El mismo día de la constitución de la sociedad benéfica, los acompañé a ella, a Isabella, a Trevik y a Des a ver una vieja iglesia desacralizada en Holborn, en Gray's Inn Road —precisó—. Parece ser que allí construirán el hospital para pobres. La señorita Neville fue la que llevó adelante la negociación con el dueño del terreno. Si el hombre creyó que podía pasarse de listo porque se trataba de una joven mujer, se equivocó de cabo a rabo —comentó con risa en la voz.

—Si tanto la admiras —ironizó Blackraven—, ¿por qué no la cortejas tú?

—¿Crees que su padre lo consentiría, siendo yo mitad chino? Además, mi corazón no me pertenece.

—Ah, el corazón —repitió Alexander con sorna—. No te fíes de él, amigo mío. El amor es una cuestión confusa —afirmó con pesimismo—. Con el amor nunca hay paz.

—Hablas como si supieras del amor —señaló Walsh.

Alexander lo miró a los ojos bajo la luz de un fanal apostado junto a la borda. Nunca le había revelado lo de su asunto con Alexandrina, pese a que su amigo, en un gran acto de arrojo que él todavía admiraba, le había confiado que amaba a Isabella.

Tomó las riendas del caballo de manos de un marinero y lo guio por la plancha de madera que comunicaba el clíper con el muelle.

Walsh permaneció en cubierta. Alexander montó el zaino con maestría pese al atuendo que vestía y levantó el estoque a modo de saludo.

* * *

Manon se unió a su padre para recibir a los invitados. Forzaba la sonrisa y agradecía los cumplidos sin entusiasmo. Oyó su nombre antes de verlo. El mayordomo anunció al conde de Stoneville, y el corazón le dio un golpe en el pecho. Se abanicó para aplacar el sonrojo, sin éxito. Cassandra, junto a ella, masculló:

—¡Pero si declinó la invitación! Santo cielo —se quejó—, tendré que ir a disponer un sitio para él. ¿Dónde lo sentaré? —preguntó, y se alejó sin aguardar una respuesta.

—¡Ah, querido muchacho! —exclamó Percival Neville—. Cuánto me complace que nos acompañes en este día tan especial.

—Sir Percival, le pido disculpas por esta decisión de último momento.

Neville desestimó los escrúpulos de Alexander con un ademán de la mano.

—Señorita Manon —dijo, y antes de inclinarse la miró con una fijeza deliberada—. Encantadora como siempre —añadió en un susurro destinado solo a ella.

Manon, que dudaba de la calidad de su voz, se limitó a realizar la reverencia. Por fortuna, Blackraven debió seguir su camino, pues los otros invitados aguardaban su turno para saludarla.

Aunque desde ese instante la celebración adquirió un nuevo significado, no faltaron las escenas desagradables para empañarla, como cuando su cuñado se acercó para reclamarle que hubiese excluido a Jacob Trewartha para invitar a «la mujer de color».

—La princesa Ramabai es invitada de los duques de Guermeaux —se limitó a contestar—. Esta es mi fiesta —le recordó—. No entiendo por qué te entrometes.

Porter-White le destinó una sonrisa cargada de sarcasmo que ella aborreció.

—Lo mismo digo, querida cuñada. ¿Por qué te entrometes en mis asuntos? Supe que esta mañana fuiste a importunar a la viuda de Carrington en su propia casa.

El corazón volvió a galopar en el pecho de Manon, de una manera distinta a la causada por la visión de Alexander Blackraven. Sintió una frialdad en el cuerpo, que le ganaba el rostro y le endurecía los labios. Detestaba el efecto que ese mal hombre ejercía sobre ella. Admitir que le temía le causó una emoción descomunal y se le llenaron los ojos de lágrimas.

—¿Sentías curiosidad por Samantha? ¿O se trata de celos? Tal vez quieres averiguar cómo es entre un hombre y una mujer.

—Desgraciado —susurró con los dientes apretados y voz disonante—. Miserable.

Dio un paso atrás, de pronto horrorizada y dispuesta a escapar de ese ser macabro. Vio que Alexander Blackraven se aproximaba y que fruncía el entrecejo al advertir su alteración.

—¿Se siente bien? —se preocupó.

—Creo que se debe al calor —intervino Porter-White—. ¿Quieres que te acompañe a la terraza, hermana querida? —dijo, y le tendió la mano.

Manon se retrajo y agitó varias veces el abanico para aventarse aire.

—Es una buena idea —acordó Blackraven, e interpuso su alta figura entre ella y Porter-White—. La acompaño —se ofreció, y le indicó el camino.

Manon avanzó, aún temblorosa y trastornada. Cruzaron la contraventana y salieron a un solado al descubierto, limitado por una balaustrada que daba al jardín. Varias personas habían buscado el desahogo de la terraza. Blackraven la guio hasta unas sillas ubicadas bajo una sampaguita, cuyas flores despedían un aromático perfume.

—Gracias —dijo Manon cuando Alexander le retiró la silla para que se sentase.

Se ubicó junto a ella. Guardaron silencio durante algunos segundos.

—¿Se siente mejor?

—Sí, gracias, milord. Debió de ser el calor —se excusó.

—Acordamos que me llamaría Alexander.

—Su señoría me lo pidió, pero yo no prometí que lo haría —replicó, y Blackraven rio por lo bajo—. Qué exquisito perfume —dijo, e inspiró largamente—. ¿Sabe? Esta sampaguita es la que su madre le trajo a mi abuela años atrás de las Filipinas. Creímos que no prosperaría en un clima como el londinense, pero mi abuela hace magia con las plantas. ¿Cómo marcha el asunto de la gutapercha?

—Ah —se sorprendió Alexander—, veo que recuerda el nombre. Todavía no me han comunicado el veredicto.

—Será un gran éxito —pronosticó Manon.

—Gracias, así lo espero. Varios productores locales de Sumatra dependen del éxito de este emprendimiento.

—Ella me ha dicho que su hacienda en Sumatra es muy hermosa.

—Creo que es lo más parecido a la idea de paraíso que tenemos los europeos.

—Oh, ¿de veras? —se emocionó Manon—. Por favor, descríbamela.

Alexander le contó acerca de una tierra en la que siempre era verano, con una vegetación feraz tan variada que todavía existían especies sin nombre, con flores de colores brillantes e intensos y frutos de carne jugosa y dulce. La isla era famosa por sus incontables animales exóticos. Le habló de un pequeño orangután hembra que habían rescatado de la selva y que criaban el capataz de la hacienda y su esposa, los dos de la etnia batak, una de las más importantes de Sumatra.

—La hallaron junto al cadáver de su madre.

—Oh, pobrecita. Dice que es un primate. Nunca he visto uno.

—El orangután es un simio peculiar —comentó Blackraven, y Manon advirtió con qué entusiasmo se refería a las cuestiones de Sumatra—. Son pacíficos e inteligentes. De adultos, pueden alcanzar esta altura. —La indicó con la mano—. Más o menos cinco pies —aclaró—. Y como son pelirrojos, a la nuestra la bauticé Isabella.

Manon profirió una carcajada tras el abanico.

—Oh, lo siento, milord. Pero me ha resultado muy ocurrente el nombre. ¿Qué dice al respecto la querida Ella?

—Me aseguró que era un honor.

Manon volvió a reír. Cayeron en un mutismo. Alexander Blackraven la observaba con una insistencia que la perturbó. Se acomodó las pulseras sobre el guante para evitar mirarlo. El silencio entre ellos se acentuaba, y las conversaciones de los otros grupos los alcanzaban con nitidez.

—Señorita Manon —dijo Alexander—, con respecto a mi presencia esta mañana en casa de la viuda de Carrington…

—*Excusatio non petita, accusatio manifesta* —lo interrumpió con acento bromista, y arrancó una sonrisa débil a Blackraven. Más circunspecta, añadió—: Milord, no hay nada que aclarar. Su señoría no me debe excusa alguna.

Charlotte y Louisa, que acababan de salir a la terraza, proseguían una conversación iniciada en el salón.

—Tienes razón, querida Louisa. ¡Qué idea la de Manon! ¡Mira que invitar a esa mujer de color! —exclamó Charlotte.

Resultaba claro que no los habían visto; la frondosidad de la sampaguita les servía de refugio.

—Por más que durmiese todas las noches con el afeite de amoníaco jamás lograría aclarar su piel. Qué desagradable —dijo Louisa.

—¿Será de veras la esposa de Trewartha? —se cuestionó Charlotte.

—No lo sé. Los duques de Guermeaux parecen creerlo así —alegó Louisa—. Es huésped en Blackraven Hall y la ven montar con la duquesa y con sus hijas todas las mañanas en Hyde Park.

—Oh, la duquesa de Guermeaux —dijo Charlotte con acento despectivo—, esa mujerzuela papista.

Manon se puso de pie para dar un escarmiento a sus tías. Blackraven la imitó. Se puso delante de ella y negó con la cabeza.

—No haga nada, por favor —pidió en una voz tan baja y masculina que le provocó un erizamiento.

—Oh, milord —susurró Manon, atormentada por la pena—. Qué vergüenza.

Blackraven le indicó que volviese a sentarse. Manon obedeció.

—Habla bien de mi madre que esas mujeres hablen mal de ella.

A punto de seguir con las disculpas y las justificaciones, Manon soltó un suspiro y asintió. Bajó la vista, incapaz de sostener la intensidad con que los ojos de Blackraven parecían estudiarla.

—Mi familia… —balbuceó—. Los quiero. De veras —subrayó—. Pero a veces me gustaría que fuesen distintos. En cambio, su familia, milord, es perfecta.

Alexander rio, y Manon conjeturó que lo hacía para levantarle el ánimo.

—Debe de ser la única en Londres que así lo cree, quizá en toda Inglaterra. Soy consciente de que los Blackraven somos más temidos que respetados.

—Amo a su familia —declaró con una vehemencia que la abochornó.

—Manon —dijo Blackraven, y la asombró que la llamase por su nombre—, lo que usted hizo hoy por su hermana merece toda mi admiración. Y le permitirá comprender mi actitud del otro día en el puerto, por la cual le pido disculpas. Yo también quiero proteger a Ella.

Manon asintió con una sobriedad que no sentía.

—Milord, yo estoy protegiendo a Cassandra de una vil traición. Su señoría, en cambio, está impidiéndole a Ella cumplir un sueño. Para ustedes, los hombres, es fácil porque nada se les prohíbe. Para nosotras, todo está vedado. No se trata de una rebelión por la rebelión misma, milord —se apresuró a agregar—. Simplemente me gustaría que pudiésemos elegir nuestro camino. ¿Por qué cree su señoría que a las mujeres se nos ha impedido ser libres desde la noche de los tiempos?

—Porque les tememos —afirmó Blackraven sin un instante de duda.

La respuesta la enmudeció. Se quedó mirándolo abiertamente, impactada y subyugada. Dejó caer los párpados cuando Blackraven le acarició la mejilla con la punta de los dedos, un roce áspero, que hablaba de una piel curtida por el trabajo de marinero. La recorrió un temblor placentero.

—Manon, tú eres la mujer más libre y admirada que yo conozco —lo escuchó susurrar.

—¡Manon querida! —Abrió los ojos súbitamente para descubrir a Talleyrand, que se acercaba arrastrando el pie malformado—. Aquí estás. Ah, y en excelente compañía —dijo cuando Alexander, que le daba la espalda, se puso de pie y se volvió para saludarlo.

—Alteza —dijo Blackraven, e inclinó apenas el torso.

—Milord, es comprensible que quiera acaparar a la Formidable Manon —comentó el príncipe en francés—, pero la requieren dentro. Estamos por entrar en el comedor, querida. —Le ofreció el brazo, que Manon aceptó.

Durante la cena conversó con George Carl, hermano del elector Guillermo de Hesse-Kassel, que, pese a ser veinte años mayor que ella, lucía guapo en su uniforme de mayor general de la caballería prusiana, atochado de galones y de distinciones, siendo la más reciente la cruz de la Orden Real Güélfica, a la que el hombre se refirió largamente en un estilo altisonante.

No resultaba fácil mantener la atención en el hermano del príncipe elector cuando su corazón la traicionaba y la obligaba a dirigir la mirada hacia otro sector de la mesa, donde Alexander Blackraven asentía o negaba a los comentarios incesantes de Philippa y de Lilly Rita. Sus miradas se encontraron a través de los altos candelabros y de los arreglos frutales y florales. Le sonrió; no se trató de un acto deliberado, sino del reflejo espontáneo de la felicidad que experimentaba. Él le respondió de la misma manera, con una sonrisa, que la decepcionó, pues en sus ojos descubrió una vez más la tristeza que tanto la lastimaba.

* * *

¿Por qué la había tocado? ¿Qué demonios le había pasado por la cabeza? Se haría toda clase de ilusiones y lo perseguiría en las reuniones sociales como le había sucedido en el pasado con otras muchachas casaderas. Durante la cena, Manon Neville le había lanzado miradas esperanzadas y sonrisas. Hermosas sonrisas, debía admitir. Por fortuna, y con la excusa de que zarparía con la marea, había abandonado lo de Neville antes de que terminase la celebración. Se había despedido con frialdad, y ahora le pesaba más de lo que se atrevía admitir, como si en realidad la echase de menos.

Taloneó el caballo con impaciencia. El zaino inició un trote rápido que se convirtió en una cabalgata en la soledad de las calles. Disminuyó la velocidad en las proximidades del puerto. Los ladridos de Mackenzie, que lo aguardaba en cubierta, lo alertaron. Contuvo la respiración y se concentró en los sonidos del entorno. Tal vez el lebrel solo estaba dándole la bienvenida, aunque no era su costumbre recibirlo ladrando.

Se giró en la montura de manera instintiva y alcanzó a frenar con el antebrazo el golpe con el cual un hombre pretendía derribarlo. Apuró el caballo, que se encabritó pocas yardas más adelante cuando otros asaltantes le cerraron el camino y lo asustaron agitando las manos y profiriendo gritos.

Blackraven saltó y cayó de pie. Palmeó el caballo en el anca para que se alejase; sabía que no escaparía. Delante de él se perfilaban tres figuras con extrañas vestimentas y con las cabezas cubiertas por turbantes. Oyó a sus espaldas los movimientos de un cuarto, el que había intentado tumbarlo. La luminosidad de la luna, única fuente de luz en esa zona del puerto, reverberaba en los filos de sus cuchillos.

Desenvainó el estoque con la derecha y empuñó el estilete veneciano con la izquierda. La lucha sería a vida o muerte; esos no eran simples ladrones. En sus expresiones se adivinaba el espíritu malévolo que los motivaba.

Se volvió repentinamente y se abalanzó sobre el que lo asediaba por detrás. Empleó el estoque en una diestra finta y lo desembarazó del cuchillo, un yatagán; conocía el tipo de arma porque era la favorita del bosnio Tariq Babić, artillero y alguacil del *Leviatán*. Lo pateó para alejarlo. No contó con tiempo para eliminar al delincuente; los otros tres saltaron sobre él. Se echó hacia el costado y buscó una ubicación ventajosa frente al asedio. Distinguió los rasgos claramente indios de los salteadores, lascares tal vez, aunque su vestimenta no correspondía.

El cuarto, que había ido a recuperar el yatagán, se unió al semicírculo que seguía cerrándose sobre él. Los ladridos de Mackenzie, que se aproximaba rápidamente, distrajeron a los asaltantes, oportunidad que Blackraven aprovechó para herir a uno en la garganta con el estilete veneciano, acción que lo dejó fuera de combate. El hombre cayó a tierra sujetándose el cuello con ambas manos. Otro debió vérselas con Mackenzie, que le mordió el tobillo. Alexander evitó que lo acuchillase en el lomo traspasándole la mano con el estoque y terminándolo con un puntazo de estilete en el corazón.

Las vestiduras blancas de James Walsh emergieron de las penumbras del muelle.

—¡Alex, detrás de ti! —lo alertó, y a continuación neutralizó al otro con dos patadas voladoras, una en la mandíbula y otra en el pecho.

El malviviente cayó en el suelo y, tras alzarse, echó a correr hasta desaparecer devorado por la oscuridad.

—¡Jimmy, sujeta a Mackenzie! —ordenó Alexander, mientras se ocupaba del último asaltante, que demostraba gran habilidad en la lucha con cuchillo a juzgar por el modo en que posicionaba el cuerpo y la rapidez con que blandía el yatagán.

Para ese momento, varios marineros del *Leviatán* se habían aproximado y, dispuestos en círculo, se aprestaban a ver la pelea. Alentaban al capitán Alex. El combate duró poco; el delincuente, alterado por la presencia de los marineros, estaba distraído. Asimismo, empleó una táctica agresiva de ataque e hirió a Blackraven en el antebrazo, lo que pareció acabar con su paciencia: lo liquidó minutos más tarde con una estocada en el vientre.

A una orden de Alexander, Jimmy y él revisaron los tres cadáveres; no hallaron nada que les permitiera identificarlos. Se hicieron de los yataganes.

—¡Al-Saffah! —exclamó Blackraven, mientras se alejaba para recuperar el caballo.

—Mande, capitán —dijo el árabe, que se desempeñaba como tercer oficial de cubierta.

—Ocúpate de los cuerpos. Arrójalos al río con piedras atadas a los pies.

—Sí, capitán, sí —respondió, y comenzó a vociferar órdenes.

Alexander le pasó las riendas a un marinero antes de acuclillarse delante del fiel lebrel. Lo aferró por las orejas peludas.

—Gracias, Mackey. Gracias, viejo amigo.

* * *

En el camarote del *Leviatán*, mientras James Walsh desinfectaba la herida del antebrazo de Blackraven, Olaf Ferguson, Sven Olsen, Al-Saffah y Tariq Babić analizaban los yataganes y discutían acerca del asalto.

—No son yataganes árabes ni turcos —dictaminó Babić—. La hoja es ligeramente diferente. Y estas ilustraciones en la empuñadura no son comunes —añadió, y se la mostró a Alexander.

Era el diseño de una mujer azul con cuatro brazos; en una de las manos sostenía una guadaña y en otra una cabeza seccionada.

—Es una divinidad india —explicó Blackraven—. Su nombre es Kali, diosa de la destrucción. Se trataba de indios —sentenció.

—¿Lascares? —conjeturó Olsen—. Esta mañana llegó un clíper de la Compañía con una tripulación mayormente compuesta por lascares.

—Llevaban turbantes —le recordó Ferguson—. Los lascares usan feces.

—Buen aroma —señaló Al-Saffah al acercarse para curiosear el ungüento con que Walsh limpiaba el corte.

—Aceite de saúco, de tomillo y de orégano —contestó el chino, generoso al momento de transmitir sus fórmulas medicinales—. Evita la pudrición de las heridas, pero no se sabe por qué. Ahora me toca darte unas puntadas, Alex —anunció, y Blackraven se limitó a asentir.

—Fuesen lascares o indios de otro tipo, ¿qué querían? —se preguntó Olsen.

—Robarle, está claro —dedujo su primo Ferguson.

—Esos no querían robarme —aseguró Alexander con la voz tensa y la vista fija en la aguja que su amigo Jimmy le hundía en la carne para coserle la herida.

—¿Querían liquidarte? —aventuró Al-Saffah, y Blackraven se limitó a asentir.

—¿Por qué?

—No se me ocurre otro que Trewartha —comentó Olsen, y como Alexander le clavó una mirada interrogativa, se apresuró a agregar—: Todos saben acerca del lío que hay entre él y la princesa india, y que tu familia la protege. Mi mujer ha leído todo lo publicado al respecto —acotó.

—No tiene sentido —razonó Jimmy Walsh mientras vendaba la herida suturada—. ¿Para qué querría liquidarte? Trewartha no ganaría nada con tu muerte. Tú no tienes nada que ver en esta contienda. En todo caso, el problema es entre tío Roger y él.

—Golpearía al capitán Black donde más daño le haría —intervino Ferguson—. Los que llevamos años navegando para la flota Blackraven sabemos del odio que su antiguo cuñado siente por el capitán.

—Liquidar a su primogénito sería la venganza perfecta —señaló Al-Saffah.

Alexander se puso de pie y, con la ayuda de Ludovic, se cubrió con una camisa.

—Señores —dijo—, es hora de zarpar.

Capítulo XI

El lunes por la mañana, Manon bajó a desayunar con su padre a la hora de siempre, pese a haberse acostado tarde y a haber dormido mal. A los comensales de costumbre —Aldobrandini, Anne-Sofie y Aldonza— se les sumó Alba Porter-White, fresca como una rosa. Su presencia le causó una honda perturbación, y se limitó a contestar con monosílabos los esfuerzos de la mujer por darle conversación. Su padre, en cambio, lucía a gusto con Alba y contestaba con entusiasmo a sus preguntas y a sus comentarios. La noche anterior, durante la celebración de su natalicio, la había pillado mientras se comía a Alexander Blackraven con los ojos, y ahora se las daba de viuda recatada y pura. ¿Cuánto duraría su estancia en Londres? Ya la quería fuera de su casa, de su familia, de sus vidas.

No le habría molestado que su padre se casase de nuevo, pero no con una tan artificiosa como la Porter-White. ¿Por qué no elegir una mujer más al estilo de Anne-Sofie, humilde y discreta? Sentada frente a ella, volvió a notar el desmejoramiento de su tía. Le ofreció una manzana horneada con melaza, que sabía su debilidad. La mujer, con una sonrisa forzada, le agradeció y le dijo que no. La apenaba tener que importunarla con el tema de los gastos de Leonard sabiéndola tan abatida. Lo dejaría para el día siguiente. Ella misma no estaba con ánimo para nada después de que la velada terminase tan mal habiendo comenzado tan prometedora. Guardaba en su corazón cada instante transcurrido bajo la sampaguita.

Aldonza los acompañó hasta la puerta.

—No te olvides de hacer lo que te pedí, abuela —susurró Manon en tanto se colocaba la capota.

—Revisaré la correspondencia apenas llegue —recitó la anciana— y anotaré todo. Expediré yo misma la carta que le escribiste a Floriana.

—Thibaudot vendrá a buscarte alrededor de las once —le recordó.

Su padre la aguardaba en el carruaje. Percival golpeó el techo con el bastón para indicar a Thibault que partiese. Manon abrió *Confesiones de un inglés comedor de opio* y se puso a leer. Su padre, que usualmente hojeaba el periódico o algún informe sobre la bolsa durante el recorrido hasta la City, tenía ganas de conversar.

—Te vi muy animada anoche durante la cena con el príncipe George Carl.

—Es muy galante —dijo Manon sin entusiasmo y volvió al libro.

—Te pidió el primer baile en la próxima velada en Almack's —comentó sir Percival, y Manon asintió—. Creo que está interesado en ti.

—Pero yo no estoy interesada en él.

Neville soltó un suspiro.

—Tesoro, quiero que elijas un buen partido y te cases.

—Papá, un esposo no se elige como un bono en la bolsa.

—Tú puedes elegir el esposo que quieras, y lo sabes.

—¿Para qué? ¿Para vivir discutiendo como lo hacían mamá y tú?

—Tu madre y yo nos amábamos.

—Pero tú la celabas y la controlabas y ella solo quería volver a actuar.

—Eso sucede cuando las pasiones rigen el vínculo matrimonial —se impacientó sir Percival, visiblemente incómodo—. Yo no te pido que te cases con alguien a quien estés vinculada por la pasión, sino alguien a quien te una la conveniencia y el respeto mutuo. Alguien que te proteja. No quiero irme de este mundo y dejarte sola.

—Sabré cuidarme —declaró, ofendida y sorprendida.

—Leer tanto acerca de la reina Isabel, Juana de Arco y Christine de Pizan te ha llenado la cabeza de ideas vanas.

—Te recuerdo que me llamo Gloriana en honor a Isabel. Y fuiste tú el que eligió ese nombre. Fuiste tú el que me enseñó a admirarla. Isabel nunca se casó, y lo hizo para preservar su libertad.

—La reina Isabel tenía hombres que la protegían —replicó Neville—. William Cecil y su hijo Robert la salvaron de varias conjuras y asesinatos creando la red de espionaje más perfecta de su época. Y Walsingham la asesoraba en cuestiones de política y del reino.

—Isabel supo elegirlos —alegó Manon—. Yo sabré elegir a mis asesores. Además, ya tengo una red de espías, la que el abuelo y tú construyeron. Ignaz Bauer, Ross Chichister y Samuel Bronstein serán mi William Cecil y mi Walsingham.

—Tú no eres una reina, Manon. Necesitas a tu lado un hombre fuerte que te proteja de quienes querrán destruirte, no solo por tu fortuna, sino por ser mujer.

Atónita, se quedó mirándolo. Era como si tuviese a otro hombre frente a ella. La asustaba que su padre, que siempre le había dado alas, fuese el mismo que deseaba cortárselas. Acobardada, decidió cambiar el tono de la conversación.

—No soportaría a otro que no fuera Talleyrand —bromeó— y él está casado, aunque viva separado de su esposa.

—¡Ese viejo decrépito!

—Tú lo quieres y lo respetas.

—Como a un amigo, no como a un yerno. Es viejo para ti. Tú eres joven y hermosa.

—No soy hermosa; me parezco a ti. En cuanto a Talleyrand, nadie como él para explicarme los mecanismos de la política. Me enseñaría a ser intrigante y me entretendría jugando al ajedrez y narrándome las anécdotas de su vida. Es un libro de historia parlante —remató—. Podría ayudarlo a escribir sus *mémoires*.

—Te burlas de tu padre y me haces sufrir, sin mencionar que me subestimas. —Neville hizo una pausa y le buscó la mirada—. ¿Crees que no noté cómo observabas al conde de Stoneville anoche durante la cena?

—Entre el conde de Stoneville y yo no existe nada —afirmó.

—Podría hablar con Roger —propuso Neville, esperanzado—. Un acuerdo matrimonial entre nuestras familias sería conveniente para todos.

—Si lo hicieras, no volvería a dirigirte la palabra —declaró Manon.

Neville endureció la expresión.

—Otra hija se limitaría a asentir y a obedecer a su padre.

—Lo sé —respondió Manon—, pero yo no soy cualquier hija.

Se miraron con fijeza. Neville terminó claudicando con un profundo suspiro. Le acunó la mejilla con una mano.

—No eres cualquier hija, no —ratificó—. Eres mi orgullo y la alegría de mis días. Solo deseo protegerte.

Manon aferró la mano con que su padre la acariciaba y la besó repetidas veces.

—Ten confianza en mí —le pidió—. Solo consentiré en unirme a un hombre al que ame y respete. De lo contrario, sería muy infeliz. Prefiero permanecer sola la vida entera, como la reina Isabel.

Percival Neville le destinó una sonrisa triste y asintió con un ligero movimiento de cabeza.

* * *

Se trató de una semana agitada. Al trabajo en el banco se sumaron los compromisos asumidos con la Asociación de Amigos Hospitalarios, en especial los referidos a la adquisición de la vieja iglesia desacralizada de Holborn. Dennis Fitzroy y Trevik Jago la visitaron en tres ocasiones para referirle sus ideas y para sugerirle la contratación de un arquitecto, el mismo que había llevado adelante las reformas en la casa del conde de Stoneville en Grosvenor Place. La sola mención de su nombre la sumía en la confusión y en la angustia. Comenzaba a vivir ese amor como una maldición de la que se habría desembarazado con gusto si hubiese tenido control sobre sus sentimientos. Pero no ejercía ningún poder sobre ellos.

El sábado por la tarde, Isabella la acompañó a un remate en Sotheby's, en el que su tío Leonard y Masino Aldobrandini se disponían a comprar una pequeña biblia elzeviriana que habían buscado con tenacidad entre las bibliotecas más antiguas de Europa. La pieza en cuestión, además de intonsa, condición que incrementaba su valor, había pertenecido a la princesa electora Ana María Luisa de Médici. También iban detrás de un manuscrito iluminado, un objeto rarísimo que Manon deseaba desde hacía tiempo: un ejemplar de *El libro de la ciudad de las damas*, de Christine de Pizan, con bullones de oro. El experto de Sotheby's aseguraba que había sido escrito de puño de Christine y no por uno de sus asistentes.

Se ubicaron en la segunda hilera de sillas en el lujoso salón de la casa de remates. Adrian Baring, gran amigo de Aldobrandini y conocedor de arte, era de la partida. Conversaba animadamente con Manon acerca de un cuadro de su tocayo Adriaen van Ostade, que su hermano

Alexander había comprado recientemente en Ámsterdam gracias a las gestiones de su corresponsal en esa ciudad.

El martillero subió al estrado, y Baring detuvo su animada descripción del óleo del pintor neerlandés. Otro empleado con guantes blancos sostuvo en alto el almohadón de terciopelo en el cual descansaba la pequeña biblia. En tanto el subastador destacaba la marca del impresor Elzevir con la leyenda «*Non solus*», Manon iba explicándoles los detalles a su amiga y a Adrian Baring, que aseguró no saber nada del oficio de la edición.

—Por fortuna has heredado de mí el amor por el arte y la cultura y no la cerrazón del filisteo de tu padre —comentó Leonard, y obtuvo un siseo por parte de Aldobrandini, concentrado en el discurso del martillero.

Manon adoraba a su tío pese a que lo sabía un hedonista recalcitrante. Le observó el perfil aguileño, de mentón prominente; era un hombre atractivo. Se preguntó a qué destinaría las altas sumas que empleaba últimamente.

Se hicieron con las dos piezas, por las que gastaron una fortuna, poco más de seis mil libras. Manon e Isabella se despidieron de Leonard, de Aldobrandini y de Baring y terminaron la tarde tomando el té en Burlington Hall.

—Luces muy contenta con el manuscrito de Pizan —comentó Isabella.

—El arte es una excelente manera de invertir el dinero —admitió Manon—, pero te confieso que el manuscrito de Christine de Pizan es algo que he comprado para mí, para mi deleite. No veo la hora de que lo envíen desde Sotheby's. Quiero tocarlo mientras pienso que ella lo tocó.

—La admiras —afirmó la joven Blackraven.

—Muchísimo. Quedó viuda con solo veinticinco años y sin una renta. Sostuvo a su madre anciana y a sus hijos pequeños trabajando como escritora. Era cultísima.

—¿No volvió a casarse?

—No quiso. Había amado a su esposo y no quería reemplazarlo.

—La entiendo —comentó Isabella, y fijó la vista en la taza de té.

—Eh —dijo Manon—, ¿qué sucede?

—Se trata de Jimmy —confesó.

—James Walsh solo tiene ojos para ti —la alentó Manon.

—Pero me teme. Mejor dicho —se explicó Isabella—, le teme a mi padre, a mi posición social, a mi dinero. ¡Me gustaría ser una mestiza como él!

—Tú recuérdale que eres hija de una papista salvaje de las tierras de América del Sur.

Se miraron con picardía y rompieron a reír.

—Y que Dada y la abuela son bastardos —acotó Isabella entre risas.

—Cuando te conviertas en la capitana del *Creole* podrás pedirle que sea el cirujano de a bordo —sugirió Manon.

—Dudo de que Alex consienta en cedérmelo. Es uno de sus mejores amigos y se lleva muy bien con él.

—Tal vez te equivocas con respecto a tu hermano —sugirió Manon—. Creo que saberte protegida por el señor Walsh le bastará para dejarlo ir. Podrás preguntárselo cuando regrese de Amberes.

—Regresó esta mañana —contestó Isabella mientras elegía entre las masas.

Manon sorbió el té para ocultar la turbación.

—Qué viaje tan veloz —se atrevió a comentar al tiempo que se inclinaba sobre el plato con sándwiches de pepino—. Regresó tan rápidamente porque el lunes es el natalicio de tu madre —conjeturó.

—Lo dudo —desestimó Isabella—. Alex no es alguien que le dé importancia a esas cosas. Nos sorprendió a todos. Pensamos que seguiría hacia el norte y que visitaría algunos puertos escandinavos, como suele hacer. Creo que regresó porque le interesa asistir mañana al último baile de Almack's.

—Oh —susurró Manon antes de razonar—: Si no le da importancia al natalicio de vuestra madre, mucho menos se la debe de conceder a un baile. No recuerdo haberlo visto nunca en una velada de Almack's.

—En la celebración por tu natalicio te escoltó a la terraza —comentó Isabella.

Manon sonrió, nerviosa.

—Fue muy galante y me salvó de una desagradable conversación con mi cuñado, que me reclamaba por haber invitado a la princesa

Ramabai y no al señor Trewartha. ¿Cómo está la princesa? —preguntó para cambiar de tema—. La noté muy bien esa noche.

—Salvo la cabalgata matutina por Hyde Park, se lo pasa en lo de Alex, asistiendo a Goran en su enfermedad.

—¿Cómo se encuentra él? Leyendo el libro de Thomas De Quincey donde narra su adicción a esa infernal sustancia, solo puedo conmiserarme con Goran Jago y con todos los que caen en sus garras.

—Goran está mejor, aunque ha quedado muy débil después de estas casi dos semanas sin fumar opio. Parece ser —explicó Isabella— que la falta de la sustancia los vuelve locos. Sufren de calambres, vómitos, mareos. ¡Qué infierno!

—Ojalá Artie y William Gladstone logren imponer la ley que prohíba el comercio del opio —deseó Manon.

—El lunes por la tarde es el último debate en la Cámara de los Comunes antes del receso estival —informó Isabella—. Artie dará su discurso en contra del tráfico del opio. Willy Gladstone también hablará. Iremos a verlos. ¿Deseas venir? Todavía hay lugar en las galerías.

—Será el día del natalicio de tu madre —señaló Manon.

—Exacto. ¿Quieres venir? —insistió Isabella, y Manon accedió—. ¿Qué sabes de las reparaciones del *Creole*? —inquirió la joven Blackraven, ansiosa.

—Las harán en el astillero de tu familia en Liverpool. Papá aprobó un presupuesto generoso. Pero temo que no estará listo sino a comienzos del otoño.

—Igualmente no se me permitirá capitanearlo hasta no pasar la prueba que Dada me ha impuesto —se lamentó Isabella.

—¿Qué prueba? —se interesó Manon.

—Viajar con Alex a China.

—Oh —se sorprendió.

—Necesito práctica —confesó Isabella con aire compungido—. Solo he navegado en el Mediterráneo.

—¿Cuándo te marcharás?

—A fin de año —respondió, y el espíritu de Manon se precipitó.

—Te echaré de menos —aseguró.

* * *

Al día siguiente, Manon comenzó temprano con la preparación para el último baile de la temporada. Desde la tarde anterior, se lo pasaba meditando acerca del viaje relámpago de Alexander Blackraven a Amberes y de su regreso a Londres para, en opinión de Isabella, asistir a la velada en Almack's. Se imponía mantener la sobriedad en las emociones, pero le resultaba difícil no hacerse ilusiones. Pensar en que pronto partiría a China la ayudaba a aplacar el estado excitable. En Macao, volvería a encontrarse con Alexandrina, a la que imaginaba arrepentida de la boda con Archie. ¿Huirían juntos? Se le descompuso el ánimo y nada de lo que Catrin le dijera o hiciese le devolvió el buen humor.

Pese a todo, al estudiarse frente al espejo de cuerpo entero, se sintió conforme con la imagen que le devolvió, en especial admiró el vestido similar al de Gracia Nasi. Dirigió la mirada al cuadro ubicado junto al tocador y buscó en la señora la entereza para enfrentar el último baile. Gracia, que había huido de varias ciudades por su condición de judía, se habría burlado de sus tontos desvelos.

Mandó a Catrin quemar el costoso ámbar gris y una parte de almizcle y se sentó junto al brasero para que las fragancias le ahumaran el vestido.

—Catrin, ve y busca a Cassie —ordenó.

Cassandra, muy elegante en un vestido de muselina rosa pálido, entró en la habitación de su hermana y se sentó junto a ella para que el ámbar gris y el almizcle la perfumasen.

—Estás tan hermosa —comentó Cassandra—. El hermano del príncipe elector se rendirá a tus pies.

—Ojalá no lo haga —deseó Manon con acento bromista—. Solo me interesa su amistad. Es muy probable que mi vestido en tonalidad roja provoque un gran escándalo esta noche y que a George Carl ni siquiera le interese ser mi amigo.

—Las que se escandalicen serán las que en sus corazones estarán envidiándote cada instante de la velada —afirmó Cassandra—. Nadie podrá negar que estás tan bonita de quitar el sueño.

—Gracias, Cassie —dijo, emocionada, y la besó en la mejilla.

Amaba a su hermana mayor, que jamás la había celado y que la había protegido y defendido apenas llegada de París. Detestaba a Porter-White por desestimarla e irrespetarla, cuando Cassandra merecía el trato de una reina.

—Siempre estaré a tu lado y al de Willy —declaró siguiendo la línea del pensamiento.

—Lo sé —contestó Cassandra, un poco asombrada—. ¿Te gustaría venir a Bath con nosotros? Sabes que mis abuelos estarían encantados de recibirte.

¡Qué bien le habría sentado marcharse de Londres! Alejarse de Alexander Blackraven y de las ilusiones vanas; de la Casa Neville y de sus problemas; de Porter-White y de sus intrigas. Sin embargo, debía permanecer. Dado el secretismo con que manejaban la cuestión, no le mencionaría a su hermana que se preparaban para lanzar una nueva emisión de títulos de Portugal.

—Amaría acompañarlos —aseguró—. Pero es imposible en este momento. Papá me necesita. Hay tanto que hacer en el banco.

—Oh, Manon —se quejó Cassandra—, para eso está Julian.

«Justamente por esa razón debo quedarme», dijo para sí. A su hermana, en cambio, le explicó:

—Estoy muy comprometida con la construcción del hospital para pobres. Estamos por adquirir un predio en Holborn.

—De seguro lady Sarah marchará mañana mismo a Osterley Park —alegó Cassandra— y se olvidará de la Asociación de Amigos Hospitalarios.

—Pero yo no puedo olvidarme, Cassie —expresó con dulzura.

—Lo sé —claudicó la hermana mayor.

* * *

La atención que atraía no la halagaba. Sucedía a menudo que los embajadores y los ministros de otras naciones la buscasen para contarle acerca de la prosperidad y de los proyectos de sus gobiernos, en la esperanza de que se decidiese a comprar los bonos de sus países y de esa manera conseguir que los demás inversores, atentos al comportamiento de la Casa Neville, la imitasen.

Observó con el rabillo del ojo el reloj del gran salón de Almack's y comprobó que desde hacía casi media hora la circundaban el embajador austríaco Paul Esterházy, su encargado de negocios Karl Hummelauer, el príncipe elector Guillermo de Hesse-Kassel, su hermano George Carl y el embajador español Juan de Vial. Se las ingeniaban para sonsacarle información acerca del rumor que desde hacía semanas recorría la City, el que aseguraba que sir Percival administraría la próxima emisión de títulos portugueses. No importaba el secretismo con el que se condujesen en el banco; últimamente las noticias se filtraban y terminaban en las tabernas, lo que podía resultar catastrófico. Si era cierto que la Neville & Sons apoyaría al emperador liberal Pedro de Braganza en su lucha por el trono portugués en contra de las pretensiones de su hermano Miguel, las piezas en el tablero político de Europa sufrirían un drástico cambio. La Santa Alianza, creada para sostener las monarquías absolutistas, haría lo imposible para evitarlo.

La salvó un querido amigo, George Child Villiers, hijo de lady Sarah y miembro del Parlamento. La reclamó para la próxima pieza y la alejó del grupo de intrigantes. En tanto bailaban una cuadrilla, Manon le comentó que al día siguiente asistiría al debate en la Casa de los Comunes. George, que era muy galante, le aseguró que sería imposible concentrarse con ella en las galerías superiores. Manon rio y, en una vuelta de la danza, descubrió que Alexander Blackraven, compañero de baile de Alba Porter-White, la observaba. Se le borró la sonrisa. No lo había visto llegar.

Notó que Alba poseía el mismo tipo de atractivo de Samantha Carrington, el cabello negro, los ojos oscuros, la forma delgada del rostro y una figura generosa. «Lo opuesto a Alexandrina», meditó. ¿Alba Porter-White sería la responsable de que Blackraven se hubiese despedido con frialdad la noche de su natalicio? Lo juzgaba improbable; no los había visto juntos, aunque sí recordaba la codicia con que ella lo había contemplado. No acertaba con una justificación para el cambio de actitud de Blackraven. El hombre que le había acariciado la mejilla bajo la sampaguita y el que prácticamente había huido de su casa un par de horas después eran dos personas distintas.

—Estás encantadora con este vestido —la lisonjeó George Child Villiers.

—Sé que el color ha causado que algunas cejas se elevasen —admitió Manon.

—Y que algunas lenguas se moviesen con rapidez —acotó el joven parlamentario, y volvió a hacerla reír—. No les prestes atención. Nunca comprendí el vínculo que para algunos existe entre los colores y la moralidad.

—¿Apruebas entonces que Estevanico Blackraven y Rafael oğlu Somar hayan concurrido hoy al baile? —lo interrogó Manon.

—Y no olvides mencionar al mestizo James Walsh y a su hermana Quiao —añadió con una mirada traviesa—. Ah, y a la princesa Ramabai. Todas las rarezas de la casa de Guermeaux presentes en Almack's. ¿Quién puede oponerse al gran duque si exige billetes para todos ellos?

—Georgie, estás burlándote —lo reprendió Manon, incapaz de esconder la risa en la voz—. ¿Te molesta su presencia? —insistió, más seria.

—Bien sabes que no. Los ingleses somos liberales, además de grandes humanistas. ¿Acaso no fuimos los primeros en abolir la esclavitud? Tal vez estás olvidándote de que les permitimos a los negros asistir a Oxford.

—Pero en el Caribe aún se permite la esclavitud —le recordó Manon.

—Ahora comprendo por qué ese zorro de Talleyrand te llama Formidable. Es imposible ganar una discusión contigo. —George Child Villiers suavizó la expresión para comentar—: Estamos trabajando en ello, querida Manon. Creo que, cuando volvamos del receso, el proyecto para abolir la esclavitud en *todos* los territorios del Imperio ya contará con el consentimiento real. Artie Blackraven es uno de los más comprometidos en la cuestión. Pero ahora tenemos que enfrentarnos con el poderoso grupo de mercaderes de opio. Como diría tu admirado duque de Wellington, una batalla a la vez.

A continuación bailó con Estevanico, a quien alabó por la gracia con que realizaba los pasos del minueto. Después tuvo que aceptar la tercera invitación del hermano del príncipe elector y fingir interés en la conversación mientras lanzaba vistazos furtivos a la concurrencia, que los observaba sacando conclusiones equivocadas. Al terminar la danza, el militar prusiano, en verdad elegante en su uniforme de gala, la acompañó a la mesa donde servían limonada. Por fortuna, lady Emily fue a buscarlo; quería presentarle a su hermano, lord Melbourne, ministro del Interior. Manon quedó sola; sorbió la limonada y observó el evento social experimentando una gran soledad. La alegría que despuntaba en las sonrisas de los asistentes profundizaba su sensación depresiva. Con qué gusto se habría levantado el ruedo del vestido y huido corriendo.

—Debería advertirle al príncipe George Carl que más de tres bailes se considera de pésimo gusto.

—¡Oh! —se sobresaltó.

Alexander Blackraven se encontraba detrás de ella, firme, con las manos tomadas a la espalda y la mirada en la pista, donde se bailaba un *reel* escocés.

—Quizá poseen otras costumbres en la corte de Hesse-Kassel —conjeturó, y Manon notó que reprimía una sonrisa—. Habría que advertirle —insistió.

—Milord —lo saludó, e hizo una reverencia.

—Qué milagro encontrarla sola.

—Hay menos damas que caballeros —señaló con recato.

Alexander asintió y continuó observando a los bailarines.

—Conoce bien a George Child Villiers —comentó con simulada indiferencia—. Se nota la confianza entre ustedes. —Se volvió para mirarla; le sonrió—. Se los veía muy entretenidos.

—Es amigo de mi hermano —contestó, entre desorientada y curiosa; no se permitió sentirse halagada; no volvería a caer en la trampa—. Ha pasado algunas temporadas en Larriggan Manor.

—Es muy amigo de Artie también —aseguró Alexander—. Artie es el amigable de la familia, no yo. Hablando de Roma...

Arthur Blackraven, sonriente y simpático como de costumbre, se inclinó en un gesto de galantería exagerada.

—Madame —dijo—, creo que si su señoría revisara su libreta de bailes comprobaría que el próximo me corresponde.

Manon, para seguirle el juego, abrió la libreta que colgaba de su muñeca y simuló leer. Las cabezas de los hermanos Blackraven se inclinaron cerca de la de ella, y Manon apreció el exquisito perfume de Alexander; ya le resultaba familiar, más allá de que se convirtiese en una experiencia única cada vez que lo percibía.

—Exacto, milord —confirmó Manon—. Aquí está vuestro nombre.

—Ahí dice A punto Blackraven —señaló el hermano mayor—. Y creo que esa A está por Alexander.

Manon profirió una corta carcajada.

—Esa A está por Arthur y lo sabes. Manon —dijo el menor de los Blackraven, y le tendió la mano.

—Lo siento, Arthur. Ahora es mi turno —afirmó Alexander, y la condujo a la pista donde los bailarines se disponían para el próximo baile: un vals.

* * *

¿Para qué engañarse? Era de necios. Había presionado a la tripulación del *Leviatán* y conseguido regresar de Amberes en menos de una semana, despertando la suspicacia y los comentarios de sus oficiales, con un único objetivo: asistir al baile en el afamado salón de Almack's, en el que había puesto pie por última vez años atrás y al que había jurado no regresar. Allí se encontraba sintiéndose fuera de sitio y observado, y lo soportaba con entereza si la recompensa era volver a ver a Manon Neville. Caía una y otra vez en la misma trampa. Comenzaba a cansarlo la falta de control sobre su temperamento y sus emociones. Había prometido no enredarse con otra mujer, ni someterse a sus caprichos ni a sus veleidades. Los juramentos y las promesas se desvanecían, carecían de valor, perdían fuerza, y él detestaba sentirse expuesto y vulnerable.

La vio entrar del brazo de sir Percival. Su ingreso acalló el murmullo incesante del salón, y solo los acordes de *La llegada de la reina de Saba*, de Händel, enmascararon el impacto que el color de su vestido, de un rojo sangre, produjo en la concurrencia. La belleza de Manon Neville, usualmente delicada y que se advertía tras un análisis más consciente, descollaba con manifiesta irreverencia. Echó un vistazo y descubrió miradas codiciosas, otras reprobatorias, muchas cargadas de envidia.

Invitó a bailar a la tal Alba Porter-White, que se le había insinuado con miradas lánguidas esa noche y también durante la velada en Burlington Hall la semana anterior. Hablaron en español. Se trataba de una mujer ocurrente y divertida, no lo suficiente para hacerle olvidar a Manon Neville, a la que buscaba de continuo; siempre la hallaba con un compañero de baile distinto o circundada por embajadores y políticos.

Al verla en la tercera cuadrilla con el hermano del príncipe elector confirmó que su resolución de mantenerse lejos era puro cuento. Aprovechó que se había quedado sola junto a la mesa de los refrescos y se aproximó. Disfrutó observarla durante esos minutos en que ella no había advertido su presencia. En ese instante, con ella entre sus brazos mientras se deslizaban por la pista al son del vals, le detectó el lunar en el cuello, el que había descubierto aquella tarde en Green Park. Le volvieron las ganas de besarlo, de morderlo, de chuparlo, con inoportuna intensidad. Le apretó la cintura más de lo que las convenciones sociales consentían; lo hizo en parte porque no podía resistir el impulso, pero también para estudiar su reacción. Manon Neville alzó las pestañas y lo miró con ojos acusatorios; estaba enojada. ¿Lo resentiría por haberle impedido bailar con Arthur? La idea de que su hermano menor estuviese por encima de él en las preferencias de la Formidable Señorita Manon le agrió el humor; cuando eso ocurría, se volvía mordaz.

—Estoy preguntándome si la elección del color de su vestido tenía como fin mantener alejado al hermano del elector de Hesse-Kassel o atraerlo.

—No pensé en nadie al elegir el color —replicó Manon, y se exigió no añadir nada más.

—¿Por qué lo eligió? —insistió Alexander.

Pese a que no soportaba que ella guardase silencio y que se mostrara a disgusto en su compañía, no conseguía dominar la mordacidad.

—Creo que, al igual que la mayoría de los presentes, su señoría ha sacado sus propias conclusiones. No me interesa corregirlas —determinó Manon, y volvió a callar.

—¿Cuáles son mis conclusiones?

—Que por ser la hija de una actriz española, me visto como una mujerzuela —replicó, y lo miró a los ojos con una dignidad y un aplomo que despertaron su admiración.

—Esa no es mi conclusión —declaró con talante conciliador y un tono suavizado—. Dígame, ¿qué la impulsó?

—¿Por qué le importa, milord?

—Porque sospecho que no es una elección al azar ni consecuencia de los dictados de la moda. Es importante para usted.

Tras un silencio en el que se sostuvieron la mirada, Manon admitió:

—Es la réplica del vestido de una de mis antepasadas. Gracia Nasi era su nombre.

—Cuénteme acerca de ella —solicitó Alexander—, de Gracia Nasi.

Como el vals había terminado, la condujo al borde de la pista y permaneció a su lado escuchándola con genuino deleite. Había una pasión irrefrenable en sus ojos azules mientras le hablaba de la banquera del Renacimiento, que se había visto obligada a escapar de varias ciudades europeas por su condición de judía hasta encontrar refugio en Constantinopla.

—Supo proteger y acrecentar la fortuna familiar en medio de la adversidad —dijo Manon.

Absorto en la conversación, vio, demasiado tarde, que Jacob Trewartha se aproximaba. Alejarla deprisa y con alguna excusa se habría juzgado como una torpe estrategia, sobre todo con la mayoría de las miradas posadas en ellos. El hombre se acercó, y la señorita Neville los presentó, tras lo cual solo le quedó responder con una inclinación de cabeza el frío saludo. Trewartha lo ignoró mientras desplegaba una actitud encantadora con la señorita Manon, que ella no retribuyó.

Alexander lo contemplaba sumido en el desconcierto que significaba tenerlo tan cerca. Resultaba duro descubrir en las facciones del hombre el parecido con Alexandrina. Evocó las conversaciones que habían sostenido tratando de resolver la enemistad entre sus padres, sin alcanzar jamás una solución. En ocasiones las acababan enojados, la mayoría de las veces las concluían haciendo el amor y olvidándose de todo. Los recuerdos lo asaltaron con la compañía y en el ámbito menos pensados, y el grato momento compartido con la señorita Neville se desvaneció.

Trewartha la invitó a bailar la próxima pieza y, aunque resultaba evidente que la joven prefería declinar, se habría considerado de pésima educación. Le lanzó una mirada triste antes de despedirse. Él la saludó con una frialdad injusta.

* * *

—Es una fortuna que se considere de mal gusto bailar con la propia esposa en estos eventos sociales —comentó Trewartha a Julian Porter-White mientras observaban a la princesa Ramabai, en un espléndido vestido de muselina blanca, bailar un minueto con el cuáquero Dennis Fitzroy.

—Tu esposa conoce las danzas europeas —se intrigó Porter-White.

—Tomaba clases en Patna con un profesor inglés. Tenía la esperanza de que algún día la trajese a Londres —comentó sin sarcasmo, más bien con nostalgia.

—Otra vez ese maldito Blackraven —masculló Porter-White, y Trewartha apartó la mirada de su esposa y la dirigió hacia otro sector del salón donde la señorita Manon y el primogénito de Roger Blackraven conversaban animadamente—. Creo que está interesado en mi cuñada.

—Los Blackraven y los Neville unidos por el matrimonio de sus hijos acumularían un poder, me atrevo a decir, inconmensurable —pronosticó Trewartha.

—Ve e invítala a bailar —lo instó Porter-White.

Trewartha, cansado de las insolencias de ese hombre al menos diez años más joven que él, lo miró con una seriedad hostil.

—¿De qué valdría? No tengo ninguna posibilidad de desposarla.

Porter-White volvió lentamente la cabeza hacia él y le clavó una mirada de ojos tan oscuros como desprovistos de compasión. Pocas veces en sus cincuenta y un años había confrontado una mirada que, al tiempo de comunicar tanto poder, parecía sin vida.

—Es un favor que estoy pidiéndote —aclaró—. Hoy por mí, mañana por ti —recitó—. No olvides que el préstamo que solicitaste esta semana a la Casa Neville depende de mi aprobación.

—No necesitaría el préstamo si ya hubiésemos creado la dichosa minera.

—No necesitarías el préstamo —le recordó Porter-White— si no hubieses comprado ese viejo bergantín que necesita tantas reparaciones que habría sido lo mismo construirlo de nuevo. Por cierto, no necesitarías el préstamo si no hubieses perdido tanto dinero en las mesas de juego.

—Traté de recuperar lo invertido en el bergantín —se justificó.

—La mejor forma para recuperar lo invertido es desposar a mi cuñada. Ahora ve.

Trewartha se alejó, malhumorado, despotricando contra su mala suerte. Interrumpió a Manon Neville, que se apresuró a presentarle al heredero de su mayor enemigo. «Sin duda, es hijo de Roger», pensó al descubrirle las gruesas cejas negras apenas raleadas en el entrecejo y el corte duro de las mandíbulas. El muchacho debía de estar al tanto de la enemistad entre él y su padre porque lo saludó sin pronunciar palabra y con una seriedad excesiva.

* * *

Al otro día, Adriano Távora se presentó a la hora del almuerzo para participar de la celebración por el cumpleaños de Melody. Después de la comida, Távora y Blackraven se trasladaron a la sala donde se hallaba la mesa de billar. Les habían dado ganas de jugar un partido. Alexander, Estevanico y Arthur los siguieron dispuestos a apostar y a bromear a costa de los mayores de la familia.

—Esta mañana recibí carta de mi primo Fernando —comentó Roger mientras frotaba con tiza la suela del taco—. Me asegura que su hora final está llegando. Me suplica que proteja a María Cristina y a las niñas.

—Sabe que tu madre siempre tuvo debilidad por su sobrina María Cristina —le recordó Távora— y que María Cristina es a su vez devota de tu madre.

—¿Proteger? —se extrañó Estevanico—. ¿De quién?

—De mi primo Carlos, cuñado de María Cristina —explicó Roger—. Querrá apoderarse del trono. La hija de Fernando, la pequeña Isabel, solo tiene dos años.

—¿Qué te ofrece a cambio? —preguntó Távora sin rodeos.

—Creí que era un pedido humanitario —comentó Arthur—, por el cariño que la abuela siente por María Cristina.

—¡Ja! —exclamó el portugués—. Pedido humanitario. No hay nada de humanitario en las cortes europeas. Si pides un favor, tienes que pagarlo. Y el *buen* Fernando conoce bien esta regla. ¿Qué te ofreció? —insistió con la mirada en dirección a Blackraven.

—Las minas de plata de Paracale, en las Filipinas —contestó Roger—. Sé que son muy ricas, aunque de extracción difícil dada la cantidad de agua que inunda el terreno.

—¿De imposible consecución? —se interesó Távora.

—No, no —se apresuró a afirmar Blackraven—. Difícil, no imposible.

—¿Aceptarás? —se interesó Estevanico—. ¿Nos conviene complicarnos con una explotación en las Filipinas? Tal vez la producción del cerro de Famatina sea suficiente.

—Aceptaré, sí —aseguró Roger—. Primero, porque la extracción de plata *nunca* es suficiente. Segundo, porque en el Río de la Plata en este momento nada es seguro. Lo del cerro Famatina podría convertirse en humo. Tercero, porque en la relación con Neville, quiero ser el que pise fuerte.

—¿Aunque Neville posea el azogue de Almadén con el que refinaremos la plata? —lo interrogó Alexander.

—Él tendrá el azogue y nosotros la plata —resolvió—. Nos necesitaremos mutuamente.

—Lamento informarte, querido Roger, que Neville también tendrá el dichoso metal —dijo Távora, y extrajo de su chaqueta una carta.

Tras casi un mes de espera, por fin había llegado la respuesta de su sobrino nieto el emperador Pedro de Portugal. Las minas de plata al norte del país se entregarían en concesión a la Casa Neville.

—Pues bien —dijo Roger con aire resignado—, con esto se confirma el rumor que corría anoche en Almack's: Neville emitirá nuevos bonos para Portugal. Habría preferido que esas minas estuviesen en nuestras manos y generar de ese modo un contrapeso en la relación con Percival. Es ya suficiente baza que explote las minas de cinabrio en Almadén.

Távora, sonriente, tocó con el taco la rodilla de Arthur.

—Eh, muchacho, ¿aún sigue soltera la menor de sir Percival? Recuerdo que era muy agraciada.

—Te refieres a Manon —dijo Arthur.

—Podrías cortejarla y casarte con ella —insistió el anciano— y de ese modo resolver el aprieto en el que se encuentra tu padre.

—No sería un problema —afirmó Arthur, siguiéndole el juego—. Manon Neville es la única mujer con la que siempre aprendo algo y de la manera más encantadora.

—No me extraña —intervino Roger—. Su tío Leonard consiguió que Tommaso Aldobrandini se ocupase de su educación desde que tenía cuatro o cinco años.

—¿El famoso tutor de los hijos del elector del Palatinado? —se asombró Távora, y Blackraven asintió.

—Está muy aficionado a Manon —añadió—, por lo que no ha querido separarse de ella tras completar su educación. Vive en Burlington Hall. Él y Leonard son los curadores de la colección Neville. Aunque sé de buena fuente que es Manon la que decide qué piezas comprar. Percival no entiende ni jota de arte.

—He hablado de arte con ella —comentó Arthur— y es un verdadero placer. Es tan fresca y humilde al transferir su conocimiento. No intenta darse aires, pese a que es una de las personas más instruidas que conozco.

—Vaya, vaya —se burló Alexander—, el pequeño Artie está enamorado, y nadie de la familia lo sabía. Estábamos todos ciegos.

—El único ciego eres tú si no te has dado cuenta de que Manon Neville solo tiene ojos para ti. Te admiro como a pocos, Alex, pero a veces eres tan necio, hermano mío.

Capítulo XII

¿Podía ser cierto lo que Arthur había afirmado un par de horas atrás, que Manon Neville solo tenía ojos para él? Ubicada a menos de dos yardas en la galería de la Cámara de los Comunes, donde aguardaban el inicio del debate, la observaba con cierta libertad dado que ella se mantenía enfrascada en una conversación con Isabella y Quiao. De seguro estarían comentando los pormenores del baile en Almack's, del que se había escrito bastante en los matutinos londinenses. *The Times* y *Morning Chronicle* se habían referido al vestido rojo de la «Formidable Señorita Manon» y también a los tres bailes con el hermano del príncipe elector y al vals con el heredero del ducado de Guermeaux. A él lo llamaron «la presencia inesperada y bienvenida del cierre de la temporada», y se preguntaban con malicia qué habría impulsado «al conde errante» a asistir cuando era famoso por rehuir los eventos sociales.

Le estudió el perfil de frente amplia y despejada, la nariz delgada y larga, ligeramente abultada a la mitad del tabique, y la boca pequeña, de labios suculentos. Era delgada, quizá tan alta como Ella, y la noche anterior había confirmado que la cintura diminuta correspondía a un aspecto natural de su figura y no al resultado de un brutal corsé. Lo serenaban el movimiento lánguido de su abanico y el subir y bajar de sus pestañas negrísimas, que, recién en esa instancia notaba, creaban un contraste marcado con el azul de los ojos y la palidez de la piel.

—No eres el único que la encuentra atractiva —susurró Estevanico y, con un movimiento del mentón, le señaló abajo, entre los escaños, a George Child Villiers, futuro conde de Jersey; tenía la mirada fija en la desprevenida Manon Neville.

—¿Y tú? —lo interrogó Alexander—. ¿La encuentras atractiva? Anoche la invitaste a bailar.

—Porque, aparte de tu madre, tus hermanas y Quiao, era la única mujer en esa farsa de Almack's que me habría aceptado haciendo caso omiso del color de mi piel, sin importarle congraciarse con el duque de Guermeaux.

—Me pregunto por qué sigue soltera —dijo Alexander—. No deben de faltarle las propuestas.

—No le faltan, no —confirmó Estevanico—. Según Ella, no desea casarse porque perdería la libertad y porque teme que los candidatos estén irremediablemente tras su dinero.

—¿Tan poca estima tiene de sí misma?

—Es realista, Alex.

—Y orgullosa —añadió con acento apreciativo.

—La encuentro atractiva —respondió Estevanico tardíamente—. Pero, al igual que Artie, creo que ella solo tiene ojos para ti. —Alexander apartó la vista de Manon y la fijó en los negros ojos de Estevanico, que se encogió de hombros—. La señorita Manon no lo sabe, pero quizá habría que advertirle que contigo todo es en vano.

—¿A qué te refieres? —inquirió con cierta nota colérica.

—Seguirás ocultándote tras tu escudo de resentimiento y de ira y no te permitirás ver qué mujer extraordinaria es Manon Neville.

—No me oculto detrás de nada —se enfadó Alexander.

—Alex, ninguno de la familia te lo dice, pero todos echamos de menos a la persona alegre y risueña que eras antes de...

—No la nombres —exigió en un susurro irascible, y Estevanico asintió con aire abatido.

El presidente de la Cámara de los Comunes exigió silencio antes de autorizar el inicio del debate. Se sucedieron varios oradores sin despertar gran interés, la mayoría a favor del comercio del opio. El primer discurso que caldeó los ánimos fue el del presidente de la Corte de Directores de la Compañía, el señor Jacob Trewartha. Provocó algunos abucheos, que obligaron al presidente de la Cámara a golpear el mazo y exigir orden en varias ocasiones. Desde los escaños del partido Whig le lanzaban preguntas referidas a su esposa, la princesa maratí, y al potencial conflicto con el *peshwa* Bajirao.

—En resumidas cuentas, señor presidente —dijo Trewartha—, si Gran Bretaña decide discontinuar este comercio tan rentable, otra nación tomará su lugar, con la consiguiente pérdida de poder en la región.

La mayoría de los miembros del partido Whig se levantó al unísono de sus escaños y declaró su contrariedad. El presidente los obligó a callar e invitó a Arthur Blackraven a presentar su moción. El joven se puso de pie y, tras agradecer al presidente, dirigió la mirada hacia Trewartha.

—En dos ocasiones Gran Bretaña intentó que el Imperio Qing autorizase la creación de una embajada en Pekín, y las dos veces fracasó, y siempre a causa de los malos consejos impartidos por el personal que la Compañía mantiene en Cantón. Hoy esta misma Compañía se presenta aquí para seguir aconsejado mal al gobierno de su Majestad al decirle, palabras más, palabras menos, que no importan en absoluto la salud, ni la moral, ni la prosperidad de un pueblo siempre y cuando Gran Bretaña se enriquezca. —Arthur hizo una pausa que sus colegas del partido llenaron de aplausos y de bravos—. Señor presidente —retomó con más bríos y el puño al cielo—, la Compañía está saboteando las posibilidades de que nuestro país mantenga una relación saludable y productiva con el Imperio Qing toda vez que sigue proveyendo a los contrabandistas con el elemento más nocivo, el opio, prohibido en China desde los tiempos del emperador Yongzheng. La Compañía cultiva el opio en Patna con el solo propósito de contrabandearlo en China en contra de las leyes del Imperio. Es doloroso pensar en el gran daño que se ha cometido con este vil comercio. Para cualquier amigo de la humanidad resulta intolerable que los hijos de Gran Bretaña continuemos vertiendo este veneno que atenta contra el bienestar del pueblo chino y de los pueblos de todo el globo. La razón que los defensores de este vil contrabando expresan es que, si nosotros no les vendemos el opio, otro lo hará. ¡Gran consuelo, por cierto! Pareciera que los británicos, fuera de su país, están dispuestos a obtener ganancias a cualquier costo moral. —Se produjo una oleada de aplausos y vítores, que provenía en especial de las galerías superiores—. Señor presidente, finalizo mi discurso —anunció Arthur— y me dirijo a los hombres de buena voluntad de mi país, los mismos que en el pasado lucharon por la abolición de la esclavitud, para pedirles que no tengan duda al respecto: es también esclavitud la que somete el opio a sus víctimas.

Lo ovacionaron de pie. Alexander observó con qué pasión Manon Neville aplaudía y exclamaba: «¡Bravo, Artie, bravo!». Envidió su espíritu optimista y deseó estar más cerca de ella para que su alegría lo contagiase. Porque por muy excelso orador que Arthur fuese, él sabía que nada evitaría que Inglaterra prosiguiese con el comercio del opio, simplemente porque era la fuente más importante de ingresos del reino. Y contra eso, no había moral que se opusiese.

* * *

Tras el debate en la Cámara de los Comunes, Alexander se dirigió a su casa. Ansiaba darse un baño antes de regresar a Blackraven Hall donde compartiría una cena familiar en la que continuarían celebrando el cumpleaños de su madre y el éxito del discurso de Arthur.

En tanto le recibía los guantes y la chistera, Robert le informó que el señor Jago había bajado a tomar el té con la princesa Ramabai; se encontraban en el saloncito verde. Lo alegró saber que, tras dos semanas de guardar cama, Goran había abandonado su reclusión; lo juzgó alentador. Se acuclilló un momento para acariciar a Mackenzie y para recibir sus muestras de afecto. Se dirigió hacia el saloncito. Se detuvo ante la puerta cerrada, algo imprudente dado que estaban solos. La entornó apenas y sin hacer ruido y vio lo que temía: Ramabai y Goran compartían un beso apasionado. Aguardó a que se apartasen para entrar como si no hubiese visto nada. Les sonrió y se inclinó ante la princesa. Ramabai, alborotada y con la boca aún hinchada, se apresuró a anunciar que se marchaba. Alexander tiró del cordel y enseguida apareció Robert, al que indicó que mandase preparar el carruaje para su alteza.

Minutos más tarde, Alexander escoltó a Ramabai hasta el vehículo que la aguardaba sobre Grosvenor Place.

—Nos veremos dentro de un rato en Blackraven Hall —le indicó con una sonrisa, que la princesa no le devolvió.

—Gracias, milord —dijo en voz baja y subió al carruaje, que se alejó escoltado por dos marineros a caballo.

Alexander regresó al saloncito verde y encontró a Goran de pie junto a una contraventana que daba al jardín. Se acercó a la mesa y se sirvió un pequeño sándwich de salmón. Lo comió en silencio.

—Sé que nos viste —dijo Goran sin volverse.

—Los vi, sí —confirmó—. Ahora ven aquí y siéntate. Estás débil todavía. —Sonrió mientras lo aferraba por el brazo—. Aunque al verte besarla, diría que estás muy repuesto.

—La amo —alegó el periodista—. La amo como nunca he amado a otra mujer.

—Hace apenas unas semanas que la conoces —razonó Alexander.

—¡Qué sabe el amor del tiempo! —se mofó Goran, y se echó en el sillón.

Alexander guardó silencio; su amigo tenía razón. Él se había enamorado de Alexandrina aquel día en la feria de caballos de Penzance, cuando la avistó en la calle principal mientras paseaba del brazo de su tía Anne-Sofie.

—Es una mujer casada —expresó sin convicción.

—Le ha pedido el divorcio a Trewartha —argumentó Jago.

—Trewartha jamás se lo concederá —predijo Alexander—. El escándalo lo destruiría. Su situación en la Compañía es delicada. Un divorcio complicaría aún más las cosas.

—¡Huiremos, entonces! —declaró, con fuego en la mirada—. Huiremos los cuatro, ella, las niñas y yo. Le pediré ayuda a tu padre.

—Tranquilo —ordenó Alexander—. No te alteres. Lo importante ahora es que recuperes la salud. Una vez que estés repuesto, encontraremos una solución. Sabes que te ayudaremos.

—¡Gracias, querido amigo! —exclamó Goran Jago; le aferró la mano y se la llevó a la frente, donde pareció descansar tras ese instante de ofuscación.

Alexander experimentó una pena infinita y le cubrió la cabeza con la otra mano. Él comprendía la profundidad de su desesperación.

* * *

Manon durmió mal, en parte debido al calor y también porque no cesaba de repasar los hechos de los últimos días. Catrin entró en su dormitorio y descorrió las cortinas. Se estiró en la cama con pocas ganas de levantarse, algo inusual ya que solía esperar con ansias el inicio de la jornada. Desde hacía un tiempo, cruzar el umbral de la

Casa Neville le provocaba una desazón que se acentuaba si se topaba con Porter-White o si oía pronunciar su nombre, en especial de labios de su padre.

Catrin aprestó los utensilios para un baño de asiento rápido, al cabo del cual, y sintiéndose más fresca, se ubicó frente al tocador. Buscó con la mirada el retrato de Gracia Nasi. Sonrió al recordar las hablillas que el vestido rojo había suscitado en el baile de Almack's y los comentarios de los periódicos al día siguiente. La mirada serena de la señora la dotó de los bríos para enfrentar el nuevo día.

Aldonza entró sin llamar y, tras despedir a Catrin, se sentó en el taburete junto a Manon. Sus miradas se encontraron en el espejo.

—Me pediste que revisase la correspondencia —le recordó, y Manon asintió—. Nada de Porter-White.

—En el banco tampoco encontramos nada comprometedor —se desalentó Manon—, salvo esa carta de Quiroga.

—Yo, en su lugar —meditó la anciana—, daría otro domicilio.

—¿El de su amante? —sugirió Manon, y Aldonza negó con un pequeño movimiento de cabeza.

—Uno como él no se fía de las mujeres. Debe de ser el de ese asistente que tiene, el tal Lucius Murray.

—Es muy probable —acordó Manon—. O tal vez sean solo lucubraciones mías. —Se cubrió la frente en señal de agobio—. Tal vez estoy imaginándomelo todo. Que tenga una amante no significa…

—¡Es una serpiente! —la alertó Aldonza con vehemencia—. Y debes cuidarte de él como del demonio mismo —añadió, y realizó la señal de la cruz sobre Manon al tiempo que apretaba la bolsita grisgrís y mascullaba una oración en su lengua madre, el romaní.

—Estaré atenta —prometió Manon.

—Entre la correspondencia que llegó ayer —retomó la anciana—, llamó mi atención una carta para tu tía Anne-Sofie.

Aldonza extrajo de la manga del vestido un pedazo de papel y se lo pasó a Manon. Su abuela había transcripto el nombre de la remitente: Madre Superiora Sor Mavis Pike. Bajo el nombre se leía: Convento de Nuestra Señora de la Caridad, Dublín, Irlanda.

—En el sello de lacre —agregó la anciana—, había una Virgen además de una frase en latín, que no tuve tiempo de transcribir pues oí que se acercaba alguien. De todos modos, no se veía claramente; ni siquiera con mis lentes puestos la habría descifrado.

Manon asintió con expresión absorta. ¿Por qué Anne-Sofie, celosa practicante del anglicanismo, declarada antipapista, se cartearía con una monja irlandesa?

—¿Crees que las grandes sumas que aparecen en la liquidación de gastos de tío Leonard tengan que ver con esto? —preguntó Manon.

—No lo sé —admitió Aldonza—. Solo lo sabrás si se lo preguntas a tu tía.

Esa tarde regresó más temprano a Burlington Hall para hablar con Anne-Sofie. Se encontró con una animada reunión en el salón de la planta baja. Además de sus tías Charlotte y Louisa, se encontraban sus primas Philippa, Lilly Rose y Marie, y sus primos Harry y Almeric, los hijos de su tío Daniel y de Louisa e ignorantes hermanos de Timothy. Aunque Cassandra era la anfitriona, a Manon le dio la impresión de que Alba Porter-White había usurpado la posición al sentarse en el sillón que, era sabido, le correspondía a su hermana. Además se ocupaba de servir el té. La recordó bailando con su padre en dos ocasiones en la velada de Almack's y comprendió que la joven viuda, al igual que su hermano, había puesto los ojos en la fortuna Neville.

Saludó deprisa sin prestar atención a las miradas iracundas de Charlotte y de Louisa, que seguían enojadas por la elección de la tonalidad del vestido y porque hubiese aceptado bailar con Estevanico Blackraven. Bromeó con sus primos, a los que la unía un afecto sincero, más allá de que los consideraba un poco frívolos.

—¿Has visto a tía Anne-Sofie? —le preguntó a Cassandra.

—Se retiró hace un momento —respondió Alba en su lugar—. No se sentía bien.

Manon le lanzó un vistazo poco amistoso antes de volver la atención a su hermana, que la contempló con una expresión desvalida. Le sonrió para animarla.

—Subiré a ver cómo está.

—Está bien —contestó Cassandra.

Llamó a la puerta de la habitación de Anne-Sofie. Le abrió la doméstica, una mujer que la asistía desde hacía décadas. Las dejó a solas. Manon la encontró recostada con un trapo embebido en vinagre aromático sobre la frente. Arrastró el taburete del tocador junto a la cabecera y se sentó. Tomó la mano fría de Anne-Sofie.

—¿Necesitas que llame al médico?

—No, querida, no —se apresuró a afirmar la mujer.

—¿Qué sientes? —se conmiseró Manon—. ¿Qué puedo hacer por ti?

—Nada. Descansar es lo que necesito. Quiero ir a pasar una temporada a Penzance. Echo de menos mi casa.

—Y a Drina —añadió Manon.

—Y a Drina —ratificó la mujer con una sonrisa débil—. ¿Necesitas algo, querida?

Manon vaciló en mencionarle lo de las sumas elevadas de dinero. Por otro lado, si Anne-Sofie planeaba irse, era mejor afrontar el tema cuanto antes.

—Tía, he notado en las últimas liquidaciones de gastos de tío Leo que hay conceptos por montos muy abultados y sin comprobantes que los respalden.

Anne-Sofie hizo un ceño y se incorporó en la cama con rapidez. El trapo cayó. Manon se puso de pie y le acomodó las almohadas contra el respaldo.

—No quiero preocuparte. Es solo una cuestión contable —desestimó.

—Claro, claro —balbuceó la mujer—. Iba a hablarte acerca de eso. Es que… Bueno, verás, querida…

—¿Tiene que ver con la carta que llegó ayer de Irlanda? —Ante la expresión desconsolada de Anne-Sofie, Manon se apresuró a agregar—: La vi entre la correspondencia —mintió—. Admito que me extrañó.

—Claro que te extrañó —acordó la mujer—, siendo yo la anticatólica que soy. —Anne-Sofie bajó la vista y soltó un suspiro—. Mavis Pike, la autora de la carta, es mi hermana.

—Oh —se sorprendió Manon—. Creí que tu única hermana había sido Ysella, la madre de Drina. ¿No es vuestro apellido Bamford?

—Mavis Pike es mi *medio* hermana, en realidad. Hija de mi padre. Ilegítima —añadió, y se quedó mirándola con las manos juntas y apretadas, como a la espera de una expiación.

—¿El dinero es para ella? —tentó Manon, y Anne-Sofie asintió—. ¿Te extorsiona?

La mujer volvió a asentir. Los ojos se le arrasaron y las lágrimas no tardaron en caer.

—Mi padre tuvo un amorío con una muchacha del servicio doméstico, cuando todavía podíamos permitirnos contratar domésticos —añadió con una risa ahogada en llanto—. Puedes imaginar el resto. Ysella me enviaba remesas desde la India con las que yo les pagaba para que guardaran silencio, a Mavis y a su madre. Luego usaba parte del dinero que mi cuñado Jacob me enviaba para la crianza de Drina. Pero desde que Drina se casó con Archie, Jacob detuvo los envíos. Por eso... —Explotó en un llanto amargo—. ¡No quiero que se sepa que mi padre nos deshonró de ese modo tan indigno!

Manon la abrazó y la serenó con palabras de conforto. Igualmente juzgaba excesivo el prurito de su tía. «Tú eres la hija de una actriz española y papista», se recordó. «Es razonable que no te escandalices fácilmente», se convenció. Anne-Sofie, tan correcta y moralista, que ni siquiera compartía el dormitorio con su esposo por pudor, debía de considerar la cuestión de la hermana ilegítima como una catástrofe.

—Mavis es una monja —comentó en un intento por iniciar una conversación banal.

—Sí. Entró en el convento cuando murió su madre, tantos años atrás. Y con el tiempo se convirtió en la madre superiora.

—Buena monja terminó siendo —ironizó Manon—. Mira que extorsionar a su propia hermana.

—¿Qué puedes esperar de una papista? ¡Oh, perdóname, querida! —se apresuró a suplicar con una mueca de arrepentimiento—. No fue mi intención ofe...

—Olvídalo, tía —la tranquilizó—. Nunca presto atención a esas cuestiones.

Se puso de pie. Anne-Sofie le aferró la mano y la contempló con ojos desorbitados.

—¿Les mencionarás esta cuestión a tu padre y a Leo? ¡Comprendería si lo hicieses, querida! Solo que...

—No diré nada —la apaciguó—. De todos modos, tendremos que buscar una solución. Me resulta intolerable verte tan agobiada. No puedes seguir sobrellevando este peso. Está dañando tu salud. Si dejases de pagarle, ¿qué podría hacer una monja de Dublín? Estoy segura de que no tiene conexiones ni amigos en Londres para perjudicarte con su difamación.

—No la conoces —afirmó Anne-Sofie—. Mavis es artera y conseguiría llegar al mismísimo rey, si se lo propusiese.

—Podría escribirle —propuso Manon— y decirle…

—¡No! —Anne-Sofie le sujetó las manos y la contempló con pánico en la mirada—. No —dijo en voz baja, avergonzada del exabrupto, y la soltó—. No quiero que te mezcles en este sórdido asunto. Déjamelo a mí —pidió—, yo me ocuparé.

Manon asintió.

* * *

Al día siguiente, Manon concurrió al bufete del notario donde se reunió con el resto de las patrocinadoras de la Asociación de Amigos Hospitalarios para concretar la compra de la vieja iglesia desacralizada de Holborn. Además del cirujano Dennis Fitzroy, el pastor Trevik Jago, Isabella Blackraven y el dueño del terreno, se encontraban el duque de Guermeaux y su heredero, el conde de Stoneville. La presencia de este último la sorprendió. Era raro seguir encontrándoselo y se preguntó por qué no se haría a la mar. Aunque intentaba concentrarse en lo que leía el notario, le costaba evitar que su mirada vagase hacia el conde. Resultaba evidente el parecido con el duque, si bien eran reconocibles los aportes de la madre, no solo en el extraordinario turquesa de los ojos, sino en la boca más carnosa y en la nariz pequeña, delgada y recta. La de ella, la típica nariz Neville, la avergonzó.

Entendía la presencia del duque de Guermeaux, que siempre se mostraba protector de miss Melody, pero no la de su primogénito. Una vez más, se instó a no hacerse ilusiones. Se le ocurrió que, para atraer su atención, podría mostrarle el billete que Samantha Carrington le había enviado esa mañana y que ella tenía en su escarcela; no había querido dejarlo en el banco, ni siquiera bajo llave en el cajón de su escritorio. Porter-White y Lucius Murray entraban y salían del despacho de su padre con la autoridad de un sultán. Se trataba de pocas líneas, escritas con apremio. *Señorita Manon, he confirmado lo que su señoría me advirtió acerca de las acciones de la Golden Mining. Me gustaría que hablásemos.*

No me atrevo a ir al banco. ¿Podría visitarme en mi casa cuando sea de su conveniencia? Sincera y respetuosamente suya. Samantha Carrington.

Se imaginó las distintas reacciones de Alexander hasta convencerse de que revelarle la nota habría sido una acción infantil. Él le recordaría la promesa hecha en la puerta de la casa de la viuda, que no regresaría a ese sitio, y ahí terminaría el intercambio. A continuación se dirían adiós y, como de costumbre, ella se quedaría inquieta, sumida en la desesperanza, preguntándose dónde iría, qué haría, en quién pensaría. «No en mí, por cierto», se persuadió con un ánimo pesimista, aunque realista.

El acto de compraventa concluyó, y el dueño del terreno se marchó con una abultada letra de cambio de la banca Child & Co. Las patrocinadoras de la asociación de beneficencia conversaron con entusiasmo en la recepción del bufete antes de despedirse. Manon sabía que no volvería a verlas hasta el inicio de la próxima temporada, al finalizar el verano, y que ella, decidida a permanecer en Londres, debería lidiar con los asuntos relacionados con la construcción del hospital. De eso hablaba con Dennis Fitzroy y con Trevik Jago cuando Alexander Blackraven se aproximó.

—Señorita Manon —dijo a modo de saludo y se inclinó apenas—. La felicito por la nueva adquisición.

—Gracias, milord.

—Alex —dijo Trevik—, le comentábamos a la señorita Manon que ya hemos contratado al arquitecto, el mismo que llevó adelante la reforma de la casa del viejo duque.

Isabella, que había acompañado a lady Sarah hasta la salida, regresó y se unió al grupo. Estaba deslumbrante en su atuendo azul heliotropo. El sombrerito, de la misma tonalidad, al contrastar con su cabellera de ese rojizo tan peculiar, producía un efecto impactante. Se trataba de un traje de montar. Típico de Isabella montar hasta la City, pensó Manon; lo correcto habría sido que se trasladase en el carruaje con sus padres. ¿Al menos habría montado a mujeriegas? La había visto hacerlo a horcajadas decenas de veces en la playa de Penzance, donde Isabella demostraba su dominio sobre el lomo del animal, siempre con la cabellera suelta, que se batía en el viento. Una demostración semejante, que en Penzance constituía un espectáculo, en la City habría causado un escándalo.

La miró con atención: además de hermosa, su amiga lucía contenta.

—Estás bellísima —la halagó.

—¡Y feliz! —expresó, contagiando su entusiasmo—. Dada me ha autorizado a acompañar a Alex a Sicilia. Zarpamos en tres días.

—Oh —susurró Manon, y, aunque sonrió, la embargó una honda decepción.

—Iremos a buscar la cosecha de cítricos de la finca de la abuela.

Percibió el malestar que causaba a Alexander Blackraven que Isabella hablase con tanta liberalidad de sus asuntos, aun cuando lo hiciese frente a amigos. ¿O se trataría de ella? ¿Acaso no la había acusado de indiscreta? A la decepción se le sumó la inquietud.

—¿Regresa a la Casa Neville? —Blackraven interrumpió a su hermana y miró a Manon con fijeza.

—Sí, milord.

—Escoltaré vuestro coche, entonces —dispuso con autoridad—. Tengo una cita con Godspeed —anunció.

Manon se limitó a asentir. Se despidió de los duques de Guermeaux, acordó encontrarse al día siguiente con Fitzroy y con Jago, que le presentarían al arquitecto, y entrelazó el brazo ofrecido por Isabella, que la acompañaría hasta el carruaje. Alexander las seguía dos pasos por detrás.

—Estoy tan feliz —susurró Isabella—. Estaré cerca de Jimmy durante varios días.

—¿Cuándo regresarás?

—No lo sé. No podemos demorarnos mucho. Los cítricos se pudren con facilidad. ¡Oh, cuánto me gustaría que vinieses con nosotros, querida Manon!

—Tú estarás allí para practicar el arte de la navegación —le recordó—. Me dejarías olvidada.

En tanto se despedía de Isabella, Manon advirtió que Alexander conversaba con Thibault en francés y en ese estilo relajado que rara vez empleaba con ella. Se pusieron en marcha. Se asomó por la ventanilla y agitó la mano para saludar a su amiga. Allí se quedó, admirando el trote ligero del caballo de Alexander; habría permanecido horas observándolo. Faltando pocas yardas para llegar a la sede del banco, se ocultó tras la cortinilla. Sonrió en la penumbra del habitáculo, la inquietud y la desesperanza desvanecidas y sin ninguna razón lógica, pues Alexander Blackraven seguía siendo inalcanzable.

Thibault abrió la portezuela y desplegó la zancajera, pero fue Alexander quien le tendió la mano y la ayudó a descender. Antes de cruzar el umbral, Blackraven alzó la vista y leyó en voz alta la leyenda en el escudo.

—Si mis escasos conocimientos de latín me bastan, significa «no desees nada vil».

—Exacto —afirmó Manon—. No desees o no quieras, es lo mismo —acotó.

—Extraño lema —dijo, al tiempo que le indicaba el camino—. El de los Guermeaux es bastante previsible: «*Fortis in bello*» —citó.

—«Valiente en la batalla» —tradujo Manon—. Muy del tiempo de la caballería.

—En cambio, el de los Neville —insistió Alexander— es intrigante.

—Más exigente, diría —alegó Manon—. Ser valiente en la batalla me resulta más fácil que no querer nada vil, ¿no le parece, milord?

—Creo que usted, señorita Manon, sería valiente en la batalla y mantendría su corazón puro de vilezas, las dos cosas y sin dificultad.

Bajó la mirada para ocultar una sonrisa y también el rubor que le trepaba por las mejillas.

—He hablado sin saber —admitió—. Después de todo, ¿qué sé yo del coraje que se requiere para afrontar una batalla? Thibaudot, que luchó durante las guerras napoleónicas, siempre me cuenta acerca del terror que produce el tronar de los cañones.

Subieron al primer piso, donde se hallaban la British Assurance y el despacho de sir Percival. Manon, que veía acercarse el momento de la separación y ninguna esperanza de volver a verlo en poco tiempo, hizo lo que había decidido no hacer: le mostró la nota de Samantha Carrington. Todo de él la fascinaba, desde el modo en que movía los ojos con rapidez mientras leía el billete, sus manos de dedos largos y uñas limpias y prolijas, la cercanía de su cuerpo alto y delgado, hasta el jopo negrísimo que le caía sobre la frente. Habría añorado retirárselo y acariciarlo.

Se compuso hábilmente cuando él alzó la vista y la pilló con cara de bobalicona.

—¿Le ha respondido? —preguntó con acento exigente.

—No.

—Me prometió que no volvería a verla —le recordó.

—Lo sé. No lo haré.

Le retiró la nota con una mano furtiva al ver que Porter-White se acercaba. Lo saludó con frialdad, lo mismo Blackraven. Tras un intercambio trivial, Porter-White se ofreció para anunciarlo en la oficina de Benjamin Godspeed. Manon hizo una reverencia, Alexander inclinó la cabeza, y cada uno siguió su camino, sin consecuencias, sin promesas, sin esperanzas, sin nada.

* * *

Alexander abandonó la Casa Neville media hora más tarde, frustrado y de mal humor. Se dirigió a la taberna de Daniel Mendoza, donde lo aguardaba Samuel Bronstein para una práctica de boxeo. En tanto se deshacían de las chaquetas y se envolvían las manos con vendas, el investigador le repitió lo que había venido diciéndole durante las últimas semanas: no había descubierto ningún indicio acerca del asesinato de Francis Turner.

—Hoy es 24 de julio —señaló Alexander—. Ayer se cumplió un mes de su muerte. Un mes y un día —se corrigió—, pues es probable que lo hayan asesinado el 22 por la noche. Si tú no has podido dar con una sola pista, no tengo ninguna esperanza de que el inútil de Holden Brown lo logre.

Descargó en el ring, y más tarde contra la bolsa de arena, la impotencia y la ira que lo dominaban, no solo a causa de la muerte de su amigo Turner, sino por Alexandrina, que pronto se convertiría en madre, y no de su hijo, como habría debido ser. El rostro arrebolado de la señorita Manon se filtró en sus pensamientos. La incapacidad de comprender por qué había concurrido a lo del notario esa tarde, por qué la había acompañado a la Casa Neville cuando no tenía ninguna cita con Godspeed y por qué había salido del banco hecho un basilisco tras haberla buscado en vano en el primer piso y en la planta inferior, lo llevó a descargar un fuerte golpe que sacudió la bolsa y arrancó una exclamación a Bronstein.

Se inclinó hacia delante y apoyó las manos sobre las rodillas en un intento por normalizar la respiración. Algún día tendría que casarse y producir un heredero para el ducado. Su padre no le daba importancia a la cuestión. Su abuelo, en cambio, al que había estado muy unido, le había enseñado a amar la tradición de los Guermeaux e instilado la responsabilidad por la continuidad del título.

Arthur y Estevanico afirmaban que Manon Neville estaba enamorada de él, lo cual no resultaba tan descabellado a la luz de ciertas miradas y actitudes de la joven. Le gustaba lo fácil que resultaba dialogar con ella, aunque fuese para discutir. Le gustaba que, pese a lo impropio de su comportamiento bajo la sampaguita, no le reclamase, ni le hiciera escenas desagradables, ni le exigiese una boda para salvaguardar su buen nombre; ni siquiera lo mencionaba, como si él no le hubiese acariciado la mejilla. Le gustaba también que compartiesen secretos y que le hubiese confiado la recepción de la nota de Samantha. ¿Y si se decidía y la cortejaba? ¿Qué tan terrible podía ser casarse con la Neville? Después de todo, la deseaba, y eso no era poco.

Lo terrible, meditó, habría sido convertirse en el cuñado de Alexandrina y tener que soportar la vida familiar con ella como esposa de Archibald Neville. «Podría pasármelo en el mar», resolvió. Desestimó la posibilidad; su cinismo no alcanzaba el nivel que le habría permitido casarse solo para perpetuar el nombre de Guermeaux. «Después de todo, no es solo mía la responsabilidad», se convenció. «También Arthur puede darle un heredero al ducado».

Tras un baño turco, cenaron en la taberna de Daniel Mendoza, que, como de costumbre, se sentó a la mesa para compartir una cerveza.

—Eh, Alex —dijo Mendoza con aire confidente—, se murmura que la madrugada del 15 de julio tuviste un encuentro desagradable en el puerto.

Samuel Bronstein despegó la vista del plato y aguardó la respuesta con expresión seria.

—Unos ladronzuelos —desestimó Alexander—. ¿O sabes algo que yo no sé, Dani?

—Sé que esos no eran ladronzuelos —afirmó el tabernero—, al menos eso asegura ese demonio de Jonathan Wild.

Alexander no conocía a Wild, pero estaba al tanto de sus actividades delictivas y del poder que ostentaba en los barrios bajos de Londres, donde se erigía como el rey. Nada ocurría en la zona portuaria sin que el matón lo supiese.

—¿Qué más afirma Wild? —preguntó con talante despreocupado.

—Que hay un precio por tu cabeza —expresó Mendoza y se quedó callado, la mirada fija en Blackraven.

—¿Una talla por Alex? —Bronstein se mostró incrédulo—. No me sorprendería que la hubiese por Artie, que está haciendo enfurecer a los comerciantes de opio —razonó—. Pero ¿por Alex?

Blackraven guardó silencio mientras evocaba el diálogo con sus oficiales la noche del ataque: una venganza de Trewartha para golpear a su padre donde más le habría dolido, eso habían asegurado. Él lo consideraba desmedido e inverosímil.

Daniel Mendoza abandonó la mesa para atender a unos clientes en la barra. Bronstein lo contempló con un gesto ceñudo.

—Te conozco —afirmó—, sé que desestimarás lo que Dani acaba de decirte. Él no te lo habría mencionado si no hubiese considerado que era importante —se preocupó—. Sabes cuánto admira y respeta a tu padre, que lo ayudó cuando estaba en la bancarrota.

Alexander asintió. Sorbió el último trago de cerveza y se puso de pie. Lanzó varios peniques sobre la mesa.

—Toma —dijo a Bronstein, y le entregó un talego lleno de monedas—. Ahí tienes suficiente para ocuparte de averiguar qué hay de cierto acerca de lo de mi talla.

Salieron juntos a la noche calurosa. Los adoquines humedecidos de la calle brillaban al resplandor de los fanales de aceite.

—Mañana mismo intentaré ver a Wild —anunció Bronstein mientras le entregaba un chelín al recadero de la taberna para que le consiguiese una calesa—. Le pediré a Dani que arregle un encuentro. Apenas sepa algo interesante, te lo comunicaré.

—Zarpo en tres días —declaró Blackraven—. Mañana me encontrarás en la barraca del puerto. Oye, Samuel, ¿por qué no le preguntas a Wild acerca del asesinato de Francis?

—Pensaba hacerlo. —Antes de subir a la calesa, Bronstein volvió el rostro hacia Alexander y lo instó—: Cuídate.

* * *

Ni la tonalidad escandalosa del vestido, ni que hubiese aceptado bailar con el pardo Estevanico sirvieron para disuadir al hermano del príncipe elector de su intención de cortejarla. «No subestimes los beneficios de emparentar con la familia banquera más importante de Europa», ironizó para sí mientras recorría los caminos de Hyde Park montada junto a George Carl, el príncipe Guillermo y sir Percival.

Se esforzaba por escuchar lo que su cortejante le comentaba acerca de las maravillas de la ciudad de Fráncfort del Meno, capital de Hesse-Kassel, y de las notables diferencias con Londres, a la que encontraba maloliente, sucia y peligrosa. Por momentos, se perdía en sus pensamientos y recordaba los hechos del día anterior en lo del notario, la cabalgata hasta la sede del banco y, después, cuando le mostró a Alexander Blackraven la nota de la Carrington.

—Ahí se aproxima la duquesa de Guermeaux —señaló Neville.

Miss Melody y su cortejo avanzaban en sentido opuesto. La acompañaban su hija Anne-Rose, la princesa Ramabai y dos hombres que, Manon sabía, eran marineros de confianza de Roger Blackraven. Ambos grupos salieron del camino para saludarse e intercambiar unas palabras.

—Rosie, ¿dónde está Isabella? —susurró Manon.

—En la barraca del puerto con Nico y Alex —respondió Anne-Rose—. Viajará en el *Leviatán* a Sicilia.

—Lo sé. Me lo comentó ayer en lo del notario.

Se habló acerca del inminente traslado de los Blackraven a Cornualles para evitar lo peor del verano londinense, hasta que sir Percival anunció que proseguirían la marcha hacia The Serpentine, el famoso lago de Hyde Park. Se despidieron. No bien giraron las monturas para recomenzar el paseo oyeron un grito que perforó la tranquilidad del parque. Manon vio con espanto que se trataba de la princesa Ramabai, cuya montura se había desbocado y se alejaba hacia ninguna parte, a toda velocidad. Los viandantes exclamaban y se apartaban para ponerse a salvo del enloquecido caballo. Los jinetes de ambos grupos salieron a la carrera tras la mujer. Para sorpresa de Manon, George Carl demostró ser un eximio soldado de la caballería prusiana al superarlos en pocos segundos y acercarse a Ramabai. Su esfuerzo resultó en vano. El caballo saltó un arbusto, y Ramabai, sentada de costado en una jamuga, salió despedida.

Manon profirió un alarido al verla caer. La impresionó el ángulo antinatural que formó la cabeza al golpear contra el camino de tierra, y la atacó una repentina náusea al oír el crujido que produjo el cuello al quebrarse. George Carl se lanzó fuera de la montura y estuvo junto a la princesa antes que nadie. Siendo un soldado, le bastó un instante para decretar que estaba muerta.

* * *

—¡Capitán Alex!

Alexander, que se hallaba en la cubierta del *Leviatán*, vio que Shackle, uno de los miembros más antiguos de la flota Blackraven, al que su padre había asignado como guardián de la princesa Ramabai, lo llamaba desde el muelle sin siquiera desmontar. La expresión del fiero marinero no auguraba nada bueno.

Bajó corriendo por la plancha y se encontró con Shackle a mitad de camino. Sujetó las bridas del encabritado animal.

—¿Qué sucede?

—Se trata de la princesa Ramabai, capitán. Su caballo se desbocó en Hyde Park.

—¿Cómo está?

—Ha muerto, capitán. El capitán Black requiere su presencia en Blackraven Hall.

Isabella y él, escoltados por Shackle y por James Walsh, llegaron tan rápidamente como lo permitían las atestadas calles de Londres de un jueves por la mañana.

Lo sorprendió encontrarse en Blackraven Hall con sir Percival Neville, su hija menor, el príncipe elector Guillermo y su hermano George Carl. Anne-Rose le susurró las circunstancias del encuentro en Hyde Park. Manon Neville, sentada junto a su madre, le sostenía la mano y le dirigía palabras de consuelo.

—Madre —la llamó, y Melody alzó la vista; tenía los ojos inyectados y la cara roja de llorar.

—¡Oh, hijo! —Se puso de pie y lo abrazó—. Pobrecita Ramabai —sollozó—. No sé cómo decírselo a las pequeñas.

—Miss Melody —intervino Manon, y Alexander notó que también había llorado—. Yo, que perdí a mi madre siendo una niña, sé que no existen palabras para amortiguar el dolor de un golpe tan brutal. Pero también sé que ayuda a soportar la pena sentir el afecto de los adultos que quedan. Si lo desea, la acompaño a hablar con las niñas.

—Sí, Manon querida, acompáñame. Binita y Dárika están con Trinaghanta y con Quiao en la sala de juegos.

Melody se tomó del brazo de Manon y se dirigieron hacia la escalera. Isabella y Anne-Rose las siguieron.

Colton, el mayordomo, se aproximó y le susurró:

—Milord, su gracia lo aguarda en las caballerizas.

Alexander se encaminó hacia el sector trasero, cruzó el jardín e ingresó en las caballerizas donde se guardaban los carruajes y los caballos. A medida que se aproximaba, oía voces masculinas; se destacaba la de su padre. Se encontró con un grupo de hombres reunidos en el patio de adoquines. Rodeaban a Nanette, la yegua que se había desbocado.

—Justamente le asignamos esta yegua porque es afable y tranquila por naturaleza —declaró Roger.

—Algo debió de asustarla —concluyó sir Percival.

—No recuerdo que haya ocurrido nada anormal durante los minutos que estuvimos detenidos conversando —aseguró Guillermo, el príncipe elector.

—En ocasiones los caballos perciben cosas invisibles al ojo humano —comentó George Carl.

—Capitán Black —lo llamó Milton, el otro guardián de Ramabai, quien, junto con Shackle, revisaba el cuerpo de la yegua pulgada por pulgada—. Mire aquí, capitán —pidió, e indicó un sector en el cuarto trasero izquierdo: el pelo alazán, lustroso e invariable, se veía revuelto y con restos de sangre.

Roger Blackraven se calzó los quevedos y analizó la herida de cerca.

—¿Pudo esto causar el desbocamiento? —inquirió Milton.

—No lo sé —admitió Blackraven—. Patrick —llamó al palafrenero.

—Mande, su gracia.

—¿Nanette tenía esta herida hoy por la mañana, antes de que la prepararas para el paseo?

—De ninguna manera, su gracia —respondió con vehemencia—. Yo mismo le pasé la almohaza antes de ensillarla. Tenía el pelo liso y brillante.

—En caso de haber estado herida —intervino Alexander—, al pasarle la almohaza, habría reaccionado.

—Exacto, milord —ratificó el palafrenero.

Roger, con el ceño pronunciado, asintió y continuó estudiando el pequeño corte.

—Tiene poco más de una pulgada de ancho —calculó—. Sujétenla —ordenó antes de intentar separar los labios del corte.

La yegua se movió, nerviosa, y relinchó, pero Blackraven logró revisarla y determinar la profundidad.

—Tendrá media pulgada —conjeturó.

—Definitivamente fue hecha con un elemento cortante —infirió Alexander—. No creo que se trate de la espina de una planta —desestimó—. Es un tajo neto.

—¿Una rama filosa, tal vez? —sugirió George Carl—. Había unos arbustos a la vera del camino donde nos detuvimos a conversar —evocó—. En ese caso, la herida no presentaría bordes tan limpios ni constantes —se corrigió—, como bien señala el conde de Stoneville.

—Patrick, aunque la montura no llega a los cuartos traseros, revísala igualmente —ordenó Alexander.

El palafrenero trajo la jamuga al patio y la colocó sobre un palenque a la vista de todos. Se trataba de una montura peculiar, diseñada para la comodidad de las mujeres, que se sentaban de costado. La estudiaron a conciencia, sin advertir ningún defecto ni elemento punzante ni sobresaliente.

—Patrick, solo cubre la herida —indicó Roger—. No la toques. Quiero que la revise un experto, tal vez un veterinario del Cuerpo de Caballería. Señores —se dirigió al resto—, me gustaría ir al sitio donde Nanette se desbocó. ¿Podrían acompañarme e indicármelo?

Regresaron a la casa para buscar los guantes y los sombreros. En tanto se preparaban, sonaron dos aldabonazos. Colton abrió la puerta: eran Trevik Jago y Dennis Fitzroy. Se quedaron bajo el umbral, sorprendidos por la pequeña concurrencia que se congregaba en el vestíbulo. Alexander los condujo a una salita contigua.

—Trev —dijo, y le puso una mano sobre el hombro—, no tengo buenas noticias.

—¿Goran? —preguntó en un susurro cargado de pánico, y Alexander negó con un movimiento de cabeza.

—Se trata de la princesa Ramabai. Sufrió un accidente.

—¡Llévame con ella!

—Trev, ha muerto. La yegua en la que montaba esta mañana en Hyde Park se desbocó y la tiró de la montura. Murió al caer.

Trevik Jago se cubrió la cara con las manos y se desplomó en una silla. Lloraba amargamente. Dennis Fitzroy se sentó junto a él y le pasó un brazo por los hombros.

—¿Dónde la tienen? —preguntó el cuáquero a Alexander.

—Está en su habitación, arriba.

—¿Por qué no vas a despedirte de ella? —propuso Fitzroy, y Trevik asintió mientras se secaba el rostro con un pañuelo.

—Trev —lo llamó Blackraven—, después de despedirte de la princesa, quiero que vayas a Grosvenor Place y te quedes con Goran.

—Santo cielo —farfulló Jago—, ¿quién se lo dirá? Estaba muy aficionado a ella.

—Yo lo haré —afirmó Alexander.

* * *

Se había tratado de una escena desgarradora. Goran Jago había caído de rodillas y llorado como un niño. Lo regresó a la cama con la ayuda de Trevik y de Dennis. Dispuso que transcurrieran la noche a su lado; tenía miedo de que intentara quitarse la vida. Dennis Fitzroy ofreció comenzar la vigilia.

—Alex —lo llamó Goran.

A punto de abandonar la habitación, volvió a la cabecera.

—Fue ese maldito de Trewartha.

—Se trató de un accidente —replicó Blackraven—. Papá y yo fuimos a inspeccionar el sitio donde se encabritó Nanette. Había unos tejos. Uno de ellos tenía una rama rota y afilada.

—¡Fue Trewartha! —exclamó y se incorporó en la cama—. ¡Te digo que fue él!

Lo obligaron a recostarse. Goran lo contemplaba con una mezcla de impotencia y de desesperación, que lo conmovió.

—Si fue Trewartha, lo descubriremos —le prometió—. Ahora descansa.

Alexander salió del dormitorio seguido por Trevik Jago.

—Date un baño e intenta dormir, te vendrá bien.

—Gracias, Alex. —El clérigo, con semblante pálido y abatido, abrió la puerta, pero no entró. Se volvió hacia su amigo—. ¿Crees que haya sido Trewartha?

—Es improbable —admitió—. Supimos que, cuando ocurrió el accidente, estaba en una reunión de la Corte de Directores en la sede de la Compañía, en la City.

—Pudo contratar a alguien —porfió Trevik Jago—, como hizo en la India.

—La yegua se desbocó frente a decenas de testigos —insistió Alexander.

—Pero nos contaste que Nanette tiene una herida en el cuarto trasero.

—Pudo infligírsela la rama del tejo —conjeturó— o cualquier otro elemento.

—¿Tenía sangre? La rama, me refiero.

Alexander negó con la cabeza y se alejó hacia su dormitorio. Dentro, Ludovic le aprestaba un baño. Consultó la hora: casi las siete de la tarde. Por mucho que deseara acabar con esa jornada endiablada, debía regresar a Blackraven Hall.

—Ludo, me daré un baño cuando regrese. Ahora me asearé un poco y me cambiaré la camisa y la chaqueta.

Veinte minutos más tarde, sintiéndose cómodo y fresco, guio su caballo por la parte trasera de Grosvenor Place y salió a la calle. Se disponía a montarlo cuando oyó que lo llamaban con un susurro vehemente.

—¡Capitán Alex!

Descubrió la carita sucia de un niño asomada entre los ligustros que marcaban el límite de su propiedad. Sonrió pese a la desazón que acarreaba.

—Sal de ahí, Obadiah.

Le tendió la mano y lo ayudó a emerger de entre las plantas. Obadiah Murphy era menudo; su manita resultaba diminuta en la suya. Según Jimmy Walsh y Rafael, debía de tener unos ocho años a juzgar por los dientes de leche que todavía le quedaban. Era huérfano, víctima de la migración de las zonas rurales y de la sobrepoblación londinense. Dos años atrás, Estevanico lo había pillado en la cocina del *Constellation* llenando una bolsa de arpillera con comida. Habitaba en los oscuros rincones del puerto con un grupo de niños de su misma condición; sobrevivía robando.

—Me recuerda a mí cuando tenía su edad —expresó Estevanico en aquella ocasión, mientras lo observaban devorar pan, queso y leche, y mientras dirimían qué hacer con él—. Me encontraba en el mismo estado cuando nuestro padre me compró al tabernero en Río de Janeiro.

Intentaron que viviese en Blackraven Hall, bajo el ala protectora de su madre, pero resultó imposible. Obadiah se escapaba de continuo para regresar con sus amigos del puerto. Igualmente, adoraba a la duquesa Melody, como la llamaba, por lo que no era extraño que la siguiese en sus paseos por Londres o que fuese a visitarla.

—¿Qué haces aquí a esta hora? —preguntó; como el niño se quedó mirándolo, añadió—: ¿Has comido?

—No, capitán.

Pese a que llevaba prisa, Alexander lo guio hasta la cocina, donde Janette, la cocinera, le sirvió un tazón con guiso de cordero, que el niño devoró sin levantar la vista ni pronunciar palabra. Con el segundo tazón, se tomó el tiempo de respirar. Alexander lo contemplaba y reflexionaba acerca de la injusticia que significaba que algunos nacieran en cuna de oro, como él, y otros en medio de la calle, como perros.

—Obby, ¿quieres pasar la noche aquí? —ofreció.

—No, capitán. Vine a verlo para contarle una cosa.

—Habla —lo invitó, pero el niño negó con la cabeza, la vista clavada en la cocinera.

—Janette —indicó Blackraven—, déjanos un momento a solas, ¿quieres?

—Sí, milord.

La mujer salió. El niño igualmente habló en susurros.

—Yo estaba allí cuando el caballo se desbocó.

—¿De veras? —receló Alexander, aunque enseguida meditó que era común que rondase a su madre—. ¿Quieres hablar de eso? —preguntó, y el niño asintió con gesto serio.

—Había un hombre entre los matorrales —aseguró—. Salió después de que todos fueron tras la mujer de la piel oscura.

Alexander se incorporó en la silla y lo miró con severidad en un intento por infundirle miedo; pretendía descubrir si el pilluelo buscaba engañarlo para sacarle unos peniques. «No lo necesita», razonó. Obadiah sabía que no precisaba decir o hacer nada para irse con las manos llenas de comida y de monedas.

—¿Estás seguro de lo que dices, Obby? Es *muy* importante que me expliques lo que viste hoy por la tarde en Green Park.

—¡No fue por la tarde, capitán! ¡Y tampoco fue en Green Park! —aclaró, y de ese modo sorteó la trampa que Blackraven le había tendido—. Fue por la mañana, en Hyde Park. La duquesa Melody se detuvo a hablar con la señorita Manon…

—¿La conoces? —lo interrumpió, y el niño asintió.

—Cuando sale de la bolsa, en Capel Court, siempre me dice: «¡Hola, Obby!», y me da un penique. Thibault también es bueno conmigo, aunque sea una rana —añadió, y arrancó una risa a Alexander; le resultó divertido que la condición de francés de Belloc lo fastidiase—. La señorita Manon es casi tan buena como la duquesa Melody.

—Sigue contándome acerca del hombre que salió de entre las plantas. ¿Cómo era? ¿Podrías reconocerlo?

—Sí, lo vi bien. Tenía un cuchillo, un cuchillo raro —aclaró y arrugó la nariz—. Lo escondió bajo la manga de la chaqueta. —Hizo la mímica sirviéndose de la deshilachada manga de su camisa—. Tenía la piel oscura, como la mujer que cayó del caballo.

Alexander, de pronto lleno de escrúpulos, extendió la mano sobre la mesa y aferró la sucia del niño, que la retiró de inmediato, como si no soportase el contacto.

—Obby —dijo, y le clavó la mirada—, óyeme bien lo que voy a preguntarte, y respóndeme con la verdad, porque de esto depende tu vida. —El niño abrió grandes los ojos celestes y pareció contener la respiración—. ¿Has hablado con alguien de esto? —Obadiah agitó varias veces la cabeza para negar—. Piensa bien, Obby, ¿se lo has dicho aunque sea a tu mejor amigo?

—A nadie, capitán. Usted es el primero.

Alexander asintió. Urgía poner al niño a buen resguardo. No lo llevaría a Blackraven Hall; su madre tenía suficiente con la muerte de la princesa Ramabai.

—Obby, no puedes regresar con tus amigos, no mientras este asunto se resuelve. —El niño asintió con la mirada cargada de pánico—. Si haces como te ordeno, nada malo te ocurrirá. Pero nada de escapar esta vez, Obadiah, no, si quieres vivir.

—¡Quiero vivir, capitán Alex!

—Entonces, pasarás la noche en el *Constellation* con el capitán Estevanico y no te moverás de allí hasta que yo te lo ordene. Tampoco quiero que envíes mensaje a tus amigos para advertirles dónde te encuentras. ¿He sido claro, Obadiah? —El niño asintió—. Dime en voz alta si has comprendido.

—He comprendido, capitán Alex.

—Este es un asunto muy serio —insistió Alexander—. Si el hombre que provocó la herida en la yegua llegase a saber que tú puedes reconocerlo, te buscará y, con el mismo cuchillo que lastimó a Nanette, te degollará.

El niño saltó en la silla y se rodeó el enflaquecido cuello con las manos.

—Haré todo lo que su señoría mande —prometió.

—Ven, pongámonos en marcha —ordenó Blackraven—. Ya es tarde.

* * *

Alexander avistó el carruaje de la Casa Neville detenido frente a Blackraven Hall y con un caballo atado en reata. En lugar de marchar hacia las caballerizas, se dirigió a la entrada principal, sobre Birdcage Walk. Se apeó de la montura y saludó a Thibault, que se mantenía junto a la portezuela.

—¿Vienes a buscar a sir Percival? —se interesó Alexander.

—No, milord. A mi niña Manon. Ha pasado el día entero con vuestra madre, la señora duquesa. No ha asistido al banco ni a la bolsa —apuntó con un acento que subrayaba la relevancia del hecho.

—Iré a buscarla —ofreció Blackraven.

—Ya sabe que estoy aquí, pero gracias igualmente, milord.

Aseguró el caballo al enrejado del ingreso y subió las escalinatas a la carrera, de pronto asaltado por una ansiedad. La puerta de doble hoja se abrió y, si bien en el vestíbulo, bajo la luz de la araña, también se encontraban su madre y sus hermanas, él solo vio a Manon Neville. Se quitó el sombrero e inclinó la cabeza.

—Milord —dijo ella, visiblemente sorprendida, y ejecutó la correspondiente reverencia.

—¡Hijo! —se alegró Melody, y se aproximó para darle dos besos—. Estamos despidiendo a la querida Manon. Ha sido de tanta ayuda con Binita y Dárika.

Manon Neville seguía con el traje de montar de la mañana, deslucido después de tantas horas. Algunos mechones, que se habían desprendido del tocado, le caían sobre la frente y le otorgaban un aire de encantador desarreglo. Tenía cara de cansada, con los ojos inyectados, que remarcaban el notable azul de los iris. El conjunto le brindaba un aspecto vulnerable ausente en las otras ocasiones. La encontró más atractiva que el domingo anterior en el escandaloso vestido rojo, y la deseó con un ímpetu asombroso si se tenía en cuenta el ánimo oscuro con el que había llegado a la casa de sus padres.

Le habría ofrecido el brazo para escoltarla hasta el carruaje, si no se hubiese considerado impropio. No cesó de mirarla mientras ella se despedía de sus hermanas y de su madre.

—Nos veremos en el funeral —la escuchó decir, y comenzó a descender la escalinata junto a ella, con las manos a la espalda y en silencio.

Al llegar junto al vehículo, Alexander se dio cuenta de que Thibault se había alejado hacia los caballos. Manon alzó las pestañas y lo contempló con expresión desolada.

—Cierro los ojos y vuelvo a ver a la pobre Ramabai caer de la montura. —Apretó los labios para reprimir un llanto que igualmente se manifestó en las lágrimas que le rodaron por las pálidas mejillas—. El sonido de su cuello al quebrarse sigue repitiéndose en mi mente

—susurró con angustia—. ¿Cómo es posible? Todos gritaban, los cascos del caballo me ensordecían. Sin embargo, lo escuché como si en Hyde Park hubiese reinado un silencio sepulcral.

Ansiaba estrecharla entre sus brazos y murmurarle palabras de consuelo. Una férrea voluntad lo mantenía con los puños tensos a los costados del cuerpo. Thibault se encontraba a pocos pasos, y su madre y sus hermanas los observaban desde la puerta.

—Tuvo una muerte rápida y sin dolor, se lo aseguro.

—¿En qué habrá pensado antes de morir? —se cuestionó Manon.

—El pánico que debió de experimentar le habrá impedido pensar —conjeturó Alexander—. Ahora vaya y descanse. Y gracias por haber sido de tanta ayuda a mi madre.

—Pobres Binita y Dárika —susurró, y subió al carruaje.

* * *

—Esto cambia las cosas —expresó Somar después de que Alexander les refiriese el diálogo con Obadiah Murphy—. ¿Has puesto al niño a salvo? —preguntó, y Alexander asintió.

—Pasará la noche en el *Constellation* —agregó—. Estevanico se hará cargo de él.

—Mañana iremos a verlo y le pediremos una descripción del hombre —dispuso Roger.

—Además de asegurar que tenía un cuchillo extraño —apuntó Alexander—, Obadiah lo describió como de piel tan oscura como la de la princesa Ramabai.

—¿Un indio? —sugirió Somar.

—Tal vez —dijo Alexander—. No les he contado que la noche antes de partir hacia Amberes, cuatro indios me atacaron en el puerto.

—¡Cómo! —exclamó Blackraven—. ¿Te atacan cuatro tipos en el puerto y recién ahora se te ocurre contárnoslo?

—Partí hacia Amberes y, al regresar, lo olvidé.

—¡Lo olvidó! —se exasperó Blackraven, y buscó con la mirada el apoyo de Somar.

—¿Cómo has olvidado referirnos algo de esa magnitud, Alex? —lo reconvino el turco con acento afectuoso.

—Entre Jimmy yo, despachamos a tres. El cuarto huyó. —Hizo una pausa en la que alternó vistazos entre su padre y Somar—. No dejo de pensar que este cuarto podría haber sido el que lastimó a Nanette.

—Gente de piel oscura y con rasgos indios abunda en Londres —señaló Arthur—. Muchos son empleados de la Compañía —añadió, y un mutismo cayó en la sala.

—Trewartha —masculló Blackraven.

—Deberíamos denunciar el hecho en Scotland Yard —propuso Alexander—. No harán nada, como nada hicieron con la muerte de Francis. Es solo para darle un viso de oficialidad a la cuestión.

—Lo haremos —afirmó Arthur, en un inusual talante severo—. Mañana presentaré la denuncia directamente en los tribunales de Old Bailey. Yo mismo me ocuparé. Ernest me dará una mano.

Antes de dedicarse a la política, Arthur había obtenido su nivel como *barrister*, lo cual lo habilitaba para contender en un juicio. Poseía escasa experiencia, pues enseguida había dejado el bufete en manos de su socio, Ernest Ruffus, para dedicarse a la política.

—¿Quieres que posponga el viaje a Sicilia? —Alexander se dirigió a su padre.

—No, no —desestimó Blackraven con un ademán de la mano—. Ve a buscar la cosecha de naranjas y de limones. No quiero que se eche a perder. Nuestros clientes están ansiosos por recibirla.

—¿Cuándo será el funeral? —quiso saber Edward Jago.

—El sábado. Pasado mañana —aclaró Roger—. No podemos esperar mucho más debido al calor.

—¿Dónde la enterrarán? —se interesó Alexander.

—En el nuevo cementerio, en Kensal Green...

Blackraven se interrumpió cuando los alcanzó un griterío y un golpe seco. Provenía del vestíbulo. Salieron del despacho y caminaron deprisa hasta el otro extremo de la casa. El mayordomo y dos pajes intentaban retener a Jacob Trewartha, que pretendía entrar por la fuerza. A juzgar por la traza y los movimientos torpes, estaba borracho. Un hombre intentaba calmarlo. Debía de tratarse de un amigo, pues lo llamaba por el nombre de pila.

—¡Jacob! —tronó la voz de Roger Blackraven.

Trewartha se detuvo repentinamente. Sus ojos desorbitados cobraron sobriedad al posarse sobre el duque de Guermeaux.

—Maldito bastardo —masculló.

—Vamos, Jacob —lo conminó el desconocido e intentó sujetarlo del brazo.

Alexander finalmente lo reconoció: era Trevor Glenn; lo recordaba de la visita a la bolsa.

—¡Suéltame, Trevor! ¡Tengo cuentas que saldar con este bastardo!

Blackraven se había acercado a su antiguo cuñado. Alexander y Somar lo flanqueaban en un acto de protección. Temían que Trewartha portase un arma.

—¿Qué quieres, Jacob? —Trewartha lo miraba con ojos encendidos y respiración afanosa—. ¿A qué has venido a mi casa?

—¡Asesino! —exclamó, y se le echó encima.

Alexander se interpuso y lo empujó. Trewartha trastabilló. Trevor Glenn lo sujetó y lo ayudó a cobrar estabilidad.

—¿Quieres despedirte de tu mujer? —preguntó Blackraven en un tono conciliatorio.

—¡Vine a llevármelas! A ella y a mis hijas. ¡Me llevaré a mis hijas! —insistió con una pronunciación pastosa.

—No te llevarás a nadie —replicó Roger—. No estás en condiciones. Además, tu esposa ha dejado un testamento. Lo abriremos en unos días, tras el funeral. Ahí veremos qué determinó para las niñas.

Trewartha intentó abalanzarse de nuevo. Otra vez, Alexander lo detuvo colocándole una mano en el pecho. Se contemplaron con fijeza. Recién en esa instancia comprendió el pánico que esa mirada debió de haber inspirado a Alexandrina.

—Te destruiré, maldito bastardo —farfulló Trewartha en dirección a Roger.

—Jacob, ¿de veras quieres probar fuerzas conmigo?

Trewartha se quitó el guante derecho y lo arrojó a la cara de su cuñado, gesto inequívoco para retarlo a duelo.

—No tomaré esto seriamente —declaró Roger—. Estás borracho y no sabes lo que haces.

—¡Sé bien lo que hago! Veintisiete años atrás asesinaste a Victoria para casarte con la mujerzuela papista. Ahora asesinas a Ramabai para destruirme.

Alexander advirtió que el semblante de su padre se endurecía y que el azul de sus ojos se tornaba negro. Conocía la raíz de la cólera que le transformaba el gesto: Trewartha había osado insultar a su esposa, a su adorada Isaura. Decidió cortar por lo sano antes de que ocurriese otra desgracia. Aferró a Trewartha por detrás y le trabó los brazos en la espalda. En silencio, y mientras Trewartha se rebullía y lanzaba insultos y amenazas, lo condujo fuera. El tal Trevor lo seguía sin importunarlo, más bien con actitud solícita. Lo arrastró hasta el carruaje en cuya portezuela se hallaba impreso el escudo de la Compañía de las Indias Orientales. El cochero se apresuró a abrirla.

—¡Tú y tu padre pagarán cara esta afrenta! —afirmó Trewartha con el índice cerca de su rostro.

—Vamos, Jacob —lo instó el tal Trevor—. Anda, sube.

Antes de cerrar la portezuela, Glenn se volvió y le lanzó una mirada afligida. Alexander se quedó en la calle, la vista fija en el carruaje que se alejaba, todavía incrédulo de que el primer intercambio con el padre de Alexandrina hubiese terminado tan mal.

Capítulo XIII

El viernes por la mañana, Alexander se levantó al alba. Zarparía al amanecer del domingo, con la primera marea, y todavía le quedaban muchas cosas por hacer en Londres. Se encontraba en el comedor desayunando cuando Goran, Trevik y Dennis aparecieron bajo el umbral. Goran iba bien vestido y aseado. Aunque lucía enflaquecido y demacrado tras la batalla con el opio, su expresión hablaba de una férrea determinación. Se puso de pie y salió a recibirlos.

—Tomen asiento, por favor. Desayunen conmigo.

Comieron en silencio hasta que Goran soltó los cubiertos y se cubrió la frente.

—La asesinó Trewartha —farfulló.

—Aseguran que estaba en una sesión en la Corte de Directores —le recordó Trevik.

—Contrató a alguien para que lo hiciera.

—Es probable —expresó Blackraven, y atrajo la atención de los otros tres.

—¿De qué hablas, amigo Alex? —quiso saber Fitzroy.

—Ayer, a última hora, apareció un testigo que asegura haber visto a un hombre emerger de los matorrales de tejos junto a los que se detuvo la princesa Ramabai. Llevaba un cuchillo en la mano.

—¡Lo sabía! —exclamó Goran, y golpeó la mesa.

—Cálmate —le ordenó Alexander—. Si quieres honrar la memoria de Ramabai, tienes que calmarte y evitar caer de nuevo en el hábito del consumo del opio. Se lo debes —dijo, y lo miró a los ojos con una seriedad que obligó al periodista a recobrar la calma.

Goran bajó la vista y asintió sin pronunciar palabra.

—¿Quién es este testigo? —se interesó Trevik Jago.

—Por el momento, nada diré acerca de él. Es imperativo protegerlo.

Goran se puso de pie lentamente, y los demás lo contemplaron con semblantes preocupados.

—Señores, ha llegado la hora de retomar mi vida. Tengo un artículo que escribir —anunció, y se retiró.

* * *

Esperaban que uno de los clíperes más grandes de la flota Blackraven, el *Stella Maris*, atracase de un momento a otro en el puerto de Londres. Lo sabían gracias a la sofisticada red de postas que se extendía desde Dover hasta la capital. Pasaba por una veintena de estaciones intermediarias apostadas en distintas ciudades ubicadas sobre la orilla del Támesis y sobre la costa del canal de La Mancha. Empleaba potentes catalejos construidos en Ámsterdam y un sistema de señales con banderas, similares a las que se utilizaban en la navegación de alta mar para comunicar entre las naves de un convoy. Gracias a ese procedimiento, se enteraban en pocos minutos de que un barco había sido avistado en el estrecho de Calais, lo que disparaba una serie de preparativos para recibirlo y, sobre todo, para vender con anticipación la mercadería que transportaba.

La red de postas, perfeccionada tras años de práctica, había sido diseñada por sir Alistair Neville para obtener información de las bolsas del continente y de los precios de las distintas monedas antes que la competencia. Los Blackraven, con el pago de una suma anual, se servían y se beneficiaban del astuto método.

Alexander, que se hallaba en su despacho en la barraca del puerto negociando con el representante de la firma Twinings el precio del té que el *Stella Maris* transportaba desde China, se puso de pie al oír la bocina del clíper que anunciaba su llegada al puerto.

—Señor Pierce —se dirigió al empleado de Twinings—, nuestro clíper es el último que llegará a Inglaterra antes del fin de la temporada del monzón, y usted lo sabe. El té Souchong que transporta es de la más excelsa calidad, mantenido en cofres de roble y protegidos de la humedad con tiras de bambú. El precio es el que le he dado. No estoy dispuesto a regatear. Si la casa Twinings no lo quiere, tengo al comprador de Fortnum & Mason que me aguarda en la antesala. Lo habrá visto usted —añadió con malicia—. Ahora deberá disculparme, pero tengo que salir a recibir nuestro clíper y ocuparme de que esté todo listo para la descarga.

—Está bien —se rindió el empleado de Twinings—, acepto el precio, milord.

Minutos más tarde, Alexander esperaba al final de la plancha a lord Bernard Mathews, el capitán del *Stella Maris*. El muelle se había convertido en un hervidero de estibadores que formaban fila, listos para subir e iniciar la descarga.

—¡Capitán Alex! —lo saludó Mathews con una expresión relajada—. Ha sido un buen viaje, querido muchacho —respondió el antiguo comodoro de la Marina británica, que, pese a tener un excelente pasar económico, no podía vivir sino en el mar.

Alexander lo invitó a la barraca para poner en orden la documentación y charlar acerca de las vicisitudes del viaje desde Cantón.

—Tuvimos algunos inconvenientes en el cabo de Hornos —comentó Mathews—, pero tú sabes que esa región es la más endiablada sobre la faz de la tierra, y todos nos esperamos lo peor de ella, por lo que mis hombres y yo estábamos preparados. Pero ha sido una fortuna encontrarte —exclamó de repente—. Te hacía en algún puerto del Mediterráneo.

—Parto el domingo con la primera marea —comentó Alexander.

—Verás —dijo el hombre con aire conspirador, mientras deslizaba la mano bajo la chaqueta y extraía una carta—, la persona que me dio esto me indicó que te lo entregase en persona y solo a ti. Aquí tienes.

Alexander la recibió. Salvo el sello de lacre sin impresión alguna, el exterior no presentaba ningún indicio del remitente. Se trataría de un mensaje de Howqua o de algún contable de la factoría que poseían en Cantón. Asintió y masculló un agradecimiento. Un empleado anunció la llegada de Samuel Bronstein, por lo que despidió a Mathews e hizo pasar al investigador privado.

—Supe lo de la princesa Ramabai —comentó Bronstein apenas se sentó.

—Una tragedia. Su montura se desbocó.

—¿De manera accidental?

—¿Por qué lo preguntas? —sondeó Blackraven—. ¿Qué se comenta?

—De todo y nada en particular. Puras especulaciones. Sin duda, su muerte beneficia a Trewartha —apuntó el investigador—. Le allana el camino para seguir adelante con su plan: desposar a la señorita Manon.

El comentario lo importunó, y quizá algo en su expresión desveló el malestar, pues Samuel aguzó los ojos y lo miró con suspicacia.

—Trewartha tendrá que apresurarse —continuó Bronstein—. El hermano del príncipe elector avanza con la determinación de un soldado de la caballería —dijo, y rio de su ocurrencia.

Alexander permaneció mudo. A pesar de la cantidad de temas y de preocupaciones que lo acuciaban, siempre terminaba pensando en ella. La noche anterior, al verla angustiada por la muerte de Ramabai, deseó estrecharla entre sus brazos. El anhelo había resultado tan arrollador que solo la resolución de proteger su reputación había impedido que sucumbiera al impulso. Estevanico y Arthur afirmaban que Manon Neville estaba enamorada de él. Su abuela la respetaba como a pocas mujeres; su madre la adoraba; Isabella la quería tanto como a Anne-Rose; y uno de la talla de Talleyrand-Périgord la calificaba de «formidable». ¿Esa criatura extraordinaria lo amaba? La idea le provocó una explosión de dicha. Se acomodó en la butaca y carraspeó para ocultar la sonrisa que le despuntaba en los labios. ¿Era posible que existiese la mujer que le hiciese olvidar a su gran amor? ¿El destino, después de todo, le levantaba la condena? ¿Todavía existía en él la capacidad de amar como había amado a Alexandrina Trewartha?

No se marcharía a Sicilia sin antes hablar con ella. Temía que a su regreso hubiese aceptado desposar a George Carl, que, pese a llevarle unos veinte años, era un hombre cabal, de grandes virtudes. Lo había comprobado el día anterior, en medio de la tragedia por la muerte de Ramabai.

—¿En qué piensas? —lo interrogó Samuel Bronstein, y lo rescató de sus reflexiones.

—Me preguntaba si Jonathan Wild te dijo algo acerca de la talla sobre mi cabeza.

—Asegura que no sabe quién está detrás, pero me ha jurado por la memoria de su madre que le ha prohibido a su gente poner un dedo sobre ti. Wild no es ningún tonto —afirmó Bronstein— y sabe que el infierno caería sobre él si tu padre se propusiese destruirlo.

—¿Le crees? Wild siempre sabe todo lo que ocurre en esta ciudad.

—Me prometió que estaría atento. La promesa de una buena paga por más información lo hará parar las orejas. Ahora bien —dijo el investigador, y se inclinó sobre el escritorio en actitud intimista—, pensemos a quién podría interesarle borrarte del mapa.

—*Cui bono?* —dijo Alexander.

—Exacto, quién se beneficia —tradujo Bronstein.

—Como no sea Trewartha, y por una venganza contra mi padre —admitió Alexander—, no me viene ningún nombre a la cabeza.

—Si lo de tu talla es cierto, y yo creo que lo es, resulta claro que estás interponiéndote en el camino de alguien —conjeturó Samuel—. ¿Un competidor? ¿Qué hay con la flota de los Stewart? ¿Y los comerciantes de opio?

Dirimieron acerca de los posibles enemigos de los Blackraven. Al cabo de un cuarto de hora no habían arribado a una conclusión convincente. Aunque los rivales se habían acumulado a lo largo de los años, ninguno constituía una amenaza seria.

—¿Le preguntaste a Wild por la muerte de Francis?

—Aquí tengo una buena noticia —dijo Bronstein—. Sin que yo se lo mencionase, Wild mencionó a los dos hombres que habían ido a verlo la mañana de su muerte.

—¡Por fin una pista! —se entusiasmó Alexander—. ¿Te brindó una descripción?

—Bien vestidos. Uno tendría poco más de treinta años, con aspecto refinado; el otro un cincuentón más tosco, con el rostro bronceado.

—¿Ninguna seña en particular? —preguntó Alexander, y el investigador negó con un movimiento de cabeza—. Es una descripción muy vaga. Podría tratarse de cualquiera. Veo que volvemos al punto de inicio.

—No estoy de acuerdo. Si alguien de la banda de Wild los vio, eso significa que podrá reconocerlos. Prometió que estaría atento —insistió.

Alexander se puso de pie y Samuel Bronstein lo imitó. Caminaron hacia la entrada de la barraca, notablemente bulliciosa debido a la descarga de los cofres de té.

—¿Cuándo regresarás de Sicilia?

—Lo antes posible —respondió Blackraven—. Los cítricos se echan a perder con facilidad en la bodega de un barco.

Se despidieron. Tras controlar que todo marchase de acuerdo con los planes en el *Stella Maris*, Alexander se dirigió al *Constellation*. Encontró a Obadiah Murphy en el castillo de popa en compañía de Estevanico, que le enseñaba a mirar a través del catalejo.

—¡Capitán Alex! —se alegró el niño al verlo—. ¡Es fantástico el calamejo!

—Catalejo —lo corrigió con una sonrisa y le desordenó el cabello que ahora lucía limpio—. Me alegra que estés aprendiendo las cuestiones de la navegación porque zarparás conmigo el domingo muy temprano. —Estevanico le destinó una mirada confundida. Alexander explicó en español, para evitar que el niño comprendiera—: Están ocurriendo demasiadas muertes. Prefiero tenerlo cerca de mí y lejos de Londres. No pasará mucho antes de que este pilluelo se nos escape. Sabes cómo es. —Estevanico asintió—. Tengo cosas que hacer antes de zapar. Por favor, mantenlo siempre contigo. No quites tus ojos de él.

—Mañana es el entierro de la princesa Ramabai —le recordó.

—No asistas —ordenó Alexander—. Yo les explicaré la situación a mamá y a papá. Estarán de acuerdo en que es perentorio que no te apartes del niño ni un instante.

—Descuida, no lo haré. Ve tranquilo.

Abandonó el *Constellation* y regresó a la barraca. Le pidió a un empleado que le trajese el caballo. Extrajo el reloj del bolsillo interno de la chaqueta y consultó la hora. Doce y diez. Lo urgía concurrir a la Casa Neville y expresarle a la señorita Manon su intención de cortejarla. Lo embargaban una emoción y una impaciencia como no recordaba haber experimentado.

Guardó el reloj y, al hacerlo, rozó la carta que Mathews le había consignado esa mañana. Decidió leerla mientras esperaba la montura. Rompió el sello. Antes de ver quién la firmaba supo que pertenecía a Alexandrina Trewartha; habría reconocido su caligrafía entre cientos.

* * *

Habían cenado un exquisito faisán al vino blanco, la especialidad del cocinero del príncipe de Talleyrand. En ese momento, en el salón de la embajada francesa, la orquesta de cuerdas de Saint Martin-in-the-Fields tocaba los *Concerti per violoncello* de Boccherini, una de las obras favoritas de Manon. Sin embargo, nada la entusiasmaba ni la conmovía. La música, su gran aliada en el pasado, se demostraba inefectiva para rescatarla de la tristeza que experimentaba desde el día anterior, después de haber presenciado la muerte de la princesa Ramabai.

Los músicos siguieron interpretando piezas del barroco, mientras el selecto grupo de invitados del embajador francés se trasladaba a una sala contigua con mesas cubiertas de felpa verde, variados mazos de naipes y otros juegos de salón. Talleyrand prefirió el ajedrez y retó a sir Alistair a enfrentarlo. Le pidió a Manon que se sentase a su lado, por lo que el vizconde de Falmouth convocó a Tommaso Aldobrandini para que lo asistiera. Su abuelo y su tío Charles-Maurice, juntos, siempre habían sido una fuente de risas y de conversaciones interesantes. Esa noche, nada de lo que dijesen la distraía.

Talleyrand se inclinó y le habló en un susurro.

—¿Sigues conmovida por la muerte de la princesa Ramabai? —Manon asintió—. ¿Quizá también echas de menos a un noble marinero que zarpará pronto hacia Sicilia? El conde errante lo llaman —dijo, y sonrió. Manon se incorporó en el canapé y lo contempló con expresión azorada—. Componían una hermosa pareja la velada de tu natalicio en la terraza.

—No significo nada para él —terminó por confiarse.

—Yo creo que sí —rebatió el político francés.

—Su turno, alteza —dijo Masino Aldobrandini, e interrumpió el diálogo.

Percival Neville lanzó una risotada desde una mesa cercana, y las miradas se posaron en él. Jugaba al *whist* y formaba pareja con Alba Porter-White. Manon apartó la vista, disgustada. Al volverse hacia Talleyrand, se encontró con sus ojos azules que la contemplaban con seriedad.

Al día siguiente, por la mañana, en lugar de concurrir al banco, su padre y ella asistieron al funeral de la princesa Ramabai en Kensal Green, una localidad en las afueras de Londres donde acababa de inaugurarse un nuevo cementerio. Los acompañaban Guillermo y

George Carl, lo que Manon juzgó como un gesto enaltecedor, pues nada los obligaba a asistir. En poco tiempo, el príncipe elector y su hermano se habían ganado su admiración, sobre todo George Carl, que había intentado salvar a la pobre Ramabai.

Alrededor del foso donde en pocos minutos acabaría el féretro se congregaban todos los Blackraven, excepto Estevanico, lo cual la extrañó. ¿Habría zarpado hacia Sicilia en lugar de Alexander? A él lo encontró fascinante en su atuendo oscuro. Junto a la figura delgada y empequeñecida de Isabella di Bravante, lucía como un titán, con sus espaldas anchas y la cintura delgada, que el corte de la chaqueta subrayaba. Una brisa le removía los mechones un poco largos, caídos sobre la frente. La pilló observándolo y, en ese intercambio de miradas fugaces, percibió algo que la perturbó, algo muy distinto de lo experimentado el jueves por la noche en Blackraven Hall. Sus ojos imponían distancia, comunicaban enojo.

El llanto apenas sofocado de Binita y Dárika atrajo su atención. Observó sus caritas oscuras y sus ojos grandes y negros anegados de lágrimas, y recordó el dolor padecido a causa de la muerte de Dorotea. Las niñas se pegaban a la duquesa de Guermeaux, que se secaba las mejillas con un pañuelo, mientras el pastor Trevik Jago proclamaba el responso.

Jacob Trewartha y su asistente, el tal Trevor Glenn, se presentaron cuando los enterradores comenzaron a bajar el féretro. Se alzó un leve murmullo entre la concurrencia, y el ambiente se tornó tenso y enrarecido. Tras unas paladas de tierra, los asistentes comenzaron a dispersarse. Trewartha intentó acercase a las niñas, pero las pequeñas se escondieron tras la duquesa de Guermeaux, en una clara actitud temerosa. Manon notó el cruce de miradas entre el presidente de la Compañía y Roger Blackraven. Aunque resultaba evidente que Trewartha refrenaba la ira a duras penas, no dijo ni hizo nada. Se marchó con su asistente por detrás.

—Acompáñame hasta mi coche, querida Manon —solicitó Talleyrand, que se tomó de su brazo buscando apoyo frente a un terreno desafiante para su pie malformado.

—¡Qué momento tan triste! —comentó la duquesa de Dino—. Esas pobres criaturas han quedado solas en el mundo, porque está claro que no quieren saber nada del padre.

—No se está solo en el mundo si los duques de Guermeaux han decidido hacerse cargo de uno —declaró Talleyrand—. Querida Dorothée —se dirigió a la duquesa de Dino—, ibas a invitar a Manon a la embajada, ¿verdad?

—Oh, sí —exclamó la mujer.

Acordaron que concurriría a la hora del té.

—Trae a la querida Aldonza —solicitó Talleyrand, a lo que Manon accedió.

Por la tarde, Thibault las condujo hasta el 21 de Hanover Square, justo en la esquina con Brook Street, en el barrio Mayfair, donde se hallaba la residencia del embajador francés, una suntuosa casa de tres plantas en estilo georgiano. Tomaron el té en un ambiente distendido, desembarazados de los estrictos formalismos ingleses; incluso los acompañó la menor de las hijas de la duquesa de Dino, Pauline, de trece años, a la que Manon estaba particularmente aficionada, en especial porque se afirmaba que era hija de su tío Charles-Maurice.

A eso de las cinco y cuarto, la institutriz fue a buscar a Pauline, y la duquesa de Dino se puso de pie para acompañar a su hija hasta la planta superior, lo que extrañó a Manon. Quedaron Talleyrand, Aldonza y ella.

—Tu padre me ha confiado que el hermano del príncipe Guillermo le ha solicitado su autorización para desposarte —declaró el embajador francés.

Manon bajó la vista. Esa mañana, durante el desayuno, había peleado con su padre debido a su negativa a aceptar el cortejo. Su tío Charles-Maurice le palmeó la mano y le sonrió.

—Querida, no creerás que te he invitado hoy aquí para mediar entre tu padre y tú. Admiro y respeto a Percival, es un gran amigo, pero creo que en esta cuestión comete un error. Tú no eres una joven a la que pueda imponérsele un marido.

—Me apena contradecir a mi padre, pero no entiendo la insistencia para que contraiga matrimonio.

—¿No? —dijo Talleyrand, y miró fugazmente a Aldonza—. ¿No comprendes el porqué? —Manon guardó silencio y mantuvo la vista fija en la del estadista francés—. Querida Manon, solo existen dos cosas ciertas: siempre tendremos que luchar por nuestros derechos y un día moriremos. Ese día está muy lejos para ti. Para mí, en cambio…

—¡No hables de ese día, tío Charles-Maurice! No lo soporto —afirmó Manon.

Aldonza se persignó con la derecha y con la izquierda sujetó la bolsita grisgrís. Talleyrand, riendo, desestimó la cuestión con una sacudida de mano.

—Manon querida, siempre has estado muy apegada a quienes amas. Y para lo que voy a decirte necesito que cambies tu modo de razonar. Quiero que pienses menos en tu familia y más en ti.

—¿Qué sucede, tío Charles-Maurice? —se preocupó—. ¿Qué quieres decirme?

El semblante de Talleyrand cobró una súbita seriedad.

—¿Eres consciente de que tu padre te dejará a ti la Casa Neville?

—Oh, no, no a mí. A Archie, seguramente.

Talleyrand negó con un lento movimiento de cabeza y otra vez dirigió un vistazo rápido a Aldonza, que lo escuchaba con atención.

—Por la ley de mayorazgo inglesa, el título, junto con las propiedades y las rentas que este comporta, irá a parar a tu hermano Archibald. La Casa Neville es otra cuestión. Percival te la dejará a ti porque sabe que en manos de tu hermano desaparecería en poco tiempo. Déjame terminar —la interrumpió cuando Manon intentó contradecirlo nuevamente—. Lo sé de muy buena fuente. La Casa Neville será tuya, y solo tuya. El poder que implica erigirse como la única propietaria del banco más grande de Europa es inmenso. Es la Neville & Sons la que fija el precio del oro —afirmó e hizo una pausa—. Tú sabes lo que eso significa, ¿verdad, Manon?

—Sí, tío Charles-Maurice, lo sé.

—Por eso tu padre no quiere irse de este mundo dejándote semejante carga y sin un hombre recto e íntegro a tu lado que te proteja.

—No soportaría contraer ma... —Manon calló a una señal del embajador.

—Lo sé —acordó con ella—. Como expresé antes, no eres una joven a la que pueda imponérsele un marido. Eres hábil en los negocios como tu padre, pero al igual que él, eres romántica, y tienes una idea muy específica del matrimonio. Tus padres se amaban entrañablemente. Te has criado con ese ejemplo.

—¿Crees que es una idea equivocada la mía, tío Charles-Maurice?

—No, cariño, no. Pero si quieres vivir bajo esos ideales románticos en un mundo de cínicos y de perversos, entonces debes tomar ciertas medidas. Debes protegerte —remató.

—¿Protegerme? ¿De quién?

—De tu familia.

—¡Oh!

—Manon —dijo Talleyrand, y el cambio en el tono de voz las alertó, a ella y a Aldonza—, quiero que escuches con extrema atención lo que te diré hoy, pues esta será la primera vez que aconsejaré a alguien sin pretender beneficiarme. Lo haré simplemente por el cariño y la admiración que te tengo.

—Gracias, tío Charles-Maurice —balbuceó, confundida y desorientada.

—Tú sabes, porque conoces mi historia, que soy un superviviente. He llegado a esta edad con la cabeza todavía sobre los hombros por una sola razón: supe identificar a mis enemigos antes de que ellos mismos supieran que terminarían siéndolo. Hoy pongo a tu servicio mi experiencia para aconsejarte.

—Te escucho con atención —aseguró Manon.

—La vida es como una partida de ajedrez. Debes anticiparte a cada movimiento de tu rival. A varios movimientos, debería decir. La velocidad es más eficaz que la fuerza. En este sentido, es preciso que hagas testamento y que dejes tu fortuna no a un miembro de tu familia, sino a una institución. Será la única manera de asegurarte de que no atentarán contra tu vida.

—¡Oh! ¿En verdad crees que mi familia atentaría contra mi vida? ¡Imposible!

—Por supuesto que lo harían —intervino Aldonza—. No Cassie, no Archie, pero ¿quién puede saber cómo actuarían bajo la influencia de sus cónyuges?

—La querida Aldonza es también una superviviente —expresó Talleyrand.

—Pero ¿por qué a una institución? —cuestionó Manon.

—Porque entonces eliminarte perjudicaría sus intereses. Si, en cambio, testases a favor de un miembro de tu familia o incluso a favor de alguno fuera del círculo familiar, tras tu muerte, irían por esa persona y la destruirían, buscando la manera de quedarse con todo. Una institución es la única salida.

Manon, abrumada, bajó la vista y meditó unos segundos.

—Si es cierto que papá ha decidido dejarme la Casa Neville, yo no soportaría que, tras mi muerte, quedase en manos de extraños, manos que no fuesen las de la familia, de mi sobrino Willy, por ejemplo, o del hijo de Archie, que está por nacer.

—Entonces, tendrás una muerte prematura —presagió Talleyrand— y no por causas naturales.

—¡Oh!

Talleyrand le sujetó las manos y la conminó a mirarlo a los ojos.

—Tu familia es un nido de serpientes —declaró— y tú no te decides a aceptarlo.

Manon, dispuesta a no quebrarse ni a llorar, apretó los labios y sostuvo la mirada del príncipe de Talleyrand. Solo un hombre de su talla poseía el coraje para hablarle de forma tan franca y brutal. Le decía la verdad, y ella lo sabía, aunque le resultase intolerable admitirlo.

—La creación de la Asociación de Amigos Hospitalarios ha sido auspiciosa —afirmó el diplomático francés—. La nombrarás tu única heredera.

—Santo cielo —masculló Manon, y se cubrió la frente, de pronto agobiada y algo descompuesta.

Aldonza la obligó a sorber un poco de té.

—Estoy bien —aseguró tras un momento.

—Manon querida —dijo Talleyrand con acento suavizado—, sé que es duro, pero esta es la responsabilidad que conlleva ser la heredera de tan magnífica fortuna y del poder que encarna. Si algún día encontrases un compañero digno de ti, como el conde de Stoneville, por ejemplo, entonces cambiarías el testamento y lo nombrarías tu heredero, o a los hijos que tuviesen.

—Has dicho poco antes —le recordó— que, si nombrase como mi heredero a alguien fuera de los Neville, mis parientes irían tras esa persona y la destruirían.

—Eso no sucedería con el conde de Stoneville. No se atreverían a contender con uno de su estirpe e imperio.

—Hablas como si entre él y yo existiese un compromiso —se impacientó—. No existe nada.

—Se trata de un ejemplo —desestimó Talleyrand—, más allá de que estoy seguro de que pocos serían tan apropiados para ti como el futuro duque de Guermeaux. Una vez más demuestras tu gran capacidad de discernimiento al posar tus ojos en el mejor candidato. —Manon se ruborizó y bajó la vista—. Por último, diré dos cosas. Presta atención —ordenó—. Es muy importante que tu familia se entere de la existencia del testamento a favor de la Asociación de Amigos Hospitalarios apenas fallecido tu padre. Esa será tu garantía para seguir viviendo. Hasta tanto, debe permanecer un secreto.

—¿Cómo haré? —preguntó Manon con cierta cadencia irónica—. Los reuniré una noche en casa y les anunciaré que no se molesten en liquidarme pues…

—Más sutil, claro está —la interrumpió el embajador francés—. El lunes mismo iremos a ver a sir Albert Lamb, mi notario, y nos ocuparemos de este asunto.

—¿Papá ya hizo testamento a mi favor? —Talleyrand se limitó a asentir—. Entiendo tu premura por que haga mi testamento, pero, en la actualidad no poseo más que unas joyas y algunas obras de arte que no forman parte de la colección Neville, sino que me fueron dadas como regalos. No entraré en posesión de la Casa Neville hasta que papá ya no esté, por lo que no puedo incluirla en un testamento con fecha anterior a ese evento.

—Sir Albert Lamb sabrá salvar el escollo —desestimó Talleyrand—. Seguramente agregará un codicilo con una fórmula del estilo «y todo bien que, a la muerte de mi padre, recibiera en herencia», o algo semejante. Deja eso en manos de Lamb. Es muy hábil.

—¿Qué ocurriría —se atrevió a cuestionar Aldonza— si Manon muriese antes que mi yerno? Fuese por causas naturales o no —añadió.

Talleyrand inspiró profundamente y dejó caer los hombros en un gesto fatalista.

—Entiendo el sentido de tu pregunta, querida Aldonza —admitió el embajador—. Sé qué estás pensando: de nada vale que Manon deje todo a la Asociación de Amigos Hospitalarios si con eliminarla antes de la muerte de Percival se resuelve el problema.

—Exacto. Mi yerno se vería obligado a hacer un nuevo testamento, esta vez a favor de Archie o de Cassie.

—Pues verás, querida Aldonza —retomó Talleyrand—, cuando son tantos los intereses y de tanta magnitud como en este caso, no existe la situación que nos ponga a salvo por completo. Tenemos que elegir la más conveniente, a sabiendas de que presenta sus fallas y sus debilidades. Por lo demás, confiemos en que Thibault sepa cuidar siempre a Manon.

—Amén —masculló la mujer, mientras aferraba su bolsa grisgrís.

—Lo que en realidad debería quedar en secreto es la intención de mi padre de dejarme solo a mí la Casa Neville —protestó Manon—. Y últimamente mi padre ha sido muy imprudente.

—Sé a qué te refieres —dijo Talleyrand—. Pero más allá de las imprudencias de tu padre, es un hombre inteligente. No cometerá el descuido de exponerte de ese modo.

—¿Cuál es la segunda cuestión que querías mencionar? —lo interrogó Manon.

—Se trata del oro de la Casa Neville, el que acumulan en la bóveda del banco. Cuando Percival muera, tus parientes irán por él. Será lo primero que intentarán arrebatarte. Recuérdalo bien, querida Manon, porque allí reside el poder de la Neville & Sons. Tendrás que esconderlo donde a nadie se le ocurra ir a buscarlo. ¿Quiénes poseen las llaves de la bóveda del banco?

—Papá, Thibault y yo.

—Bien, bien —masculló el francés, y se frotó el mentón en el acto de meditar—. Es imperioso que sepas dónde guardan Percival y Belloc sus llaves. Y tú nunca te separes de las tuyas. Pero lo más importante, querida Manon, es que escondas el oro tras la muerte de tu padre. En vida de Percival, no se atreverán a tocarlo. Una vez que tu padre ya no esté entre los vivos, se abalanzarán sobre él como bestias hambrientas. —Talleyrand hizo una pausa deliberada en la que clavó sus intensos ojos azules en Manon—. Si te preguntase en este instante quién es tu verdadero enemigo, ¿qué responderías?

—Julian Porter-White —replicó sin dudar.

—Bien —dijo el francés, y sonrió, satisfecho.

* * *

De regreso en el carruaje, Manon guardaba silencio y contemplaba las calles donde las personas, que iban y venían, parecían despreocupadas. Ella, en cambio, soportaba el peso del mundo sobre los hombros. Percibió el calor de la mano de su abuela, que cubría la suya.

—Tesoro, háblame —pidió la anciana.

—Sé que tío Charles-Maurice tiene solo buenas intenciones, pero creo que exagera en cuanto a mi familia.

—Lo que el príncipe de Talleyrand te ha dicho esta tarde es el mejor consejo que has recibido en tus veintiún años de vida.

—Puedo aceptar que tío David y tío Daniel codicien lo que consideran que todavía les pertenece. ¿Pero tío Leo? Él jamás me haría daño.

—Todos tenemos nuestros secretos y nuestras vergüenzas —respondió Aldonza—. Nunca olvides que la traición jamás proviene de un enemigo. Judas cenó esa noche junto a Cristo. Reflexiona, Manon —la conminó su abuela—. ¿Qué sucedería si les dejases tu fortuna a tus sobrinos, a Willy y al hijo de Archie? Le servirías en bandeja a La Serpiente la excusa para liquidarte y para convertirse en el administrador de la parte que le toca a su hijo. Sabes que lo haría.

Manon, devastada, asintió. Evocó lo que Masino Aldobrandini le recordaba de tanto en tanto: la traición de Bruto a César o la de Arminio a Publio Quintilio Varo, a lo que siempre agregaba: «No confíes en nadie, querida Manon, ni siquiera en mí». Se percató también de que lo había repetido con frecuencia en los últimos tiempos. ¿Masino también estaría previniéndola de su familia? Abrazó a su abuela, de pronto atemorizada.

—Solo en ti puedo confiar —sollozó.

—En mí y en Thibault. Él daría la vida por ti —aseguró la anciana—. ¿Dónde tienes la llave de la bóveda?

Manon la extrajo de su escarcela. Aldonza la tomó y la metió dentro de la bolsita grisgrís, acto que la asombró, pues su abuela jamás la había abierto, no frente a ella. Volvió a colgársela al cuello. La apretó en un puño, cerró los ojos e invocó a Santiago Matamoros en romaní.

—Conozco el sitio donde tu padre y Thibault guardan las suyas —dijo a continuación, y Manon se limitó a asentir, abrumada por el miedo y por una sensación de infinita soledad.

Capítulo XIV

Habían transcurrido cinco días desde el entierro de Ramabai, y la prensa londinense no cesaba sus ataques, en especial las columnas en *The Times*, de autoría de ese maldito lacayo de los Blackraven, Goran Jago, que, dada su fama como periodista, escribía para varias publicaciones. Palabras más, palabras menos, Jago lo señalaba como el asesino.

—¡Mierda! —exclamó, y golpeó la mesa del saloncito dorado de la taberna The City of London con el ejemplar de la revista *Edimburgh Review*.

Trevor Glenn, agobiado tras días de tensión y de mal humor, recogió la publicación y leyó el artículo. «*La herida en el anca izquierda de la montura de la princesa Ramabai fue constatada, a pedido del duque de Guermeaux, por un profesional del Colegio de Veterinaria de Londres, como también por el primer veterinario del Cuerpo de Caballería de Su Majestad, quienes desestimaron que fuese el resultado de un corte accidental ocasionado por el roce, por ejemplo, de una rama afilada. El corte presenta labios demasiado bien definidos y una profundidad que remite a un arma blanca*».

Alzó la vista del periódico y contempló a Trewartha. ¿Finalmente había mandado asesinarla? Lo tenía por el hombre más astuto que conocía. Juzgaba casi imposible que se hubiese decidido a hacerlo en esas circunstancias tan desfavorables, con los ojos de los directores de la Compañía puestos en él y con Ramabai protegida por uno de los hombres más poderosos del Imperio.

—¿Qué opinas de esto que afirma Jago, sobre el corte en el anca del caballo? —preguntó con cautela.

—¿Qué quieres que opine? —se enfadó Trewartha—. De acuerdo con ese imbécil, *alguien* provocó el desbocamiento del caballo. Pero ¿quién? Yo sé que *yo* no fui —declaró, y alzó las manos en señal de inocencia—. Debió de ser ese bastardo de Blackraven, para arruinarme.

—No lo necesita, Jacob —se atrevió a señalar Glenn.

—Entonces, ¿quién mierda fue, Trevor?

La puerta del pequeño salón se abrió para dar paso a Julian Porter-White y a su secretario, Lucius Murray. En tanto se quitaba los guantes, Porter-White estudiaba la expresión alterada de Trewartha.

—¿Qué tienes?

—¡Esto tengo! —dijo, y le arrojó la revista *Edimburgh Review*—. Todos los periódicos están crucificándome.

—Bah —desestimó el rioplatense—. Es sabido que la yegua se desbocó. No fue culpa de nadie. Un terrible accidente.

—Eres un tipo confiado y optimista —declaró Trewartha con acento irónico—. Lo que no comprendes es que no interesa si fue un accidente. Solo cuentan las apariencias. Mis enemigos lo usarán para destruirme.

—No podrán inculparte —insistió—. No tienen pruebas sólidas. Decenas de personas estaban reunidas contigo en la sede de la Compañía cuando el accidente tuvo lugar.

Trewartha masculló algo ininteligible. Lucius Murray abrió un cartapacio de cuero y extrajo varias páginas escritas con una caligrafía grande y clara.

—Esta es el acta constitutiva de la empresa minera —anunció el secretario, y se la pasó a Trewartha.

—¿Ya recibiste la respuesta de Rosas? —se sorprendió—. No, todavía no —se respondió tras hacer unos cálculos mentales—. Apenas ha transcurrido poco más de un mes desde que le enviaste la carta.

—No la recibí aún —confirmó Porter-White—, pero le pedí a un notario que fuese redactando el documento para ganar tiempo. Quiero tener todo listo. Apenas llegue la misiva de Rosas, comenzaremos con la venta de las acciones.

—¿Tan seguro estás de su respuesta positiva? —quiso saber Trevor Glenn.

Porter-White le sonrió antes de asegurar:

—No perdería mi tiempo si no lo estuviese.

Trewartha y Glenn se inclinaron sobre las páginas para leer. Habían bautizado al emprendimiento minero Río de la Plata Mining & Co. Se constituiría como una de las tantas sociedades informales que plagaban la bolsa de Londres. Trevor Glenn notó, tras revisar el texto a vuelo de pájaro, que solo figuraba su nombre y que se lo designaba como presidente y administrador.

—¿Qué diría tu suegro si se enterase de que estás detrás de esta compañía? —se interesó Glenn.

—Felicitarme, estimo —respondió con soberbia—. Además, la comercialización de las acciones se realizará a través de la Casa Neville, lo cual le procurará una suculenta comisión. Hablando de mi suegro —dirigió la mirada hacia Trewartha—, no le causó una buena impresión que tus hijas no quisieran siquiera saludarte el día del funeral.

—¿Tendría que importarme? —se mofó Trewartha, y Porter-White endureció la expresión antes de replicar:

—Sí, si deseas ganarse su beneplácito para que te acepte como esposo de Manon.

Trewartha lanzó una risotada hueca.

—Con todos los problemas que tengo, ¿todavía vienes a importunarme con ese puercoespín?

—Tus problemas se resolverían en un tris si lograses convertirte en el esposo de la principal heredera de la Gran Bretaña —afirmó Porter-White con acento tajante, impaciente.

—¿Y qué hay del hermano del príncipe Guillermo? —objetó Trewartha—. Bailó tres veces con ella en la velada en Almack's.

—Me ocupé de convencer a mi suegro de que sería una pésima unión. Jamás habría persuadido a George Carl de que viviese en Londres. Se la habría llevado a Fráncfort, y el sentimental de mi suegro no puede vivir sin Manon a su lado. —Cayó en un mutismo que ninguno interrumpió. Sus ojos oscuros seguían fijos en los de Trewartha—. Es imperativo que recuperes a tus hijas por el bien de las apariencias.

—Olvídalo. Ayer se leyó el testamento de Ramabai.

—¿Cómo? —se sorprendió Porter-White—. ¿Por qué no lo mencionaste?

—¿Tenía que hacerlo? —volvió a mofarse Trewartha—. Me convocaron al bufete del hijo de Blackraven; allí tuvo lugar la lectura. En resumidas cuentas, Ramabai nombró como tutores de las niñas a los duques de Guermeaux.

—¡Tú eres su padre! —se enfadó Porter-White—. ¿Qué diantres le importa a la ley inglesa lo que haya dispuesto una mujer india? ¿Dónde están tus derechos?

—¿Iniciarás tú la demanda en el Tribunal de la Cancillería para recuperar la custodia? —lo interrogó Trewartha con sarcasmo—. Ayer protesté, exigí que me las restituyesen, y Arthur Blackraven, el abogado, me indicó que presentase una demanda. Me aclaró que su familia estaba dispuesta a pelear hasta la última instancia para cumplir la voluntad de Ramabai. Si tú, querido Julian, estás dispuesto a prestarme el dinero para enfrentar al poderoso Blackraven en la corte, lo haré. Pero te aseguro que no lo resolveremos ni con diez mil libras. Solo para cubrir los sobornos necesitarías una pequeña fortuna. Y yo, como bien sabes, estoy prácticamente arruinado.

—Vende el bergantín que compraste —le propuso Porter-White.

—Se descubrió que la madera de la sentina había sido atacada por el gusano de barco —comentó Trevor Glenn.

—¿Gusano de barco? —se extrañó Lucius Murray.

—Un molusco repugnante con apariencia de gusano —explicó Glenn—. Se infiltra en la madera y la pudre, la ahueca. Son como termitas del mar. Han destrozado flotas enteras. Los astilleros y los marineros les tienen pánico. Fue necesario quemar el bergantín para evitar que se propagase. Es la ley —acotó.

—¡Qué! —reaccionó Porter-White—. ¿Fue destruido? —insistió, escéptico—. ¿Qué ha dicho la compañía de seguros?

—No estaba asegurado —replicó Trevor en un hilo de voz.

—Ya ves, querido Julian —dijo Trewartha—, este no es mi período más afortunado.

—Todavía te queda el importante sueldo que recibes como presidente de la Compañía —le recordó.

Trewartha sonrió, abatido.

—Tal vez ni eso me quede si mis colegas deciden expulsarme dado el escándalo monumental que está provocando la muerte de mi esposa. ¿Sabías que desde hace días las acciones de la Compañía se cotizan en baja? Todos me reputan culpable. Ahora solo me queda la esperanza de que Río de la Plata Mining & Co. sea un éxito.

* * *

Echaba de menos a Cassandra y a Willy, que habían viajado a Bath días atrás. Echaba de menos a Isabella Blackraven, y se preguntaba qué mares estaría surcando. ¿Habría ya superado el Cantábrico? Echaba de menos a miss Melody, que esa mañana había partido con su séquito hacia Cornualles. Sobre todo, echaba de menos la despreocupación en la que había vivido antes de la conversación con su tío Charles-Maurice el sábado anterior.

La cuestión se había zanjado de acuerdo con los planes de Talleyrand, y el mismo lunes, sir Albert Lamb, el notario del embajador francés, había redactado el testamento en el que, a excepción de unos legados para Thibault Belloc y para Aldonza Ruiz, destinaba su fortuna a la grandeza de la Asociación de Amigos Hospitalarios.

No había modo de que los Neville se hubiesen enterado de su decisión. Manon, sin embargo, percibía un sutil cambio en el comportamiento de sus tías y de sus primos, en los comentarios de su tío David, en las miradas compungidas de su tío Daniel, en el carácter de su tío Leo. Se convenció de que estaba desvariando, producto del miedo que le causaba la situación. En verdad, sus parientes no habían modificado un ápice su conducta. En cuanto a la actitud de Leonard se explicaba en la inquietud que le causaba la salud cada vez más achacosa de Anne-Sofie.

Al final, y no soportando verla deprimida, Manon le prestó ochenta libras para que pagase el soborno a la monja irlandesa Mavis Pike, su medio hermana. Sabía que no era la estrategia más astuta para lidiar con una extorsión, pero al menos ganarían un poco de tiempo y le concedería paz a su tía, tan necesaria para recuperar la fortaleza.

A sus preocupaciones se sumaba la carta que Archie le había enviado en la saca del *Stella Maris* y que recién le habían entregado esa mañana en la sede del banco. También le había escrito a su padre, solo que, a juzgar por el buen talante de sir Percival, el contenido no era el mismo. A ella le escribía en términos pesimistas, que coincidía con lo que Ross Chichister le había adelantado tres semanas antes, tras recibir las noticias de su tío.

Habría abandonado todo y viajado a China para consolarlo y ayudarlo. No solo la apertura de la sede en Cantón estaba resultando más compleja de lo previsto; su matrimonio con Alexandrina naufragaba sin remedio, y ni el hijo que esperaban lograba restablecer la alegría de los primeros tiempos. *Algo en ella parece haberse roto*, escribía el pobre Archie, y lo achacaba a ese «endemoniado lugar», a Macao, ignorante de que la ciudad donde residían no tenía nada que ver con la falta de entusiasmo de su esposa. A la preocupación se sumó la culpa. Si hubiese sido franca con Archie antes de la boda y le hubiese confesado lo que sabía, su hermano no se hallaría en ese aprieto.

La angustió la idea de que Alexander y Alexandrina se encontrasen en Macao. Sabía que varios barcos de la flota Blackraven, entre ellos el *Leviatán*, planeaban un viaje a China tras la temporada del monzón para transportar las primeras toneladas de plata destinadas al emperador Daoguang. Aunque una vez le había dicho a su abuela que habría dado lo que fuese por ver de nuevo los ojos de Alexander brillar de dicha, ya era tarde para que su amor con Alexandrina floreciera. Ahora contaban Archie y el hijo que pronto nacería. La situación era injusta y cruel, y la sumía en una profunda desesperanza.

Un cadete de la Casa Neville llamó a la puerta del despacho y la arrancó de sus luctuosas cavilaciones. Le entregó un billete que un mensajero privado acababa de traer. Aprovechó para entregarle otro que debía hacer llegar a la posta de la Piscina de Londres, la que se ocuparía de comunicar el mensaje a la siguiente, ubicada en Woolwich, a través de un sistema de banderines. La de Woolwich, a su vez, lo pasaría a la de Erith, y así hasta la de Dover, apostada sobre el canal de la Mancha. En el mensaje solicitaba que le advirtiesen apenas divisaran el *Leviatán* de regreso de Sicilia. Concurriría al puerto a recibir a Isabella.

El recadero abandonó el despacho, y ella quebró el sello de lacre de la esquela. Era de Samantha Carrington. *Señorita Manon, como no he recibido respuesta a mi billete anterior, le pregunto: ¿ha decidido retirar la oferta que me hizo dos semanas atrás cuando visitó mi casa? Lamentablemente, no puedo ir a verla a la Casa Neville sin riesgo de que Julian o su edecán Lucius Murray me vean. Le suplico, entonces, que su señoría vuelva a visitarme. Si así no lo hiciera en los próximos días, me vería obligada a tomar otras medidas para recuperar mi capital en las que su hermana Cassandra se vería involucrada. Sinceramente suya. Samantha Carrington.*

—Tesoro, ¿qué lees con el entrecejo fruncido? —se interesó su padre.

Sentado a su escritorio, Percival Neville sostenía el informe que ella misma había redactado para convencerlo de invertir en la nueva forma de transporte, el ferrocarril. Neville se retiró los quevedos y la contempló con ojos inquisidores. Percibía que el vínculo con su padre, que una vez había considerado indestructible, estaba resquebrajándose. Se trataba de sutilezas que iban minando los cimientos de su relación. El apoyo incondicional a su yerno, el coqueteo incesante con su hermana Alba, la decisión de soslayar el perjuicio que Porter-White le había infligido al sombrerero Harris; cada acontecimiento significaba un duro golpe a la confianza que le tenía. Le había dolido que la desautorizara y que hubiese consentido a Porter-White continuar vendiendo bonos, títulos y acciones sin la necesidad de que ella lo supervisara. Pero sobre todo la había lastimado que hubiese sido su tío Charles-Maurice quien la alertase y le explicara lo de la estrategia del testamento.

—No es nada —desestimó y sonrió—. Ya preparé la letra de cambio para el hospicio de Timmy. ¿Quieres firmarla ahora?

Sir Percival consultó su reloj de leontina.

—Fírmala tú, cariño —dijo en cambio y se puso de pie.

—¿Has terminado de leer mi informe? —quiso saber, ansiosa.

—Todavía no. Pero como voy de salida, se lo daré a Julian para que él también le dé un vistazo. Estoy llegando tarde a un encuentro en White's —dijo para acallar su queja—. Me esperan el príncipe Guillermo y George Carl.

—Papá —dijo, de pronto seria—, por favor, no alimentes sus expectativas.

—Oh, no, no —desestimó mientras se ponía la chaqueta—. Julian me ha hecho ver que sería una unión muy desventajosa.

—¿Julian? —repitió, y se puso de pie lentamente, las manos apoyadas en el borde del escritorio—. ¿Qué tienes que hablar con él de mis asuntos?

—Manon —se impacientó sir Percival—, tu cuñado solo ha intercedido por ti...

—¡Sí, por supuesto, intercedido por mí, ese miserable!

—No seas vulgar —la reconvino su padre con una dureza a la que no estaba habituada—. Me ha hecho ver la improbabilidad de convencer a George Carl de que se mude a Londres y que empiece una vida aquí. Y yo no soportaría que te llevase a vivir con él al continente.

Manon, atónita, se quedó mirándolo con el gesto demudado. La influencia de Porter-White se extendía más allá de lo que había creído. Se despidió de su padre con aire ausente, todavía conmocionada. Bajó la vista y releyó las líneas de Samantha Carrington. Decidió no hacer nada, y no porque se lo hubiese prometido a Alexander Blackraven, sino porque no le importaba.

Se dejó caer en la butaca, con el ánimo hecho trizas. La Serpiente, como su abuela apodaba a Porter-White, había intercedido para impedir que el cortejo de George Carl avanzara. ¿Por qué? Ese gusano no daba puntada sin hilo. ¿Qué estaba tramando?

* * *

Tras diecisiete días de navegación, el *Leviatán* y el *Constellation* se aproximaban al puerto de Palermo en un amanecer nublado y caluroso. El sol aún no terminaba de surgir en el horizonte, y la temperatura ya se hacía sentir. Esperaba que, de acuerdo con lo pactado, los cajones con cítricos, los toneles con aceitunas y las barricas con aceite de oliva estuviesen listos en la barraca, pues pretendía estibarlos en la bodega de sus barcos antes del atardecer. Al día siguiente, 15 de agosto, celebración de la Asunción de la Virgen, nadie trabajaría; les habría sido difícil conseguir hombres dispuestos a colaborar con la carga, por muy buena que fuese la paga ofrecida.

Alexander, apostado en el puente de mando, con sus oficiales cerca de él, vislumbraba la lejanía con un catalejo. Se acercaban a buena velocidad gracias al siroco que soplaba desde el Sahara. A diferencia del puerto de Londres, no precisaban de un remolque para aproximarse a la dársena. Centró la atención en el *Constellation* y distinguió a Estevanico junto al timón, que daba órdenes a su gente con el catalejo al ojo. Al igual que él, jamás delegaba las maniobras propias de la entrada en un puerto.

Indicó a Sven Olsen que tomase rizos para disminuir el uso del velamen y de ese modo reducir la velocidad.

—Isabella —dijo a su hermana—, acompaña a Olsen y aprende.

El noruego guiñó un ojo a la muchacha, que, después de cuadrarse, abandonó el castillo de popa y marchó tras el segundo contramaestre del *Leviatán*. Se dirigieron hacia la zona de proa, donde Olsen vociferó las indicaciones. La marinería inició las operaciones de un proceso aceitado y coordinado.

Alexander apartó el catalejo y destinó un vistazo a Obadiah Murphy. El niño, tan silencioso como Mackenzie, se mantenía a su lado y observaba con una mirada inteligente. Había sufrido de mal de mar los primeros días y se lo había pasado en la enfermería, al cuidado de James Walsh, del que se había encariñado. Apenas cruzaron el estrecho de Gibraltar, el niño recobró la salud y no se despegó de su lado ni del de Mackenzie. «Hacen buenas migas estos dos», pensó al ver la manita del niño sobre el lomo greñudo del lebrel escocés. La presencia de Obadiah lo había ayudado a recuperar la ecuanimidad, de lo contrario se lo habría pasado entre amargado, rabioso y feliz como consecuencia de la carta de Alexandrina. El niño, con su inocencia disfrazada de picardía, le había arrancado más risotadas de las previstas dado el impacto que habían significado las líneas escritas de puño y letra de la mujer a la que seguía amando pese a los esfuerzos por olvidarla.

Mi adorado Alex la había encabezado, y su espíritu se había alzado, gozoso, ante la entrañable fórmula, para caer de nuevo en la desesperanza al recordar que Alexandrina Trewartha ahora era Alexandrina Neville. La había leído tantas veces a lo largo de ese viaje hasta sabérsela de memoria. Le confesaba que se arrepentía de no haber aceptado huir con él; aseguraba que deseaba volver el tiempo atrás y ser valiente para atreverse a contradecir la orden de su padre, que la obligaba a desposar a un Neville. *Las penas que estoy sufriendo jamás bastarán para expiar la culpa que siento por no haber seguido los dictados de mi corazón, que solo me hablaba de ti.*

Por momentos la lectura lo extasiaba, en otros lo sumía en una rabia oscura, de la que no se fiaba, porque conocía su capacidad destructora. ¿Qué buscaba al escribirle cuando su oportunidad estaba perdida? *Si me lo pidieses ahora, lo dejaría todo y me marcharía contigo, sin mirar atrás, sin considerar el escándalo ni la furia de mi padre, confiada en lo que tú siempre me prometías: que me protegerías de todo mal.* En cuanto al hijo de Archie, que nacería hacia finales de diciembre, Alexandrina aseguraba ser consciente de que no podría separarlo del padre, que lo querría junto a él para prepararlo como el próximo vizconde de Falmouth. *Es lo justo*, afirmaba a continuación. *No dudo de que su tía Manon, tan aficionada a Archie, y dispuesta a permanecer soltera, se ocuparía, gustosa, de su educación, lo que me complacería pues es una joven responsable, cultísima y de un gran corazón*, añadía sin sospechar la tormenta que desataba en él la mención de ese nombre.

Evocaba a Manon Neville con frecuencia, y no solo por haberla encontrado en la carta de Alexandrina. Su rostro le venía a la mente de improviso, cuando menos lo esperaba. En las instancias compartidas en las últimas semanas en Londres, había impreso una huella en él. De noche, en la oscuridad del camarote, evocaba su expresión transida por la tristeza tras la muerte de Ramabai. «Cierro los ojos y vuelvo a ver a la pobre Ramabai caer de la montura», le había dicho en un gesto de confiada entrega, que lo había hecho sentir poderoso, no sabía por qué. La sensación, sorpresiva e inesperada, como todo lo referido a la señorita Manon, aún perduraba. Lo conmovía recordar que se había preocupado por los últimos pensamientos de la desdichada princesa maratí. De modo inexplicable, lo enorgullecía su compasión por las pequeñas huérfanas Binita y Dárika. Tal vez se habría comprometido con ella si la misiva de Alexandrina no hubiese trastocado sus planes. ¿Toleraría una vida junto a Manon Neville cuando el amor de su vida estaba dispuesto a abandonar al marido y al hijo por él?

—¡Mire, capitán Alex! —lo distrajo Obadiah—. Ella está subiendo por las cuerdas de ese palo.

Alexander elevó la vista y descubrió a su hermana, que trepaba con agilidad para ocuparse de asegurar los estayes del trinquete. Iba vestida como solía cuando se embarcaba: como un hombre. Imitaba a su tía Amy Bodrugan, con chaqueta, pantalón y botas a la corsario, todo en negro. Se cubría la cabeza con un pañuelo también oscuro, que contrastaba con la larga y gruesa trenza roja que le caía por la espalda. Sintió orgullo y miedo, las dos emociones al mismo tiempo. Sin duda, llegaría a ser una gran navegante. No le costaba la lectura de los mapas y empleaba con destreza los instrumentos para medir la posición de los astros que los guiaban en la inmensidad del mar. Conocía el velamen y la utilidad de cada elemento de la estructura del clíper. Le había ordenado que controlase el barómetro cada mañana para que aprendiese a pronosticar las condiciones climáticas, como también que escribiese su propio diario de bitácora, que él revisaba y corregía por las noches. Era buena aprendiz, lo escuchaba, lo obedecía y trabajaba duramente. Al igual que había hecho su padre con él, la obligaba a realizar todas las tareas del barco; un verdadero capitán debía conocer cada rincón de la nave y cada actividad desempeñada por sus hombres. Esa mañana quería que lo acompañase al encuentro con las autoridades portuarias.

—Ese palo, como tú lo llamas, es el trinquete —explicó a Obadiah, que lo repitió entre dientes—. Ahora ve al camarote —ordenó— y pídele a Ludo que te vista con la chaqueta nueva. Me acompañarás a tratar con las gentes del puerto.

—Sí, capitán, sí —contestó el niño, y corrió a la cubierta inferior después de ejecutar una venia con seriedad.

Dimas Burgos, el velero del *Leviatán*, un valenciano experto en la fabricación y reparación de velas, le había confeccionado algunas prendas en nanquín y en liencillo, pues Estevanico había ordenado, tras obligarlo a darse un baño, que quemasen sus andrajos escabiosos. Como también había dispuesto que arrojasen sus zapatos a la basura, Ratana Maya, el guarnicionero tailandés, le había hecho un par de botas, que el niño lucía con orgullo pese a las ampollas que le procuraban, y que Jimmy Walsh curaba y vendaba todos los días. Jimmy también se ocupaba de enjuagarle el cabello con vinagre, por lo que Obadiah había dejado de rascarse la cabeza. Isabella le daba lecciones de esgrima en el alcázar, que Alexander consentía porque era su interés que el niño aprendiera a defenderse y también para que los marineros fuesen testigos de la habilidad de su hermana con el florín. Bogdán Súbotiv, un cosaco tártaro que se desempeñaba como el carpintero de la nave, había construido una diana, que terminó colgada en el palo mayor, para que Obadiah aprendiese a tirar con el arco y la flecha. De nuevo, la gran puntería de Isabella, que aun a él asombraba, causaba admiración entre la marinería y le granjeaba un respeto que, dada su condición de mujer, habría sido difícil conquistar de otro modo.

Su hermana se presentó de nuevo en la toldilla.

—Quiero que me acompañes a la capitanía del puerto. Voy a tratar con las autoridades. Quiero que calles y que escuches.

—Sí, Alex —murmuró.

Resultaba extraño verla tan seria y predispuesta a obedecer.

—Inmediatamente después comenzaremos con la carga —agregó—. A más tardar mañana al mediodía quiero emprender el regreso. Los cítricos no durarán mucho en la bodega con este calor. Quiero que participes en la estiba pues me interesa explicarte la cuestión del lastre.

—El lastre es el peso que colocamos en la carena para estabilizar el barco, ¿verdad?

—Exacto. Como viajamos hasta aquí con las bodegas vacías, lo hemos hecho *en lastre* —remarcó Alexander—. Pero ahora que llenaremos la bodega, es importante no alterar el centro de gravedad para evitar perder la estabilidad y el equilibrio. Te enseñaré a calcular el par de adrizamiento, para que el barco tienda a recuperarse lo más rápido posible en caso de que se adrice, sea a babor o a estribor.

James Walsh se presentó en la toldilla con Obadiah Murphy. Aunque simuló no darse cuenta, Alexander percibió las miradas que intercambiaron su amigo y su hermana. ¿Cuánto duraría esa tensa espera antes de que todo saliera a la superficie? No mucho con una como Isabella. Quería y admiraba a Jimmy, habilísimo cirujano y excelente persona, aunque hijo de un pirata y de una antigua prostituta. ¿Le pesaban sus orígenes al imaginarlo como el esposo de su hermana? ¿Qué diría su padre si llegase a saberlo?

—¿Y a ti qué te pasa que traes esa cara? —preguntó Isabella al niño, y lo sujetó por el mentón para obligarlo a que la mirase.

—Ludo me puso perfume y ahora huelo como una niña —replicó, y, con un movimiento de cabeza, se quitó de encima la mano de Isabella.

El valet lo había acicalado con esmero; Obadiah estaba impecable. Desde que se lavaba con frecuencia y que Ludovic lo peinaba con una coleta, se apreciaban sus facciones bastante regulares.

—Si te refieres a mi agua de Colonia —dijo Alexander—, le diré a mi madre, que fue quien me la regaló, que la consideras una cuestión de niñas.

—¿Te la regaló la duquesa Melody? —preguntó, con el ceño apretado, y Alexander se limitó a asentir. El niño se olió la manga de la chaqueta con difidencia—. No huele tan mal —admitió—, al menos ya no me parece tan de niña, capitán.

Los adultos rieron. El primer y tercer oficial, Olaf Ferguson y Al-Saffah, se presentaron en el puente de mando para informar acerca de las últimas novedades previas al atraco. Alexander dio unas órdenes al timonel y se concentró en los siguientes momentos, mientras el clíper, a baja velocidad, ingresaba en el puerto. Los demás guardaron silencio en tanto el capitán mismo vociferaba las órdenes, que Sven Olsen, ubicado en el alcázar, se ocupaba de repetir.

Tras haber echado anclas, con el *Leviatán* seguro en el puerto, Alexander observó que el *Constellation* los seguía a distancia prudente y que maniobraba para ocupar el sitio que el comando del puerto le había indicado con un gallardete que flameaba en la torre del edificio de la aduana.

—Isabella, emplea el heliógrafo para comunicarte con el capitán del *Constellation*. Infórmale que en media hora nos encontraremos en la oficina del director del puerto.

—Sí, capitán —respondió con la formalidad que empleaba en presencia de los oficiales, y se retiró unos pasos para maniobrar el instrumento arrizado junto a la bitácora.

—Ferguson, Al-Saffah —los llamó Alexander—, quiero la carga completada y el matalotaje y el agua listos en la bodega antes de mañana al mediodía.

—Sí, capitán —respondieron los aludidos.

—Destinen unas cincuenta libras de naranjas y de limones para la tripulación del *Leviatán* y del *Constellation* —ordenó Alexander.

—Nada mejor para combatir el escorbuto, capitán Alex —apuntó Al-Saffah.

—Recuerden la calidad del agua —subrayó tras intercambiar una mirada con James Walsh—. En Palermo hay excelentes fuentes de agua pura.

—Sí, capitán —volvieron a responder los oficiales antes de cuadrarse y de descender las escalerillas a paso rápido para ocuparse de sus obligaciones.

—Al-Saffah —lo llamó, y el árabe regresó al castillo de popa—. Dile a Apollo Baros que se sumerja para constatar el estado del casco. Supe que en un astillero de la Isla de los Perros descubrieron gusano de barco. No quiero sorpresas desagradables. Que haga lo mismo con el casco del *Constellation* después de pedirle autorización al capitán Estevanico.

—A lo orden, capitán.

—¿Qué le mandaste hacer a Apollo? —se interesó Obadiah, muy curioso de lo relacionado con la tripulación y sus oficios.

—Apollo Baros es un habilísimo buceador y experto calafate —explicó Blackraven—. Nació en una isla de Grecia y, desde muy niño, se sumergía varios pies en el Mediterráneo para buscar ostras con perlas. Ahora se sumergirá para comprobar que el *Leviatán* no tenga roturas en el casco ni moluscos que devoren su madera.

—¿Y qué quiere decir lo otro? —persistió Obadiah—. ¿Cafama...?

—Calafate —lo corrigió Alexander—. Significa que si Apollo ve un orificio en el barco, lo tapará con una mezcla hecha con hilos, trapos y brea. Es para evitar que el *Leviatán* embarque agua y nos hundamos.

—¡Yo no sé nadar! —se asustó el niño.

Alexander rio por lo bajo y le apretó el hombro en señal de conforto. El niño dio un paso atrás para romper el contacto.

—Si no sabes nadar —dijo Alexander—, tendremos que enseñarte.

Aunque se tratase de un estorbo, pues negociar con las corruptas autoridades portuarias no resultaba fácil, llevaría a Obadiah Murphy con él. No se atrevía a dejarlo en el barco, aunque fuese bajo la custodia de Ludovic, pues había gente nueva entre la tripulación: habían reemplazado al alcalde del agua y contratado a dos marineros poco antes de zapar, tras haber expulsado a un par por haber iniciado una riña. Habría podido encargárselo a Jimmy, pero enseguida lo desestimó; sabía que su amigo se perdería en las callejas de Palermo en busca de boticas, herbolarios y sanadores, y que Obadiah se convertiría en una carga.

Tras haber presentado los conocimientos de embarque y los demás documentos de ambos clíperes y de haber pagado un soborno que les consentiría continuar con sus negocios en el puerto de Palermo, Alexander y Estevanico, escoltados por Isabella y el niño, se reunieron con el capataz de la finca de los Di Bravante, la familia de su abuela.

El hombre se quitó la boina y saludó al conde de Stoneville con sumisa actitud. En un español cargado de expresiones y de palabras en siciliano, le informó que había concurrido con varios campesinos para ayudar a estibar la cosecha.

* * *

Esa noche, Alexander invitó a la oficialidad del *Leviatán* y del *Constellation* a cenar en su antecámara. Estaban de buen ánimo; gracias a la mano que les habían echado los peones de la finca, completaron la carga antes de lo previsto.

Como se disponían a levar anclas con los primeros rayos del sol, Alexander dio por terminada la cena alrededor de las diez y media. Acompañó a Estevanico y a sus oficiales hasta el portalón de estribor. El capitán del *Constellation* se rezagó un poco y se detuvo al inicio de la plancha.

—¿En qué piensas? ¿Qué te tiene tan preocupado?

—Se trata de lo que me dijo Artie antes de zapar —respondió Alexander—, que es improbable que el tribunal dé crédito al testimonio de un ladronzuelo como Obby. Lo pondremos en evidencia y, por ende, su vida correrá en vano un peligro enorme.

—Entonces —razonó Estevanico—, que Artie no revele quién es el testigo del que habla Goran en sus artículos. Mantenlo a tu lado para protegerlo, pero no lo expongas inútilmente. Tal vez llegará el día en que Obby se cruzará con el hombre al que vio emerger entre los tejos y podamos saber quién está detrás del asesinato de la princesa Ramabai.

Alexander, apoyado en la borda, observaba las luces titilantes de la milenaria ciudad de Palermo.

—Quizá ese día nunca llegue —masculló Alexander— y Trewartha nunca pague por su crimen.

Estevanico guardó silencio mientras estudiaba el perfil de su hermano, recortado en la penumbra de la noche.

—¿A qué se debe tanto pesimismo? Te noto preocupado —persistió—. La carga ha ido muy bien…

—Antes de zapar, iba a pedirle a Manon Neville que se convirtiera en mi esposa —declaró repentinamente.

—Oh —se sorprendió Estevanico—. Estimo que no lo hiciste —conjeturó.

—No lo hice, no. Ese día, Mathews me entregó una carta. De Drina —añadió.

Tras un silencioso intercambio de miradas, Estevanico asintió y apartó la vista, que perdió en la lejanía.

—Me alegro de que no le hayas pedido a la señorita Manon que se convirtiese en tu esposa. La habrías hecho sufrir inmensamente al romper el compromiso.

—No he dicho que no la pediré en matrimonio —replicó Alexander con la voz endurecida.

—Engaña a tu conciencia si quieres —dijo Estevanico de buen modo—, pero no a mí, que te conozco como la palma de mi mano. Y como también conozco a Alexandrina Trewartha, sé que te pidió que la rescatases de un matrimonio que detesta, sin pensar en las consecuencias, en especial sin consideración al dolor y al perjuicio que le causará a Archie. Así es ella, egoísta y caprichosa. También sé que tú estás meditando seriamente acatar su pedido. —Estevanico estudió la expresión pétrea de Alexander y rio con tristeza—. Aunque para otros sea difícil adivinar lo que se esconde tras la máscara que siempre usas, yo te conozco desde que naciste, y sé que en este instante tienes deseos de degollarme.

Alexander farfulló un insulto entre dientes y golpeó la borda con los puños. Tenso, se quedó mudo con la mirada fija en la nada.

—Aún la amo —confesó.

—Amas la idea ilusoria que te forjaste de ella —rebatió Estevanico—. Tal vez un día te permitas verla realmente como es. Ese día, comprenderás que no está a tu altura. Creo que solo la señorita Manon lo está —afirmó en voz baja antes de abandonar el *Leviatán*.

* * *

Había llovido por la mañana y el bochorno de los últimos días había cedido. Corría una agradable brisa esa tarde de finales de agosto en los Jardines de Vauxhall. Manon iba sentada junto al príncipe de Talleyrand en un faetón, propiedad de la embajada francesa. En los asientos frente a ellos se ubicaban la duquesa de Dino y su hija Pauline. Los escoltaban dos soldados franceses con el uniforme de la Guardia Nacional.

Manon les contaba acerca del viaje a París emprendido por su tío Leonard y Masino Aldobrandini. Planeaban adquirir en bloque la colección de la duquesa de Berry, que contaba con unos manuscritos medievales y del Renacimiento de un valor inestimable.

—Tío Leo asegura que hay originales de Mozart, apuntes de Galileo Galilei y una de las once copias que quedan de la Biblia estampada por Gutenberg.

—Creo recordar —apuntó Talleyrand— que María Carolina...

—¿Quién es María Carolina, tío Charles-Maurice? —quiso saber Pauline.

—No interrumpas a tu tío cuando está hablando —la amonestó la madre.

—No es nada, querida —aseguró el embajador francés—. María Carolina es la duquesa de Berry, cariño. Como te decía, querida Manon, creo recordar que María Carolina contaba entre sus obras más preciadas con un diseño a la carbonilla de Adán y Eva de Dürer.

Prosiguieron hablando acerca de los tesoros acumulados por la duquesa de Berry, caída en desgracia tras la Revolución de Julio. Se detuvieron a pedido de Pauline, atraída por una *troupe* de saltimbanquis, que realizaba ejercicios acrobáticos y otras proezas. La niña y su madre descendieron y se aproximaron a los artistas. Manon, que conocía la dificultad de Talleyrand para subir y bajar del faetón dado su pie maltrecho, aseguró que deseaba permanecer en el coche.

—¿Tío Charles-Maurice? —llamó en voz baja.

—Dime, cariño.

—He meditado mucho acerca de lo que hablamos aquella tarde en tu casa.

—Es lógico —concedió el francés—. No pienses que no sé que fue abrumador escuchar lo que te referí dos semanas atrás.

—Estoy muy agradecida contigo, siempre lo estaré. Pero necesito preguntarte algo.

—Adelante —la animó Talleyrand—, pregunta lo que sea.

—Te presentaré una hipótesis, la misma que mi abuela te formuló aquella tarde en la embajada, pero que yo, en mi aturdimiento, no estimé en su total magnitud.

—Adelante —la instó el ministro francés.

—Si yo muriese antes que papá —conjeturó Manon—, esto lo obligaría a cambiar el testamento y dejarle a Archie la Casa Neville, ¿verdad? —El diplomático francés respondió que sí—. Entonces, la vida de Archie estaría en peligro.

—Sí —afirmó el francés—, porque, si a su vez tu hermano muriese antes que tu padre, entonces Percival testaría a favor de su nieto, el hijo de Archie, o bien de Cassandra, si su nieto no sobreviviese a la infancia, y de ese modo Porter-White echaría mano al gran botín. —Talleyrand le sonrió y le palmeó la mano—. Pero eso no ocurrirá, tú no morirás antes que Percy. Thibault conoce la situación mejor que nadie y te cela con la ferocidad de un león.

—La fortuna Neville es una maldición —susurró Manon.

El anciano recobró una seriedad melancólica y suspiró.

—Cariño, con fortunas como la de tu familia, nunca se puede estar a salvo del todo, esa es la verdad. Siempre he intentado hacértelo comprender, como cuando cumpliste dieciocho años y te regalé las pequeñas pistolas.

—Admito que no capté tu intención cuando me las entregaste aquel día.

—Ahora lo sabes y me complacería que las llevases siempre contigo.

—Lo haré —prometió Manon, y cayó en un silencio meditabundo.

—¿En qué piensas? —se interesó el anciano francés.

—En el lema de mi familia, «*Ne vile velis*». Pienso en qué difícil es cumplirlo cuando hay tanta riqueza de por medio.

Los atrajeron los aplausos suscitados por las piruetas de los saltimbanquis. Durante unos minutos, admiraron el espectáculo en un plácido mutismo.

—Conoces la verdadera naturaleza del vínculo entre Leonard y Aldobrandini, ¿verdad, querida?

Manon apartó la vista de los acróbatas y la volvió hacia el francés.

—¿A qué te refieres, tío Charles-Maurice? Son amigos desde antes que...

—Son amantes —declaró, y se quedó mirándola, estudiándola con ojos aguzados. Le sujetó la mano y se la friccionó—. Te has puesto pálida. No deberías. Existen muchos modos de amar.

—Es ilegal —farfulló Manon, asustada—. Tío Leo está casado —recordó de pronto.

—Solo una fachada —aseguró el diplomático francés.

—¿Tía Anne-Sofie lo sabe? ¿Crees que lo sepa? Oh, pobrecita.

—Debe de sospecharlo. —Tras una pausa, Talleyrand dijo—: Quizá fui yo el culpable de que tu tío Leonard se viese obligado a desposar a Anne-Sofie. —Manon pronunció el ceño, desorientada—. Verás, querida, cuando Masino comenzó a desempeñarse como tu tutor, yo le dije a Charlotte...

—¿Charlotte? —lo interrumpió Manon—. ¿Mi tía Charlotte?

—Sí, ella —confirmó el francés—. Charlotte, que detestaba a tu madre, pretendía ensuciar su buen nombre con una calumnia, que tu madre y Masino eran amantes. Viviendo bajo el mismo techo y siendo Aldobrandini tan bien parecido, le ofrecían las circunstancias perfectas para reforzar el chisme. Yo le revelé, entonces, que Masino era un sodomita y que lo habían expulsado del Palatinado al descubrirse que mantenía un amorío con uno de los secretarios del príncipe elector.

—¡Oh! —se pasmó Manon.

—Probablemente Charlotte le contó a tu tío David lo que yo le había referido acerca de las preferencias de Masino. Como se los veía siempre juntos, a tu tío Leonard y a Masino —aclaró—, no fue difícil imaginar en qué andaban esos dos. Estas voces cruzaron el canal y llegaron a oídos de tu abuelo. Bueno, ya puedes imaginar el resto.

—Sí —susurró Manon—, puedo imaginarlo.

—Leonard resistió soltero todo cuando pudo, hasta que finalmente claudicó. Era importante que lo supieras. La información es el bien más valioso con el que contamos, más que el dinero, que el oro. Tu abuelo, que es listo como un zorro, lo sabe muy bien, por eso mandó construir esa red de postas que se extiende desde Dover hasta Londres.

—¿Por qué era importante que lo supiera? ¿De qué modo puede servirme esta información?

—Esa es la cuestión con la información, nunca sabemos cuándo se demostrará útil. No ocupa espacio, por lo que no hay problema de acumularla. —El anciano chasqueó la lengua al notarla aturdida—. Cariño, no era mi intención trastornarte.

—Esta es la verdadera razón por la que Masino nunca se apartó de mi lado.

—Oh, no, no —rebatió Talleyrand—. Aldobrandini te adora, y eso nunca cambiará. Podría vivir en cualquier sitio, de eso no depende su relación con Leonard. Si se quedó contigo es porque eres como una hija para él. Fuiste muy afortunada de contar con su guía y con su enorme sapiencia y vastísima cultura.

—Lo sé.

—Esto no debe cambiar un ápice tu cariño por Aldobrandini —remarcó el francés—. No es él tu enemigo.

Manon regresó su atención a la *troupe* de artistas cuando en realidad pensaba en su querido maestro y en su tío favorito. De repente, tantas actitudes y comportamientos adquirían sentido.

—Gracias por contármelo, tío Charles-Maurice.

—De nada, cariño.

Se decidió a interrogarlo por otro asunto que desde hacía tiempo deseaba consultarle.

—¿Qué sabes de la situación en el Río de la Plata?

—Un gran caos, como lo son casi todas las antiguas colonias de la España. En cuanto al caso específico de Buenos Aires, sé que el país está desunido. Una vez se hicieron llamar Provincias *Unidas* del Río de la Plata. Ya no lo están; unidas, me refiero. Ahora las distintas regiones se erigen como especies de feudos, enemistados unos con otros, cada uno con su señor, que gobierna con mano de hierro. Creo que la llaman Confederación Argentina. —Talleyrand sonrió con una mueca irónica antes de añadir—: En honor a la verdad, querida Manon, son los ingleses los responsables del gran caos en el Río de la Plata y en el resto de la región.

—Pese a que no sé nada de los negocios de mis compatriotas en América del Sur, no me sorprende lo que afirmas, tío Charles-Maurice.

—Después de que los rioplatenses se resistieran en dos oportunidades a la invasión británica, lord Castlereagh y Canning se decidieron por la vía diplomática, menos ruidosa que la bélica, pero tan o más eficaz. Los británicos dominan el panorama político y económico de la región.

—¿Tanto así? —se sorprendió Manon, y Talleyrand cerró los párpados lentamente y asintió.

—¿Por qué me preguntas por el Río de la Plata?

—Hurgué la correspondencia de mi cuñado… —Talleyrand alzó las cejas, y sus ojos chispearon, divertidos—. No es algo de lo que me enorgullezca.

—Tú estás en guerra con ese tipejo —la justificó el francés—. Debes echar mano a lo que consideres necesario para defenderte o para atacar. Prosigue.

—Encontré una carta de un tal Juan Facundo Quiroga, hombre de aquellas tierras, al parecer un militar. De la lectura surgió que entre Porter-White y el tal Quiroga existía un entendimiento para la explotación de un cerro.

—Eso explicaría el viaje de tu cuñado al Río de la Plata tiempo atrás —comentó Talleyrand—. Nunca terminó de cuadrarme lo que él aducía, que volvía para visitar a su familia. Es hábil —concedió—. Quiere dedicarse a la minería, negocio que, además de rentable, otorga un gran poder.

—Si ese es su deseo —comentó Manon—, no podrá cumplirlo, pues en la carta Quiroga se echaba atrás con lo de la explotación del cerro. Lo importante en este asunto es que dudo de que Porter-White haya participado a mi padre en el negocio. Él me lo habría mencionado.

Talleyrand bajó la vista y se quedó meditabundo.

—Tiempo atrás —habló repentinamente—, diría un par de meses, pero no estoy seguro, leí en el *Morning Chronicle* que habían asesinado a un geólogo recién llegado del Río de la Plata.

—No lo sabía —balbuceó Manon, desconcertada—. Es extraño, porque leo los periódicos todos los días.

—Te concentras más en las cuestiones financieras —la justificó Talleyrand—. Entiendo que Scotland Yard no descubrió quién o quiénes lo hicieron.

—¿Crees que esté relacionado con esto que acabo de contarte?

—Querida Manon, si algo me enseñó la vida es que *nada* es casualidad. ¿Has vuelto a hurgar entre la correspondencia de tu cuñado? —preguntó sin darle tiempo a asimilar lo anterior.

—Mi abuela revisa la que llega diariamente a Burlington Hall, pero no ha detectado nada digno de mención. En cuanto a mí, no he vuelto a reunir el coraje para hacerlo en su oficina.

Talleyrand asintió con aire pensativo.

—Si tu cuñado es el ladino que sospecho —conjeturó—, dudo de que guarde la correspondencia en la sede de la Casa Neville. Demasiada gente, demasiado movimiento. Estaría muy expuesto —resolvió—. Es probable que la guarde en sus habitaciones privadas o en algún otro sitio al que nadie se le ocurriría como un posible escondite. La casa de una amante, tal vez. No te muestres sorprendida, querida. Lo de la amante no es una suposición disparatada. Un tipo como Porter-White es previsible en algunos comportamientos.

A punto de referirle el encuentro con Samantha Carrington, decidió callar. No quería enredar aún más los hechos; deseaba volver al tema del geólogo asesinado.

—El lunes le pediré a mi asistente que concurra a la redacción del *Morning Chronicle* e indague sobre este tema —prometió Talleyrand.

Manon, por su parte, se propuso preguntarle a Goran Jago.

—¿Crees que debería contarle a mi padre lo que sé? No me he atrevido hasta ahora porque tendría que confesarle que hurgué entre las cosas de Porter-White y temo que se enfadará conmigo.

—Considero que deberías reunir más información, pruebas sólidas que lo expongan como el truhan que es —aconsejó Talleyrand—. Por ahora no cuentas con nada, solo indicios. El mismo lunes por la mañana, y sin aguardar los resultados de la pesquisa del asistente de Talleyrand, Manon envió a Thibault a Grosvenor Place con un billete para Goran Jago. Belloc regresó una hora más tarde. Manon ya estaba lista para que la condujese a lo de Samuel Bronstein en su oficina de Bloomsbury Square. Si el detective se sorprendió al verlos en el umbral de su puerta, no lo manifestó. Los invitó a pasar. Subieron al primer piso, donde se encontraba el despacho. Ofreció té, que Manon declinó.

—Señor Bronstein, disculpe que haya venido sin advertirle y tan temprano.

—Ningún problema, señorita Manon. Me alegro de que me haya encontrado en casa. ¿De qué modo puedo asistirla?

—Necesito confirmar una información. —Bronstein la invitó a hablar con un asentimiento silencioso—. Hace dos meses, tal vez un poco más, asesinaron a un geólogo recién llegado de Sudamérica. ¿Conoce usted el caso?

Tras un instante de mutismo, el investigador volvió a asentir.

—Lo leí en los diarios —agregó—. Fue el 23 de junio.

—Tiene usted una excelente memoria —apuntó Manon.

—En un oficio como el mío, la falta de memoria es imperdonable.

—¿Qué más puede decirme? ¿Recuerda su nombre?

—Francis Turner.

—Francis Turner —repitió en un murmullo—. El nombre no me dice nada. ¿Se conoce qué asunto lo había llevado hasta Sudamérica?

—No se lo mencionó en la prensa, que yo recuerde.

Manon bajó la vista y guardó silencio, en la actitud de quien medita.

—Señor Bronstein, en el pasado le he pedido en dos ocasiones que siguiera a mi cuñado, el señor Porter-White. —El investigador asintió con los ojos aguzados—. Me gustaría, si es posible, que aceptase reiniciar el seguimiento.

—¿Puedo preguntar si existe un vínculo entre este pedido y la muerte de Turner?

—No lo sé —admitió—. Solo sé que Porter-White recibió una carta de Sudamérica fechada el 1° de abril de este año en la que un tal Juan Facundo Quiroga le decía que no seguiría adelante con el plan para explotar el *cerro*.

—¿El cerro? —Manon asintió—. ¿Podría ver la carta?

—No es posible. La tuve en mis manos durante pocos segundos.

—Entiendo.

Bronstein se puso de pie y se dirigió a su escritorio. Introdujo la péñola en el tintero y le pidió a Manon que repitiera los datos y que le deletrease el nombre de Quiroga. Minutos más tarde, los escoltaba, a ella y a Belloc, a la planta baja. Se despidieron rápidamente.

En tanto abría la portezuela del carruaje y la asistía para subir, el gascón susurró:

—Bronstein sabe más de lo que dice.

Al llegar a la sede del banco, Manon se encontró con que Goran Jago la esperaba en la salita de la planta baja. Nora ya le había servido un café y bocaditos de tofe. Se saludaron con la confianza nacida en los tiempos de Penzance, cuando Manon asistía a la escuela dominical en la que Donald Jago, el padre de Goran, le enseñaba los rudimentos de la religión anglicana.

—¿Por qué te molestaste? Te decía en mi billete que enviaría a Thibault a buscarte.

—Me ha hecho bien la caminata —afirmó Goran—. Admito que me sorprendió tu nota. Me puse en marcha de inmediato. Fui hasta la sede de *The Times* y hablé con el colega que se ocupó del caso. —Extrajo un ejemplar de un cartapacio de cuero que descansaba en el sofá junto a él—. Lo encontrarás en la primera página —señaló.

Manon, incapaz de esperar, comenzó a leer. *«El conde de Stoneville, gran amigo de la víctima, se encargó del coste del funeral. Fuentes acreditadas afirman que también entregó una generosa suma a la madre del difunto Turner».* Thibault había acertado: Samuel Bronstein no le había dicho toda la verdad; había omitido una pieza fundamental de información al callar el vínculo entre el geólogo y Alexander Blackraven.

—Aquí asegura que era amigo del conde de Stoneville —comentó con aire indiferente.

—Se conocieron en Trinity College —afirmó Jago—. Estudiaban juntos Matemática y Física. Francis era también amigo de Benjamin Godspeed, tu empleado —acotó.

—Se menciona que acababa de llegar del Río de la Plata. ¿Qué sabes de eso?

—No más de lo que alude el artículo —replicó el periodista—. ¿Puedo preguntar por qué te interesa este asunto?

Se pasó la mano por la frente, agobiada y confundida.

—Todavía no logro establecer una relación entre la muerte del geólogo y otra cuestión. —Rio con aire cansado—. Tal vez no exista, por eso prefiero no dar más detalles.

—Comprendo —aseguró el periodista, y se puso de pie.

—Si te enterases de algo, Goran, ¿podrías mandar aviso? —pidió Manon, y abandonó el canapé para acompañarlo hasta la salida.

—Lo haré —aseguró el periodista.

Porter-White, que entraba con Lucius Murray a la zaga, se detuvo para saludar.

—¿Se ha sabido algo acerca del lamentable accidente de la princesa maratí? —se interesó su cuñado, y Manon, que ni siquiera toleraba el aroma dulzón de su colonia, deseó no habérselo cruzado.

—Eso no ha sido un accidente —refutó Goran Jago con gesto agresivo.

Porter-White le imprimió una mueca de asombro a su expresión.

—Creí que se había tratado de una caída producto del desbocamiento del caballo.

—Desbocamiento provocado —replicó el periodista.

—Pido disculpas. No he seguido con detenimiento el caso. ¿La policía ya ha establecido quién es el culpable?

—No aún —respondió Goran con resentimiento—. Nada bueno puede esperarse de esos estólidos. Ahora me despido.

—Permite que Thibault te lleve en coche.

—Te agradezco, Manon, pero tengo que regresar al periódico, y ya sabes, Fleet Street está aquí, a dos pasos.

—¿Manon? —repitió burlonamente Porter-White una vez que Goran Jago se hubo marchado—. ¿A qué se debe tanta confianza, querida cuñada? ¿Acaso ese periodista de poca monta es tu amante?

Manon se recogió el ruedo del vestido y se alejó a paso rápido hacia la escalera. Subió corriendo. «Estoy huyendo», admitió. La Serpiente, más que asco, le causaba un terror visceral. Se dirigió al retrete, donde encontró a Nora cambiando las toallas. La muchacha se acercó con presteza.

—Señorita Manon, luce muy pálida. ¿Se siente bien?

—Subí a la carrera. No te preocupes, Nora. Ve y dile a Thibault que deseo verlo en mi despacho.

La joven ejecutó una reverencia y abandonó el retrete a paso rápido. Era incondicional de Manon, que le había dado trabajo pese a que su anterior patrona, una condesa con la reputación de viciosa y de malvada, la había despedido sin referencias después de que Nora se quejase de que el conde vivía manoseándola.

Manon mojó un trozo de paño en el agua fresca de la jofaina y se lo aplicó sobre las sienes. Se miró al espejo. Su natural palidez se había acentuado. No se permitiría desfallecer. Apretó los ojos para evitar que brotasen las lágrimas. ¿Qué estaba sucediendo? ¿Por qué tenía la impresión que su mundo, amoroso y protector, se derrumbaba?

—Tenías razón —dijo a Thibault, que la aguardaba en el despacho—. Bronstein no decía toda la verdad.

Sir Percival había concurrido a una cita con su sastre en Jermyn Street, por lo que se encontraban a solas.

—¿A qué te refieres?

—Turner era amigo íntimo del conde de Stoneville. También lo era de Godspeed.

—¿*Nuestro* Godspeed? —se asombró Belloc.

—Sí, *nuestro* Benjamin Godspeed. Pero he desistido de interrogarlo. Será lo mismo que con Bronstein y con Goran Jago. Cerrará filas y nada me dirá. Son más fieles a Alexander Blackraven que a mí.

—Entonces, tendrás que preguntárselo a él —sugirió Belloc, y le extendió una nota.

Provenía de la posta de Dover y, con fecha de ese día, 2 de septiembre, anunciaba el avistamiento del *Leviatán* y del *Constellation*. La sobrecogió una emoción que se reflejó en la sonrisa que le despuntó sin que ella se diese cuenta. Belloc carcajeó por lo bajo.

—¿Cuánto tiempo para que lleguen al puerto de Londres? —preguntó con entusiasmo.

Belloc extrajo el reloj de oro, regalo de Manon, y lo consultó.

—Estimo que estarán atracando a última hora de hoy, si las condiciones del tiempo siguen tan buenas como hasta ahora.

Manon asintió, tras lo cual sus labios volvieron a endurecerse.

—Quería verte por otra cuestión. Es preciso que descubramos dónde guarda la correspondencia Porter-White. Sospecho que tiene otro escondite. Tal vez en casa, en su habitación.

—Tu abuela y yo nos ocuparemos —prometió el gascón.

Capítulo XV

A última hora de ese lunes 2 de septiembre, Manon todavía se encontraba en la Casa Neville. Escribía a su tía Anne-Sofie, que había partido hacia Cornualles un mes atrás en compañía de sir Alistair. Desde que Talleyrand le había revelado la verdadera naturaleza del vínculo entre su tío Leonard y Tommaso Aldobrandini, experimentaba una gran compasión por la mujer. Tal vez por fin se había dado cuenta de las inclinaciones de su esposo y por esa razón se le había resentido la salud. En su misiva le preguntaba si la «señora irlandesa» había vuelto a importunarla. *Si lo ha hecho*, le escribió, *me gustaría que me lo dijeses. Me haría cargo de la cuestión sin hesitar*, recalcó, porque no deseaba que, a la triste vida de Anne-Sofie, se sumase otra preocupación. De algún modo se proponía compensarla por el engaño de Leonard Neville.

Thibault Belloc entró en el despacho cerca de las ocho. La ayudó a ponerse la ligera esclavina de seda blanca y la capota de ormesí rosado, regalo del sombrero Harris, y que iba a tono con el vestido. Salieron a Cornhill Street. Había mucha gente, que aprovechaba la luz solar, pese la hora tardía. Aunque hacía calor, se trataba de un agradable atardecer. Belloc la asistió para subir al carruaje. Antes de cerrar la portezuela, le entregó las dos pistolas «de manguito», regalo del príncipe de Talleyrand, con empuñadura de nácar y notoriamente pequeñas.

—Las limpié hoy. Están cargadas. Tú sabes cómo usarlas —afirmó, y le indicó que las guardase en la escarcela—. Cruzaremos el Wapping, el barrio de los marineros —le recordó—. Quiero que estés alerta.

Alcanzaron la zona portuaria en la Piscina de Londres sin inconvenientes. La sorprendió la cantidad de hombres que se congregaban en las dársenas. Dedujo que aguardaban la llegada de los clíperes de la flota Blackraven para proceder a la descarga. Identificó también las carretas de los comerciantes que venían a recoger los cítricos, que revenderían en el mercado de Covent Garden, en el de Spitalfields o en el que se hallaba a pocos pasos, el de Billingsgate. También advirtió el arribo de varias gabarras y otras embarcaciones más pequeñas que transportarían la carga a las ciudades que se extendían a lo largo del Támesis.

Se alzó un murmullo entusiasta ante la aparición de los mástiles del *Leviatán* y del *Constellation*. El corazón de Manon batió con fuerza. Tomada del brazo de Thibault, no se percataba de que le apretaba la carne con la mano enguantada. El hombre se la cubrió con la de él.

—Estás muy bonita —la elogió.

—Gracias, Thibaudot. También estoy muy nerviosa, y no sé por qué. Se supone que vengo a recibir a mi querida amiga Ella.

—Se supone —repitió el gascón con risa en la voz.

* * *

Un grupo de marineros se ocupó de extender la plancha que conectaba el clíper con el muelle y se procedió al descenso. Los responsables del cabrestante se disponían a descargar los bultos más pesados, como las barricas con aceite de oliva y los toneles con aceitunas en salmuera. La labor les llevaría gran parte de la noche.

De pie junto a la borda, Alexander se alegró al comprobar que los clientes habían concurrido a retirar los pedidos. Salvo la parte reservada para el consumo familiar, liquidarían el embarque en las próximas horas. Paseó la vista entre la multitud de estibadores y comerciantes; buscaba al jefe de la barraca; quería que se ocupase de la documentación aduanera.

La descubrió en medio del gentío. Tomada del brazo de Belloc, se ponía en puntas de pie y atisbaba la tripulación del *Leviatán*.

—¡Manon ha venido a recibirme! —exclamó Isabella.

—¿Dónde? ¿Dónde? —se entusiasmó Obadiah, y su hermana se la señaló.

El niño bajó corriendo por la plancha llamando a gritos a la señorita Manon. Se quedó quieto junto a la borda, aguardando el instante en que Manon Neville descubriría que el niño se precipitaba hacia ella. No se detuvo a analizar por qué juzgó importante el encuentro, o más bien, la reacción de la joven. Sonrió al ver cómo se le iluminaba el rostro al reconocer al pobre huérfano. No la oyó, pues el alboroto en el puerto acallaba las voces, pero le leyó los labios. La vio decir, muy animada, «querido Obby». Ante su asombro y el de Isabella, el niño se lanzó a sus brazos.

—Míralo a ese ingrato —masculló su hermana—. Más arisco que un gato con nosotros, y con Manon se comporta como un cachorrito juguetón. Vamos a saludarla —propuso, y comenzó el descenso por la plancha.

—Así que te habías embarcado en el *Leviatán* —escucharon que le decía Thibault Belloc en tanto se acercaban—. Pero mira, Manon, qué elegante está nuestro Obby. No te habíamos reconocido.

—Thibaudot y yo estábamos preocupados, Obby. Como no te presentabas en la puerta de la bolsa, Thibaudot vino a buscarte al puerto. Tus amigos no supieron darle tus señas.

—El capitán Alex me llevó con él —explicó el niño al verlo llegar—. Dice que tengo pasta de navegante —añadió.

Isabella, infringiendo las normas sociales, abrazó a su amiga y la besó en ambas mejillas. Manon, acostumbrada a la exuberancia de la menor de los Blackraven, no se incomodó. La contempló de arriba abajo; todavía iba vestida como un hombre, e incluso de esa guisa seguía pareciéndole una de las jóvenes más hermosas y femeninas de entre sus conocidas.

No se atrevía a apartar la mirada del rostro bronceado de su querida amiga. Temía encontrarse con los ojos del único hombre que le provocaba esa confusa mezcla de emociones. Lo oyó intercambiar un saludo cordial con Thibault. Su voz grave también la afectaba. Con la barba crecida, como solía llevar tras una larga travesía, le resultaba aún más atractivo. Por fin, dirigió la atención hacia él. Alexander Blackraven la contemplaba con tenacidad.

—Bienvenido, milord —lo saludó, e hizo una reverencia.

—Señorita Manon, ha sido una grata sorpresa encontrarla en el puerto.

—Gracias, milord. No podía esperar hasta mañana. Necesitaba saber cómo habían resultado las cosas para Ella.

—¿Por qué no nos trasladamos hasta la barraca? —invitó Alexander—. Suelen esperarnos con un bufé. Me complacería que nos acompañasen —dijo, incluyendo a Thibault.

Alexander observó que, con la mano libre —con la otra sostenía la de Obadiah—, Manon acariciaba la cabeza de Mackenzie. La imagen de sus dedos enguantados hundiéndose en el pelaje del animal le causó un aflojamiento placentero. Deseó ocupar el lugar del perro, ser el receptor de esa caricia que lo habría desembarazado de la tensión después del viaje.

Se les unieron Estevanico y los cirujanos de ambos barcos, Rafael y James Walsh. Se trasladaron hacia la barraca, que en realidad era una sólida y moderna edificación, de cuya fachada en el ingreso principal colgaba una marquesina con la leyenda Blackraven Shipping & Shipyard, que explicaba el doble carácter de la compañía: transportista y constructora de barcos. En el lado derecho se destacaba el escudo de los Blackraven, con el águila bicéfala y el lema «*Fortis in bello*». En el lado izquierdo se hallaba impresa la imagen del escudo de los Hannover, la dinastía reinante de Reino Unido, y que identificaba a los Blackraven como proveedores de la casa real.

Había un gran movimiento dentro del recinto. Blackraven y Estevanico se disculparon un momento para atender unas consultas de los empleados administrativos. Isabella ofició de anfitriona. Los invitó a sentarse a una mesa primorosamente dispuesta. Dos pajes vestidos con libreas en los colores de la casa de Guermeaux, azul y plata, los aguardaban para servirlos.

—Es mucho más complicado de lo que había imaginado —admitió Isabella—. Creí que con saber navegar bastaba.

—¿Y no es así? —se interesó Manon mientras le colocaba a Obadiah la servilleta sobre las rodillas.

Alexander, aunque escuchaba lo que el jefe del depósito le comentaba, mantenía la vista fija en ella. Lo cautivaba su delicadeza, que, él sabía, coexistía con un carácter de fuertes convicciones. Admiraba la paciencia que demostraba con Obadiah y que no se escandalizara por su carencia absoluta de modales. ¿Por qué el niño le permitía que lo tocase y a ellos no? ¿Qué extraño sortilegio poseía esa joven? ¿Se debía a su trato privo de artificios y a su simple predisposición? «La señorita Manon es casi tan buena como la duquesa Melody», había afirmado Obadiah.

Manon se percató que, cada vez que Alexander o Estevanico se sentaban a la mesa para tomar un bocado, un empleado los interrumpía para consultarles una cuestión. No se trataba de un buen momento para atender a dos invitados inoportunos. Se puso de pie, y los hombres la imitaron.

—Thibault y yo nos marchamos —anunció—. Ustedes tienen que proseguir con el trabajo. Me alegra que todo haya marchado tan bien en vuestro viaje.

—Mañana mi hermana organizará una velada íntima en Blackraven Hall —anunció Alexander, y Manon notó la mirada ceñuda y extrañada que le destinó Isabella—. ¿Contaremos con su presencia?

—Mañana concurriré a la Ópera. A Covent Garden —aclaró—. Cancelaría el empeño si no me hubiese comprometido ya con el ministro Talleyrand y con la duquesa de Dino.

La mirada de Blackraven, que cobró una dureza tan inopinada como inexplicable, la desorientó. ¿Lo habría ofendido con su rechazo? No sabía a qué adjudicar la mudanza.

—Me complacería recibirlos en el palco de mi familia —se apresuró a añadir—. Hay sitio para todos —aclaró, y abarcó con un movimiento de mano no solo a los hermanos Blackraven, sino a Estevanico y a los dos cirujanos—. Se pondrá en escena la última ópera de Bellini, *Norma*. Mi tío Leonard y mi tutor la vieron en Milán hace dos años. Aseguran que es extraordinaria —comentó, entusiasmada.

Hasta su pasión por la música lo seducía. Estaba celoso, habría sido de necios negarlo. A la mención de Talleyrand, príncipe de Benevento, le volvió a la mente el rumor que la tenía por su amante. La ira cedió ante la gracia con que los invitó, por el modo elegante que empleó para incluir a personas que otros de su nivel ni siquiera se habrían dignado a mirar.

—Será un placer compartir su palco mañana en la Ópera —respondió.

—¿Yo también puedo ir, señorita Manon? —preguntó Obadiah, y provocó carcajadas a los demás.

Manon se inclinó para acariciarle la mejilla.

—No permiten la entrada a los niños —explicó—. Pero podríamos ir juntos a los Jardines de Vauxhall. Hay una *troupe* de saltimbanquis que hace piruetas. ¿Te gustaría, Obby?

—¡Sí! ¡Sí! —exclamó dando saltitos.

—Los acompaño hasta el carruaje —intervino Alexander. Apenas salieron de la barraca, se dirigió a Belloc—: ¿Quieres que te haga escoltar por dos de mis hombres?

—Gracias, milord, pero no será necesario. Voy armado.

Como de costumbre, Belloc se alejó hacia los caballos para brindarles intimidad. Manon recorrió con un vistazo los alrededores del puerto.

—Cuánto movimiento —susurró.

—Todavía nos quedan varias horas de trabajo —aseguró Alexander.

Manon se debatió entre contarle lo de la carta de Quiroga o callar. No era esa la mejor circunstancia, decidió. Quizá habría oportunidad de mencionar el delicado asunto al día siguiente, en el teatro.

—Me marcho, entonces. No deseo hacerle perder el tiempo.

—El tiempo junto a usted nunca es perdido —rebatió Alexander, serio, la vista fija en la de ella—. Al contrario.

Manon permaneció muda, atrapada en la mirada de ese hombre al que había creído inalcanzable y que en ese instante parecía ofrecerse. Temió que se tratase de un espejismo. Hizo una corta reverencia y subió al carruaje.

* * *

Había transcurrido más de un mes desde la muerte de Ramabai, y el asedio de la prensa menguaba, más allá de algunos ocasionales artículos del periodista Goran Jago, que no soltaba la presa. En la Compañía, el ambiente estaba tenso. Las intrigas y las habladurías minaban su autoridad. Temía no alcanzar el año en la presidencia de la Corte de Directores; lo obligarían a renunciar antes, en especial si el valor de las acciones seguía cayendo.

Trevor Glenn insistía en regresar a Patna y retomar el comercio del opio, salvo que Glenn soslayaba el hecho de que, hasta ese momento, lo habían realizado bajo los auspicios de la Compañía, no solo sustrayendo enormes cantidades de tortas de opio, sino empleando sus barcos para el transporte. Lo del negocio minero en América del Sur se dilataba. Porter-White le había escrito a Rosas hacia finales de junio; estaban a inicios de septiembre, y nada. Si con suerte la respuesta había viajado en un veloz clíper, debía de estar por llegar. «Si es que Rosas se ha molestado en contestar», pensó.

La desesperanza invadía cada rincón de su mente, y no avizoraba la salida a su situación financiera acuciante. Había cometido un error al adquirir esa mansión tan costosa en Mayfair; había comprometido la mayor parte de su capital líquido. Ubicada en el 72 de South Audley Street, además de lujosa y ostentosa, su sobreprecio se justificaba por haber sido la residencia del rey francés Carlos X durante su exilio tras la caída de los Borbones en 1789. En poco tiempo se vería obligado a venderla y a rentar una casa más modesta. Por lo pronto, reduciría drásticamente el personal doméstico, evitaría nuevas ordenaciones de trajes y de calzado, eliminaría el consumo del champán que se hacía traer de la casa Heidsieck & Co. de Francia y otros gustos que se daba desde su llegada a Londres.

Las medidas que planeaba seguir para ajustarse a una precaria situación financiera lo remontaban a una niñez y a una adolescencia de privaciones en Penzance. Evocar aquellos tiempos le recordó la carta del administrador de la propiedad familiar en Cornualles que había recibido el día anterior. El hombre afirmaba que poco obtendrían por la casa en las pésimas condiciones de mantenimiento en que se encontraba, con los techos con pérdidas, los muros con manchas de moho y la escalera principal atacada por las polillas de madera. Había contado con ese capital para la suscripción de acciones de la compañía minera, y ahora se esfumaba.

Contempló el lujo que lo rodeaba en ese magnífico salón de White's y pensó que la humillación más grande la constituiría su retiro del exclusivo club de caballeros; el canon anual era elevadísimo. Tal vez ni siquiera tuviese que renunciar; existía una gran probabilidad de que los otros miembros, al juzgarlo inadecuado, votasen para expulsarlo, en especial si Roger Blackraven lo solicitaba.

Analizó otras opciones. Pedirle un nuevo préstamo a su consuegro contaba entre ellas. La desestimó casi de inmediato. Resultaba improbable que Neville aprobase una nueva erogación en su favor; ni siquiera podría ofrecerle su propiedad de Mayfair como garantía ya que sobre esta pesaba una hipoteca con la Baring Brothers. Si Ramabai no hubiese aparecido en escena, quizá ya se habría casado con la hija de sir

Percival y estaría disfrutando de una de las fortunas más grandes del reino. Su reciente viudez no le servía para nada en ese sentido, por el contrario, había dañado su buen nombre irremediablemente, más allá de lo que sostenía Porter-White, que todavía creía posible una boda entre él y Manon Neville.

Porter-White entró en el salón de los naipes con ese aire relajado y seguro que comenzaba a fastidiarlo, aunque, en honor a la verdad, el hombre nada tenía que ver con sus desgracias. Elevó la mano para llamarlo. Porter-White siguió de largo. Atónito, lo justificó convenciéndose de que no lo había visto, más allá de que eran pocas las personas congregadas en las mesas de juego a esa hora de la mañana. Después comprendió que prefería no mostrarse en público con él.

Minutos más tarde, uno de los camareros le entregó un billete. Era de Porter-White. Lo citaba en el saloncito dorado de The City of London al cierre de la bolsa. Tenía buenas noticias, aseguraba.

Decidió no almorzar en White's para evitar engrosar la deuda que ya superaba la escandalosa cifra de doscientas libras. No pasaría mucho tiempo antes de que comenzasen a exigirle al menos un pago parcial. Salió a St. James's Street y subió en el carruaje con el escudo de la Compañía de las Indias Orientales, otra prerrogativa de su actual posición como presidente que corría el riesgo de perder. Le indicó al cochero que lo llevase a la sede central de la Compañía, en Leadenhall Street, en la City, donde se dedicó a trabajar hasta pasadas las tres de la tarde. Entre los tantos documentos que debió firmar había una orden para que la Neville & Sons, el bróker oficial de la Compañía, rematase una importante cantidad de lingotes de oro, por un valor de quinientas mil libras, gran parte de la cual, no tenía duda, adquiriría la propia Casa Neville. Rio por lo bajo, atrayendo la atención de sus dos asistentes, mientras firmaba el documento. Cientos de miles de libras pasaban diariamente bajo sus narices, y él corría el riesgo de terminar en Fleet, la prisión de los deudores. Se le ocurrió solicitar un anticipo de su salario, lo que descartó enseguida al recordar que debía someterse a la consideración de los directores de la Corte; temía que se lo denegaran.

Entró en el saloncito dorado de The City of London casi a las cuatro de la tarde. Almorzó en compañía de Trevor Glenn, tan desanimado como él pues hacía dos meses que no le pagaba el sueldo; iba soltándole algunos chelines, y nada más. Leyeron los periódicos en silencio. Trevor le mostró una caricatura de sir Percival en la revista *Edimburgh Review* asociada a una publicación que hostilizaba a la banca en general y a los Neville en particular. La ilustración mostraba al aristócrata banquero en el pórtico del Banco de Inglaterra afirmando: «*Tú le traes tu papel moneda y el banco te da el oro*», una afirmación peligrosa que habría podido generar una corrida. Durante la crisis de 1825, la Casa Neville había salvado al Banco de Inglaterra y al mercado financiero de una situación similar al prestarle varios millones de libras en oro. Se murmuraba que lo habían recuperado con creces tras haber cobrado una alta tasa de interés.

Porter-White y su secretario, Lucius Murray, entraron en la salita dorada pasados pocos minutos de las cuatro. Sin saludar, y con una sonrisa satisfecha, Porter-White extrajo un papel del interior de su chaqueta y la sacudió en el aire.

—Carta de Rosas —anunció—. El cerro Famatina es nuestro.

* * *

Se aproximaban a Covent Garden en el carruaje de la embajada francesa.

—Estás encantadora, querida —la halagó la duquesa de Dino—. Aldonza es una artista al momento de confeccionar un vestido.

—Gracias, Dorothée. Tú estás bellísima, como siempre.

—Entraré en el teatro del brazo de las dos mujeres más hermosas de Londres —se jactó el príncipe de Talleyrand—. Me comentabas que también nos acompañarán el conde de Stoneville y la señorita Isabella.

—Y sus amigos —le recordó Manon—. Los cirujanos Rafael oğlu Somar y James Walsh y el capitán del *Constellation*, Estevanico Blackraven. No te importa, ¿verdad, tío Charles-Maurice?

—En absoluto, querida —aseguró, y le palmeó la mano enguantada.

Como de costumbre, la llegada de la heredera de la Casa Neville, como habían comenzado a llamarla, en compañía del poderoso embajador francés, levantó un murmullo en el *foyer* del teatro y atrajo las miradas. Paul Esterházy, el ministro austríaco, se aproximó para saludarlos y enseguida intentó sonsacar información acerca de la nueva emisión de bonos de Portugal. Manon sabía que, para los Habsburgo y su ministro Metternich, el triunfo del liberal Pedro de Braganza representaba un peligro en el mapa de una Europa absolutista. También se acercó el ministro español, Juan de Vial, quien, dada la salud achacosa de Fernando VII, buscaba tantear el terreno para establecer si la Casa Neville se disponía a apoyar al hermano del rey, don Carlos, o a la hija del monarca, Isabel, de apenas dos años.

Un rato más tarde, y tras sortear saludos e intentos de conversación, se instalaron en el palco. Manon, sentada junto a la baranda, miró hacia abajo, donde el público engalanado iba ubicándose en la platea. La orquesta templaba los instrumentos en el foso. Había gran expectación por la nueva ópera del gran Bellini.

Manon oyó que se abría la puerta del antepalco y aguardó que se descorriese el cortinado de terciopelo y que aparecieran sus invitados. Sonrió al ver el entrañable rostro de Isabella, seguida de James Walsh, de Rafael y de Estevanico. El conde de Stoneville entró último. Su tío Charles-Maurice se puso de pie para dar la bienvenida a la menor del duque de Guermeaux; la invitó a sentarse a su lado. A continuación, saludó con el mismo garbo al pardo Estevanico, al negro Rafael y al mestizo James Walsh, los tres muy elegantes en sus fracs de perfecto corte.

—Milord —dijo Talleyrand, e inclinó la cabeza ante Alexander—, es un placer contar con su presencia y la de sus amigos en esta auspiciosa noche de estreno.

—Lo mismo digo, alteza. Su gracia —dijo a continuación para saludar a la duquesa de Dino—. Señorita Manon —pronunció con una voz distinta, más grave, más deliberada, y la miró con actitud conspirativa—. Luce encantadora.

—¿Verdad que sí, milord? —intervino la duquesa de Dino—. Nuestra querida Manon nos pone a todas a la sombra, a excepción de vuestra hermana, por supuesto —dijo, y sonrió en dirección a Isabella, que inclinó la cabeza en señal de agradecimiento.

—Milord —dijo Manon con una disposición que disfrazaba a duras penas las emociones que la embargaban, y le ofreció la última butaca vacía, detrás de ella—. Tome asiento, por favor.

Talleyrand comentó que se había enterado, gracias al artículo del *Morning Chronicle*, de la llegada, el día anterior, del *Leviatán* y del *Constellation*. Siguió una conversación animada acerca de la velocidad de los clíperes, en la que Manon se limitó a observar a Alexander Blackraven, decidida a escuchar cada palabra, a respirar su perfume, a disfrutar del sonido de su voz y de sus gestos, pocos, debía admitir, pues era sobrio al hablar. Se había rasurado la barba, por lo que sus facciones tan amadas se apreciaban a la luz de la lámpara del palco. Eran de una perfección que, si bien la sumía en una especie de contemplación mística, por el otro la enfrentaba a admitir que se sentía en una posición de desventaja.

Absorta como estaba, escuchó tarde el ingreso en el palco de Porter-White y de Alba.

—¡Oh, pero qué clase de feria tenemos aquí! —exclamó su cuñado, y ella se puso de pie en un acto reflejo—. Oh, disculpe, alteza —dijo al descubrir a Talleyrand entre los invitados—. No lo había visto.

—¿Qué haces aquí? —preguntó Manon, e intentó ocultar el acento hostil al agregar—: No sabía que concurrirías hoy al teatro. Lamentablemente, no hay sitio.

—¿Nos expulsarás a nosotros, que somos tu familia, para quedarte con esta gentuza? —remató, y se cuidó de dejar en claro que se refería a Estevanico, Rafael y Jimmy.

Alexander Blackraven su puso de pie. Talleyrand lo imitó y, con un gesto, le pidió que no interviniese.

—La vulgaridad es innecesaria, señor Porter-White —declaró Talleyrand—. Se pueden pedir dos sillas, y todos disfrutaremos de la ópera en santa paz.

—No permaneceré en el palco con dos negros y un chino.

—Señor —dijo Talleyrand, y Manon meditó que no le conocía ese tono de voz—, me resulta incomprensible por qué si el futuro duque de Guermeaux y yo, príncipe de Benevento, encontramos más que agradable la compañía de estas dignas personas, usted, tan solo un nativo de América del Sur, aduce un prurito, que encuentro inexcusable.

—Por favor, alteza —terció Alexander Blackraven—, no es necesario incomodarse. El palco de mi familia está prácticamente vacío. —Alzó la mano para apuntar hacia el otro lado, en el mismo piso y tras el espacio de la platea—. Solo lo ocupan unos amigos de mis padres. Nos trasladaremos hasta allí.

Manon descubrió a sir Larry Mansfield y a su esposa ubicados en el palco de los Guermeaux. Era consciente de que la dominaba un aturdimiento y un desconcierto que la mantenían en silencio e inerte. La noche, que había prometido ser una de las mejores de su vida, estaba cayéndose a pedazos y todo por culpa de la Serpiente. Observó que Isabella y el resto de la partida se ponían de pie para irse. Pensó en oponerse, pero Alexander, al mover apenas la cabeza, le dio a entender que deseaba evitar el escándalo.

Los acompañó fuera. Isabella la tomó de las manos y la besó en la mejilla, y le resultó imposible contener las lágrimas.

—¡Cuánto lo siento! —exclamó, y no le importó que la viesen llorar—. Qué vergüenza con ustedes. ¡Qué situación tan injusta y deplorable! No sé cómo excusarme.

—Señorita Manon —dijo Estevanico—, para nosotros solo cuenta que usted nos haya invitado esta noche a un estreno tan importante. Estamos muy agradecidos.

Los demás asintieron y murmuraron su acuerdo.

—Les pido perdón —balbuceó con acento gangoso—. Habría deseado…

—Tome —la interrumpió Alexander, y le entregó un pañuelo de lino blanco—. Séquese las lágrimas. Que su cuñado no vea que ha llorado.

—Gracias —susurró, y lo tomó con mano temblorosa.

Se quedó allí, de pie en el corredor, hasta que la partida se perdió en la curva del pasillo. Observó el pañuelo, perfectamente planchado, con el monograma de las letras «A», «F» y «B» bordadas en azul. No quería ensuciarlo. Cerró los ojos y se lo acercó a la nariz. Inspiró profundamente, y el perfume de Alexander le inundó las fosas nasales, e increíblemente la dotó de la determinación para regresar al palco del que habría huido si su tío Charles-Maurice y su amiga Dorothée no se hubiesen encontrado todavía allí.

El ambiente se había enrarecido; nadie hablaba. Ocupó la misma butaca, cerca de la baranda, con la duquesa de Dino y el príncipe de Talleyrand a ambos lados, como si la flanqueasen para protegerla de los indeseables visitantes. Fijó la vista al frente, atenta a los movimientos en el palco de los Guermeaux, del que la separaban varias yardas y un abismo. Vio entrar al grupo y saludar a sir Larry y a su mujer, y de nuevo la devastó una profunda depresión.

Las luces a gas comenzaron a parpadear para anunciar el inicio de *Norma*. Las miradas apuntaban al escenario; la de ella, en cambio, se mantenía con tenacidad al frente. Alexander se ubicó también próximo al pretil, e hizo otro tanto: miró en dirección a ella. Sus ojos se encontraron en la penumbra del teatro hasta que la entrada del director de la orquesta, que provocó una explosión de aplausos, la obligó a simular interés en el espectáculo.

Le costaba concentrarse; lo que siempre la había hipnotizado, ahora no lograba atrapar su atención. Volvía sus impertinentes una y otra vez hacia el palco de los Guermeaux para toparse con Blackraven concentrado en ella. El joven conde ni siquiera se esforzaba en fingir que la ópera le gustaba.

Recordó lo que Masino Aldobrandini le había referido acerca de *Norma*, que el aria más bella se encontraba en el primer cuadro del primer acto, y lo recordó porque de pronto la música cambió y ejerció el sortilegio al que la tenía acostumbrada. Dirigió la mirada hacia el escenario, y la soprano entonó los primeros versos de una gran belleza. Le cantaba a la luna, a la diosa casta: «*Casta diva, che inargenti queste sacre antiche piante…*».

La emoción le anegó los ojos todavía húmedos. Los secó con el pañuelo que aún llevaba en la mano. Y el perfume volvió a colmarla de sentimientos excesivos. Buscó a Blackraven con abierta impudicia y lo miró con fijeza. Él también la miraba con una intensidad deliberada. «*Tempra, o Diva, tempra tu dei cori ardenti*». Su corazón ardía, sí, pero ella no permitiría que nada lo templase; nada aplacaría el amor que la consumía desde hacía tantos años y que por fin se atrevía a revelar.

El inicio de la *cabaletta* la impulsó a abandonar la butaca y a salir del palco, sin echar un vistazo atrás, sin excusarse con su tío Charles-Maurice ni con Dorothée. Corrió por el pasillo que se hallaba sumido en un silencio absoluto, apenas iluminado por unos candeleros de pared. La alfombra amortiguaba el taconeo de sus zapatos. Solo se oía su respiración agitada. Corrió decidida a irrumpir en el compartimiento de los Guermeaux y... No sabía lo que haría una vez que llegase allí. La guiaba la certeza de que debía correr a él, porque en Alexander Blackraven residía la promesa de una vida dichosa.

Se detuvo de golpe al verlo marchar hacia ella a paso rápido. Devoraba la distancia con sus largos pasos y la mantenía hechizada con el poderío de su mirada y con la determinación de su avance. No recordaba haber visto esa expresión tan decidida en su amado rostro. Parecía que se había sacudido la tristeza y la indolencia que lo habían entumecido desde el abandono de Alexandrina. Era como verlo renacer.

La alegría, la incredulidad y el miedo, todo se confundía en una arrolladora emoción. Respiraba afanosamente, sentía como nunca las ballenas del corsé, se le pegaban a la carne apenas protegida por una camisa de liencillo. Apretaba las manos para evitar que temblasen y temió que las piernas le flaquearan.

Blackraven se detuvo a un paso de ella. Manon alzó el rostro para encontrar su mirada exigente, tormentosa, bella, bellísima. Le quitaba el aliento, literalmente le cortaba la respiración. Saberlo tan cerca cuando creyó que él jamás la notaría provocó que cayese en una incredulidad insoportable. Dudó. Tal vez confundía las intenciones de ese hombre magnífico, enamorado de otra. Era demasiado tarde para las dudas y los escrúpulos vanos.

—Estaba yendo hacia ti —confesó.

—Y yo viniendo hacia ti —afirmó él.

Blackraven franqueó el corto espacio que los separaba y le rodeó la cintura con un brazo, y lo hizo con una urgencia que contrastó con la delicadeza de la otra mano, que usó para apartarle unos mechones que se habían soltado y que le caían sobre la frente. Como en la velada bajo la sampaguita, volvió a sentir la piel áspera de sus dedos sobre las mejillas, y el temblor que la recorrió, la respuesta desmedida y desconocida de su cuerpo, lo hizo sonreír con aire satisfecho. «¡Cielo santo!», pensó al quedar cautiva de la sonrisa de Alexander Blackraven. Lo que había soñado tantas veces, la fantasía en la que se había imaginado entre sus brazos, era una pálida semblanza de la realidad.

Los ojos de Blackraven, que vagaban por su rostro, se detuvieron en los de ella, expectantes, sinceros, reveladores, pues había decidido que no le mezquinaría sus sentimientos, nada le ocultaría. Se propuso que la entrega fuese absoluta, incondicional. Ese hombre era su destino, él y solo él. Lo amaría hasta el fin de sus días. ¿De qué habría valido mostrarse cauta?

Blackraven cayó sobre sus labios jamás besados, y Manon se aferró a su cuello, no como una respuesta apasionada, sino como una reacción instintiva. Ningún poeta, ni el más talentoso, habría conseguido describir lo que ella estaba experimentando en ese instante infinito, sublime y sacro. Pese a que se lo había pasado leyendo, no recordaba haberse topado con unos versos que someramente acertasen con las palabras para definir la devastadora sensación que la dominaba. ¿Existían esas palabras? Lo dudaba.

Era tan arrolladora la dicha que ni siquiera se detuvo a pensar en que no sabía qué hacer, en que nunca había besado a un hombre. Se puso en puntas de pie, le ajustó aún más las manos alrededor de la nuca y lo besó como le marcó el instinto. Lo escuchó soltar el aire con violencia e intuyó que su audacia lo había complacido. Sonrió sobre sus labios, sintiéndose libre por primera vez. Su amor por Alexander la liberaba aun de la necesidad que siempre la había compelido a mostrarse perfecta para que la aceptaran, porque de seguro no estaba besándolo con la maestría de la viuda de Carrington y, sin embargo, él no parecía juzgarla. No se escandalizó cuando la penetró con la lengua, algo de lo que nadie le había hablado, ni siquiera Aldonza, que era quien la había espabilado en cuanto a los asuntos entre un hombre y una mujer. La confianza que tenía en Alexander Blackraven no conocía límites, por lo que se abrió para él y de nuevo lo escuchó jadear y lo sintió enardecer. Las manos de él le abandonaron la cintura para acunarle el rostro y profundizar el beso, el primer beso de su vida, el beso del hombre al que amaba.

Alexander oyó voces que se aproximaban. Sin apartar sus labios de los de Manon, tanteó hasta dar con el picaporte y abrió la puerta. La arrastró dentro del antepalco, consciente de que, tras los pesados cortinados de terciopelo, había personas atentas a la ópera y ajenas a los amantes que, a menos de una yarda, se besaban como si de eso dependiese el próximo respiro. En medio del deseo que lo consumía, era el asombro la otra emoción que lo dominaba: pocas veces había besado a una mujer con ese genio desaforado. Nada conseguía atemperar el ardor, por el contrario, cada acto de entrega de Manon Neville renovaba el desenfreno, y todo volvía a comenzar.

Se impuso detenerse; calculaba que en breve se produciría el intervalo. Nadie debía encontrarlos en esa posición tan comprometida. Destruiría la reputación de la joven.

Despegó la boca de la de ella y deslizó las manos hacia abajo, y, aunque habría debido quitarlas del todo, le resultó imposible romper el contacto por completo. Le rodeó la cintura y la pegó a su cuerpo. Se deleitó observándola aún extasiada por la intimidad que acababan de compartir, los ojos cerrados, los labios entreabiertos e hinchados y el aliento acezante. Era tan delicada, tan desprovista de artificios, tan valiente.

—¿Qué hacemos aquí dentro?

—Alguien se aproximaba.

—Gracias.

—¿Por qué me agradeces?

—Deseaba que mi primer beso me lo dieses tú. —Lo vio alzar las cejas, sonreír con una expresión desorientada y contemplarla con una melancolía que la impulsó a añadir—: Quiero que sepas que, aunque este beso sea lo único que estés dispuesto a darme, lo atesoraré para siempre.

Se levantó el ruedo del vestido, abrió la puerta y corrió fuera.

* * *

Entró en el palco, y cuatro pares de ojos se volvieron hacia ella. Alba Porter-White la tomó del brazo para llamar su atención. Se dio vuelta con la intención de responderle de mal modo, pero algo en la mirada de la mujer la detuvo; entrevió una genuina preocupación.

—¿Te encuentras bien? —preguntó en un susurro, y Manon se limitó a asentir.

Regresó a su sitio. Talleyrand le rozó la mano. Se miraron con complicidad, hasta que el embajador francés dirigió la vista hacia el palco enfrentado al de ellos, en el que Alexander Blackraven acababa de entrar.

—Manon querida, ¿te sientes bien? —se interesó la duquesa de Dino.

Al volverse hacia la derecha para contestarle, advirtió que su cuñado también observaba el palco de los Guermeaux, y lo hacía con una expresión de ceño apretado.

—Estoy bien —respondió en voz baja a la duquesa—. Necesitaba un poco de aire.

—Tú tío Charles-Maurice me impidió ir detrás de ti —comentó la mujer—. Me indicó que te dejase sola.

Manon sonrió e inclinó la cabeza en señal de agradecimiento. Devolvió la atención al escenario. No se atrevía a dirigirla hacia Alexander y se preguntó si él estaría contemplándola. Se llevó la mano a la base del cuello, donde las pulsaciones continuaban aceleradas. Su cuerpo entero aún respondía al beso, sensaciones extrañas la invadían. Le latían los labios y la incomodaba una inusual presión en los pezones. Apretó el pañuelo que aún sostenía en la mano; anhelaba olerlo, pero se reprimió. Dejó caer los párpados en el afán por atrapar las imágenes que jamás permitiría que se desvanecieran. Se había tratado de la experiencia más reveladora, vivificante y perfecta que recordaba.

Para él no había significado lo mismo, lo sabía. Habría sido poco inteligente no aceptar la realidad. Su índole era romántica, así lo afirmaba Talleyrand, aunque también existía en ella un sustrato práctico, el que le permitía llevar adelante los negocios de la Casa Neville y que la obligaba a enfrentarse a los hechos: Alexander Blackraven todavía amaba a Alexandrina Trewartha.

* * *

Terminada la ópera, se encontraron con la señorita Manon, el príncipe de Talleyrand y la duquesa de Dino en el *foyer*. Por fortuna, no se veía a Porter-White por ningún lado. Fingieron que el incidente no había tenido lugar y comentaron acerca de *Norma* y de la magistral representación. La señorita Manon, del brazo de Talleyrand, hablaba poco, más bien respondía con monosílabos y lanzaba sonrisas forzadas. Solo al momento de la despedida se mostró más locuaz y organizó con Isabella una visita a los Jardines de Vauxhall. Se lo había prometido a Obadiah, alegó. Lo rehuyó con la mirada hasta el final.

Evocaba de continuo sus últimas palabras, incluso después de varias horas y con unas cuantas copas de coñac encima. «Quiero que sepas que, aunque este beso sea lo único que estés dispuesto a darme, lo atesoraré para siempre». ¿Qué diantres había querido expresar? Presentía que velaba un significado, más bien, un secreto.

—Te toca —lo espabiló Estevanico.

Jugaba al billar en Blackraven Hall, donde había concurrido a cenar después del teatro. No deseaba regresar a Grosvenor Place; no quería quedarse en soledad con sus pensamientos. Apuntó a la bola blanca con el taco, la golpeó produciendo un sonido seco y agradable. La bola roja cayó dentro de la tronera. Estevanico lanzó una risa corta.

—Aun borracho, tu precisión es imbatible.

—No estoy borracho.

—Oh, sí que lo estás. Borracho y deprimido. ¿Qué sucedió esta noche con la señorita Manon? Y no me refiero a la escena de su cuñado, sino después, cuando tú y ella abandonaron los palcos casi al mismo tiempo.

Alexander, inclinado sobre la mesa, golpeó otra bola con tanto ímpetu que rebotó contra la banda y cayó fuera.

—Ya veo que las cosas no fueron muy bien entre ustedes —ironizó Estevanico, y se agachó para recogerla—. ¿Quieres hablar de ello?

Alexander depositó el taco sobre la pana verde de la mesa y se restregó los ojos; le ardían. Se echó en un sillón y permaneció callado mirando la nada.

—¿Por qué no te quedas a dormir aquí, en tu antigua habitación?

—Tengo que ir a Grosvenor Place —dijo con voz ronca—. No quiero dejar solo a Obadiah.

—Trev y Ludo están con él.

—Un pastor, un valet y un niño no harían frente al ataque de un asesino, ¿verdad? —Se puso de pie—. Nos vemos mañana al mediodía en la barraca, ¿qué dices?

Estevanico asintió con gesto preocupado.

—¿Qué tienes? —insistió—. Luces más taciturno que de costumbre.

—La besé —confesó, y empujó con la mano una bola, que rodó por la mesa—. *Nos* besamos.

—Y mientras lo hacías, pensabas en Alexandrina —dedujo Estevanico.

—No la recordé siquiera una vez —afirmó.

—¿Es eso lo que te tiene tan mal?

Alexander apartó la vista de la mesa de billar y la fijó en su hermano.

—¿A qué te refieres?

—Te sorprende que exista la mujer capaz de hacer que la olvides. Has estado tanto tiempo de luto por su pérdida que ahora no sabes cómo ser feliz de nuevo.

A punto de replicar, ofendido, emitió un suspiro y asintió.

—Tal vez se trate de eso —concedió—. Me resulta extraño que otra mujer me genere lo que ella tiempo atrás. Me juré no volver a caer en este juego, me juré no exponerme de nuevo para evitar ser lastimado.

—Manon Neville no es Alexandrina Trewartha —aseguró Estevanico—. Y tú lo sabes. —Alexander concordó con un asentimiento mudo—. No parecía muy feliz después de la ópera. No te miró ni una vez.

—Eres observador —señaló Alexander, y sonrió con melancolía—. Tras el beso, me dijo la cosa más extraña. Después, huyó.

—¿Qué te dijo?

—Quiero que sepas que, aunque este beso sea lo único que estés dispuesto a darme, lo atesoraré para siempre, eso me dijo.

—¡Ja! —exclamó Estevanico—. Esa muchacha es mejor de lo que imaginaba. No quiere que te sientas comprometido por haberla besado. Ella está por encima de las ridículas reglas impuestas por la sociedad. Muy coherente —farfulló, más para sí—. O quizá no la convenciste con tu beso —intentó provocarlo—. Tal vez fue un beso flojo que no la conmovió.

Picado en el orgullo, Alexander replicó:

—Te aseguro que *ese* no fue un beso flojo. Ni para mí, ni para ella.

—Te habrá comparado con otro.

—Se trató de su primer beso —masculló a regañadientes—. Me lo confesó.

—Entonces —concluyó Estevanico—, vuelvo a la suposición inicial: no quiere que pienses que estás obligado para con ella.

—¿Por qué? —se cuestionó—. Después de lo que compartimos, una joven de su educación y de su nivel estaría en su derecho de creerse mi prometida. Me he visto en problemas por mucho menos.

—Pero Manon Neville no es una joven cualquiera —declaró Estevanico—. Tal vez se deba a lo que me comentó Ella tiempo atrás: no desea desposarse para no perder la libertad. Más allá de cuáles sean las motivaciones de la señorita Manon, la pregunta que cabe ahora es: ¿estás *tú* dispuesto a comprometerte con ella pese a la carta de Alexandrina Trewartha?

Se miraron fijamente. El mutismo se suspendió en la habitación.

—No, no lo estoy —admitió segundos más tarde.

—Y, sin embargo, la besaste —señaló Estevanico— y, mientras lo hacías, jamás pensaste en Alexandrina. —Recogió la chaqueta olvidada en el respaldo de un sillón—. Me retiro ahora. Nos vemos mañana al mediodía en la barraca. Que descanses —dijo al pasar a su lado.

—Tú también —deseó Alexander.

* * *

Le dolían las sienes y un peso en el estómago la tenía al borde de las náuseas. Esa mañana, durante el viaje a la City, había discutido con su padre a causa de Porter-White. Tras pasar la noche en vela meditando si referirle la escena en el palco o no, había reunido el coraje y lo había hecho. Su padre, aunque claramente contrariado, buscó justificarlo, y eso la enfureció.

—Para el duque de Guermeaux —adujo—, Estevanico, Rafael y James son parte de su familia, como lo son sus propios hijos. Tu yerno debería saberlo, y debería saber que, además de nuestro cliente, Roger Blackraven es nuestro socio. Se sentirá muy ofendido cuando lo sepa.

—Alexander nada le dirá —objetó sir Percival—. Lo conozco. No irá a su padre con el cuento. Lo visitaré hoy mismo para disculparme. De paso, arreglaré lo del transporte del oro a la sede de Nápoles.

Apenas llegaron al banco, Neville envió una esquela a Grosvenor Place en la que solicitaba una audiencia al conde de Stoneville. El recadero volvió con la respuesta. Blackraven los visitaría en persona en la Casa Neville tras el cierre de la bolsa. Manon se puso nerviosa.

No estaba preparada para encontrárselo después del beso compartido pocas horas antes. Aunque seguía considerándola la experiencia más perfecta y fascinante de su vida, y pese a que repasaba los detalles una y otra vez, la mirada final de Alexander, cargada de una melancólica decepción, había constituido un despertar demoledor.

Cerca del mediodía, mientras sorbía un té para aplacar las náuseas, llegó una nota del hospicio en Clerkenwell. El director le informaba que esa mañana su primo Timothy había sufrido un accidente; se había roto la pierna derecha; para colmo de males, el hueso había perforado la piel y salido fuera. Ya habían convocado a un cirujano.

Se puso de pie y, tras un instante en que tuvo la impresión de que el despacho giraba a su alrededor, se instó a mantener la sangre fría, como siempre le repetía su tío Charles-Maurice. «En las situaciones más desesperantes», solía decirle, «piensa en una cosa: *maintenir le sang froid*».

Mandó aviso a Belloc de que preparase el coche; saldría de inmediato. Se cubrió la cabeza con la capota y se echó la esclavina a los hombros. Bajó las escaleras calzándose los guantes. Nora trotaba junto a ella y asentía a lo que Manon le explicaba.

—Dile a sir Percival que he tenido que marcharme para atender una urgencia. No sé cuánto tiempo estaré fuera.

—Sí, señorita, así lo referiré.

—Gracias, Nora. —Ya en la calle, a punto de subir al carruaje, se dirigió a Thibault para informarle—: Timmy se ha roto un hueso. El hueso ha salido fuera.

—Una rotura de hueso expuesta termina de dos modos —estableció el antiguo artillero—: con la amputación o con la gangrena.

—Llévame primero a Blackraven Hall —le ordenó—. Quiero que sean Rafael y Jimmy quienes se ocupen de él.

* * *

El director del hospicio intentó oponerse a que un negro y un chino atendiesen a Timothy. Aseguró que un cirujano inglés, y acentuó la palabra «inglés», estaba ocupándose de él. Manon, que después del desplante de la noche anterior en el teatro tenía poca paciencia, lo echó con cajas destempladas.

—Si mi primo pierde la pierna o muere a causa de este accidente, lo reputaré a usted culpable, y caeré sobre este hospicio y sobre su persona con todo el poderío de la Casa Neville. No descansaré hasta destruirlo. ¡Ahora, apártese!

Los alaridos de Timothy se oían desde el otro extremo del gran edificio. Manon, seguida de Thibault, James Walsh y Rafael, entró en una sala que, a juzgar por la disposición de varias camas, cumplía la función de enfermería.

—¡No se atreva! —exclamó al ver que un hombre cubierto por un delantal sucio y con viejas manchas de sangre se disponía a tocarle la herida.

Timothy, con el rostro desfigurado a causa del llanto, la llamó a gritos. No cesaba de rebullirse. Varios empleados lo sujetaban. Manon se precipitó junto a la cama y lo abrazó.

—Aquí estoy, cariño. Aquí estoy. Cálmate. Mira, Thibaudot ha venido también.

—Hola, muchacho —lo saludó el gascón, y le aferró la mano regordeta.

—Mis amigos Jimmy y Rafael se ocuparán de curarte la pierna —lo alentó Manon—. Ahora intenta calmarte.

Timothy, presa del dolor y del pánico, lloraba, se aferraba a Manon y no se quedaba quieto.

—Señorita Manon —dijo James Walsh—, hágalo respirar a través de este trapo.

Con la ayuda de Thibault, le cubrió la nariz con el lienzo que despedía un aroma agradable y penetrante. Segundos más tarde, Timmy comenzó a reír; poco después, cayó en un profundo sueño. Thibault, Jimmy, Rafael y un empleado del hospicio lo cargaron con cuidado, sujetándole la pierna rota, y lo depositaron sobre una mesa; precisaban de una superficie rígida para proceder a la cirugía.

Manon se retiró hacia otro sector de la sala para no estorbar y no porque la impresionase el hueso expuesto y la sangre, lo que la sorprendió. Un poco más allá se agrupaban el director, con gesto difidente, el cirujano inglés, con expresión entre ofendida y curiosa, y otros empleados. El cirujano, atraído por los procedimientos de James Walsh y de Rafael, se acercó a husmear.

—¿Con qué lo han dormido? —los interrogó.

—Con gas hilarante —respondió Rafael—, solo que hemos aumentado la dosis del óxido de nitrógeno para que se quede dormido.

—¿Gas hilarante? —repitió el cirujano, incrédulo—. ¿Cómo es que nunca supe de esto?

—Jamás se nos permitió publicar el artículo en *The Lancet* —respondió Walsh en su típica voz baja y suave, mientras limpiaba la herida con un aceite aromático.

Manon conocía el gas hilarante. Archie le había contado que lo utilizaban en algunas fiestas para animarlas. Rafael y James Walsh lo empleaban con un fin más útil. Agradecía haberlos convocado, agradecía haberlos encontrado en Blackraven Hall, sobre todo agradecía que su primo durmiese durante la penosa cirugía. Se tomó del brazo de Thibault en busca de sustento. Pasado el ímpetu inicial, comenzaba a sentir flojedad en las piernas.

La visión de los artilugios que James Walsh y Rafael desplegaban sobre una mesa resultaba espeluznante y, sin embargo, de manera morbosa volvía una y otra vez la mirada hacia su labor, cautivada por la destreza y la seguridad con que trabajaban para salvar la pierna rota de Timmy.

Finalmente la entablillaron y la envolvieron con bandas de una gruesa tela blanca. Tras lavarse las manos, Rafael se aproximó para hablarle. Walsh se ocupaba de limpiar los instrumentos y de responder las incesantes preguntas del cirujano inglés, que se mostraba atónito frente a la habilidad de ese negro y de ese chino.

—Manon —dijo Rafael—, hemos devuelto el hueso a su posición. Soldará bien si y solo si la herida no se infecta.

—Thibaudot me ha dicho que una fractura expuesta solo puede terminar con la gangrena —se angustió.

—Es cierto —admitió Rafael—, pero hemos empleado aceite de orégano y de tomillo, que son muy eficaces para evitar la pudrición de la carne. Sabremos en los próximos dos días si la herida sanará o si, de lo contrario, nos veremos obligados a amputar.

Manon asintió, incapaz de pronunciar una palabra. En un impulso que le habría ganado el repudio de la sociedad, aferró la mano de Rafael, se la besó y le susurró «gracias» con voz apenas audible.

—Jimmy y yo nos quedaremos con él esta noche —dispuso Rafael.

—Yo también me quedaré —aseguró Manon.

—No —intervino Belloc—, tú regresarás a casa —ordenó, y le dirigió una mirada decidida—. Rafael y James se ocuparán de Timmy mejor que tú.

Asintió, de pronto agobiada. Entregó un talego con monedas para que Thibault las repartiese entre los empleados del hospicio, con la promesa de más si colaboraban con el chino y el negro durante el tiempo que permaneciesen junto a Timothy. Por su parte, Manon fue a hablar con el director, cuya actitud había cambiado radicalmente. Le prometió que asistiría a los cirujanos en lo que precisaran.

Manon se aproximó a la cama donde ya habían trasladado a Timothy. Aún dormía. Se inclinó y lo besó en la frente. La tenía fresca. Se volvió hacia Rafael y James Walsh.

—Thibault irá a Blackraven Hall por vuestras mudas y artículos personales.

—Thibault —dijo Rafael—, pide por Miora, mi madre. Ella se ocupará de todo.

* * *

Durante el viaje de regreso, Manon hundió la nariz en el pañuelo de Alexander Blackraven e intentó atrapar los últimos rastros de perfume. Pronto tendría que encomendárselo a Aldonza para que lo lavase y lo planchase con almidón, tras lo cual debería enviarlo con una nota de agradecimiento a su dueño.

El coche se detuvo frente al ingreso de Burlington Hall. Manon se quedó inmóvil, el pañuelo pegado al rostro, mientras aguardaba a que Belloc le abriese la portezuela. No deseaba entrar en la casa, lo que era extraño, pues siempre la había considerado un refugio. Al oír que el gascón desplegaba el estribo, devolvió el pañuelo a la escarcela.

—Cariño —dijo Belloc al ayudarla a descender—, ¿te sientes bien?

—Solo cansada, Thibaudot.

Subió la escalinata del ingreso arrastrando los pasos y entró empleando sus llaves. El paje apostado en el vestíbulo, ataviado con una librea roja y blanca, los colores de la casa de Neville, le recibió la capota y la ayudó a quitarse la esclavina.

—¿Sir Percival está en casa, Rowan?

—Sí, señorita Manon. Lo acompañan el conde de Stoneville, sir George Child Villiers y el señor Adrian Baring.

Caminó deprisa hacia la escalera, temerosa de cruzarse con su padre o con sus visitas. La dominaba una agitación en la que reconocía las ansias por volver a ver a Alexander Blackraven y el temor de enfrentarlo. Se sentía sucia, fea y, sobre todo, agotada tras la tensión vivida a causa del accidente de Timothy. Entró en su dormitorio y se dirigió al tocador. Se estudió en el espejo. Tal como había sospechado, estaba demacrada y ojerosa. Se le había desarmado el tocado, y los mechones le caían, desordenados, sobre el rostro.

De pronto recordó que había cometido una indiscreción. Se dejó caer sobre la butaca y se sostuvo la cabeza con las manos. Había llamado «primo» a Timothy frente a James Walsh y a Rafael y había olvidado pedirles discreción. Lo haría al día siguiente, a primera hora de la mañana. Alzó la vista y la fijó en la imagen que le devolvía el espejo. Se apartó los mechones del rostro y se miró a los ojos. No les diría nada, decidió. Que fuesen con el cuento a quien quisieran. Ojalá la verdad saltase fuera y expusiera las miserias de los Neville.

Catrin, tras sorprenderse ante el estado de su patrona, se apresuró a componerle el tocado. Le pellizcó las mejillas para devolverles el color. La ayudó a cambiarse el vestido y, mientras lo hacía, rezongaba porque Manon rechazaba el uso de afeites, lo único que habría servido para ocultarle las ojeras. Por último, la roció con uno de los perfumes Creed, una fragancia potente con un trasfondo de ámbar gris, que Manon juzgó propicia para su ánimo provocador.

—Sir Percival ha preguntado por su señoría decena de veces —le informó la doméstica—. Está esperándola para cenar.

—Gracias, Catrin —farfulló—. Puedes retirarte.

No bien la muchacha cerró la puerta, extrajo el pañuelo de la escarcela y lo ocultó en el escote, bajo el corsé. Descendió las escaleras instándose a mantener la calma; su corazón, sin embargo, batía a gran velocidad, destruyendo el propósito. Se dirigió a la sala más importante de la planta baja. Aun con la puerta cerrada, oyó a Leonard. Había regresado de París. Se preguntó si su tío y Aldobrandini habrían logrado adquirir la colección de la duquesa de Berry. Lo conocía bien, y ese timbre en la voz de Leonard desvelaba que les había ido bien. ¿En verdad lo conocía? Pocos días atrás no habría imaginado que su tío predilecto y su querido tutor eran amantes. Suspiró, cansada de los secretos y de las hipocresías.

El paje junto a la puerta le franqueó el paso. Entró. Las miradas se volvieron hacia ella, que detestaba convertirse en el centro de la atención. Habría debido buscar la mirada de su abuela para calmarse; en cambio, sus ojos la traicionaron y cayeron en los de Blackraven, que la estudiaba con esa intensidad que, a un tiempo, la halagaba y la perturbaba.

* * *

Se puso de pie al verla entrar, y no se trató de una costumbre caballeresca, sino del impulso por acudir a ella y rodearla con sus brazos. Por supuesto, se mantuvo quieto y se limitó a estudiarla. Le bastaron pocos segundos para descubrir que no estaba bien; hermosa como siempre, sí, pero pálida y un poco ojerosa. ¿Lo compartido la noche anterior en el Covent Garden la había afectado negativamente? ¿La torturarían escrúpulos morales?

Leonard Neville salió a recibirla. Envidió que le aferrase las manos y que la besara en las mejillas con tanta libertad. Sir Percival, un poco molesto, la interrogó para indagar acerca del motivo de su demora. Ella le respondió en voz baja pero firme: «Acudí a resolver una emergencia en Clerkenwell», lo que borró el rigor en la expresión del banquero y lo hizo asentir con docilidad.

Tras saludar a George Child Villiers, al que llamó Georgie y al que sonrió, y a Adrian Baring, a él le destinó una reverencia silenciosa y una mirada fugaz. Tal vez la incomodaba encontrárselo en el mismo salón que Porter-White después del episodio de la noche anterior en el palco. Le habría gustado asegurarle que a él no podía importarle menos la presencia de ese melifluo personaje.

Comprendió que se ubicaba entre Aldonza y Tommaso Aldobrandini porque con ellos se sentía a salvo. ¿Qué preocupaciones opacaban el brillo de sus ojos azules? ¿De qué se habría tratado la urgencia en Clerkenwell? Quería saber todo acerca de ella; quería conocer en qué empleaba cada minuto de la jornada; quiénes la reclamaban, quiénes la importunaban, quiénes la deseaban. La necesidad crecía bajo el influjo de esa joven a la que observaba con descaro en una sala llena de personas. Conversaba con Aldobrandini acerca de un viaje a París y con Adrian Baring de un incunable que pronto se remataría en Christie's. Se sentía torpe, como un inexperto que nunca había abordado a una joven, como si la intimidad compartida en el teatro no hubiese existido. Manon Neville levantaba un muro entre ellos. Recordó lo que le había señalado Estevanico: no planeaba casarse. Tal vez fuese lo mejor para los dos: ella no deseaba un esposo y él no estaba preparado para comprometerse, no después de haber recibido la carta de Alexandrina.

Sin embargo, cuando Child Villiers, claramente interesado en ella desde un punto de vista sentimental, se aproximó para hablarle de un óleo de Johannes Vermeer, el sentido de la posesión se alzó dentro de él y lo puso en guardia. Después de todo, los labios que sonreían y respondían al joven miembro del Parlamento habían compartido un beso desaforado con los de él menos de un día atrás. Le pertenecían, se convenció sin ningún asidero.

—Leonard estaba contándonos —dijo George— que, entre las obras de la duquesa de Berry, está *El astrónomo*, de Johannes Vermeer. Recuerdo cuánto lo deseabas. Al parecer, lo has encontrado.

Se sintió en desventaja. Child Villiers la conocía desde hacía tiempo. A decir verdad, él también la conocía desde hacía tiempo, desde aquella tarde en que la rescató en el barranco. ¿Qué año había sido? El 27, si la memoria no le fallaba. En aquel momento Manon Neville debía de haber tenido unos catorce, quince años, una niña a sus ojos. Además, para entonces, el romance con Alexandrina iba viento en popa; para él, solo ella existía.

—A mí me gusta llamarlo «El astrólogo» —comentó Manon.

—¿Por qué? —preguntó Alexander, y la vio sobresaltarse.

No tuvo opción y debió reconocer que él estaba allí.

—Porque en la época de Vermeer —dijo, y pronunció el apellido perfectamente, no como Child Villiers, que había empleado la fonética inglesa—, era la astrología la ciencia dominante, y se llamaba astrólogos a quienes estudiaban el movimiento de los astros.

—La astrología es pura superstición —intervino Porter-White—, cosa de ignorantes.

—Yo no me atrevería a afirmarlo con tanta vehemencia —replicó Aldobrandini—. El convencimiento de que, empleando la danza constante y precisa de los astros, los dioses se comunican con los humanos es antiquísimo y ha sido el único lenguaje de adivinación que ha sobrevivido a lo largo de los siglos. Algún fundamento sólido debe de tener —especuló.

—¿Qué otros lenguajes había que ya no se usan? —se interesó Alba.

—Los arúspices —contestó el italiano—leían el futuro en las vísceras de los animales que sacrificaban.

—Más importantes eran los oráculos del templo de Apolo, en Delfos —apuntó Manon, y Aldobrandini asintió—. O los auspicios de los augures, que presagiaban la buena o la mala fortuna observando el vuelo de las aves.

—¡Qué ridículo! —se mofó la mujer.

—No menos ridículo que los ritos de nuestra religión —terció Alexander, y se ganó una mirada apreciativa de Manon—. Quizá, dentro de unos siglos, nuestros descendientes se mofen de la misa, en la cual comemos el cuerpo de Cristo y bebemos su sangre.

—No estoy de acuerdo con usted, milord —rebatió Porter-White—. Aquellas eran brujerías. La misa es religión. Su comentario es casi sacrílego.

—Oh, pero te equivocas, Julian —refutó Manon—. Para los griegos y para los romanos, los oráculos de Apolo y los auspicios de los arúspices eran más sagrados que la misa cristiana. Ningún jefe de Estado, ningún general, ningún cónsul, ningún senador, habría osado contradecir sus indicaciones o sus consejos. El cónsul Flaminio se burló de los auspicios que le indicaban no marchar hacia la batalla del lago Trasimeno y pocas horas más tarde estaba muerto y su ejército destruido por Aníbal Barca. Esto confirmó a las gentes de aquel tiempo la veracidad de sus creencias.

El mayordomo entró en la sala y anunció que la cena estaba servida. Alexander lamentó que se cortase la excelente exposición. Manon

Neville hablaba con una pasión que devolvía el color a sus mejillas. En esa instancia comprendía lo que Arthur había comentado tiempo atrás acerca de su vasta cultura y del modo natural con que la compartía.

Se trasladaron al comedor. Dadas las reglas de precedencia, y siendo su título el más encumbrado y antiguo, debió sentarse a la derecha del anfitrión y bastante alejado de su hija menor. Había aceptado la invitación solo para verla y hasta el momento no habían cruzado una palabra a solas. George Child Villiers, en cambio, la tenía para él.

—Sir George, lo hacíamos en Osterley Park —comentó Porter-White en dirección a Child Villiers, e interrumpió la conversación entre su cuñada y el joven miembro del parlamento.

—Me urgía volver a la ciudad por algunos asuntos —respondió, solícito—, en especial para traer una carta de mi madre a Manon. —Desvió la mirada hacia ella y le sonrió antes de agregar—: Madre quiere que pases una temporada en Osterley Park con ella.

«Y contigo», pensó Alexander, y sorbió el exquisito clarete del valle del Mosela para ocultar la mirada en la que le fulguraron los celos.

—Por supuesto —añadió Child Villiers—, madre también espera a la querida Aldonza.

—Te mereces un descanso, Manon —intervino Porter-White, y ella simuló no escucharlo.

—Georgie, agradécele a tu madre —dijo ella en cambio—, pero lady Sarah sabrá comprender cuando le expliques que en este momento no puedo abandonar la ciudad. Lo del hospital para pobres...

—¡Hija! —se fastidió Neville—. Lo del hospital para pobres puede quedar en manos de Fitzroy y de Jago. Sería una descortesía declinar la invitación de lady Sarah.

—Padre —lo detuvo, y Alexander le admiró la dulce firmeza—, no solo se trata del hospital para pobres. La cuestión de Clerkenwell requerirá de mi presencia.

De nuevo la mención de esa zona alejada de Londres, que por segunda vez hacía callar a sir Percival. Lo intrigaba, como todo lo que no sabía acerca de ella.

—He recibido novedades del *Creole* —dijo para ganar su atención, y la miró de hito en hito cuando ella se volvió hacia él—. Me ha escrito el jefe del taller de reparaciones para hacerme algunos comentarios.

—Solo sé que los trabajos de reparación emplearán más tiempo del previsto.

—Exacto —ratificó Alexander—. Han decidido reforzar el casco cuando les informé que se usaría para transportar cargas de gran peso con mucha frecuencia. El oro, por ejemplo, es uno de los metales más pesados que existen —acotó.

—¡Excelente idea! —celebró Neville, y a continuación discurrieron acerca de las posibles fechas de entrega del clíper remozado.

Al terminar la cena, Aldonza, Manon y Alba, las únicas mujeres, se pusieron de pie. Los hombres, que permanecerían en el comedor, las imitaron. Alexander se alejó simulando interés en un óleo ubicado en el camino que, sin remedio, Manon recorrería al abandonar la estancia. Al pasar junto a él, la vio vacilar cuando le susurró la palabra «sampaguita». Minutos después, avistó la posibilidad de huir cuando el paje de guardia entró con la caja de cigarros de Neville. Se excusó, dijo que iría al salón de caballeros, y abandonó el comedor. Entró en una habitación que, sabía, lo conduciría a la terraza. Dejó la puerta entreabierta para que la luz del vestíbulo le perfilase el contorno de los muebles. Abrió la contraventana y salió a la noche fresca y despejada. Adivinó la silueta de Manon bajo la sampaguita. La esencia suave y exquisita de los racimos de flores anticipaba el deleite que experimentaría con ella de nuevo entre sus brazos.

Lo esperaba de pie, oculta en la frondosidad de la planta. Lo observaba acercarse con una mirada expectante, que juzgó reveladora del amor que, según Arthur, ella le profesaba. Deseó que su hermano no se equivocase, que en verdad Manon solo tuviese ojos para él.

—¿Deseabas verme? —preguntó con voz medida, que él notó adorablemente insegura.

Sin esbozar una palabra, la tomó entre sus brazos y la besó. ¡Cuánto lo complació que le respondiese sin una queja, sin una vana argumentación! Simplemente, le cerró las manos en la nuca y se entregó con una confianza que le devolvió una dicha largamente olvidada. Manon Neville lo hacía renacer.

Se separó de sus labios y le buscó el cuello, la zona tibia detrás de la oreja. Ella echó la cabeza hacia atrás y se lo expuso, y de nuevo la confianza con que se concedía lo volvió loco de deseo. Se apartó antes de cometer una insensatez con sir Percival a pocas yardas. Se quedó absorto observándola. Al igual que la noche anterior, en el corredor del Covent Garden, permanecía quieta, los ojos cerrados y la boca entreabierta, como presa de un éxtasis místico. La besó delicadamente en los labios con la intención de traerla de nuevo a la realidad, un simple roce, y sin embargo no se retiró, cautivado por la calidad suave y mullida de su boca.

Fue ella la que cortó el contacto. Alexander, renuente a apartarse, ajustó las manos en su cintura y mantuvo el rostro cerca del suyo.

—¿Te ha gustado encontrarme en tu casa al llegar? —Ella movió apenas la cabeza para asentir—. No me lo ha parecido.

—Me sentía fea y cansada —se excusó—. No me ha gustado que compartieras la mesa con mi cuñado.

—No te preocupes por eso. ¿Dónde has estado? Tu padre, aunque intentaba ocultarlo, estaba inquieto.

—Tuve que atender una emergencia.

—En Clerkenwell —afirmó Alexander, y aguardó una explicación que no llegó—. ¿No vas a contarme de qué se trata?

—No es importante —la oyó mascullar, y supo que le mentía, que en realidad era importante para ella.

—Quiero hablar con tu padre.

Manon le destinó una mirada entre desorientada y alarmada.

—¿De qué?

—¿Cómo de qué? De nosotros.

—No, no —se apresuró a contestar y se apartó por completo.

—¿Por qué no? ¿Crees que tu padre se opondría a que nos comprometiésemos?

—Estaría feliz —admitió—, solo que no es el momento.

—¿No es el momento? —Alexander endureció la expresión—. ¿Acaso estás meditando aceptar la invitación de *Georgie*? —inquirió con un timbre burlón y agresivo.

—Te dije en Almack's que es muy amigo de Archie. Georgie es como un hermano para mí.

—Pero *Georgie* no te quiere como a una hermana, eso puedo asegurártelo.

—Basta de necedades —dijo Manon, y lo sorprendió—. Necesito hablar contigo de un tema importante. Se trata de…

—¡Manon! —La voz de Aldonza, imperativa y urgente, los hizo volverse hacia la terraza. La mujer, de pie en el umbral, dirigía su llamado hacia el jardín sumido en la oscuridad—. Adentro, ahora.

—¿Podrías ir al banco mañana por la mañana? —pidió Manon deprisa.

—Por la mañana es imposible.

—Ahora —repitió la anciana.

Manon lo besó rápidamente en los labios, se recogió el ruego del vestido y escapó, tal como había hecho la noche anterior en el teatro. Lo dejó solo, aturdido y con varios cuestionamientos sin respuesta.

Capítulo XVI

Tres días más tarde, el sábado 7 de septiembre, los periódicos londinenses se preguntaron a qué se debía la ausencia en la bolsa de la señorita Manon Neville, que, desde el miércoles, no se presentaba en el salón de Capel Court junto a sir Percival, como era su costumbre. No se trataba de un problema de salud, pues se la veía llegar por las mañanas a la sede del banco en Cornhill Street. Sin embargo, al mediodía, partía con su carruaje hacia el norte de la City.

Jacob Trewartha soltó *The Times* junto con una imprecación, que sobresaltó a su secretario. Aunque la prensa se entretuviese con la señorita Manon, el escándalo por la muerte de Ramabai no terminaba de apagarse debido a la tenacidad con que Goran Jago seguía investigando las circunstancias del desbocamiento de la yegua. Ahora había comenzado a indagar acerca de sus finanzas y de sus «turbios asuntos», como los calificaba, y otra vez las miradas se volvían hacia él, justo cuando estaban por concretar la creación de la sociedad minera.

Despidió a su secretario y abandonó el escritorio para dirigirse hacia el otro extremo del amplio y lujoso despacho. Se asomó por uno de los altos ventanales que daba sobre Leadenhall Street, una de las calles más populosas de la City. Durante un rato se entretuvo observando los transeúntes. Miró de reojo a Trevor Glenn, que leía el *Morning Chronicle* en un sillón.

—¿Qué te ha parecido el tal Antonino Reyes?

Lo habían conocido el día anterior. Porter-White lo había llevado a The City of London y almorzaron juntos. Se trataba del edecán de confianza de Juan Manuel de Rosas, que había viajado desde el Río de la Plata con una carta de su jefe y con los documentos necesarios para firmar el acuerdo para la explotación del cerro Famatina. Balbuceaba el inglés, lo básico; lo demás quedaba al arbitrio de la traducción de Porter-

White. Reyes pretendía volver a Buenos Aires con el contrato firmado, una copia certificada por notario de la constitución de la Río de la Plata Mining & Co. y una letra de cambio de la Neville & Sons por un anticipo de sesenta mil libras para comenzar con los trabajos de explotación.

—Me pone un poco nervioso la prisa que le imponen al asunto —confesó Trevor Glenn—. Está claro que, apenas recibida la carta de Porter-White, Rosas dispuso todo en pocos días y embarcó a Reyes en el primer clíper que zarpó de Buenos Aires. Y ahora quiere liquidar el contrato de explotación minera en un santiamén.

—No quieren perder tiempo —justificó Trewartha—. Cuanto antes acabemos con la cuestión legal, antes se comenzará con la extracción del oro y de la plata.

—Cuando le pregunté qué sabía de Facundo Quiroga —evocó Glenn—, se puso muy nervioso. Porter-White tradujo lo que Reyes dijo, que Quiroga estaba de acuerdo con Rosas en todo. Si quieres mi parecer, mentían.

—Vamos, escupa el sapo —lo apremió Trewartha—. Sé que quieres decir algo más y no te atreves.

—Creo que Quiroga, el hombre poderoso de la provincia donde está el cerro, o sea, quien tiene la autoridad para decidir el destino del mineral, no sabe nada de este asunto.

Trewartha rio sin ánimo.

—Es muy probable —admitió—. Pero cuando se entere de que Rosas se le adelantó, los mineros ya estarán trabajando en el Famatina y no tendrá más opción que aceptar. U oponerse al poder de Rosas.

—A menos que Quiroga cuente con el apoyo de Blackraven —especuló Trevor Glenn—. Entonces, veremos quién se quedará con la explotación del cerro.

La mención de Blackraven empeoró el humor de Trewartha, que, tras mascullar un insulto, devolvió la atención a los transeúntes. Habló con acento enojado sin volverse.

—Ordénales a nuestros hombres que sigan a Reyes a todas partes y que revisen la habitación del hotel donde se aloja. ¿Dónde se aloja? —se interesó.

—En el Durrants.

Trewartha alzó las cejas, admirado: el Durrants era uno de los mejores hoteles de la ciudad.

—Se ve que Rosas no se preocupa por los gastos. Hazlo seguir —reiteró.

—Creo que no será posible. Nuestros hombres han desaparecido —anunció.

—¿Cómo, desaparecido? —se ofuscó—. Malditos indios del demonio.

—Desde mediados de julio no sé nada de ellos. No podemos culparlos, hacía semanas que no les dábamos un chelín. El lunes fui a la pensión donde vivían, en Whitechapel. El dueño me reclamó media corona de alquiler atrasado. Le pagué, pese a que no me sobra el dinero —aclaró con intención—, y lo hice porque pretendía que me dijese si sabía algo de ellos.

—¿Qué te dijo?

—El 15 de julio, uno de ellos regresó a la pensión, hizo un atado con sus cosas y se marchó.

—¿Solo uno de ellos? —Glenn asintió—. ¿El 15 de julio, dices?

—Recordaba con exactitud la fecha porque siempre conmemora el 15 de julio, la fecha en que Napoleón Bonaparte se rindió a los ingleses. Él era marinero del *Bellerophon*, el buque inglés que bloqueó el puerto de Rochefort y lo atrapó.

Trewartha, que no oía la explicación de su amigo, se frotaba el mentón y calculaba. Hacía más de dos meses que habían perdido contacto con sus hombres, los que había traído desde la India para que lo ayudasen en la búsqueda de Ramabai. Tras la aparición de su esposa, no había vuelto a convocarlos porque no contaba con el dinero para pagarles; los había abandonado a su suerte.

—¿Cuál de los cuatro regresó por sus cosas a la pensión? ¿El dueño te dio alguna seña?

—Debió de ser Rudra —respondió Glenn—, pues mencionó sus ojos.

—¿Rudra? —se impacientó Trewartha—. No recuerdo a ningún Rudra.

—Es que no viajó con nosotros —le recordó el escocés—. Rudra es el hermano de Manoj. Hace más de veinte años que vive en Londres. Era el sirviente del anterior presidente de la Corte, hasta que este murió y quedó en la calle.

—Dices que el dueño de la pensión mencionó sus ojos. ¿Qué tienen de extraño sus ojos?

—Dijo que eran como dos esmeraldas. ¿No te acuerdas de los ojos de Rudra?

—No —desestimó Trewartha—. Solo lo vi una o dos veces.

—No me gusta nada esto, Jacob —se lamentó Glenn—. Esos hombres son parte de la secta de los *thugs*. Son peligrosos.

Por la tarde, tras el cierre de la bolsa, que los sábados terminaba sus actividades una hora antes, se reunieron con Julian Porter-White en The City of London. Aguardaban a Antonino Reyes de un momento a otro.

—Dime una cosa, Julian —preguntó Trevor Glenn—, ¿por qué Rosas exige una garantía de la Neville & Sons? ¿Por qué no de la Child & Co. o de la Baring Brothers?

—Detesta a la Baring Brothers —respondió Porter-White—. Hubo un asunto muy turbio en el 24, cuando una comitiva viajó desde Buenos Aires a Londres para solicitar un empréstito. Se suponía que el dinero serviría para construir el puerto y unas ciudades en la frontera. Del millón de libras que se pidió prestado, al Río de la Plata llegó muy poco, y nada se empleó para las obras previstas. Se perdió en la creación de un banco y en los bolsillos de los funcionarios de la comitiva y de sus amigos. Baring Brothers es sinónimo de ladrones para las gentes de mi país. En cambio, el nombre Neville es sinónimo de transparencia.

—¿Por qué? ¿Qué saben de Neville en aquellas tierras perdidas de la mano de Dios? —se extrañó Trewartha.

—La comitiva de Buenos Aires primero fue a ver a mi suegro por lo del empréstito. Pero sir Percival se negó a otorgarlo porque se dio cuenta de que se trataba de una cuestión poco clara. Su negativa trascendió en los salones porteños, y por esta razón ahora su nombre está muy bien reputado.

—¿Has hablado con tu suegro para pedirle que respalde el proyecto? —se impacientó Glenn.

Porter-White le dirigió un vistazo despreciativo antes de contestar con la mirada fija en Jacob Trewartha.

—Estoy en ello.

* * *

Alexander se hallaba en la barraca del puerto. Se ocupaba él mismo de completar la documentación del próximo cargamento, varias cajas con lingotes de oro que transportaría a Nápoles por cuenta de la Casa Neville. La exportación de metales preciosos siempre requería un secretismo y un plan detallado que él no delegaba en nadie. Por parte de la Neville & Sons, solo aceptaba tratar con el propio sir Percival o con Benjamin Godspeed. En esa oportunidad, también Thibault Belloc se había presentado con Godspeed, director de la British Assurance. Acababan de entrar en su despacho. Se disponían a planificar la cuestión del traslado del oro desde la bóveda del banco hasta la peligrosa zona del puerto y también negociarían la contratación del seguro.

Cerca del mediodía, con las cuestiones principales acordadas, Belloc y Godspeed se pusieron de pie; debían regresar al banco. Alexander los acompañó fuera.

—Una palabra contigo, Thibault —solicitó, y el gascón asintió.

—Te espero en el carruaje —dijo Godspeed, que, tras despedirse, se alejó hacia el coche.

Alexander y Belloc se miraron a los ojos.

—Necesito hablar con la señorita Manon —expresó Alexander, y Thibault asintió sin alterar el gesto, como si hubiese sabido de qué le hablaría—. El jueves y ayer viernes le envié mensajes al banco, pero no consigo que me reciba.

—Un asunto importante la mantiene ocupada por estos días.

—Dos de mis amigos, Jimmy y Rafael, me enviaron aviso diciéndome que están ocupándose de un paciente en Clerkenwell. ¿Tiene esto que ver con el asunto de la señorita Manon?

Belloc asintió.

—Si quiere visitar a sus amigos —dijo el gascón—, podrá encontrarlos esta tarde en el 23 de Yardley Street. Buenos días, milord.

—Buenos días, Thibault. Y gracias.

* * *

Manon y Aldonza se dirigían al hospicio en Clerkenwell pasadas las dos de la tarde. Lo hacían un poco más tarde de lo usual pues Manon había decidido asistir a la bolsa para acallar las habladurías. Su padre se había enojado porque atraía una atención indeseada. Un periodista de *Morning Chronicle* la había seguido el día anterior, y esa mañana el titular del popular periódico rezaba: «*La heredera de la Casa Neville visita un hospicio*».

—¿Cuánto crees que les tomará a esos cuervos descubrir quién vive en el asilo de Clerkenwell? —la increpó sir Percival, y, aunque Manon no replicó para evitar una discusión, deseó: «Ojalá lo descubrieran y todo saliese a la luz».

No veía la hora de llegar y de saber cómo evolucionaba la pierna rota de Timothy. Ese sábado 7 de septiembre se cumplían tres días desde el accidente y hasta el momento su primo no había tenido fiebre ni otro malestar, más allá del entablillado y de la necesidad de guardar cama.

Entró en el hospicio seguida por Aldonza y Belloc. Traían regalos para Timothy, un atado de ropa limpia y un ramo de flores. Aldonza había preparado pasteles de nata y cerezas, horchata de almendras y yemas quemadas para James Walsh y Rafael. Los empleados los saludaban con obsecuencia después de tres días de propinas suculentas.

Aún mantenían a su primo en la enfermería. Manon anhelaba que lo trasladasen a su habitación, que ella misma había decorado tiempo atrás y que poseía una estupenda vista del parque del hospicio, el lugar favorito de Timothy, donde transcurría la mayor parte del tiempo cuando el clima se lo consentía. Apenas entró, vio a otro hombre junto a la cama de su primo, además de los cirujanos James y Rafael. Era alto y se encontraba de espaldas a la puerta; conversaba animadamente con Timmy; lo hacía reír. Se detuvo en seco al reconocerlo.

—¡Manon! —la llamó su primo al verla—. ¡Él es Alex! —exclamó.

La enterneció que lo pronunciara a su modo, algo así como «Alez». Avanzó forzando una sonrisa y con los pensamientos embarullados; no conseguía discernir las consecuencias de la presencia de Alexander Blackraven en el hospicio en el que los Neville escondían a su vástago malogrado. Se deshizo deprisa de la capota y de los guantes, que dejó sobre una silla, y se aproximó a la cama de Timothy.

—Buenas tardes, Jimmy. Buenas tardes, Rafael. Milord —dijo, y le destinó una mirada escurridiza antes de inclinarse y besar la frente de su primo—. ¿Cómo te sientes, cariño?

—Alex es amigo de Jimmy y de Rafael —explicó el joven—. Y es capitán de un barco. Mira el regalo que me trajo. —Se trataba de un clíper a escala, una artesanía con un nivel de detalle sorprendente; debía de haber costado una fortuna—. Su barco se llama... ¿Cómo se llama, Alex?

—*Leviatán* —contestó Manon en su lugar, y sorprendió a Timothy, que la miró con un ceño—. El capitán Alexander es hermano de mi amiga Isabella. ¿Recuerdas que te hablé de Ella?

—¿Ella también vendrá a verme?

—Si tú lo deseas —intervino Alexander—, le pediré que venga.

Timothy sonrió de modo exagerado, achinando aún más los ojitos y mostrando los dientes, lo que causó risa a los adultos. Aldonza y Thibault se acercaron para saludar, y Manon aprovechó para apartarse y hablar con los cirujanos, que se mostraron muy optimistas. Después de tres días, la herida no se había inflamado y los bordes se encontraban apenas enrojecidos. Lo más importante era que Timmy no había levantado temperatura, ni siquiera por la noche. Se mostraba de buen ánimo; comía y dormía bien.

—¿Volverá a caminar normalmente?

—Creemos que el hueso soldará debidamente —aseguró Rafael—. Quizá al principio necesitará apoyarse en una muleta. Después lo hará como siempre.

—Es un muchacho muy sano —apuntó James Walsh.

—Y está en las mejores manos —añadió Manon—. No sé cómo los compensaré por lo que han hecho por él.

—Bueno —dijo Rafael, y alzó la comisura en una sonrisa taimada—, si Aldonza sigue trayéndonos esos manjares, tu deuda con nosotros estará bien saldada.

Aldonza convocó a una empleada y le pidió el servicio de té, tras lo cual dispuso la pastelería sobre una mesa. Mientras ayudaba a su abuela a servir, Manon lanzaba vistazos furtivos hacia la cama de Timothy, donde Alexander le enumeraba las partes del clíper y para qué servían, y lo hacía con una paciencia admirable. Conseguía que su primo, usualmente movedizo y parlanchín, se mantuviese concentrado y callado.

Le alcanzó una taza de té. Al recibirla, Alexander le acarició la mano con disimulo. Se miraron fijamente. Bastó el efímero contacto para que la recorriese un erizamiento. Unos minutos después, Alexander se aproximó a la mesa para devolver la taza vacía.

—Doña Aldonza, nunca había comido pasteles tan deliciosos —afirmó en español, y la anciana sonrió con una expresión satisfecha—. Señorita Manon, he visto que aquí tienen un espléndido jardín. Me gustaría recorrerlo. ¿Me concedería el honor de su compañía?

Aldonza le echó la esclavina sobre los hombros y le entregó el parasol de encaje. Salieron al parque, donde varios pacientes y sus cuidadores disfrutaban de esa tarde de finales de verano. Caminaron por la hierba bien recortada y fragante. Se oía el trino de las aves. De tanto en tanto, una risotada disonante o un grito los devolvía a la realidad del asilo.

—Catorce años atrás —comentó Manon—, mi padre eligió este hospicio para Timmy. Lo hizo, entre otras virtudes, por este magnífico parque. Fue una decisión acertada, pues se ha convertido en su sitio preferido. Pasa mucho tiempo aquí fuera. Es un gran jardinero. ¿Ves aquel parterre? Thibault y mi abuela lo ayudaron a armarlo con esquejes traídos de Larriggan Manor y del jardín de nuestra casa en Londres. Es muy hábil con las plantas.

—Vamos a verlo de cerca —la invitó Alexander.

Lo admiraron en silencio.

—Creerás que los Neville somos unos monstruos —susurró Manon—. Monstruos que rechazan a los suyos porque no son perfectos a los ojos de la sociedad.

—No, no —replicó Alexander en un susurro vehemente—. Jamás pensaría eso de ti. Apostaría cualquier cosa a que, si tú fueses su madre, él no viviría aquí.

—Viviría conmigo —afirmó—. Pero Timothy es solo mi primo. A veces, cuando vengo a visitarlo, deseo llevármelo a casa. Pero sus padres, mis tíos Daniel y Louisa, me lo quitarían solo para escarmentarme, y vaya a saber dónde lo llevarían. Mi abuela asegura que Timmy es feliz aquí.

—Se le iluminó el rostro cuando te vio entrar. Te quiere profundamente.

—Y yo a él.

—Es un muchacho afortunado por contar con tu afecto. ¿Cómo se rompió la pierna?

—Jugando al críquet. —Alexander alzó las cejas, asombrado—. Bueno, jugar al críquet es un decir. Es desmañado al correr, pero ama el críquet y lo juega con devoción. El miércoles por la mañana, tropezó y cayó con todo el peso del cuerpo sobre su pierna doblada. Debió de dolerle terriblemente, pobrecito.

—¿Cómo es que se aficionó al críquet?

—Uno de los residentes, el señor Rodhes, era un gran jugador. Años atrás su familia lo internó por su problema con la bebida. Ahora se entretiene enseñándoles a los otros huéspedes. Por eso te decía que pasa la mayor parte del tiempo en este parque, sea atendiendo sus plantas o jugando al críquet.

—Artie es un gran jugador de críquet. Era el mejor en Oxford. Primer palo abajo. Hoy es miembro del Lord's.

—Lo sé. Ella me lo contó.

—Podríamos llevar a Timmy...

—Oh, no, no —se apresuró a interrumpirlo—. Mi padre se enfadaría muchísimo si lo llevase conmigo a alguna parte. Me permite verlo bajo estrictas condiciones; una de ellas es no sacarlo del asilo.

—Entonces, podríamos traer a Artie aquí para que le dé unas lecciones.

Alexander gozó al verla tan dichosa. La sonrisa que despuntó en sus hermosos labios le hizo destellar los ojos azules, y un sonrojo entusiasta le coloreó las mejillas.

—Oh, cuánto amaría Timmy ver jugar a Artie. Pero Artie está siempre tan ocupado.

—Artie siempre está dispuesto a atender una buena causa —discrepó Blackraven—. Heredó el gran corazón de nuestra madre.

—Tú también lo heredaste.

Alexander la miró con seriedad antes de expresar:

—Espero que no te haya molestado encontrarme hoy aquí.

—Me sorprendió, solo eso. Supiste de este sitio por Jimmy y Rafael, supongo.

—Fue Thibault quien me dio la dirección. Le dije que quería verte.

—¿Ha ocurrido algo? —se preocupó.

Alexander sonrió y le acarició la mano con disimulo. Las ansias por besarla crecían con el paso de los segundos.

—No ha ocurrido nada —la tranquilizó—. Deseaba verte. El miércoles por la noche, en el jardín de tu casa, me ordenaste que no hablara con tu padre acerca de nosotros. Dijiste que no era el momento.

—No lo es —ratificó.

—¿Por qué? —la interrogó con acento, más que ofendido, dolido.

—Si hablases con mi padre, la cuestión se volvería formal e insoportable, sin mencionar que nos convertiríamos en el centro de interés de la prensa. Nos perseguirían, no nos dejarían en paz.

—¿No estás dispuesta a soportar eso por mí? —la apremió, airado.

—Por ti, estoy dispuesta a soportar cualquier cosa —replicó con una calma y un aplomo que dejaron mudo a Alexander—. Solo te pido un tiempo que nos permita conocernos libremente, sin ataduras, sin compromisos, sin el juicio inclemente de la sociedad que penda sobre nosotros. Podríamos llegar a descubrir que nuestros temperamentos son irreconciliables. —Alexander soltó una risa sardónica y apartó la mirada, irritado—. Aun cuando ríes sin alegría —dijo Manon—, aun cuando estás enojado, eres el hombre más apuesto que conozco. —Alexander le devolvió su atención, la miró a los ojos, después le observó los labios—. Pero bueno, eso ya lo sabes, que eres el hombre más guapo que existe.

—Ahora intentas sanar mi orgullo herido con zalamerías.

—Solo digo la verdad.

—Algunas voces afirman que has decidido permanecer soltera, pues no quieres perder la libertad. ¿Qué dices a eso? —la increpó.

—Acabo de decirte que haría cualquier cosa por ti —le recordó con paciencia.

—¿Aun perder la libertad?

—¿La perdería? Contigo a mi lado, no lo creo.

Manon supo que la respuesta, nacida de su corazón, lo había conmovido. Las facciones de Blackraven, crispadas por el enojo, se distendieron. Lo vio reprimir una sonrisa.

—Tengo tantos deseos de besarte —lo escuchó decir, y habría preferido que no se le arrebolasen las mejillas; le sentaba mal.

—Y yo de que lo hagas —aseguró, y sonrió al verlo sonreír abiertamente, y lo contempló con detenimiento dispuesta a memorizar la imagen de esa sonrisa perfecta, que había arrasado con la tristeza que ella siempre le descubría en la mirada.

—Me alegra saberlo. Ya es algo —dijo él con ánimo entre bromista e irónico. Extrajo el reloj de leontina de la chaqueta y consultó la hora—. Debo regresar a Londres. Está al llegar la otra nave que me escoltará cuando transporte el oro de la Casa Neville.

—¿Cuántas naves te escoltarán?

—Dos, el *Constellation* y el *Miss Melody*. Cada uno cuenta con seis cañones Paixhans de treinta libras cada uno, con municiones explosivas.

—¿Es mucho armamento?

—No lo es —admitió—, pero un clíper posee la mejor arma: la velocidad. No quiero que te preocupes: el oro de la Neville & Sons llegará a la sede de Nápoles —prometió Alexander, y no consiguió resistir la tentación y le pasó velozmente el dorso de los dedos por la mejilla.

—No me preocupa el oro —aclaró Manon—. Me preocupo por ti y por tu tripulación. Quiero que regreses a mí sano y salvo.

Alexander apretó las mandíbulas en un acto mecánico, mientras luchaba contra las ansias de arrastrarla hacia un sector recóndito del parque y besarla. Tras esa pausa, en la que intercambiaron miradas, al mismo tiempo, silenciosas y reveladoras, Alexander afirmó en voz baja:

—Lo haré. Confía en mí.

—Ciegamente —afirmó Manon, y la contundencia de la palabra se exacerbó dada la mesura con que la pronunció—. ¿Concurrirás esta noche a la velada en casa de mi tío Charles-Maurice? Él nos brindará la intimidad que necesitamos para hablar. Hay algo que necesito contarte.

—Allí estaré —dijo, y extendió el brazo para indicarle el camino de regreso a la enfermería.

—Gracias por el magnífico regalo que le hiciste a Timmy. Pocas veces lo he visto tan entretenido con algo.

—Fue un placer. ¿El domingo nos acompañarás a los Jardines de Vauxhall? Obby no habla de otra cosa. Tal vez prefieras quedarte con Timmy —conjeturó.

—Visitaré a Timmy por la mañana. Por la tarde iré a Vauxhall.

Manon lo observó con el rabillo del ojo: Alexander bajó la vista para esconder una sonrisa.

* * *

Entró en la barraca del puerto y avistó a Samuel Bronstein, que lo aguardaba en la antesala de su despacho. Le habían servido té y galletas de manteca. El investigador se puso de pie al verlo. Alexander le indicó la butaca del otro lado del escritorio mientras se quitaba la chistera y los guantes.

—Dani Mendoza te envía sus saludos —transmitió Bronstein—. Pregunta cuándo volverá a verte en la academia. Hace días que no practicas.

—He estado muy ocupado —alegó, y se sentó al escritorio, frente a su amigo—. ¿Quieres algo más fuerte que té? —ofreció.

—No, no, este té es magnífico. Leí hoy en *The Times* que la Royal Society reconoció y clasificó esa planta de Sumatra que presentaste meses atrás.

—La gutapercha —precisó Alexander—. Sí, el duque de Sussex me lo confió hace unos días. Ayer se hizo el anuncio oficial.

—¿Por eso traías esa cara distendida, casi sonriente? —bromeó el investigador

Pese a que soltó una risita irónica, lo fastidió el comentario, no porque lo juzgase impertinente o carente de tacto, sino porque demostraba que, pensando en Manon Neville, bajaba la guardia y quedaba expuesto.

—Estaba imaginando el beneficioso contrato que celebraré con alguna de las hilanderías de Manchester por este asunto de la gutapercha —mintió.

Bronstein asintió. Su gesto fue cobrando sobriedad.

—¿Has visto a la señorita Manon últimamente? —preguntó, y lo tomó por sorpresa.

—No —volvió a mentir—. ¿Por qué lo preguntas?

—Días atrás, el 2 de septiembre para mayor exactitud —puntualizó Samuel Bronstein—, fue a verme a casa con Belloc.

Alexander se incorporó en la butaca, apoyó los antebrazos sobre el escritorio y se tomó las manos.

—Prosigue —lo instó.

—Quería saber acerca de la muerte de Francis Turner. Ni siquiera sabía su nombre. Preguntó acerca de la muerte del geólogo recién llegado de América del Sur. A continuación, me pidió que siguiera a su cuñado.

—¿A Porter-White? —se desconcertó Alexander, y Bronstein asintió.

—Me contó que Porter-White recibió una carta de América del Sur fechada el 1° de abril de este año en la que un tal… —extrajo una libreta y leyó lentamente y con mala pronunciación—: Juan Facundo Quiroga le decía que no seguiría adelante con el plan para explotar el cerro.

—¿El cerro?

—Exacto. No especificaba de qué cerro se trataba.

Alexander se sujetó el mentón y bajó la vista.

—¿Algo más? —dijo tras unos instantes.

—No, nada más. He venido hoy hasta aquí para contarte esto pese a que estoy faltando al principio de confidencialidad propia de mi oficio. Pero te lo debía. Nada he podido hacer por ti últimamente. Todos mis esfuerzos, sean estos para descubrir el asesino de Turner o para averiguar sobre la talla que pesa sobre ti, se han demostrado infructuosos. Te lo debía —insistió—. No lo haría con cualquiera, Alex —advirtió—. Lo hago contigo porque sé que estoy frente a un caballero.

—Gracias por contármelo. Y quédate tranquilo. Esto que acabas de referirme es como si jamás lo hubieses mencionado.

* * *

Manon le pasaba a Catrin las presillas con las que le sujetaba un rodete del cual nacían varios bucles que le colgaban hasta la mitad de la espalda. Para finalizar el tocado, la muchacha le colocó una diadema de brillantes y zafiros, que combinaba a la perfección con el vestido de sirgo azul ultramarino.

Llamaron a la puerta: eran Aldonza y Thibault. Manon despidió a la doméstica y abandonó el tocador. Les lanzó una mirada interrogativa en tanto se colocaba los largos guantes de raso blanco.

—Estás bellísima, cariño —afirmó Aldonza, visiblemente orgullosa.

—Lo dejarás sin aliento —opinó Belloc, y Manon ocultó una sonrisa al bajar el rostro para abullonar la manga *beret*.

—Manon —dijo su abuela, y su tono firme la hizo levantar la mirada—, hemos descubierto dónde guarda la Serpiente sus documentos más importantes. En la habitación ocupada por su hermana.

—Oh —se sorprendió—. ¿Cómo lo descubrieron?

—Esta mañana, alrededor de las once —dijo la anciana—, lo vi entrar de la calle. Enseguida les hice saber a los sirvientes que saldría de compras. Alguno debe de ser su soplón.

—O algunos —acotó Belloc.

—Cuestión que al creerse solo —prosiguió Aldonza—, con Alba como única presencia en la casa, entró en su habitación con varios papeles en la mano. Salió un rato más tarde sin ellos.

—Entré hace un momento —intervino Thibault—, aprovechando que la señora Alba está abajo, lista para partir a lo del príncipe de Talleyrand, y descubrí una caja de hierro mediana, de unos dos pies de altura —usó las manos para marcarla—. La tienen oculta tras el armario. Lo desfondaron para que encajase dentro.

—¿El gabinete Hepplewhite? —se escandalizó Manon, pues se trataba de una pieza de caoba finísima.

—El mismo —confirmó Belloc—. Le quitaron la placa trasera —reiteró—. Muy ingenioso. Si abres el armario, no la verás enseguida, porque la caja quedó medio oculta entre los trajes y las cajas de sombreros.

—¿Podrás abrir la cerradura? —preguntó Manon.

—No —respondió Belloc, tajante—. Posee la misma cerradura de la bóveda del banco, con un detector Chubb. No solo es casi imposible abrirla sin la llave, sino que queda constancia de si ha sido forzada o manipulada.

—Debe de ocultar documentos importantes para haberse tomado tantas molestias —dedujo Manon—. Comprar una caja fuerte con esa cerradura y ocultarla en el dormitorio de Alba no son medidas que se toman para guardar simples cartas de familiares. Pero ¿cuándo la subió? Transportar por la escalera semejante caja sin que nadie lo note es imposible.

—No la subió por la escalera —aseguró Belloc—. Debió de ingresarla por la ventana de la habitación, que da al jardín. Con la ayuda de un cabrestante y unos tres hombres, bien pudo haberlo hecho.

—¿Qué oculta ese miserable? —se preguntó Manon.

—Nada bueno —sentenció Aldonza.

Un rato más tarde, se dirigían en el carruaje hacia Hanover Square, a la residencia del embajador francés. Alba intentaba darle conversación. Manon la ignoró y le preguntó a su tío Leo si había recibido noticias de Anne-Sofie, que seguía en Cornualles.

—Recibí carta ayer —dijo Leonard con acento preocupado—. Tu tía no está bien, querida. La somete un cansancio tenaz, y los dolores en las articulaciones no le dan tregua.

—Deberías ir a verla, tío —sugirió Manon, y miró de reojo a Tommaso Aldobrandini, sentado a su lado; mantenía el rostro dirigido hacia la ventanilla, interesado en la noche londinense.

—Debería —concedió Leonard—, pero no ahora. Masino y yo viajaremos a Nápoles en el *Constellation*. ¿Recuerdas? Para asistir al remate de esos cuadros de la colección del marqués de Ávalos, que tanto te interesan.

—Sí —dijo Manon—, los óleos del Garófalo.

—Ah —exclamó Porter-White—, viajarán entonces con el oro para nuestra sede en Nápoles.

Manon habría sido capaz de atacarlo, de golpearlo, de arañarlo, de escupirlo. Ese miserable le inspiraba sentimientos oscuros que ni siquiera sus tías Charlotte y Louisa le despertaban. La ira se dirigió hacia su padre, que le había revelado lo del transporte del oro. Su indiscreción podía costarles la vida a Alexander y a su tripulación.

Lo miró a los ojos, y le resultó evidente que su cuñado había hablado para ella, para lastimarla, para hacerle sentir que ganaba posiciones en la Casa Neville y en la confianza de sir Percival. Lo habría interrogado acerca de Facundo Quiroga con la sola intención de desconcertarlo. Se contuvo; no era ese el modo en que los estrategas se movían ni planeaban sus golpes. No permitiría que las emociones la dominasen. Apartó la mirada; sostener la de esos ojos oscuros y malévolos le resultaba intolerable. Pensó en el tal Antonino Reyes, que había llegado días atrás del Río de la Plata y con el cual su cuñado se había encontrado en varias ocasiones, según el reporte que Samuel Bronstein le había entregado esa mañana. Podía tratarse de un simple conocido rioplatense o de algo más relevante. El investigador intentaría averiguarlo.

Llegó contrariada a la embajada francesa. Apenas entró en el salón avistó a su padre, que conversaba con el duque de Wellington.

Había concurrido a una reunión en White's por la tarde y desde allí se había dirigido a la velada de Talleyrand. Apenas los avistó, Neville se aproximó con Arthur Wellesley. Mostró particular interés en Alba Porter-White, que actuó como solía actuar en presencia de sir Percival: fingiéndose una virtuosa viuda.

—Manon, querida ahijada —la saludó el duque de Wellington—, luces cada día más encantadora.

Manon apenas esbozó una sonrisa e inclinó la cabeza en señal de gratitud. La ira, los celos y el miedo le habrían impedido pronunciar una palabra. Por fortuna, la anfitriona, la duquesa de Dino, declaró:

—Sir Percival, lo privaré de su hija por un momento. Mi Pauline me ha hecho prometer que se la llevaría apenas llegase. Necesita hacerle una pregunta acerca de una de sus heroínas mitológicas más admiradas: Palas Atenea. Asegura que solo Manon sabrá responder. —Al pie de la escalera, la duquesa susurró—: El conde de Stoneville te aguarda arriba, querida, en la biblioteca.

—Oh —exclamó, y en un acto mecánico se cubrió las mejillas acaloradas con las manos y se acomodó la diadema.

—Estás adorable —aseguró la anfitriona.

—Gracias, Dorothée —murmuró con voz nerviosa.

La duquesa de Dino la acompañó hasta la puerta y le guiñó un ojo antes de retirarse. Manon apoyó la mano en el picaporte y notó que le temblaba. Pocas horas atrás, en el hospicio, rodeados de personas, se habían limitado a caminar y a conversar. En esa instancia, se encontrarían solos. Abrió con indecisión. Alexander Blackraven, que contemplaba los lomos de los libros, se giró súbitamente y le sonrió con una dicha tan sincera, que le cambió el humor. Se recogió el ruedo del vestido y caminó a paso rápido hacia él, de pronto urgida por la sensación de conforto y de seguridad que, sabía, hallaría entre sus brazos. Blackraven la imitó y le salió al encuentro. Se abrazaron a mitad de camino.

Alexander Blackraven estaba más hermoso que de costumbre, con un bozo que empezaba a oscurecerle las mandíbulas, en especial alrededor de la boca. Le cubrió la cara con las manos y lo besó en los labios.

La emoción que Manon Neville le inspiraba era tan desconcertante que le resultó natural intentar reprimirla; iba de acuerdo con su naturaleza y con la herida que le había infligido su primer amor. El intento duró poco. Allí, de pie junto a la puerta, deslumbrante en ese traje azul, apetecible con su expresión de tímida alegría, su mirada anhelante lo alcanzó y le derritió la coraza que se imponía conservar. Bastó que ella avanzara hacia él, resuelta y valiente, para que sus piernas se moviesen como gobernadas por una fuerza externa y decididamente superior. Acabó por destruir el último vestigio de recelo cuando le buscó los labios y lo besó tan libre y desprovista de artificios.

La sorpresa se renovaba en cada oportunidad en que sus bocas se tocaban, porque de nuevo se entregaba a la intimidad con una pasión que había creído muerta, pero, sobre todo, que había creído exclusivamente destinada a Alexandrina Trewartha. Cada beso representaba un desafío, y él, con impaciencia, casi con rabia, se decía que sería la ocasión en la que se demostraría que se trataba de un espejismo, de un deseo vano, ese de buscar en otra lo que había perdido con su amada. Lo que había demostrado la intimidad con mujeres como Samantha Carrington fallaba con Manon Neville, y la oportunidad no se presentaba, y de nuevo se perdía en ese éxtasis que significaba tenerla pegada a su cuerpo, entre sus brazos.

Manon cortó el beso y se abrazó a él. Hundió el rostro en su cuello, donde se concentraba el perfume exquisito de Alexander Blackraven, mezcla del aroma de los cítricos y del romero. Le otorgaba una sensación de comodidad que ya no hallaba en el ámbito natural de su familia o con su padre. Alzó la mirada y debió de comunicar abiertamente su preocupación, pues el gesto de Blackraven se tensó.

—¿Qué ocurre? —se preocupó Alexander—. ¿Algún problema con Timmy?

—No viajes a Nápoles —imploró—. No transportes el oro. Porter-White lo sabe, no sé cómo lo supo, pero acaba de decirlo mientras veníamos hacia aquí, frente a todos, sin importarle nada. Temo que…

—Sentémonos —la invitó, y Manon asintió.

Caminaron abrazados hasta el sofá ubicado frente a la estufa a leña apagada.

—Estás muy hermosa —la halagó Alexander—, aun con esa expresión preocupada —añadió, y le besó el entrecejo para distendérselo, y allí dejó los labios, de pronto invadido por una paz inesperada.

—Tú me quitaste el aliento cuando te vi —confesó Manon—. Bueno, siempre me lo quitas, sin remedio.

Alexander rio por lo bajo, divertido por su acento resignado.

—¿Qué es lo que sabe Porter-White acerca del viaje a Nápoles?

—Sabe que transportarás el oro a la sede de Nápoles. No sé si conoce la fecha exacta u otros detalles. ¡Postérgalo! —volvió a rogar—. Tengo un mal presentimiento.

—Tu cuñado fue imprudente —admitió Blackraven—, pero no puedo demorar la partida. No iremos solo a Nápoles. Transportaremos pasajeros y carga a otros puertos. ¿Qué temes? —quiso saber, y le acunó la mejilla. Su mano parecía enorme, tosca y áspera mientras le sostenía el delicado rostro—. ¿Qué podría hacer con esa información? De seguro, no querría perjudicar al banco de su suegro, donde él mismo trabaja, ¿verdad?

Manon le cubrió la mano pegada a su mejilla con la suya y movió el rostro hasta besársela. Cerró los ojos, de pronto maravillada y un poco incrédula de que fuese ella la protagonista de ese momento con Alexander Blackraven.

—No confío en él —afirmó al cabo de esa pausa—. Es ladino, embustero y ambicioso. Hay algo que quiero contarte desde hace días, solo que nunca encontraba la ocasión. Se trata de él, de Porter-White —aclaró.

—Dime —la alentó Blackraven.

—Tiempo atrás, hurgué su correspondencia en el banco. No me juzgues con dureza—suplicó.

—No, no, jamás lo haría. Imagino que tuviste una buena razón.

—Entre su correspondencia, encontré una carta de un tal Juan Facundo Quiroga, un hombre de la Confederación Argentina. ¿Lo conoces?

Blackraven asintió con gravedad.

—¿Qué decía Quiroga en su carta?

—Que lo del acuerdo por la explotación del cerro no seguiría adelante. Le daba algunas razones, como las turbulentas cuestiones políticas. Supongo que hablaba de una explotación minera. Tiempo atrás, hablando de este tema con mi tío Charles-Maurice, me refirió un artículo del *Morning Chronicle* acerca del asesinato de un geólogo recién llegado del Río de la Plata. —Se detuvo y le aferró las manos—. Sé que era tu amigo. Lo siento muchísimo.

Alexander asintió, la expresión cada vez más endurecida, los ojos cada vez más oscuros.

—¿Qué piensas? ¿Por qué querías hablarme de esto? —La desesperación que claramente se reflejó en la mirada de Manon lo conmovió—. ¿Qué sucede? ¿Temes decirlo?

—Pienso en Cassie y en mi sobrino William y me estremezco.

—Crees que existe una conexión entre esa carta de Quiroga y la muerte de mi amigo Francis Turner, ¿verdad?

Manon asintió.

—Sé que no es suficiente para probar nada. ¡Lo sé! —Se llevó las manos a las sienes y apretó los ojos—. Tal vez esté desvariando por la gran desconfianza y el resentimiento que Porter-White me inspira, pero...

Alexander la abrazó y le habló al oído:

—Siempre, *siempre* —remarcó— confía en tu instinto.

—Sí, sí —afirmó, aferrada a él—, siempre lo haré. Por eso no quiero que vayas a Nápoles, porque mi instinto me dice que...

Alexander la acalló con un beso que planeó cortar rápidamente y que se prolongó porque no habría podido apartarse de ella, del interior de su boca, de la timidez con que su lengua respondía a la de él, de la generosidad con que le respondía, de la sensación de plenitud que ella le proporcionaba. Le dio por recordar lo que Goran Jago le había explicado acerca del opio, que le causaba una euforia y una plenitud por la que habría dado la vida. ¿Manon Neville terminaría por convertirse en su opio? Se apartó y la estudió con un espíritu crítico e, intentó, mesurado. Ella le devolvía una mirada confiada y transparente, en la que se descubría la adoración que sentía por él. Alexandrina también lo había contemplado con devoción para después casarse con otro en cumplimiento del mandato paterno. «Manon Neville no es Alexandrina Trewartha», había asegurado Estevanico, y tenía razón.

—Hoy, en el hospicio, te pedí que confiases en mí —le recordó—. Todo irá bien en el viaje a Nápoles.

Manon se irguió y se acomodó los mechones que se habían aflojado.

—Y yo confío en ti, ciegamente —reiteró—. Perdóname por esta muestra de flaqueza. No suelo ser de este modo. Este asunto con mi cuñado me altera con facilidad.

—¿Por qué crees que existe una conexión entre la carta que le escribió Quiroga y la muerte de Francis? ¿Has escuchado algo más sobre esta cuestión?

—No —admitió—. Pero apenas supe de la muerte de Turner y que era un geólogo recién llegado del Río de la Plata, no pude evitar asociarlo con mi cuñado y con la carta de Quiroga. La carta estaba fechada el 1° de abril de este año. Yo la encontré el 12 de julio. La muerte de Turner ocurrió el 23 de junio.

—El 22 por la noche —precisó Alexander.

—Muy bien, el 22. Es muy probable que la carta de Quiroga llegara a Londres antes del asesinato de Turner y que su contenido, por alguna razón desconocida, tuviese que ver con lo que Turner descubrió en el Río de la Plata. ¡Oh, qué gran embrollo! —se desmoralizó—. Creerás que tengo una imaginación demasiado vívida y que soy una fabuladora.

—Jamás me atrevería a pensar eso de la Formidable Señorita Manon —bromeó.

—Te burlas de mí —le reprochó y bajó el rostro para ocultar el sonrojo.

Alexander le colocó el índice bajo el mentón y la obligó alzar la mirada.

—Te admiro —aseguró—. Admiro que hayas pensando en conectar los dos eventos. Y te agradezco profundamente por haber compartido esta información conmigo.

—¿Crees que podría ser de utilidad para descubrir quién lo asesinó?

—Es pronto para afirmarlo, pero si nos condujese a su asesino, sería gracias a ti.

—¿Por qué habrá ido al Río de la Plata? Turner, me refiero.

Alexander se lo habría confiado, solo que se trataba de un asunto que atañía también a su padre. No habría sido prudente revelarle a la hija de Neville una información tan sensible sin antes consultarlo con él.

—Sus papeles y sus documentos desaparecieron del apartamento que alquilaba en la zona de Westminster —contestó con vaguedad—. Quizá nunca sepamos qué descubrió en aquella tierra.

—¿El asesino robó sus documentos y sus papeles? —se sorprendió Manon. Alexander asintió—. Esto confirmaría que su muerte tuvo que ver con su actividad como geólogo.

—Es probable que tuviese que ver, pero hasta el momento Scotland Yard no ha encontrado una sola pista. Ahora quiero que me prestes atención. —Le cubrió los delgados hombros y los apretó ligeramente—. ¿Con quién has hablado de este asunto? ¿A quiénes les has revelado lo de la carta de Quiroga y tus sospechas de la conexión con la muerte de Francis? Manon, quiero que seas muy minuciosa en tu respuesta.

La conmovió que la llamase Manon; lo hacía por primera vez. La había llamado señorita Manon, pero nunca había empleado solo su nombre de pila. Cada detalle que evidenciaba la confianza que estaban construyendo la emocionaba, aunque también la ubicaba de frente al abismo oscuro y amenazante que significaba saberlo aún enamorado de su cuñada Alexandrina.

—Se lo mencioné a Samuel Bronstein. Tú lo conoces. —Alexander asintió—. A Goran Jago solo le pregunté sobre la muerte de Turner, pero no le confié mis sospechas. Lo saben también mi abuela y Thibault. Y bueno, mi tío Charles-Maurice, que fue quien me habló por primera vez del asesinato.

—Demasiada gente —se preocupó Alexander—. Si tu presunción fuese cierta y llegase a oídos de Porter-White, estarías en un grave peligro.

—Lo sé, pero confío en esas personas. No hablarán.

A pesar de que Alexander asintió, en su expresión ceñuda se reflejaba el escepticismo. Se puso de pie y le tendió la mano para ayudarla a incorporarse.

—Vuelve ahora a la fiesta —ordenó en un modo expeditivo, casi autoritario—. Yo tendré unas palabras con Thibault antes de presentarme en el salón. ¿Está aguardando en el carruaje?

—No, no. Tío Charles-Maurice lo hace esperar en la cocina.

—Perfecto. Ve y dile a la duquesa de Dino que necesito hablar con Thibault ahora mismo, aquí o donde ella disponga.

—¿Qué le dirás a Thibault?

—Le diré lo que él ya sabe, si es el hombre que creo que es. Le diré que necesito que te cuide especialmente mientras me ausente. Le ofreceré un par de mis hombres.

Manon asintió antes de girarse para abandonar la biblioteca. Exclamó, divertida, cuando Alexander le aferró la mano y la atrajo hacia él. La encerró en un estrecho abrazo, en el que a duras penas conseguía moverse.

—¿Te vas sin despedirte? —le reclamó, mientras la besaba en el cuello y le hacía cosquillas con el bozo—. ¿Te vas sin darme un beso?

Manon reía y se rebullía, incapaz de liberarse; la fuerza de Alexander era infinitamente superior a la de ella.

—Pensé que te habías cansado de mis besos —lo provocó.

—Eso está demostrándose imposible —declaró él con sinceridad.

—Ahora que recuerdo, tengo tu pañuelo en mi escarcela, el que me prestaste en el Covent Garden. Lavado y planchado —aclaró—. Lo traje hoy para devolvértelo.

—Creí que te gustaría conservarlo —fingió ofenderse.

—Por supuesto que me gustaría conservarlo.

—Entonces, hazlo, consérvalo.

—Con una condición. Que lo empapes en tu perfume y me lo devuelvas mañana, cuando nos encontremos en los Jardines de Vauxhall. —Blackraven le destinó una mirada intensa y seria, que la alarmó—. ¿Encuentras ridículo mi pedido?

Alexander movió la cabeza para negar.

—¿Tú qué me darás a cambio? —preguntó en un susurro grave y rasposo.

«Todo lo que soy y poseo», habría respondido; las dudas la obligaron a pronunciar una respuesta más prudente.

—Lo mismo, un pañuelo con mi perfume.

Alexander asintió y la besó rápidamente en los labios. La liberó del inclemente abrazo y se dio cuenta de que lamentaba dejarla ir. Manon hurgó en su escarcela y le devolvió el pañuelo. Alexander lo guardó en el interior de la levita del frac.

—Mañana, a las tres, pasaremos a buscarte con Ella y con Obby para ir a Vauxhall. Ahora ve —la instó, y la siguió con la mirada hasta que ella le lanzó un último vistazo antes de cerrar.

Diez minutos después, Thibault Belloc se presentó en la biblioteca. Se inclinó para saludarlo.

—¿En qué puedo servirlo, milord?

—La señorita Manon acaba de explicarme las sospechas acerca de su cuñado. Sé que estás al tanto de todo, lo cual me complace porque entonces eres consciente del peligro en el que estaría si sus suposiciones resultasen ciertas.

—Lo comprendo perfectamente, milord.

—El miércoles partiré de viaje. No lo haré tranquilo.

—Entiendo, milord, pero la señorita Manon es mi única prioridad, mi gran desvelo.

Blackraven asintió.

—Y eso es un gran consuelo para mí, Thibault. ¿Aceptarías dos de mis hombres de confianza para ayudarte en su protección?

—En verdad es un gesto que aprecio, milord. Pero considero que, dadas las circunstancias, atraeríamos una atención indeseada. El sujeto en cuestión es artero. No debemos subestimarlo.

Blackraven, aunque impotente, aceptó la lógica del razonamiento.

—Entonces, solo queda pedirte que estés muy atento.

—Lo estaré, milord.

—Que cierre con llave la puerta de su dormitorio, en especial durante la noche.

Belloc asintió y se inclinó dispuesto a partir. Se detuvo, se volvió hacia Blackraven, lo miró de hito en hito.

—Aunque tengo una familia en Toulouse, milord, Manon es lo más importante para mí. Daría mi vida por ella. Sin dudar.

Alexander inclinó la cabeza en señal de respeto y también de aceptación; había captado la velada advertencia en las palabras de Belloc.

* * *

—Llévalo a su habitación —indicó a Robert, y le entregó a Obadiah, que dormía en sus brazos—. Que Ludovic se ocupe.

—Sí, milord —dijo el mayordomo, y lo recibió—. Milord —lo llamó, y Alexander se volvió sobre sus pasos—. Una esquela llegó poco después de que su señoría partiese esta tarde. La he dejado sobre el escritorio.

—Gracias, Robert.

Se dirigió a la biblioteca y, mientras se quitaba los guantes, sonreía a la nada evocando el paseo que acababan de dar por los Jardines de

Vauxhall. Pese a la compañía de Isabella y del niño, habían hallado la ocasión para intercambiar los pañuelos. Lo extrajo del bolsillo interno de la chaqueta. Lo observó; era delicado y adorable como su dueña, con las iniciales «M», «G» y «N» bordadas en una tonalidad rosa. No sabía a qué correspondía la «G». Se lo llevó a la nariz. El perfume, en cambio, era intenso, penetrante, misterioso. El objeto y su aroma resumían la compleja esencia de la mujer que, inesperada y sorpresivamente, lo tenía cautivado.

Rompió el sello de la esquela. Era de Samantha Carrington. *Querido Alex, ven hoy a verme cuando caiga el sol. Es importante que hablemos. Se trata de la señorita Neville. Tuya. Samantha.* Insultó entre dientes. La primera reacción le dictó ignorar la convocatoria. Un instante después, al recordar que la viuda de Carrington y Porter-White tenían un amorío, meditó que tal vez obtendría información importante.

Se dio un baño rápido y le pidió a Ludovic que le aprestase un pantalón de montar, su largo paletó de barragán, con el cuello alto, y el sombrero negro de copa baja y ala ancha. Se vistió con impaciencia. Quería acabar con el asunto. Revisó las armas: controló la pistola, una *derringer* pequeña, pero de gran calibre; la ocultó en el bolsillo interno del paletó. Sujetó el estuche del estilete veneciano a la cintura del pantalón y corroboró que el yatagán que le había quitado a uno de los atacantes del puerto se encontrase del otro lado, también en el cinto.

Llegó a eso de las nueve a la zona de los Jardines de Kensington, con el sol que iba muriendo hacia el oeste y una brisa fresca que soplaba desde el norte. Ató el caballo a la verja y cruzó a largas zancadas el sendero de piedra que conducía a la entrada principal. La casa se hallaba envuelta en la oscuridad y en el silencio. Alzó la mano para aferrar la aldaba y notó que la puerta se encontraba entreabierta. Terminó de abrirla con cuidado. Llamó a Samantha desde el umbral. No obtuvo respuesta. Le pareció oír un ruido proveniente de la planta superior. Aferró la *derringer* y se deslizó en un vestíbulo en penumbras. El único sonido lo producían sus botas sobre el entablado del suelo. Su conocimiento de la casa y su excelente visión nocturna le permitieron acceder a la escalera y llegar a la plata superior. Se vislumbraba una luz vacilante bajo la puerta cerrada del dormitorio de Samantha. Colocó la espalda contra la pared y acercó el oído; intentaba determinar si la viuda de Carrington estaba en compañía o sola. Volaban los segundos. Ninguna voz, ningún sonido.

Bajó el picaporte y, sin abandonar la posición, empujó la puerta lentamente hasta abrirla por completo. Le bastó la llama moribunda de una bujía para avistarla en el suelo, junto a la cama y en un charco de sangre. La bata de muselina con que solía aguardarlo presentaba una mancha oscura y viscosa a la altura del vientre. Devolvió la pistola al bolsillo interno del abrigo y se arrodilló junto a ella. La tomó en brazos y la llamó con acento apremiante.

—¡Sam! ¡Sam! —gritó y la sacudió—. ¡Abre los ojos!

Los párpados de la mujer aletearon. Sonrió al ver que se trataba de él.

—Alex —susurró en un hilo de voz, tras lo cual abrió desmesuradamente los ojos y emitió un alarido.

Alexander saltó de pie y esquivó al hombre que intentó arrojarse sobre él. Dedujo que no se había movido lo suficientemente rápido al percibir el ardor al costado, a la altura del hígado. Lo había herido con un cuchillo, otro yatagán. Pese a la mala iluminación y a la piel oscura del atacante, lo reconoció enseguida: el único sobreviviente de los cuatro indios que habían intentado asesinarlo en el puerto.

—¿Quién te manda? —lo increpó en inglés para después gritarle en un tamil mal pronunciado—: ¡Dime quién te manda!

El hombre le clavó una mirada de ojos de un verde conspicuo. Le sonrió antes de avanzar hacia él. La hoja del yatagán soltó un destello a la débil luz de la vela. Alexander desenvainó el estilete veneciano y lo arrojó en el aire. Dio dos vueltas y acabó hundido en el cuello del indio, quien, tambaleando y con los ojos muy abiertos, intentó quitárselo. Alexander empuñó la *derringer* y lo liquidó con un tiro en la frente.

Regresó junto a Samantha y le bastó un instante para determinar que había muerto. Lo asolaron una profunda tristeza y una gran culpa. Se puso de pie con dificultad y necesitó aferrarse a la cómoda para no caer; se había mareado. Frunció el entrecejo y profirió un quejido al inclinarse para recuperar el estilete veneciano. Deslizó la mano dentro del largo paletó y la extrajo bañada en sangre. «Tengo que frenar la hemorragia», se instó, y siguió avanzando. Intentaba mantenerse alerta, pues existía la posibilidad de que la emboscada no hubiese terminado.

El dolor en el costado se tornaba lacerante y le dificultaba la respiración. Se le cerraban los ojos. El sudor helado, que le cubrió el cuerpo con una rapidez sorprendente, le provocó náuseas. Era consciente de que moriría desangrado si no restañaba la herida.

Bajó las escaleras con dificultad. Trastabilló en el último escalón y cayó sobre la alfombra del vestíbulo, inconsciente.

* * *

Una voz familiar le exigía que abriese los ojos, solo que le resultaba imposible. Quiso explicar el problema y solo consiguió emitir un quejido que le lastimó la garganta seca.

—Agua —pidió en un susurro ronco.

—Abre la boca —ordenó la voz familiar.

Se trataba de Rafael. Experimentó un gran alivio al saberlo cerca. Entreabrió los labios, y su amigo vertió unas gotas de agua en su boca seca.

—Más —exigió, y Rafael lo conformó—. ¿Qué me sucede?

—Perdiste mucha sangre —dijo otra voz, la de Jimmy Walsh.

—¿Qué hacen aquí? ¿Y Timmy? —se preocupó—. Manon —balbuceó.

—No te preocupes por Timmy —lo serenó James Walsh—. Él está muy bien. De hecho, ayer regresamos a Blackraven Hall. Eres tú quien nos necesita ahora.

—Te abrieron como a un cerdo en el matadero —bromeó Rafael—. Tuviste suerte de que la sirvienta de la casa llegase en el momento en que lo hizo. De otro modo, y como dice tu tío Tommy, estarías más cerca del harpa que de la guitarra.

—¿Dónde está Nico?

—Aquí estoy —respondió Estevanico, y Alexander recibió un firme apretón en la mano izquierda.

Movió la cabeza sobre la almohada e hizo un esfuerzo por levantar los párpados, que parecían haberse pegado a los ojos. Lo mismo habría sido mantenerlos cerrados; veía turbio y solo los lineamientos de las cosas.

—Me atacó el indio que escapó en el puerto.

—¡Carajo! —se ofuscó Estevanico—. ¿Qué mierda quieren contigo?

—Escúchame —lo apremió—. Quiero que Obby vea el cadáver. Creo que es el mismo que lastimó a Nanette.

—¿Estás seguro, Alex?

—¡Hazlo! —se impacientó, y se sujetó el costado derecho al sentir un tirón doloroso.

—Basta de tanta charla —dispuso Rafael.

—Nico…

—Lo haré —prometió Estevanico, y volvió a apretarle la mano.

Alexander se relajó sobre la almohada. Un instante después, había vuelto a perder la conciencia.

* * *

La alarmó que Isabella la visitara ese lunes tan temprano en la Casa Neville; no eran aún las ocho de la mañana. Tal vez le pediría explicaciones después de haber advertido las miradas furtivas que Alexander y ella habían compartido el día anterior durante el paseo por los Jardines de Vauxhall. Quizá los había espiado mientras intercambiaban los pañuelos.

—Hazla pasar —le indicó al recadero.

La sonrisa murió en los labios de Manon al descubrir el semblante demacrado y la expresión angustiada de su amiga. De cerca, notó que había llorado.

—¡Ella! ¿Qué ocurre? —le aferró las manos y, pese a que iban enguantadas, las notó frías.

—Es Alex. Anoche, un hombre lo atacó y lo hirió gravemente.

Manon percibió una flojedad en las rodillas, un cosquilleo desagradable en el estómago y una opresión en el pecho, que le cortó la respiración. Se tambaleó. Isabella la sujetó y la condujo a un sofá. Manon cerró los ojos hasta superar el vértigo.

—¿Cómo está?

—Pasó una noche malísima, con fiebre alta y delirando. Te llamaba con una angustia que nos sorprendió a todos.

Manon contempló a su querida amiga a través de un velo de lágrimas.

—Llévame con él.

Durante el trayecto hasta Grosvenor Place, Isabella le contó que la noche pasada Alexander había concurrido a la casa de una mujer, una tal Samantha Carrington, que había muerto a manos del hombre que había intentado asesinar a Alexander.

—¿Samantha Carrington está muerta?

—Sí, pobre mujer. ¿La conoces?

—Era clienta del banco —respondió—. ¿Qué más sabes?

—No mucho más. ¿Qué hay entre mi hermano y tú, Manon?

—No lo sé, Ella —admitió—. De mi parte, un amor infinito. De la de él, no lo sé.

—Santo cielo, estás enamorada de Alex y yo no lo sabía. ¡Yo, tu mejor amiga! —le reprochó.

Manon le sujetó la mano y se la colocó en la mejilla.

—Mi única amiga —susurró—. No te enfades conmigo, no lo soporto.

—Te mereces que me enfade contigo.

—He amado a Alexander desde el día en que lo conocí, la tarde en que me rescató del barranco en Hartland Park, la tarde en que te conocí.

—¿Por qué no me lo confiaste, Manon?

—Porque me parecía ridículo.

—¿Ridículo? No comprendo.

—Era tan improbable que él se fijase en mí. Juzgaba ridículo albergar una esperanza. Contártelo habría significado dar vida a ese anhelo.

—¿Por qué Alex no se habría fijado en ti? —se exasperó Isabella—. Eres la única mujer de entre mis conocidas a su altura. La única —recalcó.

Manon rio con expresión triste. Su comportamiento se habría explicado fácilmente si le hubiese confesado lo que había visto aquella tarde en la playa de Penzance. Calló, convencida de que no le correspondía desvelar el secreto que Alexander había guardado durante años.

—Me crees la única a su altura porque en verdad me quieres, pero no es así.

—Oh, Manon, me exasperas. Y en este instante, no des por descontado que te quiera.

Entraron por el portón de la cochería, sobre Halkin Street. Era la primera vez que Manon ponía pie en la residencia que había pertenecido a la dinastía Guermeaux desde principios del siglo XVIII. Sabía que el mismo arquitecto que se ocupaba de proyectar el hospital para pobres la había sometido a una profunda remozada. El vestíbulo, una enorme estancia circular con suelo damero blanco y negro, la recibió con una luz cálida y colorida que se filtraba por la cúpula con vitrales a varios pies sobre su cabeza.

Se apresuró a seguir a Isabella, que subió corriendo por la fastuosa escalera de mármol blanco, que luego de un primer tramo y un descanso, se bifurcaba en dos tiros, uno hacia la derecha, otro hacia la izquierda, que conducían al primer piso.

Vio a Obadiah Murphy sentadito junto a una puerta y supo que correspondía a la habitación de Alexander Blackraven. El niño abandonó la silla y corrió hacia ella. Había llorado.

—¡Señorita Manon, no quiero que el capitán Alex se muera!

—No morirá, cariño —afirmó sin asidero, y le acarició la mejilla.

—Ven, Manon —la urgió Isabella—. Te llevaré con él.

Les salió al encuentro el perro que había conocido en el puerto, altísimo y delgado, de pelaje greñudo de un extraño color azulado. Lamió la mano de Isabella.

—Mackenzie —lo saludó la joven y le acarició la cabeza larga y delgada.

Alexander se encontraba en la enorme cama con un trapo sobre la frente; la sábana lo cubría hasta la cadera. Tenía el torso desnudo; un vendaje blanco le circundaba la parte inferior. Manon se aproximó a la cabecera. Rafael, James y Estevanico se apartaron para cederle el lugar. Paseó la mirada por el cuerpo de Alexander. Incluso en esa circunstancia, lucía poderoso. Notó en el lado derecho del vendaje una mancha oscura, donde la sangre se había filtrado y secado. ¿Qué hacía en la casa de la viuda de Carrington? ¿Qué lo había llevado hasta allí después de la tarde hermosa que habían transcurrido, después de las miradas que habían compartido? «Confía en mí», le había pedido él durante el encuentro en el asilo. Ella, sin vacilar, había respondido: «Ciegamente».

—¿Cómo está? —preguntó a nadie en particular, sin apartar la mirada del rostro pálido de Alexander.

—Mejor —aseguró Rafael—. Conseguimos bajar la fiebre hacia el amanecer con cascarilla de quino.

—Gracias por haber venido —oyó decir a Estevanico—. Anoche, durante el delirio, te llamaba con desesperación. —Manon lo miró a los ojos y asintió—. Encontrarte aquí cuando despierte lo tranquilizará.

James Walsh le acercó una silla a la cabecera y la invitó a sentarse. Lo hizo. Se quitó la esclavina, los guantes y la capota, que Isabella recibió. Se apretó las manos para controlar el deseo de tocarlo. Se demostró imposible; la necesidad abatió el último escrúpulo y arrasó con la sensatez. Le recogió la mano quieta sobre la cama. Se consideró una privilegiada por sostenerla y estudiarla de cerca, la mano de un hombre fuerte, que trabajaba duro a diferencia de la mayoría de los que conocía, hedonistas que vivían de rentas y no sabían lo que era acabar la jornada cansados. Allí, frente a sus amigos y a su hermana menor, se la besó con una devoción que desvelaba sin equívocos su amor por él.

Durante la siguiente hora, se dedicó a observarlo y a cambiarle el paño húmedo cuando comenzaba a secarse. Nunca se le había concedido la oportunidad de estudiarlo con tanta libertad, y se instó a aprovecharla. Oía los murmullos de Isabella y de sus amigos, a los que se habían sumado Trevik y Goran Jago. A veces entraban los domésticos trayendo cosas. Nada la distraía, ni Mackenzie cuando, gañendo, quería acceder a su dueño.

Lo vio rebullirse sobre la almohada y quitarse el trapo con un movimiento lento y algo torpe, como si el brazo le pesara. Lo ayudó a desembarazarse del lienzo húmedo. Le rozó la frente y la notó fresca. Alexander parpadeó varias veces antes de entreabrir los ojos. Sonrió al reconocerla.

—Manon.

—¿Cómo te sientes?

—Extenuado.

—Es debido a la profusa hemorragia —explicó Rafael mientras se acercaba a la cabecera.

Manon intentó abandonar la silla para brindarle espacio, pero Alexander la aferró por la muñeca con un vigor inaudito.

—No, quédate —suplicó.

—Lo haré. Solo me retiro un momento para que te asistan.

James Walsh se aproximó con un extraño instrumento, similar a una trompeta, aunque más pequeña. Colocó el pabellón sobre el pecho de Alexander, del lazo izquierdo, a la altura del corazón. Se inclinó y apoyó el oído sobre la boquilla. Cerró los ojos en el acto de concentrarse y permaneció de esa guisa alrededor de un minuto, al cabo del cual, dijo a Rafael:

—Los latidos son normales.

—Por favor, salgan un momento —pidió Rafael—. Ahora le revisaremos la herida.

—Regresa apenas hayan terminado —la conminó Blackraven.

Isabella, Manon, Estevanico y los hermanos Jago salieron del dormitorio con Mackenzie por detrás. Obadiah se puso de pie de un salto; resultaba extraordinario que uno tan inquieto permaneciera de guardia junto a la puerta.

—¿Ha muerto?

—No, cariño, no —lo confortó Manon.

—Sigue contándonos cómo fueron las cosas —exigió Goran.

—Como te decía —retomó Isabella—, lo encontró la sirvienta de Samantha Carrington. A punto estuvo de desangrarse —agregó, conmovida.

Manon se volvió para ocultar la alteración que le causaron las palabras de su amiga. Caminó hacia la baranda y contempló el espacio que se abría sobre el vestíbulo. Aunque elevó la vista y se dedicó a admirar los vitrales de la cúpula, siguió atentamente el intercambio entre Isabella y el periodista.

—La muchacha llamó a gritos a los vecinos. Lo cargaron en una carreta y lo trajeron hasta aquí. Se ve que sabía quién era Alex y dónde vivía.

—Todos saben que esta es la residencia de los Guermeaux —señaló Goran Jago.

—Vino la policía —acotó Obadiah.

—Así es —confirmó Isabella—. Tras haber cargado a Alex en la carreta, la muchacha subió al dormitorio de su patrona y se encontró con un cuadro espeluznante. La pobre mujer había sido apuñalada. El supuesto asesino yacía cerca de ella con una bala en la frente.

—¿Scotland Yard habló con Alex? —quiso saber Goran Jago.

—No, Alex estaba inconsciente. El inspector… —Isabella hizo una pausa para evocar el nombre—. No recuerdo cómo se llamaba.

—¿Holden Brown? —tentó el periodista.

—Exacto, Holden Brown —confirmó.

—El mismo que se ocupa de investigar la muerte de Turner —apuntó Goran.

—Dijo que volvería hoy —comentó Obadiah, contrariado.

«No le gustan los policías», concluyó Manon.

—¿Quién es Samantha Carrington? —preguntó Trevik.

—Una amiga de Alex —respondió Isabella con cautela.

—Yo los presenté tiempo atrás —confesó Goran—. Era la viuda de un oficial de la Marina, que participó en las guerras napoleónicas. Nos conocimos cuando me encargaron la necrológica por el fallecimiento de su esposo. Era una buena mujer. No merecía esa muerte tan horrenda.

Manon experimentó una profunda compasión por la viuda de Carrington. Se arrepentía de no haber concurrido cuando la convocó por el tema de las acciones de la Golden Mining.

Estevanico se aproximó y colocó la mano sobre la baranda, cerca de la de ella.

—Por favor, no te apresures en hacer un juicio sobre su presencia en la casa de Samantha Carrington.

—No lo haré —prometió, y se dijo que no habría debido sorprenderla que Estevanico estuviese al tanto del romance; después de todo, era, además de su hermano, el mejor amigo de Alexander—. ¿Crees que se haya tratado de un ladrón común y corriente? —Estevanico, tras un instante en silencio, movió la cabeza para negar—. ¿Quién, entonces? ¿Un amante despechado?

—Tal vez —masculló. Extrajo un reloj de oro para consultar la hora—. Obby —lo llamó—, debemos irnos. —Se volvió hacia Manon—. De nuevo, gracias por haber venido. Eres lo mejor que le ha ocurrido a Alex en mucho tiempo —afirmó, y se alejó hacia la escalera con Obadiah trotando por detrás.

* * *

Rafael y James Walsh salieron del dormitorio y le indicaron que entrase; Alexander pedía por ella. Manon oyó el chasquido de la puerta al cerrarse y se dirigió hacia la cama a paso lento, de pronto acobardada por lo que Blackraven le confesase. Se sentó a la cabecera y simuló acomodar la falda del vestido para evitar mirarlo a los ojos. Temía que le mintiese, pero también temía que la verdad destruyera el amor que sentía por él.

Alexander le aferró la mano y la obligó a aproximarse. Se miraron, ella con difidencia, pese al voto de confianza; él con una expresión enigmática.

—Bésame.

Tras un instante de duda, se inclinó y le besó los labios resecos, y la emoción que le proporcionó ese simple contacto la enfrentó a un descubrimiento que echó por tierra lo que había concluido un minuto antes: nada contaría con el poder para destruir lo que había nacido aquella tarde de mayo en el barranco de Hartland Park.

—¿Estás cómodo? ¿Quieres algo? ¿Agua?

—Estoy bien. ¿Qué sabes de lo ocurrido?

—Que estabas en la casa de Samantha Carrington.

—Y eso te tiene muy enfadada. —Se contemplaron en silencio—. Por favor, ¿podrías convocar a mi valet? —Alexander alzó apenas la mano para señalarle el cordel que pendía cerca de la cabecera. Manon extendió el brazo y lo tiró—. Gracias. ¿Quién ha ido a buscarte?

—Ella. Vinimos en el carruaje de tu familia y entramos por el portón de la cochería. Nadie me ha visto.

—No soy yo el que quiere ocultarse —le recordó Alexander—. Ludo —dijo al verlo entrar—, por favor, pásame el paletó que usé anoche.

El hombre se alejó hacia una puerta en el otro extremo de la gran habitación que permanecía cerrada. Manon advirtió que se trataba de un amplio vestidor. El valet trajo la prenda y la presentó a su señor.

—No la he enviado aún a reparar ni a limpiar, milord.

—Has hecho bien. Busca en el bolsillo interno. Una nota —precisó.

El valet hizo como se le ordenó. Extrajo primero el pañuelo que Manon le había entregado la tarde anterior. Lo dejó sobre la mesa de noche. Una estela del perfume Creed con que lo había humedecido flotó en el ambiente. Alexander y Manon intercambiaron una mirada. Ludovic halló la esquela y la entregó a su patrón.

—Deja el abrigo allí, al pie de la cama. Es todo, Ludo. Gracias.

No bien el empleado abandonó el dormitorio, Alexander le entregó la nota. Manon la desplegó y la leyó. *Querido Alex, ven hoy a verme cuando caiga el sol. Es importante que hablemos. Se trata de la señorita Neville. Tuya. Samantha.* Se le aceleró el corazón al toparse con su nombre.

—Por eso fui a verla —explicó Blackraven—, porque se trataba de ti. No habría ido de no haber sido por eso. Quiero que me creas.

—Te creo. ¡Te creo! —reiteró con vehemencia, y le besó la mano—. ¿Qué tenía que decirte de mí?

—Nunca lo sabremos. Agonizaba cuando llegué a su casa.

—Pobre mujer.

—Tal vez nada tenía para decirme acerca de ti —conjeturó Alexander—. Estoy convencido de que se trató de una trampa para atraerme hacia su casa y asesinarme.

—¡Santo cielo! ¿Por qué? Era una mujer independiente, no la imagino…

—No hablo de Samantha —la detuvo—, sino de quien envió al hombre que estaba esperándome escondido dentro de su dormitorio, probablemente el mismo que la obligó a escribir la nota. Usó a Samantha para intentar asesinarme. Alguien que sabe lo que existe entre tú y yo.

—Lo saben mi tío Charles-Maurice y la duquesa de Dino, también Thibault y mi abuela, pero todos ellos son para mí lo que Estevanico es para ti.

—Lo sé. ¿Qué hay con Porter-White? Sabemos que él y Samantha se conocían, y en términos íntimos —agregó.

—Te aseguro que mi cuñado no sabe de nosotros. Pero supongamos que fuese él quien envió a ese hombre a asesinarte, ¿con qué objeto? ¿Por el asunto con Quiroga?

—Por ti —dijo Alexander.

Manon se incorporó en la silla y se llevó la mano a la garganta, donde las pulsaciones se le aceleraron repentinamente. Movió la cabeza para negar.

—No quiere competencia —prosiguió Blackraven—. Planea elegirte un marido que pueda controlar. Antes de desposar a tu hermana, lo intentó contigo, ¿verdad? —Manon asintió. Alexander apartó la vista y sonrió con sarcasmo—. Miserable.

Se puso de pie y se alejó hacia la ventana, tensa, desorientada, sacudida por emociones fuertes y de distinta naturaleza. Descorrió apenas la cortina de gasa y contempló los jardines de la fastuosa propiedad de enfrente, a la que se conocía como La Casa de la Reina y que había pertenecido al duque de Buckingham hasta finales del siglo anterior. Los Hannover venían remodelándola desde hacía décadas, con presupuestos elevadísimos que superaban los varios millones de libras. Lo sabía porque la Casa Neville les había prestado gran parte del dinero.

—¿En qué piensas? —oyó preguntar a Alexander, y le pareció detectar un sustrato ansioso en su voz.

—En que por mi culpa casi mueres. —Lo expresó y la acometió una turbación devastadora, que le arrasó la mirada. Apretó los ojos. «No lloraré», prometió. Se secó las lágrimas con la punta del índice.

—Manon, ven aquí.

Regresó junto a la cabecera, pero no se sentó. Alexander le tendió la mano, pero ella no la tomó.

—Creo que será mejor que regrese a la City —dijo en cambio, y se alejó para recoger la esclavina, la capota y los guantes.

—No te irás —ordenó Blackraven, e intentó incorporarse.

Frunció el rostro y ahogó un gemido de dolor. Manon soltó sus pertenencias y regresó deprisa junto a la cama. Lo obligó a acostarse.

—No te muevas. La herida podría abrirse.

—Entonces, no te vayas. Siéntate y hablemos. —Obedeció a regañadientes, pero mantuvo las manos aferradas sobre la falda—. El sábado, en el asilo de Timmy, me dijiste que estabas dispuesta a hacer o a soportar cualquier cosa por mí. Sin embargo, ante la primera dificultad, decides huir.

Encontró injusto el comentario.

—Casi pierdes la vida a causa de las intrigas y de las miserias de mi familia. ¿Qué debería hacer excepto alejarme de ti?

—Es solo una hipótesis, Manon —se impacientó Blackraven—. Tú misma acabas de afirmar que Porter-White no sabe de nosotros.

Podría tratarse de otra cuestión. Los Blackraven nos hemos ganado poderosos enemigos a lo largo del tiempo. La ley que se aprobó este año para abolir la esclavitud en las colonias y ahora, la propuesta para prohibir el tráfico del opio, ¿qué crees? ¿Que nos hizo populares entre los comerciantes y los hacendados más ricos del Imperio? Por otra parte —prosiguió tras una pausa en la que Manon nada respondió—, ¿crees que *yo* no estoy dispuesto a soportar o hacer cualquier cosa por ti?

Manon soltó una risita irónica, que desconcertó a Alexander.

—*Tú* no tienes necesidad de hacer o de soportar nada por mí.

—¿Qué dices? A veces tengo la impresión de que me hablas con acertijos.

Manon soltó un suspiro, dejó caer los párpados y se cubrió la frente.

—Perdóname —suplicó, y se obligó a mirarlo y a sonreír—. No pienso con claridad a causa de lo sucedido. Lo único que deseo es que no te inquietes ni te preocupes. Solo quiero que descanses y que te repongas.

—Me inquietas y me preocupas cuando dices que te alejarás de mí.

Manon negó con la cabeza y de nuevo se esforzó por sonreír.

—Pero, en verdad, debo marcharme. —Se puso de pie y miró el reloj de péndola ubicado cerca de la puerta—. Debo presentarme en la bolsa o comenzarán de nuevo las especulaciones.

—¿Volverás por la tarde?

—Prometí a Timmy que iría a verlo. Se pone muy ansioso si no cumplo la palabra empeñada. Resulta difícil calmarlo. He prohibido que le suministren opio, pero temo que, si no consiguen dominarlo, terminarán por dárselo. No quiero.

—Claro, entiendo. Volverás mañana, entonces.

—Sí, volveré.

* * *

Estevanico entró en la habitación una hora más tarde de la partida de Manon. Alexander dormitaba. Se despertó al oír los susurros que intercambiaba con James Walsh y con Rafael.

—Trae a Obby —ordenó con voz enronquecida.

—Alex —se opuso Walsh—, es preciso que descanses.

—Antes veré a Obby.

El niño entró con Mackenzie. Se aproximó con expresión enfurruñada.

—¿Vas a morir, capitán Alex?

Rafael le quitó la boina y la usó para pegarle en la cabeza.

—¿Te parece uno que está por morir?

Obadiah le arrebató la gorra y se la puso con mala cara.

—La señorita Manon dijo que no morirías, y ella nunca miente.

«Tal vez a mí me haya mentido», pensó Alexander. «Tal vez no regrese mañana como me prometió».

—No voy a morir, Obby —aseguró—. Ahora quiero que me digas si el hombre al que Nico te llevó a ver a la morgue de Scotland Yard es el mismo que viste en Hyde Park cuando Nanette se desbocó.

—Era el mismo, capitán. —Estevanico y Alexander intercambiaron una mirada—. ¿Estás seguro? —presionó; el niño asintió con solemnidad.

—Le levanté los párpados para verle los ojos —agregó.

—¿Qué tenían de particular sus ojos? —se interesó Rafael.

—Eran verdes, muy verdes.

—En la morgue dijiste que nunca lo habías visto —le recordó Estevanico.

—Estaba el *bobby* —respondió Obadiah.

—¿Quién? —preguntó James Walsh.

—Así llaman a los policías —explicó Estevanico—, *bobbies*.

—A los *bobbies* jamás se les dice la verdad —pontificó el niño.

Poco más tarde, el inspector Holden Brown se presentó en Grosvenor Place y solicitó hablar con el conde de Stoneville. Rafael y James Walsh se opusieron; Alexander insistió en que le permitieran entrar.

Robert abrió la puerta de la habitación y franqueó el paso a Brown, que se disculpó y se inclinó varias veces antes de tomar asiento y comenzar el interrogatorio. Alexander mencionó la esquela recibida el domingo por la tarde, donde Samantha Carrington lo invitaba a visitarla a la caída del sol. Mintió al afirmar que la había perdido, probablemente durante la pelea con el asesino. Mantendría lejos de ese turbio asunto a Manon Neville costara lo que costase.

—Pídale a sus agentes que revisen la casa de la viuda de Carrington —sugirió—. Tal vez la encuentren allí.

—La hemos revisado desde el ático hasta el sótano y no hemos hallado nada de interés para el caso. ¿Quién entregó la esquela aquí, en Grosvenor Place? Sabemos que no fue la sirvienta de la señora Carrington. No prestaba servicios los domingos.

—No sé quién la entregó —admitió Alexander—. Tendrá que preguntarle a Robert, mi mayordomo.

—Lo haré. Milord —dijo, y carraspeó, nervioso—, en cuanto a la naturaleza del vínculo con la difunta…

—Fuimos amantes —replicó enseguida Blackraven—. Lo fuimos hasta hace dos meses —explicitó—. En el presente, éramos solo amigos.

—Y sin embargo —insistió Brown—, la señora Carrington lo convocó a su casa por la noche.

—Nunca sabremos por qué me convocó. Cuando llegué, la encontré agonizando. Pocos segundos más tarde, tuve que luchar por mi vida cuando el asesino se lanzó sobre mí. ¿Han podido determinar su identidad?

—No. Dado su aspecto físico, solo nos encontramos en posición de afirmar que es de origen indio, aunque bien podría tratarse de un árabe. Difícil precisar.

—Recuerdo que el cuchillo con el que me hirió era extraño. Quizá pueda extraer alguna conclusión de su análisis, algún rasgo que le permita determinar el origen de este hombre. ¿Ha pensado en consultar los registros de las autoridades del puerto? Es improbable que haya ingresado en el país presentando un salvoconducto, lo sé, pero no puede dejarse ninguna pista al acaso.

Brown, ceñudo, asintió.

—El niño que hoy fue a la morgue con el señor… —Carraspeó y miró a Estevanico.

—Estevanico Blackraven —completó Alexander—, mi hermano mayor.

—Sí, sí, claro, el señor Blackraven. Pues el niño ha asegurado que no lo conoce. ¿Por qué su señoría deseaba que el niño viese el cadáver? ¿Con quién debía compararlo?

—Con el que vio el día de la muerte de la princesa Ramabai, uno que emergía de entre los tejos después de que la yegua se desbocó —respondió Estevanico—. Uno con un cuchillo extraño —apuntó con intención.

—¡Cómo! —se desconcertó el inspector Brown—. ¿A qué se refiere, señor? Nada se dijo de este hombre al momento del accidente en Hyde Park.

—Nosotros mismos lo hemos sabido hace poco —fue la vaga respuesta de Alexander—. Lo importante es que Obadiah ha reconocido al hombre. El cadáver que se encuentra en la morgue y el hombre que habría lastimado a Nanette deliberadamente corresponden a la misma persona.

El rostro de Holden Brown, rubicundo a causa de un consumo excesivo de bebidas espiritosas, adoptó una tonalidad casi oscura.

—En la morgue, ese pilluelo afirmó no conocerlo —señaló de nuevo.

—Porque su merced estaba presente —explicó Blackraven—. Niños como él, criados en la calle, desconfían de la autoridad. Es una reacción casi animal.

—No me fiaría de él, milord —aconsejó—. Esos diablillos siempre terminan traicionando a sus benefactores.

—Lo tendré en cuenta, señor Brown. Lo importante ahora es la información que estoy suministrándole: el hombre que estaba aquella mañana en Hyde Park y que, posiblemente, lastimó a la yegua que montaba la princesa Ramabai es el mismo que asesinó a la señora Carrington e intentó asesinarme a mí.

El inspector lucía abrumado.

—Me resulta difícil brindarle credibilidad a ese niño callejero. He lidiado con ellos durante años, incluso desde antes de la creación de la Policía Metropolitana, cuando me desempeñaba en las guardias barriales de Whitechapel. Su señoría no sabe lo mendaces…

—Yo le creo —declaró Blackraven—. No tendría por qué mentirme.

—Por unos chelines y un plato de comida, ese niño sería capaz de asegurar que es el hijo del rey de Inglaterra.

—Obadiah es un protegido de mi madre, la señora duquesa —recalcó Alexander con deliberada afectación—. Sabe muy bien que solo necesita presentarse en Blackraven Hall y tender la mano para recibir comida y dinero a espuertas. No precisa de ninguna argucia. Si ha decidido hablar y referir lo que vio ese día es por el cariño y el respeto que siente por mi madre. En caso contrario, habría guardado silencio, como le ha enseñado la dura vida que ha llevado desde que quedó huérfano. —Alexander, agotado y un poco mareado, cerró los ojos e inspiró con cuidado—. Haga lo que considere justo con la información que le hemos proporcionado, señor Brown. Buenas tardes.

—Oh, sí, sí, claro, claro —balbuceó el inspector, y se puso de pie—. Buenas tardes. —Al ver que el conde de Stoneville seguía con los ojos cerrados, se dirigió a Estevanico—: ¿Podré interrogar al mayordomo ahora?

Estevanico asintió y le indicó la puerta.

* * *

Rafael y James Walsh lo ayudaron a incorporarse entre las almohadas. Erguirse con una herida en el costado del vientre, aunque estuviese bien fajado, no resultó fácil. Pero era imperativo que ingiriese un poco de alimento; desde la noche pasada solo había bebido sorbos de agua. Su hermana le acercó la cuchara a la boca.

—Ella —se quejó Blackraven—, no soy un bebé. Puedo solo.

Isabella torció la boca, ofendida, y le entregó la cuchara. Lo contempló sorber el caldo de gallina que James había mandado preparar.

—¿Cuándo planeaban Manon y tú decirme que se han comprometido?

—¿Manon te dijo que estamos comprometidos? —se sorprendió Alexander, y desorientó a su hermana, que le destinó una mirada ceñuda.

—Bueno… No lo dijo —admitió—. Pero cuando fui a buscarla esta mañana a la Casa Neville para traerla aquí tuve que sostenerla porque a punto estuvo de desvanecerse cuando le dije que habían intentado asesinarte. Empalideció tan súbitamente que me asustó. Nunca había presenciado semejante mudanza ante una mala noticia.

Alexander la escuchaba con atención. La seriedad de su gesto impedía sacar conclusiones.

—¿Por qué fuiste a buscarla?

—Lo decidimos entre todos —intervino Rafael—. Verás, Alex, por la madrugada, durante el delirio, la llamabas con tanta ansiedad que pensamos que te haría bien oír su voz. Nico, sobre todo, insistió en que la trajésemos. Ella fue a buscarla a primera hora.

—Pues bien —se impacientó Isabella—, ¿están comprometidos o no? —Alexander siguió bebiendo el caldo—. Nada me haría más feliz que Manon se convirtiese en mi cuñada, Alex —aseguró con tono conciliador—. Es una de las mejores personas que conozco.

Blackraven depositó la cuchara sobre el plato y se limpió con la servilleta. Alzó la vista y la clavó en los ojos azules y esperanzados de su hermana menor.

—A mí también me haría feliz —admitió—. ¿Están Goran y Trev? ¿Y Nico?

—Están todos. Comen algo con Obby.

—Por favor, Ella, diles que, cuando terminen, vengan a verme.

Se presentaron poco después. Mackenzie se aproximó a la cabecera gañendo, con la cola entre los cuartos traseros y las orejas muy pegadas a la cabeza. Alexander lo acarició y le destinó unas palabras de consuelo, mientras esperaba que sus amigos acomodasen unas sillas alrededor de la cama. Los observó alternadamente antes de hablar.

—Quiero que me prometan que no dirán una palabra acerca de la presencia de Manon Neville en esta casa.

—¿Te casarás con ella, capitán Alex? —preguntó Obadiah.

—¿A ti te gustaría que lo hiciera?

—Sí, porque la señorita Manon no me echaría de tu casa.

—Nadie te echará de ningún lado, Obby —intervino Isabella.

—El hombre que vivía con mi madre me echó muchas veces —dijo con actitud retadora, y un silencio cayó sobre los adultos—. Después la mató a golpes. Lo colgaron en Newgate. Yo lo vi.

Al imaginar al pequeño niño que presenciaba la ejecución del padrastro al que detestaba, el que le había arrebatado la madre con brutalidad, Alexander experimentó admiración y un sentido profundo de la humildad frente a esa criatura que había sobrevivido lo que a muchos habría liquidado en pocos días. Obadiah le sostuvo la mirada con un gesto desafiante, como a la espera de que lo compadeciese para atacarlo.

—De aquí nunca nadie te echará —prometió tras un silencio pesaroso—. Te doy mi palabra. En cuanto a la señorita Manon, ella tiene sus razones para preferir que nuestra relación no se haga pública por ahora. Pese a que no estoy de acuerdo, he aceptado sus términos.

—Es comprensible —opinó Goran Jago—. Su nombre y el de su familia aparecen a diario en los periódicos. Son objeto de un escrutinio insoportable, sobre todo ella, que es una *rara avis* entre las mujeres. No se precisa de una gran imaginación para prever el jaleo que suscitaría una noticia de esa índole, la alianza de la Casa Neville y de la casa de Guermeaux a través de un matrimonio.

—Entonces —dijo Alexander—, ¿tengo vuestra palabra?

La respuesta afirmativa fue unánime.

Capítulo XVII

Ross Chichister entró en el despacho con los periódicos más importantes de Londres y los depositó en el escritorio de Manon.

—Prácticamente no hablan de otra cuestión que no sea del asalto que sufrió el conde de Stoneville en la casa de esa viuda —comentó—. Y, sin embargo, *The Times* y *Bell's Messenger* encuentran sitio para hablar de ti y de tus supuestas visitas a un hospicio. Te marqué las páginas.

Manon se apresuró a resolver las otras cuestiones que habían conducido a Chichister a su despacho; estaba ansiosa por saber qué se decía acerca del conde de Stoneville. Leyó el artículo de Goran Jago en *The Times* y se quedó atónita al enterarse de que el asesino de la viuda de Carrington era el mismo hombre que un testigo había avistado cerca de la montura de la princesa Ramabai la mañana de su muerte. La sorpresa creció al leer que, a juzgar por sus rasgos y por el arma blanca empleada, era de origen indio. Consultó los otros periódicos, que, más o menos, proporcionaban la misma información. La mayoría de los periodistas apuntaba a Jacob Trewartha, algunos de manera encubierta, otros sin tantos escrúpulos, como Goran Jago.

Era conocida la enemistad entre el duque de Guermeaux y su antiguo cuñado, que se había profundizado cuando Roger Blackraven decidió colocar bajo su protección a la princesa maratí. Había testigos de un altercado en el ingreso de Blackraven Hall el día de la muerte de la princesa; fuentes confiables aseguraban que el presidente de la Corte de Directores de la Compañía había amenazado al primogénito del duque cuando este lo expulsó de la mansión familiar.

Su padre entró en el despacho con Porter-White. Manon los observó mientras conversaban acerca de la compra de unas acciones de la L&M, la compañía dueña del ferrocarril que cubría la distancia entre

Liverpool y Manchester. Había intentado convencerlo de que invirtiese en la novedosa forma de transporte desde hacía más de un año, sin éxito. Porter-White, en cambio, lo había conseguido valiéndose del reporte que ella había escrito.

Contempló a su cuñado en un intento por descifrarlo. A la luz de lo que acababa de leer, ¿resultaba plausible sostener que estaba involucrado en el ataque sufrido por Alexander el domingo por la noche? «Planea elegirte un marido que pueda controlar», había conjeturado. Le resultaba excesivo. Sin duda, Porter-White era inescrupuloso y ambicioso, tanto para creerlo responsable de la muerte del geólogo Turner, pero ¿se mancharía las manos con la sangre de un hombre solo porque la cortejaba? Sin mencionar que era casi imposible que Porter-White supiese que Alexander y ella habían iniciado una relación. Si, en cambio, el responsable de la muerte de la viuda de Carrington era Trewartha, ¿cómo la había persuadido de escribir la esquela? ¿La conocía? ¿Trewartha era también amante de la viuda? Quizá, reflexionó, estaba buscando exonerar a su cuñado a como diera lugar. La posibilidad de que ella estuviese en el centro de la cuestión la aterrorizaba, porque entonces habría debido alejarse del amor de su vida para ponerlo a salvo.

¡Qué embrollo! A ella, que le gustaba tener las ideas claras y saber qué paso dar en cada instancia, ese galimatías la desorientaba. Tenía la impresión de avanzar por un camino tortuoso y sumido en la niebla.

Siguió estudiando a Porter-White; ahora conversaba con su padre acerca del transporte del oro a Nápoles. Evocó el modo deliberado en que lo había mencionado la noche de la velada en lo de su tío Charles-Maurice solo para turbarla y para demostrarle que sir Percival lo involucraba en cuestiones delicadas. Le vino a la mente una frase de Platón y se dijo que nada habría definido con más precisión la naturaleza de Porter White. «No hay mayor perfección en el mal que parecer bueno no siéndolo», repitió para sí, mientras lo observaba engatusar y seducir a su padre como una serpiente con su presa.

Se sobresaltó cuando la puerta del despacho se abrió repentinamente, y sus tíos David y Daniel se precipitaron dentro con expresiones encendidas. David sacudió en el aire el ejemplar del *Bell's Messenger*.

—¿Qué te propones hacer, mocosa insensata? —la increpó con una mirada de ojos inyectados.

Manon se puso de pie. Su padre acompañó fuera a un reacio Porter-White, que le ofrecía quedarse, y cerró tras él.

—¿Te has vuelto loco, David? —dijo sir Percival—. Entrar de ese modo en mi despacho...

—¡Tu hija va a arruinarnos a todos! —lo interrumpió su hermano—. ¡Insensata! ¿Has acaso leído lo que se dice de ella y de sus visitas al hospicio? —Se calzó las gafas con manos entorpecidas por la rabia, desplegó el diario y leyó—: «Que sus visitas no son de índole humanitaria ni caritativa como se especuló días atrás quedó claro. La constancia de la joven heredera nos lleva a pensar que alguien muy próximo a su corazón vive en ese predio de Clerkenwell. ¿Tal vez un amante que perdió la razón o un hijo sin padre al cual es necesario esconder?».

—No sé de qué te preocupas, tío David —se mofó Manon—. Sospechan de mí. —Se volvió hacia Daniel y le reprochó—: No deberías haberle revelado a tío David la existencia de Timmy. Espero que tía Charlotte no lo sepa.

—¡Impertinente! —se encolerizó el susodicho.

—Querida —intervino Daniel—, ¿cuánto crees que les llevará a esos cuervos descubrir el verdadero motivo de tus visitas al hospicio?

—¡Además, tú eres una Neville! —volvió a arremeter David—. ¡Estás enfangando el nombre de nuestros antepasados!

—¡Hipócrita! —rebatió Manon, y se acercó a paso rápido; David retrocedió—. ¿Acaso pensaron en el nombre de nuestros antepasados cuando decidieron abandonar a un Neville a su suerte? ¿Recordaron la leyenda de nuestro escudo? ¡No quieras nada vil! ¿La recordaron? ¡Responde!

David alzó el brazo dispuesto a abofetearla. Percival lo aferró por la muñeca. Los hermanos se miraron con fijeza.

—Tócale un cabello y te mato —susurró el mayor.

David se soltó con violencia; masculló un insulto.

—Esto se termina hoy —anunció—. Iremos con tu tío Daniel al hospicio y lo sacaremos...

—¡No! —exclamó Manon; lo apuntó con el índice y le habló en un tono bajo y amenazante—. Tú muévelo de allí y yo misma iré a la prensa y relataré todo acerca de Timmy. ¡Todo! —subrayó—. ¿Han comprendido?

Alternó vistazos encendidos entre sus tíos. Los hombres se calzaron las chisteras y, sin despedirse, se dirigieron hacia la puerta del despacho. Manon los detuvo al preguntar:

—Tío Daniel, ¿no deseas saber por qué voy a ver a tu hijo todos los días? —Los dos se detuvieron; solo Daniel se volvió. La interrogó con la mirada—. Cinco días atrás, se rompió una pierna. Podría haber muerto.

—Tal vez habría sido lo mejor —masculló el hombre—, en especial para él.

Tras un instante de estupor, Manon se mordió el puño para ahogar el alarido de rabia e impotencia. Sir Percival la abrazó.

—Trata de comprenderlos, cariño —intercedió—. Es un asunto bochornoso.

Manon se apartó y lo miró a los ojos. La asustó descubrir que el héroe de la infancia había desaparecido. Delante de ella tenía a un hombre avejentado y con expresión cansada. Asintió; no deseaba seguir discutiendo. Se dirigió al perchero.

—¿Sales? —se preocupó sir Percival.

—Necesito tomar un poco de aire. Le pediré a Thibault que me lleve a Hyde Park.

—Regresa antes de las tres. Quiero que te ocupes tú de la bolsa y del cierre. A las tres y media tengo reunión en la Corte de Directores del Banco de Inglaterra —le recordó—. No puedo faltar o Alexander Baring confabulará para quitarme la presidencia. Planea sacarme de en medio aprovechando que este año se renueva en el Parlamento la carta de comercio del banco.

—¿Por qué quiere sacarte de en medio? —se sorprendió Manon en tanto se ataba la cinta de la capota bajo el mentón.

—Busca coartar mi poder. Desde su escaño en el Parlamento, hará lo imposible para que no se habilite a la Casa Neville a emitir papel moneda.

—¿Cuándo se votará la ley que nos autorizaría a emitirlo? —se interesó Manon.

—Hacia finales de octubre, cuando se reinicien las sesiones parlamentarias. Por fortuna, los Blackraven están de nuestra parte —declaró sir Percival—. Hablando de los Blackraven —dijo con acento conspirador—, me enteré del *asuntillo* que tuvo Alex en la casa de esa viuda. Lo leí en *The Times*.

Manon simuló concentrarse en los guantes.

—Sé por Ella que está recuperándose bien —dijo con tono desapegado.

—Bien, bien —masculló Neville—. Iré a verlo tras la reunión en el Banco de Inglaterra. Le diré que pospondremos el transporte del oro a la sede de Nápoles hasta que se haya recuperado.

—Podrían transportarlo igualmente —opinó Manon—. Entiendo que sus oficiales son personas altamente capacitadas.

—No, no —se empecinó sir Percival—. Si no está un Blackraven al mando de la flota, no quiero saber nada.

—Estevanico Blackraven es el capitán del *Constellation*, que formará parte de la flota.

Neville alzó una ceja y sonrió con ironía.

—Me refiero a un *verdadero* Blackraven, no a una de las obras de caridad de la duquesa.

—¡Padre! —se exasperó Manon, y golpeó el tablón del suelo con el taco del botín.

Abandonó el despacho sin despedirse.

* * *

Alexander desayunó presionado por sus amigos y por su hermana, que lo instaban a que comiese los huevos revueltos y las chuletas de cerdo para recuperar la energía que se le había escapado con la sangre. Pidió que lo ayudaran a levantarse. Aunque había planeado ir a la barraca para organizar el viaje a Nápoles, terminó por aceptar que no se encontraba en condiciones.

—Ni siquiera podrías bajar las escaleras —se enfadó Rafael al enterarse de sus intenciones, y tenía razón, pues apenas se puso de pie, se mareó y un sudor frío le cubrió el cuerpo.

Una debilidad general lo devolvió a la cama tras haberse aseado. Cómodo, perfumado y con ropa limpia, se quedó dormido de inmediato. Despertó al sonido de unos murmullos. Entreabrió los ojos, y el corazón le latió con fuerza al descubrir a Manon a pocas yardas de la cama. Había cumplido la promesa y regresado. La alegría y el alivio lo despabilaron y, sin embargo, se mantuvo quieto, atento a ella. Conversaba con Isabella en susurros. Obadiah le sujetaba la mano y la contemplaba con gesto extasiado. Sonrió al pensar que *su* modo de observarla no debía de distar mucho del de Obby. ¿Desde cuándo esa muchacha se había vuelto tan importante para él?

Carraspeó y aguardó con ansiedad la reacción de Manon, que, al verlo despierto, le dedicó una sonrisa que lo hizo sonreír a su vez. Las dos jóvenes y el niño se aproximaron rápidamente a la cabecera.

Manon le había mentido a su padre; no planeaba ir a tomar el fresco a Hyde Park, sino a Grosvenor Place. Le solicitó a Thibault que la llevase en el carruaje sin escudo y que ingresase por el portón de la cochería. En la mansión de los Guermeaux, la aguardaban buenas noticias. Alexander había pasado una noche serena y sin fiebre. Aún estaba débil e inapetente. Isabella insistió en que subiese a verlo, pese a que estaba dormido.

—Si al despertar se entera de que te has ido sin verlo, se enfadará —aseguró su amiga.

Entraron en la habitación en puntas de pie. La recibió un aroma agradable, que enseguida identificó: benjuí; alguien, probablemente su valet, estaba quemando papel de Armenia, cuyo perfume sahumaba cada rincón de la estancia. Pocos minutos más tarde, oyó un carraspeo. Al volverse, los ojos de Alexander Blackraven la escrutaban con una intensidad que desmentía los relatos de debilidad que había estado refiriéndole Isabella.

—Te hemos despertado —expresó.

—Gracias por haber vuelto —dijo él, y le tendió la mano, que Manon aferró sin importarle la presencia de su amiga ni del niño.

—Siéntate, Manon —le indicó Isabella, y le aproximó una silla a la cabecera—. Obby, acompáñame a prepararles a Alex y a Manon un poco de limonada.

El niño le soltó la mano a regañadientes y salió del dormitorio con Mackenzie por detrás. Isabella lo siguió y cerró la puerta, aunque, reflexionó Manon, habría sido más sensato que la dejase abierta de par en par.

—¿Me ayudas a incorporarme?

Manon asintió y se puso de pie. Se inclinó para sostenerlo mientras Alexander se erguía con dificultad; le acomodó las almohadas en la espalda. Olía muy bien, al perfume que ella conservaba en el pañuelo. Intentó regresar a la silla. Alexander la retuvo sujetándola por el antebrazo y la obligó a sentarse en el borde de la cama. Le besó el cuello. Manon se apartó para mirarlo a los ojos. Los de él se habían vuelto negros y exigentes. La aferró por la nuca y le devoró los labios con la pasión que su mirada le había prometido. Gimió en su boca, dichosa como jamás lo había sido. Lo rodeó con los brazos. Era fuerte, sus espaldas muy anchas. Bajo el salto de cama de seda, percibió la dureza de sus músculos, los que se habían forjado luchando contra la bravura del mar en las tormentas monzónicas, en los huracanes del Caribe y en los tifones del mar de la China.

Se lo imaginó agonizando en el umbral de la viuda de Carrington, mientras la vida se le deslizaba por la herida, y se preguntó qué habría sido de ella si él no hubiese sobrevivido. La dicha de unos instantes atrás se esfumó. Cortó el beso, pero él no le permitió alejarse. Pegó su frente a la de ella y se mantuvo quieto, con los ojos cerrados. Respiraba fatigosamente. A Manon le gustó sentir en la piel la humedad de su exhalación.

—¿Qué tienes? —quiso saber.

—Pensé en qué habría sucedido si esa muchacha, la doméstica de la viuda de Carrington, no te hubiese encontrado a tiempo. Me estremecí al imaginar...

—Shhh —la acalló, y la besó de nuevo; le aprisionó el labio inferior entre los dientes con delicadeza para después invadir su boca con la lengua—. Gracias por haber vuelto —dijo otra vez—. Temí que no lo hicieras. —Aguzó la mirada, atraído por algo que detectó en la de ella—. Te noto preocupada.

—Antes de venir hacia aquí —dijo Manon—, discutí con mi tío David. Está furioso porque, yendo al hospicio a visitar a Timmy, atraigo una atención peligrosa. —Bajó la vista y se restregó las manos—. Fue desagradable. Amenazó con sacarlo del asilo de Clerkenwell.

—¿Sería capaz de hacerlo? —se inquietó Alexander.

—Lo reté a que lo hiciera —respondió, de pronto animada, la expresión encendida—. Lo amenacé con ir a la prensa y contar yo misma

371

la historia de Timmy. ¡Lo haré! —exclamó, y se golpeó la palma de la mano izquierda con el puño derecho a modo de afirmación.

Alexander la contempló con orgullo antes de atraerla para besarla de nuevo. Lo tenía perplejo la absoluta incapacidad que demostraban sus besos para saciar las ganas de tenerla entre sus brazos o la imperiosa necesidad de sentir sus labios carnosos y pequeños entre los suyos. Esa intimidad le devolvía la fortaleza.

Un ladrido de Mackenzie les advirtió que Isabella y Obadiah se acercaban. Manon regresó a la silla, donde se acomodó la falda y el cabello. Se llevó las manos a las mejillas para aplacar el arrebol. Se tocó los labios calientes y enrojecidos. Alexander la observaba preocuparse por su apariencia y sonreía, enternecido y dichoso.

Isabella y el niño bebieron un vaso de limonada y volvieron a dejarlos solos, aunque resultaba claro que Obadiah habría preferido quedarse cerca de Manon. Alexander se dio cuenta de que, si no la tomaba de la mano, la tocaba de algún modo furtivo. Se le había iluminado la expresión cuando ella le sujetó el rostro para estudiarle unas picaduras de mosquito en el carrillo y en la sien. Desconcertaba verlo tan dispuesto con Manon y tan reacio con el resto.

Isabella había vuelto a cerrar la puerta al salir. Manon y Alexander se miraron a los ojos.

—¿Cuánto puedes quedarte?

Manon consultó el reloj de péndola; eran las doce y media pasadas.

—No mucho más. Mi padre me pidió que me ocupase de la bolsa y del cierre. Él tiene unos asuntos en el Banco de Inglaterra. ¿Has podido leer los diarios esta mañana? —Alexander dijo que no—. Allí afirman que el hombre que te atacó es el mismo que provocó el desbocamiento de la yegua que montaba la princesa Ramabai. Un testigo lo reconoció.

—Ese testigo es Obby —declaró Alexander, y Manon ahogó una exclamación.

Alexander le relató los hechos. Durante la siguiente hora se dedicaron a especular acerca de la identidad del mandante y de las posibles motivaciones. Al igual que la prensa, Jacob Trewartha emergía como el responsable más plausible. Manon se preguntaba qué significaría para Alexander que el padre de la mujer a la que amaba estuviese en el centro de una intriga que tenía en vilo al reino entero.

—Preferiría que Trewartha no fuese culpable de nada —expresó con sinceridad—. Pienso en mi cuñada Alexandrina y me entristezco por ella, por lo que sufriría en caso de que se demostrase la culpabilidad del padre. —Le sostuvo la mirada. A ella, que conocía la verdad, le resultaba evidente la emoción oscura y tormentosa que danzaba en los ojos de Alexander, más allá de que su expresión se hubiese convertido en una máscara de indiferencia—. Drina es una buena mujer —añadió—, no se merecería un descrédito semejante. ¿Es cierto lo que dicen los periódicos —preguntó sin pausa—, que Trewartha te amenazó el día en que murió la princesa Ramabai?

Alexander asintió para después agregar:

—Estaba muy borracho. Aquí lo único que importa es que las sospechas se alejan de Porter-White. Tú no tienes nada que ver con el ataque —subrayó con énfasis.

Manon asintió, en absoluto convencida. Decidió no seguir ahondando en el tema; quería que Alexander reposara. Llamaron a la puerta; era Estevanico.

—¡Ah, Manon! —la saludó con una sonrisa franca—. Qué alegría encontrarte aquí. Justo voy de salida hacia la Casa Neville. Por el asunto del transporte del oro —añadió—. Zarpamos mañana.

—Mi padre ha decidido postergarlo. Vendrá a verte esta tarde, a última hora —informó en dirección a Alexander al tiempo que se ponía de pie—. Debo irme. ¿Por qué no descansas?

Entre Estevanico y ella lo ayudaron a recostarse, tras lo cual Estevanico los dejó a solas. Manon se alejó para ponerse la capota. Regresó junto a la cabecera.

—¿Cuándo volverás? —exigió saber Alexander.

—Todas las veces que pueda —respondió de buen modo.

Se inclinó para besarlo en los labios. Él la retuvo por la nuca.

—Todas las veces que puedas me resultan insuficientes.

—A mí también —admitió Manon—. Pero tienes que saber que, si no estoy aquí, contigo, estoy pensando en ti. Siempre.

* * *

Por la tarde, Obadiah lo entretenía enseñándole trucos con los naipes, los que había aprendido para ganarse la vida en las tabernas del puerto. Alexander observó que, si bien era analfabeto, conocía bien los números y las cuentas básicas de aritmética. Hacía cálculos mentales con una rapidez admirable. Lo estudió mientras mezclaba las cartas. Ese tiempo a su cuidado le había sentado de maravillas. Ganaba peso a ojos vistas; sus carrillos enflaquecidos se rellenaban y se coloreaban; las ojeras desaparecían. Deseó que no huyese como en el pasado.

—¿Por qué le permites a Manon que te toque y al resto no?

Creyó que no le contestaría. Al cabo de unos instantes, y mientras mezclaba el mazo con gran habilidad, Obadiah dijo:

—Me recuerda a mi madre.

—¿Te refieres a su rostro? —El niño asintió—. Tu madre era hermosa, entonces.

El niño asintió de nuevo y repartió las cartas.

—Su voz es igual a la de mi madre —acotó—. Cuando me dice «¡Hola, Obby!» o «cariño» es como si lo hiciese mi madre. Mi madre cantaba muy bonito —recordó, de pronto animado—. Cantaba en Piccadilly Circus y yo pasaba la boina para que nos dieran una propina.

—¿Tú sabes cantar?

—No, capitán Alex. ¿Y tú?

—Claro que sí —aseguró con fingida soberbia, y comenzó a cantar el estribillo de la canción patriótica *Rule, Britannia* impostando una voz de contrabajo sonora y muy grave—: «*Rule, Britannia! Britannia, rule the waves! Britons never, never, never shall be slaves*».

Obadiah reía a carcajadas y le pedía que lo repitiera.

—Cantas muy mal, capitán Alex —lo acusó entre los últimos espasmos de risa.

—Si decides convertirte en un marinero, deberás aprender esta canción. Y muchas otras cosas —añadió, y se quedó mirándolo.

—¿Qué otras cosas?

—Leer y escribir, por ejemplo. Un capitán escribe diariamente su cuaderno de bitácora, donde anota los hechos acontecidos en su nave, desde los más insignificantes hasta los más importantes. Si quisieras aprender, yo podría contratar a un maestro para que te enseñase.

Tendrías que vivir aquí y no escapar como lo hacías cuando vivías con mi madre.

El niño lo observaba con la seriedad de quien está meditando la propuesta.

—No escaparé —prometió.

—¿Por qué lo hacías?

—Porque no quería abandonar a mi mejor amigo. A Johnny.

—¿Dónde está Johnny ahora?

Obadiah bajó la vista antes de murmurar:

—Muerto. Lo atropelló un carruaje el invierno pasado.

—Lo siento, Obby —dijo Blackraven, y lo vio encogerse de hombros—. ¿Sellamos el trato como lo hacen los hombres, con un apretón de manos? —Se la tendió y lo vio retraerse—. ¿Por qué no quieres darme la mano?

—Johnny me advirtió que nunca permitiese a la gente rica que me tocase. Y tú eres un señor rico, capitán Alex. —Blackraven lo miró fijamente y en silencio—. Johnny decía que los señores ricos tocan las partes ocultas de los niños.

«¡Santo cielo!», se horrorizó Alexander. ¿Qué horrores había padecido el pobre Johnny, que en paz descansase?

—Óyeme bien, Obby —dijo con acento serio, más bien solemne—, si alguna vez alguien, *quien sea*, intenta tocarte o toca tus partes ocultas, vienes y me lo dices. Rápido y sin dudar, vienes y me lo dices. Yo saldré a buscarlo y le cortaré las de él con mi cuchillo y luego se las arrojaré a los perros. —El niño lanzó una exclamación y abrió grandes los ojos—. En cuanto a los hombres y a las mujeres de mi familia, jamás, *jamás*, te tocarán ni te harán daño. Tienes mi palabra. ¿Has comprendido? —Obadiah asintió con gesto atónito—. Ahora, ¿sellamos nuestro acuerdo? —Volvió a ofrecerle la mano, que el niño aceptó—. Aprieta fuerte, Obby. Solo los cobardes y los hombres sin honor tienen un puño débil. —El niño obedeció y apretó con vigor—. Eso es, amigo mío, eso es —lo halagó Alexander—. Ahora, por favor, ve a llamar a Ludo.

Obadiah salió y detrás de él entró Robert, el mayordomo. Venía con una pequeña bandeja de plata en la que había una tarjeta personal. Alexander la recogió. Rezaba: *Samuel M. Bronstein. Investigador Privado. Cobrador de deudas.*

—Hazlo pasar, Robert. Pero antes, ayúdame a incorporarme y a trasladarme al sillón.

Bronstein entró pocos minutos después.

—Samuel, disculpa si no me levanto para recibirte —dijo Alexander a modo de saludo—. Me resulta complicado con una herida de varias pulgadas en el costado derecho. Siéntate —le indicó un sillón frente al suyo—. Ya pedí que nos trajeran té.

—Gracias, Alex. Dani te manda sus saludos —añadió, y Blackraven agradeció con un asentimiento—. Nos preocupamos cuando leímos en los diarios lo que te había ocurrido. Esto confirma lo que Dani te dijo tiempo atrás, que hay una talla por tu cabeza.

—Es posible —admitió Alexander—, aunque el motivo y el mandante siguen sumidos en el misterio.

—Cuando fui a verlo, Jonathan Wild me aseguró que estos no son tipos de Londres. Si lo fueran, él los conocería, eso dijo. Y tenía razón, puesto que hoy *The Times* asegura que el tipejo que te atacó era de aspecto indio. ¿Es/ así? —deseó confirmar, y Blackraven asintió—. Creo que con esto no queda duda de que se trata de Trewartha. Debió de traerlos con él cuando regresó de la India para que le hicieran sus trabajos sucios. Aunque no debemos descartar la participación de ese miserable de Porter-White. La viuda de Carrington se había convertido en su amante —dijo, y guardó un silencio deliberado.

—Lo sé —admitió Alexander—. Por eso digo que el mandante y los motivos aún no son claros.

—Trewartha y Porter-White son amigos o socios, aún no puedo determinarlo con certeza —dijo el investigador—. Se reúnen a menudo en The City of London. Podrían haber tramado esto juntos.

—¿Qué de nuevo puedes decirme de Porter-White? He pensado en él con frecuencia desde que me referiste lo de la carta del tal Quiroga.

—Anda en algo —declaró el investigador—. Se ha reunido varias veces con un tal Antonino Reyes. Proviene del Río de la Plata —acotó—. ¿Lo conoces? —Alexander negó con la cabeza—. Podría tratarse de un pariente o de un amigo. Se aloja en el Durrants. Estoy intentado entrar en su habitación para revisarla y ver si logro determinar quién es y para qué ha venido.

—Hazlo. Por otra parte, creo que llegó el momento de que el hombre de Jonathan Wild, el que vio entrar a esos dos en casa de Francis el día en que murió, haga una visita a la bolsa y determine si uno de ellos era Porter-White.

—Iré a verlo y se lo pediré —aseguró Bronstein.

Alexander colocó las manos sobre los brazos del sillón.

—Ayúdame a levantarme. Iré a buscar dinero para ti. Tendrás que ser generoso con Wild.

—No te molestes —dijo Samuel—. Todavía tengo del que me diste a fines de julio.

* * *

Sir Percival Neville se presentó en Grosvenor Place cerca de las seis de la tarde. Alexander, que se había aseado y vestido —no pensaba recibir a su futuro suegro en bata—, lo esperó de pie en una salita de la planta superior, a pocas puertas de su dormitorio. Había una biblioteca modesta, un escritorio y un grupo de sillones y sofás. Estevanico, como capitán del *Constellation*, se hallaba junto a él.

—¡Muchacho! —se asombró Neville al entrar—. Creí que te encontraría en cama, al borde de la muerte —bromeó.

—Le aseguro, milord, que aun para sentarme, precisaré de ayuda. La herida no es de gravedad, pero sí se encuentra en un sitio que me incomoda para la mayoría de los movimientos. —Lo señaló cubriéndose el costado derecho con la mano izquierda. Le indicó un asiento, que Neville ocupó tras esperar que, con la asistencia de Estevanico, Alexander se sentase—. ¿Un coñac, sir Percival?

—Con gusto, querido Alex, con gusto. El último buen coñac que tomé fue en Blackraven Hall. Un Gautier, cosecha 1773. —Robert sirvió las bebidas y se marchó—. Habría debido entregarle esto al mayordomo —se lamentó Neville—. Lo envía mi hija para tu hermana. Resulta ser que ahora soy su recadero —añadió con fingida impaciencia.

Alexander, que desde la llegada de sir Percival observaba el pequeño envoltorio que traía en la mano, ofreció:

—Déjelo allí mismo —y apuntó una mesa de caoba en el extremo del sofá, junto al brazo—. Yo se lo entregaré a Isabella más tarde —prometió.

—Gracias, Alex —dijo mientras introducía la mano en la chaqueta y extraía una nota—. También dejo la esquela que acompaña el envío.

Enseguida fueron al tema en cuestión: el transporte del oro. En un principio, Neville se mostró renuente a autorizar la exportación del metal sin Alexander a la cabeza del convoy. La seguridad con que Blackraven defendió las capacidades y la honestidad de sus oficiales y de su hermano, como llamó a Estevanico, fueron socavando la resolución de sir Percival.

—Lo cierto es que me vendría bien que el oro llegase a Nápoles lo antes posible —concedió el banquero—. El rey Fernando ha iniciado una serie de obras para darle impulso a la economía de las Dos Sicilias y me ha solicitado un crédito. Tú debes de estar al tanto, pues Fernando es pariente tuyo.

—Sobrino en segundo grado de mi padre —confirmó—, aunque no lo liberal que uno podría desear en una Europa moderna como la nuestra.

Neville lanzó una risotada. Continuaron hablando acerca del oro y de una de las operaciones más delicadas: el traslado del metal desde la bóveda del banco hasta el puerto de Londres. Estevanico tomó la palabra y desplegó un mapa de la ciudad para explicarle el recorrido y con cuántos hombres custodiaría la carga.

—En Nápoles —prosiguió el capitán del *Constellation*—, el rey Fernando ha prometido enviarnos un batallón de la caballería que escoltará las cajas con los lingotes hasta la sede del banco en la vía Constantinopla.

—¡Me han convencido! —exclamó Neville—. ¿A qué hora irán a buscar el oro?

—Estaremos en la City alrededor de las cinco de la tarde, cuando la actividad declina —explicó Estevanico—. Debido a lo pesado que es el oro, usaremos carretas con bueyes, lo cual lentificará el traslado. Pero estimo que terminaremos de cargarlo en la bóveda de mi barco alrededor de las siete. Partiremos con la siguiente marea alrededor de las doce de la noche. Durante el tiempo que permanezcamos en la Piscina de Londres con el oro en la bodega del *Constellation*, nuestros marineros estarán armados y de guardia.

A continuación hablaron del viaje que emprenderían a China en diciembre, una vez finalizada la temporada del monzón, para realizar el primer transporte de plata al emperador Daoguang.

—¿Cómo marcha el asunto de las minas en Paracale? —preguntó Neville de modo deliberado y con una mueca satisfecha.

Alexander alzó una comisura en una mueca socarrona y asintió varias veces.

—Sir Percival —dijo—, su red de espías es tan eficiente como se asegura en las tabernas de la City.

—Verás, querido Alex —se justificó el banquero—, en la corte de Aranjuez todos son espías, y por unas libras serían capaces de vender a sus madres.

—También nosotros deberíamos darle la enhorabuena —contra-atacó Alexander—. Me refiero a la concesión de las minas de plata al norte de Portugal —aclaró con expresión inocente.

Neville carcajeó por lo bajo.

—Los Guermeaux también han forjado una aceitada red de es-pionaje —concedió—. ¿O fue Manon quien se lo comentó a su más querida y entrañable confidente, tu hermana Isabella?

A la mención de Manon, el rostro de Alexander se endureció tan brusca y repentinamente, que la sonrisa se esfumó de los labios de sir Percival. Estevanico le golpeó disimuladamente el pie, pero Alexander no cejó en su actitud.

—Sir Percival —dijo con acento severo—, la señorita Manon es la persona más íntegra y discreta que conozco. No podría afirmar lo mismo del señor Porter—White. Supe que el otro día dijo a viva voz que nos disponíamos a transportar oro a Nápoles. —Al ver que el banquero se ponía colorado y que movía los labios sin saber qué decir, se apiadó—. Tal vez no conozca las reglas de este delicado proceso del transporte de metales preciosos —añadió en tono conciliador—. Habría que explicarle la importancia de que la cosa se mantenga en el mayor secreto posible.

—Lo haré, lo haré —se apresuró a prometer—. Le recordaré la importancia de la prudencia y de la discreción en nuestro negocio.

Blackraven inclinó la cabeza en un gesto de gratitud.

—La Casa Neville con las minas portuguesas y los Guermeaux con las de las Filipinas podremos abastecer a China y al mundo —expresó Alexander—, en especial ahora que las antiguas colonias americanas han dejado de producir las cuotas de décadas atrás.

—¡Brindo por eso, querido muchacho! —exclamó Neville, y alzó la copa de coñac.

Estevanico y Alexander lo imitaron. Los tres al unísono bebieron de una vez el último sorbo de la bebida espiritosa. Pocos minutos más tarde, Percival Neville se puso de pie; detuvo a Alexander con un gesto de la mano cuando lo vio esforzarse por abandonar el sillón.

—Quédate tranquilo, muchacho. Estevanico me escoltará fuera.

Se despidieron. Apenas lo dejaron solo, Alexander se puso de pie con dificultad, percibiendo cada tirón en la herida. Caminó, ansioso, hasta la mesa donde sir Percival había depositado el envoltorio y la esquela, escrita a las apuradas, pues no estaba sellada. Se trataba de un pequeño frasco de gres con un tapón de corcho. Lo abrió y lo olió. Un aroma fresco, similar al del limón, le inundó las fosas nasales. Desplegó la nota y leyó. *Mi querida Ella, te mando un poco de aceite de limoncillo, que es excelente para ahuyentar los mosquitos. Por favor, esta noche úntale a Obby la cara y las partes que su camisa de noche no cubra para evitar que vuelvan a picarlo. Gracias, amiga mía. Tuya siempre. Manon.*

Lo embargó una emoción portentosa, incontrolable. Lanzó una carcajada nacida en parte del desconcierto provocado por la escueta y significativa nota, pero también —y no tuvo duda al respecto— propiciada por una dicha pura, genuina y largamente ausente en su ánimo. Nada demostraba la certeza del calificativo «formidable» con que la apodaban como lo hacían esas pocas líneas. Que se interesara por la suerte de un mísero huérfano cuando entre sus responsabilidades contaba asistir al cierre diario del banco más importante de Europa reflejaba que la habitaba un espíritu muy elevado. «Un alma formidable», se convenció.

Leyó la nota de nuevo, todavía perplejo y feliz, y prestó atención a la caligrafía. Era como ella, hermosa, clara y franca. Estaba enamorándose loca y perdidamente de Manon Neville, exactamente lo que había jurado no volver a hacer.

* * *

Al día siguiente, mientras desayunaban antes de partir hacia el banco, Manon y su padre leían los periódicos. Manon rio por lo bajo, se limpió con la servilleta que descansaba sobre su falda y dijo:

—Papá, aquí, en *The Times*, te acusan de veleta. Según este periodista, cambias de opinión según la dirección del viento.

Sin alzar la vista del *Morning Chronicle*, sir Percival respondió:

—Se equivoca. No soy una veleta. Yo soy el viento.

La declaración hizo reír a Aldonza y a Tommaso Aldobrandini. Neville continuó leyendo. Manon, en cambio, apartó el periódico y se dedicó a observarlo. Le habría preguntado acerca de la entrevista de la tarde anterior con Alexander Blackraven; calló para evitar levantar sospechas, en especial con Masino Aldobrandini a la mesa; el italiano habría detectado que su interés iba más allá de la cuestión comercial. Al final, fue como si le hubiese leído la mente, pues preguntó:

—Y bien, Percy, ¿partiremos esta noche hacia Nápoles en el *Leviatán* o en el *Constellation*?

—En el *Leviatán*, Masino —confirmó Neville—, sin la capitanía de Alexander Blackraven, me temo. El muchacho me ha asegurado que el primer oficial... No recuerdo su nombre.

—Olaf Ferguson —dijo Manon, y, ante el gesto sorprendido de su padre, añadió—: Él y su primo, Sven Olsen, son clientes del banco.

—Pues bien —prosiguió sir Percival—, Alexander parece tenerlo en alta estima.

—¿Es cierto que transportarán lingotes de oro? —se interesó el italiano, y Manon advirtió el efímero ceño en la expresión de su padre.

—Alguien ha estado hablando de más —masculló, y dirigió la mirada hacia su hija.

—No la mires a ella —la protegió Aldobrandini—. Lo comentó Julian el sábado pasado, mientras íbamos a la Embajada de Francia.

Manon estudió la reacción de su padre, que lucía muy contrariado.

—El oro no irá en el *Leviatán* —replicó sir Percival—, sino en el *Constellation*. Parece ser que Alexander tiene en alta estima a Ferguson, pero en una todavía mayor a ese pardo que llama hermano.

—Estevanico Blackraven —apuntó Manon—, a quien tu yerno despreció abiertamente en el Covent Garden la semana pasada —le recordó.

Neville le lanzó un vistazo antes de proseguir con la lectura del periódico. Más tarde, mientras se dirigían a la City, le reclamó que hubiese hablado mal de Porter-White.

—En primer lugar —se defendió Manon—, no hablé mal de él; solo marqué un hecho. En segundo lugar, lo hice frente a dos de las personas en quienes más confío. No lo habría mencionado si tu admirada Alba hubiese estado a la mesa.

—¡Mi *admirada* Alba! —se mosqueó Neville—. Mira que dices necedades, hija.

—¿Sabes cuándo regresará Buenos Aires? Creo que su estadía está prolongándose sin excusa.

—Deberás preguntárselo a ella —contestó su padre de mal humor—. Sé que agallas no te faltan.

Más tarde, Manon le pidió a Belloc que la condujese a lo del sombrerero Harris, en Cork Street. Al verla entrar, el hombre abandonó al cliente que atendía, que quedó en manos de uno de sus hijos, y salió a recibirla con expansivas muestras de alegría y de respeto. La condujo a una salita reservada para los clientes más importantes, donde la agasajó con té y bizcochos de avena horneados por su esposa.

—Señor Harris —dijo Manon, y apoyó la taza en una pequeña mesa—, he venido a sugerirle que compre acciones de la hilandería Mansfield & Co. Sé de buena fuente que su precio subirá en los próximos meses. No se sienta obligado a comprarlas a través de nuestros agentes —se apresuró a agregar.

—Por supuesto que lo haré a través de la Casa Neville —afirmó el hombre con vehemencia—. Como bien sabe su señoría, pese a aquel malhadado asunto, no cerré mi cuenta con ustedes. Y no lo haré mientras usted, señorita Manon, esté allí para garantizar el buen funcionamiento del banco.

—Gracias, señor Harris. Dicho esto, he venido a encargarle la confección de un bicornio, como los que usan los capitanes de la marina mercante. —Ante el desconcierto del sombrerero, se apresuró a añadir—: Es para el capitán de uno de nuestros barcos. Mi padre desea regalárselo.

—Claro, claro. Necesitaré las medidas —apuntó el hombre.

Manon se las entregó detalladas en un pequeño papel. Las había obtenido, con la complicidad de Isabella, de uno de los bicornios de Alexander. Lo ordenó en la mejor felpa de lana de color azul de ultramar, con detalles en satén y alamares de gros dorados.

—Un pedido especial —dijo Manon—. En el interior del bicornio, deberán bordarse con hilo de oro las iniciales «A», «F», «M» y «G» entrelazadas.

Harris terminó de tomar nota y previó que la confección del bicornio tomaría tres semanas.

—Hoy es 11 de septiembre —estableció el hombre—. Lo tendré listo el… —Abandonó el canapé y caminó hacia un almanaque colgado en la pared—. Alrededor de fin de mes.

Manon salió del negocio de sombreros. Se encontraba cerca de Grosvenor Place. Resistió la tentación de visitar la ancestral casa de los duques de Guermeaux, no solo porque iba en el carruaje con el escudo de los Neville, sino porque había aceptado la invitación a almorzar de su tío Charles-Maurice, por lo que Belloc la condujo a Hanover Square.

Después de un agradable almuerzo en compañía de la duquesa de Dino y de la pequeña Pauline, Talleyrand invitó a Manon a caminar por el jardín de la embajada. Se tomó de su brazo para descender los pocos escalones que conducían a un sector de hierba fragante y mullida, que parecía hallarse a cientos de millas de la sucia y atestada Londres y no en el corazón de Mayfair. Enseguida abordaron el tema que interesaba al embajador francés: el ataque del domingo anterior sufrido por el conde de Stoneville.

—Alexander sugirió que podía tratarse de Porter-White, porque quiere sacarlo de en medio para que yo contraiga matrimonio con un candidato que él pueda dominar.

—¿Sabe Porter-White que tú y Blackraven están comprometidos?

—Nadie lo sabe, excepto tú, mi abuela y Thibault. Juzgo imposible que mi cuñado lo sepa.

—Improbable, pero no imposible —replicó el francés—. Esa mujer, la viuda de Carrington, ¿era en verdad amante del conde?

—Lo era. Alexander había terminado la relación tiempo atrás. Fue a verla esa noche porque la viuda le envió una esquela en la que le decía que tenía que hablarle acerca de mí.

Talleyrand detuvo la caminata súbitamente y la miró a los ojos.

—¿Acerca de ti? ¿Acaso te conocía?

—Era clienta del banco. —Tras una pausa, agregó—: Y amante de Porter-White.

—¡Cielo santo! —exclamó el embajador—. Ese tipejo no deja títere con cabeza. Es hábil, *muy* hábil.

—No me atrevo a pensar que haya planeado eliminar a Alexander tras descubrir nuestra relación. Intento convencerme de que es descabellado. De lo contrario, me vería obligada a dejarlo para protegerlo.

—No es descabellado —afirmó Talleyrand—. Verás, querida Manon, en mi vida me ha tocado ser testigo de los comportamientos más disparatados e inverosímiles. La estupidez humana no tiene fin. Pero volviendo a tu compromiso con Blackraven, creo que cometerías un error si lo rompieses por temor a Porter-White. Ese miserable habría ganado la guerra sin siquiera pelearla. Además habrías subestimado el poder del hombre al que amas, que es muy superior al de tu cuñado. —Reanudaron la marcha en silencio—. Sin duda —admitió el francés—, es una trama endiabladamente enredada y compleja.

—Creo que Porter-White quería que desposase a Trewartha.

—Pero ahora Trewartha está acabado —afirmó Talleyrand—, y Porter-White sabe que tu padre jamás aceptará una asociación como esa. Lo sospechan de la muerte de la princesa maratí y del ataque al futuro duque de Guermeaux. Como consecuencia de esto, las acciones de la Compañía están en baja. Ese periodista Jago es implacable, el más ácido de todos. Sea dicho, posee una pluma exquisita. No te sorprenda que un día de estos Porter-White se aparezca con un nuevo candidato, algún amigote de su círculo al que pueda manipular.

Talleyrand prosiguió la caminata en un mutismo reconcentrado.

—¿Qué estás pensando, tío Charles-Maurice?

—En que no dudo de que Porter-White es hábil, ambicioso e inescrupuloso, pero tengo el presentimiento de que no es él tu verdadero enemigo. Si ese tipejo está atreviéndose a imaginar que podría comandar la Casa Neville es porque alguien poderoso lo respalda. La pregunta es quién. ¿Alguno de tus tíos, tal vez?

—Tío David —respondió Manon de inmediato—, él es el único que podría llevar adelante una estrategia de esa índole.

—David —repitió Talleyrand—. Podría ser. ¿Y fuera de la familia? ¿Quién podría osar querer apoderarse de la Casa Neville?

—Algún otro banquero. Alexander Baring, por ejemplo —sugirió, pues de pronto recordó que su padre le había comentado que se oponía a que el Parlamento permitiese a la Neville & Sons emitir papel moneda—. Su banco es uno de los más grandes de Inglaterra —concedió.

—Pero no le llega ni a los talones a la Casa Neville.

—Alexander Baring intentó unir las dos casas cuando le propuso a mi padre que su hijo Alexander y yo nos desposáramos. Papá era entusiasta. Yo me rehusé. Alexander murió en alta mar el año pasado —comentó con acento triste—. Lo lamenté porque en verdad era un joven muy agradable.

—Pero ni la sombra del otro Alexander, ¿eh? —dijo Talleyrand en tono bromista, y la codeó suavemente en el costado.

—Ni la sombra —acordó.

Alcanzaron unas sillas de jardín ubicadas bajo un roble. Manon retiró unas hojas y unas bellotas que se habían depositado sobre los almohadones antes de ayudar al viejo francés a tomar asiento. Ella lo hizo frente a él.

—¿Sabes qué, tío Charles-Maurice? Creo capaz a Porter-White de haber trazado un plan macabro para apoderarse de la Casa Neville sin el apoyo ni la ayuda de nadie. Si pudieses verlo como lo veo yo, a diario, te darías cuenta de que su ambición no conoce límite. Su moral es inexistente.

Talleyrand, muy serio, asintió.

—Igualmente, querida Manon, desconfía de todos.

Manon asintió, aunque en su interior se reconoció incapaz de dudar de todos; no formaba parte de su naturaleza.

—Lo intentaré, tío Charles-Maurice —prometió.

—Dime una cosa, querida —retomó Talleyrand tras un instante en el que guardó un concentrado silencio—. ¿No es la mujer del marqués de Bath hija del banquero Baring?

—Lo es —contestó—. Su nombre es Harriet. Es muy amiga de Anne-Rose Blackraven —añadió.

—Si la memoria no me falla —insistió el francés—, prácticamente te dio vuelta la cara en el último baile en Almack's.

Manon se sorprendió de que su tío lo hubiese notado y también de que lo recordase a casi dos meses de distancia; se había tratado de un sutil desaire.

—Los Baring se ofendieron mucho cuando rechacé a Alexander —explicó—, sobre todo Harriet, que sentía debilidad por su hermano menor.

—Ah, ya veo —masculló Talleyrand—. Sin embargo, bailaste con Adrian Baring en el mismo baile en el que su sobrina, la marquesa de Bath, te desdeñó.

—Adrian es muy amigo de tío Leo y de Masino, y siente un gran cariño por mí. Jamás me reprochó que no aceptase ser la esposa de su sobrino Alexander. Es el único de la Baring Brothers que me cae simpático.

* * *

Obadiah irrumpió en la salita con Mackenzie por detrás. Alexander, que redactaba una lista con disposiciones para Olaf Ferguson, alzó la vista y dedicó al niño una mirada endurecida.

—Sal y llama antes de entrar —indicó, lo que Obadiah cumplió—. ¿A qué se debe tanto entusiasmo? —preguntó sin alzar la vista de la carta.

—Thibault está en la cocina —anunció el niño.

—¿Solo? —preguntó, mientras devolvía la péñola al tintero de bronce.

—Sí, solo. Mañana me llevará con él a la casa de la señorita Manon para que su abuela me haga mucha ropa. Además, trajo dos botellas con una bebida que les gusta mucho a las ranas —agregó con evidente desprecio, e hizo carcajear a Alexander—. Ludo y Robert están probándola. No han querido darme porque tiene alcohol —se lamentó.

—E hicieron muy bien —afirmó Blackraven.

—He tomado muchas veces bebidas con alcohol —se jactó—. Una de las botellas es para ti, capitán Alex.

—Ve a la cocina y dile a Thibault que suba a verme.

El gascón se presentó poco después. Alexander, vestido y con mejor semblante, se puso de pie lentamente, asistido por Obadiah.

—Si se me permite decirlo, milord, tiene usted muy buen aspecto.

—Gracias, Thibault. Pero, como has visto, mis movimientos todavía están limitados. ¿Qué novedad me traes? —preguntó con ansias mal disimuladas—. Entiendo que viniste solo.

—Solo, milord —ratificó—. Vine a traerle esta botella de pacharán que yo mismo maceré con las endrinas recogidas en el jardín de Burlington Hall. Nada mejor que el pacharán para restablecer el vigor. Si algo me mantuvo con vida durante las largas campañas del emperador fue este milagro —dijo, y le tendió una botella de gres, que Alexander recibió.

La descorchó, olfateó el contenido. Caminó a paso prudente hasta una arquimesa, donde mantenían las bebidas espiritosas. Vertió un poco del líquido de tonalidad rojiza en dos vasos de cristal. Le entregó uno a Thibault, que se mostró desorientado ante la invitación del conde de Stoneville. Alexander insistió, y el gascón aceptó. Entrechocaron los vasos antes de beber el primer sorbo.

—Muy buena —admitió Blackraven—. ¿Y dices que te mantuvo en salud mientras te desempeñabas como artillero de Bonaparte?

—Así es, milord. —Alexander le indicó que se sentase. Antes de ocupar una silla, el gascón aguardó a que el joven conde lo hiciera, de nuevo con la ayuda de Obadiah—. El emperador aseguraba que el ejército marchaba sobre su estómago. ¡Y sí que marchábamos! No creo que haya existido otro general que se aprovechase tanto de las piernas de sus soldados como el emperador. Nos hacía caminar millas y millas por día. Pero a veces se olvidaba de que necesitábamos el estómago lleno para superar esas distancias. Pues bien —dijo, y alzó el vaso—, esta bebida, que me enseñó a preparar mi abuelo, me mantuvo con vida cuando no tenía ni un mendrugo que llevarme a la boca.

Blackraven se mostró abiertamente sorprendido. Enseguida pensó en incorporarla al consumo de su flota. Era sabrosa y, si el sentido del gusto no le fallaba, tenía una graduación alcohólica menor al grog, la bebida que servían entre los marineros, sin mencionar que, por alguna razón desconocida, había mantenido con vida a Belloc en las rigurosas campañas militares de Bonaparte.

—¿Puedo probar, capitán Alex? —pidió Obadiah.

—Un sorbo —consintió Blackraven, y él mismo se lo acercó a los labios—. Y ahora ve a preguntarle a Janette si tenemos endrinas en el jardín. —El niño cerró la puerta y Alexander dijo—: ¿Estarías dispuesto a fabricar esta bebida a gran escala? Para mis marineros —aclaró—. Debe de contar con alguna propiedad muy potente, la que te mantuvo en salud durante la guerra. —Ante el silencio de Belloc, Alexander se apresuró a aclarar—: Por supuesto, solicitaría la autorización a sir Percival para distraerte de tus obligaciones.

—Pues claro que maceraría pacharán para su señoría —declaró con una expresión inusualmente expansiva—. Mi señora Aldonza podría ayudarme. Ella también conoce la receta. De hecho, está preparando todo tipo de alimentos para que su señoría recupere la salud. Mi señora Aldonza dice que si vuestra madre, la señora duquesa, no está en Londres, ella se ocupará de vuestra salud, milord.

Alexander rio y bebió el último trago de pacharán. «Es realmente agradable», admitió.

—Hazme una lista de todo lo que necesitarías para producir… digamos, unos tres galones. Sé que es mucho —concedió Blackraven—, pero planeo repartirlo en varias de nuestras naves para estudiar su influencia en la salud de los marineros.

—Traeré la lista cuando regrese con los manjares de mi señora Aldonza.

—Gracias, Thibault. Seré generoso con la paga —prometió.

—No es necesario que me pague, milord. Lo haré con mucho gusto. Es un honor para mí.

—Nadie trabaja gratis, Thibault. Lo justo es justo. Y ahora satisface mi curiosidad, ¿quieres? —Belloc asintió, serio—. ¿Cómo conociste a sir Percival?

—Mi señor me salvó la vida, milord. En España —aclaró—. Tierra maldita para nosotros, los franceses. Los españoles nos detestaban, y sé que tenían motivos. Habíamos invadido su país. Pero no puedo olvidar esos grupos de la resistencia, las trampas que nos tendían… —Sacudió la cabeza con desazón—. Un día, salimos a cazar, pues estábamos muriéndonos de hambre. Éramos solo seis. Nos atacaron desde unos riscos. Yo recibí dos balazos que me dejaron medio muerto en el camino. Sir Percival, que había viajado a España para transportar dinero para el duque de Wellington... Su señor padre, milord, el duque de Guermeaux, también participaba de esas peligrosas incursiones para abastecer al ejército inglés de monedas de oro. —Alexander asintió e hizo un ademán con la mano para invitarlo a continuar—. Como le decía, quedé tirado en medio del camino. Sir Percival, que iba en un carruaje escoltado por un escuadrón de la caballería, ordenó a los soldados que revisaran si había alguno vivo entre nosotros. El mayor a cargo se negó pues se trataba de soldados enemigos. Sir Percival, en persona, recorrió los seis cuerpos. Solo yo seguía respirando. Me cargó en el carruaje y me llevó a Olivenza, donde pagó para que me asistiese un cirujano. Y se ocupó también de que, una vez restablecido, volviese con los míos. Debió de negociarlo con el duque de Wellington. En caso contrario, me habrían tomado prisionero de guerra. En el año 12, cuando se me concedió la baja del ejército, fui a buscarlo a París. El propio sir Percival me había invitado a hacerlo. Me presenté en la sede del banco en la *rue* de Quincampoix pocos meses antes de que naciera mi niña Manon, y desde ese momento no he vuelto a separarme de la familia Neville.

—Conoces a Manon desde el día en que nació —señaló Alexander.

—Mi niña nació el martes 14 de julio del 12, a las diez y cinco de la mañana —dijo con orgullo—. Todos los empleados estábamos aguardando su nacimiento en la cocina. Nos embargaba una gran emoción. Queríamos entrañablemente a la señora Dorotea. No necesitamos que nadie viniese a decirnos que había nacido. Sus berridos se escuchaban en toda la casa —afirmó, sonriendo, y Alexander soltó una carcajada—. El mismo sir Percival me la puso en los brazos con apenas unas horas de nacida y me dijo: «Quiero que la cuides y que la quieras como si fuese tuya» —recordó Belloc con acento emocionado—. Y eso es lo que he hecho durante los últimos veintiún años, milord.

—Para gran fortuna de ella.

—Y mía —agregó Thibault—. Mi niña es la criatura más dulce y bondadosa que pisa la tierra, milord.

—Lo sé —admitió Alexander—. ¿Crees que tendré la fortuna de verla hoy?

—No, milord, hoy no —y se apresuró a agregar—: Aunque nada complacería más a mi niña que visitar a su señoría. Sucede que ahora está almorzando con su tío, el embajador de Francia. —Ante la expresión sorprendida de Blackraven, Belloc explicó—: Suele hacerlo una o dos veces por semana. El príncipe de Talleyrand, que la conoce desde que tenía tres años, la adora y disfruta mucho de su compañía.

—Dime, Thibault, ¿qué opinas de Talleyrand?

Belloc guardó silencio antes de replicar:

—Sé que corren muchas voces acerca de él, milord. Pero, siendo tan bueno como es con mi niña Manon, yo lo respeto. En el príncipe de Talleyrand, su señoría tiene un gran aliado.

—¿De veras? —se desconcertó Alexander.

—Su alteza le dijo a mi niña que su señoría es el único a su altura.

Alexander sonrió con humildad.

—No creo que haya nadie a la altura de tu señora, estimado Thibault. —La sonrisa del gascón le indicó que acababa de granjearse un aliado incondicional—. Me decías que la señorita Manon está almorzando con Talleyrand. Después, imagino, la espera una tarde en la bolsa.

—Así es, milord. Después, debo conducirla al asilo; quiere visitar a Timmy. Ayer fuimos solo mi señora Aldonza y yo, y se decepcionó mucho al comprobar que Manon no era de la partida. Se echó a llorar y fue difícil calmarlo. Pero hoy mi niña irá a verlo, también porque lo harán vuestros amigos, Rafael y James, que Dios los bendiga por haber salvado a Timmy. Mi niña quiere hablar con ellos para informarse acerca de la pierna rota, pero desde ahora le digo, milord, esa pierna quedará mejor que antes.

Alexander esbozó una sonrisa con la que intentó disfrazar la decepción que significaba no ver a Manon ese día. Se había despertado ansiando sus besos y su presencia, solo que la Formidable Señorita Manon era requerida por muchos, y él era solo uno más.

* * *

Trewartha vio entrar a Manon Neville en el recinto de la bolsa londinense y la siguió con la mirada. Sus edecanes, el tal Chichister y el alemán Bauer, la protegían de los agentes que requerían su atención. Su padre la seguía de cerca.

Lamentó que los planes de Porter-White se hubiesen echado a perder, pues no le habría disgustado tenerla en su cama y enseñarle a ser una hembra sumisa y bien dispuesta.

Salió a su encuentro. Sir Percival lo saludó con una fría cortesía. La maledicencia de los periódicos socavaba sin remedio su reputación. Era consciente de que vacilaba al borde del precipicio. Si no conseguía frenar la caída del valor de las acciones de la Compañía, sus días como presidente de la Corte de Directores estaban contados.

—Percival, ¿me concedes unas palabras? —solicitó, y el banquero asintió.

Después de todo, eran consuegros y pronto se convertirían en los abuelos del primogénito de Archibald y Alexandrina. Caminaron hacia el escritorio. Manon se demoró para hablar con unos agentes, lo que Trewartha agradeció; no quería que la joven escuchase.

Sir Percival le indicó que tomase asiento.

—¿Qué necesitas, Jacob? —quiso saber con tono urgido.

—Pedirte un favor. Una señal tuya bastaría para que la caída en el precio de las acciones de la Compañía se revirtiese.

Neville torció la boca en un gesto de discrepancia.

—En tanto la prensa siga asociándote con cuanta muerte y asalto hay en Londres —replicó sir Percival—, dudo de que una intervención mía pueda hacer algo.

—¡Todas calumnias! —afirmó en un susurro de dientes apretados—. Es una campaña que mis enemigos están pergeñando para arruinarme. Blackraven está a la cabeza de este complot.

Neville sonrió con ironía.

—Dudo de que Blackraven enviase a un indio a asesinar a su bien amado primogénito.

—¡Fue una puesta en escena! Estoy seguro de que su hijo no sufrió un rasguño.

—¿Por qué Roger querría arruinarte? —intentó razonar el banquero—. Recuerdo cuánto te quería cuando eras un mozalbete. Recuerdo —añadió con tono deliberado— cuánto dinero invirtió para conseguirte un empleo en la Compañía, sin mencionar los contactos a los que molestó para hacerte entrar, molestia que debió de costarle grandes favores.

Trewartha se puso incómodo y se removió en la butaca.

—Blackraven quiere destruir a la Compañía para hacerse del monopolio del comercio británico —afirmó—. En abril de este año consiguió que el Parlamento nos retirase la carta de comercio que nos aseguraba el monopolio con China. El monopolio lo quiere para su compañía naviera —reiteró—. Y ahora pretende prohibir el tráfico del opio, pues sabe que la Compañía vive casi exclusivamente de este negocio.

—Entonces, el problema de la Compañía es más grave que unos simples artículos en la prensa que hablan mal de su presidente —razonó Neville—. El problema de la Compañía es que su negocio está naufragando. —El banquero suspiró y destinó una mirada compasiva hacia su consuegro—. No puedo comprar acciones de la Compañía, Jacob, no a menos que solucionen algunos de los problemas más acuciantes. No puedo engañar a quienes confían en mi criterio.

Un par de horas más tarde, Trewartha presidía la tradicional reunión de los miércoles de la Corte de Directores. Intentó emplear el razonamiento de su consuegro y demostrar que la caída del valor de las acciones no se debía a la campaña difamatoria en su contra, sino a los problemas de la Compañía, de los que no podía responsabilizárselo. La sesión terminó muy tarde en un ambiente hostil y poco propiciatorio.

Tras una noche en vela, Trewartha decidió contraatacar con las mismas armas de sus enemigos. Convocó a un joven y prometedor periodista, que se presentó al mediodía en su suntuoso despacho. Se llamaba Benjamin Disraeli, un judío que, según le habían asegurado, era inteligente y ambicioso. Le causó buena impresión, sobre todo por la rapidez con que diseñó un plan de acción. Propuso escribir una serie de artículos con el fin de demostrar que las acusaciones eran circunstanciales y sin asidero legal; algunos los firmaría él, otros se los haría firmar a un colega de su confianza.

—Me ocuparé de recuperar la imagen de poder que la Compañía ha perdido en los últimos años —prometió con una seguridad rayana en la pedantería—. Claro —añadió el joven periodista—, esto no será gratis. Tendré que pagarle al colega que me prestará su nombre y me veré en la obligación de sobornar a algunos jefes de redacción para que se interesen en mis artículos y los publiquen.

Trewartha asintió mientras se preguntaba de dónde obtendría el dinero para pagarle.

Capítulo XVIII

Thibault Belloc la conducía a Grosvenor Place en el carruaje sin escudo. La ansiedad por el reencuentro con Alexander Blackraven la tenía inquieta y con el corazón acelerado. Cruzaron el portón de la cochería y Robert salió a recibirla. La condujo a la primera planta, no al dormitorio del dueño de casa, sino a una salita en la que, según le informó el mayordomo, el conde transcurría las horas desde el día anterior.

Robert anunció su presencia y, tras franquearle la entrada, cerró detrás de ella. La conmovió la sonrisa que Alexander le destinó, que evidenciaba su agrado, pero también su sorpresa, como si no hubiese esperado que lo visitase ese día.

Apoyó las manos en el escritorio y se puso de pie con dificultad. Manon avanzó deprisa para ayudarlo. No fue necesario. Enseguida se encontró entre sus brazos, sus bocas fundidas en un beso. Se apartaron. Él le destinó una mirada seria. Ella le devolvió una que de seguro comunicaba el desconcierto que todavía le provocaba la situación, pues había soñado tantas veces con sus besos y con su atención que le resultaba inverosímil recibirlos de verdad.

—Te recuperas velozmente —dijo con acento bromista—. Tus brazos son tan fuertes como antes.

—Eres tú la que me devuelve el vigor —respondió él—. Y si no vienes a verme todos los días serás la responsable de que mi recuperación sea lenta y penosa.

Manon rio, divertida, asombrada también de ese Alexander ocurrente y manipulador.

—Estaría contigo el día entero, todos los días —aseguró sin reservas—, y lo sabes.

—Solo sé que ayer preferiste almorzar con el príncipe de Talleyrand.

—Oh, veo que estás muy bien informado.

Se alejó, puso distancia, y lo observó con una sonrisa sibilina de arriba abajo, como nunca se habría permitido en el pasado. ¿Alguna vez su belleza cesaría de robarle el aliento? Sus ojos la observaban bajo las anchas cejas negras. Existía un exquisito equilibrio entre la perfección casi femenina de sus rasgos y la virilidad de su expresión. Su mirada comunicaba fortaleza; sus ojos parecían comandar en silencio; la llamaban, más bien, le ordenaban que volviera a sus brazos, y eso hizo, cortó la distancia y volvió a la seguridad de su abrazo. Le acunó las mandíbulas y le acarició el rostro cubierto por una barba corta, negrísima y espesa. Sintió una excitación asombrosa, que le despertaba zonas del cuerpo que, antes de Alexander Blackraven, habían permanecido dormidas. Los pezones se le endurecían, aunque de un modo distinto a cuando tenía frío, y le producían un cosquilleo contra la presión del corsé; los ojos se le volvían húmedos, la boca se le secaba, las rodillas se le aflojaban; y sin embargo, era el lugar oculto entre las piernas el que más admirada y desconcertada la tenía, pues allí parecía concentrarse una energía latente a punto de explotar.

Le pasó el pulgar por los labios gruesos y alzó la mirada hasta encontrar la de él. Aunque la contemplaba con dureza, no le inspiraba miedo, sino lo contrario, seguridad y confianza.

—¿Cómo supiste que fui a comer a lo de mi tío Charles-Maurice?

—Tengo mis aliados.

—Yo soy tu mejor aliada. Y ahora me gustaría que nos sentásemos. No es bueno para tu herida que estés tanto tiempo de pie.

Se movieron hacia el grupo de sillones. El mayordomo llamó a la puerta y entró con el servicio de té.

—Gracias, Robert —dijo Alexander—. Mi prometida lo servirá.

Si la mención de la palabra «prometida» tuvo algún efecto en el ánimo del sirviente, supo ocultarlo. Se limitó a asentir y a retirarse en silencio. Las mejillas de Manon, en cambio, se tiñeron de la tonalidad rojiza que ella detestaba, lo que causó risa a Blackraven. Manon le destinó un vistazo reprobatorio.

—¿Crees que no lo imagina? —se justificó Alexander cuando el mayordomo cerró la puerta—. Robert estuvo al servicio de mi abuelo desde los catorce años, y antes lo estuvieron su padre, y antes de él, su abuelo, y así, por varias generaciones. Confiaría cualquier cosa a ese hombre. Su discreción es tan segura como la salida del sol. Quédate tranquila, no dirá nada.

Manon asintió y le entregó una taza de té; ya sabía cómo lo tomaba: sin azúcar y con un chorrito de leche.

—Estas galletas de avena son excepcionales —comentó Blackraven, y recogió una—. Las envió esta mañana tu abuela con otra serie de manjares que, en su opinión, restablecerán mi salud.

—Hazle caso, por favor. Nadie sabe de estas cosas como ella.

—Sí, le haré caso —dijo, fingiendo impaciencia—, pero ya sabes que tú eres mi mejor medicina. Y ayer decidiste no venir —insistió.

—Suelo almorzar con tío Charles-Maurice una o dos veces por semana —se justificó—. Ayer estaba muy ansioso por saber de ti, de tu salud.

—Aunque por orgullo no debería admitirlo, no sé por qué tú me impulsas a la honestidad, por lo que seré sincero: estoy celoso —declaró, y bajó la vista para sorber el té.

—No deberías. Tío Charles-Maurice es uno de tus más fervientes defensores. —Alexander le dedicó una mirada incrédula—. Cuando le dije que tendría que dejarte si se probaba que Porter-White estaba detrás del ataque, me dijo que sería un error y que estaría subestimándote, porque tú eres mucho más poderoso que mi cuñado.

—Sabias palabras las del príncipe —afirmó Blackraven sin emoción—. De verdad crees que Porter-White es más listo que yo —afirmó con el acento endurecido.

—¡Oh, no, claro que no! —se apresuró a afirmar—. Solo que… —Depositó la taza en la bandeja y se pasó la mano por la frente—. Solo pensar que, a causa de las intrigas de mi familia, tú hayas sufrido ese ataque tan feroz…

—Ya hemos hablado de esto —la detuvo con firmeza—. Y no quiero que vuelvas a mencionar que me dejarás por este asunto. Manon —la llamó y, pese a que lo hizo con severidad, fue música para sus oídos—. Manon —repitió con menos rigor—, mírame. —Retiró la mano de la frente y le obedeció, lo miró a los ojos—. ¿Podrías dejar este asunto en mis manos y olvidarte de todo?

—No —dijo, y Alexander se mostró asombrado por su negativa—. No tienes por qué soportar la carga de esta cuestión sobre tus hombros cuando yo puedo compartirla contigo perfectamente. Alexander, por favor, no me subestimes.

—Jamás te subestimaría —se apresuró a afirmar—. En realidad, te admiro profundamente, excepto cuando hablas de dejarme. Por favor —pidió con tono conciliatorio—, no perdamos el tiempo hablando de esto. Cuéntame, ¿cómo está Timmy? Sé que ayer por la tarde fuiste a verlo.

Hablaron de la evolución de la pierna de Timothy y después del transporte del oro, que partiría esa noche. Estevanico y sus hombres se ocuparían de trasladarlo desde la City en unas horas.

Llamaron a la puerta. Alexander invitó a entrar. Eran Isabella, Rafael, James Walsh y Obadiah, que se mostró encantado de encontrarse con la señorita Manon. A pesar de que la interrupción lo fastidiaba, Blackraven tuvo que reconocer que le gustaba verla interactuar con Obadiah. En tanto el niño, exaltado, le contaba que pronto comenzaría a tomar clases para aprender a leer y a escribir, Manon lo estudiaba para corroborar que el aceite de limoncillo hubiese surtido efecto; también le revisó las manos y los antebrazos. El niño se dejaba examinar con una confianza notable en uno que había aprendido a sobrevivir en las calles y recelar de todo.

—Mañana —la escuchó decir—, después de visitar a Alexander, te llevaré a casa para que mi abuela te tome las medidas. He mandado comprar telas para que te confeccione camisas y trajes.

—¿Tu abuela es tan buena como tú, señorita Manon? —preguntó con dificencia, y se retiró un poco.

—Mi abuela es la mejor costurera del Imperio, señorito Obadiah —replicó con fingida altanería—. Ella confecciona todas mis prendas. —Se pasó las manos por el busto del vestido de brocado celeste—. Necesitarás ropa nueva si estás decidido a convertirte en un capitán de navío.

Lo tenía estupefacto la sugestión a la que lo sometía Manon Neville. Pasaba de un sentimiento de ternura al verla revisar a Obadiah de posibles picaduras de mosquito a uno de tensa excitación al verla acariciarse el talle para demostrar la habilidad de Aldonza con la aguja y el hilo. Existía en su naturaleza una cualidad indescriptible que la volvía atractiva en cualquier instancia, y él se cuestionaba cómo era posible. Recordaba que con Alexandrina Trewartha lo había asaltado un hambre voraz por poseerla y por calmar en su cuerpo la excitación que su belleza y su inocente sensualidad le provocaban, y aunque habían hablado de huir para contraer matrimonio, ahora se daba cuenta de que no habían pensado en los hijos. Claro que eventualmente habrían llegado, como la lógica consecuencia de un amor como el suyo, solo que le costaba imaginarse como un padre e imaginarla a ella como una madre. En su carta, la que Alexandrina le había enviado con lord Mathews, afirmaba estar dispuesta a dejar al cuidado del padre el hijo que estaba por parir. Sostenía que era «justo» que Archibald se ocupase de educar al que un día se convertiría en el vizconde de Falmouth. Evocó de memoria el párrafo que tantas veces había releído: *No dudo de que su tía Manon, tan aficionada a Archie, y dispuesta a permanecer soltera, se ocuparía, gustosa, de su educación, lo que me complacería pues es una joven responsable, cultísima y de un gran corazón.* En efecto, Alexandrina había sabido apreciar la buena índole de su cuñada Manon, tanto como para sentirse tranquila de confiarle la crianza de su hijo.

Comenzaba a fastidiarlo la compañía. Quería a Manon Neville de nuevo para él. Le hizo una seña a Rafael para indicarle que se marchasen, a lo que el cirujano accedió con una sonrisa perspicaz.

—Alex, regresaremos más tarde para revisar tu herida y cambiarte las vendas —dijo, y lanzó vistazos deliberados a Isabella y a James.

De los cuatro, Obadiah se mostraba el más renuente a partir. Había aferrado a Manon por las manos y no la soltaba; inventaba excusas para quedarse. Comprendió que el niño estaba evocando a su madre, la desgraciada cantante de Piccadilly Circus. Lo sorprendió una profunda conmiseración, y se acordó del niño que él había sido, amado y protegido por sus padres, y la veneración que los dos, pero sobre todo su madre, le habían inspirado.

—Mañana vendré a llevarte conmigo a casa —le reiteró Manon—. Me habría gustado que conocieras a mi sobrino Willy, pero lo harás cuando regrese de Bath. No olvides esta noche volver a untarte con el aceite de limoncillo para evitar que te piquen los mosquitos. Ahora ve con Ella, cariño.

Manon siguió a Obadiah con la vista. Se sentía embargada por una emoción difícil de describir. Al volverse, se encontró con la mirada enigmática de Blackraven.

—Te permite que lo toques porque le recuerdas a su madre muerta.

—¿De veras? ¿Él te lo confesó?

Alexander asintió en silencio.

—Tu voz también se la recuerda —agregó—. La mujer cantaba en la calle para sobrevivir y él pasaba la gorra pidiendo limosna.

—¡Pobrecito! —susurró, afectada.

Blackraven le tendió la mano, que ella aferró al instante. Descansó la mejilla sobre la palma y dejó caer los párpados. Alexander la observó, fascinado.

—Hay tantos como Obby —dijo sin abrir los ojos—. Nadie hace nada por ellos.

—Tú y Des Fitzroy harán muchísimo por ellos en el hospital para pobres —le recordó y le acarició el pómulo con el pulgar—. Luces hermosa sobre mi mano —dijo, y la vio sonreír—. Me gusta el contraste entre tu piel y la mía. La tuya tan suave, la mía tan áspera.

Manon, con los ojos aún cerrados, le pasó los labios por la palma endurecida de callos después de años de maniobrar las jarcias de los barcos. Alexander cayó en una especie de conjuro y, cuando por una inveterada costumbre recuperó el control, se dijo que pocas veces había experimentado ese nivel de intimidad con una mujer; pocas veces se había sentido tan amado.

—Haremos lo que desees para ayudar a los niños como Obby —dijo con una mudanza en la voz, que sonó ronca y baja.

Manon alzó los párpados lentamente y fijó la mirada en la tormentosa de Blackraven.

—A veces me pregunto si quiero ayudar a la gente como Obby porque mi corazón es noble o porque me siento en culpa por haber nacido en cuna de oro.

—El hecho de que te lo cuestiones —razonó Alexander— habla de tu corazón bueno y noble, el más bueno y noble que yo conozco.

—Tu madre es la persona más buena y noble que yo conozco.

—No es la única —afirmó Blackraven.

Llamaron a la puerta. Manon, sobresaltada, soltó la mano de Alexander y se irguió en la silla. Blackraven sonrió al verla alborotada. Le estudió las manos pálidas, de dedos largos y delgados, notablemente desprovistos de anillos a excepción de uno bastante sobrio en el anular derecho. Le gustó el modo en que se las pasó por las mejillas arreboladas y cómo las empleó para ordenar los mechones que habían escapado a las presillas. Cada detalle lo seducía, aun el más nimio.

Blackraven invitó a entrar. Era el mayordomo, con un mensaje para la señorita Manon. El señor Belloc le recordaba que debía prepararse para la velada de esa noche.

—Gracias, Robert —dijo, y se puso de pie—. Estaré con Thibault enseguida.

Ayudó a Alexander a incorporarse. Se abrazaron. Manon descansó en su pecho; él le apoyó el mentón en la coronilla. No querían separarse.

—¿Qué velada tienes esta noche? —susurró Blackraven.

—Mi padre me pidió que lo acompañase al Covent Garden. Invitó a nuestro palco al embajador portugués y a su esposa, que solo habla francés. Quiere que la entretenga. —Se miraron en silencio—. No iría si no fuese muy importante para mi padre —se justificó.

Blackraven sabía que la invitación se relacionaba con el gran negocio de la emisión de títulos de Portugal. Ella, sin embargo, no mencionó el asunto. «Es muy discreta», se dijo.

—Perdóname.

—¿Por qué? —se sorprendió Manon.

—Por haberte acusado de indiscreta tiempo atrás. Me comporté de un modo aborrecible y me avergüenzo.

Manon le acarició la mejilla y sonrió.

—Cuando me besaste aquella noche en el Covent Garden te redimiste para siempre.

—No, para siempre no —la contradijo—. Me queda un largo camino de besos que recorrer antes de que me perdones —aseguró.

Le rodeó la cintura con un brazo y la sujetó por la nuca. La contempló con determinación, la misma con que la sujetaba y la mantenía sometida a su fuerza. ¿Por qué la observaba de ese modo? ¿Estaría evocando a Alexandrina? Olvidó a su rival en el instante en que Blackraven se apoderó de sus labios y le hizo creer que ella era la única.

* * *

Alexander Blackraven aguardaba despierto al mensajero que le confirmaría que el *Constellation*, el *Leviatán* y el *Miss Melody* habían zarpado sin inconvenientes esa noche. Sabía, porque Estevanico lo mantenía informado, que el traslado del oro desde la Casa Neville hasta el puerto se había realizado con éxito.

A eso de las dos de la mañana recibió aviso de que los tres clíperes habían iniciado el viaje sin inconvenientes ni novedades. Pese a la buena noticia, Blackraven no consiguió relajarse, consciente de que los peligros los acecharían durante el resto del viaje, y no pensaba tanto en la probabilidad de una tormenta, sino en un ataque de piratas en el Mediterráneo. Desde hacía unos años los berberiscos habían sido prácticamente exterminados; no obstante, aún quedaban embarcaciones destinadas al pillaje en alta mar. Una carga de oro de ese valor habría atizado la codicia de cualquiera.

La impotencia y la frustración le robaban el sueño. Se dirigió a su habitación, donde Ludovic dormitaba en un sillón. El valet se puso de pie de un salto al oír la puerta que se cerraba.

—Perdón, milord. Me venció el sueño.

—Lo cual es humano y lógico —bromeó Alexander—. Ayúdame a cambiarme y luego podrás retirarte.

El hombre quiso también ayudarlo a acostarse; Blackraven se negó; lo haría solo, aseguró. Lo fastidiaba depender de los demás. El valet se despidió. Alexander se arrellanó en un sillón lenta y cuidadosamente, colocó los pies sobre un escabel y se dispuso a leer un libro con el fin de conciliar el sueño. Dos líneas más tarde se resignó a que su mente vagase hacia la placentera tarde transcurrida en compañía de Manon. Abandonó el libro y cerró los ojos. Permitió que las escenas lo invadieran sin contención. Algunas lo hacían sonreír, otras le devolvían la sobriedad, otras lo excitaban. Hacía tiempo que no estaba con una mujer. La idea lo llevó a preguntarse cómo sería Manon Neville en la cama. El sexo con Alexandrina había sido perfecto, aun cuando él era un mozalbete sin experiencia y ella una muchacha virgen. En la actualidad, y después de haber pasado noches enteras en los burdeles de Constantinopla, se daba cuenta de que el amor y la pasión que compartían habían logrado soslayar sus torpezas y su ignorancia. ¿Habrían vuelto a gozar como en el pasado con la ventaja que implicaba que él fuese ahora un hombre experimentado y ella una mujer casada a punto de parir? ¿O se había roto para siempre la magia que desplegaba cada vez que se tocaban?

Abandonó el sillón y caminó hacia el mueble en el que guardaba la correspondencia. Abrió con llave el cajón donde ocultaba su miniatura y las cartas que habían intercambiado en el pasado, cuando él creyó que su relación nunca acabaría. Volvió a apoltronarse. Había pasado un largo tiempo desde que la última vez que se había permitido perderse en la observación del pequeño retrato, que no le hacía justicia. Habría sido difícil plasmar en ese espacio tan restringido la belleza desconcertante de Alexandrina, la que lo había enceguecido aquel día en Penzance.

Releyó las palabras de amor que habían intercambiado mientras él estudiaba en Cambridge. Para cuidar las apariencias, Alexandrina dirigía la correspondencia a la fonda de una mujer, donde él iba a retirarlas una vez por semana y le entregaba una suma exorbitante, medio chelín por carta recibida. Aún recordaba la desolación que experimentaba cuando la mujer le decía que no había nada para él.

Las leyó de nuevo, solo que en esa instancia era un Alexander Blackraven distinto el que repasaba los párrafos que años atrás había devorado con una ansiedad incontenible. La amargura y el resentimiento lo habían vuelto un cínico, las palabras ya no lo engañaban. Leyó la recibida antes del fin, una como tantas otras, sin ninguna advertencia del viaje que emprendería a Lausana para después casarse con Archibald Neville. Por fin desplegó la última, la que lord Mathews le había entregado a finales de julio, el día en que había decidido pedirle a Manon que lo desposara.

Echó la cabeza hacia atrás y cerró los ojos. Suspiró. Estaba tenso, con los músculos endurecidos, sobre todo los del cuello. Una lágrima se le deslizó por la comisura del ojo al recordar a su abuelo, el viejo duque de Guermeaux, que había muerto en enero de 1830, llamándolo. Él, en cambio, y pese a saber que su abuelo agonizaba, se encontraba a cientos de millas tras la pista de Alexandrina, que había partido hacia Lausana para internarse en una escuela de acabado para señoritas. ¿Por qué no se lo había mencionado en la última carta? ¿Por qué se había enterado de casualidad, gracias a un comentario ingenuo de su hermana Anne-Rose, que ignoraba que la bella vecina era su amante?

No dio con ella en Lausana pese a que la buscó en las tres escuelas más importantes. Al regresar a Cornualles, su abuelo había muerto. Nuala, la fiel criada de Alexandrina, no supo, o no quiso, brindarle información más allá de la que él ya sabía: su niña había partido a Suiza para convertirse en una señorita refinada. Volvió a Cambridge devastado por la muerte de su amado abuelo, sumido en las dudas y atormentado por los malos presagios que se desprendían del comportamiento insólito de Alexandrina. Pese a todo, completó los estudios y se graduó de ingeniero.

Meses más tarde se enteró, gracias a un amigo en común, de que Archibald Neville acababa de contraer matrimonio. Todavía se inquietaba al rememorar la escena en el salón de White's al escuchar a su amigo pronunciar el nombre de la novia: Alexandrina Trewartha, la hija de un agente de la Compañía de las Indias Orientales.

Esa misma noche empacó sus cosas y huyó a Liverpool, donde su familia poseía el astillero más grande del reino. Desde allí le escribió a su madre, y lo que había comenzado como una carta para comunicarle que emprendería un viaje sin fecha de retorno se convirtió en una larga confesión de la que había sido la experiencia más fascinante y feliz de su existencia. También le escribió al que consideraba su hermano y mejor amigo. A Estevanico no precisó explicarle nada; era el único que conocía su relación con Alexandrina. Pocos días más tarde, Estevanico lo halló borracho en una taberna y debió soportar su malhumor y su necedad, incluso su violencia y su ira. No tenía duda: le debía la vida a él, a un pardo, a un antiguo esclavo, uno de los hombres más nobles e íntegros que conocía, su conciencia, la voz de la sabiduría, que siempre le había advertido acerca de la naturaleza lábil de Alexandrina y que, en el presente, admiraba a Manon Neville.

—Manon —susurró, y abrió los ojos.

Notó que la última bujía se había consumido en la palmatoria y que lo rodeaba una oscuridad absoluta. No le molestaba la oscuridad; por el contrario, se sentía cómodo, acostumbrado como estaba a las guardias nocturnas en el castillo de popa, en especial mientras surcaban los Rugientes Cuarenta, cuando el riesgo de embestir un iceberg lo mantenía despabilado hasta el amanecer, con Mackenzie a su lado, pues los olfateaba a varias millas náuticas de distancia. Imaginó a Manon Neville junto a él en esas noches de tensión y de peligros inminentes, fiel compañera y atenta observadora, y lo embargó un anhelo inefable por recorrer esas distancias con ella.

Permaneció quieto en el sillón, las cartas y la miniatura sobre el regazo, mientras recordaba a Manon esa tarde en la salita, delicada en su vestido celeste, que tan bien le sentaba a su pálido semblante, que se encendía cuando algo la excitaba o la avergonzaba. Resultaba fácil adivinar lo que pensaba, lo que sentía, lo que le agradaba, lo que la disgustaba. Lo amaba, absoluta e incondicionalmente, lo amaba. Pero también Alexandrina lo había amado para después abandonarlo en el afán de cumplir el mandato paterno. «Manon Neville no es Alexandrina Trewartha», se dijo mientras se adueñaba de las palabras de Estevanico.

Más allá de eso, ¿llegaría a amarla como a Alexandrina? Aquello había sido tan intenso, tan descomunal, que temía que lo hubiese baldado para las cuestiones del corazón. No había esperado que una mujer volviese a interesarle más allá del sexo. La Formidable Señorita Manon lo había tomado por sorpresa. Sonrió en la oscuridad. Desde la primera vez en Green Park había incitado su curiosidad, cuando se percató de que ya no era la adolescente que recordaba, sino una atractiva mujer. En aquella ocasión, había tratado con exquisita deferencia, como si de pares del reino se tratase, a Estevanico, a Rafael y a James, cuando su hermana Cassandra había fruncido la nariz y puesto mala cara.

Manon Neville merecía ser adorada, atesorada, admirada. «¿Seré capaz de hacerla feliz, de amarla como una vez supe amar?». Le temía a la respuesta. Existía una alta probabilidad de que, tras realizar un profundo y sincero examen de sus sentimientos y de sus motivaciones, tuviese que aceptar que no habría estado a la altura. Su sentido del honor le habría dictado, entonces, que la dejase en libertad.

La idea de apartarla de su lado, pero en especial de que otro la poseyera, le produjo una desazón tan asombrosa, que le alteró el ritmo cardíaco. Se removió en el asiento y, al sentir un malestar en la herida, se quejó por lo bajo. Mackenzie, echado a su lado, se despertó y emitió un gañido. Extendió la mano a ciegas y le acarició la cabeza.

—Tranquilo, Mackey —susurró—. Por muy honorable que sea dejarla ir, no lo haré.

* * *

Le temía a la dicha con la que comenzaba las jornadas desde que Alexander Blackraven formaba parte de su vida. Abría los ojos y sonreía a la nada, mientras evocaba sus besos del día anterior y añoraba los que recibiría por la tarde. La realidad superaba cualquier ensueño que hubiese construido en el pasado al pensar en él. Se trataba de una dicha tan pura que incluso le cambiaba la índole, la volvía más paciente y comprensiva. Pero era demasiado realista para olvidar que la acechaba una sombra, que algún día debería afrontar. Se daba ánimos, se preparaba, pese a que sabía que el golpe sería devastador, peor que la pérdida de su madre ocho años atrás. Entonces, se instaba a cobrar sobriedad, que se esfumaba cuando Alexander le sonreía al verla llegar y cuando, al resguardo de ojos indiscretos, le robaba besos que la hacían meditar en lo similares que eran al consumo de opio que Thomas De Quincey describía tan bien en su libro.

Si el miedo a perderlo se tornaba insoportable, intentaba distraerse con su trabajo en el banco, iba a ver a Timothy, se ocupaba de las cuestiones de la Asociación de Amigos Hospitalarios o visitaba la obra en construcción del hospital. No tenía tiempo para aburrirse, solo que su mente la traicionaba e, hiciese lo que hiciera, estuviese donde estuviera, lo pensaba continuamente. De nada servía su propósito de poner distancia y de ser prudente si, al llegar a Burlington Hall, el corazón le explotaba de alegría cuando se encontraba con una esquela en la cual Alexander le reprochaba que no hubiese ido a verlo el día anterior.

La amistad con el cirujano cuáquero Dennis Fitzroy se afianzaba y la confianza crecía. En ausencia de Rafael y de James Walsh —habían partido en el *Constellation* y en el *Leviatán* hacia Nápoles—, se ocupaba de controlar la evolución de la pierna de Timothy y de la herida de Alexander. Le resultaba increíble que Alexander se pusiera celoso al verla llegar con el cuáquero. ¿No sabía acaso que ella solo tenías ojos para él?

—¿Qué sabe Des Fitzroy de nosotros? —la interrogó una tarde después de que el cirujano se marchase tras haberle cambiado el vendaje.

—Nada —se apresuró a responder—. Estoy segura de que Trevik no le ha mencionado el asunto, pese a que se han hecho grandes amigos con lo del hospital para pobres.

—Trevik no dirá nada —ratificó Alexander—. ¿Qué le dices cuando lo traes aquí en tu carruaje?

—Asume que vengo a visitar a mi mejor amiga, que está ocupándose de su pobre hermano herido —replicó con ánimo bromista, que Blackraven no compartió—. ¿Por qué me lo preguntas?

—Está enamorándose de ti —afirmó y la miró fijo a los ojos.

Se le arrebolaron las mejillas, lo que la fastidió.

—Lo dices con tono acusatorio —le reprochó.

—No deberías alentarlo.

—¡Alentarlo! —exclamó, más asombrada que molesta—. ¿De qué modo crees que lo aliento? —exigió saber.

—Le sonríes demasiado, eres excesivamente cordial y simpática.

—¿Debería tratar con malos modos a un hombre al que admiro y respeto? De ninguna manera —objetó.

—Conque lo admiras y lo respetas —repitió con ironía.

—Por supuesto que lo admiro y lo respeto. ¿Quién no lo haría?

—Estás confundiéndolo —se empecinó Blackraven—. Le haces creer que estás interesada en él. Deberías ser menos ambigua en tu comportamiento.

Manon se puso de pie.

—¡Ambigua! Estás juzgándome mal, Alexander. Tal vez no te hayas dado cuenta, pero cuando estoy interesada en un hombre me comporto como una niña tímida y asustada, la manera en que me comporté contigo desde que tenía catorce años, cuando me rescataste en el barranco y me enamoré perdidamente de ti. Con el resto de los hombres, soy educada y cordial, porque así se me enseñó. Pero no soy ambigua simplemente porque no se me ocurre serlo.

—¿Dónde vas? —Alexander se inquietó al ver que levantaba la escarcela que descansaba sobre un sillón—. No te vayas —suplicó, y se puso de pie con la agilidad ganada en esos días de convalecencia.

—Tengo cosas que hacer —interpuso sin mirarlo.

Blackraven cruzó la distancia que los separaba y la rodeó con un abrazo implacable.

—¡Mírame! —exigió, y Manon alzó la vista lentamente—. No te vayas.

—Me has hecho sentir mal —dijo, y detestó que la voz le brotara insegura.

Alexander le besó el cuello y le susurró:

—Perdóname, he sido un palurdo. Un celoso y estúpido palurdo. Perdóname. —Se apartó para mirarla, y se maldijo por haber puesto lágrimas en sus ojos azules—. Te suplico que olvides las insensateces que acabo de decirte. Aunque te quedases muda y no esbozases una sonrisa, ¿quién no se prendaría de ti? —intentó bromear.

—No conseguirás con zalamerías enmendar tu error —se empecinó Manon.

—¿Quizá lo logre con esto? —se cuestionó, y le buscó los labios.

La pasión no demoró en explotar como cada vez que sus bocas se encontraban. No habría podido rodearle el cuello, pues él la mantenía atrapada entre sus brazos, pero lo habría hecho y de ese modo le habría demostrado su rendición total, aunque el hambre con que lo besaba bastaba.

Manon cortó el beso para respirar. Los dos lo hacían agitadamente, las frentes pegadas, los ojos cerrados.

—¿Conque te enamoraste perdidamente de mí aquella tarde en el barranco? —Manon movió apenas la cabeza para asentir—. Recuerdo muy bien aquella tarde.

—Fue el 5 de mayo del 27. Nunca lo olvidaré. —Alexander rio por lo bajo y le besó ligeramente los labios—. Me sonreíste, y fue como estar en presencia de algo sacro. —Le observó la boca sumida en la espesa barba de tantos días—. Tu sonrisa es lo que más amo de ti, porque es perfecta —aclaró—, pero también porque me dice que estás feliz.

—¿Me has perdonado? —preguntó con acento compungido.

—¿En verdad crees que confundo a Dennis?

—No, no —se apresuró a contestar, y la besó en la frente—. Olvídate de lo que te he dicho. Pero sí creo que él está enamorado de ti.

—No lo había notado, te lo aseguro.

—Te creo.

—Amar y no ser correspondido —dijo Manon— es una fuente de gran dolor. No quiero que Dennis sufra.

—Sufrir es parte de la vida —aseguró Alexander—. Nadie está exento del dolor. ¿Me has perdonado? —insistió.

—Sí —murmuró, y se mordió el labio para esconder la sonrisa que despuntaba.

—Gracias —respondió, y escondió el rostro en el cuello de Manon—. Gracias, gracias —repitió en susurros.

Manon se rebulló entre sus brazos acometida por una oleada de cosquillas, las que él le causaba con la barba. Acabó riendo a carcajadas, más dichosa que nunca, sorprendida al descubrir que la reconciliación tras una pelea poseía una dulzura especial; la colmaba de un regocijo único. Supo que entre ellos siempre existiría una cuota de conflicto. Sus temperamentos similares, dominantes y fuertes, los enfrentarían en más de una ocasión, y vivirían los hechos más banales con la intensidad propia de sus personalidades. Nunca habría demasiada paz si un mero cruce de miradas comunicaba una energía que la subyugaba y que se traducía en erizamientos, palpitaciones y reacciones insólitas. Alexander Blackraven la poseía solo con mirarla, y, aunque habría sido sensato protegerse y procurarse una defensa sabiendo lo que sabía acerca de él, se entregaba sin más.

* * *

Avisados del ataque sufrido por Alexander, los Blackraven llegaron a Londres por mar once días después, el 19 de septiembre. Ese miércoles por la tarde, Manon fue a Grosvenor Place y, al descubrir dos carruajes con el escudo de los Guermeaux en la puerta, supo que habían regresado de su retiro en Cornualles. Experimentó emociones contrarias: alegría, pues siempre la regocijaba estar con ellos, y miedo de que la tranquila rutina del último tiempo se rompiese.

Como de costumbre, Thibault ingresó por el portón de la cochería y Robert la hizo entrar por la puerta trasera. Isabella bajó a recibirla en el vestíbulo.

—A Alex no le gustará tener que compartirte con la familia —susurró, y se tomó del brazo de Manon—. Prácticamente no me ha permitido hablar contigo cada vez que has venido a visitarlo. Nunca lo había visto tan enamorado.

«¿Nunca, querida amiga? ¿Estás segura?».

—¿Estuvo enamorado antes? —preguntó en cambio.

—No le conocemos ninguna historia —declaró Isabella—. Rosie sostenía que había una que le interesaba en Penzance, pero no logramos confirmar si su sospecha era cierta, o de quién podía tratarse. Alex ha sido siempre muy reservado.

Manon asintió en silencio.

—No olvides que quiero mantener el compromiso con tu hermano en secreto —le recordó—. No lo menciones a tus padres, por favor.

—No entiendo, y Alex tampoco, por qué no quieres gritarlo a los cuatro vientos —se preguntó Isabella, irritada—. ¡Yo estoy feliz de saber que seremos hermanas!

—Es más sensato de este modo —afirmó con prudente serenidad.

—Serías la envidia de Londres —insistió la joven Blackraven—. No soy parcial al decir que mi hermano es el soltero más codiciado. ¡Tus primas se pondrían verdes de la envidia! Ni te digo la amargada de tu tía Charlotte. ¡Ay, cómo me gustaría verle la cara cuando se enterase!

—No dudo de que tu hermano es el más codiciado —acordó Manon—. Pero es un espíritu libre, que prefiere la vida en el mar a la de la ciudad. Tal vez llegue el día en que sienta este compromiso como un peso y quiera romperlo. Prefiero que se sienta libre para hacerlo y sin la atadura de la palabra empeñada.

—Si Alex rompiese el compromiso, sería un idiota —razonó Isabella—. Y te aseguro que Alex no es un idiota. Todo lo contrario.

—Todo lo contrario —refrendó Manon en el instante en que su amiga abría la puerta de una habitación que ella no conocía, más grande y ricamente amoblada que la salita en la que Alexander había transcurrido la mayor parte de su convalecencia y donde habían compartido tantas horas felices.

Aunque había varias personas, ella solo lo vio a él, espléndido en un estilo informal de camisa blanca con el lazo al cuello desatado y pantalón de paño gris oscuro. Se había afeitado.

—¡Manon querida! —exclamó la duquesa de Guermeaux y se aproximó a recibirla.

Como siempre sucedía con los Blackraven, la saludaron con una simpatía que la hizo sentir bienvenida y a gusto. Estaban todos, aun Binita y Dárika, muy bonitas en sus trajecitos de tafetán con crinolina y sus peinados a la moda inglesa. Los hijos de Anne—Rose, Donald y Edward, jugaban con Mackenzie y reían a carcajadas. Obadiah, intimidado quizá por la presencia del duque o por la cantidad de gente, se mantenía a un costado, cerca de miss Melody, y con cara triste. Le sonrió y le tendió la mano, y el niño corrió hacia ella.

—Hola, cariño —dijo mientras lo abrazaba y le besaba la coronilla.

Los Blackraven cayeron en un silencio pasmado al ver el despliegue de afecto entre la rica heredera y el niño de la calle. Manon alzó la vista y se encontró con la mirada de Alexander fija en ella.

—Milord —lo saludó, y ejecutó una torpe reverencia con Obadiah todavía entre sus brazos.

—Señorita Manon —contestó él, e inclinó la cabeza con una sonrisa ladeada cargada de ironía.

—Querida Manon —intervino la duquesa—, Ella acaba de contarnos que Aldonza estuvo enviándole a Alex todo tipo de exquisiteces para que recuperase la salud. Pero ven, querida, siéntate. ¿Quieres una taza de té?

La familia ocupó de nuevo sus lugares, se rellenaron las tazas vacías y se reinició una animada conversación, en la que Arthur e Isabella llevaban la voz cantante. Manon se cubría la boca y reía con las ocurrencias de los hermanos menores. Quiao Walsh, sentada frente a ella, reía también detrás del abanico. «Es muy bella», se dijo tras admirar la untuosidad de su piel sin defecto y la delicadeza de los rasgos. «Parece de porcelana», ratificó al evocar el comentario de su tía Anne-Sofie, y de nuevo volvió a preguntarse si Alexander alguna vez habría notado su belleza. Si lo había hecho, no le interesaba en el presente, pues sus ojos insistentes buscaban los de ella.

—¿Cómo está vuestro tío, su gracia? —preguntó Manon a Roger.

—Ah, el tío Bruce —suspiró el duque de Guermeaux—. Desde la muerte de su amada Constance no es el mismo. Lo encontramos bien de salud, aunque no de ánimo.

—Lo siento —masculló Manon, que recordaba con afecto al cariñoso y divertido tío abuelo de Isabella—. Yo temí por la salud de mi padre después de la muerte de mamá. Por fortuna, él tiene su trabajo para distraerse. Creo que esa fue su salvación.

—Deberíamos enviarle un poco del tónico mágico de Thibault —intervino Alexander, y sonrió en dirección a Manon—, el que fabrica con endrinas. Creo que eso me ha ayudado a recuperarme tanto como las preparaciones de su señora abuela.

—El pacharán —explicó Manon a los demás—. Thibault asegura que le salvó la vida en más de una ocasión, cuando en el ejército del emperador Napoleón no tenían qué comer.

—Padre —dijo Alexander—, le he pedido a Thibault que prepare unos tres galones para repartir entre la marinería. Quiero estudiar su efecto en la salud de nuestros hombres.

—Excelente idea —acordó Blackraven—. Cualquier brebaje o comida que nos permita combatir el escorbuto es bienvenido.

—¿Qué novedades tienes del viejo y querido Archie? —se interesó Arthur, y Manon percibió con el rabillo del ojo la mutación en Alexander; aunque no lo veía plenamente, percibió su incomodidad.

—Recibí su última carta el 1° de agosto —comentó Manon—. No le sienta bien el clima de Cantón. Desea volver a Londres cuanto antes.

—Me pregunto si ya habrá nacido tu sobrino —señaló Anne-Rose—. Estarás ansiosa.

—Nacerá en diciembre —dijo, y buscó un tema que alejase la conversación de la vida familiar de su hermano—. Artie, ¿cuándo se reiniciarán las sesiones en la Cámara de los Comunes?

La pregunta abrió el tema de la política y de la batalla que seguirían presentando para lograr que la comercialización del opio se prohibiese. La señora Isabella di Bravante tendió la mano a Edward Jago, el que tenía más cerca, y le pidió que la ayudase a ponerse de pie.

—Alejandro, llévame a casa. —Habló en español para dirigirse a su hijo—. Ahora que sé que mi nieto está fuera de peligro, quiero descansar. Fue un viaje endiablado. —Sonrió al posar la mirada en Manon. Le tomó la cara entre las manos y le dedicó una mirada benévola—. Desde que Charles-Maurice dijo que le recordabas al cuadro de la Inmaculada del Escorial, te veo y pienso en mi amado padre, en cuánto le gustaba sentarse y admirar esa obra del maestro Murillo. Posees el mismo tipo de belleza plácida y delicada de la modelo.

—La opinión de tío Charles-Maurice en lo que a mí respecta es poco fiable —replicó Manon, también en español—. Muy imparcial —subrayó.

—Oh, no, no —desestimó la anciana—. Como todo lo que dice Charles-Maurice, es acertado. Querida Manon, espero que nos visites con frecuencia ahora que hemos regresado.

—Será un honor, doña Isabella.

Al ver que, uno a uno, los visitantes se despedían del anfitrión, Manon se puso de pie.

—Yo también me retiro —anunció.

—¿Tan pronto? —la interpeló Alexander.

Cruzaron una mirada fugaz antes de que Manon asintiera, avergonzada y con la vista apartada. Sabía que tenía las mejillas coloradas y lo lamentó.

—Ve tú, Roger —anunció Melody—. Me quedaré con Alex otro rato.

—Enviaré el carruaje más tarde para que te recoja —decidió el duque, y ahí, frente a todos, la besó en los labios.

El gesto tan inusual no pareció escandalizar ni incomodar a nadie. Manon admiró la libertad con que esa gente hacía todo. Eran excéntricos en sus modos y, sin embargo, se sentía tan a gusto como con su abuela o con Thibault.

El último de los visitantes abandonó la sala, y Melody se volvió hacia su hijo. Le sonrió. Caminó hacia él, le acunó el rostro y lo obligó a inclinarse para besarlo en la frente.

—Casi muero cuando llegó el mensaje de Nico —le confesó—. Bendito sea tu padre, que sabe conservar la sangre fría. Organizó el viaje en menos de dos horas. Partimos de Plymouth al día siguiente —le relató—, el sábado 14.

—¿En qué nave viajaron?

—En el *Black Dart*. Tu padre capitaneó, por eso llegamos tan rápidamente, con una tormenta a mitad de camino. ¡Gracias a Dios estás bien, tesoro mío!

—Y gracias a Rafael y a Jimmy.

—Sí, sí, benditos sean ellos también. Pero siéntate, cariño, no estés de pie. Lo peor para una herida es soportar su propio peso.

—Estoy fajado —se justificó; igualmente, conformó a su madre.

Hablaron del ataque, de la mujer que había muerto, a quien Alexander llamó «una amiga», del asesino, y conjeturaron acerca de su identidad. Melody sujetó las manos de Alexander y las besó. Alzó la vista y lo miró con intención.

—¿Qué está ocurriendo entre Manon y tú?

Alexander sonrió con ironía y sacudió la cabeza.

—Soy un libro abierto para ti.

—Creo que tu interés por ella ha sido evidente aun para tus sobrinos. La mirabas como si estuvieses planeando devorarla.

—No me importa que sepan que estoy interesado en ella. —La expresión de Melody se iluminó con una sonrisa, que hizo reír a Alexander por lo bajo—. Solo que ella no quiere que anunciemos a nadie nuestro compromiso.

—¡Se han comprometido! —celebró Melody para enseguida preguntar—: ¿Por qué Manon no desea anunciar el compromiso?

—Creo que duda de mí, de mi constancia —infirió Alexander.

—Tal vez le teme a tu pasión por la vida de mar —especuló Melody—. Yo solo le temo a otra cosa, y tú sabes a qué me refiero. No quiero que contraigas matrimonio con nadie, ni siquiera con la querida Manon, a la que juzgo perfecta para ti, si aún estás enamorado de ella. Tu padre y yo solo deseamos que te unas a una mujer que ames y que respetes. De lo contrario, el matrimonio puede convertirse en una pesadilla.

—Nadie me obliga —confirmó—. Quiero hacerlo. Pocas mujeres me despiertan tanta admiración como Manon Neville.

—¿La amas, cariño? —insistió Melody, y le cubrió la mejilla con la mano.

—Una vez amé y solo obtuve decepción y sufrimiento. No tengo el amor en tanta estima como tú, mamá.

* * *

Roger Blackraven regresó a Grosvenor Place al día siguiente, temprano por la mañana. Lo acompañaban su hijo Arthur y Somar. Alexander los recibió en la salita a la que se había aficionado. Su padre se aproximó y lo miró a los ojos, en silencio, con expresión preocupada. Le palmeó la mejilla y se alejó para tomar asiento. Somar, en cambio, lo abrazó.

—Bendito sea Alá por haberte protegido, muchacho querido.

413

—Benditos sean tu hijo y su maestría para coser heridas —añadió con ánimo alegre; pretendía quitarle dramatismo a la cuestión. Somar sonrió con una expresión ufana—. Jimmy también hizo su parte. Conoce secretos para evitar la pudrición de las heridas.

—Benditos sean los dos, Rafael y Jimmy —intervino Roger con una voz grave que Alexander le conocía y en la que caía cuando un tema lo perturbaba profundamente—. He venido hoy aquí, sin tu madre, porque pretendo conocer con pelos y señales cuál es la situación. No quiero que ella escuche los detalles sórdidos. Sabe Dios que ha sufrido desde que recibimos el mensaje de Nico. Hablando de esto, ¿por qué, si te atacaron el 8 de septiembre por la noche, el mensaje fue despachado el 11 cerca del mediodía?

—No quería que Nico les avisara —se justificó Alexander—. Le pedí que no lo hiciera. No quería que mamá y tú se preocuparan. Pero el 11, Nico lo envió. Me dijo que no zarparía hacia Nápoles sin haber enviado el mensaje a Hartland Park.

—Por fortuna, siempre se puede confiar en la sensatez de tu hermano —masculló Blackraven y lo contempló con severidad—. Habría sido terrible enterarme por los periódicos una vez que llegasen a Penzance. Ahora cuéntame todo.

Alexander se sentó con la ayuda de Arthur. Les refirió las circunstancias, aun su vínculo amoroso con la viuda de Carrington, que a su vez había mantenido una relación con el yerno de sir Percival.

—¡Qué enredo! —exclamó Somar.

—Era claramente una trampa —aseveró Arthur.

—¿Quién envió la esquela? —se preguntó Somar—. ¿Trewartha o Porter-White?

—O los dos —propuso Roger—. Pero ¿por qué?

—No me extraña que Trewartha haya decidido eliminar a tu primogénito —declaró Somar—. El malparido te detesta.

—Todo apunta a Trewartha —razonó Arthur—. El hecho de que Obby haya reconocido al indio que te atacó como el que provocó que Nanette se desbocase es prueba suficiente.

—No entiendo por qué no lo han arrestado —se mosqueó Somar.

—Porque Scotland Yard no da crédito al testimonio de un niño de la calle —indicó Alexander—. Además, estamos hablando de arrestar al presidente de la Corte de Directores de la Compañía —les recordó.

—E incluso si el testimonio de Obby fuese tenido en cuenta —explicó Arthur—, los abogados de la Compañía declararían que el hecho de que el mismo hombre que provocó el desbocamiento de la yegua fue quien te atacó en lo de la viuda de Carrington no conforma una prueba suficiente para acusar a Trewartha. Es solo una prueba indiciaria.

—Tal vez nunca lograremos esclarecer qué se esconde tras este turbio asunto —se resignó Roger.

—Hay algo más —indicó Alexander, y se ganó de inmediato la atención de los otros tres—. Días atrás, le pedí a Samuel Bronstein que le hiciera una visita a Jonathan Wild…

—¿Jonathan Wild, el jefe de los bajos fondos? —lo interrumpió Roger, y Alexander asintió.

—Uno de su banda asegura haber visto a los tipos que visitaron a Francis la mañana del día en que murió —prosiguió Alexander—. Le pedí a Samuel que lo llevase a la City para que determinase si alguno de ellos era Porter-White, el yerno de sir Percival —acotó.

—¿Por qué Porter-White? —preguntó Arthur.

—Sé de buena fuente que recibió una carta de Quiroga donde le decía que el asunto de la explotación del *cerro* —remarcó la palabra en español— no seguiría adelante.

—Esto se enturbia cada vez más —comentó Somar—. ¿Qué ocurrió con el secuaz de Wild? ¿Fue a la City con Samuel?

—Se lo pedí la semana pasada —respondió Alexander—. Ayer por fin me envió aviso de que vendría hoy con novedades. —Extrajo el reloj de la faltriquera del pantalón—. Está al llegar. Papá, ¿conoces a un tal Antonino Reyes? Es del Río de la Plata.

—El nombre no me suena —admitió Roger—. Pero hace casi cuatro años que no vamos a Buenos Aires y me he desconectado de los temas y de las gentes de esa ciudad. Podría escribirle a tu tío Tommy y preguntarle. Él está metido hasta los tuétanos en las cuestiones políticas de ese malhadado país —acotó con voz sombría—. Pero ¿por qué lo mencionas?

—Llegó hace poco —contestó Alexander—. Se ha reunido varias veces con Porter-White.

—Y si tenemos en cuenta que Porter-White recibió una carta de Quiroga en la que hacía mención de la explotación de un cerro —razonó

Arthur—, es lógico que te preguntes quién es este recién llegado del Río de la Plata que está en tratos con el yerno de sir Percival.

—No me sorprendería que una lucha por la explotación del Famatina estuviese detrás de todo este complicado asunto —concedió Roger.

—Si es la explotación del cerro lo que está detrás de esto —conjeturó Somar—, ¿por qué el ataque a Alex? ¿De qué modo se beneficiarían asesinándolo? No tiene sentido —insistió, y la habitación cayó en un mutismo en el que la perplejidad y la confusión resultaban evidentes.

Roger rompió el silencio para dirigirse a su hijo mayor.

—Si esa fuente de la que hablas, la que te pasó la información acerca de la carta de Quiroga —aclaró—, es tan buena como afirmas, quizá te ha dicho si Percy está metido en este asunto.

—No lo ha mencionado —admitió Alexander—, pero me lo habría dicho en caso de que sir Percival estuviese detrás del Famatina.

—Sobre todo —terció Arthur con expresión traviesa—, si esa fuente es Manon. Querido hermano, ayer no hiciste un misterio de tu interés por ella.

Alexander lo contempló con flema; después alternó vistazos entre su padre y Somar. Este último lucía sorprendido. El duque, en cambio, recibió el comentario con una expresión neutra, que revelaba cuánto sabía. No lo asombró: habérselo contado a su madre equivalía a que su padre lo supiese de inmediato; eran uno solo esos dos. Se preguntó si Manon y él algún día llegarían a conformar una unidad tan estanca como la de sus padres.

—¿Es cierto, muchacho? —se alegró Somar—. ¿Estás interesado en la hija de sir Percival?

—Está interesado, Somar —siguió burlándose Arthur, la vista fija en su hermano mayor—. No te lo dirá porque él es así, cerrado como una ostra, pero lo está, lo que prueba que, después de todo, no es tan necio como creíamos.

—¡Qué excelente compañera sería para ti, querido Alex! —se entusiasmó el turco—. Tu tía Miora la tiene en la más alta estima, lo mismo Rafaelito.

—Me interesa —ratificó, y reprimió una risotada cuando Arthur empezó a aplaudir, a exclamar «bravo» y a proferir silbidos, los que había aprendido de los marineros, que los empleaban para comunicarse desde la cofa.

Roger y Somar reían abiertamente.

—¡Qué excelente noticia, hermano! —declaró.

—No me hagas reír —se quejó Alexander—. Tengo la impresión de que todos los músculos necesarios para reír están alrededor de la herida. Además, te pido discreción. Iré por ti si alguien fuera de la familia se entera.

—¡Uy, qué miedo! —se mofó Arthur.

—Basta, muchachos —intervino Roger.

—De igual modo, alguien fuera de la familia sabe de mi interés por Manon —admitió Alexander—, pues la usaron como carnada la noche del ataque. En su nota, la viuda de Carrington me decía que quería hablarme de ella.

—¿Crees que alguien la obligó a escribir esa nota? —preguntó Arthur.

—Sí, es lo que sospecho. Porter-White, probablemente.

—Pero no tiene sentido —repitió Somar—. ¿Para qué querría liquidarte?

—Para quitarme de en medio —conjeturó Alexander—. Quiere obligar a Manon a desposar un cómplice para manejarla y de ese modo controlar la Casa Neville.

—No es una teoría descabellada —acordó Roger—, sobre todo desde que corre la voz que Percy le dejará el banco *solo* a ella.

—¿Y Archie? —se asombró Alexander, y Roger negó con la cabeza—. ¿Manon será la única dueña de la Casa Neville? —insistió, perplejo.

—Así es —confirmó Blackraven—, y no me resulta disparatada la resolución de Percy. Pero volvamos a la cuestión del cerro. Entonces, podemos estar seguros de que Percy no va tras el Famatina. Sería un asunto del yerno, al parecer.

—Ya —ratificó Alexander—. Cuando sir Percival vino a visitarme días atrás, me hizo saber que está al tanto de la concesión de las minas de Paracale. Yo lo felicité por las minas al norte de Portugal.

—¡Ja! —se jactó Somar—. Bien hecho, muchacho. Oye, Roger, ¿participarás a sir Percival en el negocio del Famatina?

—No lo sé. Ni siquiera sé si quiero proceder con ese asunto. Aquel país es una olla de grillos. Y si, como sospecho, Rosas está manejando los destinos de aquellas tierras, menos ganas me dan de lidiar con esta cuestión.

—¿Le temes a Rosas, papá? —lo acicateó Arthur.

—Le temo a las represalias que podría tomar contra tu tío Tommy —afirmó—. Ya tuvo problemas con él en el pasado. Y tener problemas con Rosas en la mayoría de los casos significa terminar con la garganta degollada. No quiero que vuestra madre entierre al único hermano que le queda. No fue fácil verla sufrir cuando murió vuestro tío Jimmy.

—No lo fue, no —murmuró Somar con la mirada caída.

—De igual modo, le has escrito a Quiroga —le recordó Alexander—. Ya hemos echado a rodar la piedra.

Roger, ceñudo, asintió sin mirarlo, mientras se tocaba la barbilla en profunda reflexión.

—Ya veremos cómo sigue este asunto —resolvió tras esos segundos en silencio—. Por lo pronto, no hemos recibido la respuesta de Quiroga. Bien podría haber muerto en alguna de las tantas escaramuzas en las que le gusta participar. Ya veremos —repitió y, con un gesto, dio por terminada la cuestión—. Tenemos suficiente entre manos con las minas de Paracale y con el primer cargamento de plata para China en diciembre.

Robert llamó a la puerta y anunció la llegada de Samuel Bronstein, que se detuvo abruptamente al ver que Alexander tenía compañía.

—Su gracia —dijo en dirección a Roger y realizó una inclinación.

—¡Samuel! —exclamó Arthur, y salió a recibirlo.

Lo invitaron a sentarse. Robert se llevó la bandeja para rellenar la tetera y la cafetera. Intercambiaron comentarios acerca de lo bien que se recuperaba Alexander, hasta que este le indicó a Bronstein que hablase abiertamente.

—Por fin Wild... —Dirigió la mirada hacia Roger—. Me refiero a Jonathan Wild, su gracia. —Blackraven asintió y lo invitó a continuar—. Por fin se dignó a enviar a su hombre a la City para que reconociese a los dos que fueron aquella mañana a visitar a Turner. —Alternó vistazos con sus interlocutores, que aguardaban el veredicto con expresiones serias—. Confirmó que no era Trewartha uno de ellos.

—¿Y Porter-White? —se impacientó Alexander, y Samuel negó con la cabeza—. Volvemos al punto de partida —se desanimó.

—No, no volvemos al punto de partida —replicó el investigador—, porque el hombre reconoció al secretario privado de Trewartha, Trevor Glenn, como uno de los que visitó a Turner esa mañana.

—Santo cielo —masculló Somar—. Entonces, Trewartha *sí* está detrás de la muerte de Francis —infirió.

—Podría estar como no —adujo Roger con serenidad—. Conozco a Glenn. Es amigo de Trewartha desde la adolescencia. No lo imagino asesinando a nadie. Pero la gente puede cambiar —concedió.

—De todos modos —apuntó Arthur—, ningún tribunal aceptaría el testimonio de un secuaz de Wild, sin mencionar que haberse presentado esa mañana en lo de Francis no implica que por la noche lo asesinara.

—Usó un nombre falso —le recordó Alexander.

—No es suficiente para implicarlo —replicó Arthur—. Sí sería interesante saber dónde se encontraba esa noche. Alex nos habló de un tal Antonino Reyes —le comentó al investigador privado—. ¿Has podido averiguar algo?

—Conseguí entrar en su habitación en el Durrants. Está claro que ha venido a concluir algún negocio. Había mucha documentación, lamentablemente toda en español. No tuve tiempo de copiar nada.

—¿Viste la palabra «Famatina»? —preguntó Alexander; al notar la confusión en el rostro de Samuel, ordenó—: Artie, escríbela, ¿quieres? —Señaló el pequeño escritorio detrás de él.

Arthur regresó con la palabra escrita. Bronstein se tomó unos segundos para estudiarla; finalmente aseguró que no recordaba haberla visto en los documentos.

El mayordomo entró con la bandeja y, mientras se ocupaba de servir las tazas, Arthur le propuso a Samuel Bronstein encontrarse al día siguiente en lo de Daniel Mendoza para practicar en el ring. Apenas se retiró el empleado, regresaron al tema de interés.

—Podríamos meternos de nuevo en la habitación del tal Reyes —propuso Arthur—. Yo podría leer esos documentos en español.

—De ninguna manera —se opuso Roger, y miró con dureza a su hijo menor—. ¿Tengo que recordarte que eres muy conocido? Medio

Londres sabe quién eres. Pondrías un pie en la recepción del Durrants y llamarías la atención.

—Lo haré yo una vez que me mueva con más libertad —sugirió Alexander, y se ganó otra mirada condenatoria de su padre.

—Nadie entrará en la habitación de Reyes —declaró—. Es demasiado riesgoso. Con lo que sabemos, podemos inferir que ha venido a celebrar algún tipo de acuerdo comercial con Porter-White.

—Podría estar relacionado con la muerte de Francis —insistió Alexander.

—Alex —intervino el investigador—, no sé cómo atar los tantos cabos sueltos —admitió—. Ni siquiera me encuentro en posición de afirmar que la muerte de Turner y la de la viuda de Carrington estén conectadas. Pero con la talla que pesa sobre tu cabeza…

—¡Cómo! —exclamó Roger—. ¿De qué talla estás hablando, Samuel?

El investigador miró con gesto contrito a Alexander.

—Padre, Jonathan Wild sostiene que se ha fijado un precio por mi vida.

—¡Y te lo dice con esa sangre de horchata! —se quejó Somar, y Bronstein se asombró de la autoridad y de la confianza con que ese turco de turbante amarillo y tatuajes en la cara se dirigía al duque de Guermeaux para referirse al conde de Stoneville.

—Menudo responso te espera, hermanito —se mofó Arthur mientras se ponía de pie—. Me marcho. Tengo una reunión del partido en Westminster.

Samuel Bronstein lo imitó y abandonó su silla.

—Su gracia —dijo en tanto realizaba una inclinación—, con su autorización, yo también me retiro.

A un gesto de Roger, Somar se despidió. Padre e hijo se quedaron a solas. Se midieron, los ojos de uno fijos en los del otro, ambos con una determinación que habían aprendido a respetar para conservar la paz.

—Es la segunda vez que atentan contra tu vida —expresó Roger—, primero aquella noche en el puerto, que olvidaste referirme, y ahora la ocurrida en casa de esa pobre desgraciada. Lo de la talla *es* cierto y quiero que la tomes en serio.

—Nos enseñaste a protegernos. ¿Qué más puedo hacer, como no sea tratar de averiguar quién me quiere muerto y por qué?

—Lo que mencionaste previamente, que el yerno de Percy querría sacarte de en medio para elegirle un esposo a Manon que él pudiese dominar, no me resulta en absoluto desatinado.

—Es una posibilidad —admitió Alexander—, pero los Blackraven hemos acumulado enemigos a lo largo de los años. Tampoco sería absurdo pensar que se tratase de los dueños de esclavos de las colonias, o quizá de los traficantes de opio, o del propio Trewartha.

—Ninguno ganaría con tu muerte —declaró Roger.

—Venganza —señaló Alexander.

—Son todos hombres de negocios. No se manejan por emociones. Además, los dueños de los esclavos serán más que resarcidos por los negros que debieron manumitir. Y tú y yo sabemos, como también lo saben los traficantes de opio, que la batalla contra el opio la tenemos perdida. Inglaterra es un país liberal y humanitario, pero no idiota, y sabe que hoy por hoy depende en gran medida del opio indio para sobrevivir.

—¿Y Trewartha?

—Conozco a Jacob desde que era un zagal. No lo creo capaz.

—Mandó asesinar a su esposa en la India.

—Donde se sentía todopoderoso por ese gran defecto de los ingleses de creerse superiores a los demás. Pero aquí, donde sabe que tendría que enfrentarse a mí, se lo pensará dos veces antes de hacerte daño. Por lo tanto —retomó Roger tras una pausa deliberada—, volvemos al punto inicial: Manon, la heredera más rica y codiciada del reino.

—Me importa un ardite si es rica y codiciada —se ofendió Alexander—. No sabía que sir Percival la nombraría la heredera de la Casa Neville hasta un momento atrás.

—Lo sé, por supuesto que lo sé —remarcó Roger—. Hablo de que no es una joven ni común ni corriente. Tu cabeza podría estar en juego a causa de ella. Voy a ser franco contigo y te lo preguntaré sin rodeos: ¿en verdad estás interesado en Manon, en verdad estás dispuesto a arriesgar el pescuezo por ella, o quieres darles celos a Alexandrina Trewartha? No es un dato menor que Archie, su esposo, sea hermano de Manon.

Alexander enmascaró con un gesto pétreo la ira que le provocó el interrogatorio de su padre.

—No creí que me tuvieses en tan baja estima —replicó tras unos instantes en los que buscó controlar el mal genio.

—Te amo porque eres mi hijo, el primero que Isaura me dio, y te respeto en igual medida por el magnífico hombre en que te has convertido. No obstante —dijo con una inflexión en el tono de voz—, el amor nos lleva a cometer locuras. Podría entenderte si hubieses decidido cortejar a Manon por…

—La cortejo porque me atrae —afirmó con enojo—. No busqué interesarme en ella, pero de algún modo despertó mi curiosidad. Ahora, después de haberla tratado un poco más, la encuentro fascinante.

—«Formidable» la apodan —apuntó Blackraven—. Creo que no exageran.

—No exageran, no —confirmó Alexander—. Lo es.

—Respetar a la compañera es importante, hijo. Pero amarla es lo que le da sentido a la existencia, y no se trata de un concepto romántico, sino de un hecho. Sé que tu abuelo te metió ciertas ideas en la cabeza acerca de la obligación para con la dinastía de los Guermeaux y el título. Sabes que para mí eso carece de importancia, nunca la tuvo, nunca lo tendrá. Tu madre y yo solo queremos que te unas a una mujer para ser feliz, como lo hemos sido nosotros. Tú y tus hermanos son la bendición más grande de nuestra vida, pero tu madre es mi bendición personal. Sin ella, no me avergüenza decirlo, nada tendría sentido. Me haría feliz que tu vida matrimonial fuese como la mía.

—No creo que llegaré a ser tan feliz como tú lo has sido con mamá —dijo, y enseguida se arrepintió; tenía la impresión de que insultaba a Manon.

—¿Todavía piensas en Alexandrina Trewartha? —quiso saber Blackraven.

Alexander lo miró con fijeza antes de asentir.

—Hace poco recibí una carta de ella —confesó, y se dio cuenta de que le resultaba difícil nombrarla con la ligereza de su padre—. Me pedía que volviésemos a estar juntos. Me aseguraba que dejaría a Archie y que entregaría el niño a su cuñada Manon para que lo criase. ¡Qué ironía!

Blackraven cayó en un mutismo en el que bajó la vista y se frotó la barbilla.

—¿Recibiste la carta antes o después de comprometerte con Manon? —preguntó al cabo de esa pausa.

—Antes —contestó Alexander, y Roger alzó las cejas y se echó hacia atrás contra el respaldo, abiertamente sorprendido.

No era fácil sorprender al duque de Guermeaux.

—Antes —repitió lentamente, mientras se concedía tiempo para meditar—. Hijo, si tú decidieras aceptar la propuesta de Alexandrina, de vivir con ella pese a que está casada, yo no te lo reprocharía, tu madre tampoco. Sabe Dios que si Victoria no hubiese muerto, habría vivido con Isaura en abierto concubinato. —Rio por lo bajo y con nostalgia—. Esto es, si ella me lo hubiese permitido.

—¿Mamá no habría aceptado? Ella te amaba.

—Tanto como yo a ella, sí, pero no habría aceptado para protegerte a ti.

—¿A mí?

—Una vez me dijo que sería irremediable que te llamasen bastardo porque ella y yo no estábamos casados, pero que jamás consentiría que te atormentasen llamándote «hijo de una cualquiera». —Roger sonrió con la vista perdida y sacudió la cabeza—. Estaba dispuesta a sacrificarse, y a sacrificarme —añadió con énfasis—, con tal de preservarte. Siempre he sabido que, entre ustedes y yo, tu madre los elegiría a ustedes *siempre* —subrayó—. Pese a que me molesta no ser lo primero para ella, es algo de tu madre que se suma a la fascinación que siempre me ha provocado, desde el día en que la conocí en el Retiro tantos años atrás.

Capítulo XIX

Hacia fines de septiembre, las familias aristocráticas comenzaban a abandonar sus retiros en la campiña y a poblar la metrópoli, en especial los miembros del Parlamento, pues en octubre se reiniciaban las sesiones.

Cassandra y Willy regresaron de Bath el día de San Miguel Arcángel. Manon salió a recibirlos. Apenas la vio, su sobrino, tambaleante sobre sus piernecitas regordetas, corrió hacia ella. Lo levantó y lo hizo dar vueltas en el aire, compartiendo con el niño las carcajadas de dicha. Le besó los carrillos y le preguntó si la había echado de menos, a lo que Willy dijo claramente que sí. Cassandra, por el contrario, se afligió al comprobar que Porter-White no estaba esperándola pese a que era domingo.

—Julián estaba ansioso por que volviesen —aseguró Alba—, pero el duque de Wellington lo invitó a un almuerzo en White's por el festejo del natalicio del almirante Nelson, y, como imaginarás, no pudo negarse.

«Sí, por supuesto, el duque de Wellington en persona lo invitó», se mofó Manon, mientras seguía besando y estudiando a su sobrino, que había crecido durante esas semanas de separación. Después del almuerzo, Cassandra adujo cansancio por el viaje y una jaqueca y se retiró a su dormitorio. Manon, que había acordado con Isabella pasar la tarde en los Jardines de Vauxhall, concurrió con Willy y con su abuela Aldonza.

—Tu sobrino es muy chiquito para que sea mi amigo, señorita Manon —adujo Obadiah cuando Manon se lo presentó.

—Ahora te resulta pequeño —señaló Melody—, pero cuando sean mayores, no notarás la diferencia. Así ocurrió entre Estevanico y Alexander. Cuando Alex nació, Nico tenía más o menos tu edad. Y mira ahora, son carne y uña. Siempre lo han sido, en realidad.

—¿De veras, duquesa Melody?

—De veras, cariño. Nico fue siempre muy protector de Alex, desde antes de que comenzara a caminar. Lo cuidaba mejor que yo —dijo, y sonrió.

—¿El capitán Estevanico es tu hijo, duquesa Melody?

—No, cariño, pero es como si lo fuese, mío y de mi esposo.

Obadiah se quedó en silencio, la mirada ceñuda, y Manon se preguntó en qué estaría pensando. Le acarició la frente, le quitó el mechón rubio que le caía sobre los ojos y lo sujetó por el mentón para besarlo en la mejilla, y todo en la esperanza de que no se sintiese solo ni un descastado.

—Tú y Willy serán grandes amigos, como el capitán Estevanico y el capitán Alex, ya verás —añadió, y Obadiah le dedicó una sonrisa expansiva.

—Hablando del capitán Alex —intervino Isabella—, me ha hecho prometer que iríamos a tomar el té a su casa después de nuestro paseo.

—Pobre Mackenzie —se lamentó Anne-Rose, mientras observaba a sus dos hijos corretear por el parque, y los demás rieron.

* * *

Roger Blackraven consultó su reloj de bolsillo.

—Vuestra madre y vuestras hermanas se presentarán en Grosvenor Place en menos de media hora —señaló.

Habían almorzado en White's para celebrar el natalicio del almirante Nelson, el héroe que, habiendo llegado al mundo en Michaelmas, parecía haber recibido la asistencia del propio San Miguel Arcángel cuando, con una flota en notable desventaja, derrotó a la armada francoespañola en 1805 frente a las costas gaditanas. El espíritu patriótico se había elevado al recordar la magistral batalla de Trafalgar, por lo que habían entonado de pie las estrofas de *Rule, Britannia* y bebido y brindado a la salud del rey y a la memoria del inigualable Nelson.

En ese instante, los caballeros y los pares del reino, en paz con sus conciencias, se dedicaban al pasatiempo británico favorito: los naipes. Alexander alzó la vista del *Morning Chronicle* y observó a su padre, que, apoltronado en un sofá de la sala de juegos, mostraba el fastidio de encontrarse allí en lugar de estar con su mujer. Ocultó una sonrisa tras el periódico.

—En menos de diez minutos llegaremos a Grosvenor Place —le recordó—. Hay tiempo.

—¿Qué lees con tanta concentración? —se interesó Arthur.

—El artículo de un tal Benjamin Disraeli, que defiende a Trewartha ante los ataques de Goran.

—Le habrá pagado —dedujo Roger—. Desde que regresamos de Hartland Park, he leído varios de sus artículos, sea contestando las acusaciones de Goran y del resto de los periodistas o defendiendo a la Compañía y al comercio del opio.

—No está logrando grandes resultados con la Compañía —comentó Arthur—. Ayer sus acciones tocaron un mínimo histórico. —El joven parlamentario echó un vistazo al salón—. Por fortuna, no veo a Trewartha por ningún lado.

—Lo vi al llegar —señaló Roger—. Estaba hablando con Alexander Baring, de seguro para convencerlo de que comprase acciones de la Compañía.

—Allí está —indicó Arthur—, jugando con Adrian Baring y sir Tremanian.

—Lo desplumarán —se lamentó Roger.

—Que Trewartha te detesta es evidente para todos. Tú, en cambio, no pareces sentir lo mismo por él.

—Siempre me inspiró pena —admitió el duque de Guermeaux—. Y cariño —añadió tras una pausa—. Sufrió mucho desde pequeño.

—Intentó deshacerse de la princesa Ramabai —le recordó Arthur.

—Lo hizo finalmente —acotó Alexander.

—Todo apunta a él, sí —concedió Roger.

—No ha hecho nada para recuperar a sus hijas —insistió Arthur.

—Sabe que no puede enfrentarse a mí —alegó Blackraven.

Sir Percival y Porter-White abandonaron la mesa de juego y se aproximaron al grupo de los Guermeaux. Roger los invitó a tomar asiento. Alexander, que lo conocía cabalmente, supo que, mientras les señalaba los sillones, pensaba que esos dos demorarían aún más el reencuentro con su esposa. Apoyó el puño sobre la boca y volvió a ocultar una sonrisa.

—¿Crees que ya ha llegado a Nápoles el convoy en el que zarpó mi hermano Leo? —preguntó sir Percival a Roger.

—Sí, ya debe de haber atracado en el puerto de Nápoles —señaló el duque con acento vago.

—Estamos esperando el regreso de Leo y de Masino Aldobrandini con ansias, en especial Manon —aclaró sir Percival, y Alexander, que se había distraído, devolvió la atención al grupo—. Han viajado para estudiar la colección del marqués de Ávalos. Manon está interesada en dos óleos del Garófalo. Es amante de la escuela de Ferrara.

—La colección Neville está adquiriendo fama mundial —comentó Roger.

—La inició mi padre, la siguió mi hermano, con mi dinero —añadió sir Percival—, y ahora la dirige Manon, que no es como yo, un filisteo redomado —admitió—, sino como su tío Leo y su tutor Aldobrandini, dos especialistas en el tema.

—Los conocimientos en arte de Manon siempre me dejan estupefacto —declaró Arthur—. Dennis Fitzroy me contó que están planeando una muestra para recaudar dinero que se destinará a la construcción del hospital para pobres.

Alexander apretó el puño que descansaba sobre su boca hasta sentir que los dientes se le hundían en la piel. Manon no le había mencionado la muestra. Cierto era que, en los últimos diez días, desde el regreso de los Blackraven a Londres, sus visitas a Grosvenor Place se habían espaciado, y las razones que esgrimía iban desde el trabajo en la Casa Neville y la salud de Timothy hasta su ajetreada vida social. Lo invadió un fastidio monumental y le vinieron ganas de solicitar una audiencia a sir Percival y dar por terminado el compromiso secreto. Si él la visitase regularmente en lo de Neville, ninguna cuestión que la atañía quedaría fuera de su conocimiento.

Sin embargo, una vez que hablase con su futuro suegro, la cuestión adquiriría un carácter definitivo que lo obligaría a seguir adelante con el compromiso para evitar perjudicar la reputación de Manon. Alexandrina, como su cuñada, participaría de la boda. ¿Cómo sería tenerla de nuevo cerca? ¿Volverían a impactarlo su belleza y su sonrisa tímida?

¿Añoraría besarla, hacerle el amor, susurrarle cuánto la deseaba, en el instante en que se unía a otra mujer?

—Como Benjamin Godspeed es miembro de la Royal Society —prosiguió sir Percival—, Manon está intentado obtener la autorización para realizar la exposición en algún salón de Somerset House.

—Los miembros viven quejándose de la falta de espacio —intervino Alexander—, por lo que dudo que le concedan el pedido. Si usted no se opone, sir Percival, me complacería ofrecer a la señorita Manon que la organizara en mi residencia, en Grosvenor Place. Acabo de remozarla y hay espacio de sobra. Después de todo, mi madre es una de las fundadoras de la Asociación de Amigos Hospitalarios.

—Excelente idea, muchacho, excelente —repitió, entusiasmado—. Se lo comunicaré a Manon apenas regrese a casa.

—Tu hija tomará el té con nosotros —anunció Roger, y volvió a consultar la hora—. Ha ido de paseo a Vauxhall con Isaura y las muchachas. Se lo propondremos nosotros, si estás de acuerdo.

—Por supuesto, Roger —aceptó sir Percival.

—Su gracia —dijo Porter-White—, ¿cuándo planea zarpar con la plata para China?

Roger echó un vistazo rápido pero elocuente a Neville, que se mostró avergonzado.

—Señor Porter-White —le respondió con falsa amabilidad—, tal vez usted, por ser un inexperto en estas cuestiones, desconozca que jamás hablamos de estos temas en un lugar público como este. Si mi caro amigo Percy ha depositado en usted su confianza y le ha referido este delicado asunto, yo no pondré en tela de juicio su decisión. Sí le pediré que sea prudente y discreto.

—Discúlpalo, Roger —se apresuró a interceder sir Percival—. Lo tiene muy entusiasmado este negocio. Manon diría: «*Ex abundantia cordis os loquitur*».

—Querido Percy —dijo Roger con una sonrisa que no le involucraba la mirada—, dudo de que Manon hubiese cometido tal imprudencia.

—No la habría cometido, su gracia —concordó Porter-White e inclinó la cabeza antes de agregar—: Le pido disculpe mi inoportuno comentario.

Alexander se dedicaba a observarlo desde antes de que se sentase frente a él en ese rincón de la sala de juegos. Resultaba desconcertante que la reprimenda del duque de Guermeaux no lo hubiese afectado. ¿Qué clase de hombre era? Se tenía en alta estima y cuidaba bien su aspecto. Se destacaba del resto por usar las patillas a la Souvarov y por vestir como un dandi. Lo había visto hacer el paripé con aquellos de los que habría podido obtener gordos favores. Lo observó mientras extraía del interior de la chaqueta una tabaquera de oro con incrustaciones de lapislázuli y aspiraba una narigada de tabaco vinagrillo, cuyo perfume punzante flotó hasta él y lo fastidió. Por más que lo estudiaba, no lograba conciliar la imagen de ese pedante con la de un asesino calculador.

Roger se puso de pie y los demás lo imitaron.

—Amigo mío —dijo el duque a sir Percival—, tenemos que retirarnos. Las mujeres nos aguardan en lo de Alex para tomar el té.

Viéndose en la obligación, Alexander dijo:

—Sir Percival, me complacería que nos acompañaran, su señoría y el señor Porter-White, por supuesto —aclaró.

—Me temo que Julian y yo tendremos que declinar tu invitación, querido Alex —se lamentó el banquero—. Si no han tenido ningún inconveniente, Cassie y mi nieto William llegaban hoy de Bath. Faltan desde fines de julio y los hemos echado de menos.

Alexander observaba de reojo la actitud de Porter-White, que no juzgó ni de impaciente ni de conmovida por la llegada de su familia. ¿Qué hacía almorzando en White's cuando su esposa y su pequeño hijo regresaban ese día después de dos meses de ausencia? Además de fatuo, era frío e insensible, y esas sí eran características de un asesino calculador.

Se alejaron hacia la escalera que los conduciría a la planta baja. Trewartha, que jugaba al bacarrá, se puso de pie y les salió al paso; se plantó frente a Roger. Se lo notaba inestable, y tenía los ojos inyectados y las mejillas y la punta de la nariz rubicundas.

—Hablando de *parvenu*, estimado Adrian —dijo con voz pastosa a su compañero de juego y con la mirada fija en la del duque de Guermeaux—, aquí tienes uno disfrazado de noble. El *gran* duque de Guermeaux no es otra cosa que un bastardo, *hijo* de una bastarda.

Sobre el salón se cernió un mutismo, que Roger Blackraven rompió al decir:

—Jacob, estás borracho. Te sugiero que refrenes la lengua y que tomes una taza de café para espabilarte.

Hizo ademán de proseguir su camino, pero Trewartha volvió a interponerse. Adrian Baring intentó apartarlo de buen modo. Trewartha sacudió el brazo y lanzó una mirada colérica antes de volver a dirigirla hacia el objeto de su odio.

—¡Maldito gitano bastardo! —explotó, y varios caballeros se aproximaron rápidamente para contenerlo, entre ellos el duque de Wellington y sir Percival.

Blackraven alzó la mano para detenerlos y, con un gesto, les dio a entender que no tenía importancia.

—¡Maldito bastardo! ¡Algún día pagarás caro por haber asesinado a Victoria! ¡Hijo de puta!

—¡Basta, Trewartha! —exclamó, furioso, el duque de Wellington.

—¿Cuál es el problema? —preguntó el presidente de la Compañía, fingiendo inocencia—. Aquí no estamos entre damas.

—¡Pero estamos entre caballeros, señor! —le recordó el héroe de Waterloo—. Será mejor que se…

—¡Él asesinó a mi hermana Victoria para desposar a la mujerzuela…!

Alexander le dio un empellón y Trewartha cayó al suelo. Se detuvo junto a él y, desde sus seis pies, cinco pulgadas, lo apuntó con el índice antes de hablarle en un tono que sorprendió por lo mesurado y lo tranquilo.

—Su hermana murió víctima de la viruela, señor, y mi padre estuvo junto a ella, cuidándola y asistiéndola, hasta que expiró. No vuelva a insultar a mi madre o me veré en la obligación de enviarle mis padrinos. Vamos —dijo, sin apartar la vista del padre de Alexandrina, que lo contemplaba con una mezcla de desconcierto y rencor.

* * *

Después del desagradable altercado, Alexander comprendió que ansiaba llegar a su casa con la misma impaciencia que su padre. Por una u otra razón, no había visto a Manon en los últimos días. Añoraba rodear su delicado talle, ceñirla contra su cuerpo y besarla, consciente de que, al hacerlo, olvidaría la amargura que le había dejado la discusión con el padre de Alexandrina.

—Fue una jugada maestra la de proponer tu casa para realizar la muestra —comentó Arthur en el carruaje, de camino a Grosvenor Place; resultaba claro que se proponía aligerar el ambiente tras la escena con Trewartha—. Ahora podrás ver a Manon tanto como gustes, en tu guarida, y sin levantar sospechas.

Nadie respondió al comentario. La escena en White's los había dejado tensos y preocupados.

—A la luz de los hechos —afirmó Roger segundos después—, bien podría tratarse de Trewartha.

—¿A qué te refieres, papá? —quiso saber Arthur.

—A la talla sobre la cabeza de Alex. Pediré a Dani Mendoza que organice un encuentro con Jonathan Wild —decidió—. Si sabe algo, me lo dirá.

—Iré contigo —aseguró Alexander.

—Yo también —se sumó Arthur.

—Me habría gustado que vuestro hermano nos acompañase —declaró Roger—, pero no podemos esperar a que regrese.

—¿Nico cuándo vuelve? —preguntó Arthur.

—Hacia mediados de octubre —respondió Alexander.

Al llegar a Grosvenor Place, Robert salió a recibirlos y, mientras un paje les retiraba los redingotes, las chisteras y los guantes, el mayordomo les explicaba que las señoras los aguardaban en el saloncito verde.

—Milord —dijo el empleado en voz baja, y Alexander, impaciente, se detuvo para escucharlo—. La señora Jago y la señorita Manon han subido para ocuparse del sobrino de la señorita Manon.

—¿La hermana de la señorita Manon está aquí? —se sorprendió.

—No, milord. La señorita llegó sola con el niño. Las acomodé en uno de los cuartos de huéspedes, el que está junto al vuestro.

Subió los escalones de dos en dos, a la carrera, y recorrió el pasillo dando largos y ansiosos pasos. La puerta estaba abierta. La vio enseguida, inclinada sobre el niño junto a Anne-Rose, que le explicaba cómo proceder con el cambio de los pañales. Mackenzie fue el único en notar su presencia y salió a recibirlo. Obadiah, también interesado en el aseo del bebé, se irguió al ver que el animal se alejaba y lo descubrió bajo el dintel. Le sonrió. Alexander se cruzó el índice sobre los labios para indicarle que no delatase su presencia.

—Menos mal que estás tú aquí, Rosie, que sabes cómo hacer esto —dijo Manon—. Cuando le di el domingo libre a Jane, la niñera, no tomé en consideración que no sé cómo cambiar pañales.

—Mamá y Trinaghanta te habrían ayudado. Pueden hacerlo con los ojos cerrados. Ellas me enseñaron. Y estimo que tu abuela también debe de hacerlo muy bien. Verás, es muy sencillo —la alentó Anne-Rose—. Y aquí tienes todo —dijo hurgando dentro de un pequeño bolso de cuero.

—Excepto la manta de hule para no mojar la cama —comentó Manon con acento contrito—. Por fortuna, has traído la que usas con el pequeño Edward.

Alexander las observaba sin ser visto y disfrutaba del interés de Manon por una faena que nada tenía que ver con ella ni con su actividad como banquera.

—Ahora lo limpias con el linimento calcáreo —indicó Anne-Rose mientras embebía un trapo con la preparación espesa y blancuzca—. Además de retirar cualquier resto de suciedad, lo protege contra las paspaduras —explicó.

Era adorable cuando fruncía el entrecejo para observar con atención lo que su hermana le enseñaba. Se ocupó ella misma de cerrar el pañal limpio y de atarlo en torno a la barriguita del niño.

—No muy ajustado —le señaló Anne-Rose, y Manon deshizo el nudo y lo ató de nuevo.

—Estoy pensando —la escuchó decir— que se podrían fabricar culeros para bebés con la tela que tu hermano hará fabricar con la gutapercha. Según entiendo, es más flexible que el hule —agregó, mientras frotaba entre el pulgar y el índice la manta sobre la que reposaba el pequeño William.

—Formidable idea —dijo Alexander, y terminó de entrar en la habitación.

—¡Oh, Alex!

—¡Milord!

—Disculpen si las he sobresaltado —pidió, risueño—. Componían un bello cuadro y no quise interrumpirlas. Señorita Manon —dijo, y se inclinó ligeramente.

—Milord —repitió ella, simulando compostura, e hizo una reverencia.

Alexander se aproximó a la cama con las manos a la espalda. Observó al pequeño William.

—Menuda labor —masculló.

—Olía muy mal, capitán Alex —comentó Obadiah con la nariz fruncida.

—La idea de la señorita Manon, la de fabricar culeros con la tela de gutapercha, es excelente y podría evitar los malos olores —comentó Alexander.

—No sé si los malos olores —dudó Anne-Rose—, pero sí evitaría que se mojasen las ropitas, y eso, te aseguro, sería un enorme beneficio.

Terminaron de vestir al niño. Se lo notaba a gusto con su tía, muy confiado y contento. Ella lo trataba con delicada disposición, atenta a las necesidades y a la comodidad del pequeño, y lo invadió un sentimiento profundo, como el experimentado al leer la nota para Isabella, en la que la conminaba a untar a Obadiah con aceite de limoncillo.

Bajaron poco después y se unieron al grupo en el salón verde, donde también se encontraban los hermanos Jago: Edward, Trevik y Goran. Este último comentaba los artículos del periodista Disraeli con displicencia. Alexander, para nada interesado en el tema de conversación, se ubicó en una silla frente a Manon, se acodó en el brazo y se dedicó a estudiarla y a planear el modo de alejarla del grupo y tenerla un rato para él. No se había equivocado al suponer que la cercanía de Manon borraría el malestar provocado por la discusión con Trewartha.

—Señorita Manon —dijo, y los ojos de los demás cayeron sobre él—, hemos estado con su padre en White's hace un momento. Nos contó que está organizando una muestra de la colección Neville para recaudar fondos para la construcción del hospital.

—Así es, milord. Fue una idea del señor Fitzroy —aclaró—. Asegura que entre los miembros de la Sociedad Religiosa de los Amigos es una práctica común para llevar adelante grandes empresas.

—Sir Percival también comentó que planea hacerla en los salones de la Royal Society, en Somerset House.

—Sí, pero el señor Godspeed me advirtió que sería difícil obtener la autorización.

—¿Por qué no la organiza aquí, en Grosvenor Place? —le propuso.

—¡Oh! —se desconcertó Manon, y Alexander se cubrió la boca con el puño para ocultar la sonrisa que le despuntó al verla sonrojarse.

—¡Es una excelente idea! —comentó la duquesa de Guermeaux.

—El salón de baile es imponente —aseguró Trevik Jago—. Sería ideal.

Alexander se puso de pie con un movimiento rápido y fluido, el que demostraba que la herida era cosa del pasado. Manon lo vio aproximarse con una sonrisa que literalmente le cortó el aliento. Se había peinado el cabello negrísimo hacia atrás con macasar, lo que le otorgaba un brillo lustroso y con visos tan oscuros que lanzaban destellos azulados. De esa manera, con el cabello por completo retirado, la belleza de su rostro se apreciaba de un modo casi intolerable.

—Permítame que le muestre el salón de baile —le propuso—. Ha quedado muy bien con la última remozada. Lo considero ideal para la muestra.

Se puso de pie con un titubeo. Aunque habría correspondido, nadie de la familia se ofreció para acompañarlos, ni siquiera su abuela, en abierta complicidad con Alexander. No la sorprendió: conocía a los Blackraven desde hacía años y sabía que eran un clan unido, que en ocasiones funcionaba como un único cuerpo. En cuanto a Aldonza, era demasiado libre para caer en inútiles pacaterías, como solía expresar.

Echó una mirada a su alrededor y la detuvo en Willy, que jugaba con los otros niños.

—Ve, querida —la instó su abuela—. Yo me ocuparé de él.

Abandonó el primoroso saloncito seguida de un silencio que la mortificaba. Alexander caminaba junto a ella sin tocarla. Cruzaron el vestíbulo bañado por la luz colorida que se filtraba desde la cúpula vidriada. El sonido de sus pasos sobre el suelo damero se replicaba en el mutismo.

—Por aquí —susurró él, y levantó la mano para indicar una puerta de hoja doble, que un paje abrió para ellos.

434

La habitación de enormes ventanales e iluminada por el sol del atardecer la dejó boquiabierta. Le habían hablado del salón de fiestas de la residencia de los duques de Guermeaux, pero ningún comentario le habría hecho justicia; aquello era palaciego. No tuvo demasiado tiempo para estudiar el recinto. El paje cerró la puerta, y Alexander la envolvió con sus brazos y la besó. Nada de lo anterior, ni la vergüenza ni la admiración, ocupó de nuevo sus pensamientos, y solo pensó en el milagro que implicaba que él hubiese buscado alejarla para compartir un momento a solas.

—Deseé hacer esto desde el instante en que te vi —le confesó él, mientras le arrastraba los labios por la mejilla y antes de devorar de nuevo sus labios.

Se perdieron en otro beso, y Manon, que no olvidaba ninguno de los anteriores, desde el primero en Covent Garden hasta el último días atrás en esa misma casa, se dijo que ese era especial, más audaz, más exigente, más procaz. La disposición de Alexander había cambiado. La aprisionaba contra la pared y le empujaba la pelvis con la suya. No la escandalizaba; nada la escandalizaba si estaba entre sus brazos, pues ese era su lugar, ese era su amor.

La mano de Alexander le abandonó la cintura y trepó hasta acunarle el seno izquierdo, algo que jamás había hecho, y que la sobresaltó. Cortó el beso y apartó el rostro para mirarlo. Sus ojos, que habían perdido la tonalidad turquesa para volverse oscuros, la observaron con una fijeza provocadora, la instaban a mentir, a decir que no le gustaba, a pedirle que se detuviese.

Dejó caer lo párpados lentamente y se permitió experimentar la sensación más extraordinaria que recordaba. Su cuerpo respondía con una intensidad excesiva. Le dolían los pezones aprisionados contra el corsé, la cavidad oculta en la entrepierna reaccionaba como si estuviese viva, la garganta se le secaba, los ojos se le humedecían, y precisó de unos instantes para comprender que estaba jadeando y emitiendo sonidos vergonzantes.

Alexander había apoyado la boca en la garganta de Manon, donde sentía la velocidad con que le corría la sangre por las venas, donde percibía las vibraciones causadas por sus gemidos. Se la imaginó desnuda, debajo de él, llena de él, gimiendo y aferrándose a su espalda, entregándose con confianza, como acababa de hacer pese a la turbación inicial.

Decidió detenerse, o acabaría desvirgándola en el salón de baile, con su familia a pocos pasos. Deslizó las manos hasta devolverlas a su delicada cintura. Manon, con los labios entreabiertos y los ojos cerrados, le ofrecía una expresión apacible, tal vez empalidecida, o quizá se trataba del contraste de la medialuna negra que formaban sus pestañas sobre la piel blanquísima, o la disparidad con la tonalidad encarnada de los labios. Le besó los párpados, primero el derecho, luego el izquierdo, y se quedó admirado de la red de diminutos vasos que los surcaban. El fervor con que sus manos se le aferraban a los hombros contradecía su semblante reposado. Los dedos se le hundían en la carne con algo más que fervor, decidió; había desesperación en el gesto.

—Eres tan hermosa —pensó en voz alta—. Te eché de menos —le confesó, y ella se limitó a besarlo ligeramente en los labios—. ¿No vas a decirme nada? —la instó.

—El beso que acabas de darme me ha dejado sin palabras —confesó, y rio con aire cómplice y divertido, y Alexander soltó una carcajada—. Aunque sí te diré una cosa: este salón es sublime.

Lo recorrieron de la mano. Manon apreciaba las paredes cubiertas de un damasco cuyo rojo bermellón resaltaba los artesonados dorados a la hoja del cielo raso, donde a su vez descollaban frescos alegóricos del Olimpo y de sus dioses. Tres arañas de grandes dimensiones, con cientos de lágrimas y caireles de cristal, adaptadas para la iluminación a gas, colgaban de gruesas cadenas doradas y se alternaban con otras lámparas más pequeñas; también había apliques de pared. Iluminado para un baile, se dijo, ese salón debía de ser esplendente, y se imaginó el brillo que las cientos de pequeñas llamas le arrancarían al parqué encerado.

En el costado izquierdo de la enorme estancia, descubrió una galería de trovadores rodeada por una balaustrada de mármol y decorada por frescos alusivos, la cual, dedujo, se destinaría para la orquesta en caso de un baile. En el otro extremo del salón, opuesto a la entrada principal, había una bóveda de horno sostenida por columnas salomónicas, en cuyo cuarto de esfera se destacaba el escudo de los Guermeaux circundado por las ricas decoraciones del intradós y de las dovelas, en su mayoría escenas de las principales batallas de la Antigüedad. Le pareció detectar las de tres: Gaugamela, Cannas y Pidna, lo que daba sentido a la leyenda impresa en el escudo. Bajo el águila bicéfala, se leía: «*Fortis in bello*». «Valiente en la batalla», tradujo para sus adentros, y la embargó una emoción desbordante, pues tuvo la certeza de que el hombre que se encontraba a su lado era valiente y noble como ninguna otra persona que ella hubiese conocido. Se volvió hacia él; lo halló atento a sus reacciones.

—Es el recinto más hermoso que he visto —afirmó—. Ni la del palacio de St. James se le compara. Será un honor presentar la muestra aquí. Gracias —dijo, y volvió a besarlo en los labios con rapidez.

—Me haces feliz aceptando, pero quiero que sepas que no necesitas hacer una muestra. Dime cuánto dinero necesitas para el hospital y te lo daré.

Manon le dedicó una sonrisa.

—No es una cuestión de dinero —explicó—, sino de una estrategia para que los más ricos reconozcan las fallas de una sociedad altamente injusta y de la que no se ocupan.

—¿Quieres darles una lección de moralidad? —dijo Alexander al tiempo que alzaba una ceja y sonreía de costado.

—Creo que sí —admitió Manon—. ¿Lo juzgas vanidoso de mi parte? —se preocupó.

—Nada de lo que tú hagas me parecerá vanidoso, pero claro, mi opinión es muy sesgada.

—¿Cómo estás? —quiso saber, y le apoyó la mano la herida—. ¿Cómo te sientes?

—Muy bien —contestó Alexander—. Recuperado por completo.

—No hagas esfuerzos, por favor. Recuerda lo que te dijo el señor Fitzroy la última vez que vino a verte.

Alexander asintió con una sonrisa.

—Has estado muy ocupada esta semana —comentó y se esforzó por que no lo tomase con un reproche—. Te eché de menos —reiteró.

—Y yo a ti —susurró Manon—, pero me resultó imposible venir a verte. El martes pasado se lanzaron a la venta los títulos portugueses, tal vez lo leíste en los periódicos. —Alexander dijo que sí—. Hemos lidiado con tanta gente y con tanto trabajo —comentó con aire cansado—. Papá me pidió además que lo acompañase al teatro y a una velada en lo de lady Sarah, que regresó de Osterley Park hace poco.

—Estuviste con el querido Georgie, entonces. —Manon se echó a reír—. El asunto no me divierte —fingió ofenderse.

Le encerró la cara con las manos y lo besó entre risas perplejas nacidas del desconcierto que le causaba saberlo inseguro. Blackraven respondió con la misma pasión con que la había acorralado cerca de la entrada, y el beso cobró una intensidad que parecía incontrolable. Las risas se extinguieron, las respiraciones se convirtieron en jadeos, los cuerpos se estremecieron, y la imposibilidad de frenar ya no parecía preocupar a los amantes. Solo que Manon quería hablar, quería decirle algo de capital importancia, por lo que apartó los labios y lo abrazó.

—Alexander —le susurró al oído con voz entrecortada por la agitación—, ¿cómo puedes sentir celos de George Child Villiers o de nadie? Te amo desde que tenía catorce años. Te amo como jamás amé a nadie y sé que nunca amaré a nadie como a ti. Eres el amor de mi vida —le confió, y aguardó su reacción pegada a él, los ojos cerrados, la cara oculta en su cuello y las manos ajustadas a su nuca.

Se sentía tranquila, pues le había dicho la verdad. Sabía que él no la correspondería con una respuesta similar y no le importó. La ligereza que experimentaba por haber sido sincera bastaba para convertir ese momento en sublime. Lo percibió tenso tras la declaración; le ajustaba las manos con inclemencia en torno a la cintura y la pegaba a su cuerpo con ánimo desesperado.

—No sientas celos, por favor —le pidió para rescatarlo del embarazo en que lo había metido.

—Cuando dices mi nombre, me haces feliz —lo escuchó murmurar—. Lo dices raramente, pero cuando lo haces, sé que me dirás algo que me hará feliz.

—Es lo único que deseo, que seas feliz.

—Parecía imposible volver a serlo —admitió él—, pero entonces llegaste tú y lo cambiaste todo. —Tomó distancia para mirarla a los ojos—. Mi Formidable Señorita Manon —dijo, y le sonrió, y Manon le devolvió la sonrisa, aunque su corazón llorase, porque con ese «parecía imposible volver a serlo» estaba recordándola a ella, a Alexandrina Trewartha.

* * *

La semana comenzó con un escándalo que ocupó los titulares de varios matutinos: la fuga de lady Margaret Cavendish, heredera de una gran fortuna, con un simple teniente de la Marina, bastante mayor que ella, sin dinero ni conexiones, a quien Henry Cavendish, conde de Suffolk, había descartado como candidato para su única hija.

En su camino hacia la City, Manon leía el artículo en *Bell's Messenger*, según el cual la pareja ya había alcanzado la localidad escocesa de Gretna Green, en el límite con Inglaterra, donde Margaret, de diecinueve años, y por tanto menor de edad, no necesitaría el permiso del conde para desposar al oficial de la Marina. El periodista especulaba con despiadada ironía si, tras haberse consumado la boda, los Cavendish se resignarían a aceptar a la pareja o si, por el contrario, decidirían desheredarla, arrojándola a un destino de miseria.

Manon, que recordaba con afecto a Margaret, con la que había conversado acerca del arte renacentista en los bailes de Almack's, la admiró por su acto de coraje. Lord Henry Cavendish, cliente del banco, era un pomposo y fatuo personaje, que siempre se presentaba en la Casa Neville con aires de superioridad, pues su título de conde era superior al de sir Percival, mero barón de Alderston, y ni siquiera el que heredaría a la muerte de sir Alistair, el de vizconde de Falmouth, lo superaba.

Manon entró en la Casa Neville pensando en cómo ayudar a los jóvenes esposos en caso de que lord Henry los despreciase, circunstancia que juzgaba probable. Ignaz Bauer y Ross Chichister la aguardaban en el vestíbulo, al pie de la escalera. Se los veía inquietos.

—¿Ocurre algo? —los interrogó.

—Esta mañana, muy temprano, llegó una demanda contra la Casa Neville —informó Bauer.

Manon les indicó que se encerrasen en la salita donde solía atender a los clientes. Entraron. Chichister cerró la puerta antes de añadir:

—La ha iniciado el señor Donkin.

Le tendió un documento en cuyo membrete descollaba el escudo de Inglaterra y la leyenda «Corte Criminal Central». Escrito en la caligrafía elegante y minuciosa de los amanuenses del poder judicial, Manon no lo leyó. En cambio, rebuscó en su memoria y rápidamente determinó que el señor Donkin era uno de los dos fabricantes de comida enlatada, que no solo poseía una cuenta con ellos, sino que empleaba la red de corresponsales de la Casa Neville, que se extendía desde Escandinavia hasta el norte del África, para enviar remesas a sus proveedores. Ocasionalmente, ganaba dinero especulando con la compra y la venta de divisas extranjeras, títulos y acciones. Sabía, además, que los Blackraven, que habían invertido en su emprendimiento, le compraban gran parte de la producción destinada a alimentar a la tripulación de su flota.

—¿Por qué nos demanda?

—Por haberlo asesorado para que se deshiciese de unas acciones muy rentables y que comprase otras, que no lo son —dijo Ignaz Bauer, y guardó silencio.

Manon dejó caer los párpados y suspiró.

—Porter-White —susurró.

—Ya —confirmó Chichister—. Donkin asegura que lo convenció para que se deshiciera de las acciones de la Golden Mining y que comprase las de una empresa holandesa importadora de bulbos de tulipanes. Asegura además que lo hizo para quedarse con las acciones de la Golden Mining.

«El mismo ardid que empleó con la viuda de Carrington», determinó Manon. Se sintió hastiada de ese gusano. Se habría deshecho de él con gusto, y ya no le importaron los sentimientos de Cassandra ni los de Willy. «Estarían mejor sin él», se convenció.

—Ross —dijo con ánimo diligente—, quiero un listado de todos los títulos que la Casa Neville ha adquirido en los últimos meses, digamos, los últimos seis. Ignaz, prepárame un informe de las erogaciones en efectivo realizados por el sector de mi cuñado, también de los últimos seis meses.

Tras impartir las órdenes, abandonó la salita y subió la escalera a paso rápido. Incluso con la puerta cerrada, se oían las voces elevadas de sir Percival y de su cuñado. La alegró saber que su padre estaba poniendo a Porter-White en su lugar. La alegría duró poco. Al entrar en el despacho, se dio cuenta de que reían y de que se congratulaban por algo.

—¿Qué ocurre, papá?

—Julian está contándome acerca de un emprendimiento que ha estado planeando desde hace un tiempo y que por fin ha concretado. —Neville dirigió la mirada hacia su yerno para preguntarle—: ¿Me permites compartir la buena nueva con Manon?

—Sí, claro —respondió Porter-White.

—Ha firmado un acuerdo con el gobierno del Río de la Plata para la explotación de una mina de oro y plata muy rica ubicada en aquellas tierras. ¿No es una excelente noticia?

La sorpresa la dejó muda. Alternaba miradas entre el rostro carente de expresión de Porter-White y el sonriente de Neville. Conocía la obsesión de su padre por la explotación minera. Estaba convencido de que, en el control de los metales, radicaba el verdadero poder, en especial el del oro, ya que con este se medía la riqueza de las naciones y se respaldaba el papel moneda.

A punto de expresar lo que pensaba, recordó lo que su tío Charles-Maurice le había aconsejado tiempo atrás, mantener la sangre fría en las peores situaciones.

—¿No te parece una excelente noticia? —insistió sir Percival, y Manon asintió—. Hija, no te muestras muy entusiasmada —le reprochó.

—Acabo de enterarme de la demanda que nos inició el señor Donkin —se justificó, y guardó silencio con la vista fija en su cuñado.

—Resolveré el asunto —prometió Porter-White con su característica petulancia—. No hay de qué preocuparse.

—Es la tercera vez que lo haces —le reprochó Manon, la ira a duras penas controlada.

—¿Tercera vez? —intervino Neville, y frunció el entrecejo.

—Tal vez hayan sido más —conjeturó Manon—. Yo solo me enteré de otras dos, la vez que le vendió los bonos de Portugal al señor Harris y cuando le hizo vender a la viuda de Carrington las acciones de la Golden Mining, seguramente para adquirirlas él mismo. —A la mención de Samantha Carrington, Porter-White reveló desconcierto y miedo, que duró solo un instante fugaz—. Ya, la viuda de Carrington, la desgraciada a la que asesinaron en su casa el 8 de septiembre. Creo que era tu amiga —añadió con intención.

—¿Qué estás insinuando, Manon? —se impacientó sir Percival.

—No estoy insinuando nada, papá. Solo describo los hechos. —Volvió la mirada hacia su cuñado para continuar—: Y ahora se les suman a tus estafas anteriores la del señor Donkin, un viejo y leal cliente de esta casa.

—¡Estafas! —se mosqueó Porter-White.

—¡Sí, estafas! —lo enfrentó Manon—. ¿O cómo llamarías a asesorar deliberadamente mal a esas gentes que nada saben de la bolsa para obtener un beneficio personal?

—¡No fue para mi beneficio!

—Enseguida lo sabremos, no te preocupes —expresó Manon con falso aplomo—. Acabo de pedir un listado con las compras de acciones de los últimos tiempos. Aunque estoy segura de que las acciones de la Golden Mining de Donkin terminaron en tu poder y no en el del banco. Son muy codiciadas.

—¡Ni en mi poder ni en el del banco! —se ofuscó Porter-White.

—Por supuesto que terminaron en tu poder —presagió Manon—. ¿Qué bróker has empleado para realizar esta sucia compraventa y evitar dejar registros en nuestros libros? —Manon se tomó la barbilla y elevó los ojos al cielo en el gesto del que medita—. ¿Menet & Cazenove, tal vez? Quizá debería preguntarles a ellos. ¡Oh, ahora recuerdo! Eres muy amigo de Manfredini. ¿O te sirves de tu antiguo empleador, la Baring Brothers?

—¡Basta, Manon! —exclamó Neville—. Estás acusando injustamente a Julian, al esposo de tu hermana y al padre de tu sobrino.

—Te aseguro, papá, que nada me haría más feliz que no tener que verme en la obligación de realizar estas acusaciones. ¿Te has enterado de que acaba de llegar una demanda del señor Donkin? —insistió, y le tendió el documento judicial, que Neville recibió y que leyó tras calzarse los quevedos.

Resultaba evidente que nadie se lo había mencionado; como siempre, los empleados esperaban que ella lidiase con sir Percival.

—¿Has asesorado a Donkin, Julian? —lo interrogó Neville.

—Asesoramos a decenas de personas por día, sir Percival —respondió evasivamente—. El señor Donkin es uno de nuestros clientes, por lo que es probable que le...

—Sabes muy bien que lo has asesorado —lo interrumpió Manon— y que lo has hecho para apoderarte de sus acciones de la Golden Mining, tal como hiciste con la Carrington.

—Querida Manon —dijo Porter-White con una sonrisa cargada de falsedad—, ¿qué he hecho para merecer tu desconfianza?

—Y ahora vienes a decirle a mi padre que has fundado una compañía minera vaya a saber con qué personaje oscuro del Río de la Plata —siguió increpándolo—. ¿Me pregunto por qué necesitas contárselo? ¿Quizá están exigiéndote una garantía de la Casa Neville? —Porter-White hizo un gesto fugaz, que Manon percibió—. ¡Es eso! —exclamó con acento triunfal—. Precisas que mi padre avale la operación. De otro modo…

—Se trata de un emprendimiento minero que nos traerá grandes beneficios —la atajó Porter-White—. Nos posicionará en un lugar de extremo poder, en el cual ni el Banco de Inglaterra se atreverá a cuestionar la supremacía de la Casa Neville.

—¡Tú no eres nadie dentro de la Casa Neville para inmiscuirte en sus estrategias de poder! —le soltó, el control prácticamente perdido—. Tú no das un paso sin pensar en tu propio beneficio.

—¡Eres injusta conmigo! —se quejó Porter-White, y empleó un tono dolido y fingió un aire de falsa inocencia, que Manon admiró.

«Es un gran actor», se dijo.

—¡Basta los dos! —terció Neville con las manos levantadas—. Julian, por favor, déjanos a solas.

Porter-White inclinó ligeramente la cabeza y abandonó el despacho simulando pesadumbre.

—Ah, qué gran actor es —masculló Manon—. Drury Lane está perdiéndose uno de pura raza.

—No seas sarcástica —la reprendió Neville—. Te vuelve vulgar —añadió con tono ácido, y caminó hacia un grupo de sillones, donde se echó con un suspiro.

Manon se preocupó al notarlo de pronto avejentado. Se sentó junto a él.

—Papá, por favor, escúchame. No prestes tu apoyo a ese emprendimiento en el Río de la Plata. Estoy segura de que es algo turbio, quizá ilegal.

Neville, que leía el documento con la demanda de Donkin, se quitó los quevedos y se restregó el puente de la nariz.

—¿Qué sabes tú de esas cosas? —se impacientó el banquero—. ¿Cómo puedes realizar una suposición de esa naturaleza si no conoces de qué se trata la propuesta de Julian?

—Sé que el Río de la Plata es un gran desorden desde todo punto de vista. Tú también lo sabes. Esa fue la razón por la cual les negaste el empréstito a ese grupo de políticos corruptos que vino a verte en el 24 —le recordó—, grupo del que formaba parte tu yerno. Tú mismo me lo referiste.

—Aquello fue hace casi diez años, hija, y ya te he dicho que Julian servía solo como traductor. Justamente porque tu cuñado *es* del Río de la Plata conoce bien el paño —alegó Neville—. En su último viaje, estableció contactos muy importantes con los políticos poderosos de ahora, que no son los mismos que de aquel entonces.

Manon se sentía atada de pies y manos. Si hablaba abiertamente con su padre se encontraría en la obligación de revelarle que gran parte de la información la había obtenido por medios poco ortodoxos. Más que nunca deseó revisar la caja fuerte que su cuñado ocultaba en la habitación de Alba.

—Hacernos de esa mina en el Río de la Plata es clave para nuestro negocio —decretó Neville.

—Lo sé, lo sé mejor que nadie —admitió Manon—. Pero temo que esa mina no exista, o bien que su explotación sea impracticable, y que el buen nombre de nuestra familia quede en entredicho. Estoy segura de que Porter-White quiere hacerla cotizar en el mercado para obtener beneficios con el agio, pues solo con eso obtendrá algo de ese emprendimiento.

Neville hizo un ceño y la contempló con expresión asombrada.

—¿De dónde sacas esas ideas, hija? —la cuestionó con voz exasperada.

—¿Quiere hacerla cotizar en la bolsa o no? —lo acorraló.

—Sí —admitió Neville, y Manon negó varias veces con la cabeza en un gesto reprobatorio—. No veo nada de malo en ello, claro está, si nosotros conservamos el cincuenta y uno por ciento o más —agregó—. Julian me ha mostrado los documentos que un funcionario de confianza del presidente del Río de la Plata ha traído desde Buenos Aires para sellar el acuerdo y para adjudicarnos la concesión.

—No hay presidente en el Río de la Plata, papá.

—¿Cómo sabes eso?

—Tío Charles-Maurice dice que aquello no es un país unificado, sino una serie de feudos, cada uno con su señor. —Neville apartó la vista y la fijó en la nada; así permaneció con aire meditabundo—. Papá —lo llamó casi en un murmullo—, no sabemos si el político que firmó ese documento tiene potestad sobre la mina. ¿Por qué no hablas con el duque de Guermeaux? Él conoce el Río de la Plata mejor que nadie…

—¡Ja! —exclamó Neville con una sonrisa que en realidad comunicaba indignación—. ¿Debería ir a Roger, uno de los hombres de negocios más hábiles que conozco, y servirle en bandeja la explotación de la mina? ¿Cuánto crees que demoraría en intervenir para hacerse él de la mina en el Río de la Plata? Supe que intentó obtener la explotación de las minas al norte de Portugal a través de ese amigo que tiene, uno emparentado con los Braganza.

—Adriano Távora —dijo Manon.

—El mismo —confirmó Neville—. Por fortuna, don Pedro ya me las había dado como garantía por la emisión de los títulos, si no…

—El duque de Guermeaux jamás te apuñalaría por la espalda, papá —afirmó Manon entre ofendida y desconcertada.

—Manon —dijo, sin el tono afectuoso de siempre—, conoces el refrán: por dinero baila el mono. Y no existe negocio más rentable que el de la explotación minera, y Roger lo sabe. Ahora, como consecuencia del acuerdo que celebró con el emperador Daoguang para mantener a flote el gobierno de China, precisará de todo el metal al cual pueda echar mano. Ninguna reserva bastará para alimentar a ese voraz imperio.

—Él te participó del negocio con el emperador Daoguang —le recordó Manon.

—Porque necesita del azogue que producen nuestras minas en Almadén —retrucó Neville, que, al detectar la congoja de Manon, chasqueó la lengua y la atrajo hacia él en un abrazo—. Tesoro mío, me asusta que confíes en las personas. Te encariñas con la gente y no mides las consecuencias de una extrema franqueza. Por la posición que ocupas, no debes fiarte de nadie.

Manon se apartó y se puso de pie con una resolución que sorprendió a Neville.

—Confío en las personas en las que debo confiar —declaró—, como por ejemplo en el duque de Guermeaux y en sus hijos. Sé que jamás me harían daño. En cambio, desconfío de aquellos a los que considero pérfidos traidores, como Julian Porter-White.

* * *

Manon abandonó el despacho y bajó las escaleras casi corriendo. Se topó con Nora en el descanso.

—¿Se encuentra bien, señorita Manon?

—Bien, sí, Nora —dijo de modo apresurado y nervioso—. ¿Has podido ir ayer a Hampstead? —La muchacha asintió—. ¿Cómo has encontrado a tu madre?

—Mejor, señorita Manon. El linimento que me dio el señor Fitzroy le ha calmado mucho el dolor de los huesos. Además, le llevé las cosas hermosas que su señoría le envió de regalo. Estaba muy feliz, muy agradecida. Me pidió que se lo dijese.

—Si juzgas preciso que la vea un médico, me lo dices. Yo me haré cargo.

—Gracias, señorita Manon —masculló la joven visiblemente emocionada. Carraspeó antes de decir—: Subía a verla, señorita. El señor Harris, el sombrerero —aclaró—, ha enviado un mensajero para avisar que su encargo está listo.

La noticia la alegró y suavizó en parte el malestar causado por la discusión con su padre y con Porter-White. El bicornio de Alexander estaba listo. Ansió correr a su casa y cobijarse entre sus brazos. Quería contarle que por fin Porter-White había hecho público su acuerdo para explotar el cerro del que Quiroga hablaba en su misiva. Buscó a Thibault en la pequeña oficina de la planta baja donde transcurría las horas del día. Lo encontró leyendo el periódico. El gascón alzó la mirada, se retiró un poco los quevedos y la observó desde la silla con un ceño.

—¿Estás bien?

—Sí —contestó Manon para no preocuparlo—. Por favor, prepara el coche sin escudo. Iremos a Grosvenor Place.

—El conde de Stoneville no está en su casa —afirmó Belloc, y Manon alzó una ceja, sorprendida—. Llevé los galones de pacharán que me pidió a la barraca en la Piscina de Londres y lo encontré trabajando en su oficina. Obby estaba con él.

Manon se afligió. Temía que cometiera imprudencias y se esforzase más de lo debido para uno que convalecía. Nora la ayudó a ponerse la capa de merino para esa jornada fresca y lluviosa y le entregó la capota, cuyas cintas de raso celeste Manon ató velozmente pues la urgía ir al puerto.

En lo del sombrerero Harris, la atendieron con la amabilidad de costumbre. La señora Harris la condujo a la salita reservada a los mejores clientes y le pidió que tomase asiento; enseguida la atendería su esposo. Le ofreció una taza de té, que Manon agradeció, pero no aceptó; llevaba prisa, adujo. Poco después, se presentó el sombrerero y la saludó con la gratitud que el tiempo no extinguía.

—Le habrá dicho el señor Chichister que adquirí acciones de la hilandería Mansfield tal como su señoría me sugirió dos semanas atrás. —Manon aseguró que estaba al tanto—. Hoy abrió en alza —dijo, y expandió aún más la sonrisa—. Se debe al anuncio que se publicó en *The Times* el viernes, que asegura que Mansfield & Co. producirá un nuevo paño. Impermeable —añadió tras una pausa para mejor efecto.

—Señor Harris, aprovecho para advertirle que en unas semanas se lanzarán a la venta las acciones de una nueva compañía minera. Es para explotar un cerro en el Río de la Plata.

—¿Río de la Plata? —repitió con dificultad y mala pronunciación.

—Un lugar en América del Sur —aclaró Manon—. Pues bien, le aconsejo que no las adquiera.

—Oh —se desconcertó el sombrerero—. Aguarde un momento, señorita Manon. —El hombre desapareció tras un cortinado para regresar segundos después con un libelo en la mano; se lo entregó—. Mi hijo lo obtuvo esta mañana en la City. Tenía que entregar un sombrero a un comerciante en Leadenhall Street, justo frente al edificio de la Compañía, y un muchacho, que los repartía en la calle, se lo dio. Lea, lea —la invitó.

El libelo rezaba: «*El cerro Famatina en la América del Sur es el más rico del mundo, más que el propio Potosí. Podemos afirmar sin hipérbole que las minas que esconde este cerro contienen las riquezas más grandes del*

447

universo. Se lo demuestra claramente, pues en los campos que lo rodean el oro brota con las lluvias como en otros brotan las semillas. Las pepitas de oro, grandes y pequeñas, aparecen a la vista cuando la lluvia lava el polvo que cubre la superficie. Una señora, tras un chaparrón, halló una de cuatro onzas».

Lo exagerado e inflado de la prosa le resultó casi infantil, y le habría causado risa si el asunto no hubiese revestido una seriedad extrema.

—¿Esto tiene que ver con la minera de la que está previniéndome, señorita Manon?

—Sí, señor Harris, tiene que ver. ¿Puedo quedármelo?

—Por supuesto —respondió el señor Harris.

Porter-White no había perdido el tiempo. El mismo día en que se había sincerado con su padre para obtener el respaldo de la Casa Neville, uno de los respaldos más codiciados por los emprendedores europeos, un panfleto, que hablaba maravillas del Famatina, recorría las calles de la City para terminar en cada mesa de cada taberna del barrio financiero. Ya podía imaginar las especulaciones que estarían tejiéndose. Lo confirmaría en pocas horas, cuando visitase la bolsa antes del cierre.

El señor Harris le mostró con orgullo el bicornio terminado. Había realizado un esmerado trabajo. El hombre le indicó el interior del sombrero donde refulgían las iniciales «A», «F», «M» y «G» bordadas con hilo de oro.

—Es una espléndida labor, señor Harris —afirmó Manon—. Le estoy muy agradecida.

—Siempre a sus pies, señorita Manon —declaró el sombrerero, y se inclinó ante ella.

Minutos más tarde, subió al coche y acomodó la caja con el bicornio sobre el asiento. Belloc cerró la portezuela y asomó el rostro por la ventanilla. Le entregó las pistolas con la empuñadura de nácar, regalo de Talleyrand. Manon las recibió en silencio y las guardó en su escarcela.

Supo que se aproximaban a la zona portuaria pues los malos olores se intensificaron y los sonidos se elevaron. La brisa otoñal transportaba la emanación fétida del Támesis, que se mezclaba con el aroma punzante proveniente de Billingsgate, el mercado de venta de pescado más grande de Inglaterra. Manon rebuscó en su escarcela, de donde extrajo el pañuelo de Alexander. Se lo colocó sobre la nariz e inspiró con avidez; todavía quedaba un resto del perfume.

Thibault la escoltó al interior de la barraca. Se hallaba inusualmente vacía; solo un empleado, el señor Paterson, jefe de los contables, se inclinaba sobre el escritorio y hacía cuentas con la ayuda de un ábaco. Manon carraspeó para alertarlo de su presencia. El hombre se puso de pie y salió a recibirla. Saludó también con cordialidad a Belloc, al que volvió a agradecer la botella extra de pacharán que les había regalado esa mañana.

—Disculpe si la he hecho esperar, señorita Manon —se excusó con evidente nerviosismo—. Están todos fuera, descargando el navío que llegó hace poco. Yo mismo estoy marchando hacia el muelle para controlar la documentación. Su excelencia está en su despacho, en una reunión —informó de modo atropellado—. Le advertiré ahora mismo de su presencia.

—Oh, no, no —se opuso Manon—. Lo aguardaré allí, en aquella salita, si a usted le parece, señor Paterson. Vaya nomás. No quiero interferir en sus tareas.

El hombre se inclinó con reverencia antes de marcharse. La puerta del despacho de Alexander se abrió pocos minutos después. Manon dirigió la mirada con una ansiedad incontenible. Sin meditarlo, se puso de pie. Alexander, que despedía a un hombre de mediana edad y bien vestido, la descubrió en la sala de espera. Tras un instante de asombro, le dedicó una sonrisa expansiva que, Manon supo, le había surgido sin que él lo meditase. Comenzaba a conocerlo y sabía que era un maestro de la ocultación.

Obadiah salió del despacho y exclamó al verlos. Belloc le indicó que se quitase la boina antes de saludar a la señorita Manon. Alexander se les unió poco después.

—¡Qué agradable sorpresa! —exclamó.

—Milord —dijo Manon, y realizó una genuflexión.

—¿Eso que traes ahí es para mí, señorita Manon?

—No es para ti, señorito Obadiah —respondió, y lo hizo reír—. Pero esta tarde, Thibaudot vendrá a buscarte y te llevará donde mi abuela, que tendrá listas para ti varias prendas. Deberás medirte otras.

—Obby —intervino Alexander—, ¿por qué no le muestras a Thibaut el barco que acaba de llegar? Atracó después de que te fuiste —le explicó al gascón—. Es un navío, uno de los más grandes de nuestra flota. El *Isaura of the Seas*.

—Llévame, Obby —le pidió Belloc.

Los vieron alejarse sorteando las mesas y los escritorios vacíos. Alexander y Manon se miraron con complicidad. Él le indicó la entrada a su despacho, y Manon accedió con un asentimiento. Debido a que los empleados podían regresar de un momento a otro, Alexander dejó la puerta abierta. Igualmente, no la invitó a sentarse a su escritorio, sino que le señaló un grupo de sillones y canapés agrupados en un rincón.

—Esto es para ti —dijo Manon, y le entregó la caja con el bicornio.

Alexander lo recibió con una mueca desconcertada.

—¿Es hoy una fecha especial? Todavía faltan algunos días para el 3 —comentó.

—¿El 3? —se desorientó Manon.

—El 3 de octubre, un mes desde la noche en el Covent Garden. Nuestro primer beso.

—Oh —susurró, estupefacta de que él recordase la fecha. Se aclaró la garganta antes de explicar—: Este es un pequeño regalo, sin motivo alguno. —Alexander sacó el bicornio de la caja y lo observó con ojos apreciativos—. Para que me recuerdes en alta mar.

—Es magnífico. —Lo giró y siguió estudiándolo—. El paño es de excelente calidad. Magnífico —reiteró.

Manon supo que había descubierto el bordado en el interior, pues la mirada inquisitiva se le ablandó.

—Nuestras iniciales —explicó innecesariamente y con acento nervioso.

—Sabes mi segundo nombre —notó Alexander.

—Fidelis. Sé todo acerca de ti —aseguró con fingida vanidad, lo que le significó una mirada interrogativa por parte de Alexander—. Tu hermana Ella me lo dijo —aclaró.

Alexander introdujo la mano dentro de la levita y extrajo un pañuelo, que Manon reconoció enseguida: el que ella le había regalado tiempo atrás embebido en su perfume. «Lo lleva junto al corazón», notó.

—Siempre he querido preguntarte a qué responde la «G».

—Gloriana.

—Qué hermoso nombre —murmuró Alexander—. Gloriana —repitió—. Qué apropiado.

—Lo eligió mi padre, gran admirador de la reina Isabel. Yo también la admiro. Profundamente —remarcó, y sus mejillas volvieron a colorearse—. Cuando era pequeña, me disfrazaba de ella y recitaba de memoria el discurso de Tilbury.

—¿Aún lo recuerdas? Aunque sea una parte —la alentó Alexander.

—Recuerdo mi parte favorita, la que me hacía sentir poderosa.

—Recítala para mí —insistió Alexander con un ansia que ella pocas veces le había visto.

—Sé que tengo el cuerpo de una mujer débil y extenuada; pero tengo el corazón y el estómago de un rey, del rey de Inglaterra, y al pensar con desprecio en que Parma o España, o cualquier príncipe de Europa, se atreva a invadir las fronteras de mi reino, antes que un deshonor tal crezca en mí, yo misma tomaré las armas, yo misma me convertiré en vuestro general, juez y en la recompensa para cada una de vuestras virtudes en el campo de batalla.

—Bravo —susurró Alexander, y de nuevo volvió a sonreír de ese modo expansivo tan inusual—. Bravo —repitió, y se inclinó hasta que sus bocas se rozaron—. Y gracias por este regalo —lo escuchó decir, y percibió la caricia de sus labios mientras le hablaba, y también la calidez de su aliento—. Es estupendo. Siempre viajará conmigo.

—Gracias —susurró—. Pruébatelo.

Alexander se lo puso a la manera napoleónica, en posición frontal, con las puntas paralelas a los hombros. Lo contempló boquiabierta, pues incluso a ella, que se lo había pasado imaginándolo con el sombrero, la admiró lo bien que le quedaba.

—Eres tan apuesto —pensó en voz alta, y Alexander carcajeó al tiempo que se quitaba el bicornio y lo devolvía a la caja.

—No debería mencionar esto cuando me has traído un regalo y yo no tengo nada para ti —admitió Alexander—, pero ¿me concederías un pequeño favor que he deseado pedirte desde hace días?

—Claro —murmuró Manon.

—Perfúmame de nuevo tu pañuelo. Su aroma se ha desvanecido casi por completo.

—Y tú el tuyo —dijo Manon, y lo sacó de la escarcela.

—Ah, lo llevas contigo —se admiró Alexander.

—A todas partes —confirmó ella.

—¿Cuándo me devolverás el mío perfumado? —le preguntó al tiempo que la tomaba por el antebrazo y la obligaba a inclinarse hacia él con cierta urgencia.

Manon, tomada por asalto, se apoyó sobre el brazo del sillón para no perder el equilibrio antes de que Alexander le devorase la boca y la penetrase con una lengua prepotente.

—No quiero separarme de él por muchos días —la previno, y siguió besándola y mordisqueándole los labios primero, el filo de la mandíbula después—. ¿Cuándo me lo devolverás? ¿Cuándo volveré a verte?

Manon, con la cabeza echada hacia atrás y el cuello expuesto a la boca y a los dientes de Alexander, reprimía los gemidos que, de otro modo, habrían brotado naturalmente.

—Tus empleados —lo exhortó en un susurro entrecortado—. Podrían regresar y oírnos.

Como si la advertencia lo hubiese fastidiado, Alexander la sujetó por la nuca y ahondó el beso. Cerró la otra mano sobre uno de sus senos, y ya resistir se volvió imposible. Se le escapó un gemido, y otro, y otro, y su cuerpo se estremeció cuando la mano perversa, sorda a sus súplicas y a sus mortificaciones, intensificó las caricias que derretían la barrera del corsé y tocaban un centro que se expandía y que, en su crecimiento, le ocupaba el pecho, le cortaba el aliento, le hacía palpitar ese punto oculto entre las piernas. Existió un instante efímero en el que olvidó que se hallaba en la barraca y que en breve Thibault y Obadiah regresarían tras haber admirado el *Isaura of the Seas*. Solo pensó en que Alexander hiciera explotar eso que la ocupaba y que estaba por volverla loca. No la defraudó, y la explosión, que nació entre sus piernas, la hizo temblar y lanzar un largo y profundo gemido. ¿Acaso acababa de experimentar lo que su abuela llamaba la *petite mort*, la pequeña muerte? Era imposible; se suponía que para sentir ese placer inefable era preciso que un hombre y una mujer yacieran juntos. Confundida, alzó lentamente los párpados y se encontró con la mirada intensa de Alexander.

—Santo cielo —lo escuchó murmurar—. Mi Gloriana —añadió unos segundos después—. Apasionada además de formidable.

Resultaba increíble, como casi todo con ella, pero acababa de tener un orgasmo, allí, sentada en ese viejo sillón y como consecuencia de unas caricias procaces. La había escuchado gemir en su boca, había absorbido cada lamento, mientras sus manos percibían las vibraciones de placer que le estremecían el cuerpo.

Manon se irguió y se apartó con aire preocupado y el entrecejo fruncido. Se acomodó los mechones en torno al rostro y se cubrió las mejillas para aplacar el sonrojo.

—¿Qué sucede?

—¿Y si alguno de tus empleados ha regresado? —se interrogó con voz apenada—. Me habrá oído. No pude evitarlo.

Alexander sonrió, y Manon le sonrió a su vez con una mueca entre contenta y avergonzada, que lo enterneció. Le gustó que no iniciara un discurso de pacata arrepentida, ni que lo culpase por el desliz. Era práctica y sincera.

—Nadie te ha escuchado —la tranquilizó—. El salón sigue vacío y los ruidos del puerto ahogaron tus gemidos, como debe ser, pues siempre serán solo para mis oídos. —Al decirlo, se imaginó a George Child Villiers o a algún otro disfrutando al verla gozar.

—¿Estás bien? —se preocupó Manon al notar su expresión ensombrecida—. ¿Te molesta la herida?

—No, no, estoy bien.

—¿Dennis Fitzroy te ha autorizado a venir hoy aquí?

—Por el contrario —replicó con un tono seco y cortante—, pero Fitzroy tiende a exagerar. Además, me advirtieron que estaba por llegar el *Isaura of the Seas*. Era imperativo que estuviese aquí para recibirlo —explicó—. Mi padre tenía un compromiso impostergable.

—Entiendo —masculló Manon, y bajó la vista y se restregó las manos enguantadas.

—Eh —se preocupó Alexander—. ¿Qué sucede? Perdóname, no quise ser tan cortante. Es que Fitzroy…

—He discutido con mi padre poco antes de venir aquí —lo interrumpió—. Ya todo ha salido a la luz. Por fin ese pérfido de Porter-White le ha dicho lo de la explotación minera de la que sospechábamos. ¡Y mi padre lo ha tomado como un gran triunfo!

La expresión de Blackraven se endureció. Sorprendía el efecto contundente producido por sus ojos entrecerrados.

—Las consecuencias son muchas —declaró, y Manon supo que pensaba en la muerte de Turner.

Extrajo de su escarcela el libelo y se lo pasó. Alexander lo leyó en silencio.

—Quien me lo dio asegura que están repartiéndolo en la City. Es una práctica común antes de lanzar a la venta las acciones de una compañía.

—Lo que asegura aquí es lo contrario de lo que me comentó rápidamente Francis Turner antes de morir.

—Oh, hablaste con él, entonces —se sorprendió Manon.

—Aquel día, en la Embajada de Francia, no te dije toda la verdad —confesó Alexander—. Este complejo asunto no me compete solo a mí, sino a mi familia. Y no tenía el consenso de mi padre para hablar libremente con nadie.

—Claro, claro —susurró Manon—. Son cuestiones delicadas.

—Pero ahora quiero contártelo.

—Mis labios siempre estarán sellados.

—Lo sé —dijo Alexander—. Apenas se graduó, Francis Turner comenzó a trabajar para nosotros. Era un hábil prospector y un gran geólogo, por lo que mi padre lo comisionaba para que viajase en busca de terrenos ricos en minerales. Supimos del Famatina y lo enviamos al Río de la Plata a investigar, aunque en esa oportunidad también lo hizo como un empleado de su Majestad, pues mi padre quería involucrar al gobierno en la explotación.

—Buscaba el respaldo político de Downing Street —dedujo Manon.

—Exacto. Francis regresó el 20 de junio —prosiguió—. El 21 fui a visitarlo a su apartamento, solo de pasada pues llevaba prisa —aclaró—. Lo invité al festejo del 22, al que tú y tu familia concurrieron. —Manon, en silencio, asintió—. Hablamos poco aquel día; se suponía que nos pondría al tanto de sus descubrimientos la noche de la velada en Blackraven Hall.

—¿Qué fue lo poco que te dijo?

—Admitió que el Famatina era rico en oro y en plata, pero me aseguró que la extracción habría sido una empresa complicada, sobre

454

todo por las napas de agua cercanas a la superficie. Esto de que las pepitas de oro se lavan con la lluvia y se las recoge como si fuesen guijarros es mentira.

—Como todo lo que tiene que ver con Porter-White.

—Si Francis hubiese expuesto públicamente los resultados de su viaje al Famatina —razonó Blackraven—, hoy tu cuñado no podría mentirles a los inversionistas tan descaradamente. ¿Has visto el acta de constitución de la compañía minera?

—No, y dudo de que Porter-White me la hubiese mostrado. Pero papá me dijo que era el presidente del Río de la Plata el que había autorizado la explotación del cerro. Le expliqué que no existe tal cosa, un presidente del Río de la Plata, pero me desoyó. Parece hechizado por la Serpiente. Así llama mi abuela a Porter-White, la Serpiente.

—Muy apropiado —acordó Alexander—. Sería interesante echar mano de esa documentación para ver quién está detrás de esto, aunque sospecho que se trata de Rosas, el antiguo gobernador de Buenos Aires.

—Con Thibault, que es hábil con las cerraduras, podríamos hacer lo que hicimos tiempo atrás, entrar en su despacho tras el cierre y revisar sus cajones. Ignaz y Ross podrían darnos una mano para revisar con más rapidez.

—¿Ignaz y Ross? —se interesó Blackraven fingiendo no conocerlos; tiempo atrás Samuel Bronstein se los había señalado en la bolsa.

—Ignaz Bauer y Ross Chichister, mis empleados de confianza —dijo Manon—. Siempre podrás hablar con ellos francamente. Me son muy leales.

—Me los presentarás cuando te decidas a hacerlo como tu prometido —resolvió Alexander, y Manon percibió una nota de reproche en su tono—. ¿Me prestas el libelo por un par de días? Quisiera mostrárselo a mi padre.

—Por supuesto, quédatelo. De seguro, esta tarde me cruzaré con otro en la bolsa.

—¿Por qué crees que Porter-White le confió a tu padre lo del cerro Famatina siendo que hasta ahora se había movido con tanto secretismo? Podría haber seguido adelante con un testaferro y mantener oculto el negocio.

—No lo sé con certeza —advirtió Manon—, pero estimo que el gobierno del Río de la Plata le ha puesto como condición una garantía de la Casa Neville. O quizá necesita otro socio —conjeturó—. Si, como creo, Trewartha era su elección original, dudo de que ahora pueda contar con un capital de su parte. Nos debe mucho dinero —acotó.

—¿Crees que tu padre esté interesado en participar? Me refiero a que quiera comprar parte de las acciones.

—Oh, sí, lo hará —respondió Manon con vehemencia—. Se lo veía muy entusiasmado. Solo espero que esto no perjudique el buen nombre de la Casa Neville.

Oyeron las voces de Obadiah y de Belloc que se aproximaban. Manon se puso de pie. Alexander la imitó.

—¿Ya tienes que irte?

—Sí —dijo, y la complació que su respuesta lo contrariara.

—Deberías acompañarme a casa para que hablemos acerca de la muestra —persistió Blackraven; resultaba claro que no tenía deseos de dejarla ir.

—Hoy no. Tengo unos asuntos que atender antes de concurrir a la bolsa. Trataré de averiguar más acerca de la compañía minera.

Alexander, a punto de sujetarla por la cintura y besarla, se echó hacia atrás cuando Obadiah entró corriendo en el despacho.

—No corras —lo amonestó—. ¿Qué te trae tan contento?

—Thibaudot me invitó a almorzar a la taberna The City of London. Después me llevará a lo de la señora Aldonza para probarme la ropa. ¿Puedo ir, capitán Alex? ¿Puedo? ¿Puedo?

Alexander dirigió una mirada severa a Belloc.

—¿Quién escoltará a Manon hasta la bolsa?

—Yo, milord —aseguró el gascón—. No delegaría eso en nadie —afirmó con un gesto digno—. Obby me aguardará en la Casa Neville. Nora, una empleada de nuestra entera confianza, se hará cargo de él.

—Muy bien, puedes ir —concedió Alexander.

—*Huzzah! Huzzah!* —exclamó el niño dando saltitos.

—Ve a buscar tu abrigo —le indicó Alexander—. Pásate un peine y reármate la coleta. —Cuando el niño se hubo alejado, sacó varios chelines y se los tendió a Thibault—. Para el gasto del almuerzo.

—Oh, no, milord, no —dijo, y agitó las manos para reafirmar la negativa—. Es una invitación. Yo pagaré.

—Entonces, para la tal Nora —insistió Alexander—, que se ocupará de Obby.

—Los acepto en nombre de Nora, milord, porque sé que le vendrán bien. Iré a aprestar el carruaje.

Manon pretendió seguir a su fiel cochero, pero Alexander se lo impidió; la aferró por el codo y la detuvo. Le habló al oído.

—En este momento envidio a un pobre huérfano porque él se irá contigo y yo me quedaré aquí, solo.

Manon le acarició la mejilla y le susurró, también al oído:

—No lo envidies, amor mío. Como te dije una vez, tú siempre estás conmigo, en mi mente y en mi corazón.

Capítulo XX

Ese martes 2 de octubre, Trewartha entró en White's temprano por la mañana y, como era su costumbre, se detuvo ante el atril que exponía el infame cuaderno de las apuestas, donde los miembros del club escribían los desafíos más extravagantes al que otorgaban un valor; los interesados escribían sus respuestas al pie y firmaban, y quedaban a espera de la resolución del evento para recolectar el premio o pagar la deuda.

Observó que las tres últimas apuestas estaban referidas a él, y no justamente por cuestiones encomiables. En la primera se preguntaba si Jacob Trewartha sería expulsado del club antes del fin del otoño; la segunda hablaba del precio de las acciones de la Compañía. ¿A cuánto caería antes del cierre el próximo sábado 5 de octubre? ¿A doscientas libras, a ciento ochenta o a ciento cincuenta? La última entrada mencionaba el altercado con el conde de Stoneville. ¿Lo retaría a duelo antes de fin de mes? Las tres propuestas habían atraído a varios apostadores y en casi todos los casos las respuestas eran desfavorables a Trewartha.

Caminó con paso airado hacia la biblioteca. Evitó el bar —no quería seguir engrosando la deuda— y se dirigió a la biblioteca. Había pocos miembros a esa hora, en su mayoría ancianos sin mucho que hacer. Se apoltronó en un sillón y se dedicó a leer los periódicos. En casi todos, la noticia que seguía ocupando los titulares era la fuga de la rica heredera Margaret Cavendish con un tal Finlay Walker, teniente de la Marina sin alcurnia ni dinero, surgido de entre los rangos inferiores, algo inusual, pero que solía ocurrir para premiar los grandes actos de valor. Se confirmaban las especulaciones: la pareja había contraído matrimonio en Gretna Green. Se aseguraba que lord Cavendish, conde de Suffolk, planeaba desheredarla y renegar de ella. El *Morning Chronicle* recordaba otros casos similares en los que las familias, ante el hecho consumado y para evitar un ulterior escándalo, habían perdonado a las díscolas herederas y aceptado a los inconvenientes maridos. Casi con seguridad, lady Margaret no correría esa suerte.

Abandonó el club y se dirigió a la City. En la antesala de su despacho de la Compañía, lo esperaba Trevor Glenn con mala cara. Sin pronunciar palabra, le entregó un libelo. Lo leyó rápidamente. Se trataba de la publicidad del cerro Famatina.

—Debe de haberlo escrito Disraeli —comentó Glenn—. Es su estilo, pomposo y exagerado —agregó con un tono despectivo.

—No me gusta que Porter-White nos haya mantenido a oscuras de esto —dijo, sacudiendo el panfleto en el aire—. ¿Acaso está planeando dejarnos fuera?

—A mí, que soy el presidente del Consejo de Administración —remarcó Glenn—, no me ha dicho nada.

—Ve a la Casa Neville y pregúntale a Porter-White sobre el libelo —ordenó Trewartha.

—No quiero ir a la Casa Neville —admitió el escocés—. Días atrás venció el pago de la cuota del préstamo que me hizo tu consuegro. No la he pagado aún.

Se callaron cuando el secretario de Trewartha llamó a la puerta y entró. Le informó que el clíper *Thunderbolt* atracaría en la Piscina de Londres a primeras horas de la tarde; lo habían avistado en el estuario del río Támesis. Era la primera nave de la Compañía que llegaba a Londres tras la temporada monzónica. Trewartha y Glenn compartieron una mirada cómplice y satisfecha. Sin embargo, cuando por fin el barco llegó al puerto, no traía lo que Trewartha tanto anhelaba: la remesa de dinero proveniente del comercio del opio que Zayan habría debido enviar.

—Te dije que no confiaras en ese bengalí malparido —le recordó Trevor Glenn, frustrado y malhumorado.

—Llegará en el próximo navío —pronosticó Trewartha, y obtuvo un bufido descreído por parte de su amigo.

Para peor, el clíper traía en la saca del correo oficial de la Compañía una carta del *peshwa* Bajirao II, que exigía conocer el paradero de su sobrina Ramabai. La misiva se leyó a viva voz al día siguiente, en la reunión habitual de los miércoles de la Corte de Directores, y los funcionarios quedaron consternados. Se le recordó al presidente que en la moción de la asamblea del pasado 5 de julio él se había comprometido a escribir al *peshwa* para explicarle la situación.

—Saben muy bien que habría sido en vano —se defendió Trewartha, de pie y con una expresión rubicunda—. Estábamos en plena temporada del monzón. La carta no habría sido despachada sino hasta ahora.

—Podría haberla enviado en algún de los clíperes que se aventuran durante el monzón —lo increpó uno de los directores, uno especialmente antagónico—. Es sabido que la flota Blackraven cuenta con algunos clíperes capaces de sortearlo.

A la mención del malhadado apellido, Trewartha fulminó con una mirada letal a su contrincante, que se la devolvió con aplomo, lo que demostraba cuánta autoridad había perdido frente a sus colegas. Al final de la asamblea, mientras desalojaban el gran salón, uno se aproximó y lo interrogó acerca de la veracidad de lo que se murmuraba en los pasillos, que el conde de Stoneville lo había retado a duelo en White's, en Michaelmas, el día de San Miguel Arcángel.

—Ese jovenzuelo no se atrevería siquiera a dirigirme la mirada —respondió con petulancia, y siguió su camino, indiferente a las risotadas que lo acompañaron.

Volvió a encerrarse en su despacho con Trevor Glenn.

—Tendrás que escribir a Bajirao —lo instó el escocés—. Es perentorio que sepa de tu puño y letra lo de la muerte de su sobrina.

—¡Maldito indio del demonio! —explotó Trewartha, y descargó un puñetazo sobre el escritorio estilo Luis XV—. Jamás le importó un comino de la hija de su medio hermano y ahora, de repente, es el más cariñoso y preocupado de los tíos.

—Pero se mostró inflexible y solo te permitió acercarte a ella cuando te comprometiste oficialmente en matrimonio —le recordó.

—La usó para ganar ascendiente sobre mí, por el poder que yo ostentaba en la sede de Patna. Ahora usa su desaparición.

—Sí, es una movida política —acordó Glenn—. Está aprovechando la situación para sacar una ventaja. Más privilegios, más rentas —especuló.

Trewartha se echó en la butaca y descansó la frente en la mano. Glenn lo observó con un ceño.

—¿Por qué no vamos a comer algo a The City of London? —le propuso—. Nos hará bien.

Decidieron hacer una escala en la bolsa para averiguar acerca del libelo que había caído en manos de Glenn esa mañana mientras tomaba un café en uno de los bares del Royal Exchange. Apenas traspusieron el umbral notaron la ebullición que causaba la noticia de la creación de una nueva compañía minera, en especial desde que se murmuraba que la Casa Neville no solo comerciaría las acciones, sino que participaría ella misma en la explotación, lo que hacía suponer a los especuladores que el precio de las acciones se cotizaría casi a la par. Los libelos pasaban de mano en mano y resultaba fácil ver la codicia reflejaba en las miradas de los agentes de bolsa.

Se alzó un poco más el incesante murmullo, y Trewartha, atraído, dirigió la mirada hacia la entrada. La señorita Manon y su padre, escoltados por Belloc, Bauer y Chichister, entraron en el amplio y bullicioso recinto. La joven estaba muy bonita y, no solo se trataba del vestido de un color rosa intenso, que le sentaba bien, sino del rubor de sus mejillas y el brillo en sus ojos azules. Se convenció de que, si Ramabai no hubiese desembarcado en Londres, para ese entonces él ya habría sido el esposo de esa muchacha apetecible, además de dueño de una de las fortunas más grandes del reino, quizá de Europa.

Le indicó a Trevor Glenn con un gesto de la mano que deseaba marcharse. Caminaron en silencio las pocas yardas que los separaban de la taberna The City of London, donde ocuparon la salita dorada. Almorzaron sin pronunciar palabra, cada uno abstraído en sus problemas. Apenas pasadas las tres y media, se abrió la puerta. Porter-White, seguido de su asistente Lucius Murray, entró en la salita y, tras saludar con una inclinación, se quitó la chistera y ocupó un sitio a la mesa, frente a Trewartha, que le dirigió una mirada ominosa antes de preguntarle:

—¿Qué significa esto?

Arrastró el libelo por el mantel. Porter-White le echó un vistazo mientras se desembarazaba de los guantes.

—Lo escribió Disraeli —dijo con tono despreocupado-. Un gran hallazgo ese periodista —agregó con una mueca sonriente-. Ya le

461

encargué otros que repartiremos faltando pocos días para el inicio de la venta de las acciones.

Se presentó el camarero, al que Porter-White y Murray le pidieron dos jarros de cerveza.

—¿Por qué no me has informado de esta decisión? —exigió Trewartha una vez que el empleado se marchó.

—¿Debía hacerlo? —dijo Porter-White con acento indolente—. No sabía que tú siguieses interesado en la explotación minera ahora que no tienes un penique para invertir y siendo que le debes a mi suegro miles de libras.

Trewartha apretó los puños sobre la mesa y unió las cejas en un profundo ceño.

—Cuidado, Julian —masculló—. Yo sé cosas que podrían dar al traste con tu querida compañía minera. No juegues conmigo.

Porter-White lo miró fugazmente, y Trewartha sufrió un instante de miedo. Los ojos oscuros de ese hombre una decena de años más joven siempre lo habían perturbado. Lo vio hacer una sutil seña a Lucius Murray, que se puso de pie y abandonó la sala sin articular palabra. Regresó el camarero, que dejó las dos bebidas y se marchó rápidamente, como expulsado por el ambiente tenso, más bien belicoso.

—No me amenaces, Jacob —dijo Porter-White tras beber la mitad del jarro de un trago—. No estás en posición.

—Eres *tú* el que no está en posición —rebatió Trewartha—. Tú y yo sabemos que ese acuerdo con Rosas no tiene valor, pues la mina está en el territorio controlado por Quiroga. Esa papeleta que te ha traído Reyes es tan válida como uno de mis pedos.

—Te vuelves vulgar —comentó Porter-White con una sonrisa irónica y sin mirarlo.

-Habló el gran aristócrata sudamericano —se burló Trewartha, y Trevor Glenn rio por lo bajo, lo que le valió un vistazo letal de Porter-White-. Tampoco olvides, querido Julian —retomó Trewartha-, que sé muy bien que el informe de Turner era contrario a la idea de una explotación del cerro Famatina. ¿Qué ocurriría si esa información se publicase en los periódicos mañana por la mañana? Sin mencionar lo mal que se vería mencionar que el pobre geólogo murió dos días después de su llegada del Río de la Plata.

—¿Qué quieres? —lo increpó Porter-White, el semblante indolente rápidamente transformado en uno grave y sin viso de sarcasmo.

—Dinero —respondió Trewartha—, mucho dinero.

—Veré de solicitar otro préstamo en... —Porter-White se detuvo cuando Trewartha comenzó a reír—. ¿De qué ríes? —preguntó con mal genio.

—¿Te crees que puedes arreglarme con un préstamo? Me darás dinero, pero no será todo, porque lo que yo quiero es la fortuna Neville.

—¿De qué estás hablando?

—Quiero desposar a la señorita Manon. La quiero como mi esposa. Solo de ese modo podré echar mano a la fortuna Neville.

Porter-White lanzó una carcajada hueca.

—Estás loco, Jacob. Manon te desprecia. No soportaría siquiera conversar contigo. Además, ¿crees que sir Percival entregaría su adorada hija a uno como tú, sospechado del asesinato de su esposa india?

—¡*Tú* asesinaste a Ramabai, maldito perverso!

—¿Yo? —Porter-White abrió grandes los ojos en un gesto cargado de incredulidad—. ¿Por qué lo habría hecho? ¿Qué beneficio habría obtenido?

Trewartha se conminó a conservar la calma. Rio con ironía, lo que desorientó a Porter-White.

—Tú y yo sabemos por qué lo hiciste —afirmó—. Pero mantengámonos en el tema y no nos vayamos por las ramas. Algo que leí hoy en el periódico me dio una idea para concretar el matrimonio con Manon Neville. Lamento admitir que con tu ayuda su consecución sería mucho más fácil.

—¿A qué te refieres? —se preocupó Porter-White.

—Me refiero a escapar con ella y casarnos en Gretna Green. Una vez que hayamos consumado el matrimonio, a Percival no le quedará otra opción que aceptarlo.

Aun Trevor Glenn se mostró escandalizado y soltó una exclamación. Porter-White, tras mirarlo con ojos enormes, volvió a soltar una carcajada.

—Sin duda te has vuelto loco. ¿Secuestrar a Manon, la mujer más terca y voluntariosa que conozco? ¿Crees que podrías pasar por encima de ese cancerbero que es Thibault Belloc?

—Lo haré —declaró Trewartha—. Y mejor será que me ayudes. De lo contrario, tu sueño de rico minero se desvanecerá como la niebla. Y todos sabrán quién eres en realidad.

* * *

Ese miércoles por la noche, Manon se preparaba para concurrir al Covent Garden. Estaba entusiasmada porque los Blackraven también asistirían, pero en especial la emocionaba el hecho de que fuese 3 de octubre, el día en que se cumplía un mes desde el primer beso que Alexander y ella habían compartido precisamente en ese teatro, el beso que había cambiado su vida, porque, más allá de que todo finalmente quedase en la nada, ella jamás volvería a ser la misma.

Desde el último encuentro en la barraca del puerto, cuando el mismo Alexander hizo mención de la importancia de esa fecha, vivía con palpitaciones y con una emoción que le quitaba el hambre y se le expandía por el pecho, y que ni siquiera el disgusto que le causaba lo de la explotación minera bastaba para aplacar.

—Ha perdido peso en estos días, señorita Manon —señaló Catrin mientras le ajustaba las cintas del corsé en la espalda—. He visto que come poco. ¿Algo la preocupa?

—Nada, Catrin —respondió Manon y le imprimió al tono cierto acento tajante para evitar más preguntas y comentarios.

A diferencia de su anterior ayuda de cámara, la vieja y querida Maureen, con quien había entablado un lazo de confianza y de amistad, Catrin no le inspiraba el mismo sentimiento; no se fiaba de ella por completo. Nada le reprochaba, incluso era una eximia peinadora, mucho más diestra que Maureen; sin embargo, no le habría confesado nada importante. Se dijo que tal vez la mala opinión que Aldonza tenía de la muchacha la había predispuesto para que no le tuviese cariño.

Se estudió en el espejo y, como de costumbre, desvió la mirada para destinar unos segundos a su admirada Gracia Nasi, su ejemplo e inspiración.

—Está bellísima, señorita Manon —declaró Catrin, y Manon le agradeció con un asentimiento y una sonrisa.

En verdad, su abuela Aldonza se había esmerado con ese vestido de tafetán en una tonalidad burdeos con enormes rosas rosa bordadas con hilos de seda. El detalle lo constituían las mangas *beret* en una sutil muselina, también en burdeos, que revelaban los delicados huesos de sus hombros. Catrin la ayudó a colocarse las piezas del aderezo de zafiros y brillantes que su padre le había regalado para su vigesimoprimer natalicio. Por último, le acomodó la diadema sobre el tocado, uno simple a la vez que notable: la raya al medio y cada parte recogida con una presilla de oro, con la gran masa de cabello cobrizo convertida en un racimo de pequeños tirabuzones, que le cubrían hasta la mitad de la espalda.

Aldonza entró sin llamar, como era su costumbre. Solo bastó que mirase a su nieta para que esta interpretara su deseo.

—Catrin, por favor, aguárdame en el vestíbulo con el abrigo.

—Sí, señorita —dijo con sumisión, mientras practicaba una reverencia.

Las dejó a solas. Manon se perfumó con generosidad e hizo otro tanto con el pañuelo que esa noche devolvería a Alexander.

—Ese vestido te queda sublime —afirmó Aldonza—. El conde de Stoneville caerá rendido a tus pies.

—Gracias, abuela —dijo, y la besó en ambas mejillas—. Te has superado esta vez, aunque parezca imposible.

—Si te viese tu madre —expresó Aldonza, y los ojos se le llenaron de lágrimas, que retiró rápidamente con manos impacientes. Se aclaró la garganta; después dijo—: Esta tarde he descubierto algo importante. Ya se lo comenté a Thibault.

—¿De qué se trata? —se interesó Manon.

—Alba también posee una llave de la caja de hierro que ocultan en su cuarto.

—Era esperable —admitió Manon—. ¿Cómo lo descubriste?

—Al pasar frente a la puerta cerrada de su cuarto, oí los típicos ruidos de una pesada puerta de hierro al cerrarse. Creí que la Serpiente había llegado sin que lo notase. Pero no. Pocos minutos después, salió Alba. Sola. Por más que revisé su cuarto aprovechando que había salido de paseo con Cassie y con tus tías, no encontré la llave. Seguiré buscando —prometió.

—Gracias, abuela. No veo la hora de abrirla y ver qué esconden ahí dentro esos dos.

—Nada bueno, tesoro —afirmó Aldonza.

Ya en el vestíbulo de la casa, con la familia a punto de partir, Catrin le echó sobre los hombros un dominó de brial en tonalidad marfil, ideal para esa noche fría, y que Manon ató a la altura de la clavícula. Se colocó los largos guantes de raso blanco y se contempló en el espejo.

—Estás bellísima, cariño —dijo su tía Anne-Sofie, y se encontraron en el reflejo.

Había regresado el día anterior después de una temporada en Cornualles que le había sentado bien, aunque seguía quejándose de cansancio y de dolor de huesos. Manon había debido insistir para que aceptase acompañarlos al teatro. Se giró y le aferró las manos.

—¿Cómo te sientes, tía?

—Bien, cariño, bien —aseguró, pero Manon no le creyó.

—¿Ha vuelto a molestarte la monja irlandesa?

—No, querida —masculló la mujer, pero de nuevo Manon no le creyó.

Estaban todos listos, solo faltaba que bajase Porter-White. Sir Percival comenzó a impacientarse. Alba barbotó justificaciones por la demora de su hermano. Manon le ofreció el brazo a su tía y las dos se alejaron hacia la entrada. Sir Alistair, que también había llegado con su nuera el día anterior, las siguió marcando el paso cansino con el bastón coronado por la cabeza de toro.

—Estás preciosa, cariño —la lisonjeó.

—Gracias, abuelo —respondió Manon, y lo besó en ambas mejillas regordetas; le acomodó el moño blanco del frac y le quitó una pelusa de la solapa de la levita—. Tú también estás magnífico.

—¿Cuándo aceptarás a alguno de los tantos candidatos que te pretenden de modo que tu abuelo pueda morir en paz?

—Me quedaré soltera si de eso depende que vivas para siempre —bromeó Manon, e hizo reír a Anne-Sofie.

—Esta niña me matará a disgustos —masculló el anciano vizconde de Falmouth—. A ver si tú la convences, querida Anne-Sofie, porque a mí no me respeta ni me quiere.

—Ally, te respeto y te adoro —lo contradijo Manon—. Eres tú quien no me respeta pues me crees incapaz de administrar la Casa Neville sin un hombre a mi lado.

—Te creo capaz de cualquier cosa —retrucó el hombre—. A veces me asusta creerte invencible porque entonces me pregunto: ¿quién estará a su altura?

—Solo tú —volvió a bromear Manon.

* * *

El *foyer* del Covent Garden se encontraba atestado de gente. Las sedas de los vestidos de las señoras hacían visos y aguas al resplandor de los centenares de velas colocadas en las dos enormes arañas, lo mismo las gemas de sus joyas. El murmullo continuo obligaba a alzar un poco la voz.

—Allí está la madre de Margaret Cavendish —señaló Cassandra, y Manon siguió la dirección de su mirada.

La mujer, que lucía demacrada, escuchaba la parrafada que le soltaba su tía Charlotte, que de seguro estaría mortificándola con comentarios acerca de la fuga de Margaret. Su esposo, el conde de Suffolk, presentaba una apariencia distendida mientras conversaba con su tío David. Cada tanto explotaban en risotadas.

—Dicen que el conde ha hablado con el primer lord del Almirantazgo —intervino su prima Philippa—. Le ha pedido que expulse de la Marina al teniente Walker.

—Esa es una maldad innecesaria —apuntó Manon—. Entiendo que se ganó el grado de oficial gracias a sus actos heroicos en batalla. Se dice que es un eximio piloto.

—¡Era un mero marinero! —se escandalizó Philippa.

—Pippa tiene razón —la apoyó Lilly Rita—. No ha debido poner sus ojos en alguien tan por encima de su posición.

Manon calló para evitar replicarles acerbamente.

—¿Cómo va la construcción del hospital para pobres, querida? —se interesó Anne-Sofie.

No tuvo tiempo de contestar. Su prima Marie soltó una exclamación, que las sobresaltó.

—¡Santo Cielo! ¡Miren, ahí llega el conde de Stoneville! —Lo señaló sin comedimiento— ¡Oh, Dios del cielo! Está más apuesto cada día.

Manon, que rara vez coincidía con su prima, no habría osado contradecirla, pues en verdad la figura de Alexander, que descollaba en la pequeña multitud, era soberbia. Caminaba junto al duque de Guermeaux, hablaban en voz baja y de algún tema serio, a juzgar por los semblantes. Eran padre e hijo, nadie lo habría puesto en discusión; el parecido resultaba notable; sin embargo, en los rasgos más delicados de Alexander se adivinaba el aporte de la madre.

Aunque habría debido desviar la mirada y prestar atención a sus primas, no reunía la voluntad para hacerlo, y seguía hechizada, los ojos fijos en el amor de su vida.

—Se lo ve muy bien para uno que estuvo casi a la muerte —comentó Marie.

—El ataque ocurrió en la casa de su amante —murmuró Philippa—, la mujer que vivía frente a los Jardines de Kensington. ¿Recuerdan que les hablé de ella tiempo atrás? Pues el chisme se confirmó, y del peor modo.

—Pobre mujer —se lamentó Cassandra—. ¡Qué modo tan horrendo de morir!

—Es evidente que el conde de Stoneville está buscando a alguien —señaló Anne-Sofie—. No ha dejado de mirar hacia todas partes desde que entró en el *foyer*.

—¡Oh! —exclamó Marie—. Ha detenido su mirada en este sector. ¡Está mirándome a mí! —Se abanicó varias veces con movimientos veloces—. Sí, sí, está mirándome a mí.

Manon, que se encontraba junto a ella, le apretó el antebrazo y le sugirió que se calmase.

—No puedo calmarme —replicó—. Ayer nos cruzamos con él en Piccadilly. Él salía de Hatchard's. Había comprado varios libros. ¡Y se detuvo a saludarnos! Preguntó por papá y por tío Daniel y también por la salud de mis hermanas y de mis primos. ¡Qué amable! Tía Louisa asegura que no se ha hecho a la mar porque está buscando esposa.

La exaltación de Marie sufrió un paroxismo cuando la joven comprobó que el admirado conde de Stoneville se aproximaba. Lo acompañaban sus hermanos Arthur e Isabella.

—Marie, quédate quieta —la reprendió Lilly Rita—. Compórtate como una dama —le ordenó antes de volverse con una sonrisa destinada a Arthur Blackraven, su favorito.

Manon guardaba silencio y lo observaba avanzar abriéndose camino hacia ella. Hablaba con Arthur y sonreía con expresión relajada. ¿Habría recordado que ese día era 3 de octubre? ¿Rememoraría el beso que se habían dado, para ella inolvidable? ¿Se habría acordado de llevarle el pañuelo perfumado?

—Señora Neville, señora Porter-White —saludó primero a Anne-Sofie y a Cassandra, las mujeres casadas, como correspondía, y se inclinó ante ellas quitándose apenas la chistera—. Señoritas Neville —dijo después, y clavó fugazmente la mirada en Manon.

—Están todas muy bellas y elegantes —las lisonjeó Arthur—, en especial vuestra merced, señora Neville —añadió en dirección a Anne-Sofie, que ocultó la sonrisa tras el abanico y negó con un movimiento de cabeza.

Isabella, tras saludar rápidamente a Cassandra y a sus primas, a las que nunca había tolerado, se movió hacia Manon y la apartó tomándola por el brazo.

—Estás tan hermosa —le susurró con pasión—. Alex no despegaba sus ojos de ti.

—Tú estás bellísima, como siempre —dijo Manon con justicia, pues Isabella causaba que las miradas se volviesen a su paso—. Cómo le habría gustado al señor Walsh estar aquí contigo, esta noche.

El gesto de su amiga se descompuso súbitamente. Manon se preocupó.

—¿Qué ocurre?

—No quise contártelo antes porque estabas muy preocupada por lo de Alex, pero nos peleamos antes de que se marchara, y ahora estoy muy angustiada —dijo, y se mordió el labio porque le tembló.

Manon, que ansiaba abrazarla, se limitó a estrecharle la mano. Isabella la aferró con fuerza.

—¿Qué sucedió?

—Lo llamé cobarde por no atreverse a hablar con Dada para pedirle mi mano. Dice que él está muy por debajo de mí y que Dada jamás aceptará. Le reproché también que no me amase, no como yo a él.

—¿Qué te contestó?

—Que habría dado la vida por mí, porque me amaba más que a la vida. —La última palabra fue un murmullo que Manon, más que comprender, dedujo, porque a Isabella se le había estrangulado la voz—. ¿Y si el *Leviatán* naufragase? —se mortificó—. Si fuese Alex el capitán, estaría tranquila. Pero...

—Shhh... —la consoló Manon—. Tu hermano jamás habría permitido que el señor Ferguson pilotease su barco si no confiara en su destreza. Quédate tranquila y espera en Dios. Solo tengo un reproche que hacerte —dijo, mientras le entregaba un pañuelo de manera subrepticia, pues sabía que Isabella jamás llevaba uno—, que no me lo hayas dicho antes.

—Tú jamás me dijiste que amabas a Alex —le susurró Isabella al oído—, por lo que estamos a mano —concluyó, y la hizo reír, y su risa atrajo la mirada de Alexander, que elevó una ceja en un gesto interrogativo, a lo que Manon respondió con una sonrisa sibilina y una caída de párpados.

El príncipe de Talleyrand y la duquesa de Dino se abrieron camino hasta alcanzar el grupo de las muchachas Neville.

—Oh, pero si aquí también están los retoños del duque de Guermeaux —exclamó con una alegría que, Manon sabía, era sincera—. *Mademoiselle Isabella, vous etês la plus belle du royaume, après Manon, bien sûr* —aclaró.

—*Merci bien, votre altesse. Vous etês trop gentil* —contestó la joven Blackraven, y Manon admiró su pronunciación—. Y acuerdo con vuestra excelencia, ninguna es tan hermosa como mi querida amiga Manon.

—Ella, no prestes atención a lo que dice mi tío Charles-Maurice —la previno Manon—. Su opinión es escandalosamente imparcial.

—No lo es —opinó la duquesa de Dino—. Estás radiante.

—Si me disculpan —dijo el diplomático francés—, he venido hasta aquí para llevarme a la Formidable Manon. Lamento privarlos de su encanto —añadió, y dirigió una mirada rápida pero eficaz a Alexander—. Solo me fío de ella para subir estas fastidiosas escaleras hasta la zona de los palcos —explicó en su dirección.

* * *

Alexander la observó alejarse. Aunque resultase ridículo, la celaba de un anciano de casi ochenta años. La celaba de todos, en realidad, y le resultaba desconcertante, y por momentos insoportable, aunque también vivificante, como cada detalle asociado a Manon Neville.

—Deja de mirarla de ese modo o serás tú el culpable de que empiecen a murmurar —le advirtió Arthur al oído.

Al volverse hacia su hermano, notó que los pequeños ojos de Marie Neville lo observaban con una inoportuna pertinacia. Inclinó la cabeza, masculló una excusa y se alejó hacia el otro extremo del *foyer*, tan atestado y maloliente como ese sector. Echó de menos el pañuelo de Manon, que habría borrado los olores de los cuerpos poco aseados. Más efectivo, pensó, habría sido hundir la nariz en su cuello tibio y suave y quedarse ahí un largo rato, contándole los latidos y obligándola a hablar para escuchar su voz, que lo seducía. A veces, convencido de que Manon Neville estaba reuniendo demasiado poder sobre él, se rebelaba, se resistía, se proponía olvidarla, abandonar Londres, hacerse a la mar apenas retornase el *Leviatán*, romper el compromiso, que, por fortuna, ella, sabia y prudente, nunca había deseado anunciar. Este último pensamiento lo ponía de mal humor. ¿Por qué insistía en mantenerlo secreto? Le lastimaba el orgullo su tozudez, lo hacía sentir en desventaja. Algo escondía, no le confiaba toda la verdad acerca de sus sentimientos. El enojo se mezclaba con la fascinación en la que caía al recordar sus encuentros, sus conversaciones, su dulzura, su fortaleza, su tenacidad, su humildad. Entonces comprendía que no le importaba si ella reunía un imperio inconmensurable sobre él, pues, aunque le ocultase algo, confiaba en ella, no del modo inconsciente y romántico en el que había confiado en Alexandrina Trewartha, sino en uno maduro y deliberado.

Sonrió a la nada mientras subía las escaleras que lo conducían al palco de su familia. Estaba acordándose de las últimas palabras que Manon le había susurrado en la barraca del puerto, después de haberlo hecho inmensamente feliz con su visita y su regalo, el magnífico bicornio con las iniciales entrelazadas. «No lo envidies, amor mío. Como te dije una vez, tú siempre estás conmigo, en mi mente y en mi corazón». Ese «amor mío», dulce, tan dulce, lo había tomado por sorpresa y lo había dejado mudo, y desde ese día lo recordaba con frecuencia. Estuviese haciendo lo que estuviera haciendo, de pronto la oía llamarlo «amor mío», y una dicha arrebatadora lo hacía sonreír, como en ese instante en el que el mal olor del teatro, la multitud impertinente y tener que alejarse de Manon lo ponían de pésimo humor. Quería volver a escucharla llamarlo de ese modo, incluso estaba dispuesto a pedírselo; anhelaba sentir otra vez la plenitud que le habían proporcionado esas dos simples y, al mismo tiempo, potentes palabras.

Las bodas de Fígaro comenzó. Pese a la belleza melódica de la obertura, él mantenía la vista fija en el palco ubicado frente al suyo aprovechando la oscuridad que velaba su real interés. Acabó la obertura, comenzó el primer acto y enseguida los cantantes entonaron la primera aria, cuyo ritmo Manon seguía haciendo tamborilear los dedos sobre la baranda y moviendo los labios para repetir los versos. *«Cinque, dieci, venti, trenta»*, cantaba Fígaro, y ella lo imitaba. Se la imaginó hablando en italiano, pues suponía que su tutor Tommaso Aldobrandini se lo había enseñado, y deseó que lo hiciera en su oído.

Manon, que observaba la escena a través de sus impertinentes, los volvía, tanto como la prudencia se lo permitía, hacia el palco de los Guermeaux para buscar a Alexander. Él nunca la decepcionaba, pues sus ojos se hallaban fijos en ella. Su prima Marie, sentada a su lado, también notaba la insistente atención del conde de Stoneville y asumía que iba dirigida a ella.

—No me quita los ojos de encima —susurró, y Manon se limitó a asentir—. Y ayer, en Piccadilly —refirió otra vez—, se detuvo a saludarme.

—¿Pudiste ver qué libros había comprado en Hatchard's? —preguntó Manon, lo que le valió un gesto de ceño pronunciado por parte de Marie.

—¿Qué diantres importa eso, Manon?

—Mera curiosidad —masculló, y devolvió la mirada a la escena.

Esperaba el segundo acto con ansiedad, pues el aria *Voi che sapete che cosa è amor* era una de sus favoritas. Cherubino comenzó a cantar, y los versos sonaron con especial significado a los oídos de Manon: *«Sento un affetto/pien di desir/ch'ora è diletto/ch'ora è martir»*. Era cierto, el amor a veces era un placer, a veces un martirio. Y, sin embargo, por esos instantes de placer y de deseo estaba dispuesta a la tortura que implicaba saber que Alexander Blackraven todavía pensaba en Alexandrina Trewartha.

Experimentó una desazón repentina que la impulsó a ponerse de pie.

—¿Te sientes bien? —se preocupó Marie, y la tomó de la mano.

—Sí, estoy bien. Necesito un poco de aire.

—Te acompaño fuera —ofreció su prima.

—No, no, quédate. No quiero que te pierdas la ópera.

Alexander la vio cruzar unas palabras con su prima y abandonar el palco. Sola. Se puso en movimiento enseguida. Salió sin reparar en las miradas contrariadas que le destinaron los miembros de su familia. Caminó con la misma ansiedad que lo había hecho exactamente un mes atrás, y que lo obligada a devorar las yardas del pasillo con largos pasos. Se detuvo al encontrarla casi en el mismo punto, en la curva de la herradura que formaba el teatro. Ella soltó una exclamación ahogada y, tras titubear un segundo, se recogió el ruedo del vestido y corrió hacia él.

Alexander la recibió en sus brazos y la besó de una manera desaforada. Movía la cabeza hacia uno y otro costado y la penetraba con una lengua exigente, que Manon aceptaba en el interior de su boca con una naturalidad que no dejaba de asombrarlo. Amaba la certeza con que se sujetaba a él para profundizar la unión de sus bocas y el juego de sus lenguas.

—Sabía que vendrías —la oyó murmurar.

—Ansiaba repetir nuestro primer beso —le confió al oído.

Oyeron voces y, al igual que aquel 3 de septiembre, se introdujeron con sigilo en el antepalco más cercano, donde el beso recomenzó con un fervor inagotable. Alexander la impulsó contra la puerta cerrada y cargó su cuerpo en el de ella. Manon se preguntó si serían capaces de acabar con ese deseo ardiente, que parecía inextinguible.

—Tengo algo para ti —murmuró Alexander, y la miró a los ojos en la penumbra del pequeño recinto.

—Yo también —dijo Manon.

Extrajo del interior del largo guante blanco el pañuelo embebido en su perfume y se lo entregó. Alexander se lo llevó a la nariz y, con los ojos cerrados, inspiró profundamente y sonrió. Manon, en un acto repentino, le cubrió los labios con la mano, quizá porque quería atrapar la belleza del gesto, tal vez porque no soportaba tanta perfección, a lo mejor porque le dolía recordar la sonrisa que le había dedicado a Alexandrina aquella tarde en la gruta de Penzance.

Alexander, ajeno a sus tortuosos pensamientos, le besó los dedos.

—¿No me darás mi pañuelo?

Alexander asintió y se apartó un poco para extraer el pañuelo del interior del frac, y algo más: una caja, una pequeña caja de terciopelo azul. Manon la abrió y alzó las cejas en franco asombro. Se trataba de un par de aretes colgantes, en oro, cuya cadena de una pulgada, embellecida con un rubí en el medio, acababa en un pequeño camafeo tallado en coral rojo, delicada y bellamente engastado en un marco con minúsculas hojas y florecillas.

—¿Te gustan?

—Simplemente bellísimos —susurró sin apartar la vista de los delicados pendientes.

—Combinarán a la perfección con tu vestido rojo, el de Gracia Nasi —señaló Alexander, y volvió a sorprenderla.

Alzó la vista y lo miró a los ojos.

—Gracias. Gracias —reiteró, aun perpleja.

Alexander le rozó los labios en un beso efímero.

—Los vi, y la joven tallada en el camafeo me recordó a ti. —Volvió a besarla ligeramente—. Gracias a ti por el estupendo bicornio que me regalaste.

—Oh, pero esto es tanto más —se lamentó Manon.

—Si volvieses a llamarme como lo hiciste el lunes al despedirnos en la barraca, entonces, yo me encontraría en desventaja.

Manon ladeó la cabeza y frunció la frente, desorientada. Alexander le pidió:

—Llámame amor mío. Dilo de nuevo.

La recorrió un temblor que acabó por aflojarle las rodillas. ¿Era posible que esas simples palabras de Alexander Blackraven la perturbaran de ese modo? La debilitaba si la contemplaba con esa intensidad intencionada y poderosa.

—Amor mío —le dijo al oído, y a propósito le rozó el pabellón de la oreja con los labios y lo sintió estremecerse y ajustar las manos en torno a su cintura con una fuerza que, claramente, no medía.

—Ahora dilo en italiano —le exigió con imperioso acento, y ella lo complació enseguida.

—*Amore mio, amore della mia vita, desio del mio cuore, martirio della mia anima.*

Se besaron con un desafuero que no habían compartido hasta esa instancia, ni siquiera la vez en el salón de baile de Grosvenor Place. Ahora comprendía lo fácil que era caer en el pecado que llamaban fornicación. Ella se habría entregado, ciega de deseo, allí mismo, en ese desangelado antepalco, con los espectadores a pocas palmas, si con eso conseguía extinguir el ardor que la abrasaba como una llama voraz.

* * *

Tras la función en el Covent Garden, los Guermeaux se dirigieron a Blackraven Hall para una cena ligera y tardía. Las mujeres comentaron acerca de la gran puesta en escena, mientras los hombres se dedicaban a hablar de política. Isabella di Bravante, sentada junto a su nieto mayor, comía en silencio y lo escuchaba opinar acerca de un emprendimiento minero en el Río de la Plata. Le rozó la mano para llamar su atención.

—Hoy, Manon Neville se parecía más que nunca a la Inmaculada del Escorial —dijo en un tono intimista, y guardó silencio.

Alexander, tras contemplarla durante un instante, asintió.

—Debe de ser bellísima esa imagen, entonces.

—Lo es. —Se midieron con la intensidad de sus miradas, hasta que Isabella sonrió y le tocó la mejilla—. Eres sensato al elegirla. —Alexander, fingiendo extrañeza, elevó las cejas—. Tu madre me contó que se han comprometido en secreto. No culpes a tu madre —le pidió cuando Alexander dirigió un vistazo a Melody—. Me di cuenta aquel día, cuando fuimos a verte tras el ataque. Tu interés por ella resultaba evidente, tesoro. Y lo sospeché aquella noche de verano, cuando me preguntaste por el cuadro de Murillo.

—Entonces, ¿apruebas mi elección? —la interrogó Alexander con aire bromista.

—Oh, absolutamente —aseguró la anciana—. Es perfecta para ti. Con ella, nunca te aburrirás, el gran mal del matrimonio. Es inteligente, culta y entretenida, además de noble. ¿Me permites que te dé un consejo? Sabe Dios que nunca he aceptado que me los dieran, pero este te lo doy porque te amo profundamente.

—Claro que puedes darme un consejo, abuela.

—Nunca le quites la libertad que ha conquistado y aliéntala a que siga siendo la joven excéntrica a la que todos envidian y admiran.

Alexander, con una sonrisa plácida, asintió.

—Lo haré, abuela.

—Hazlo, cariño —insistió, y le palmeó la mano—, hazlo, porque es eso lo que te enamora de ella.

Más tarde, los hombres se congregaron en la sala del billar y, mientras jugaban, hablaron abiertamente de una cuestión que no habrían tocado delante de las mujeres: la talla que pesaba sobre la cabeza de Alexander.

—Esta tarde recibí un mensaje de Samuel Bronstein —dijo Roger—. Concertó la entrevista con Jonathan Wild. Será mañana por la noche, en The Prospect of Whitby.

Alexander recordó que se trataba de la taberna más vieja de Londres, ubicada en Wapping, el barrio de los marineros, una zona en la que Wild era más poderoso que el rey Guillermo.

* * *

La dicha con la que se fue a dormir la noche anterior después del encuentro furtivo con Alexander en el Covent Garden se esfumó a la mañana siguiente cuando Ignaz Bauer le informó que en los registros del inventario de títulos había encontrado una compra importante de bonos españoles, bonos de las Cortes, como se los conocía, que el rey Fernando VII, al recuperar el trono, se había negado a reconocer. Valían lo mismo que papel mojado. No le llevó mucho averiguar que los había adquirido Porter-White.

—¡Están prohibidos! —le espetó a su cuñado.

—En la bolsa de Londres —le respondió con flema—, pero no en la de París. Los adquirí a través de nuestra sede de la *rue* de Quincampoix —explicó.

A Manon le chirrió en los oídos la palabra «nuestra», como si él fuese dueño de la Casa Neville.

—Has adquirido una cifra elevadísima por unos títulos que no valen nada. ¡Casi cinco mil libras! —exclamó—. ¿Quién te ha autorizado?

—Soy el jefe del sector que administra la emisión y la adquisición de títulos de deuda —dijo secamente.

—Jamás recuperaremos un penique —profetizó Manon y miró a su padre, que, sentado a su escritorio, se limitaba a observarlos discutir—. ¿No dices nada de este desatino?

—No es un desatino —objetó Porter-White—. Cuento con informantes en Madrid que aseguran que el rey no durará mucho más y que la reina María Cristina, que es liberal, ha declarado que los pagará cuando se convierta en regente. Su precio ya está en alza debido a esas voces —acotó.

Manon se quedó perpleja al comprender que Porter-White estaba tejiendo su propia red de espías. Dirigió de nuevo la mirada hacia su padre, que se limitó a asentir.

—Es la misma información con la que cuento yo —ratificó.

—Jamás lo mencionaste —le reprochó Manon.

Nora anunció la llegada del duque de Guermeaux, por lo que Neville se puso de pie, se acomodó la levita y se encaminó hacia la puerta para recibir a su socio y amigo. Tras un saludo formal a Porter-White, que contrastó con la simpatía que le destinó a Manon, el duque los invitó a la velada musical que realizarían en Blackraven Hall el domingo por la tarde.

—Isaura ha insistido en que se ejecuten ciertas obras de Corelli —comentó Roger con la mirada fija en Manon.

—Uno de mis compositores favoritos —confesó ella.

—Ya —dijo Blackraven con aire misterioso, y le sonrió.

Porter-White y Manon abandonaron el despacho y se separaron sin dirigirse la palabra. Además de sus manejos turbios en el banco, tenía que reprocharle que descuidase a Cassandra. Esa mañana, y como era su costumbre, había pasado por la sala de juegos para saludar a su sobrino William. Se sorprendió al encontrarse con su hermana levantada y cambiada. La notó ojerosa y deprimida. Bajaron juntas a desayunar. Antes de entrar en el comedor, Cassandra se echó a llorar. Manon la condujo a una salita, donde la abrazó y le permitió que se desahogase.

—Permanecí tanto tiempo en Bath en la esperanza de que Julian se nos uniese —sollozó Cassandra—. Pero nada. Es como si Willy y yo no contásemos para él. Y ahora que hemos regresado, prácticamente no nos dirige una mirada. Temo que tenga una amante —dijo en voz baja y estrangulada, y se echó a llorar de nuevo.

Manon, incapaz de decirle mentiras piadosas, se limitó a abrazarla y a susurrarle que siempre estaría a su lado y al de Willy. La puerta del despacho de Benjamin Godspeed se abrió repentinamente y la rescató de la dolorosa evocación. El corazón le saltó en el pecho al ver que Alexander Blackraven salía escoltado por el matemático. Hablaban del seguro de una embarcación. Se detuvieron repentinamente al descubrirla en medio de la recepción.

—¡Señorita Manon! —exclamó Alexander.

—Milord, buen día —dijo, y realizó una reverencia.

—Es una fortuna haberla encontrado —comentó Alexander—, pues os traigo un mensaje de mi madre.

Manon asintió y le indicó un grupo de sillones donde los clientes solían aguardar para ser atendidos. Alexander se despidió de Godspeed y caminó tras Manon notando que se había puesto los aretes que él le había regalado la noche anterior. El recogido del cabello le permitía apreciarlos claramente. Se sentó frente a ella y dirigió una mirada a los pendientes.

—Te quedan mejor de lo que imaginé —susurró.

—Son tan hermosos —dijo ella, y acarició el izquierdo con sus dedos largos y pálidos—. Es una exquisita obra de joyería, pero su valor para mí es inconmensurable porque me los has regalado tú.

—Si esta tarde me visitases en Grosvenor Place —dijo Alexander con tono intrigante—, recibirías otro regalo.

—Oh —se entusiasmó Manon—. Dime de qué se trata, por favor.

—No, ni una palabra —Alexander se mostró inflexible—. Lo sabrás si vienes a verme esta tarde.

—Iré a verte —prometió, y Alexander se cubrió la boca con el puño para ocultar la sonrisa.

Se miraron con ojos chispeantes.

—No te creí tan interesada. Pero ya sé con qué atraerte a mí.

—No necesitas nada para atraerme a ti —afirmó Manon— y lo sabes. Ahora, ¿cuál es el mensaje de tu madre?

—Ha organizado una velada musical en tu honor este domingo por la tarde.

—Lo sé, tu padre acaba de decírmelo, pero ¿en mi honor? —se extrañó.

—Sí —afirmó Alexander—, quiere agasajarte. Le pedí que le ordenase a la orquesta interpretar obras de Corelli. —Ante el gesto asombrado de Manon, se explicó—: Te vi aquella noche en lo de lady Sarah Child Villiers. Disfrutaste como nadie de una de sus composiciones.

—*Follia* —evocó Manon, y también recordó que esa noche Alexander se había enterado de que Alexandrina estaba esperando su primer hijo.

—No podía dejar de mirarte —le confesó—. La música te había poseído. Parecías transfigurada, como si una luz cayese sobre ti.

Oyeron las voces de sir Percival y de Roger Blackraven y se pusieron de pie. Se unieron a sus padres, que, a juzgar por las expresiones, habían tenido una buena conversación. Bajaron los cuatro juntos, Manon y Alexander un poco rezagados.

—El sábado por la tarde —murmuró Alexander—, después de la sesión en el Parlamento, Artie y yo iremos a Clerkenwell a visitar a Timmy.

—¡Oh!

—Artie le llevará un bate y unas pelotas de regalo.

—No creo que puedas imaginar lo feliz que lo harán. Siempre pregunta por ti.

—Vendrás, ¿verdad? —dijo Alexander, y le dio una entonación a la frase que le agradó, pues fácilmente se adivinaba la ansiedad con que la había formulado.

—Iré —aseguró, y Alexander bajó el rostro y sonrió.

* * *

Manon aguardó a que el banco se vaciase para repetir la rutina de mediados de julio, cuando se metió en el despacho de su cuñado y halló la carta de Facundo Quiroga. En esa oportunidad, buscaba la documentación referida a la compañía minera. Además de Thibault

Belloc e Ignaz Bauer, había sumado a Ross Chichister para acelerar la búsqueda. En tanto Thibault se dedicaba a abrir el cajón con llave, ellos revisaban los papeles a la vista en el escritorio de Porter-White y en el de su lacayo, Lucius Murray, de los que no obtuvieron ninguna información relevante.

Al oír el chasquido de la cerradura, se congregaron alrededor de Belloc, que abrió el cajón y se hizo a un lado. Allí encontraron la escritura de constitución en inglés de la explotación minera, a la que habían llamado Río de la Plata Mining & Co. y que había sido creada con un capital declarado de un millón de libras esterlinas. En la copia en castellano, esa cifra también se expresaba en pesos, cinco millones. Se trataba de una *joint stock company*, cuya traducción Manon descubrió en la copia en español: sociedad por acciones.

—Es hábil —masculló Chichister—. Elige esa forma, la *joint stock company*, para evitar la estricta legislación de la Ley Burbuja.

—¿Ley Burbuja? —repitió Belloc, que creía haber entendido mal.

—Exacto —confirmó Ross—. El Parlamento inglés la sancionó a principios del siglo pasado para evitar las burbujas bursátiles, que dejaban un tendal de accionistas quebrados a causa de las compañías que se creaban de la nada y que se inflaban como burbujas a causa de la especulación en la bolsa pero en realidad no existían.

—Como esta —masculló Manon, que seguía leyendo la documentación.

—Es probable —acordó Bauer en su habitual tono prudente—. Se necesita una carta real o un acto privado del Parlamento para que la empresa pueda operar con el respaldo del gobierno.

—Lo que buscaba el duque de Guermeaux —apuntó Manon—. Por eso quería que el geólogo Turner…

—¿El que murió asesinado? —preguntó Ross Chichister.

—El mismo. El duque de Guermeaux quería que Turner se presentase en el Parlamento y diese su veredicto acerca de la verdadera riqueza mineral del Famatina.

—Y murió antes de poder hacerlo —masculló Thibault.

—Probablemente porque su informe era adverso —concluyó Bauer—. Alguien debe de estar asesorando a Porter-White, alguien que conoce en profundidad estas cuestiones.

—¿Por qué lo dices? —lo interrogó Manon—. Porter-White sabe mucho acerca de la bolsa y de sus trucos.

—No sabe tanto como aparenta —terció Chichister—. Y el detalle de la *joint stock company* lo demuestra. Ignaz tiene razón: alguien lo asesora.

Siguieron buscando en silencio.

—Este debe de ser el abogado que ha redactado los documentos necesarios para la constitución de la sociedad —dijo Ross Chichister con un papel en la mano—. En esta factura le pasa sus honorarios. Setenta y seis guineas.

—¡Setenta y seis guineas! —se escandalizó Bauer—. ¿Quién es el abogado?

Chichister leyó el membrete.

—Edmond Monro. Es cliente del banco —añadió a continuación—. También lo son su hermano James y su sobrino John. James Monro y su hijo John son los directores de Bedlam.

—¿Bedlam? —inquirió Bauer.

—El hospital para lunáticos de Londres —respondió Chichister—, un sitio infernal —acotó con seriedad—. Se murmura que los Monro son corruptos y que administran Bedlam como si fuese de su propiedad, sacando rédito de cada cosa, sin mencionar que tratan a los pacientes con una crueldad inaudita.

—El hermano y el tío de estas dos *joyas* de Bedlam es el abogado que asesora a Porter-White —intervino Manon—. ¿Por qué no me sorprende? —preguntó con acento retórico, mientras echaba un vistazo a los nombres de quienes compondrían el Consejo de Administración de la Río de la Plata Mining & Co.

Trevor Glenn, el amigo y asistente de Jacob Trewartha, era el presidente. El padre de Alexandrina estaba metido en ese oscuro negocio, dedujo.

Era tarde cuando salieron por la entrada posterior de la Casa Neville; estaba anocheciendo. Manon se arrebujó en su capa de merino en el interior del carruaje. Se dirigía a Grosvenor Place. La bruma que se suspendía sobre el Támesis inundaba poco a poco las calles cubriendo los adoquines brillantes de humedad. Manon se tapó la nariz con el pañuelo de Alexander y cerró los ojos. Su ánimo oscilaba entre la ansiedad por volver a verlo y la preocupación por la creación de la compañía minera.

Acostumbrado al anónimo carruaje conducido por Belloc, el palafrenero les abrió el portón y se ocupó de los caballos. Robert, el mayordomo, que, resultaba claro, estaba esperándola, le indicó el despacho del conde de Stoneville, una de las tantas puertas que se abrían al gran vestíbulo circular de la cúpula vidriada. Manon alzó la vista y observó la luna creciente a través de los cristales, difuminada por las nubes que anunciaban una jornada lluviosa al día siguiente.

Llamó a la puerta. Alexander abrió y, sin articular palabra, la tomó por la muñeca y la arrastró dentro. Cerró con un pie mientras la estrechaba entre sus brazos y caía sin piedad sobre su boca.

—Creí que ya no vendrías —le confesó.

—Perdóname —susurró Manon—. Me urgía entrar en el despacho de mi cuñado cuando todos se hubiesen ido.

Alexander la apartó y la contempló con seriedad.

—Es riesgoso —masculló con un ceño que le convertía las cejas en una línea dura y oscura.

—Thibaudot, Ignaz y Ross estaban conmigo —se justificó.

Blackraven torció la boca, poco convencido. Manon, para distraerlo, le comentó acerca de los hallazgos.

—Conque Edmond Monro —repitió Alexander, y la condujo por la cintura a un sofá—. Ni Artie ni su socio Ernest Ruffus lo tienen en buen concepto —recordó.

—Nada que provenga de la Serpiente puede ser bueno —declaró Manon, y unas pistolas sobre el escritorio llamaron su atención.

—Estaba limpiándolas —respondió Alexander ante su mirada inquisitiva, y se abstuvo de contarle que estaba preparándolas para el encuentro que tendría lugar en un par de horas en la taberna The Prospect of Whitby—. ¿Sir Percival no se preocupará por tu tardanza? —la interrogó.

—Esta noche tiene una cena en White's. Yo suelo comer en mi dormitorio con mi abuela cuando papá no está. Nadie me echará de menos.

Alexander se puso de pie y fue hasta su escritorio. Abrió uno de los cajones laterales y extrajo tres libros. Manon los recibió entre el asombro y la dicha. Se convenció de que eran los que había comprado en Hatchard's el martes por la tarde. Gran conocedora de los detalles y las delicadezas de la industria de la edición, admiró los bullones de oro en uno de ellos, el tafilete rojo en otro y la vitela azul del más gordo y grande, embellecida con viñetas doradas en los vértices. Los abrió uno por uno con una emoción incontrolable. El de los bullones de oro era una edición muy antigua de *La reina hada*, el poema que Edmund Spenser había dedicado a la reina Isabel, en el que la apodaba Gloriana. El de tafilete azul, un libro recientemente publicado por la Universidad de Oxford, compendiaba las cartas y los discursos de la famosa reina inglesa. Por último, el de vitela azul, el más voluminoso, contenía la historia de Constantinopla desde la época de Constantino I, pasando por la caída en manos de los otomanos en 1453, hasta los tiempos contemporáneos.

—Lo compré para ti porque allí vivió y murió tu antepasada, Gracia Nasi —explicó Alexander—. Mira —dijo, y rebuscó entre sus páginas—, tiene unas bonitas ilustraciones. —La contempló con fijeza para decirle—: Es mi ciudad favorita. Me gustaría que algún día la recorriésemos juntos.

Manon, muy conmovida, le acunó el rostro y lo besó.

—Gracias —dijo sin apartar del todo los labios de los de él—. Gracias, amor mío —repitió con intención, y Alexander respondió atrayéndola aún más, tanto que Manon quedó prácticamente sentada sobre sus piernas.

Se besaron con fervor.

—De nada —dijo él tardíamente.

—Es el mejor regalo que he recibido. Los atesoraré la vida entera.

Soltó una exclamación e intentó apartarse de Alexander cuando la puerta del despacho se abrió repentinamente. Obadiah y Mackenzie irrumpieron a la carrera. Un vistazo ominoso de Alexander los detuvo en seco. El niño no necesitó que se le indicase qué tenía que hacer: se marchó cerrando tras él y el perro. Llamó a la puerta con dos toques prudentes.

—Adelante —invitó Blackraven.

Obadiah se aproximó al sofá donde Manon había regresado a su posición inicial. El lebrel escocés lo seguía con pasos cansinos y bamboleando la cabeza.

—Hola, cariño —lo saludó Manon mientras acariciaba a Mackenzie.

—Hola, señorita Manon —respondió con voz compungida, pero enseguida se le iluminó la expresión al descubrir los libros en su falda—. ¿Qué es eso?

—Libros —dijo, y le entregó el más pequeño, *La reina hada*.

Obadiah lo hojeó con el entrecejo fruncido antes de devolvérselo.

—No sé leer —admitió con un suspiro de resignación.

—Le pondremos remedio a eso muy pronto —aseguró Alexander—. Mi madre está buscándote un tutor.

—¡No! —se mosqueó el niño—. Me golpeará con la férula —aseguró.

—Nadie te tocará un cabello —prometió Manon—. Estoy segura de que miss Melody elegirá alguien comprensivo y paciente.

—¡Enséñame tú, señorita Manon!

—No —intervino Alexander, tajante—. Manon está muy ocupada, no tiene tiempo. Cuando mi madre consiga un tutor, te unirás a Binita y a Dárika e irás todos los días a Blackraven Hall a tomar tus lecciones. —Le apretó el hombro en un gesto de conforto—. Nadie te golpeará con la férula, te lo prometo.

Manon se puso de pie con los libros entre los brazos. Alexander la imitó.

—¿Tienes que irte?

Manon asintió.

—Nos veremos pasado mañana en Clerkenwell —le recordó ella—. ¿Irás tú también, Obby? Me gustaría presentarte a mi primo Timmy.

—Lo llevaré —prometió Alexander, lo que causó una exaltación en el niño, acompañada por los ladridos de Mackenzie.

Caminaron los tres hacia la zona de las caballerizas. Aunque parecía concentrada en lo que Obadiah le contaba acerca de sus dotes para el críquet, Manon estaba atenta a la mano que Alexander le apoyaba con disimulo en la parte baja de la espalda. Thibault los aguardaba junto al carruaje. Alexander ayudó a Manon a subir y se limitó a inclinar la cabeza a modo de saludo.

—Nos vemos el sábado, Obby —prometió Manon, y el niño se despidió sonriendo y sacudiendo la mano.

Alexander se alejó hacia el pescante.

—Milord —lo saludó Belloc.

—Gracias por traerla, Thibault.

—Un placer, milord.

—Tu pacharán ha tenido gran aceptación entre la tripulación —comentó Alexander, y la mueca satisfecha de Belloc le dio gracia—. Creo que tendrás que producirlo a granel, amigo mío. Tal vez termines convirtiéndote en un hombre muy rico —añadió.

—Ya soy un hombre rico si su señoría me considera su amigo.

—Tu amistad me honra, Thibault —aseguró Alexander, y el gascón asintió con una circunspección que más tenía de emoción reprimida que de severidad—. Quiero que esta noche te nos unas a mi padre y a mí. ¿Tienes que estar al servicio de sir Percival? Manon me dijo que cenará en White's.

—Irá en el coche del príncipe de Talleyrand.

—Bien —dijo Alexander y le informó—: Nosotros iremos al Wapping, donde nos reuniremos con unas personas que considero importante que conozcas.

—Lo que su señoría ordene —se apresuró a responder Belloc.

—Pasaremos a buscarte a eso de las diez y media por Burlington Hall. Estate pronto y armado.

—Lo estaré, milord.

* * *

Entraron en la taberna The Prospect of Whitby preparados para sumirse en una habitación bulliciosa, escasamente iluminada y viciada por el humo de decenas de pipas y de los olores nauseabundos que despedían los cuerpos mal aseados. Iban todos armados: su padre, Arthur, Somar, Belloc y él. Fuera, varios de sus hombres más leales se mantenían alertas a los movimientos en los alrededores; no querían sorpresas. Samuel Bronstein y Daniel Mendoza se aproximaron apenas los vieron trasponer el umbral. Se quitaron los sombreros ante el duque de Guermeaux.

—¡Dichosos los ojos que lo ven, su gracia! —exclamó Mendoza.

—Dani —respondió Roger Blackraven—, gracias por haber organizado esta reunión. Aprecio tu apoyo. Lo mismo el tuyo, Samuel.

—Un honor, su gracia —aseguró el investigador privado.

Subieron por una escalera angosta y oscura hasta la planta superior. Mendoza, que parecía conocer el sitio, abrió una puerta y les indicó que entrasen. La pequeña estancia los sorprendió pues estaba limpia, ventilada y bien iluminada. Había una mesa en medio, donde el infame Jonathan Wild se entretenía jugando al solitario y bebiendo cerveza. Dos de sus matones hacían guardia detrás de él.

Jonathan Wild soltó los naipes y se puso de pie. Les sonrió con una afabilidad que no los habría engañado aun ignorando a quién tenían delante, pues su apariencia lo traicionaba y delataba su naturaleza despiadada. De una edad indefinible entre los treinta y los cincuenta, no era un hombre particularmente alto, aunque sí corpulento, con un cuello de toro y las manos enormes y de una gran fortaleza. Había quienes aseguraban haberlo visto levantar con la derecha un cordero de unas ciento cincuenta libras. Cuando sonreía, acción que realizaba con frecuencia, se le veían dos dientes de oro, y los ojos pequeños se le achinaban aún más otorgándole un aspecto desagradable y cruel.

Wild se quitó la gorra de lana negra y saludó realizando una inclinación dramática.

—¡Qué honor que un hombre tan encumbrado como su gracia se haya dignado a bajar al inframundo! —exclamó con un estruendoso vozarrón y exagerando el acento de los bajos fondos.

—Yo ya conocía el inframundo como la palma de mi mano cuando tú ni siquiera sabías decir tu nombre, Jonathan —aseguró Roger.

—Por eso lo respeto, su gracia —admitió Wild, y Alexander creyó entrever un atisbo de sincera sumisión. El hombre paseó la mirada por la pequeña concurrencia y la detuvo en la suya—. Milord —dijo, e inclinó la cabeza en su dirección.

—Buenas noches, Jonathan —respondió Alexander—. Gracias por aceptar reunirte con nosotros.

—Veo que ha traído al fiel lacayo de su mujer. —Wild señaló a Thibault Belloc con un movimiento del mentón—. Es propicio, muy propicio —remarcó con ironía.

Si el hecho de que el jefe de la delincuencia londinense estuviese al tanto de su compromiso secreto con Manon afectó a Alexander, se cuidó de desvelarlo. Le sostuvo la mirada con apacible expresión; después de todo, no lo sorprendía: Wild era el hombre mejor informado de la ciudad, y por esa razón lo habían convocado. Inclinó la cabeza en señal de reconocimiento.

—Jonathan —intervino Roger—, afirmas que alguien ha puesto precio a la cabeza de Alexander. ¿Quién?

—Nadie lo sabe, su gracia —admitió el bandido, de pronto sobrio y diligente—. Se sirve de un sistema de anuncios en *The Courier*. —Apartó los naipes y desplegó un ejemplar del periódico sobre la mesa—. Este fue el último, del 11 de septiembre —dijo, y lo apuntó apoyando con rudeza el índice.

Alexander meditó que se había publicado pocos días después del ataque en la casa de la viuda de Carrington. Roger recogió el periódico y se lo pasó a Arthur, que lo leyó en voz alta.

—«*Gran oportunidad. Joven y apuesto caballero está decidido a sellar un acuerdo conveniente para salvar de una vida de solterona a una mujer respetable si esta decidiese convertirse en su esposa y trabajar en una granja con grandes posibilidades que la solterona sabrá apreciar. Dejar su respuesta al propietario de la taberna The Two Roses bajo el código "solterona". Se asegura extrema discreCión*».

—¿Eso es todo? —cuestionó Somar—. ¿Qué diantres tiene que ver el anuncio para conseguir esposa con la talla que pesa sobre Alex?

—Solo los que pertenecemos al inframundo —apuntó Wild— y algún que otro *bobby* —acotó con una mueca despectiva— conocemos el mensaje que oculta ese anuncio. La clave está en la palabra «solterona» repetida tres veces y en la frase final «se asegura extrema discreCión», con la «C» mayúscula, como si se tratase de un error, solo que no lo es. Es un contrato para asesinar —recalcó—. Ya había aparecido otro anuncio igual con anterioridad, a principios de julio, sospecho que del mismo sujeto.

Por otro lado, calculó Alexander, si el primer anuncio se había publicado hacia principios de julio, la cuestión no se relacionaba con Manon Neville, pues en aquella época ellos aún no estaban vinculados sentimentalmente.

—Bien —dijo Roger y se apretó el mentón en una actitud reflexiva—. Este anuncio oculta la convocatoria para asesinar a alguien. ¿Pero cómo sabes que se trata de mi hijo?

—Porque así lo asegura el tabernero de The Two Roses —respondió Wild, y chasqueó los dedos.

Uno de los matones se retiró de la pequeña habitación y regresó con un hombre de mediana edad, contextura menuda y calvo, que sujetaba la boina entre las manos, mantenía la vista baja y se comportaba con una actitud espantadiza.

—Vamos, habla. Dile a su gracia cómo fueron las cosas —le ordenó Wild.

Roger apartó una silla y le indicó al tabernero que se sentase. Él lo hizo enfrente. Extrajo una petaca del interior de su barragán y se la tendió. Lo invitó a beber con un ademán de la cabeza. El hombre la aceptó con manos temblorosas y sorbió un largo trago.

—Gracias, su gracia —dijo, y se la devolvió.

—Ahora dime quién es la persona que mandó publicar el anuncio en *The Courier*.

—¡Juro que jamás lo vi, su gracia! ¡Lo juro por la salvación de mi alma! —proclamó, y se cruzó el índice sobre la boca—. Aparecía de noche, a la hora del cierre, completamente embozado, a duras penas se le veían los ojos. Retiraba los mensajes recibidos y se marchaba.

—¿De qué color eran sus ojos? —se interesó Alexander.

El hombre bajó la vista y se tocó el mentón en el acto de meditar. Unos segundos más tarde, habló con poca seguridad.

—Eran de una tonalidad clara, milord, pero no puedo definir su color con precisión.

«Porter-White los tiene oscuros», se dijo Alexander, y le indicó con un ademán de la mano que prosiguiera con el relato.

—Una noche, por pedido del señor Wild, lo seguí. Lo vi entrar en una taberna, lo hice yo también, cuidándome de no revelar mi presencia. Me senté en el cubículo detrás del suyo. Poco después, un *bobby* se le unió.

—¡Un *bobby*! —exclamó Arthur, y Jonathan Wild profirió una risotada.

—¿Qué cree el popular miembro del Parlamento? ¿Que los corruptos y los bandidos solo están en Westminster y en Whitehall? Pues no, también trabajan en Scotland Yard. —Más serio, añadió—: La mitad de los *bobbies* proviene de los bajos fondos. Esto confirma lo que les dije con anterioridad: hay *bobbies* que conocen la jerga y los códigos de nuestro mundo.

—Continúa, por favor —invitó Roger al tabernero—. ¿Qué escuchaste esa noche mientras los espiabas?

—Hablaron de que habían recibido una respuesta al anuncio publicado en *The Courier* y que pronto el conde de Stoneville se encontraría con el creador.

—¿Notaste algún acento especial? —preguntó Alexander, y se explicó ante la mueca desorientada del hombre—: ¿Hablaban con el acento londinense? —El tabernero dijo que sí; Alexander persistió—: ¿Tal vez alguno era extranjero y hablaba en un inglés peculiar?

—No, milord. Eran londinenses, no tengo duda al respecto —aseguró.

—¿Cuándo ocurrió esto? —intervino Somar—. ¿Cuándo fue que seguiste a esos dos?

El tabernero respondió sin dudar:

—El 3 de septiembre. Lo recuerdo bien porque era el natalicio de mi madre, que en paz descanse.

«Cinco días antes del ataque en lo de Samantha», razonó Alexander. «El día en que besé a Manon por primera vez», evocó.

—¿Has recibido respuesta al anuncio publicado el 11 de septiembre? —quiso saber Roger, y el hombre negó con un movimiento de cabeza.

—Y dudo de que la reciba, su gracia —intervino Wild—. He prohibido que se responda a ese anuncio. Nadie se atreverá a contravenir mi orden.

—Ya —masculló Roger, y volvió a mirar al tabernero—. ¿Has vuelto a ver al dueño del anuncio?

—Vino dos veces, su gracia, pero como no había respuestas, se marchó rápidamente. No he vuelto a verlo desde hace más de dos semanas —añadió.

—En aquella oportunidad en que los seguiste —lo interrogó Arthur—, el 3 de septiembre —precisó—, ¿pudiste verle el rostro al *bobby* que lo acompañaba?

—No, milord. El panel de madera se interponía entre nosotros. Aunque podía escucharlos bastante bien, no podía verlos. Y no me atreví a asomarme por temor a que el dueño del anuncio me reconociera.

—Háblame del primer anuncio, el de principios de julio —le pidió Alexander—. ¿Recuerdas la cara del que contestó el aviso?

El hombre sacudió la cabeza para negar; a continuación, explicó:

—Envían las respuestas con niños, a veces con prostitutas. No se dejan ver.

—Muy bien —dijo Roger y se puso de pie, lo que imitó el tabernero—. Agradezco tu colaboración —agregó y le tendió una corona. El hombre, antes de aceptar, miró a Wild, que lo autorizó con una bajada de párpados—. Cualquier información que puedas brindarnos en el futuro —añadió Blackraven—, será bien recompensada. Avísale a Jonathan, él me lo hará saber.

—Sí, su gracia, sí. Como su gracia disponga —dijo el tabernero, mientras se alejaba caminando hacia atrás, aplastando la boina entre las manos e inclinándose repetidas veces.

—Una última cosa —intervino Alexander, y el tabernero se detuvo abruptamente—. ¿Por qué crees que te eligió a ti o a tu taberna para recibir los mensajes del anuncio?

—Porque The Two Roses es famosa, desde antes de que yo la administrara, como un sitio seguro para dejar mensajes importantes, sobre todo el de los enamorados furtivos. Incluso gentes muy distinguidas usan a The Two Roses para este servicio —añadió.

Alexander asintió mientras se acordaba de la dueña de la fonda en Slough donde iba a buscar las cartas de Alexandrina. El hombre abandonó la estancia y ellos se dispusieron a partir. Roger arrojó un talego con monedas a Jonathan Wild, que lo atrapó en el aire.

—Cuento contigo, Jonathan —expresó el duque con una mirada que obligó a asentir al malviviente—. Cualquier información, quiero ser el primero en enterarme —expresó mientras recogía el periódico de la mesa.

—Así será —prometió Wild.

—Jonathan —dijo Alexander—, uno de tus hombres asegura haber visto a los dos tipos que visitaron a Francis Turner la mañana de su muerte. —El hombre lo confirmó—. Reconoció a uno de ellos hace poco, cuando visitó la City. ¿Qué hay del otro?

—No lo vio muy bien, milord. Solo recuerda que le dio la impresión de que era bastante joven, quizá no llegaba a los treinta. Estatura media y delgado. Solo eso me dijo. Uno como tantos. —Wild dedicó una sonrisa a Alexander antes de preguntarle—: Milord, ¿no le interesa saber por qué considero propicio que haya traído al lacayo de los Neville hoy aquí?

—No —respondió Alexander antes de calzarse el sombrero de ala ancha y subirse el cuello del paletó.

—Yo se lo diré igualmente —se empecinó el bandido—. Creo que quien le puso precio a vuestra cabeza lo hace para impedir la unión entre su señoría y la rica heredera. —Alexander le clavó una mirada de párpados celados. Wild sonrió, nervioso—. Aunque lo han mantenido en secreto, muchos lo saben, que se han comprometido.

—Ya —dijo Alexander y se tocó el ala del sombrero para despedirse—. Gracias por tu colaboración, Jonathan —agregó a modo de despedida.

—Milord —lo llamó Wild, y Alexander volvió el rostro hacia el malviviente—. Admiro y respeto a vuestra mujer. Sé que siempre está ayudando a los más necesitados. Ahora mandó construir un hospital para pobres. Digna nuera de la señora duquesa.

Alexander se tocó nuevamente el ala del sombrero y se marchó.

* * *

Comían una cena tardía en una de las salitas privadas de la cantina de Daniel Mendoza. Se dedicaban a analizar el encuentro con Wild.

—Es todo un gran embrollo —se quejó Somar—. ¿Cómo es posible que un indio, el mismo que hirió a Nanette y que intentó asesinar a Alex, haya sido contratado a través de ese tortuoso sistema que solo conocen los londinenses de los bajos fondos? ¿No se supone que era un indio recién llegado y a las órdenes de Trewartha? —cuestionó a nadie en particular.

Un mutismo cayó sobre la mesa. Los comensales engulleron en silencio durante un rato, hasta que Roger apoyó los cubiertos y preguntó a su primogénito:

—¿Cuándo fue el primer ataque, el del puerto?

—El 14 de julio, por la noche.

—Las fechas coinciden —indicó Arthur—. Según Wild, el primer anuncio que apareció en *The Courier* era de principios de julio.

—El hecho de que haya sido un indio —opinó Samuel Bronstein— no significa que no fuese capaz de aprender los códigos y los modos londinenses, sobre todo si Wild le había prohibido a su gente responder a tales anuncios, y las respuestas escaseaban.

—Tal vez uno de los de Wild lo espabiló para que fuese el indio quien se presentase al anuncio. De ese modo no habría contravenido la orden del jefe. Después habrían repartido las ganancias —conjeturó Somar.

—Está claro que el que respondió el anuncio de principios de julio —intervino Belloc— les sirvió para varios encargos. Después de que su señoría lo despachó al otro mundo en la casa de la viuda, se vieron en la obligación de publicar otro, el del 11 de septiembre.

—Ya están buscando un nuevo sicario —concluyó Somar con acento ominoso.

—Solo que no obtendrán respuestas —señaló Bronstein—, al menos no de la gente que está bajo las órdenes de Wild, esto es, la gran parte de la delincuencia londinense.

—Excepto que ocurra lo que acaba de argumentar Somar —apuntó Roger—, que uno de Wild busque a alguien de fuera para llevar a cabo el trabajo y luego se repartan las ganancias.

—¿Milord? —llamó Belloc con acento prudente.

—Dime, Thibault —respondió Alexander.

—¿Qué opina su señoría acerca de lo que Wild dijo, que lo quieren muerto para que no se una en matrimonio a mi niña Manon?

La angustia del hombre resultaba tan palmaria que Alexander se obligó a sonreír para tranquilizarlo.

—Una idea descabellada, querido Thibault. No le des crédito. Mira —lo invitó a razonar—, el primer ataque que sufrí fue el 14 de julio.

En aquella época Manon y yo no estábamos comprometidos. Esto no tiene nada que ver con ella.

—Tal vez alguien sabía de tu interés por ella, aun en aquella época lejana —señaló Bronstein.

Alexander, que le había mantenido oculta su relación con la heredera de la Casa Neville, lo estudió con una mirada inquisitiva.

—Es muy improbable —replicó.

—A lo mejor sabían del interés de *ella* por su señoría —insistió Belloc.

—¿Tú sabías que Manon estaba interesada en mi hijo, Thibault? —inquirió Roger.

—No, su gracia. Mi niña es en extremo discreta. A mí nada me había dicho. Quizá se lo confesó a su abuela Aldonza, a la que todo le cuenta, pero a nadie más, ni siquiera a sir Percival. Y la señora Aldonza es una tumba, doy fe de ello. Protege a su nieta con fiereza.

—¿Qué hay de Porter-White? —dijo Bronstein—. Él vive en la misma casa de la señorita Manon; pudo haberse enterado de su interés por ti, Alex. Por algo le preguntaste al tabernero si la persona tenía acento extranjero, por Porter-White, ¿verdad?

—Sí, lo hice pensando en él —concedió.

—Pero el tabernero fue categórico al decir que ambos tenían acento londinense —evocó Somar.

—Podría tratarse de dos londinenses trabajando para Porter-White —persistió el investigador—. Ese tipo no me inspira ni un poco de confianza.

—A mí tampoco, señor Bronstein —lo apoyó Belloc—. Mi señora Aldonza lo ha apodado la Serpiente.

—Muy apropiado —acordó el investigador—, aunque, a juzgar por lo enredado de este asunto, lo apodaría la Araña. El hecho de que haya sido el amante de la viuda de Carrington y de que allí haya tenido lugar el segundo ataque no es casualidad desde mi punto de vista.

—Y no olvidemos la cuestión de la nota que usaron para tenderte la trampa en lo de la viuda de Carrington —terció Arthur—. La mencionaba a Manon. Ella fue la carnada en el anzuelo.

—¿Mi niña esté en peligro, milord? —se afligió Belloc.

—Thibault —intervino Roger—, Manon es una de las herederas más codiciadas del reino. Asume, *siempre*, que está en peligro y actúa en consecuencia.

—Así lo he hecho la vida entera, su gracia.

—Ahora es mi responsabilidad protegerla —declaró Alexander—. *Nuestra* responsabilidad, Thibault —se apresuró a aclarar.

Capítulo XXI

Para mediados de octubre Londres había recuperado la normalidad alterada durante el receso del verano. La actividad en la City se incrementaba, y las calles se volvían intransitables durante las horas de apertura de la bolsa y de los bancos. El fervor por la compraventa de acciones y de títulos no conocía límites, y los inversionistas, deseosos de enriquecerse en poco tiempo, se reunían en las tabernas en torno al edificio de la London Stock Exchange para intercambiar información y caer en interminables especulaciones. El nuevo emprendimiento minero en América del Sur, el que seguía promocionándose con libelos bien escritos y efectivos, causaba especial expectativa, y ya se hablaba del descubrimiento de una nueva El Dorado.

El entusiasmo por las minas del Famatina también invadía los ánimos en la Casa Neville, e incluso David, Daniel y Leonard, este último recién llegado de Nápoles, deseaban invertir en la compañía creada por Julian Porter-White, que de la noche a la mañana se había convertido en el gran hacedor de los negocios familiares.

El asunto de la estafa —solo Manon la llamaba de esa guisa— al señor Donkin perdía notoriedad frente a las repercusiones que significaba haber obtenido la concesión para explotar las minas del Río de la Plata.

—Ni siquiera saben dónde se encuentra el Famatina —se enfadaba Manon cuando hablaba con Ignaz Bauer o con Ross Chichister—. No está en el Río de la Plata, sino en La Rioja, una provincia sobre la que Rosas no ostenta poder alguno.

Sus comentarios contrastaban con lo que el funcionario de Juan Manuel de Rosas, Antonino Reyes, aseguraba: su excelencia —así llamaba a Rosas— contaba con la potestad para firmar ese acuerdo comercial; su amigo Juan Facundo Quiroga lo secundaba. El secretario privado, que se había reunido con sir Percival en dos ocasiones en la sede del banco, era un hombre sobrio y poseía un aire de respetabilidad que lo ayudaba a granjearse la confianza de los futuros accionistas y de los brókeres. Lo recibían en la sede de la bolsa con grandes aspavientos y lo invitaban a beber.

Los reveses no bastaban para opacar la alegría de Manon. El compromiso con Alexander Blackraven marchaba mucho mejor de lo que había esperado y, aunque a veces su mente la traicionaba y le susurraba el nombre de Alexandrina, la acallaba evocando los besos que Alexander le daba, también los regalos, y tantos detalles que la convencían de que ella era importante para él.

Ese jueves 17 de octubre había comenzado mal. Bajó a desayunar y se sorprendió de encontrar a Leonard a la mesa, pues solía levantarse tarde. Él y Masino Aldobrandini habían regresado de Nápoles tres días atrás, muy conformes con sus gestiones. Manon se había quedado boquiabierta ante la magnificencia de los dos óleos del Garófalo, que en parte atenuó el disgusto que le provocó que su tío se hubiese tomado el atrevimiento de invitar al hijo del marqués de Ávalos, Fernando de Ávalos y de Aquino, a pasar una temporada en Londres y a alojarse en Burlington Hall. Según le había confesado Aldobrandini, no se habrían hecho de las obras del Garófalo si el «amabile» don Fernando no hubiese intervenido. Manon se frenó de preguntar a cuánto había ascendido la comisión del «amabile» don Fernando por tan magnánimo servicio.

Esa mañana, don Fernando también ocupaba un sitio en la mesa familiar. Se puso de pie al verla entrar y le dedicó una sonrisa encantadora. «Es guapo», concedió Manon, y le admiró los ojos grises que descollaban en su rostro de una tonalidad olivácea. Le calculó unos treinta y cinco años, no más. El noble italiano le apartó la silla junto a la de él y, al inclinarse para saludarla, despidió un perfume agradable. No era alto, pero se mantenía en forma. Si le escandalizó que Manon bajase a desayunar con Willy, no lo demostró; por el contrario, hizo unas carantoñas que le arrancaron una risita al niño.

—Manon —llamó Leonard, y la atrajo la dureza con que pronunció su nombre—, ¿qué es este dislate del que acabo de enterarme? Realizar una muestra con la colección Neville —se explicó.

—Es para recabar fondos para el hospital para pobres.

—¡Recabar fondos para los pobres! —repitió Leonard, y apoyó los cubiertos con un ímpetu innecesario.

—Leonard, por favor —intervino Anne-Sofie, pero su esposo no le prestó atención.

—Planea hacerla en el salón de baile de los Guermeaux —apuntó sir Percival antes de engullir un trozo de salchicha y seguir comiendo con flemática actitud.

—¿En el salón de los Guermeaux? —se interesó Aldobrandini.

—Es verdaderamente palaciego —musitó Anne-Sofie.

—Fue una idea de la duquesa de Guermeaux —mintió Aldonza—. Ella es una de las fundadoras de la Asociación de Amigos Hospitalarios.

—¡Olvídate de semejante dislate! —le espetó Leonard, y Manon, acostumbrada al buen genio de su tío predilecto, se quedó muda—. Chiquilla impetuosa, ¿eres consciente de los riesgos que implicaría mover las obras hasta el salón de baile de los Guermeaux, sin mencionar lo que supondría exponerlas frente a un público que, seguramente, intentará tocarlas, cuando no robarlas?

Manon buscó el apoyo de su padre, pero este se encogió de hombros.

—Creo que Leo tiene razón, cariño. Además, ¿para qué necesitas recabar dinero? ¿Cuánto necesitas?

—No se trata del dinero —explicó Manon—, sino de involucrar a la gente en las obras de caridad.

—¡Ja! —se mofó Leonard y elevó las manos y la mirada al cielo—. ¡Involucrar a la gente en las obras de caridad! No seas infantil.

Manon percibió la severidad con que su padre y Masino Aldobrandini lo contemplaron. Sir Percival se limitaría a eso, a una dura mirada, y nada añadiría con don Fernando a la mesa, pero de seguro le recriminaría más tarde.

Las cosas no mejoraron en el banco. El abogado les informó que el juzgado había fallado a favor del señor Donkin y condenaba a la Casa Neville a pagarle la ganancia perdida desde que Porter-White le había aconsejado que se deshiciese de las acciones de la Golden Mining, más un interés del cinco por ciento sobre el capital accionario y las costas del juicio. La suma ascendía a setecientas cuarenta y tres libras.

—¡Es la segunda vez que perdemos dinero a causa de sus estafas! —explotó Manon—. Primero con el sombrerero Harris y ahora con el señor Donkin.

—Harris no nos había demandado —le recordó sir Percival—. Fuiste tú quien, sin consultarme, decidió pagarle.

Manon, perpleja, se quedó mirándolo. Varios razonamientos le vinieron a la mente; fue descartándolos uno por uno. Arrancó la capota y el abrigo del perchero y abandonó el despacho. Le pidió a Thibault que la llevase a su casa; necesitaba a su abuela. Aldonza, sin embargo, no se encontraba; había salido de compras con la duquesa de Guermeaux. Su amistad se había afianzado desde que miss Melody se enteró de las comidas nutritivas que la anciana preparaba y enviaba a Grosvenor Place para ayudar a Alexander en su convalecencia.

Se cruzó con su tía Anne-Sofie, que se sorprendió al verla en la casa a esa hora. Manon la notó triste y demacrada.

—Iré a hacer algunas compras, tía. ¿Quieres venir conmigo?

—Sí, cariño. Estar contigo siempre me levanta el ánimo —le confió la mujer.

Convocaron a Catrin para que las acompañase y las ayudase a acarrear los paquetes. Belloc las condujo hasta Regent Street y detuvo el carruaje a las puertas de la tienda Swan & Edgar. Allí pasaron la siguiente hora eligiendo entre la gran variedad de telas, galones, puntillas y otros aderezos, los mejores para los vestidos que planeaban lucir en el primer baile de Almack's, que se celebraría el último domingo de octubre. Manon, cada tanto, estiraba el cuello y buscaba entre las clientas a su abuela y a miss Melody, sin suerte. Decidió comprarle una capota y un par de guantes a Catrin, porque notó con qué codicia los contemplaba.

—¡Gracias, señorita Manon! ¡Qué generosa es su señoría! —exclamó la muchacha, y, aunque sonrió, Manon encontró la apreciación poco sincera.

Listas para abonar las compras, se excusó con su tía y se alejó hacia el sector donde vendían las latas de té pues le había parecido ver a Margaret Cavendish. Si bien los diarios no habían vuelto a ensañarse con ella, su caída en desgracia seguía dando qué hablar en los salones de las damas londinenses. Su tía Charlotte aseguraba que el conde de

Suffolk ya la había desheredado y que su esposo, el teniente Finlay Walker, había sido degradado y expulsado de la Marina tras una corte marcial. Al escuchar los cargos, Manon los juzgó ridículos, en especial uno, que refería a un escándalo en la familia Walker acontecido casi diez años atrás.

—¿Margaret? —La joven se volvió, sobresaltada—. Disculpa, no fue mi intención asustarte.

—Manon —dijo con voz y expresión desfallecida—. Qué sorpresa.

—Me alegra haberte encontrado. Tenía muchos deseos de volver a verte. —Margaret guardó silencio—. Supe que contrajiste matrimonio recientemente. Aprovecho para felicitarte y para desearte que seas feliz.

—Gracias —masculló la joven, desazonada.

Se miraron fijamente. Al notar que los bonitos ojos celestes de Margaret se arrasaban, Manon le apretó la mano subrepticiamente y así la mantuvo durante algunos segundos mientras le daba ánimos.

—No llores, no tienes por qué llorar. Lo que hiciste lo hiciste por amor, y eso requiere de mucho valor.

—Nunca creí que sería tan duro ser rechazada por todos —admitió Margaret con voz entrecortada—. Desde que llegamos, me he sentido muy sola. Finlay también.

—No están solos —aseguró Manon—. Cuentan conmigo y con mi familia.

—¿Te atreverías a presentarte en público conmigo a tu lado? —la interrogó sin ánimo provocador, más bien con acento curioso—. Cometí el gran pecado capital: unirme a un hombre por debajo de mi condición y en contra de la voluntad de mis padres.

—Lo habría hecho yo también si me hubiese enamorado de un hombre que valiese la pena. ¿Crees que tu esposo está por debajo de ti? —le preguntó, y Margaret alzó la vista, de pronto alerta y con la expresión cambiada.

—No, claro que no —respondió de inmediato y sin dudar—. Es tanto más inteligente y noble que yo.

—Lo cual me confirma que eres una joven sensible e inteligente tú también —aseguró Manon—, porque fuiste tú quien lo eligió. Solo una necia lo habría dejado escapar por el simple hecho de ser de baja condición. Y la respuesta es sí: con orgullo me presentaré en público contigo. Aunque quizá seas tú la que no quiera asociar su nombre al mío: soy la hija de una actriz española y, para peor, papista. Trabajar en el negocio familiar solo agrega más inri a mi situación.

Margaret lanzó una risita ahogada y se cubrió la boca con el pañuelo.

—Me haces reír —dijo con agradecida disposición—. Será un honor aparecer en público contigo, junto a la Formidable Señorita Manon —añadió con una sonrisa temblorosa.

—¡Pero mira quién está aquí, querida Aldonza!

Manon y Margaret se volvieron. La duquesa de Guermeaux y su séquito descendían por la suntuosa escalera que conducía a los pisos superiores, donde se hallaban el bazar y otras dependencias de Swan & Edgar. Se dirigían hacia ellas. Manon, que entrevió la intención de Margaret de escapar, la aferró por el codo y la obligó a permanecer. Además de miss Melody y de Aldonza, se les unieron Anne-Rose, Quiao, Binita, Dárika y Trinaghanta.

—¡Margaret querida! —la saludó la duquesa—. ¡Luces preciosa! Veo que la vida de casada te sienta de maravillas.

—Gracias, su gracia —balbuceó la joven, mientras hacía una reverencia.

El grupo se movió hacia el sector de la caja, donde todavía aguardaban Anne-Sofie y Catrin. Pagaron las compras y salieron todas juntas. La duquesa de Guermeaux las invitó a tomar el té a Blackraven Hall. Manon aceptó enseguida. Margaret dudó.

—Temo que mi esposo se preocuparía si demorase más de lo previsto.

—Le enviarás un recado con uno de nuestros pajes apenas lleguemos a Blackraven Hall —dispuso miss Melody—. Y más tarde mi cochero te conducirá hasta tu casa. ¿Dónde están viviendo?

—En una pensión en Creechurch Lane, cerca de la iglesia de San Botulfo —respondió, y se le encendieron las mejillas.

La zona de San Botulfo, al noroeste de la City, estaba habitada principalmente por comerciantes y profesionales judíos, sobre todo de origen español y portugués; de hecho, allí se erigía la sinagoga más antigua de Londres, la Bevis Marks, de principios del siglo XVIII. Si bien era un barrio muy bonito y con excelentes construcciones, Margaret

Cavendish, meditó Manon, acostumbrada al palacete familiar en el barrio de Mayfair, debía de juzgarlo como un sitio deplorable.

Margaret aceptó, y Manon entrevió un brillo esperanzado en su mirada. Se repartieron entre los carruajes. Margaret viajó en el de los Neville y charló con Anne-Sofie acerca de un tema que asombró a Manon: de la famosa antepasada de Margaret, otra Margaret Cavendish, prolífica escritora del siglo XVII.

—Oh, cuánto amo sus libros —declaró Anne-Sofie con una pasión que Manon no le conocía.

—¿Cómo es posible que nunca me hablases de esta escritora, tía? —se extrañó.

—Tengo todos sus libros, querida. Te los prestaré hoy mismo —le prometió—. Era una mujer en extremo liberal. Ahora que lo pienso, su discurso se parecía al tuyo.

—Era más que liberal —apuntó Margaret con orgullo evidente—. Era escandalosamente excéntrica y atrevida. Algunos la llamaban Mad Madge.

—«La Loca Magui» —repitió Manon—. ¡Qué estupenda mujer debió de ser para que la tratasen de loca! —exclamó, y Margaret rio de nuevo.

—Su hermano John, John Lucas —aclaró—, fue uno de los fundadores de la Royal Society.

Siguieron conversando acerca de la Magnífica Magui, como decidió apodarla Manon, suscitando de nuevo la risa de su descendiente, por lo que llegaron a Blackraven Hall de buen ánimo. E incluso mientras tomaban el té, siguieron hablando de la famosa escritora del siglo XVII. Tanto las apasionó el tema que miss Melody propuso un paseo por la abadía de Westminster para visitar su tumba, donde el rey Carlos II había mandado enterrarla con honores.

Alrededor de las seis de la tarde, cuando poco a poco la noche iba ganándole la batalla al día, llegaron los hombres Blackraven junto con Obadiah e Isabella, que se lo pasaba en el puerto con su padre y con sus hermanos. A Manon, la vista de Alexander le aceleró los latidos del corazón, como le sucedía cada vez que él aparecía en su campo visual. Estevanico, que acababa de regresar de un exitoso viaje a Nápoles y a otros puertos mediterráneos, y que había entregado sin problema el oro de la Casa Neville al rey de las Dos Sicilias, la saludó con especial consideración. Cruzó una mirada claramente deliberada y notablemente seria con Quiao, sentada junto a Manon, que percibió con el rabillo del ojo que el rostro pálido de la joven china se arrebataba y que se tomaba las manos y las cerraba formando un puño apretadísimo. Un poco más allá, Isabella y James Walsh también compartían una mirada elocuente. Manon se vio obligada a reprimir la risa al concluir que la sala de Blackraven Hall era un caldero de intrigas amorosas, compromisos secretos y uniones inconvenientes. Le habría gustado revelarle a Margaret esos secretos para mitigar su angustia y su culpa.

Alexander, que no le quitaba los ojos de encima, debió de adivinar que la asaltaban pensamientos risueños pues alzó una ceja por encima de la taza de té y la interrogó con la mirada, a lo cual Manon respondió con una sonrisa, y no le importó que Margaret, sentada frente a ella, la pillase. Hasta el momento, su amistad con Isabella Blackraven había justificado las continuas visitas a Blackraven Hall, aun a Grosvenor Place, pero ella era consciente de que tarde o temprano la cuestión saldría a la luz. Siempre ocurría lo mismo, en Londres las cosas terminaban por saberse. «Todo excepto quién asesinó a Francis Turner, a la princesa Ramabai y a la viuda de Carrington», se desanimó, pues los casos poco a poco iban quedando en el olvido.

—Señora Walker —habló el duque de Guermeaux, y todos los diálogos se detuvieron—, ¿es cierto lo que se afirma, que su esposo es un gran navegante?

—Sí, su gracia —respondió Margaret, orgullosa—. Era teniente de la Marina.

—Y ha quedado fuera, según me han comentado —afirmó con el desparpajo y la practicidad por los que era famoso. Margaret asintió, de pronto apocada—. En nuestra flota siempre estamos necesitados de buenos navegantes y de pilotos, un oficio que pocos conocen cabalmente.

—Padre —intervino Estevanico—, pronto tendremos que ceder al barco de Isabella algunos de nuestros mejores hombres, por lo que la colaboración del señor Walker sería más que bienvenida.

—Exacto —refrendó el duque, y le tendió la taza a su esposa para que le vertiera más té—. Por favor, señora Walker, dígale a su esposo que lo esperamos en la barraca del puerto cuando le resulte conveniente. Sean mis hijos o yo, siempre habrá alguien gustoso de atenderlo. Estamos dispuestos a ofrecerle un puesto en alguno de nuestros barcos.

—Gracias, su gracia —dijo la joven, y recibió, con una mano temblorosa y una sonrisa emocionada, la tarjeta que Estevanico le tendió—. Gracias —repitió, y Roger Blackraven la retribuyó con una inclinación de cabeza.

Pocos minutos después, Aldonza se puso de pie y anunció que debían partir. El grupo marchó al vestíbulo para despedirse. Manon se comprometió con la duquesa en llevar a Margaret hasta Creechurch Lane. Solo los miembros más jóvenes de la familia los acompañaron hasta la calle, donde los aguardaban Catrin y Belloc junto al carruaje. Alexander se ubicó junto a ella y subrepticiamente le entregó un billete, que Manon encerró en su puño enguantado.

—¡Qué familia tan extraordinaria! —se admiró Margaret una vez que se pusieron en marcha—. Chinos, pardos, huérfanos, indios y duques, todos en feliz mezcolanza.

—Un pequeño mundo —apuntó Manon—. ¿Acaso no somos todos seres humanos?

—Creo que habrías simpatizado con mi antepasada, la Magnífica Magui.

—Oh, ya lo creo.

—Estoy feliz de haberte encontrado hoy, Manon.

—Todo marchará bien, Margaret. Ya lo verás.

* * *

Al día siguiente, Manon concurrió a la bolsa poco antes del cierre y, mientras conversaba con uno de los agentes que compraba y vendía para la Casa Neville, advirtió que Leonard, Masino Aldobrandini, Fernando de Ávalos y Adrian Baring entraban en el recinto. Seguía enojada con su tío por haberle prohibido en términos tan autoritarios que realizase la muestra. Entendía su posición, y hasta podía llegar a compartirla; le molestaba la manera en que se lo había dicho, y frente a un extraño, como lo era Fernando de Ávalos.

Su mirada encontró la del aristócrata napolitano, que se levantó la chistera en un gesto de saludo. Manon le respondió con una ligera inclinación de cabeza y devolvió la atención al agente, más allá de que seguía meditando acerca de la presencia del hombre en Londres. Aldobrandini le había comentado que, tras una estadía en la ciudad, planeaba recorrer las islas británicas.

Lamentó que los cuatro hombres se acercasen. No deseaba que la entretuvieran; una vez que la bolsa cerrase, escaparía para visitar furtivamente a Alexander. Recordó las pocas pero dulces palabras que le había escrito en la nota que con disimulo había colocado en su mano el día anterior. *No he tenido el placer de tu compañía desde el domingo, cuando debí compartirte con Corelli. ¿Vendrás pronto a Grosvenor Place? Tuyo. A.* Esa mañana, cuando Thibault le comentó que visitaría la barraca en el puerto, le envió la respuesta. *Admiro a Corelli, pero no tanto como a ti. Te veré hoy en Grosvenor Place tras el cierre de la bolsa. Tuya siempre. Manon.*

—*Signorina* Manon —dijo Fernando de Ávalos al alcanzarla en ese sector apartado—, cuando su tío Leonard me contó que vuestra merced misma concurría a la bolsa, le confieso, no le creí. ¡Qué espectáculo tan extraordinario es verla en este mundo exclusivamente masculino! Como una diosa rodeada por sus súbditos.

—Excelencia, está exagerando —respondió Manon—. Muchas mujeres se interesan en las cuestiones bursátiles y especulan en la bolsa, solo que lo hacen a través de los bancos.

—Ninguna mujer de mi familia, querida Manon, sabría distinguir un bono de un libelo callejero —intervino Adrian Baring, con su consabido espíritu bromista—, y pertenecen a una familia de banqueros. Tú eres especial. No por nada, el viejo Talleyrand te califica de «formidable».

—Gracias, Adrian. Pero no olvides que una de nuestras damas más respetadas, lady Sarah Child Villiers, es la propietaria del banco Child, uno de los más importantes de la plaza.

Fernando de Ávalos alzó las cejas, asombrado.

—Vaya, vaya, Londres es decididamente una ciudad especial —afirmó—, llena de cosas extraordinarias, sobre todo en lo que respecta a sus mujeres.

—Si ahora me disculpan —dijo Manon, y echó una mirada a su tío Leonard—, tengo que regresar a la Casa Neville.

—*Signorina* Manon —la detuvo Fernando de Ávalos—, ¿me concedería algunos minutos de su tiempo para mostrarme la colección de arte de su familia? Su tío —dijo, y sonrió en dirección a Leonard— asegura que su merced es una experta.

—Nadie como el señor Aldobrandini o como mi tío Leonard para recorrer una colección que prácticamente han reunido en su totalidad. Los expertos son ellos.

—Pero ni Masino ni Leo poseen tu encanto, querida Manon —la lisonjeó Adrian Baring, e hizo un gesto que le arrancó una risa, pese al fastidio que tenía.

—Sería un honor apreciar las obras en su compañía —presionó De Ávalos.

Manon lo miró a los ojos y asintió; persistir en su negativa habría sido considerado como una gran falta de educación. Tras una reverencia, marchó hacia la salida, con Chichister y Bauer a la zaga, mientras razonaba que De Ávalos estaba cortejándola.

Al regresar a la Casa Neville, Nora la aguardaba en la recepción para entregarle una esquela que había llegado pocos minutos después de que se marchase a la bolsa. Manon se encerró en la salita de la planta baja y, sin quitarse los guantes ni la capota, rompió el sello de lacre. Como había sospechado, la misiva pertenecía a Alexander. Le informaba que a última hora de la noche anterior habían recibido en Blackraven Hall el aviso de la muerte de Fernando VII, ocurrido el pasado 29 de septiembre, por lo que su familia se aprestaba a partir hacia Madrid. Él estaba ocupándose de avituallar uno de los clíperes más veloces de la flota Blackraven, que partiría al amanecer, con la primera marea. *No podré recibirte hoy en Grosvenor Place. ¿Tal vez mañana?*, solicitaba al final del billete.

Manon se apresuró a subir a la primera planta. Entró en su despacho, decidida a comunicarle a sir Percival la noticia del fallecimiento del rey de España. Se calló al verlo reunido con Porter-White. Hablaban acerca del emprendimiento minero y ni siquiera notaron que ella había entrado. Se sentó al escritorio, se quitó los guantes y redactó una nota para Alexander. Le pidió a Thibault que la condujese a la embajada francesa. Aguardó a que su tío Charles-Maurice la recibiese en compañía de la duquesa de Dino y de Pauline.

—Dorothée —dijo Manon, mientras extraía la carta de su escarcela—, ¿serías tan amable de hacer llegar esta nota a la residencia de los duques de Guermeaux?

—Por supuesto, querida —respondió la mujer, e hizo sonar una campanilla.

Se presentó un paje, al que la duquesa de Dino le tendió la esquela y le dio la orden de que se entregase inmediatamente en Grosvenor Place. Poco después se oyeron los pasos lentos, acompañados del sonido del bastón, del príncipe de Benevento. Manon se puso de pie y salió a recibir a su tío Charles-Maurice, que se colgó el bastón en el antebrazo antes de sujetarle las manos y besárselas.

—Querida Manon, qué grata sorpresa.

—Traigo noticias —anunció la joven, ansiosa.

A Talleyrand, la muerte de Fernando VII no lo sorprendió; su naturaleza valetudinaria era conocida y tenía en vilo a las monarquías europeas desde hacía años.

—¿Qué ocurrirá ahora? —se interesó Manon.

Talleyrand inspiró profundamente y alzó las cejas.

—Lo que siempre ocurre en estos casos, querida: una disputa por el trono. Don Carlos, el hermano de Fernando, hará lo imposible para impedir que su pequeña sobrina Isabel llegue a ser reina. Su madre, la reina María Cristina, se convertirá en la regente y tendrá que protegerla fieramente si quiere ver a su hija sentada en el trono de España.

—Los duques de Guermeaux partirán hacia Madrid mañana al amanecer —comentó Manon.

—Lo imaginaba —admitió el embajador francés—. Y estoy seguro de que Isabella di Bravante también viajará con ellos, pese a su edad. María Cristina es una de sus sobrinas nietas favoritas. Hará lo imposible para protegerla de su sobrino Carlos, que es un chupacirios bastante mediocre. —Talleyrand alzó las manos en un gesto de rendición—. Como ves, querida Manon, nunca hay paz en el mundo. Los seres humanos siempre encontramos excusas para atacarnos los unos a los otros. Es así, no hay forma de evitarlo. —Manon se quedó callada y entristecida. Su tío Charles-Maurice le palmeó la mano y volvió a sonreírle—. Ánimo, cariño, después de todo la vida es solo un sueño, como decía el genial Calderón de la Barca.

—Tío Charles-Maurice, ¿de veras crees que la vida es un sueño?

—Oh, sí que lo creo. O más bien, es una obra de teatro en la que cada uno recita una parte de un libreto previamente escrito.

—¿No existe el libre albedrío, entonces? —se asombró Manon.

—¡Claro que no! —respondió Talleyrand con risa en la voz—. Qué concepto ridículo. ¿Acaso alguno de nosotros alguna vez fue libre para elegir, en especial en lo referido a los aspectos más importantes de nuestras vidas?

Debatieron largamente sobre el sentido de la vida y de la libertad. Manon apreciaba una conversación con su tío Charles-Maurice tanto como una con Aldobrandini. Además de ser un hombre de una gran cultura, Talleyrand se había enriquecido gracias a una vida de permanentes contrastes, desafíos y experiencias fuera de lo común. También tocaron temas más mundanos, y el anciano francés profetizó un período liberal en la absolutista España, ya que la reina María Cristina era de ideas muy distintas a las de su difunto esposo. Manon supo que su cuñado Porter-White se anotaría otra victoria cuando se confirmase lo que él había pronosticado: la regente María Cristina pagaría los bonos de las Cortes.

Dirigió la mirada hacia la ventana y se dio cuenta de que había anochecido. A punto de ponerse de pie para despedirse, se quedó quieta en el canapé cuando un paje entró en la habitación y anunció la llegada del conde de Stoneville, lo que provocó una reacción descomunal en su cuerpo y en su ánimo. Se quedó quieta, con las manos hechas puños y la garganta agarrotada. Lo vio entrar y tuvo la impresión de que aun la amplia y lujosa sala de la embajada se achicaba en humilde actitud ante el porte y la belleza del joven conde.

—Alteza —dijo Blackraven con su voz grave, y se inclinó ante Talleyrand, que se había puesto de pie y salía a recibirlo.

—Querido muchacho —dijo el príncipe de Benevento—, qué magnífica sorpresa.

Alexander saludó a la duquesa de Dino, a Pauline y por último a Manon, a la que dedicó una mirada promisoria. Conversaron acerca de trivialidades hasta que la duquesa de Dino anunció que ya era muy tarde para que su hija estuviese levantada. La pequeña, tras protestar que aún era temprano, se despidió de Manon con abiertas muestras de cariño y la obligó a prometerle que la llevaría a los Jardines de Vauxhall el domingo. Talleyrand no tardó en hacerse de una excusa para dejar solos a los prometidos, por lo que al cabo de unos minutos Manon se encontraba en los brazos del conde de Stoneville y recibía sus apasionados besos.

—Dejé todo apenas leí la nota que me enviaste con el paje de Talleyrand —dijo Alexander, mientras le mordía y le besaba el filo de la mandíbula—. ¡Qué fortuna haberte encontrado todavía aquí!

—¡Qué sorpresa me has dado! —exclamó Manon.

—¿Grata sorpresa? —la acicateó él.

—Grata —ratificó ella—. La más grata —remarcó.

Se sujetaron las manos, se miraron a los ojos, se sonrieron. Alexander se inclinó y le rozó los labios con un beso.

—Tenía tantos deseos de verte —le confió sobre la boca—. No podía esperar hasta mañana.

—¿Pudiste terminar con el aprovisionamiento del barco? —se interesó Manon.

—Faltan pocos detalles —respondió Alexander—. Nico y los demás oficiales están ocupándose.

—Entiendo que tú no viajarás —preguntó mientras evocaba la misiva que le proponía encontrarse al día siguiente, y se quedó tensa, aguardando la respuesta.

Temía que hubiese habido un cambio de planes. La decepción habría sido inmensa.

—No, no —ratificó Alexander—. Irán solo mis padres y mi abuela —informó, y Manon se dijo que, como siempre, su tío Charles-Maurice había dado en la diana al profetizar que la anciana mujer también viajaría—. Y Somar y Trinaghanta, claro está —acotó Alexander con una sonrisa benévola—. Sería imposible separarlos de mis padres.

—¿No será un viaje demasiado penoso para tu abuela? —se preocupó Manon.

—No pudimos disuadirla. Siente un cariño especial por María Cristina. Mi tío Adriano Távora también irá con ellos.

Manon asintió, aliviada. Su implacable sentido de la realidad, sin embargo, la enfrentó con una verdad insoslayable: en poco tiempo,

Alexander partiría hacia China con el primer cargamento de plata para el imperio de Daoguang. Volvería a verlo después de largos meses, quizá después de un año, se convenció. Y durante ese prolongado período él estaría cerca de Alexandrina Trewartha.

* * *

A Manon le resultaba casi insoportable pasearse por la galería de Burlington Hall, donde exponían una parte de la colección Neville, en compañía de Fernando de Ávalos. Lo vivía como una traición a Alexander destinar tiempo a ese aristócrata napolitano, que le formulaba preguntas cuyas respuestas, estaba claro, le importaban poco y nada; solo quería conquistarla y por motivos que en nada se relacionaban con el amor. Se preguntó si su tío Leonard estaría detrás de esa intriga; se lo veía muy a gusto e intervenía para contar historias ocurrentes asociadas a las adquisiciones. Incluso su padre parecía entusiasmado con el hijo del marqués de Ávalos. Miró con el rabillo del ojo a Porter-White y no consiguió descifrar su pensamiento.

Siguieron avanzando por la galería y admirando las obras más sobresalientes del catálogo. A cada paso, Manon iba deprimiéndose al evocar la expresión decepcionada de Alexander cuando, antes de despedirse en lo de Talleyrand, le anunció que no se realizaría la muestra de la colección Neville.

—¿Por qué? —la había interrogado con una voz entre desconcertada y dolida—. ¿Has encontrado un sitio mejor?

—Ningún sitio sería mejor que el salón de baile de Grosvenor Place —le aseguró—. Se trata de mi tío Leonard. Se opone. —Alexander alzó las cejas, asombrado—. Dice que es muy riesgoso trasladar las piezas, aun exponerlas. Mi padre lo apoya. Nada puedo hacer.

Una vez completado el giro por la galería, Leonard propuso que se desplazaran a la biblioteca para mostrarle a Fernando de Ávalos los incunables, los antiquísimos intonsos y en especial las más recientes adquisiciones: la biblia elzeviriana y el manuscrito iluminado de Christine de Pizan. Fernando de Ávalos le preguntó si en la biblioteca conservaban los otros tesoros de los que le había hablado: la colección de dibujos de Leonardo da Vinci, de Michelangelo Buonarroti y de

Albrecht Dürer y el pantocrátor pintado sobre madera de la época del Imperio bizantino. Aunque Leonard afirmó que allí los encontraría, Manon se negó de un modo tajante a proseguir con la visita guiada. Trató de morigerar su negativa aduciendo que estaba cansada, que le dolía la cabeza y que al día siguiente debía levantarse temprano.

—Puedes mostrárselos tú, tío Leonard —dijo, y remarcó el «Leonard», que nunca empleaba, pues siempre lo llamaba Leo.

—Oh, no, no —intervino De Ávalos—, sin la experta guía de vuestra merced, señorita Manon, la visita perdería la mitad de su encanto.

Un silencio cayó en el concurrido grupo. Manon lo miró con incomodidad. Alba Porter-White mitigó la embarazosa situación al declarar que Manon poseía una cualidad amena al transmitir el conocimiento.

—¡Ojalá nuestros maestros hubiesen sido talentosos como tú, querida! —añadió la mujer.

—Alba tiene razón —la apoyó Leonard—. Sin tu presencia, querida sobrina, sin tus comentarios ni tu conocimiento, el paseo se volvería decididamente aburrido —concluyó.

Manon lo miró y no le respondió. Dirigió la atención a sir Percival y le solicitó la autorización para retirarse, lo que sir Percival concedió. Manon ofreció el brazo a su abuelo y juntos, seguidos por Aldonza, Anne-Sofie y Aldobrandini, se dirigieron hacia el ala donde se ubicaban sus habitaciones.

—Es claro que te hace la corte, querida —declaró sir Alistair—. Tu tío Leo debe de estar detrás de esta conjura —infirió con voz endurecida.

—Oh, no, sir Alistair —se apresuró a defenderlo Aldobrandini—, me permito corregirlo: Leonard no tiene nada que ver. De Ávalos se embarcó con nosotros en el *Constellation* porque tiene asuntos que atender en Londres y porque planea recorrer la isla. Su interés por Manon es legítimo.

—¿No lo aprueba, sir Alistair? —se interesó Anne-Sofie.

—No, querida —replicó el vizconde a su nuera—. El duque de Guermeaux, que está medio emparentado con los marqueses del Vasto por el lado de su madre, me contó tiempo atrás que el padre de Fernando, el marqués Tomás de Ávalos, está en la ruina. De allí que hayan puesto a la venta la colección de arte.

—Ally, ¿para qué querría tío Leo casarme con el hijo del marqués de Ávalos? —inquirió Manon con tono de chanza.

—Oh, cariño, nunca supe qué pasa por la cabeza de tu tío, menos ahora, que estoy viejo y mi mente no trabaja con la rapidez de antaño.

Manon se detuvo frente a la puerta del dormitorio de su abuelo. Lo besó en ambas mejillas rubicundas a causa de la acción del madeira ingerido después de la cena.

—Ally, tu mente funciona tan bien como siempre —lo lisonjeó—. Recuerda que anoche me ganaste la partida de ajedrez.

—Me dejaste ganar —afirmó el anciano.

—¿Ya lo ves, Ally? —insistió Manon—. Tu mente es tan aguda como siempre, pues te diste cuenta de que estaba dejándote ganar y, como el buen pícaro que eres, no dijiste nada para alzarte con la gloria.

Todos rieron, aun sir Alistair.

* * *

Jacob Trewartha le ordenó al conductor de la calesa que se detuviese en la esquina con Bury Street. Descendió del coche y a la luz del fanal callejero pagó el viaje. Se cuidó de no mostrar la cara, que llevaba enfundada en un chal de seda dado el frío de la noche otoñal. Caminó por Bury Street, famosa por sus burdeles de lujo, a los que solo accedían los hombres de la aristocracia o aquellos con faltriqueras abultadas. Se detuvo ante el ingreso de Garden of Venus, donde, estaba seguro, hallaría a Julian Porter-White. Trevor Glenn había estado siguiéndolo y le había confiado que últimamente visitaba el burdel hasta tres veces por semana.

Se quitó el chal, se acomodó la chistera y el cuello del redingote y entró. Lo recibió un aroma para nada desagradable, mezcla del tabaco de los cigarros de los clientes y del perfume de las prostitutas, cuya nota más preponderante era el pachulí, abundante en la India. Lo reconoció fácilmente porque había sido la esencia favorita de Ramabai.

La madama se alegró al verlo y le confirió el trato que le habría destinado a un duque o a un miembro de la familia real. Por fortuna, en algunos lugares seguía valiendo su cargo de presidente de la Corte de Directores de la Compañía. Le tomó un instante adaptarse a la penumbra. Las mujeres, apenas cubiertas por un corsé y por etéreas batas de gasa y de muselina, se paseaban con lánguida disposición entre los parroquianos, que bebían, charlaban y jugaban a los naipes y a los dados. Ya medio borrachos y frustrados por haber perdido ingentes sumas de dinero, elegían a una de las jóvenes y las conducían al piso de arriba, donde desfogaban sus apetitos en las habitaciones suntuosamente decoradas.

Trewartha, para nada interesado en las mujeres ni en el juego, paseó la vista por el salón. Lo recorrió una sensación de alivio cuando divisó a Porter-White en un rincón de la sala. Se hallaba en compañía de otros tres: su secretario, Lucius Murray, el tal Antonino Reyes y el napolitano del que le había hablado Glenn, un tal De Ávalos.

Se aproximó con actitud furtiva y se apoltronó en un sillón de respaldo ancho y alto, próximo al grupo de Porter-White, una posición estratégica desde la que pretendía escuchar sin ser visto. Cerró los ojos y se concentró en la conversación que tenía lugar a pocos palmos de él. Lo primero que lo alcanzó fue el agradable aroma del carajillo que bebían, tocado por una bebida espiritosa, presumiblemente coñac, la favorita de Porter-White; era un hombre de gustos refinados.

Tras unos sorbos, habló el napolitano, por fortuna, en inglés.

—Tu cuñada Manon es una joven un tanto esquinada —se quejó—. Me trató con frialdad durante la cena y me mostró la colección Neville claramente a disgusto. El señor Aldobrandini habló loas de ella en Nápoles y me aseguró que era una joven encantadora. *Es* un encanto —admitió con la voz dulcificada—. La he visto tratar a tu hijo, el pequeño William, y es realmente adorable con él. Admito que me desconcertó encontrarme con un niño compartiendo la mesa con los adultos, pero me sirvió para admirar sus dotes maternales, algo medular al momento de buscar esposa. Incluso hoy en la bolsa despertó mi admiración. Se mostró muy atenta y educada con todos, aun con los empleados menos jerarquizados.

—Como bien dices, es encantadora —refrendó Porter-White—, solo que es muy desconfiada cuando de posibles pretendientes se trata. Cree que todos están detrás de su fortuna.

—¿Y no lo están? —preguntó Antonino Reyes con cándido acento.

—Claro que sí —afirmó Porter-White, lo que suscitó carcajadas a los otros tres—. Fernando —pronunció en un tono serio, definitivo—, Manon podría convertirse en tu esposa con mi apoyo. Lo único que te pido es que seas paciente.

«Conque ya consiguió un nuevo candidato para la señorita Manon», se dijo Trewartha con creciente despecho. Sin meditar, se puso de pie y reveló su presencia. Julian Porter-White mostró su sorpresa durante un instante fugaz. La enmascaró enseguida, con gran habilidad.

—Jacob —dijo a modo de saludo, sin inclinar la cabeza y sin mirarlo, y mientras encendía un cigarro.

—Una palabra contigo, Julian —solicitó Trewartha.

El hombre se puso de pie, se disculpó con sus compañeros de juerga y se alejó hacia una salita bastante vacía, junto a la puerta principal.

—¿Qué haces aquí, Jacob? No creo que puedas permitirte yacer con una de estas —aventuró, y agitó el cigarro para señalar a las prostitutas.

—Vine esta noche aquí porque sabía que aquí te encontraría. Últimamente no te presentas en la taberna ni respondes a mis notas.

—Estoy ocupado.

—Ya —masculló Trewartha—. Con el lanzamiento de la venta de las acciones de la compañía minera que tú y yo creamos.

—¿Que *tú* creaste? —repitió Porter-White, y dio un paso delante. Trewartha se mantuvo firme, dispuesto a no ceder terreno.

—Trevor me ha dicho que lo has sacado del cargo de presidente.

—Así es —confirmó—. Mi suegro quiere a alguien más idóneo.

—Ponme a mí.

Porter-White lanzó una risotada vacía, que acabó tan abruptamente como había comenzado. Lo contempló a los ojos, y Trewartha debió reunir valor para no retroceder ante la mirada malévola que le dedicó. Como siempre, lo impresionaron sus ojos completamente negros, sin luz ni vida.

—Necesitamos a alguien de reputación intachable. Los intentos de Disraeli por reparar la tuya han resultado fútiles. Te has endeudado con él en vano. Nada puede contrarrestar la feroz pluma de Goran Jago.

—Ese es otro lacayo de Blackraven. —Porter-White se encogió de hombros y se movió con la intención de marcharse. Trewartha lo detuvo al decir—: Quiero que planeemos juntos el rapto de Manon. Si tú me ayudas a llegar a Gretna Green con ella, será más fácil. Conoces sus movimientos, sus costumbres…

—Estás delirando —lo detuvo Porter-White—. Ya te dije que esa idea es un disparate.

—¡No es un disparate y tú lo sabes! —señaló con los dientes apretados y en un acento reprimido.

—¿Crees que yo no habría echado mano a esa argucia de considerarla factible? —se impacientó Porter-White.

—¿Cómo? —se desconcertó Trewartha—. ¿Deseabas casarte con ella?

—Desearlo, no. Pero era una alternativa por lejos más atractiva que la de desposar a Cassandra. Pero me rechazó, la muy… —Se detuvo, aspiró largamente el cigarro y soltó una bocanada de un humo espeso y maloliente. Trewartha apartó la cara con desagrado—. Sir Percival jamás aprobaría ese matrimonio —prosiguió Porter-White, más compuesto—, por mucho que la hayas desflorado. A mi suegro solo le importa la felicidad de su hija, aunque te parezca insólito, lo que sería lógico pues jamás te han importado tus hijas, ni siquiera la que tuviste con tu primera esposa.

—Imagino que a ti también te parece insólito —contraatacó Trewartha—, porque no logro imaginar a un desalmado como tú preocupado por la felicidad de nadie.

El silencio que continuó incomodó a Trewartha.

—Buenas noches, Jacob —se despidió Porter-White tras esos segundos de frío mutismo.

Trewartha lo detuvo aferrándolo por el brazo. El más joven se lo sacó de encima con un sacudón.

—No vuelvas a tocarme —le advirtió.

—No vuelvas a intentar hacerme a un lado —redarguyó Trewartha—. Sé demasiadas cosas acerca de ti para que te hagas el importante conmigo.

—¿Otra vez con tus amenazas? —se mofó Porter-White—. Te vuelves repetitivo y por tanto pierdes credibilidad.

—Esta es la última advertencia. Tú y yo sabemos quién mandó asesinar al geólogo Turner. Tú y yo sabemos que el caballo de Ramabai no se desbocó. Y como yo no tengo nada que ver con eso solo queda una opción. ¡Tú enviaste a alguno para que lo asustase! Creías que, eliminándola, yo podría finalmente desposar a la hija de Neville, y de ese modo seguir adelante con el plan para manejar su fortuna. Pero hiciste un trabajo chapucero, y ese bastardo de Blackraven te descubrió. Oh, Julian, no juegues conmigo. Hay tantas cosas que sé de ti. Me pregunto qué haría Goran Jago con su *feroz pluma* si yo fuese y le contase algunas...

Porter-White le clavó el índice en el pecho con tanta saña que le causó dolor y lo hizo trastabillar.

—¡Eres un inútil! —masculló el más joven—. Si no me hubieses mentido acerca de la existencia de una inoportuna esposa india, las cosas habrían sido muy distintas. Si no hubieses cometido un error detrás de otro en el manejo de tu dinero, ahora no estarías en la precaria situación en la que te encuentras. Está todo perdido. Resígnate y trata de buscar una salida al gran lío en que se ha convertido tu vida. Tal vez escapar a la India no sería una mala idea para evitar acabar en la prisión de Fleet, pues no podré seguir ocultando tu deuda con la Casa Neville por mucho más tiempo.

—Óyeme bien, Julian: si yo caigo, tú caerás conmigo. Es una promesa.

Trewartha lo miró con fijeza antes de pasar a su lado y abandonar el burdel.

* * *

Sus padres y su abuela habían partido hacia España antes del amanecer. Horas más tarde, con el cielo que adoptaba sugestivas tonalidades rosa y naranja hacia el este, el puerto y la barraca bullían de actividad. Los estibadores se aprestaban a descargar las naves mientras los remolcadores las acercaban a los muelles. Dos de ellas pertenecían a la flota Blackraven, el navío *Neptune* proveniente de América del Sur y el clíper *Silent Wind* de la isla de Ceilán. El *Neptune* traía, entre otras mercancías, un valioso cargamento de dos tipos de cascarillas, una obtenida de la corteza del quino, que se empleaba en el tratamiento de las tercianas y para calmar dolores, y la otra obtenida de la corteza del cacao. El clíper, que había zarpado del puerto de Colombo sorteando los últimos vestigios del monzón, transportaba una carga valiosísima de maderas nobles, como ébano y sándalo, y también productos derivados del coco, como la copra y los preciados hilos, con los que se tejerían desde cuerdas para barcos hasta finos manteles y servilletas. Alexander calculó que el valor de la carga ascendía a casi medio millón de libras esterlinas.

No bien verificó que las dos naves hubiesen recalado sin problema, consultó la hora: las siete y media pasadas. Dirigió la mirada hacia la barraca y comprobó que los clientes ya se arracimaban a las puertas del edificio listos para disputarse el cargamento como en una especie de remate informal. Corrían rápido las voces en el puerto, se dijo.

—Déjame a mí lidiar con la descarga —propuso Estevanico con la vista puesta en los ávidos agentes y en los comerciantes—. Tú ocúpate de vendérselas. Eres mucho mejor que yo para eso. No te olvides de que Jimmy y Rafael te pidieron que les apartases una buena cantidad de cascarilla de quino para abastecer nuestros barcos.

—A la orden, mi capitán —bromeó Alexander.

—Veo que estás de buen humor esta mañana, pese a que no has pegado ojo en toda la noche —comentó Estevanico—. ¿Has visto a Manon recientemente? —Soltó una carcajada cuando Alexander lo miró de reojo y con cara de pocos amigos—. La has visto —confirmó, y se alejó riéndose.

Alexander se dirigió a la barraca donde se enfrentaría a una interminable jornada de trabajo. El recuerdo de Manon en la embajada francesa el día anterior lo dotaba de unos bríos ausentes en el pasado. La vida era distinta desde que ella había aceptado ser su esposa. Lo asombraba que ese concepto, el de tomar una esposa, no lo perturbase. Lo enterneció evocar la tristeza con que le había comunicado que Leonard Neville se oponía a que siguiese adelante con lo de la muestra; había temido ofenderlo o lastimarlo, solo que a él nada le importaba, solo verla feliz. Aunque había un pensamiento que lo inquietaba: ¿cuándo le permitiría hablar con sir Percival para solicitar su mano?

Se detuvo abruptamente cuando un anciano y un niño se interpusieron en su camino. No eran del puerto, ni siquiera eran ingleses. «Indios», coligió al estudiar sus rasgos y la excéntrica vestimenta. El anciano, muy alto y delgado, llevaba la cabeza descubierta; su cabello era cortísimo y blanco. Sujetaba un cayado y a los pies tenía un bulto, de ropa probablemente.

Alexander quedó cautivo de la bondad de los ojos oscuros del hombre, que lo contemplaban con serenidad en un ambiente ruidoso y maloliente.

—Buen día —saludó, y a continuación le preguntó en un inglés pausado—: ¿Puedo asistirlo en algo?

—Buen día. Mi nombre es Sananda —respondió el anciano—. Acabamos de llegar en el *Silent Wind* —informó, lo que ratificó la suposición de Alexander: eran indios—. Soy amigo del pastor Trevik Jago. Su señoría debe de ser el conde de Stoneville.

Al darse cuenta de que su difidencia natural no se alzaba para alertarlo, Alexander se sorprendió. De un modo implícito, confió en ese hombre.

—Soy yo —afirmó—. Y recuerdo que Trevik me habló de usted. De Sri Sananda.

—Le presento a mi compañero de viaje, a Rao Sai —dijo el anciano, y puso una mano sarmentosa sobre el hombro del niño.

—¿Tú eres el nabab que le regaló el faetón al pastor Trevik? —lo interrogó el tal Rao Sai.

Alexander sonrió al escuchar que lo llamaba nabab, el título que los indios le conferían a los gobernadores de ciertas regiones y también el que empleaban para referirse a personas extraordinariamente facultosas.

—Soy yo, sí. ¿Cómo me han reconocido? —se interesó.

—Porque el pastor Trevik dijo que eras el hombre más alto que él conocía —precisó el niño—. De todos los hombres que hay aquí, tú eres el más alto —añadió, moviendo el brazo en un círculo para indicar el puerto.

—También nos habló de sus ojos —acotó Sananda—. Dijo que eran como dos turquesas.

—Por favor, acompáñenme —invitó Alexander y les señaló el camino a la barraca—. Aquí el viento es inclemente y hace mucho frío. Deben de estar cansados tras el largo viaje. Permítame —dijo, y desembarazó a Sananda del bulto, más pesado de lo que había previsto.

Formó un corro en medio de los brókeres y de los agentes para permitir el paso del anciano y del niño. Los clientes iban acallándose a medida que los dos extranjeros avanzaban precedidos por el conde de Stoneville. Sus empleados, atareados e inquietos ante la gran operación que les aguardaba, también cayeron en un mutismo que, Alexander percibió, tenía más de reverencial que de curioso o despectivo. Era como si Sananda, al avanzar, lanzase un hechizo y los aquietase.

Obadiah, que dormía en el sofá cubierto por una frazada, lo ocupaba por completo. Alexander acercó dos canapés a la salamandra y les indicó que se sentasen. Mackenzie, que se hallaba echado en el suelo junto al niño, alzó la cabeza y observó a los recién llegados. El enorme lebrel escocés se puso de pie y caminó con su habitual paso lánguido hacia Sananda, que lejos de intimidarse, lo acarició entre las orejas y le susurró en una lengua extraña, probablemente tamil, dedujo Alexander.

Convocó a un empleado y le pidió que trajese té, café y chocolate caliente y algo para comer.

—Nabab, ¿él es tu hijo? —susurró Rao Sai mientras, de pie junto al sofá, observaba dormir a Obadiah.

—No. Yo no tengo hijos —aclaró Alexander con una sonrisa—. Obby es… —Hizo un gesto con la boca antes de admitir—: Es una especie de hijo, además de un pilluelo.

—¿Un… qué? —se desconcertó el niño.

—*Ayokiyan* —tradujo Sananda, y Alexander, que conocía algunas palabras en tamil gracias a Trinaghanta, confirmó que se trataba de esa lengua.

—¿Es huérfano como yo? —preguntó el niño.

—Sí, es huérfano —confirmó Blackraven—. Anoche se encaprichó con que quería despedir a mi madre, que partió de viaje. Por eso ahora duerme aquí, porque me ha resultado imposible llevarlo a casa.

Se cuestionó por qué se mostraba tan locuaz cuando en general era parco y taciturno. Advirtió que Sananda lo seguía con ojos atentos aunque serenos. Entró el empleado y les sirvió las infusiones. Rao Sai se lanzó a comer los bizcochos de manteca y los bocadillos de pepino y queso. Sananda, en cambio, aceptó una taza de té y la bebió en silencio.

Antes de que el empleado se marchara, Alexander le solicitó que enviase una nota a Grosvenor Place. La garabateó rápidamente y la selló con una gota de lacre sobre la que aplicó su anillo, el que había pertenecido a su abuelo, con el escudo de los Guermeaux.

—Excelencia —lo llamó Sananda.

—Por favor, llámeme Alexander —solicitó.

—Es un nombre propicio para ti. Significa en griego «el defensor o el protector de los hombres». Por favor, Alexander —continuó—, veo que tienes mucho trabajo. Prosigue sin preocuparte por nosotros. Estamos muy a gusto.

—Gracias, Sananda. Ya envié un mensaje a Trevik. Estimo que lo tendremos aquí en poco tiempo.

Trevik Jago no tardó en presentarse. Lo hizo apenas pasadas las ocho y media. Se precipitó entre el gentío buscando a Sananda con ojos ávidos y emocionados. Alexander, que conversaba con un agente que pretendía comprar la carga completa de ébano, lo siguió con atención. Se disculpó un momento con el cliente y caminó en dirección a Trevik, que acababa de entrar en su oficina. Lo vio postrarse ante el anciano, que se hallaba sentado sobre un tapete en una posición peculiar, las piernas cruzadas y el empeine de cada pie apoyado en el muslo opuesto. Trevik Jago besó las manos de Sananda y acabó apoyando la frente en ellas.

—Sananda —lo oyó murmurar—, querido Sananda. Qué alegría tenerte aquí.

La escena, por alguna razón inexplicable, emocionó a Alexander. Se le enturbió la mirada y sintió la necesidad de aclararse la garganta. Cerró la puerta para brindarles intimidad.

—Milord —lo llamó el señor Paterson, el jefe de los contables—, un tal señor Finlay Walker pide por su señoría o por el señor duque.

—Tendrá que aguardar su turno, Paterson —dispuso Alexander.

—No es un bróker, milord —explicó el contable—. Asegura ser el esposo de lady Margaret Cavendish.

Con su oficina ocupada por Sananda, Alexander movió la cabeza hacia uno y otro lado en busca de un espacio vacío donde atender al marino caído en desgracia. Le interesaba probarlo cuanto antes. Al no hallar un sitio adecuado, decidió recibirlo fuera, en el muelle. Se aproximó al recién llegado y lo saludó con una inclinación de cabeza.

—Soy Blackraven —se presentó—. Gracias por haber acudido a nuestra invitación.

—Milord, vuestra invitación me honra —dijo sin ampulosidad—. Veo que este es un mal momento. Puedo regresar mañana o cuando su señoría indique.

—No, no —desestimó Alexander—. Si me aguarda un momento, lo atenderé fuera. Me vendrá bien un cambio de aire.

Le pidió a su cuñado Edward que finiquitase la venta del ébano, tras lo cual se cubrió con su largo paletó negro, se calzó la chistera e hizo una seña a Walker para que lo siguiese. Enseguida cayeron en una charla agradable acerca de barcos y de cuestiones relativas a la náutica. Finlay Walker era un hombre que pisaba los cuarenta, en buen estado físico y, un aspecto que Alexander apreció, con impecable apariencia. Detestaba la gente sucia o desastrada.

—Dentro de unas semanas —le comentó Alexander—, estará listo un clíper de propiedad de la Casa Neville que está siendo carenado y reparado. Lo capitaneará mi hermana Isabella —dijo, e hizo una pausa para estudiar la reacción del marino.

Walker prosiguió caminando con las manos a la espalda y la vista al suelo, como si meditase cada palabra que él vertía.

—¿El asunto no lo escandaliza? —se extrañó Alexander, y Walker alzó rápidamente la cabeza y lo miró a los ojos.

—¿Su hermana capitana del clíper? —reiteró para mayor precisión. Alexander asintió—. Creo que he escandalizado lo suficiente a la sociedad de Londres como para considerarme con la autoridad para juzgar a vuestra hermana, milord. Entre las excusas que interpusieron al darme de baja en la Marina cuenta un viejo escándalo familiar en el que estuvo involucrado mi hermano. Como podrá ver, milord, no tengo ningún derecho a indignarme. Por nada —recalcó—. Además, vuestra familia es conocida por su habilidad en el mar —apuntó en un tono más relajado—. No me extraña que la señorita Blackraven desee capitanear una nave.

—Lo hará por cuenta de la Neville & Sons.

—Ah, la Neville & Sons —dijo con acento apreciativo—. Mi esposa tiene en la más alta estima a la señorita Manon Neville. Presumo que su excelencia ha tenido el gusto de conocerla.

—Sí, he tenido el placer de conocerla.

—¿Formaré parte de la tripulación al mando de su hermana, milord?

—No. Como cederé mis dos primeros oficiales al clíper de los Neville, me gustaría que vuesa merced los reemplazase en el mío, en el *Leviatán* —dijo, y lo señaló a la distancia—. ¿Algún problema con ocuparse de las responsabilidades del primer y del segundo contramaestre?

—No, milord, en absoluto —se apresuró a asegurar Walker—. ¿Con cuántos miembros cuenta la tripulación del *Leviatán*?

—Somos treinta, entre los oficiales y la marinería. La paga será de ochocientas libras al año.

—Oh —se asombró el antiguo marino de la Corona británica—. Es una paga más que generosa, milord. Gracias.

—Nos gusta recompensar justamente a quienes nos ayudan a llevar adelante nuestro negocio.

—Más que justamente, diría. Ahora comprendo lo que se murmura, que los marineros se pelean por un sitio en los barcos de la flota Blackraven.

Alexander rio por lo bajo antes de aclarar:

—Así como la paga es buena, las exigencias suelen ser extremas, en especial en lo que respecta a la conducta y a la limpieza.

—No puedo estar más de acuerdo con eso, milord.

—¿Cree que su esposa lo echará de menos? Solemos pasar largas temporadas en el mar.

—Margaret me conoció siendo un marino —alegó Walker—. Es una mujer sensata e inteligente.

—Así me lo pareció dos días atrás, cuando la encontré en Blackraven Hall. Ella y la señorita Manon eran invitadas de mi madre.

—Margaret volvió emocionada después de transcurrir la tarde en compañía de la señora duquesa. Eran solo palabras de encomio para vuestra señora madre y también para la señorita Manon. La emoción continuó ayer por la tarde, cuando recibió un billete de la señorita Manon en el que le proponía dar clases a un huérfano, un «*protégé*» lo llamó.

«Obby», pensó Alexander.

—¿La juzga una buena idea? —inquirió Alexander—. Esto es, que vuestra esposa se dedique a la enseñanza.

—Claro que sí, milord. Margaret es una joven muy culta, con una naturaleza dulce y paciente, ideal para la enseñanza. Además, la ayudará a mantenerse ocupada y entretenida durante mis largas ausencias.

Alexander asintió y prosiguieron la marcha en silencio, hasta que se detuvieron en el muelle, frente al *Leviatán*.

—¡Qué nave estupenda! —exclamó Finlay Walker con una expresión que se condecía con sus palabras admirativas—. Las líneas son de una proporción pocas veces vista. Ahora comprendo por qué alcanza los veinte nudos. —Se volvió súbitamente hacia Alexander y lo miró con un ceño—. Eso es lo que se dice, milord, que el *Leviatán* es capaz de alcanzar velocidades inverosímiles.

—En los Rugientes Cuarenta, sí —puntualizó Alexander.

—¡Veinte nudos! Y en medio de tantos icebergs —masculló, asombrado.

—Prácticamente no pego ojo —rio Alexander, lo que le ganó una mirada apreciativa de Walker.

—Estoy seguro de que será un honor navegar a su lado, milord.

—Puede llamarme capitán Alex, como lo hacen todos mis hombres.

—Capitán Alex —repitió el navegante y le tendió la mano, que Alexander aceptó.

Le gustó que Walker tuviese un apretón firme y decidido.

* * *

—Gracias por hospedar a Sri Sananda y a Rao Sai en Grosvenor Place, Alex —dijo Trevik Jago después de la cena, mientras bebían unas copas de oporto en el saloncito verde—. Mañana mismo buscaré una pensión y nos trasladaremos para devolverte tu intimidad. Ya he impuesto mi presencia demasiado tiempo.

—¿De qué hablas, Trev? —se enfadó Alexander—. Esta casa es tan grande que podrían pasar días enteros sin que nos cruzásemos. Además, me gusta tenerte como huésped, lo mismo a Sananda. En cuanto a Rao Sai, ya has visto las buenas migas que está haciendo con Obby.

—Por otro lado —intervino Goran Jago, apoltronado en un sillón, con los pies sobre un escabel—, ¿con qué dinero pagarías la pensión? No tienes un penique.

—La Asociación de Amigos Hospitalarios me pagará un salario cuando empiece a trabajar en la vicaría del hospital para pobres —replicó, ofendido—. Además, tengo mis ahorros. No soy un indigente.

—Por supuesto que no eres un indigente —confirmó Alexander—. Pero sí eres terco y orgulloso. Cientos de veces te he ofrecido dinero y lo has rechazado.

—Necesito poco, y lo poco que necesito, lo necesito poco.

Goran Jago lanzó un silbido de admiración.

—No sabía que tenía un hermano filósofo.

—Esa frase no es mía —admitió Trevik—. Es de San Francisco de Asís.

—¿Desde cuándo un pastor anglicano cita a un santo católico? —preguntó Alexander con acento burlón.

—Me la dijo tu madre años atrás y, desde entonces, ha sido una guía para mí.

Un paje abrió la puerta y anunció a Sri Sananda. El anciano cruzó el umbral. Alexander notó que se había quitado el gran chal y que debajo llevaba la extraña prenda que muchos de sus empleados y sirvientes usaban en la hacienda de Colombo; la llamaban *dhoti*. En los pies, y pese al frío, Sananda solo calzaba unas sandalias. Cargaba dos grandes cuadernos, los típicos mamotretos empleados en la contabilidad.

Los tres se pusieron de pie para recibirlo. Goran Jago lo desembarazó de los pesados libros, Trevik lo tomó del brazo y Alexander le señaló un cómodo sillón frente al fuego de la chimenea, que se ocupó de avivar atizándolo, lo que generó una lluvia de chispas, que quedaron atrapadas en el chispero. Sananda se quedó de pie y en silencio, observando el fuego con una mansedumbre contagiosa. Alexander, con el atizador en la mano, permaneció junto a él, en cómodo mutismo.

—Toma asiento, Sananda —le pidió Trevik Jago—. Debes de estar cansado. Ha sido una larga jornada.

«Y triste», pensó Alexander, pues le habían comunicado lo de la muerte de Ramabai, a la que conocía desde pequeña, pues su padre, un bravo militar y medio hermano del *peshwa* Bajirao II, había servido bajo las órdenes del marajá de Bengala, hermano de Sananda. En realidad, les había contado Trevik, el título de marajá le habría correspondido a Sananda por ser el primogénito, pero lo heredó su hermano cuando Sananda abjuró de sus orígenes aristocráticos para dedicarse a una vida de sacrificio y humildad. No obstante, cuando precisaba, recurría a su hermano, que le daba a manos llenas, por ejemplo para costear ese viaje a Londres.

Sananda no había vertido una lágrima después de que Trevik le confesó lo del accidente fatal de Ramabai. Recibió la noticia con un sereno fatalismo, como si hubiese estado esperándola. Rao Sai, en cambio, lloró amargamente. Al mediodía, Sananda expresó el deseo de ver a Binita y a Dárika. Lo condujeron a Blackraven Hall. La reacción de las niñas, que soltaron una exclamación y corrieron a los brazos del anciano, resultó un fuerte contraste con la apatía que habían mostrado al reencontrarse con el padre en esa misma sala meses atrás. También se alegraron de ver a Rao Sai.

—¿Qué es esto, Sananda? —inquirió Goran Jago, que hojeaba uno de los cuadernos.

—Me los entregó Ramabai antes de partir para que los custodiase. Pertenecían a su esposo, Jacob Trewartha. Me dijo que, mientras ella lo amenazase con entregarlos a las autoridades de la Compañía de las Indias Orientales, Jacob no se atrevería a hacerles daño. Fue en vano —susurró, y devolvió la mirada a la danza hipnótica de las llamas.

—Ramabai me habló de estos cuadernos —comentó Trevik—. Trewartha había comenzado a vender opio fuera del giro de la Compañía. Las ganancias que obtenía iban a parar a sus bolsillos, además de una tajada para Trevor Glenn y otra para Zayan, el capataz de la Compañía.

—¿Por qué registrar lo producido por un delito? —se extrañó Goran.

—Para evitar perder el control —respondió Alexander—, sobre todo si tienes que llevar una contabilidad oficial y rendir cuentas a los auditores de la Compañía.

Observó de reojo a Sananda, que seguía quieto y callado. Lo vio parpadear ligeramente cuando Goran Jago proclamó:

—¡Con esto lo destruiremos! Será el último clavo en su ataúd.

* * *

Hacia fines de octubre, la sociedad londinense se preparaba para el primer baile de la temporada en Almack's, y las tiendas y las modistas no daban abasto vendiendo retales de telas, alamares y cintas y tomando medidas y confeccionando vestidos.

Entre los agentes de la bolsa, existía un entusiasmo general por los bonos de las Cortes, pues, como había pronosticado Porter-White, la regente María Cristina había asegurado que pagaría la deuda que su esposo no había honrado en 1823. Ni siquiera el conflicto por la sucesión estallado con don Carlos, el hermano del difunto rey, servía para atemperar los ánimos: los bonos españoles seguían aumentando, fuese en las tabernas londinenses —todavía estaba prohibido comercializarlos en el edificio de la bolsa— o en la *rue* de Quincampoix, en París. Manon se preguntaba cuándo explotaría la burbuja, pues por más buena voluntad que la regente María Cristina demostrase, precisaba del dinero para pagarlos.

Resultaba una amarga derrota ver a su cuñado pavonearse gracias a las pingües ganancias que estaban obteniendo y que quintuplicaban las pérdidas ocasionadas por sus manejos poco claros con el sombrerero Harris y el señor Donkin. También la fastidiaba que la compañía minera marchara viento en popa. Aún no se habían lanzado a la venta las acciones, pero estaba creándose tal expectativa que, Manon calculaba, se venderían muy por encima del valor nominal. Los libelos describiendo las magníficas minas del Famatina, más rico que el cerro del Potosí, y los artículos en los periódicos que hablaban en términos encomiásticos de la Río de la Plata Mining & Co. eran cosa de todos los días.

En cuanto al precio de las acciones de la Compañía de las Indias Orientales, tras meses de constantes caídas, se había estabilizado, aunque muy por debajo del registrado a principios de año. La llegada de dos embarcaciones, una de China y otra de Bengala, cargadas de riquezas, había servido para frenar el derrumbe, e incluso propiciado que aumentasen unas libras. Igualmente, los conflictos en el seno de la Corte de Directores continuaban, por lo que Manon aconsejó a su padre deshacerse de gran parte del paquete accionario que la Casa Neville poseía de la estratégica Compañía. Porter-White se opuso arguyendo que una vez que Jacob Trewartha cayese y que los directores eligiesen un nuevo presidente, la Compañía recuperaría los valores registrados en enero.

—No importará la elección de un nuevo presidente —alegó Manon— cuando el Parlamento finalmente les prohíba seguir comerciando con el opio.

Porter-White sonrió con suficiencia antes de responder:

—El Parlamento jamás aprobará la ley que prohíba el comercio del opio. Sería como dispararse a los pies. Inglaterra *depende* de la venta del opio a los chinos.

—Arthur Blackraven está...

Manon no pudo continuar. Su cuñado la interrumpió para afirmar:

—Nadie niega que Arthur Blackraven sea el mejor orador de entre los parlamentarios, pero te aseguro que si le preguntases si cree verdaderamente en la victoria de su propuesta, te diría que no.

—Los Blackraven saben que no pueden ganar esta contienda —intervino sir Percival en apoyo de su yerno.

—¿Por qué la iniciaron, entonces? —preguntó Manon con acento enfadado.

—Porque necesitan que el emperador Daoguang, que tiene sus espías en Londres, sepa que Roger se debate por su causa —explicó sir Percival—. No venderemos las acciones de la Compañía, cariño —decidió su padre, y Manon notó que Porter-White sumía los labios para ocultar la sonrisa triunfal.

Como le sucedía últimamente, otros aspectos de su vida compensaban las amarguras que le causaba la intervención de su cuñado en la Casa Neville, como que el hueso roto de Timothy hubiese soldado a la perfección y su primo recuperado la capacidad para caminar y correr, o lo bien que había resultado el arreglo para que Margaret Cavendish se ocupase de la educación de Obadiah y de las pequeñas Binita y Dárika. Todos los días, la joven se presentaba en Blackraven Hall, donde los niños la aguardaban en la sala de juegos, acondicionada con un pizarrón para que Margaret les enseñase las primeras letras y los cálculos básicos de aritmética.

La construcción del hospital para pobres avanzaba con rapidez. Dennis Fitzroy proyectaba inaugurarlo, aunque fuese parcialmente, a principios de 1834, en lo más crudo del invierno. A pesar de la muestra de arte frustrada, recibían periódicamente donaciones, que se esfumaban porque los gastos crecían a una escala exponencial, ya que habían decidido emplear la última tecnología en materia edilicia, como agua corriente, iluminación a gas y calefacción con vapor. Manon quería, y así se lo había comunicado a las otras socias fundadoras, brindarles a los pobres las comodidades de las que ellas gozaban en sus hogares. «No porque sea un hospital *para* pobres», había declarado en la última reunión en la casa de lady Sarah Child Villiers, «tiene que ser un hospital pobre». A sugerencia de James Walsh, se había previsto destinar un amplio espacio para la cocina, con enormes calderos donde se herviría el agua que se emplearía tanto para la curación de las heridas como para el consumo de los enfermos. El cirujano chino sostenía que, por alguna razón ignota, el agua hervida prevenía muchas enfermedades, entre ellas el cólera. Dennis Fitzroy apoyaba la moción y aseguraba que algo de cierto debía de haber en la afirmación de su colega, pues en la última peste de cólera sufrida en Londres él había observado que, en los barrios más pobres, la mayor cantidad de decesos se habían registrado entre las mujeres y los niños, que solo consumían agua. Los hombres, en cambio, que jamás bebían agua, solo ron y cerveza, raramente enfermaban.

El sabio indio Sananda la había impresionado íntima y profundamente. Lo había conocido en Blackraven Hall pocos días después de su llegada, cuando Isabella la invitó a tomar el té para presentárselo. *Es un ser de otro mundo*, le había asegurado en la esquela que le había enviado.

Trevik Jago le explicó acerca de la estratificada sociedad india, en la que ciertas castas superiores, como los brahmanes, consideraban tan impuros a los inferiores que ni siquiera se permitían rozarlos con las vestiduras. Sananda había revolucionado las creencias ancestrales afirmando que todas las criaturas eran iguales y que componían una unidad perfecta con el creador. Aunque las castas superiores lo detestaban, muchos se aproximaban a su áshram, una especie de monasterio hinduista, buscando su consejo y para impregnarse de su paz. Habían intentado asesinarlo en varias ocasiones y, aunque él jamás se protegía ni admitía guardaespaldas ni que se portasen armas dentro del áshram, los intentos siempre resultaban fallidos.

—Una vez, muy preocupado por su vida, le pregunté por qué no se protegía —le contó Trevik Jago—. Me contestó: «Dejo todo en manos del creador y fluyo en un torrente de bienaventuranzas». Créeme, Manon —prosiguió el pastor, visiblemente conmovido—, fue una lección de fe, la más grande que he recibido en mi vida, porque, pese a que viví rodeado por la religión, pese a que elegí la carrera de clérigo, nunca tuve verdadera fe. ¿Y sabes por qué? Porque siempre tengo miedo y porque soy tan soberbio de creer que todo depende de mí.

Manon analizó durante días lo que Trevik Jago había compartido con ella y terminó por comprender que se trataba de una enseñanza que estaba alterándola radicalmente, a ella, que deseaba controlar cada aspecto de su vida y también la de los demás. Le habló con tanta pasión del sabio indio a Talleyrand, que el embajador francés pidió conocerlo, e incluso aceptó trasladarse hasta Grosvenor Place, donde pasó un buen rato a solas con el indio en la salita verde, que, al parecer, se había convertido en su lugar predilecto.

Al día siguiente, cuando Manon fue a visitarlo a la embajada, ansiosa por conocer la opinión de su tío Charles-Maurice, lo notó meditabundo y sereno.

—Sin duda —admitió Talleyrand—, es un sabio, un hombre santo. Habla poco y transmite una paz difícil de describir. Yo, que me he pasado la vida entera hablando para convencer, para manipular y para salirme con la mía, me sentí extrañamente a gusto mientras él guardaba silencio. Le hice una pregunta. Quise saber de qué dependía que un hombre alcanzara la grandeza o que fuese un miserable.

—¿Qué te respondió? —se interesó Manon.

—Según él, todo está predeterminado, todo depende del destino de cada uno y que es imposible escapar de él. Me miró con una mansa sonrisa y me dijo: «¿Acaso tú, Charles-Maurice, no actuaste del único modo posible de acuerdo con las circunstancias en las que naciste?». Admito que me dejó boquiabierto, querida Manon, porque es lo que yo vengo sospechando desde hace tanto tiempo.

—Tú me dijiste que la vida es como una obra de teatro —le recordó Manon.

—Exacto —ratificó Talleyrand—. El libreto está escrito. A nosotros solo nos queda recitar nuestra parte. Si yo no hubiese nacido con esa malformación en los dos pies, mi vida habría sido completamente distinta. Pero fue como si, naciendo tullido, hubiese estado predestinado para la vida que me tocó.

—Entonces, ¿nada depende de nosotros? —se extrañó Manon.

—Según Sananda, no. Y creo que es así, aunque en el fondo me cueste aceptarlo. Nosotros no somos los hacedores, me dijo. Sananda opina que creer que nuestros logros y que nuestros fracasos nos pertenecen es una gran trampa de la soberbia humana.

—Qué pensamiento tan singular. —Manon se quedó callada, la mirada quieta en los dibujos de la costosa alfombra Aubusson de la embajada francesa—. ¿Y de qué depende el destino que nos toca vivir? ¿Sananda te lo dijo, tío Charles-Maurice?

El anciano francés le dedicó una sonrisa compasiva.

—Al igual que tú, querida Manon, yo soy una persona que quiere tener todo bajo control, por lo que sí, se lo pregunté. Sananda me contempló a los ojos, me sonrió y me dijo: «Existe un creador, Charles-Maurice. Déjalo a él ocuparse de su creación».

—¡Oh! —se admiró Manon, y una emoción le trepó por la garganta y le humedeció la vista.

Capítulo XXII

El lunes 28 de octubre, en una fría y neblinosa mañana, llegó a Londres Braulio Costa, amigo y comisionado del general Juan Facundo Quiroga. Había arribado dos días antes al puerto de Liverpool en el bergantín *San Lucas*. Se presentó en Blackraven Hall y, al ser informado que su gracia, el duque de Guermeaux, no se encontraba en la ciudad, pidió por su hijo, el conde de Stoneville. Se le indicó que lo buscase en la barraca ubicada en la Piscina de Londres.

Alrededor del mediodía, el señor Paterson llamó a la puerta del despacho de Alexander y le anunció la llegada de un extranjero, probablemente de España, a juzgar por el acento con que hablaba el inglés.

—Hágalo pasar, señor Paterson —indicó Blackraven, mientras introducía la péñola en el tintero y se desenrollaba las mangas de la camisa.

Se alzó de la silla, retiró la levita del perchero y se la puso. En tanto se la abotonaba, vio avanzar al recién llegado entre los escritorios de los amanuenses y de los contables y lo reconoció enseguida: Braulio Costa, un comerciante y financista porteño con el que solían hacer negocios. Unos diez años mayor que él, de altura media y tez pálida, lucía mucho mayor. La calidad de sus ropas demostraba lo que él ya sabía: era un hombre rico. «Costa tiene los dedos metidos en todos los negociados del país», le había comentado su padre en una ocasión para luego advertirle que no confiase en él.

Braulio Costa lo saludó con ampulosidad. Alexander le indicó los sillones agrupados en un rincón de su oficina y, tras pedir a un empleado que les trajese café, se volvió hacia el visitante y le habló en español.

—Espero que haya tenido un placentero viaje.

—Lento, excelencia, muy lento —se lamentó el comerciante porteño—. La calma chicha nos atrapó cerca del ecuador. Estuvimos quietos durante casi dos semanas. Después nos tocó soportar una tormenta endiabla en el golfo de Vizcaya, que me tuvo tirado en la litera dos días enteros. Depender de los caprichos del viento puede resultar un gran fastidio —acotó.

—Desafortunadamente —comentó Alexander—, los barcos a vapor no cubren grandes distancias. Estimo que algún día lo harán.

—Dios lo oiga, excelencia.

—¿En qué puedo serle útil, señor Costa?

—Estoy aquí en representación de mi amigo el general Juan Facundo Quiroga —afirmó el porteño con cierta pompa.

Alexander ocultó la sorpresa que la declaración le produjo. Aunque esperaban la llegada de una carta de Quiroga referida a la explotación del cerro Famatina, no habían previsto que enviase un heraldo.

Braulio Costa abrió un cartapacio de cuero del cual extrajo una misiva de Quiroga para el duque de Guermeaux, además de varios documentos, entre ellos uno que otorgaba *«el derecho exclusivo para explotar las pastas de los minerales de esta provincia por el término de veinticinco años al consorcio fundado entre la Blackraven Shipping & Shipyard y la Compañía Minera del Famatina»*, cuya acta de fundación en Buenos Aires, con la firma de Costa y de Quiroga, entre otros, también se encontraba entre la documentación producida por el comerciante porteño. A Alexander no pasó por alto el hecho de que, si bien el consorcio llevaba el nombre del famoso cerro, la fórmula de la cesión hablaba de «los minerales de esta provincia», lo que implicaba que podrían explotar cualquier hallazgo, fuese en el Famatina o en algún otro sitio del territorio riojano.

El empleado regresó con el servicio de café y, mientras servía, Alexander aprovechó para echar un vistazo a los documentos. Le tomaría unas horas estudiar concienzudamente el extenso contrato y las otras actas, pero, acostumbrado como estaba a la jerga legal y a ese tipo de acuerdos, buscó las cláusulas más importantes y las leyó rápidamente. Según la propuesta de Quiroga, la Blackraven Shipping & Shipyard se ocuparía de financiar el emprendimiento y de proveer los mineros y las herramientas, como también de pagar al gobierno riojano, en concepto de derechos de explotación, un treinta por ciento de lo producido. Se suponía que esa renta acabaría en las arcas de la provincia de La

Rioja, representada por la Compañía Minera del Famatina. Alexander sospechaba que la mayor parte encontraría su camino hacia los bolsillos del gobernador, de su comisionado Costa y de otros funcionarios.

Se debatió entre comentarle acerca de la creación de la Río de la Plata Mining & Co. o callar. Finalmente, decidió advertirlo de la situación porque, se convenció, no pasaría un día antes de que el comerciante porteño acabara por enterarse gracias a los periódicos que se referían a la promisoria compañía minera. La reacción del comerciante porteño no lo sorprendió. El rostro pálido se tornó rubicundo y sus manos se cerraron hasta que formar puños apretados.

—Es completamente ilegal lo que Rosas está haciendo, excelencia —aseguró—. No tiene ningún derecho para decidir sobre el destino de los recursos naturales de las provincias, ¡de ninguna de ellas! Ni siquiera de Buenos Aires, cuyo gobernador en este momento es don Juan Ramón Balcarce.

Alexander asintió pues recordaba que en la última carta de su tío Tomás Maguire, llegada en febrero de ese año, les contaba que, tras la renuncia de Rosas a la gobernación de Buenos Aires, lo había sucedido Balcarce, moderado y de ideas liberales.

—Según la información con la que contamos —retomó Alexander—, el acuerdo que Rosas ha establecido para explotar el Famatina fue acordado con Quiroga.

—¡Sandeces, excelencia! —se ofuscó el porteño—. Si en algún documento figura la firma de don Juan Facundo, ha sido falsificada.

Alexander se cubrió la frente con la mano y apoyó el codo en el brazo del sillón. Simulaba leer uno de los documentos; en realidad, meditaba que el asunto estaba convirtiéndose en un gran embrollo, típico de los dimes y diretes de la política rioplatense. Alzó la vista y se encontró con los ojos oscuros y ansiosos del comerciante porteño. «Por lo pronto», se dijo, «tendré que protegerlo o terminará como Francis Turner».

En ese instante, Estevanico y su cuñado, Edward Jago, entraron en la oficina. Braulio Costa se puso de pie para saludarlos. Alexander los presentó.

—Señor Costa, seguramente recuerda a mi hermano mayor, Estevanico —señaló Alexander, y el hombre asintió con una seriedad que traslucía cierto desprecio—. Le presento al señor Edward Jago, mi cuñado y abogado de la Blackraven Shipping & Shipyard.

Tomaron asiento. El empleado volvió con café fresco y rellenó las tazas. En la conversación que siguió, Costa intentó expresarse en inglés para incluir a Edward, que no hablaba el español.

—¿Dónde se aloja, señor Costa? —se interesó Estevanico.

—En el hotel Durrants —contestó el porteño.

—Allí se aloja el comisionado del señor Rosas —señaló Edward—, Antonino Reyes.

—Manga de delincuentes —masculló el hombre en español.

—Esta noche le enviaré mi carruaje para que cene en mi casa, señor Costa —dispuso Alexander—. Allí hablaremos con más serenidad.

—Oh, gracias, excelencia. Gracias —insistió.

—Eddy, ¿has venido en tu coche? —se interesó Alexander.

Se dispuso que Jago lo condujese hasta el Durrants mientras dos marineros de confianza, que lo escoltarían hasta el hotel, se ocuparían de su seguridad.

—¿Corre riesgo mi vida? —se preocupó el porteño.

—Más vale prevenir que lamentar —dijo Estevanico, y salió para ocuparse de elegir los dos hombres que lo protegerían.

Unas horas más tarde, en tanto aguardaban que el invitado se presentase en Grosvenor Place, Alexander se dirigió a Goran Jago.

—Estoy pensando que quizá sería conveniente que publicases un artículo anunciando la llegada de Costa. Todos tienen que saber que está aquí y a qué ha venido. Será una manera de protegerlo.

—Y de desbaratar el plan de Porter-White —acotó Arthur.

—Empleamos la misma estrategia con Ramabai —evocó Goran con acento amargo— y no dio resultado.

—Intentaron hacerlo pasar por un accidente —apuntó Estevanico—. Eso nos dice algo: tenían miedo de actuar abiertamente.

—De igual modo, nadie ha pagado por su muerte —se lamentó el periodista—. Y me temo que nadie lo hará.

—Por lo pronto, querido Goran —dijo Arthur—, estás ocupándote de convertir la vida del principal sospechoso en un infierno. Los artículos que has publicado en los últimos días en los que relacionas a Trewartha con un comercio ilegal de opio han provocado un gran alboroto.

—Las acciones volvieron a caer —intervino Edward—. En algún momento deberás producir las pruebas o tu reputación quedará en discusión —le aconsejó el hermano mayor.

—Lo haré —respondió el periodista—. A su debido tiempo, lo haré.

—¿Las entregarás a la Corte de Directores? —se intereso Arthur—. ¿O a algún juez de Old Bailey?

—Tú, como abogado, ¿qué me aconsejas?

Se inició una conversación en la que Arthur y Edward, los dos expertos en el derecho inglés, llevaron la voz cantante. Al cabo de unos minutos, habían decidido que entregar las pruebas en la próxima reunión de la Corte sería la táctica más eficaz.

—¿No tendremos la compañía de Sananda? —se extrañó de pronto Edward—. Anne-Rose se ha encariñado con el viejo sabio.

—Cena frugalmente y se retira temprano —explicó Alexander.

—¿Qué opina él del ataque a Trewartha en la prensa y de la posible entrega de los cuadernos a la Corte de Directores? —se interesó Estevanico.

—Sananda no opinará acerca de eso, ni de nada —terció Trevik Jago, que se había mantenido silencioso frente a la chimenea—. Es su firme convicción que las cosas serán como tengan que ser y que es en vano preocuparse.

Robert anunció la llegada del señor Braulio Costa. El hombre, elegante en un frac de buen corte, entró en la espaciosa antesala del comedor dando vistazos a diestro y siniestro, en abierta admiración por la grandeza y la suntuosidad de la mansión. Tras los saludos, Alexander le presentó a Goran Jago, quien, le aclaró, escribía para *The Times*. El nombre del famoso periódico atrajo la atención del comerciante porteño.

—Si no tiene nada en contrario, señor Costa —dijo Alexander en inglés—, el señor Jago está aquí para hacerle una entrevista. Estábamos hablando acerca de la conveniencia de hacer pública vuestra presencia en Londres. De ese modo comenzaremos la disputa con el otro consorcio, que se adjudica la explotación del Famatina.

—Gracias, excelencia, muchas gracias. Y gracias por los dos hombres que me han asignado como guardias. —Alexander se limitó a inclinar la cabeza—. Excelencia —retomó Costa con cierto embarazo—, ¿cuándo regresa su gracia, vuestro estimable padre? Por favor, no deseo que se me malentienda —se apresuró a aclarar ante la mirada seria que le destinó Alexander—. Sé que su señoría puede ocuparse perfectamente de este asunto. Solo deseaba saber.

—Nuestro padre inició un viaje días atrás —respondió Alexander—. No lo veremos por algún tiempo. Pero no se preocupe, señor Costa. Mi hermano Estevanico ya le escribió para advertirlo de su presencia en Londres.

—Incluí la carta del general Quiroga —agregó el susodicho—. Ambas misivas partirán esta noche en uno de nuestros clíperes. Es probable que lo alcancen en dos o tres semanas.

—Pensaba emprender el regreso más o menos en ese tiempo —comentó el porteño—, después de arreglar algunos acuerdos comerciales en Manchester y, claro está, con vuestra flota.

—Y así podrá hacerlo, señor Costa —confirmó Alexander con una sonrisa y mientras le señalaba la puerta de doble hoja, que un paje abría para ellos—. Ahora compartamos una tranquila cena.

El comedor, con su larga mesa para treinta y seis comensales, sus dos enormes arañas de cristal y las *boiseries* doradas a la hoja que adornaban los muros y el cielo raso, maravillaron al invitado, que se detuvo frente a un espectacular retrato de cuerpo entero. Alzó la vista para observarlo. Alexander se colocó junto a él y también lo observó con nostalgia y culpa.

—Era mi abuelo, el anterior duque de Guermeaux, Alexander Blackraven —comentó.

—Ah, Alexander, como su señoría.

—Es una tradición familiar que los varones primogénitos heredemos los nombres de nuestros abuelos.

—Noble tradición —acordó el porteño—. Entonces, el día en que su señoría reciba la bendición de un hijo deberá llamarlo Roger, como vuestro honorable padre.

Alexander asintió y alzó la mano para indicarle su sitio, a la derecha de la cabecera. Robert retiró la silla para el conde y los pajes hicieron otro tanto con las de los otros comensales. Pese a las formalidades, enseguida se inició un diálogo bastante afable y abierto. En un principio, a Costa le sorprendió que Goran Jago interrumpiese la comida para tomar nota en una libreta con una carbonilla. Lo hacía con especial afán cuando él se refería a los acontecimientos políticos en el Río de la Plata.

—Rosas demuestra una vez más su corazón unitario —declaró el comerciante porteño, y Alexander tradujo la palabra «unitario», pues la había dicho en español.

—Pero ¿cómo? —se extrañó Arthur—. ¿Rosas no es del partido federal?

Braulio Costa rio con sorna antes de asegurar:

—Rosas declara ser federal, pero, en la práctica, es el político más unitario del Río de la Plata —insistió—. Si nos ponemos a analizar con un ojo crítico su desempeño hasta ahora, comprobaremos que ha hecho de todo para evitar que las provincias se reúnan en una convención que dicte la constitución federal.

Goran Jago tomaba nota con trazos frenéticos. Todos escuchaban con interés.

—¿Por qué se opone a que se dicte una constitución? —se interesó Edward.

—Porque perdería el poder que ahora ostenta sobre la aduana, que se encuentra en Buenos Aires, y que es la mayor fuente de ingresos del país. Rosas es un hombre muy ambicioso, que hará lo necesario para mantener la situación bajo su gobierno, en la ciudad y en la campaña.

Alexander saboreó el excelente Monferrato blanco de Asti, que Robert había elegido para acompañar el bacalao, y meditó lo que su invitado acababa de afirmar.

—¿El general Quiroga comparte vuestra opinión, don Braulio? —quiso saber.

El porteño apretó los labios y le imprimió a su semblante un gesto de derrota.

—Excelencia, Quiroga está muy dolido con Rosas, aunque lo disimule. Se sintió traicionado y abandonado en aquel nefasto asunto de la batalla de Oncativo, en la que ese pérfido de Paz lo derrotó y después lanceó cobardemente a sus soldados en retirada. Rosas no movió un dedo para ayudarlo. Pero no, no comparte mi opinión acerca de Rosas.

—¿Cuándo tuvo lugar esa batalla? —quiso saber Goran.

—Hacia finales de febrero del 30. El día 25, creo.

—Pero, entonces, ¿Quiroga y Rosas son amigos? —preguntó Edward con un tono entre impaciente y confundido.

—¡Amigos! —se mofó Costa—. ¿Quién puede ser amigo de Rosas? Ese solo tiene un amigo: a sí mismo. Es cierto que, después de las derrotas de La Tablada y de Oncativo, recibió al general Quiroga en Buenos Aires, y con grandes honores, pero solo lo hizo para mantenerlo tranquilo y controlado. Conoce la determinación del Tigre de los Llanos —dijo con orgullo, y Alexander tradujo el mote como «Tiger of the Plains».

—¿Le teme? —se interesó Estevanico—. Me refiero, Rosas a Quiroga.

—¡Claro que le teme! —afirmó el porteño con vehemencia—. Y hace bien en temerle. Es amado por la montonera, por el ejército —aclaró—. Sus hombres harían cualquier cosa por él. Pero mi querido amigo don Juan Facundo posee un corazón bondadoso y demasiado crédulo, y no ha comprendido que su verdadero enemigo está más cerca de lo que él cree. No es Lamadrid, ni Paz, ni Lavalle. Es Rosas —afirmó.

Un mutismo apesadumbrado se apoderó de la mesa. Los comensales aprovecharon para saborear el postre, un budín de tofe con dátiles almibarados, que arrancó un gemido placentero al invitado de honor. Alexander saboreó el vino tokay y admitió que el maridaje con el empalagoso postre era perfecto. Aprovechó el cambio de humor para insistir con el asunto primordial.

—¿Es posible que Rosas y Quiroga hayan acordado la explotación del Famatina y creado esta otra compañía, la Río de la Plata Mining & Co., sin que su señoría lo supiese?

—Lo juzgo improbable, excelencia —replicó el comerciante porteño—. Tanto Rosas como Quiroga se empeñan por estos días en la lucha contra el indio, y es cierto que están en permanente contacto, pero dudo de que a mí don Facundo me escribiese una cosa para después hacer otra. Él no es así.

—Señor Costa —intervino Arthur—, corríjame si me equivoco, pero el general Quiroga no es el gobernador de La Rioja, ¿verdad? —El porteño ratificó que no lo era—. Entonces, ¿qué autoridad invoca para ceder la explotación del cerro Famatina?

—Don Juan Facundo es el comandante general del ejército riojano además de un gran amigo del gobernador actual, don Jacinto del Rincón —respondió Costa—. Esos dos van siempre de acuerdo. Como podrán ver tras el análisis de la documentación, don Jacinto es quien aprueba el acuerdo.

Alexander dio por terminada la comida al ponerse de pie; los demás lo imitaron. Se dirigieron a una sala contigua. Allí los aguardaban una caja de cigarros cubanos y los utensilios para encenderlos. Costa saboreó una copita de marsala y alabó su calidad, a lo que Alexander comentó que provenía de la finca que su abuela poseía en Sicilia. El ambiente se había distendido y parecía que nadie quería regresar a los enredos políticos de la Confederación Argentina.

—Tal vez le resulte extraño que me haya embarcado en un viaje tan penoso y prolongado para emprender el regreso dentro de un mes —dijo Costa en referencia a que permanecería en Londres por poco tiempo—. Pero como han escuchado, las cuestiones en mi país están muy convulsionadas y me aflige dejar solos a mi esposa Florentina y a los niños. Mi esposa es una mujer extraordinaria —declaró con sincera devoción—, sobrina de un gran amigo de vuestro tío Artemio Furia. Me refiero a Juan Martín de Pueyrredón. Ustedes lo conocen, estoy seguro.

—Es también amigo de nuestro padre —afirmó Arthur.

—¿Alguno de ustedes está casado? —se interesó Costa.

—Solo yo —señaló Edward Jago—. Los demás han logrado escapar a las cadenas del matrimonio hasta el presente.

—Tú te mostrabas muy contento de encadenarte a la dulce Anne-Rose —le recordó Goran, y los demás soltaron prudentes carcajadas.

Alexander rio también. Le resultó oportuno que el tema hubiese tomado ese derrotero, pues desde el intercambio con Costa frente al retrato de su abuelo había pensado varias veces en Manon Neville, en el día en que tuvieran su primer hijo. Durante la comida, había deseado tenerla del otro lado de la mesa, como la reina de su hogar. Habría pedido que quitasen los altos candelabros y los ostentosos arreglos frutales para admirarla sin escollos, sin nada que se interpusiera entre ellos. Su mente lo condujo por derroteros más lujuriosos, por lo que terminó imaginándose el comedor vacío, solo para ellos, y a Manon echada sobre la mesa, lista para exponerle el trasero. No le costaba imaginarla levantándose las tantas capas de géneros para después pedirle que le hiciera el amor en esa posición escandalosa. Ahora allí, en la sala, la vio desnuda junto a la chimenea, abriéndose para él en confiada entrega. Se rebulló en el sillón para acomodar la erección. Bebió un trago de marsala. Se aclaró la garganta antes de intervenir.

—Más allá de que la mayoría de nosotros no estemos desposados, señor Costa, comprendemos su ansiedad por regresar junto a doña Florentina. Le aseguro que, por más que vuestra merced no haya podido encontrarse con mi padre, nosotros lo pondremos al tanto de todos los detalles cuando regrese.

Costa asintió con gesto pensativo.

—Nuestra tierra posee infinitos recursos, caballeros —aseguró el hombre—. Pero carecemos de los artesanos que sepan cómo extraerlos y de la maquinaria para tal fin. Sabemos que Europa cuenta con ambas cosas.

—Los mineros cornualleses, los mineros de nuestra tierra —subrayó Edward Jago—, son los mejores de Europa y, me atrevería a decir, del mundo.

—También lo son los de la zona de Friburgo —acotó Alexander.

—Y los irlandeses —aportó Arthur—, sobre todo los del condado de Meath. Eso afirma tío Sebastian. Tío Artemio, como su merced lo llama —se corrigió para beneficio de Costa.

—¿Cuándo cree que podrán viajar los mineros al Río de la Plata para comenzar la explotación? —preguntó el comerciante porteño.

Alexander apretó la boca y alzó las cejas en un gesto de incertidumbre.

—Verá, señor Costa, no sería sensato de nuestra parte comprometernos en ningún gesto, y menos aún en transportar mineros al otro lado del Atlántico, cuando existe una compañía que, desde hace semanas, declara abiertamente sus derechos sobre el Famatina. —Alexander alzó la mano para detener a Costa—. Lo sé, lo sé —dijo, con acento paciente—, son patrañas. Pero estas personas se toman muy en serio este asunto.

—¿Cree que ya hayan transportado a los mineros hacia el Río de la Plata?

—No lo creo —respondió Alexander—. A diferencia de nosotros, ellos primero planean hacer público su emprendimiento.

—¿Público?

—Dividirán una parte del capital en acciones —explicó Edward— y las ofrecerán en la bolsa. De este modo, al incorporar a otros inversores, reducen los riesgos en caso de pérdidas, que son comunes en las explotaciones mineras.

—¡Estafarán a los pobres diablos que las compren! —se escandalizó Costa.

—Por esa razón estamos meditando que Goran publique en los próximos días un artículo que hable de vuestra visita y del objetivo que lo ha traído hasta el Viejo Continente —reiteró Alexander.

—Señor Costa —tomó la palabra Arthur—, después de analizar concienzudamente la documentación que vuestra merced ha traído, si es preciso iniciar una demanda, lo haremos.

Braulio Costa asintió, poco convencido.

* * *

A la mañana siguiente, Alexander se levantó a la seis y, tras un baño, se preparó para bajar a desayunar. Obadiah y Rao Sai se le unieron a la mesa seguidos del fiel Mackenzie, que se detuvo a la cabecera para saludar a su amo. Alexander recogió un trozo de salchicha del plato y se lo dio. Acariciaba la cabeza del lebrel y observaba a los niños, uno rubio, de piel diáfana y ojos celestes, y el otro de rasgos en una tonalidad olivácea, ojos de un negro insondable y cabellos oscuros, y se admiró de lo distintos que eran. Comían a dos carrillos y se reían de lo mal que había pronunciado Rao Sai una palabra, no había oído cuál. Se llevaban muy bien y no advertían las diferencias físicas que tanto distanciaban a los adultos. Tras el desayuno, el cochero los llevaría a Blackraven Hall, donde asistirían a las clases que Margaret Cavendish, ahora Margaret Walker, les dictaría, a ellos y a las pequeñas hijas de la princesa Ramabai. Nunca había asistido a una de esas lecciones, pero Isabella le había asegurado que se desarrollaban en un ambiente placentero.

—Capitán Alex —dijo Obadiah, y lo rescató de las cavilaciones—, ayer, tu sobrino Donald participó de la clase. ¡Es muy pequeño! No entendía nada.

—Miss Margaret le decía: «Muy bien, Donny, muy bien» —evocó Rao Sai—, pero Donny hacía todo mal.

—Hay que tener paciencia con los más pequeños y los más débiles —explicó Alexander.

—Eso mismo nos dijo la señorita Manon —apuntó Obadiah.

—¿Estuvieron ayer con la señorita Manon?

—Y con su abuela Aldonza y con Thibault —confirmó el niño.

—Nos trajeron regalos —añadió Rao Sai, asombrado.

—La señorita Manon cantó y tocó las… —Obadiah dirigió la mirada hacia su amigo—. ¿Cómo se llamaban? —preguntó, e hizo un movimiento alegórico con las manos.

—Castañuelas —respondió Alexander mientras ocultaba la desilusión que implicaba haberse perdido el espectáculo.

—¡Sí, esas! —afirmó Obadiah con un entusiasmo contagioso—. Yo le dije: «Señorita Manon, si un día te vuelves pobre, podremos ganar dinero contigo cantando en Piccadilly Circus. Yo te ayudaré pasando la boina».

Alexander soltó una carcajada, y los niños lo observaron con extrañeza y los ceños apretados.

—Estoy seguro de que la señorita Manon habrá estado muy agradecida con tu oferta, querido Obby.

—Sí, lo estaba —dijo el niño con aire desconfiado y ofendido—. Me dijo que soy encantador y que todos me darían dinero si yo pasase la boina. Así dijo, que soy *encantador*.

Alexander asintió, mientras escondía la sonrisa tras la servilleta. La depositó junto al plato vacío y se puso de pie.

—¿Te vas, capitán Alex? —se entristeció Obadiah.

—Así es. Me espera una jornada con muchos compromisos. —Consultó el reloj de leontina—. Señores —los llamó, lo que arrancó risitas a los niños—, terminen vuestros desayunos y apréstense para partir a Blackraven Hall. Les deseo un buen día.

Poco más tarde, Alexander entregaba su montura al palafrenero de White's e ingresaba por la puerta de las caballerizas. Algunos miembros elegían el club para desayunar, por lo que se encontró con la esperada concurrencia. Notó, sin embargo, una inquietud general infrecuente. Leían *The Times* y comentaban alguna noticia. Se aproximó al duque de Wellington, que conversaba con Henry Cavendish.

—¡Muchacho, buen día! —se alegró Wellington al verlo.

Cavendish, en cambio, se retiró con mala cara y sin saludarlo.

—Está ofendidísimo contigo porque le has dado trabajo al esposo de lady Margaret.

—¿No le bastó con hacerlo expulsar de la Marina? —se mosqueó Alexander—. ¿También desea condenarlos a él y a su hija a un destino miserable, de hambre e infortunio?

Wellington lo contempló con las cejas levantadas y una expresión de asombro. El joven conde era tan poco afecto a revelar las emociones y tan medido con las palabras que resultaba insólito verlo reaccionar.

—Creo que se esperaba que los de la nobleza británica lo apoyasen y que condenaran a los amantes furtivos al más severo ostracismo.

—Ser parte de la nobleza, desde mi punto de vista —opinó Alexander—, implica más una responsabilidad que un beneficio. Nobleza tiene que ver con la calidad del espíritu y no con los títulos que se acumulan simplemente por nacer con determinado apellido.

—Así se habla, muchacho —concedió el vencedor de Waterloo—. Sabias palabras.

Un grupo ubicado unas yardas más allá explotó en risotadas. Wellington alzó los ojos al cielo y suspiró. Alexander comentó:

—Percibo cierta inquietud. ¿Ha ocurrido algo?

Wellington sonrió con condescendencia.

—Veo que aún no has leído *The Times*. Se trata del enésimo artículo de ese espadachín de la pluma amigo tuyo, el tal Goran Jago —respondió el duque—. Asegura que mañana miércoles, durante la reunión de la Corte de Directores de la Compañía, entregará las pruebas del comercio ilegal de opio de Trewartha.

Alexander enmascaró la impresión que la noticia le provocó. Si bien habían decidido que lo mejor era presentar los cuadernos en la próxima asamblea de la Corte de Directores, anunciarlo con anticipación lo colocaba en una situación riesgosa. Asintió con aire indiferente y, tras hablar de la última sesión en la Cámara de los Comunes en la que Arthur se había encarnizado una vez más contra los traficantes de opio, se despidieron; cada uno debía proseguir con sus jornadas.

Alexander buscó la soledad de la biblioteca. Pocos minutos más tarde, un empleado del club le advertía que el señor Samuel Bronstein lo aguardaba en la recepción. Alexander indicó que lo recibiría en esa sala. Se puso de pie al verlo entrar. Aunque vistiese ropas de buena calidad y se condujese con las maneras de un caballero, el rostro de Bronstein, cruzado por cicatrices y con la nariz torcida, típica consecuencia del pugilismo que había practicado durante años, lo señalaba como un forastero ajeno a esa realidad de títulos nobiliarios y de dinero. Alexander, sin embargo, no habría cambiado su compañía ni su sensato juicio por los de ninguno de los señorones que esa mañana, sin nada que hacer, cotilleaban acerca del artículo de *The Times*.

—¿Has desayunado? —se interesó Alexander, y como Bronstein le respondió que sí, le pidió al camarero dos cafés—. ¿Alguna novedad? ¿Wild o el tabernero de The Two Roses te han dicho algo?

—Traigo novedades —aseguró el investigador—. Desde la reunión con Wild, el inframundo, como él lo llama, ha estado en efervescencia. Wild lanzó un ultimátum a cualquiera que tuviese información sobre el extraño indio, el que tú liquidaste en lo de la viuda de Carrington —aclaró—. Lo conminó a presentarse y a que escupiera el sapo. Y cuando Jonathan Wild lanza un ultimátum, la cosa se pone seria —aseguró Bronstein—. Cuestión que se presentó un viejo marinero, uno que administra una pensión en Whitechapel. El hombre asegura que él hospedó durante varios meses a unos indios; eran cuatro. Le pagaban con regularidad y se comportaban bien. Hasta que empezaron a saltearse los pagos y a desaparecer durante días. Finalmente, el 15 de julio, solo uno de ellos volvió, hizo un atado con sus cosas y se marchó sin saldar la deuda.

—¿Y los demás?

—Ni rastro —respondió Bronstein y lo miró fijamente y en silencio.

—Cuatro indios —masculló Alexander—. Fueron cuatro los que me atacaron en el puerto.

—Ya —ratificó el investigador—. Estoy seguro de que son los mismos que menciona el viejo de la pensión. El único sobreviviente regresó a la pensión y lo hizo el 15 de julio. A ti te atacaron en el puerto ese día, por la madrugada —le recordó.

—Resulta notable que el hombre recuerde tan bien la fecha.

—Según Wild, le soltó una historia bastante increíble: siempre recuerda el 15 de julio porque fue el día en que Napoleón Bonaparte se rindió a los ingleses. Él era marinero en el *Bellerophon*, el buque inglés que lo arrestó en el puerto de Rochefort. —Tras unos instantes de silencio para analizar la información, Bronstein añadió—: Según el dueño de la pensión, el que regresó el día 15 de julio siempre le había inspirado miedo. Dice que tenía los ojos verdes como los de un reptil.

Alexander alzó la vista y la fijó en su amigo.

—Se trata del mismo que causó el desbocamiento de Nanette —declaró—, el que me atacó en la casa de Samantha el 8 de septiembre.

—Exacto —acordó el investigador—. Hay más —prosiguió—. El hombre asegura que a principios de septiembre se presentó un caballero preguntando por los indios.

—¿Un caballero? —se extrañó Alexander.

—Así lo llamó. El hombre pagó la renta atrasada de los indios y se marchó.

—¿Trewartha? —sugirió Blackraven.

—Podría ser —acordó Bronstein—. Wild ha prometido que el hombre de la pensión irá un día de estos a la City a reconocerlo. Lo que no terminaba de cuadrar —comentó el investigador— era de qué modo un indio había llegado a conocer los códigos que manejan los asesinos a sueldo en los bajos fondos londinenses.

—Te refieres a la publicación del extraño aviso ofreciendo matrimonio —declaró Alexander, y Bronstein asintió antes de afirmar:

—Son códigos secretos que pocos conocen.

—Los del inframundo y algunos *bobbies* —citó Blackraven a Wild.

—Exacto —refrendó el investigador—. El viejo marinero asegura haberlo visto conversar una noche con otro de sus pensionistas. —Se detuvo y miró con intención a Blackraven—: Un *bobby*.

Alexander alzó las cejas, pero nada dijo. Se mantuvo con el codo apoyado en el brazo de la butaca y la boca cubierta por el puño. Su mente se empeñaba en atar los cabos sueltos de esa tela de araña tupida y laberíntica. Que el indio de los ojos verdes hubiese sido avistado conversando con un miembro de la policía podía explicar su conocimiento de los códigos del bajo mundo o bien ser una mera casualidad.

—Deberíamos hacerle una visita a ese policía a la pensión del viejo marinero —propuso Alexander.

—Lo hice —respondió Bronstein—. Se mudó semanas atrás. Según el viejo, de pronto se lo veía mejor vestido y con más disponibilidad de dinero.

—¿Te dijo cuál era su nombre?

—Por unos peniques, en Whitechapel puedes obtener lo que sea, querido amigo —bromeó el investigador—. Su nombre me costó dos chelines y es Onslow Murray.

—Onslow Murray —repitió Alexander—. Un apellido escocés bastante común. Tendríamos que ponerlo bajo vigilancia.

—Estoy en eso —aseguró Bronstein—. Tengo un conocido en Scotland Yard; él prometió señalarme quién es el tal Onslow Murray. Debemos movernos con prudencia; que no se sepa espiado ni seguido o huirá.

—¿Crees que podría tratarse del mismo policía del que nos habló el tabernero de The Two Roses? El que se reunió con el otro tipo, el que fue a retirar las respuestas al aviso —aclaró.

—Lamentablemente el tabernero no le vio el rostro —le recordó el investigador—, por lo que nunca lo sabremos con certeza, pero en este oficio, querido Alex, las casualidades quedan fuera. Debes sospechar de todo.

Alexander asintió y se puso de pie. Samuel Bronstein lo imitó con presteza.

—Y ahora vamos a practicar un poco de esgrima.

—No nos hemos enfrentado desde que te ligaste esa cuchillada en lo de la viuda de Carrington. No me gustaría humillarte delante de los otros pares del reino. Menos aún querría que la noticia de tu ominosa derrota llegase a los oídos de la señorita Manon.

—No te aflijas por mí, Samuel —bromeó Alexander—. No habrá derrota ominosa, por lo que ninguna noticia vergonzante llegará a oídos de mi prometida.

Alexander se puso en marcha. Bronstein caminó a su lado en silencio.

—Ayer tuve oportunidad de verla en la bolsa —dijo el investigador, y captó la atención de Blackraven, no por el comentario sino por el tono empleado, uno de preocupación—. La revoloteaba un tipo bastante joven y bien parecido. Averigüé su nombre. Fernando de Ávalos. Napolitano. ¿Lo conoces? —Alexander asintió—. Resultaba evidente que la cortejaba. Creí que debías saberlo —murmuró el investigador.

—Gracias, Samuel. Aprecio que me lo hayas dicho.

—También es mi deber decirte que la cara de fastidio de la señorita Manon era tan notoria como el cortejo del napolitano.

—Es reconfortante saberlo —afirmó Alexander con acento risueño, y apuró la marcha hacia el gimnasio del club.

—¿Alex?

—Dime.

—¿Has meditado la posibilidad que mencionó Wild aquella noche en la taberna, que quien fijó la talla lo hizo para evitar la unión de los Guermeaux con la Casa Neville? —Alexander asintió con expresión grave—. ¿Y? —lo instó Bronstein—. ¿Qué opinas?

—Creo que no es plausible. Como ya dije, el primer ataque, el del puerto, lo sufrí el 15 de julio por la madrugada. En ese momento, Manon y yo no estábamos comprometidos.

Samuel Bronstein caminó el último trecho con la vista baja, meditabundo, y siguió cavilando sobre el enredado asunto mientras se ponían la chaquetilla y el pantalón de esgrima y elegían el arma. Se decidieron por el florete, por lo que se validarían solo los toques en el torso del adversario. Se cubrieron los rostros con las caretas y se posicionaron sobre la pista.

—*En garde!* —exclamó Bronstein, antes de iniciar el ataque.

La maestría de Alexander, que en general atraía las miradas de otros competidores, no había mermado a causa de la herida. Dependiendo de la posición que adoptase o de la técnica de defensa o ataque que empleara, en ocasiones percibía un tirón en el costado, pero le servía de estímulo para superarse, en especial después de haber advertido que entre la concurrencia se hallaba Julian Porter-White.

Arthur, que también se encontraba presente, les tomaba el tiempo con su reloj de leontina. Completadas algunas rondas, Alexander alcanzó los cinco toques en tres minutos, lo que dio por terminada la práctica. Los contrincantes se retiraron la máscara y se congratularon con un apretón de mano.

—¡Bravo, Alex! Veo que la recuperación…

—¡Blackraven, maldito hijo de un bastardo!

Varias cabezas se giraron al unísono. Jacob Trewartha avanzaba con el gesto desencajado y los ojos inyectados de ira. Alexander sufrió un instante de desconcierto al descubrir en el padre las facciones de la hija, más allá de que Alexandrina había sido de disposición dulce y acomodadiza, cuando Trewartha poseía un carácter endemoniado. Y, sin embargo, el parecido se advertía aun en esa circunstancia en la que la cólera del hombre le alteraba las facciones.

—¡Aquí, delante de todos estos caballeros —exigió el iracundo presidente de la Compañía—, confiesa que son ustedes, los malditos Blackraven, los que le pagan a ese periodista de pacotilla, Goran Jago, para que eche al fango mi reputación! ¡Hazlo! ¡Si sabes lo que es el honor, hazlo!

—Goran Jago es un reputado periodista, señor. —La voz de Alexander tronó clara y firme—. Nadie le paga para que escriba lo que escribe, como no sea el periódico para el cual lo hace. Pero bueno —añadió—, ese es el trabajo de un periodista.

Se alzaron algunas risas, lo que enfureció a Trewartha. Le arrebató el sable a uno que estaba observando el intercambio y se lanzó en dirección de Alexander.

—¡Por mi honor! —vociferó—. ¡A muerte!

Una aclamación general, entre atónita y entusiasmada, inundó el gimnasio de White's. Los que se habían mantenido lejos se acercaron. Alexander, con la punta del florete al piso y la máscara bajo el brazo, conservó la posición y miró a Trewartha con firme decisión.

—No me prestaré a esta farsa —declaró—. Lo conmino a deponer el arma y a dejar de lado esta insensatez.

—¡Insensatez! —bramó Trewartha—. ¡Eres un cobarde, Black-raven!

Se lanzó dispuesto a atacarlo a sablazos. Alexander soltó la máscara, que cayó a un costado, y se puso en guardia. Pese a que el florete era liviano y flexible, se lo consideraba la más difícil de las tres armas de la esgrima pues requería una destreza superior, además de rapidez.

Bastaron pocos segundos para que quedase en evidencia que Trewartha era un espadachín torpe, o quizá uno que no estaba en forma. Lo desarmó enseguida. El sable cayó sobre la pista, y Trewartha alzó los brazos en un acto instintivo y mecánico. Alexander lo miró a los ojos, de pronto incrédulo de que tuviese frente a él al padre de la mujer que lo había significado todo en el pasado. Resultaba una ironía que las cosas se hubiesen dado de esa manera tan absurda y triste.

—Ahora basta, señor Trewartha —dijo con acento melancólico—. Basta.

Recogió la máscara del suelo y se alejó hacia la zona de los vestuarios. Arthur y Samuel Bronstein lo siguieron contagiados del ánimo abatido de Alexander.

* * *

Un par de horas más tarde, Alexander y Arthur ocupaban una mesa en el restaurante del hotel Durrants. Esperaban que Braulio Costa se les uniese de un momento a otro. Alexander, que leía el *Morning Chronicle*, alzó la vista y se encontró con la mirada de su hermano fija en él.

—¿Qué ocurre?

—Te muestras muy paciente con ese energúmeno de Trewartha —respondió Arthur—. Hoy tuve la impresión de que lo mirabas con compasión.

—Es digno de pena —masculló—. Tal vez la presencia de Sananda en casa esté ablandando mi duro corazón —bromeó.

—Tu corazón es tan magnánimo y bondadoso como el de nuestra madre —afirmó Arthur—. Antes de la muerte del abuelo, eras alegre, optimista. Reías siempre. Amabas la vida. Echo de menos a ese Alexander. —Alexander había fijado la vista en un punto detrás de Arthur y evitaba mirarlo a los ojos—. Aunque debo admitir que, desde tu compromiso con Manon, a veces tengo la impresión de que el viejo Alex está volviendo.

Alexander sonrió fugazmente antes de llevarse la copa de vino a la boca. La depositó de nuevo en la mesa y asintió.

—Me hace feliz —dijo en voz baja.

—Manon haría felices a las piedras —declaró Arthur, y robó una risa emocionada a Alexander—. Estoy feliz por ti, por que hayas encontrado una mujer tan espléndida para compartir tu vida. Te lo mereces, Alex.

Alexander asintió, otra vez serio.

—Hay un tema que me gustaría comentarte —dijo.

—Habla —lo invitó Arthur, y se inclinó hacia delante.

—Anoche no podía dormir pensando que, para proteger mi relación con Manon y para evitar un conflicto con la Casa Neville, tendría que hablar abiertamente con sir Percival y advertirlo de la llegada de Costa y de la intención de Quiroga de asociarse con nosotros en la explotación del Famatina. Por supuesto, tendría que pedirle a Goran que no publicase o que pospusiese la publicación de su artículo.

—Decidimos exponerlo públicamente para proteger la integridad de Costa —le recordó Arthur—. Con la muerte de Francis Turner tenemos suficiente.

—Lo sé. Pero ya fuese que yo hablase con sir Percival o que lo anunciáramos a través del artículo de Goran, hacerlo público podría llegar a ser peligroso por una razón que no hemos contemplado: la revancha de Rosas contra tío Tommy. Estoy seguro de que recuerdas lo que papá dijo al respecto.

—Lo recuerdo. Dijo que tío Tommy ya tuvo problemas con Rosas en el pasado y que, por tener problemas con uno como Rosas, se puede terminar degollado.

—Si Rosas se enterase de que los Blackraven estamos en negociaciones con Quiroga por lo que él codicia, esto es, el cerro Famatina, podría tomárselas con tío Tommy.

—Y se enteraría —profetizó Arthur—. Porter-White le escribiría para contárselo apenas lo supiese, sea por tu charla con sir Percival o por el artículo de Goran. —Arthur hizo una pausa tras la cual razonó—: Aunque nosotros mantuviésemos la cosa secreta, ¿cuánto crees que tardaría en saberse la intención de Quiroga y del gobernador de La Rioja, el tal Jacinto del Rincón, de formar una asociación con nosotros?

—Poco —admitió Alexander—. Sabemos que las noticias vuelan más rápido que el viento. El solo hecho de que el tal Reyes y Costa estén en Londres al mismo tiempo, sin mencionar que ambos se alojan en este preciso hotel —dijo, y movió la mano para indicar el entorno—, es suficiente para propiciar los dimes y diretes. —Alexander suspiró—. Como verás, estoy confundido y no sé qué camino tomar.

—¿Qué haces cuándo te encuentras en medio de una tormenta en alta mar? —lo interrogó Arthur.

—Solo pienso en salvar mi barco y mi tripulación.

—Y los quieres salvar porque son lo más importante para ti y porque son tu responsabilidad. Pues bien, pregúntate en este caso a quién debes salvar, qué es lo más importante para ti.

«Manon», pensó sin dudar, y sin embargo también contaban las incolumidades de Costa y de su tío Tomás Maguire.

—Creo que será mejor que hoy mismo vaya a hablar con sir Percival —decidió.

—Estoy de acuerdo contigo —lo apoyó Arthur—, es más, iba a proponértelo. Anoche tampoco podía dormir, por lo que comencé a leer los documentos que nos entregó Costa. Me concentré en el acuerdo que firmarían la Compañía Minera del Famatina y la Blackraven Shipping & Shipyard. El quinto real sería del ocho por ciento, lo cual es muy conveniente, pero exige que nosotros procuremos el azogue. Por esta razón, creo que sería más sensato tener a sir Percival en nuestra nave, porque sabemos que él es quien tiene la concesión para explotar las minas de azogue más grandes del mundo.

—Las de Almadén —dijo Alexander.

Un rato más tarde, cuando Braulio Costa se les unió para almorzar, lo interrogaron acerca de la exigencia de aportar el azogue necesario para procesar la plata.

—No hay minas de azogue en la región del Famatina —admitió—. Hay que traerlo de otras partes, y el gobierno de La Rioja no quiere hacerse responsable del aprovisionamiento ni del transporte.

Alexander esperó hasta el final de la comida, mientras saboreaban un *pudding* de limón —había notado que Costa era goloso—, para comunicarle el cambio de plan: por el momento, no anunciarían su llegada en la prensa e iniciaría el viaje a Manchester antes de lo previsto, ese mismo día, al atardecer. El porteño se mostró sorprendido y confuso.

—Hay cuestiones de las que tenemos que ocuparnos antes de hacer público el acuerdo con el gobierno de La Rioja —explicó Arthur—. Hemos analizado la situación y es más compleja de lo previsto.

—Aprovechará la luna llena para viajar toda la noche —intervino Alexander—. Lo hará en un carruaje de la casa de Guermeaux. Mi cochero conoce la ruta entre Londres y Manchester como la palma de su mano. Le entregaré una carta de presentación para sir Larry Mansfield, el principal accionista de Mansfield & Co., la compañía textil más grande de Inglaterra —lo engatusó—. Está desarrollando una tela impermeable que servirá, entre otras cosas, para el trabajo en las minas bajo agua.

—Interesante —admitió Costa, aún confundido—. Pero ¿por qué la prisa, excelencia?

—Porque es más seguro para su merced abandonar Londres por unos días, mientras analizamos la situación —respondió Alexander, y el comerciante porteño asintió.

* * *

Alexander concurrió a la Casa Neville alrededor de las cuatro de la tarde, tras el cierre de la bolsa. Apenas subió las escaleras de la entrada y entró en la gran recepción, llamó a la puerta de la pequeña oficina que se hallaba a la derecha y en la que solía avistar a Thibault Belloc. El mismo Belloc le abrió la puerta. Se alegró al verlo.

—¡Milord, qué grata sorpresa!

—Es un gusto verte, Thibault. He venido a hablar con tu señor.

El gascón lo condujo escaleras arriba. Alexander notó que entraba en el despacho de sir Percival sin anunciarse, lo que evidenciaba la confianza que existía entre el banquero y su cochero. Apenas cruzó el umbral, Alexander buscó a Manon con la mirada. Por fortuna, allí estaba, y ya se había puesto de pie tras su escritorio. Su expresión, de ojos muy grandes y labios entreabiertos, comunicaba asombro, también temor.

—¡Querido muchacho! —lo saludó Neville, y salió a recibirlo.

—Sir Percival —dijo, e inclinó la cabeza—. Señorita Manon, un gusto volver a verla —añadió con otro acento, más pausado y deliberado, y la miró fijamente, para después mover la vista hacia los aretes que llevaba puestos, los que él le había regalado al cumplirse un mes de su primer beso.

—Milord —respondió ella, e hizo una reverencia—. Padre, los dejo a solas para que conversen tranquilos.

—Oh, no —intervino Alexander—, el tema le concierne, señorita Manon.

Lo sorprendió la palidez que se apoderó de su rostro y recordó lo que Isabella le había comentado en oportunidad del ataque sufrido en la casa de la viuda de Carrington, del modo drástico en que Manon había perdido la compostura al recibir la noticia. «Nunca había presenciado semejante mudanza ante una mala noticia», había comentado su hermana. ¿Tanto la perturbaba la posibilidad de que hubiese concurrido al banco para hablar con sir Percival del compromiso que mantenían oculto desde hacía casi dos meses? ¿Por qué le inspiraba ese temor, más bien terror? ¿Qué ocultaba?

Compadecido de la perturbación de Manon, se apresuró a agregar:

—Se refiere a la compañía minera que pretende explotar el Famatina. Sé que vuestro padre la participa a usted en todos sus negocios —aclaró.

Enseguida percibió el alivio que la invadió y que se reflejó en el arrebol que le cubrió los pómulos. Era hermosa en cualquier instancia, se dijo, pálida o sonrojada. Sin embargo, la atracción que lo tenía subyugado no bastaba para soslayar los cuestionamientos surgidos a partir de presenciar una reacción tan inexplicable.

—Toma asiento, querido Alex —invitó sir Percival, y le indicó un sofá—. Manon, hija, llama a Nora para que nos traiga el servicio del té.

Alexander se mantuvo de pie hasta que Manon, tras hablar con la muchacha, ocupó un sitio junto al padre.

—Sir Percival, el asunto que me trae hoy hasta la Casa Neville es muy delicado.

—Habla, muchacho, habla con confianza.

Lo haría, hablaría con franqueza. Antes de dirigirse a la City, había concurrido a la barraca del puerto, donde había vuelto a discutir la cuestión con Estevanico, que estuvo de acuerdo en enviar un aviso inmediato a su tío Tomás Maguire para que se mantuviese alerta y en hacer desaparecer por unos días a Costa hasta que la situación se aclarase.

—Sir Percival, ayer llegó a Londres desde el Río de la Plata el señor Braulio Costa.

—¿Braulio Costa? —repitió el banquero.

—Es nuestro cliente, padre —le recordó Manon—. Su casa comercial en Buenos Aires descuenta nuestras letras de cambio.

—Sí, sí, claro —se apresuró a confirmar—, ahora lo recuerdo. Prosigue, Alex.

—Costa se presentó ayer como el comisionado del gobierno de La Rioja, la provincia de la Confederación Argentina donde se encuentra el cerro Famatina. —Neville, de pronto ceñudo, asintió con expresión cautelosa—. Trajo consigo un contrato ofrecido por el gobierno riojano para fundar una compañía minera entre la Blackraven Shipping & Shipyard y la provincia de La Rioja para la explotación de un cerro. El Famatina —añadió tras una pausa deliberada.

—¡Oh! —farfulló Manon.

La noticia la había turbado, y no lograba dilucidar de qué modo afectaría el vínculo entre los Guermeaux y los Neville. Se sintió peor al cuestionarse hasta qué punto estaría dispuesto a llegar Julian Porter-White para proteger el emprendimiento minero. «Muy lejos», se convenció.

Nora entró con la bandeja, lo que propició una pausa en el diálogo.

—Yo serviré, Nora —indicó Manon—. Gracias.

No bien la empleada se retiró, Neville tomó la palabra.

—Has dicho el Famatina —recapituló—. El mismo cerro para el cual el gobernador Rosas nos confirió a nosotros los derechos de explotación —declaró mientras recibía la taza de té de mano de su hija.

—Sir Percival, las cuestiones en el Río de la Plata nunca son sencillas —señaló Alexander—. Rosas *era* el gobernador de Buenos Aires, pero ya no lo es más. Igualmente, si lo fuese, su autoridad no tendría jurisdicción sobre los recursos de las otras provincias. —Sir Percival asintió, reconcentrado—. Gracias —dijo Alexander al tomar la taza que Manon le ofrecía, y se permitió observarla abiertamente; no lo tomó por sorpresa descubrirla de nuevo afligida—. Todavía no hemos acabado de revisar la documentación que el señor Costa ha traído, pero sabemos que, además del modelo de contrato, se ha adjuntado el decreto firmado por el gobernador de La Rioja, el señor Jacinto del

Rincón, el que aprueba la explotación del cerro por parte de la Black-raven Shipping & Shipyard. —Sir Percival asintió de nuevo, el gesto cada vez más serio—. Como su merced podrá imaginar, venir hoy aquí a hablarle de este asunto no es fácil para mí.

—Es entendible, milord —dijo Manon por primera vez—. Debió de ser muy difícil —reconoció—. Mi padre y yo le estamos muy agradecidos por su sinceridad.

—Quería que lo supieran de mis labios, antes de que la información terminase filtrándose en la prensa.

—Los periodistas se harían un banquete con esta noticia —comentó Neville, y Alexander percibió que empleaba un acento entre amargado y enojado.

—Sabíamos que esto podía ocurrir, papá —le recordó Manon—. Te advertí que…

Manon se interrumpió cuando alguien llamó a la puerta. Era Julian Porter-White. Alexander se puso de pie para saludarlo. El recién llegado no se sorprendió de encontrarlo en el despacho. Probablemente alguien le había advertido de su presencia. El intercambio fue formal y frío. Porter-White, no obstante, comentó:

—Me encontraba esta mañana en White's cuando su señoría tuvo ese desagradable choque con el señor Trewartha.

—¿Con Jacob? —se preocupó sir Percival—. ¿Qué sucedió?

—Trewartha interrumpió la práctica de esgrima del señor conde —Porter-White explicó a su suegro— y lo retó a duelo.

Alexander, que oyó la exclamación ahogada de Manon, no se volvió a verla. Mantuvo la mirada fija en Porter-White, mientras intentaba discernir por qué traía a colación ese hecho. Como la buena araña que era, no daba puntada sin hilo.

—¡Cuánto lo siento, muchacho! —se solidarizó Neville—. Jacob está perdiendo los papeles últimamente. Muy lamentable.

—Está desesperado —lo excusó Alexander—. Lo ocurrido esta mañana en el gimnasio de White's quedó en aguas de borrajas —agregó.

—Gracias a la maestría de su señoría con el florete —señaló Porter-White—. De otro modo, Trewartha habría cumplido su amenaza hasta el final.

Alexander le dedicó una mirada indiferente y guardó silencio.

—Has llegado en el momento justo, Julian —intervino sir Percival con tono sombrío, claramente desinteresado de los exabruptos de su consuegro.

Lo puso al tanto de las circunstancias en pocas palabras. Manon, atenta a la expresión de su cuñado, observó cómo los músculos de la cara se le iban tensando y se admiró de la transformación en sus ojos oscuros, que parecieron vibrar, cargados de una energía malévola. Tenía la impresión de estar contemplando el despertar de una bestia viciosa y feroz. Evocó las ilustraciones de la Hidra de Lerna que Masino Aldobrandini le había enseñado de pequeña y cómo la habían impresionado. Temió por Alexander. Una vez había atentado contra su vida, porque nadie la haría cambiar de opinión: detrás del ataque perpetrado en la casa de la viuda de Carrington se encontraba la mano siniestra de Porter-White. Desvió su vista hacia Alexander, y se animó al pensar que, así como Porter-White era un monstruo, su amado era noble y fuerte como Heracles, el destructor de la serpiente de las mil cabezas.

—Quizá un decreto no sea suficiente —interpuso Porter-White disimulando la ofuscación tras un timbre calmo de voz—. Es posible que se precise la aprobación del Parlamento riojano.

—Un decreto del gobernador riojano es mucho más de lo que tú tienes —lo increpó Manon—. En realidad, no tienes nada —concluyó.

—Manon, por favor —intervino sir Percival.

—Es probable que lo señalado por el señor Porter-White sea cierto —concedió Alexander—. Si la legislación minera riojana requiriese de la aprobación parlamentaria, la conseguiríamos, no lo dudo.

—Porque tienen a Quiroga en un puño —señaló Porter-White.

—¡Julian! —se mosqueó Neville—. Cada uno celebra las alianzas que son de su conveniencia, como tú celebras las tuyas. Discúlpate con el señor conde.

Alexander fijó su atención en Manon, que contemplaba a Porter-White con una mezcla de ira y atónita incredulidad. Deseó que destinase su atención a él, quería mirarla a los ojos y hacerle saber que nada de lo que dijera ese miserable lo inquietaba. Lo hizo, Manon se volvió, y sus miradas se encontraron. Le sonrió con disimulo, una sonrisa pequeña en la que elevó una comisura y que, sin embargo, logró animarla. La vio apretar los labios para reprimir una mueca divertida, que él habría amado observar.

—Le ruego que disculpe mi indelicadeza, milord —masculló Porter-White.

—No me ha ofendido, señor —afirmó Alexander con acento tranquilo y conciliador—. Comprendo que este asunto lo haya inquietado. —Se puso de pie, y los demás hicieron lo mismo—. Me retiro. Deben ocuparse de las operaciones del cierre y yo estoy interfiriendo con vuestras tareas —declaró mientras se calzaba los guantes de montar.

—Te acompañaré —anunció sir Percival, y le indicó la puerta.

Alexander, que no quería marcharse y dejar sola a Manon con Porter-White, se giró para hablarle:

—¿Me concedería un instante de su tiempo? Traigo un mensaje de mi hermana Isabella —mintió.

—Claro, milord —respondió ella.

Los tres se pusieron en marcha. Bajaron las escaleras hablando del Famatina, Neville en medio, entre Manon y Alexander.

—Sir Percival —dijo Alexander—, mi padre ha debido partir hacia Madrid.

—Sí, sí, muchacho —dijo el banquero—. Supe de la muerte del rey Fernando, que en paz descanse.

—Aunque mi padre nada sabe aún del ofrecimiento del gobierno riojano, estoy seguro de que coincidirá conmigo cuando le diga que la Casa Neville debería ser nuestra socia en esta explotación.

—Oh, sería un honor, milord —se apresuró a declarar Manon, y sir Percival carraspeó y la miró de reojo con dureza.

—Como siempre, querido Alex, hacer negocios con la Blackraven Shipping & Shipyard solo traería beneficios a la Casa Neville. Sin embargo, y teniendo en cuenta el acuerdo firmado con Rosas, tendremos que manejarnos con prudencia y analizar los documentos antes de tomar una decisión.

—Lo entiendo perfectamente, sir Percival. Quise venir hoy a explicarle la situación porque detestaría que un malentendido resintiese una amistad tan sólida como la que su señoría tiene con mi padre.

—Nada podrá con nuestra amistad, querido muchacho —aseguró Neville—. El viejo Roger y yo estamos más allá de las cuestiones mundanas.

Habían llegado a la planta baja. Alexander sonrió e inclinó la cabeza para reconocer la verdad en las palabras de sir Percival. El banquero, tras despedirse, regresó a su despacho en el primer piso. Manon y Alexander quedaron uno frente al otro, mirándose a los ojos, mientras los empleados y los últimos clientes iban y venían completando las transacciones. Si no hubiesen estado tan absortos en las cuestiones bursátiles y financieras, se habrían percatado de la intensidad fuera de lo común que circundaba a esos dos.

Manon le indicó un asiento a pocos pasos, conveniente pues se hallaba a la vista de todos. El conde de Stoneville la siguió y se sentó junto a ella. Le habló en susurros.

—Te has puesto los aretes que te regalé.

—Me cuesta usar otros —explicó Manon—, aun cuando no combinen con mis trajes —reconoció, y se acomodó el guardapiés de sarga, cuyos diseños floridos variaban entre las tonalidades verde musgo y ocre.

—Tendré que regalarte aretes de todos los colores, entonces.

Manon contuvo la risa y se instó a mantener la mirada en alto para no despertar sospechas. Contaba con que las sombras que se cernían en ese rincón a esa hora del atardecer le velasen el sonrojo que, sin remedio, le cubría las mejillas tras las palabras de Alexander.

—No me hagas reír, por favor.

—Sin embargo, un rato antes, cuando creíste que venía a hablar con tu padre acerca de nuestro compromiso, no tuviste ganas de reír. En absoluto —remarcó Alexander, y aunque intentó eliminar la mordacidad, no lo consiguió—. Creí que te desvanecerías —acotó antes de quedarse callado, los ojos fijos en ella.

—No es tiempo aún —balbuceó Manon, y, pese a los esfuerzos precedentes, bajó la vista, agobiada por la mirada cargada de reproche de Blackraven.

—¿Por qué? ¿Por qué no quieres que el mundo sepa que vamos a casarnos?

—Te lo dije tiempo atrás —le recordó—, quiero que nos conozcamos sin las presiones a las que nos sometería la sociedad en caso de saberlo. Tal vez descubramos que no estamos hechos el uno para el otro. No soportaría decepcionarte.

—¿Cómo podrías? —se cuestionó Alexander, y empleó un acento opuesto al anterior.

Tras un silencio, Manon dijo, resuelta:

—Lamento lo ocurrido entre Trewartha y tú. Debió de ser muy desagradable.

—Lo fue. Creo que, pese a la hora, estaba ebrio —acotó, y Manon supo que estaba excusándolo.

Lo miró fijamente. Intentaba descubrir si el hecho de que Trewartha fuese el padre de la mujer a la que Alexander amaba lo afectaba especialmente. Nada detectó, y se convenció de que era un hábil simulador.

—No deberías haberle contado a mi padre lo del asunto del Famatina —opinó tras esa pausa—. No ha sido sensato advertir a Porter-White.

—Lo hice pensando en ti y en mí —se justificó Alexander—. No quiero que se ocasione una fisura entre nuestras familias a causa de un vil asunto de dinero, y que tu padre me niegue tu mano.

—Mi amor por ti no entiende de fisuras entre familias ni de asuntos de dinero, Alexander. Mi amor por ti es incondicional, y nada de lo que mi padre diga o haga será suficiente para acallar lo que siento. Lo que siento por ti es eterno.

Alexander apretó los dientes para controlar la emoción. La declaración de Manon lo había tomado por sorpresa, a él, un cínico, un descreído. Sin reflexionar, arrastró la mano por el tapizado del sillón. Manon hizo otro tanto, y sus dedos se encontraron y se entrelazaron al amparo de los pliegues del guardapiés de sarga.

—Te agradezco que hayas pensado en nosotros al venir hoy a contarle a mi padre lo de la oferta del gobierno riojano —retomó Manon, más dueña de sí que Alexander—. Pero insisto: fue temerario. No sé de qué será capaz Porter-White ahora que le has desbaratado su compañía minera de pacotilla. —Alexander rio por lo bajo—. No rías, por favor. Nunca te tomas en serio el peligro. Recién, en el despacho, mientras mi padre le explicaba la situación, tuve la impresión de que Porter-White se transformaba en un monstruo, en la Hidra de

Lerna —precisó, y después sonrió con labios temblorosos—. También recordé que Heracles la destruyó y que de ese modo liberó al mundo de su maldad.

—Pero fue gracias a la ayuda de su sobrino Iolao que Heracles consiguió vencerla —puntualizó Alexander—. Habría sido imposible realizar ese trabajo sin su ayuda.

—Siempre creí que Heracles se las habría ingeniado solo —desestimó Manon.

—Tienes a Heracles en una estima demasiado elevada —opinó Alexander.

—No lo creo —se empecinó ella—. Hablo de cosas que conozco. Soy imparcial en mi juicio.

Alexander reprimió la risa, divertido por la expresión terca de Manon y enternecido por su entusiasmo. Tras unos segundos comprendió que la elevada opinión que tenía de él lo hacía feliz. Naturalmente indiferente al juicio ajeno, lo desconcertó descubrir que el de ella le importaba muchísimo.

—Me sentiría invencible contigo a mi lado, Manon —reflexionó en voz alta, pero no se arrepintió de haberse traicionado desvelando el pensamiento, sobre todo después de comprobar el efecto que tuvo en ella: se le iluminó el rostro en la penumbra.

—Y yo te seguiría hasta el inframundo, si fuese necesario —le respondió con una voz que no dejaba lugar a la duda.

* * *

Tres días más tarde, el viernes 1° de noviembre, Manon se preparaba para el primer baile de la temporada en Almack's, el primero al que asistiría como la prometida de Alexander Blackraven, aunque muy pocos lo supiesen. Sentada frente al tocador, iba pasándole las presillas tachonadas de pequeñas perlas con las que Catrin le sostendría algunos mechones alrededor de la cara; el resto caería en un espumoso desarreglo de bucles que la joven había marcados con un hierro caliente y con gran habilidad.

Otra vez llevaría un vestido rojo, no para imitar a Gracia Nasi ni para escandalizar, sino para realzar los aretes de Alexander. En realidad, el bombasí no era rojo, sino coral, como el de los camafeos de los colgantes. Había que admitir que la tonalidad no solo exaltaba la delicada joya, sino el azul de sus ojos y el rubor de sus mejillas. Le sonrió a la imagen que le devolvía el espejo, dichosa y confiada.

—Se la ve muy contenta, señorita —señaló Catrin—. ¿Algún caballero le inspira esa sonrisa?

—Ninguno en particular.

—Pues yo creo que su merced hará suspirar a muchos señores esta noche. ¡Está bellísima! — expresó, y juntó las manos en un gesto de entusiasmo—. Yo conozco a uno que, al verla, morirá de amor. —Manon le clavó los ojos a través del espejo—. Me refiero al señor Fernando de Ávalos —se explicó Catrin deprisa—. He visto cómo la mira cuando su señoría no lo nota.

—Catrin, el señor de Ávalos es un amigo de mi tío Leo y nada más. No existe ni existirá nada entre él y yo. Por favor, no vuelvas a hacer un comentario de esa naturaleza.

—Disculpe, señorita Manon —masculló la joven con los ojos arrasados.

La mortificaba ser dura con Catrin, pero no lograba encariñarse con ella. El comentario que acababa de expresar la había alterado; si comenzaban las hablillas, la perjudicarían.

Una hora más tarde, ya en el salón de Almack's, se convenció de que no valía de nada poner a Catrin en su sitio cuando el propio De Ávalos no hacía un misterio del interés que ella le despertaba. No se apartaba de su lado, la colmaba de halagos y solo había invitado a bailar a otras dos señoritas, y porque ella se lo había exigido. Sus primas, que no perdían detalle del cortejo, ocultaban sus risitas tras los abanicos y proferían comentarios mal intencionados.

—¿Me concederá la próxima cuadrilla, señorita Manon?

—¡No, señor de Ávalos! —exclamó Philippa—. Sería la cuarta pieza que bailaría con mi prima, y eso está muy mal visto en nuestra sociedad.

—No lo sabía —balbuceó el napolitano, con genuino asombro e incomodidad—. Nadie me lo advirtió.

—¿No es así en la corte de Nápoles? —se interesó Marie.

—No, no es así entre nosotros.

—Es comprensible —lo justificó Lilly Rita—. Cada sociedad tiene sus códigos y sus costumbres.

Se aproximaban los Blackraven, y Manon sintió un gran alivio, que enseguida se convirtió en angustia al notar el enojo en la mirada de Alexander. No fue necesario hacer las presentaciones con Fernando de Ávalos; se conocían de las ocasiones en que los Blackraven habían visitado a sus parientes los Borbones en Nápoles.

Manon se abanicó con vigor mientras los veía conversar acerca del reino de las Dos Sicilias y de la muerte del Fernando VII. Isabella, inusualmente callada, se inclinaba para atender a un comentario de Quiao, y lo hacía con actitud ausente y ojos tristes.

—¿Estás bien? —le susurró, y su amiga negó con un sutil movimiento de la cabeza—. ¿Algún problema con Jimmy? —En esa ocasión, asintió.

Isabella aceptó la invitación de De Ávalos y se alejó hacia la pista. Alexander propuso bailar la siguiente pieza a Marie, que a punto estuvo de sufrir un vahído. Arthur hizo lo mismo con Lilly Rita, Goran Jago con Philippa y el cirujano Dennis Fitzroy con Quiao. Estevanico y Manon se quedaron solos en el borde de la pista observando a los bailarines desplazarse al son de un minueto compuesto por Händel, uno que Manon habría amado bailar con su prometido.

—Está celoso —comentó Estevanico, y, dada su altura, se inclinó un poco al susurrarlo—. Muy celoso —remarcó.

—De Fernando de Ávalos —completó Manon cubriéndose la boca con el abanico para que nadie le leyese los labios. Vio, con el rabillo del ojo, que Estevanico asentía—. No debería estarlo, ni de él ni de ninguno.

—Lo sé, pero no es fácil dominar las emociones, incluso para uno como él, que siempre las mantiene bajo control.

—El dominio de las emociones ha inspirado extensísimas obras de la literatura a lo largo de la historia. En casi todos los casos, fuesen monjes o libertinos los escritores, han coincidido en que es el desafío más complejo y difícil que Dios nos ha puesto.

—En el caso de Alex, parecía sencillo hasta que tú llegaste —bromeó Estevanico.

—No lo fue para Quiao dos semanas atrás, sin embargo.

—¿Cómo? —El hombre se volvió hacia ella y la miró en abierto asombro.

—Creo que es la más bonita esta noche, ¿no te parece?

—Sí, sí, muy bonita —balbuceó—. Pero ¿a qué te referías al decir que Quiao no consiguió refrenar sus emociones dos semanas atrás?

—En Blackraven Hall —evocó Manon—, cuando tú apareciste, fue como si se iluminara. Muy notable —remarcó, y sonrió tras el abanico.

—No sé a qué te refieres —se empacó Estevanico.

—Oh, pero sí que lo sabes —se empecinó Manon—. Creo que Quiao está enamorada de ti, y tú serías un necio si no correspondieses a su amor.

Estevanico, con las manos tomadas a la espalda y la mirada ceñuda fija en el objeto de la conversación, apretaba los labios y se balanceaba sobre los pies.

—Soy mucho mayor que ella —masculló tras ese mutismo empacado.

—Seguro que no cometerás la indelicadeza de mencionar esto frente a tus padres, siendo que el duque le lleva casi quince años a miss Melody. —Estevanico bajó la cabeza para ocultar una sonrisa—. Si para Quiao la diferencia de edad no representa un escollo, como estoy segura de que no lo es, ¿qué otra cosa tienes que reprocharle?

—¿No te parece motivo suficiente ser un pardo sin origen?

—No, no lo juzgo un motivo suficiente —replicó—. El hecho de ser un pardo sin origen no parece haber representado un obstáculo en tu empeño por convertirte en el espléndido hombre que eres, el querido hermano de mi prometido, mi futuro cuñado. El hombre al que Quiao ama.

La expresión de Estevanico se colmó de una emoción tan manifiesta como lo habían sido su incomodidad y su terquedad anteriores. Sumió los labios entre los dientes y evitó pestañear para que las lágrimas no se derramasen.

—¿Temes que tus padres se opongan? Me refiero —se explicó Manon—, ¿crees que no aprobarían tu matrimonio con Quiao? —Estevanico movió apenas la cabeza para negar—. ¿Los padres de ella, tal vez?

—Su padre, un eximio navegante inglés, me tiene en gran consideración. Su madre… Pues ella es harina de otro costal.

—Creo que Quiao, a pesar de mostrar una naturaleza apocada y tranquila, posee la determinación de un guerrero —opinó Manon, e hizo reír a Estevanico.

—La tiene, sí —confirmó.

No volvieron a hablar. Se quedaron en silencio, uno junto al otro, disfrutando del bonito cuadro que componían los bailarines, ensalzado gracias al colorido de los trajes femeninos.

—Asisto a esta farsa por ella —comentó repentinamente Estevanico, y giró el rostro para encontrar la mirada interesada de Manon—. Por Quiao —aclaró—. No asistiría si no fuese por ella. Nadie me quiere aquí, lo sé.

—Tus hermanos te quieren aquí —objetó Manon—. Yo también te quiero aquí. —Estevanico profirió una risa nasal—. Quiao, por cierto, te quiere aquí. Haberse puesto tan bonita para que tú no la invites a bailar siquiera una vez… —Manon negó con la cabeza y chasqueó la lengua en un gesto reprensivo—. Será una gran desilusión.

La pieza finalizó, y las parejas regresaron. Manon observó que la pobre Marie se hallaba en un estado de éxtasis que la tendría hablando del baile compartido con el conde de Stoneville durante un largo tiempo. Detectó que su padre invitaba a bailar a Alba, e iban tres. Dio medio vuelta y se alejó hacia uno de los ventanales abiertos porque no quería presenciar el baile que atraería comentarios mordaces, miradas intrigantes y chismes. Necesitaba también respirar el aire fresco de la noche. La luna, notó, se difuminaba tras las nubes, lo que, en opinión de su abuela Aldonza, significaba que al día siguiente llovería.

—¿A qué juego estás jugando con Ávalos?

Manon se sobresaltó. Alexander la contemplaba con una furia que no le conocía. Desesperada, miró hacia uno y otro lado.

—No me importa si nos ven —la previno—. Ojalá lo hagan. ¿A qué estás jugando con Ávalos? —insistió—. Un tipo que está hospedándose en tu casa, que duerme bajo tu techo, que comparte la mesa contigo todos los días —enumeró.

—No juego a nada —respondió con una ecuanimidad ausente en su ánimo—. Me ha perseguido toda la noche, como lo ha hecho desde que llegó a Londres, alentado por la idea de echar mano a mi fortuna, no lo dudo, porque te aseguro que no lo ha hecho alentado por la frialdad con que siempre lo he tratado.

—Has bailado con él en tres ocasiones.

—Negarme habría sido un escándalo, y lo sabes —adujo Manon—. Perteneces a esta sociedad estricta y ridícula tanto como yo. Conoces sus reglas.

—Las conozco, sí —consintió Alexander—, y por esa razón sé que si todos aquí supiesen que serás mi esposa habrías podido negarte a los avances de Ávalos y nadie te habría juzgado duramente. Al contrario.

Se quedó mirándola con ojos exigentes. Manon sentía el corazón latirle, desbocado. Sus palpitaciones se le replicaban como un eco en el cuello, en las sienes, en los ojos, entre las piernas. La desmesura del sentimiento la ahogaba, le cortaba el respiro. La belleza desconcertante de Alexander, que paradójicamente se acentuaba con el enojo, la mantenía hechizada, como la presa encandilada por el depredador.

—Mañana, después de la obra de teatro en Drury Lane, estamos invitados a cenar a Burlington Hall —dijo él, y empleó una voz oscura y desconocida—. Hablaré con tu padre y le solicitaré tu mano. Si todavía dudas de tu deseo de convertirte en mi esposa, habla ahora. Mañana por la noche será tarde.

¿Dudar del deseo loco y desenfrenado de convertirse en su esposa? Era el anhelo más ferviente que poseía desde que tenía catorce años. ¿Cómo explicarle la verdad cuando el miedo y el orgullo, pero sobre todo el miedo, le ataban la lengua y la paralizaban? Ella también lo miró a los ojos fijamente, con la intención de leer en ellos la verdad, intentando no quedar atrapada en la fascinación que le provocaba su tonalidad turquesa.

«¿Aún amas a Alexandrina Trewartha? ¿Aún evocas los besos que le diste aquella tarde en la playa de Penzance? Te amo demasiado para condenarte a una vida a mi lado cuando lo que deseas es compartirla con ella». Ni una respuesta asomó a su mente. No conseguía oír los pensamientos de Alexander. La embargaba un silencio apenas perturbado por el sonido de la música, el murmullo de la concurrencia y los latidos de su corazón.

—Nada deseo más en esta vida que ser tu mujer, Alexander. *Nada* —remarcó—. El tiempo que te he pedido ha sido para ti, para que me conocieras…

—El tiempo se ha acabado —la interrumpió—. Mañana hablaré con sir Percival. ¿Estás de acuerdo?

—Lo estoy.

Alexander sonrió a su pesar, aliviado y feliz de contar con el consentimiento de Manon, aunque todavía irritado por el asedio de Fernando de Ávalos. Ella sostenía que estaba detrás de su fortuna; él no era de la misma opinión. De Ávalos había aprovechado cada oportunidad que se le presentó para mirarle el nacimiento de los senos, que se insinuaban en el hondo escote del vestido.

—Baila conmigo —le propuso, y Manon aceptó.

Se dirigieron a la pista, donde las parejas se acomodaban para comenzar un vals. Tal como Manon había sospechado, todos habían visto el intercambio entre ella y Alexander en aquel rincón junto al ventanal. Estarían conjeturando y llegando a conclusiones acertadas. Sufrió un instante de vértigo al imaginar que, al día siguiente, a esa hora, la sociedad londinense sabría que Manon Neville se convertiría en la próxima condesa de Stoneville.

El vals comenzó, y Alexander le ciñó la cintura. Sus manos se unieron, la de ella delicada dentro del guante de raso blanco, la de él grande y áspera. Se miraron. Se sonrieron. Eran conscientes de que la atención se concentraba en ellos, los hijos de dos titanes, la casa de Guermeaux y la casa de Neville. No repararon en nada, solo en ese instante en que se deslizaban por la pista girando al son de la música y, sin palabras, se expresaban la alegría de haberse encontrado.

—Mi Gloriana —dijo Alexander, y la sorprendió, y la sorpresa la hizo sonreír de un modo tan abierto y espontáneo que sirvió de confirmación a las sospechas que sobrevolaban el salón—. Estás tan hermosa con este vestido rojo. ¿Imita a otro de la señora Nasi?

Manon profundizó la sonrisa, feliz de que Alexander evocase a su antepasada, que la nombrase con respeto; «la señora Nasi», había dicho. Feliz también por el halago que le había concedido, cuando ella lo sabía más bien parco y reacio con las palabras.

—En verdad no es rojo, sino coral —lo corrigió; la mueca de Alexander le arrancó una risita—. Y no, no imita a uno de Gracia Nasi. Mi abuela lo confeccionó con un único propósito: que combinase con los aretes que tú me regalaste.

En realidad, fue la extraordinaria, inusual y expansiva sonrisa que el conde de Stoneville le dedicó a su compañera de baile lo que convenció a la concurrencia de que en poco tiempo las campanas de Saint Paul sonarían para anunciar la boda más importante de los últimos años.

* * *

Manon durmió poco y, sin embargo, se levantó de buen ánimo y sintiéndose enérgica. Ese día, sábado 2 de noviembre de 1833, marcaría un antes y un después en su vida. La determinación con que Alexander la había acorralado en el salón de Almack's para obligarla a decidirse le había resultado halagadora y, sin bien las dudas acerca del vínculo que lo había unido a Alexandrina subsistían, se permitiría confiar en que el destino les concedería un matrimonio feliz, aun con la presencia de su cuñada entre ellos.

En la mesa del desayuno los comensales le lanzaban vistazos elocuentes. Ella evitaba mirarlos a los ojos y se dedicaba a su sobrino Willy. Por fortuna, Fernando de Ávalos no había bajado esa mañana. Con un poco de suerte, pensó, en unos días se desharía de él, después de que su padre anunciase el compromiso con Alexander, y el napolitano viese por tierra sus planes de echar mano a la fortuna Neville.

No tenía deseos de ir al banco. Habría preferido visitar Blackraven Hall y comentar el baile con Isabella. La había notado deprimida y por el mismo motivo de siempre: James Walsh. También le habría gustado conversar con Quiao, que por fin había bailado el vals con Estevanico. Sin embargo, debía ir a la City. Desde el aviso por parte de Alexander del acuerdo entre los Blackraven y el gobierno de La Rioja, no quería perder de vista a Porter-White. La tenía estupefacta el hecho de que aún no se hubiese anunciado la disolución de la Río de la Plata Mining & Co.

A diferencia de los demás, sir Percival no le prestaba atención y se dedicaba a leer *The Times* con una mirada ceñuda. Manon, empeñada en que Willy comiese las gachas, no apartó la vista del niño al oír que su abuela preguntaba:

—¿Algo te preocupa, Percy?

Lo oyó bufar. Alzó la mirada. Su padre tenía el rostro encarnado. Creyó que se referiría al tema que tenía sumida a la bolsa londinense en una gran agitación: la caída en picado del precio de las acciones de la Compañía tras la última reunión de la Corte de Directores el miércoles anterior. En esa oportunidad, Goran Jago habían entregado los cuadernos donde supuestamente Trewartha asentaba la venta paralela de opio. Si bien no había habido tiempo para realizar pruebas caligráficas ni auditorías, el mismo jueves las acciones habían abierto a la baja. El derrumbe del capital accionario de la Compañía no solo era motivo de incesantes conversaciones y de especulaciones en la bolsa y en los bares aledaños; no se había hablado de otra cosa durante el baile en Almack's la noche anterior. La ausencia de Trewartha había resultado conspicua. Se murmuraba que el presidente de la Compañía se había atrincherado en su mansión en Mayfair desde el miércoles por la tarde y que no había vuelto a salir. Un grupo de acreedores se congregaba a las puertas de su casa exigiendo la liquidación de las deudas.

Manon se sorprendió cuando Sir Percival se refirió a otra cuestión.

—Por fin, Goran Jago ha publicado lo que tanto me temía —dijo con acento enojado—: la llegada del tal Costa a Londres y la creación de la sociedad entre el gobierno riojano y los Blackraven.

Apoyó el periódico con innecesario ímpetu y sobresaltó al niño.

—Papá, por favor —se impacientó Manon, y acarició los carrillos de Willy para calmarlo—. No sé por qué te preocupas cuando desde hace días corre el rumor en la bolsa. Incluso anoche, en Almack's, se hablaba de ello.

—Un rumor no es una certeza, hija.

—Esperemos que el señor Costa no corra la misma suerte del geólogo, el señor Francis Turner —apuntó Manon con fingida indiferencia.

—¿De qué estás hablando, Manon? —inquirió Neville.

—De la misteriosa muerte del geólogo Francis Turner, que, apenas llegado del Río de la Plata con noticias del Famatina, murió asesinado a finales de junio, antes de poder hablar con nadie al respecto. ¿No lo recuerdas? Se escribió acerca de su muerte en todos los periódicos.

No aguardó la respuesta de su padre. Se puso de pie, levantó en brazos a William y, tras besarlo, se lo entregó a Jane, la niñera. Aldonza y Anne-Sofie la siguieron al vestíbulo.

—¡Oh, cariño! —exclamó su tía—. Estoy que no puedo más con esta emoción. Anoche, tú y el conde de Stoneville formaban la pareja más bella y mejor avenida del salón. Todos lo notaron.

Manon cruzó una mirada fugaz con Aldonza, que sonrió apenas.

—Es muy galante y un excelente bailarín —comentó mientras se ponía los guantes.

Se convenció de que si Anne-Sofie se mostraba tan entusiasmada con la posibilidad de que ella y Alexander se comprometieran significaba que no estaba al tanto del romance entre su sobrina Alexandrina y el heredero del ducado de Guermeaux.

—¡Y tan bien parecido! —afirmó la mujer—. ¿Crees que esté interesado en ti?

—No lo sé, tía —mintió—. Anoche me destinó el mismo trato que a las demás.

Aldonza carcajeó con cinismo. Manon la miró con ojos severos.

—No, Manon, no —la contradijo su tía—, eso no es verdad. —Se dirigió a Aldonza para comentar—: Ojalá hubieses estado anoche en Almack's, querida. El joven conde, tan elegante en su frac, destinó a nuestra Manon un trato especial. —Bajó el tono de voz para añadir—: En realidad, parecía devorarla con la mirada mientras bailaban el vals. Y entre ellos, todo era sonrisas y risas. Creo que es la primera vez que veo reír. Pese a su juventud, el conde es un muchacho muy serio.

Manon, para acabar con el tema que obsesionaba a su tía, le aferró las manos y la miró a los ojos.

—¿Cómo te sientes esta mañana? ¿Por qué no te has quedado un poco más en la cama? Anoche te acostaste tarde.

—Me siento bien, cariño. El tónico que me prepara Aldonza está abriéndome el apetito.

—¿Has vuelto a recibir noticias de aquella mujer? —Anne-Sofie sonrió con incomodidad y negó con la cabeza—. ¿Necesitas dinero? No dudes en pedírmelo.

—Gracias, Manon querida. Eres siempre tan generosa conmigo.

La jornada del sábado en el banco, usualmente corta y ajetreada, resultó especialmente vertiginosa ese 2 de noviembre, pues, a las actividades típicas relacionadas con su trabajo, Manon debió lidiar con varios de sus clientes que se presentaron para preguntarle acerca de lo publicado en *The Times*. ¿La explotación del Famatina la realizaría la Río de la Plata Mining & Co. o quedaría en manos de los Blackraven? Cada interesado traía una versión diferente, incluso uno de ellos, un empleado de la Cancillería, le confió que había escuchado al ministro Palmerston asegurar que el rey Guillermo le había manifestado su interés en invertir en la empresa de los Blackraven. Manon se limitaba a pedir prudencia y a esperar. De todos modos, añadía, era posible que la venta de las acciones de la Río de la Plata Mining & Co. se pospusiera.

—Me permito contradecirla, señorita Manon —replicó un agente de bolsa, uno que compraba y vendía secretamente para la Casa Neville—. Su cuñado, el señor Porter-White, acaba de decirle a un colega que la venta de acciones se llevará a cabo de acuerdo con lo previsto. Comenzará la semana que viene, cuando la imprenta termine de estamparlas.

A esas palabras, Manon respondió con un silencio pasmoso. Tras despedir al bróker, se dirigió al despacho de su cuñado. Entró sin anunciarse y lo halló cuchicheando con Lucius Murray, una alimaña del mismo tenor de Porter-White, desde su punto de vista.

—Déjenos a solas —le ordenó, y el joven, tras inclinar la cabeza y cruzar una mirada con su jefe, abandonó la oficina.

—Manon, ¿a qué debo el honor de tu visita? —preguntó Porter-White con mofa.

—¿Es cierto que has anunciado que la semana que viene comenzará la venta de las acciones de la Río de la Plata Mining & Co.?

—Tal como estaba previsto —contestó con indiferencia mientras consultaba unos documentos.

—Lo que no estaba previsto era que tu compañía minera fantasma quedase al descubierto —le recordó Manon.

Porter-White despegó la vista de la carta que simulaba leer y la fijó en la de Manon, que sufrió un instante de miedo al toparse con esos ojos oscuros y fríos.

—Anuncia la disolución de la Río de la Plata Mining & Co. y acaba con esta farsa —lo increpó.

—Pídele tú a tus amigos los Blackraven que desistan de su acuerdo con Quiroga.

—El acuerdo de los Blackraven es con el gobierno riojano —alegó—. Los asiste el derecho.

Porter-White lanzó una risotada macabra, que acabó abruptamente. Dio un paso en dirección a Manon. Ella retrocedió.

—¡El derecho! En aquellas tierras el derecho lo ostenta el más fuerte, querida cuñada. Tú no tienes idea de cómo son las cosas allá.

Manon apretó los puños y luchó por controlar la emoción debilitante y teñida de miedo que se apoderaba de su carácter. Se conminó a mostrarse serena y dueña de sí.

—Eres tú el que no tiene idea de con quién estás contendiendo —rebatió—. No intentes probar fuerzas con los Blackraven, Julian. Ellos son más poderosos que los Hannover.

—Que los Hannover puede ser, que son nuestros principales deudores —señaló Porter-White con una sonrisa pedante—, pero no más fuertes que los Neville.

—Tú no eres un Neville y yo no te permitiré que deshonres el nombre de mi familia.

Se recogió el ruego del vestido y se marchó.

Capítulo XXIII

El *foyer* del teatro ubicado en Drury Lane se encontraba atestado de gente. La reposición de la obra ecuestre *Las cataratas del Ganges. O la hija del rajá*, de Moncrieff, había suscitado una gran expectativa. Se esperaban grandes despliegues en el escenario, como el uso de caballos y de cascadas verdaderas. Los espectadores aguardaban a que se les permitiese acceder a la platea y a los palcos y, mientras tanto, comentaban acerca de los dos chismes más escandalosos y suculentos, que habían desplazado al asunto de Trewartha y su venta ilegal de opio: el litigio entre la Casa Neville y la casa de Guermeaux por la explotación del cerro en América del Sur y el posible romance entre el conde de Stoneville y la señorita Manon, que bien podría acabar antes de haber nacido si lo del conflicto por el Famatina se confirmaba. La noche anterior, durante el primer baile en Almack's, los jóvenes se habían convertido en el blanco de las miradas en tanto conversaban apartados en un rincón y también después, mientras bailaban el vals.

—¡Manon! —la llamó Philippa—. Por fin te encontramos.

Saludó a sus primas y a sus tías Charlotte y Louisa. Notó apocada a Marie, más bien deprimida, y enseguida dedujo la razón.

—¿Es cierto lo que se murmura? —la acicateó Lilly Rita—. Que tú y el conde de Stoneville están comprometidos —aclaró ante el gesto interrogativo de Manon.

—Papá los vio conversando en el banco el martes por la tarde —apuntó Philippa—. Estaban solos, sentados en el sofá de la recepción —detalló.

—Estaba transmitiéndome un mensaje de Isabella.

—Creímos que estabas interesada en Fernando de Ávalos —comentó Marie con voz lánguida.

—Pues creyeron mal —afirmó Manon con vehemencia—. No estoy interesada en él en absoluto.

—¡Habla ya, niña! —la apuró su tía Charlotte—. ¿Estás comprometida con el conde de Stoneville o no?

—No —respondió Manon con serenidad—. Con permiso —se disculpó, y se alejó en dirección a la entrada por donde acababan de entrar los Blackraven.

Enseguida notó que Alexander no era de la partida. Isabella la avistó y se abrió paso entre la multitud. Se sonrieron con complicidad.

—Alex llegará más tarde —anunció la menor de los Blackraven sin necesidad de que su amiga la interrogase—. Él y Nico están atendiendo un problema en la barraca.

—Nada grave, espero —se preocupó Manon.

—No conozco los detalles —admitió la joven Blackraven—, pero estimo que no. Hemos traído a Sananda.

—¡Qué extraño que haya aceptado concurrir! —comentó Manon, mientras, en puntas de pie, intentaba encontrarlo entre la multitud—. Sé que se retira muy temprano a descansar y que rehúye las multitudes.

—Rosie lo convenció —explicó Isabella—. Le dijo que la obra se ambientaba en la India. Yo creo que vino para complacerla. Se ha encariñado mucho con ella.

Margaret Walker, invitada de Manon, se aproximó a saludarlas. Estaba sola. Su esposo, Finlay Walker, había partido días atrás hacia Amberes en su primer viaje para la Blackraven Shipping & Shipyard. Las tres se unieron al resto de los Blackraven. A Manon no la sorprendió que Sananda, con su atípica vestimenta, su infaltable cayado y sus marcados rasgos indios, llamase la atención y provocara cuchicheos y miradas aviesas. En especial sorprendía a la concurrencia que Charles-Maurice de Talleyrand-Périgord, príncipe de Benevento, se hubiese acercado a saludarlo.

—Querido Sananda —dijo Manon—, creo que quedarás desilusionado con esta obra. Es grotescamente imparcial, escrita para ensalzar al Imperio británico, como si fuese el redentor de la India.

El anciano le dedicó una sonrisa antes de responder:

—Todo es obra del Creador, querida Manon, aun lo que a nuestros ojos resulta injusto.

Como de costumbre, Talleyrand se tomó del brazo de Manon para subir al primer piso. Se ubicaron en el gran palco de proscenio reservado para los Neville y que compartirían con los Blackraven, lo que daba por tierra con las especulaciones acerca de un litigio entre las dos familias. Cassandra se sentó junto a Manon y le aferró la mano. Manon notó que la de su hermana, incluso a través de la cabritilla del guante, despedía una fría humedad.

—Cassie, ¿te sientes bien? —se preocupó. Cassandra forzó una sonrisa y asintió—. No es cierto —replicó—. Estás pálida y a punto de llorar.

—Julian ha decidido ir al palco de tío David —indicó, y Manon movió la vista hacia delante, hacia el palco enfrentado al de ellos, donde Porter-White conversaba con Philippa.

—No lo vi en el *foyer*. Pensé que no vendría.

—Llegó a último momento. Se niega a compartir el palco con los Blackraven y con Sananda, a quien llamó «viejo escabioso».

—Lo siento, Cassie —murmuró—. Ahora intenta disfrutar de la obra. Mañana, más tranquilas, conversaremos sobre lo que te preocupa.

Cassandra se inclinó en actitud intimista y le susurró:

—Julian ya no me visita por las noches. —Las hermanas se miraron a los ojos—. Desde el nacimiento de Willy —precisó.

Manon, abrumada por la revelación, atinó a asentir. Forzó una sonrisa con la intención de animarla.

—Mañana domingo llevaremos a Willy a los Jardines de Vauxhall y, mientras él corretea por ahí con Jane, nosotras hablaremos de esto y de cualquier otra cuestión que te preocupa. Encontraremos una solución.

—Oh, Manon —sollozó su hermana y apoyó la mejilla en su hombro—. ¿Qué haría sin ti?

—Te lo dije una vez, que siempre estaría a tu lado y al de Willy —le recordó—. Ahora intenta serenarte y disfrutar de la puesta en escena, que promete ser sorprendente.

La iluminación a gas parpadeó para anunciar la inminencia del espectáculo, por lo que Manon se acomodó en la butaca. Cassandra no le soltó la mano y se la sostuvo durante el primer acto. Al comienzo del segundo, Alexander todavía no había llegado, y Manon se inquietó. Lo hizo en el segundo interludio. Entró en el palco y saludó con una simpatía inusual a sir Alistair y a sir Percival, lo mismo a Talleyrand. Se lo notaba agitado, como si hubiese corrido para llegar, aunque su apariencia era impecable, con el frac sin arrugas, el rostro limpio de barba y el cabello peinado hacia atrás con macasar, lo que le arrancaba destellos negrísimos a la luz de los candeleros.

Alexander ocupó una butaca en el extremo izquierdo del palco, detrás de la de Manon. Su colonia la envolvió y le inundó las fosas nasales. Deseó girarse. Con Cassandra tan pegada a ella, permaneció quieta y simuló interés en lo que ocurría en la platea y en los demás palcos, lo que le sirvió para confirmar que eran el blanco de la atención de gran parte del teatro.

Las luces se apagaron por completo para dar comienzo al último acto. Alexander, en absoluto seducido por el despliegue en el escenario, fijaba la vista en Manon. Notó que se había recogido el cabello, algo infrecuente, y que, sin embargo, le permitió apreciar la delicadeza de su nuca y de los pequeños bucles que allí se le formaban. La deseó con un ansia que había creído perdida para siempre y que le proporcionaba una dicha inefable. Esa noche pediría su mano y acabarían con el secretismo que ella le había impuesto. No veía la hora de que sir Percival lo anunciase a los invitados y de que la voz corriese por los salones londinenses.

Anheló tocarla, aunque fuese un simple roce. Antes de hacerlo tomó la precaución de echar un vistazo hacia la derecha y advirtió que Fernando de Ávalos tampoco se interesaba en la magnífica puesta en escena, sino en Manon. Sus miradas se cruzaron y se midieron por un instante, suficiente para comunicarse el antagonismo que se despertaban. «Después de esta noche» pensó Alexander, «tu estadía en Londres carecerá de sentido».

Indiferente a la posibilidad de que lo viesen, incapaz de contenerse, tendió la mano izquierda y rozó el codo de Manon a riesgo de sobresaltarla. La vio temblar apenas y erguirse aún más en la butaca. Ella dejó caer el brazo y llevó hacia atrás la mano en un claro ofrecimiento. Entrelazó sus dedos con los de ella. ¿Por qué un gesto tan simple lo afectaba tan profundamente? Se trataba de una comunión con esa joven a la que poco tiempo atrás solo consideraba una niña, la mejor amiga de su hermana menor. Tal vez, meditó, sus destinos habían quedado irremediablemente atados aquel día en Penzance cuando la rescató del barranco. Manon le había confiado que lo amaba desde aquella tarde de mayo del 27. Él, en cambio, venía de hacer el amor con la que había creído la mujer de su vida. «Alexandrina». Repitió su nombre en aquellas circunstancias, mientras sostenía la mano de la que se convertiría en su esposa, y lo hizo a propósito. Estaba probándose, provocándose, desafiándose, buscando causarse dolor, clavando el cuchillo hasta el hueso. En realidad, buscaba exorcizarla, liberarse de su recuerdo, cortar la cadena que lo había mantenido amarrado durante demasiado tiempo. Cerró los ojos y recreó su rostro bellísimo. Lo reconstruía con una facilidad asombrosa si se tenía en cuenta que no la veía desde hacía años. Cada detalle se dibujaba en su mente y traía aparejada una anécdota. Y mientras la evocaba, repetía de memoria la carta que le había enviado tiempo atrás desde Macao y en la que le pedía que fuese a rescatarla de un matrimonio desdichado. Por él, estaba dispuesta a dejar atrás a su esposo, incluso a su pequeño hijo. *No dudo de que su tía Manon, tan aficionada a Archie, y dispuesta a permanecer soltera, se ocuparía, gustosa, de su educación, lo que me complacería pues es una joven responsable, cultísima y de un gran corazón.* Sonrió con ironía al repasar el párrafo que tanto lo había afectado tiempo atrás y que ahora le servía para confirmar el valor de la mujer que había elegido como compañera en la vida.

El rostro de Alexandrina se desdibujó lentamente hasta desaparecer. Alzó los párpados y de nuevo fijó la mirada en la nuca de Manon, donde, se propuso, la llenaría de besos y mordiscos. Una ansiedad ajena a su carácter lo habría llevado a pedirle a sir Percival que abandonasen el palco y a revelarle allí mismo, en el corredor de Drury Lane, su intención de desposar a Manon; no tenía paciencia para esperar hasta después de la cena en Burlington Hall. El interés con que su futuro suegro observaba el escenario lo ayudó a sojuzgar el arrebato.

Manon soltó la mano de Alexander al toparse con la mirada de Porter-White. Resultaba imposible que supiese que estaban tocándose; el pretil del palco se lo impedía; sin embargo, la surcó un escalofrío que la impulsó a romper el contacto con un tirón. Se le cayó la escarcela. Se inclinó para recogerla, pero Alexander fue más rápido y se la devolvió. Ella la aferró, siempre con la atención en Porter-White. Este le dedicó una sonrisa que de nuevo la llevó a pensar en la Hidra de

Lerna. Se le vino a la mente una ilustración en la que la bestia abría la boca y exponía los largos y filosos colmillos. Había burla en la mueca de su cuñado; había maldad; había amenaza; pero sobre todo había una promesa: que al final, él saldría vencedor.

* * *

Tras el final apoteósico de la obra, y luego de aplaudir de pie durante varios minutos, los espectadores abandonaban las butacas y los palcos y se dirigían lentamente hacia el *foyer*. Manon se detuvo en el descanso de la escalera al notar que el pañuelo de Alexander, que había escondido en el escote del vestido, no estaba. La asaltó un instante de pánico.

—Tío Charles-Maurice, tengo que regresar al palco. He dejado caer algo allí.

—Ve tranquila, querida —la alentó la duquesa de Dino—. Yo lo ayudaré a descender.

—Gracias, Dorothée.

Se levantó un poco el ruedo del vestido y corrió escaleras arriba. El primer piso estaba desierto y los palcos prácticamente vacíos. Entró en el de su familia y se abrió camino entre las butacas, que le aplastaban la crinolina del vestido. La embargó un gran alivio cuando avistó el pañuelo en el suelo, junto a los pesados cortinados que los separaban del palco contiguo. Debió de haberse deslizado de su escote cuando se inclinó para recuperar la escarcela caída. Se inclinó para recogerlo y, al hacerlo, un destello atrajo su atención. Algo brillaba bajo el ruedo del cortinado. Levantó el terciopelo y descubrió un cuchillo ensangrentado. Se encontraba junto a la butaca ocupada por Alexander. La sangre estaba seca, pero era reciente; aún no había adoptado la típica tonalidad marrón.

Devolvió el pañuelo al escote y guardó el cuchillo en la escarcela, que entró con dificultad. Temió que la punta perforase el satén, por lo que la cubrió con una moneda. No existía una explicación racional para la decisión que acababa de tomar, la de recoger el cuchillo; el instinto le susurraba que lo hiciese.

Bajó la escalera tomándose de la baranda pues estaba temblando. La dominaba un pánico irracional. La certeza de que una desgracia caería sobre ella y sobre los que amaba se le había clavado en el pecho y le provocaba un intenso dolor. Le costaba respirar. Se detuvo en el descanso para recobrar el equilibrio. Cerró los ojos y tomó profundas inspiraciones. Sin motivo, recordó la sonrisa que su cuñado le había dedicado una hora atrás. El miedo recrudeció. Desde los últimos escalones, avistó a Alexander. Movía la cabeza hacia uno y otro lado; la buscaba. Al distinguirla, le sonrió, y ella, que tenía ganas de llorar, le sonrió a su vez, aunque debió de tratarse de una mueca de labios inseguros, pues lo vio unir las cejas en una línea y abrirse paso hacia ella con determinación.

—¿Dónde estabas? —la interrogó al reunirse con ella al final de la escalera; le ofreció la mano para que descendiese los últimos peldaños—. Estaba preocupado. De repente ya no venías detrás de mí.

—Subí a recuperar tu pañuelo —explicó, y su voz enrarecida aumentó las sospechas de Alexander—. Debió de caerse cuando me incliné para recoger mi escarcela.

—¿Qué sucede? ¿Qué te ha ocurrido?

—Nada.

—No me mientas. Algo te ha turbado terriblemente. Estás pálida y tiemblas.

A punto de revelarle el macabro hallazgo, Alexander se giró atraído por el murmullo que se alzó entre la concurrencia. Manon avistó un grupo de policías, que sobresalía gracias a los uniformes y a las gorras azules. La embargó una notable apatía, como si viese de cerca el final y no le importase. Sin embargo, comenzó a temblar otra vez cuando el que encabezaba el grupo, uno vestido de civil, de baja estatura y que reveló una calvicie lustrosa al quitarse el sombrero, se detuvo frente a Alexander. El semblante de por sí rubicundo del hombre se tornó de una tonalidad violácea cuando se dirigió al conde de Stoneville.

—Excelencia, lo siento, pero… Verá, milord, necesito que… Es preciso que me acompañe a la sede de Scotland Yard.

—¿De qué se trata, inspector Brown? —quiso saber Alexander con una pasmosa serenidad.

—Milord, lo siento, pero…

—Hable —lo conminó Alexander, y su voz resonó en el mutismo que había caído en el *foyer*.

—Debo… Debo arrestarlo, excelencia, por el asesinato del señor Jacob Trewartha.

Más tarde, ya en Burlington Hall, Cassandra le referiría los hechos con detalle, pues Manon nada recordaba. De pronto, se encontró flanqueada y sujetada por su tío Charles-Maurice y por Sri Sananda, mientras observaba con un enervante estupor a Alexander, que volvía la mirada hacia ella una y otra vez a medida que se alejaba rodeado por los policías. Tuvo el impulso de correr tras de él. Talleyrand, con una fuerza inesperada en un hombre de edad provecta, se lo impidió.

—No, cariño, no —le susurró—. Alexander se quedará tranquilo si te sabe protegida por nosotros. No soportará que te expongas y que te arriesgues. No te conviertas en otro problema.

Asintió en un acto mecánico. La figura esbelta de su amado Alexander se desdibujaba a causa de las lágrimas que le rodaban por las mejillas de pronto consumidas y pálidas. Sananda le apretó la mano y ella se volvió para mirarlo. La hechizaron sus ojos oscuros y, aunque no sonreía, su expresión comunicaba alegría. La embargó una paz inefable, que le regularizó las pulsaciones y le detuvo el temblor del cuerpo.

Alexander ya no estaba. Se percató de que había comenzado a llover de nuevo, como lo había hecho durante todo el día. A diluviar, en realidad, y pensó en que su amado se empaparía pues se lo habían llevado sin permitirle que se cubriese con el levitón. Vio que su padre y sus tíos se aproximaban, sorteando la multitud, que había recomenzado a hablar de modo frenético acerca de la escandalosa escena.

Sir Percival, con una seriedad que Manon pocas veces le había visto, le tendió la mano y le dijo:

—Vamos a casa, cariño.

* * *

Arthur, Edward y Estevanico regresaron a Blackraven Hall por la madrugada. Nadie dormía. Los recibieron entre preguntas y aspavientos. Miora alzó el tono de voz para imponer orden. Decidieron encerrarse en la salita de la duquesa, donde Arthur bebió un largo trago de brandi antes de explicarles que Alexander pasaría la noche en una celda en el sótano de la sede de Scotland Yard.

—¡Cómo! —se desconcertó Isabella—. ¿No volverá a casa?

Edward tomó la palabra para contarles que, dada la envergadura del personaje en cuestión, habían sacado al juez de la cama para que decidiera sobre su caución. El funcionario había declarado que, teniendo en cuenta los cuantiosos recursos económicos con los que contaba el imputado y la flota de barcos a su disposición, el riesgo de que huyese era muy elevado, por lo que no le concedería la libertad provisional; esperaría el juicio en la cárcel. A la mañana siguiente lo conducirían a la prisión de Newgate, que se hallaba junto a los tribunales, en Old Bailey Street. De nada sirvieron las razones expuestas por los abogados defensores, que insistieron en la honorabilidad del acusado y en la de su familia. La gravedad del hecho imponía la máxima cautela.

—¿Qué fue lo que sucedió? —quiso saber Anne-Rose, que claramente había llorado—. ¿Por qué acusan a Alex?

—Dicen que un testigo lo vio salir de la casa de la víctima esta tarde, a eso de las siete —respondió Estevanico.

—Eso, sumado a la conocida enemistad que existía entre Trewartha y Alex —apuntó Edward—, hace casi imposible que consigamos una caución, aunque apelaremos la medida apenas abran los tribunales de Old Bailey el lunes.

—¿Se sabe quién es el testigo? —preguntó James Walsh.

—No aún —intervino Arthur—. Mantienen secreta su identidad. Pero pronto lo averiguaremos. Y ahora, Nico y yo saldremos de nuevo.

—¿Dónde van? —se preocupó Miora—. Por favor, muchachos, no cometan locuras.

—Vamos a la casa de Alex —respondió Estevanico—. Los *bobbies* deben de estar allí, revolviéndolo todo, buscando el arma homicida.

—Por fortuna, Obby y Rao Sai pasan la noche aquí —comentó Anne-Rose.

—¿No encontraron el arma en la escena del crimen? —se interesó Rafael, y Estevanico negó con la cabeza.

—Ojalá nunca la encuentren —deseó Arthur—. Que nunca apareciera sería nuestra mejor baza.

—¿Cómo murió? —inquirió Isabella—. ¿Al menos sabemos eso?

—Apuñalado, eso dijo el inspector Brown.

—Alex siempre va armado —señaló Anne-Rose—. De seguro lo registraron en la sede de Scotland Yard.

—Por fortuna, en el apuro por llegar a tiempo al teatro —comentó Edward—, se calzó la pistola, pero dejó el estilete veneciano que le regaló el viejo duque.

—Siempre lleva una daga en la bota derecha —se preocupó Isabella.

—Usaba los zapatos del frac —le recordó Arthur—, por lo que tampoco llevaba la daga con él.

—Dios sea loado —murmuró Miora, y Anne-Rose se mordió el labio para contener el alivio y la emoción.

—Igualmente, hallarán el estilete y la daga en Grosvenor Place —señaló Estevanico— y eso podría traernos problemas.

—Un buen forense sabrá determinar si el ancho de la puñalada coincide con las pulgadas de la hoja, sea del estilete, sea de la daga —señaló James Walsh.

—Esperemos que no coincidan —masculló Miora.

—He solicitado al inspector Brown que ustedes —dijo Arthur, y miró a Rafael y a James— participen mañana de la autopsia.

—Cuenta con ello —respondió Rafael, y Walsh ratificó las palabras de su amigo con un asentimiento.

Estevanico y Arthur estaban calzándose los guantes de montar y abrigándose con sus paletós en el vestíbulo cuando sonó la campanilla de la puerta principal. Los miembros de la familia intercambiaron miradas preocupadas. Colton, el mayordomo, que, al igual que el resto del servicio doméstico, no se había retirado a descansar, abrió con actitud medrosa. Una figura alta y delgada, cubierta por una capucha y por un largo dominó de lana negra, avanzó unos pasos en el vestíbulo. Se despejó la cabeza y reveló su identidad.

—¡Manon! —exclamaron al unísono.

Thibault y Aldonza entraron a la zaga.

—No soportaba permanecer en casa sin noticias —se excusó—. Espero que no les moleste que hayamos venido. Vimos luces, por eso nos atrevimos a llamar.

—Has hecho muy bien, querida Manon —dijo Arthur—. Es reconfortante tenerte entre nosotros —aseguró.

Isabella abrazó a su amiga y se echó a llorar.

—¡No le permiten volver a casa! —exclamó—. ¡Lo han dejado en prisión!

Manon le besó la mejilla húmeda y se apartó de ella.

—Arthur, Estevanico, necesito hablar con ustedes. A solas —añadió.

—Por supuesto, Manon —aceptó Arthur—. Por aquí —dijo, e indicó el camino.

Cruzaron el amplio vestíbulo y entraron en otra habitación, un despacho, el del duque, conjeturó Manon. Colton, que iba tras ellos, se ocupó de encender unos candelabros y se marchó. Estevanico cerró la puerta. Arthur le señaló una silla. Manon declaró que permanecería de pie. Extrajo de la escarcela el cuchillo ensangrentado.

—¡Manon! —susurró Arthur—. ¿Qué significa esto?

—Lo hallé en el palco, junto a la butaca de Alexander.

—¡Santo cielo! —exclamó Estevanico.

—Mierda —masculló Arthur.

Les relató los pormenores, lo que había motivado el regreso al primer piso y la sorpresa al encontrar el objeto bajo la cortina de terciopelo.

—Lo plantaron allí —expresó Arthur con rabia—. Alguien busca endilgarle a Alex el asesinato de Trewartha.

—Mi cuñado —afirmó Manon—. Julian Porter-White. Fue él. Él asesinó a Trewartha y lo hizo para inculpar a Alexander.

—¿Cómo lo sabes?

—No tengo pruebas —admitió—. Pero lo siento aquí. —Se colocó el puño en el centro del pecho—. Estoy segura de que esperó a que todos saliésemos del palco para introducirse subrepticiamente y depositar el cuchillo junto a la butaca que acababa de ocupar Alexander. Ahora, lo más importante es deshacernos del arma homicida.

—O usarla para incriminar a Porter-White —propuso Estevanico, y se dispensaron miradas conspiratorias.

—Es muy hábil —reconoció Manon—. Si planeó inculpar a Alexander, debe de tener cada minuto del día cubierto por una coartada. No resultará fácil inculparlo, aunque le plantemos el arma en su propia habitación.

—Por otro lado, no sabemos a ciencia cierta si se trata de él —razonó Arthur—. Respeto tu instinto, querida Manon, pero no debemos olvidar que el asesinato conlleva la pena capital. No podría cargar en mi conciencia con la muerte de un inocente si después resultase que tu cuñado no tiene nada que ver en esto.

Manon, que estaba segura de la culpabilidad de Porter-White, se limitó a asentir. Tendió el cuchillo. Arthur lo recibió.

—Deshágense de él —ordenó—. Que nadie jamás pueda hallarlo.

—Lo haremos —le prometió Estevanico.

—Sabemos que el inspector Brown ordenó que se registrase no solo la casa de Alex, sino la barraca del puerto y también el palco —le confió Arthur—. Habrían hallado el arma sin duda. Creo, querida Manon, que Alexander te deberá la vida.

—Solo nosotros tres conocemos la existencia del arma —dijo Manon—. Quiero que nos prometamos aquí y ahora que nos llevaremos este secreto a la tumba.

—Así será —prometió primero Estevanico, Arthur después.

* * *

Estevanico, que conocía el Támesis como la palma de su mano, eligió un sitio en el que las corrientes y los remolinos jamás devolvían lo que se tragaban. El lugar, una marisma alejada de la ciudad y desierta a esa hora de la madrugada, se encontraba inusualmente anegada debido a la lluvia torrencial que había caído por la noche. Un aroma a moho y a descomposición les ofendía las fosas nasales. Avanzaron hasta que el agua les cubrió las botas de montar. Arthur entregó una roca y una soga a Estevanico, que a su vez le pasó el fanal con el que había iluminado el camino. Arthur lo elevó para facilitarle la tarea mientras Estevanico se ocupaba de atarlos al cuchillo empleando un as de guía, uno de los nudos marineros más seguros.

Arthur, experto jugador de críquet, lo arrojó varias yardas hacia el medio del río, en el sitio preciso donde Estevanico le había indicado. Oyeron el sonido acuoso que el arma y la roca produjeron al caer. Luego, nada. La noche solo les devolvió un silencio atronador apenas roto por los chirridos de algunos insectos.

Se limpiaron las botas en el herbaje y caminaron hacia las monturas, atadas a un árbol. Regresaron a la ciudad a la luz de la luna, al paso en los sitios más lúgubres, al galope en los más abiertos e iluminados. No se dirigían a Grosvenor Place como le habían asegurado al resto de la familia, sino que marchaban hacia los bajos fondos. Buscaban entrevistarse con Jonathan Wild, el rey del inframundo.

Llegaron a la taberna The Prospect of Whitby, en Wapping, a eso de las cuatro de la madrugada. El sitio se hallaba envuelto en un ominoso mutismo. Un fanal de aceite impedía que la oscuridad se devorase por completo el entorno. Llamaron a la puerta. Se abrió la mirilla. Instantes después, la falleba se descorría, y el tabernero les franqueaba el ingreso. Entraron en el salón extrañamente vacío y silencioso. Los recibió, sin embargo, el mismo olor a cerveza rancia y a sudor. Dentro, encontraron a Samuel Bronstein y a Daniel Mendoza, a quien Estevanico había enviado un mensaje horas antes solicitándole que concertara de manera urgente una reunión con Jonathan Wild.

Mendoza, que conocía a Arthur desde pequeño, lo ciñó en un abrazo.

—Querido muchacho. ¡Qué triste este asunto de Alex!

—Gracias por haber venido a estas horas intempestivas —dijo Arthur, alternando vistazos entre su maestro de boxeo y el investigador privado—. Lo apreciamos de verdad.

—Lo que sea necesario para sacar a Alex de este aprieto —aseguró Bronstein.

El tabernero, al que Estevanico colocó dos coronas en la palma de la mano, los guio al piso superior. Entraron en la misma estancia pequeña donde había tenido lugar la anterior reunión con el jefe de los criminales londinenses. A diferencia de aquella vez, Wild no jugaba a los naipes. Los aguardaba de pie y con la mirada ceñuda.

—Endiablado asunto —masculló a modo de saludo.

—Gracias por aceptar encontrarnos con tan corto aviso, Jonathan —dijo Arthur, y el hombre inclinó la cabeza en señal de reconocimiento.

Les indicó con un gesto de la mano que se sentasen en torno a la pequeña mesa.

—Jonathan —tomó la palabra Mendoza—, ¿qué puedes decirnos de esta trampa que le han tendido a Alex?

El hombre sorbió un trago de cerveza y se secó con la manga de la camisa.

—Antes quiero hablarles de otros descubrimientos importantes que he hecho en el último tiempo —anunció—. Onslow Murray —dijo, y se quedó callado mientras observaba a sus interlocutores.

—¿El *bobby* que vivía en la pensión de Whitechapel? —evocó Samuel Bronstein.

—Exacto —confirmó el hombre—. El *bobby* a quien el administrador de la pensión vio conversando con el indio que atacó al conde de Stoneville. ¿Su conocido en Scotland Yard ya le ha señalado quién es? —preguntó Wild con un tinte de sorna y una ceja elevada.

—No, no lo ha hecho aún —admitió el investigador, y se cuidó de manifestar la sorpresa que implicó que el delincuente estuviese al tanto de su contacto en Scotland Yard. Sin duda, poseía tentáculos que llegaban más lejos de lo previsto y que sobrepasaban los límites del inframundo; tal vez alcanzaban las altas esferas.

—Es interesante este tal Onslow Murray —señaló Wild—. Conocí a su padre, un notorio tahúr que se ganaba la vida en los burdeles de los ricos desplumándolos hasta dejarlos en calzones. De hecho, su madre era una puta, cómplice de Murray; lo ayudaba a vaciar las faltriqueras de los ingenuos clientes. En fin —suspiró, fingiendo una resignación fatalista—. ¡Qué extraño es este mundo! El pequeño retoño de esos dos ejemplos de virtud ahora se encuentra luchando del lado de la justicia.

—¿Por qué nos hablas de Onslow Murray? —lo apuró Arthur.

—Es importante que hable de él por tres razones —respondió Wild—. Primero, porque mis ojos en Drury Lane me informaron que anoche formó parte de la escuadra que arrestó al señor conde. Segundo, porque mis oídos en Drury Lane me aseguran que fue él quien le sugirió a ese inútil del inspector Holden Brown que revisara el palco donde había estado el señor conde, dado que era el sitio al que se había dirigido tras supuestamente asesinar a Trewartha, que en paz descanse. —Hizo una pausa deliberada en la que alternó vistazos serios con los demás—. Parece ser que esperaban encontrar algo allí. —Wild elevó las manos en un gesto resignado—. Desafortunadamente no hallaron nada. ¿O tal vez debería decir, afortunadamente para nuestro amigo el señor conde?

—¿Y la tercera razón? —quiso saber Estevanico, que se había cuidado de mirar a Arthur a la mención del registro del palco.

—La tercera razón, Nico, es la más interesante —aseguró Wild—. Onslow Murray es primo hermano de Lucius Murray.

—¿Quién es Lucius Murray? —se impacientó Arthur.

—El secretario de Julian Porter-White —respondió Bronstein.

En esa instancia, Estevanico y Arthur sí cruzaron una mirada. Ambos recordaron la corazonada de Manon.

—Exacto —corroboró Wild—, Julian Porter-White, *amigo* del difunto Trewartha y recientemente enemigo de los Blackraven por un asunto de cerros y explotaciones mineras —acotó con fingido aire indiferente—. Porter-White, yerno de sir Percival Neville y empleado de su banco. ¿Recuerdan qué les dije en oportunidad de nuestra reunión anterior? Me refiero a qué les dije respecto del señor conde y de la rica heredera Neville —precisó.

—Dijiste que la talla sobre Alex era para evitar que la casa de Guermeaux y la de Neville se uniesen —evocó Samuel Bronstein.

—Ya —confirmó el hombre, y guardó un intencionado silencio.

Ninguno acotó nada, y en el mutismo que llenó el espacio de la pequeña habitación solo se oyó la respiración un poco congestionada de Jonathan Wild y los lejanos ladridos de un perro.

—¿Has averiguado quién es el testigo que acusa a Alex? —lo interrogó Arthur.

—Oh, sí —se jactó el criminal—. Y me ha costado una pequeña fortuna averiguarlo en tan poco tiempo. He debido molestar y sacar de la cama a gente importante —aclaró—. Parece ser que es una información que se custodia celosamente, sea en Old Bailey como en Scotland Yard. Está relacionado con las garantías del testigo, o algo así —añadió, y lo acompañó con un sacudón de mano desdeñoso.

Estevanico extrajo un talego con monedas del interior de su abrigo y lo depositó sobre la mesa, delante de Jonathan Wild, que lo miró, pero no lo tocó.

—Es el doble de lo que mi padre te dio la vez anterior.

Wild alzó las cejas en un gesto de elocuente satisfacción y recogió la bolsita.

—No se puede decir que los Blackraven, pardos o blancos que sean, no demuestran su generosidad en cualquier circunstancia.

—Ahora, por favor, dinos quién acusa a Alex —presionó Arthur.

—Trevor Glenn.

—¿Quién? —preguntó Arthur, desorientado.

De nuevo, Samuel Bronstein tomó la palabra para responder:

—Trevor Glenn, amigo y mano derecha de Jacob Trewartha.

—Uno de los que fue a visitar a Francis Turner la mañana del día en que murió —recordó Bronstein.

—El mismo —ratificó Wild—. Asegura haber visto salir de la casa de su amigo en Mayfair a Alexander a eso de las siete de la tarde —explicó el malviviente de pronto serio y preciso—. Encontró la puerta abierta. Entró y halló a Trewartha muerto, apuñalado en la bañera mientras tomaba un baño.

—¿Cómo puede afirmar que vio salir a Alex? —preguntó Daniel Mendoza—. A las siete de la tarde, la oscuridad es ya absoluta.

—Dani —dijo Wild—, en el barrio de los ricos las calles están apropiadamente iluminadas. De hecho, en Mayfair han colocado fanales a gas hace unos meses. Salvo que Glenn fuese ciego, habría podido identificar a cualquiera.

—¿Qué hay con los sirvientes? —insistió el antiguo pugilista—. ¿Ninguno vio ni oyó nada?

—No se ha mencionado a los sirvientes —respondió Wild—, como si no existieran. Tal vez los había despedido a todos, dado que estaba en una precaria situación económica. Supe que varios acreedores fueron a llamar a su puerta tras el anuncio de que la Corte de Directores ha propuesto llevar a cabo una votación la semana que viene para removerlo de su cargo de presidente.

Arthur se puso de pie. Los demás lo imitaron, incluso Jonathan Wild.

—Gracias por tu inestimable ayuda, Jonathan —dijo el más joven de los Blackraven—. Lamento seguir abusando de tu generosa predisposición, pero debo pedirte otro favor, uno que mi familia y yo valoraremos especialmente.

—Lo que necesites, muchacho.

—Mañana trasladarán a Alex a la prisión de Newgate. Sé que es posible arreglar con los carceleros mejores condiciones. ¿Cuentas con algún amigo que pueda ayudarnos en este sentido?

—Claro, me ocuparé personalmente. —Aferró el talego de monedas y lo lanzó en el aire para dejarlo caer de nuevo en la palma de su enorme mano—. Con esto que me habéis dado, compraré no solo comodidades para el señor conde, sino protección, pues la necesitará.

—Gracias —dijo Arthur, y se calzó el sombrero de ala ancha—. Ahora nos despedimos —anunció—, mañana nos espera una larga y fatigosa jornada.

Se encaminó hacia la puerta con Estevanico, Daniel Mendoza y Bronstein por detrás.

—Arthur —lo llamó Wild.

—Dime.

—Si el juicio fuese del peor modo y la horca pendiese sobre la cabeza del señor conde, cuentan conmigo y con mis hombres para organizar una fuga. —Arthur se tocó el ala del sombrero en un ademán agradecido—. Y no tarden en avisar a vuestro padre de lo ocurrido —sugirió—. Es imperativo que él regrese a la ciudad. Algún día, ustedes, sus cachorros, crecerán e infundirán temor, pero por ahora es vuestro padre el lobo feroz a quien toda Londres teme.

* * *

Llegada la instancia del traslado a una celda en el sótano de Scotland Yard, el inspector Holden Brown se acobardó y decidió que el conde de Stoneville permanecería en su despacho, incluso hizo traer un brasero, una manta y algo para comer. Al salir, cerró con llave, y Alexander oyó cuando le ordenaba a un agente que se mantuviese junto a la puerta.

Se trataría de una larga noche, se convenció, mientras se acomodaba en la butaca y apoyaba los pies en una silla. No tenía frío, por lo que descartó la manta, que olía mal. Echó la cabeza hacia atrás y cerró los ojos. Se encontraba notablemente calmo para el complicado embrollo en el que estaba metido. Una débil sonrisa le despuntó en los labios al recordar la nuca delicada de Manon, cubierta por los pequeños bucles, que él había planeado besar y mordisquear. «A esta hora, ya le habría pedido a sir Percival su mano», se lamentó, y por primera vez en la noche lo azotó una oleada de tristeza, que se convirtió en preocupación al recordar la expresión turbada de Manon tras el final de la obra de teatro. Había creído que venía detrás de él, retrasada por el paso lento de Talleyrand. Ya en el *foyer*, descubrió que había desaparecido. La avistó minutos después al pie de la escalera. La transformación de su rostro era remarcable; tenía la expresión descompuesta. Algo le había sucedido al regresar al primer piso en busca del pañuelo. A punto de averiguarlo —estaba seguro de que ella se disponía a revelárselo—, el mundo se desmoronó en torno a él.

El padre de Alexandrina había muerto. De muerte violenta. Y él era el primer sospechoso. La ironía de la situación le provocó ganas de reír. Tantas veces había anhelado enfrentarse al hombre que se interponía entre él y la mujer a la que amaba locamente para retarlo a duelo y eliminarlo; ahora el destino lo complacía de la peor manera. Aquellos habían sido años de inconsciencia y de arrogancia, cuando se había creído con derecho a eliminar los escollos que le impedían obtener lo que deseaba. ¡Y sí que deseaba a Alexandrina Trewartha! ¡Qué tonto había sido en confiar en ella! O mejor dicho, qué poco sagaz al no comprender que el miedo de Alexandrina era mucho más grande que el amor que juraba profesarle.

«Mi amor por ti no entiende de fisuras entre familias ni de asuntos de dinero, Alexander. Mi amor por ti es incondicional, y nada de lo que mi padre diga o haga será suficiente para acallar lo que siento. Lo que siento por ti es eterno». Las palabras que Manon le había dicho pocos días atrás lo hicieron sonreír de nuevo a la nada. «Manon haría felices a las piedras», había declarado Arthur, y qué razón tenía.

La sonrisa fue desvaneciéndose mientras evocaba el comportamiento de Manon al escuchar que lo arrestaban por el asesinato de Trewartha. Se había aferrado a él con una fuerza extraordinaria. «Pobre amor mío», se dijo, y se asombró de su propio pensamiento, pues había creído que nunca volvería a emplear el cariñoso apelativo para referirse a otra mujer. ¿Cómo se encontraría en ese momento? Debía de estar angustiada. ¿Dudaría de él? ¿Lo creería capaz de un acto tan ruin? «No», se respondió de inmediato y con una seguridad que nacía de conocer su naturaleza sólida y constante, la misma que la había llevado a declarar que el amor que sentía por él era incondicional.

Lo invadió un fastidio incontrolable. Se puso de pie con una imprecación y dejó caer la endeble silla.

—¿Milord, todo bien allí dentro? —se preocupó el agente del otro lado de la puerta.

—Sí, todo bien —aseguró, y recogió la silla.

Cubría el espacio con tres de sus zancadas. El encierro y la rabia comenzaban a socavarle la calma. Imaginar la angustia de Manon lo alteraba. Confiaría en ella, en que sabría mantener la mente fría; ella no se desmoronaría. ¿Cuándo volvería a verla? ¿Cuánto duraría esa farsa?

Un testigo aseguraba haberlo visto salir de la casa de Trewartha más o menos a la misma hora de su muerte. ¿De quién se trataba? No podía dejar de pensar en Porter-White, aunque resultaba improbable que se tratase de él: lo había visto en Drury Lane. «No sé de qué será capaz Porter-White ahora que le has desbaratado su compañía minera de pacotilla», había vaticinado Manon.

Recordó el interrogatorio del inspector Holden Brown, que se había obstinado en determinar los últimos movimientos del conde con precisión, desde su salida de la barraca en el puerto hasta su llegada tardía al Teatro Real, más conocido como Drury Lane. Aunque inseguro e intimidado por hallarse en presencia de un par del reino, Brown lo obligó a repetir una y otra vez la versión de los hechos, marcando especial énfasis en las horas. De seguro interrogarían a Robert y a Ludovic, si no lo habían hecho ya. Ellos corroborarían lo que él había declarado. El único período de tiempo carente de testigos se extendía entre el instante en que había abandonado Grosvenor Place y la llegada a Drury Lane. Para cubrir la distancia más rápidamente, no había empleado el carruaje, sino su montura, lo que Brown juzgó sospechoso. «¿Vestido de gala, milord?», le había preguntado. «¿No habría sido más sensato emplear un coche?». Lo habría sido, sí, confirmó Alexander, pero el tiempo apremiaba.

Brown también había indagado acerca de las dos discusiones que habían enfrentado a Alexander y a la víctima en el club de caballeros White's, lo que trajo a colación la vieja disputa que mantenían la víctima y el duque de Guermeaux, casado en primeras nupcias con la hermana de Trewartha, muerta en condiciones poco claras. «Murió de viruela en la ciudad de Buenos Aires», declaró Alexander con calma.

«Decenas de testigos la vieron agonizar a causa de esa enfermedad y decenas de testigos vieron a mi padre asistirla personalmente hasta que expiró».

El fantasma de Victoria Trewartha, que se había suspendido sobre Alexandrina y él, y que les había impedido declarar abiertamente su amor y contraer matrimonio, regresaba para complicar una situación de por sí compleja.

* * *

Manon alzó la vista y observó el reloj en la salita de la duquesa. Casi las seis de la mañana. Todavía se hallaba en Blackraven Hall aguardando noticias. Isabella dormitaba a su lado. Anne-Rose se había excusado minutos antes y se había retirado para atender a los niños, que se despertarían de un momento a otro. El resto —James Walsh, Rafael, Quiao, Edward Jago, su abuela Aldonza y Thibault— guardaba silencio. Se habían hartado de especular y de sacar conclusiones; el cansancio y el desánimo los había sumido en un mutismo somnoliento. Media hora atrás se les había unido Sananda.

Manon estaba acordándose de una conversación que había sostenido con Talleyrand hacia finales de julio, cuando su tío le abrió los ojos al revelarle que ser la heredera de la Casa Neville la ubicaba en una posición peligrosa, y no solo a ella, sino a cualquiera que se convirtiese en su heredero, a excepción de uno como Alexander Blackraven, había señalado Talleyrand, y ella recordaba sus palabras precisas: «Eso no sucedería con el conde de Stoneville. No se atreverían a contender con uno de su estirpe e imperio». Pues Porter-White se había atrevido.

Se puso de pie y el movimiento sobresaltó a Isabella. Se oían voces en el vestíbulo. Eran las de Estevanico y Arthur, que hablaban con el mayordomo. Cruzó a paso veloz la salita de la duquesa y abrió la puerta. Allí también se encontraban Goran y Trevik Jago, que acababan de llegar.

—¿Qué noticias traen? —preguntó Manon a bocajarro, sin siquiera saludar.

Arthur la sujetó por el codo y la guio de nuevo dentro de la habitación. Estevanico tomó la palabra para informarles quién era el testigo que aseguraba haber visto a Alexander abandonar la casa de Trewartha por la puerta delantera a última hora de la tarde del día anterior: Trevor Glenn.

—¿Trevor Glenn? —repitió Goran Jago, que ya tomaba nota en su libreta.

Tras una noche en vela y mortificada por la preocupación, Manon debió esforzarse para recordar el nombre. Era el amigo y asistente de Trewartha, resolvió.

—Amigo de Trewartha —respondió Arthur—. Dicen que se los ve siempre juntos. Se los *veía* siempre juntos —se corrigió.

Manon anunció que se marchaba. Aldonza la cubrió con el abrigo. Thibault se evadió hacia los interiores para preparar el carruaje. Manon alternó miradas con Arthur y Estevanico.

—¿Me acompañarían hasta mi coche, por favor?

Solos en la calle, mientras aguardaban que el carruaje emergiese por el portón de la cochería, hablaron acerca del cuchillo.

—Quédate tranquila —la confortó Estevanico—. Ese tema quedó enterrado para siempre.

—Quiero ver a Alexander —manifestó—. ¿Cuándo lo trasladarán a Newgate?

—Hoy mismo, según nos informó el inspector Brown —respondió Arthur.

—¿Podrían arreglarlo? —los interrogó con ojos anhelantes—. Quiero verlo —insistió.

—No es sitio para ti, Manon —afirmó Estevanico—. No creo que Alex aprobaría que te denigrases entrando en ese pozo ciego.

—Descendería al infierno por él —afirmó sin dramatismo, más bien con una serenidad que inspiró el respeto de los hermanos Blackraven—. Por favor, Nico, arréglalo por mí.

Estevanico, poco convencido, asintió.

* * *

Manon regresó a su casa a eso de las siete de la mañana. Pese a que era domingo, sir Percival y sir Alistair se habían levantado y desayunaban en el comedor de diario. Se aparecieron en el vestíbulo. Sir Percival se limpiaba la boca con la servilleta. Manon le entregó los guantes y la capota al mayordomo.

—Gracias, Stephen —dijo.

Se acercó a saludar a su padre y a su abuelo; los besó en la mejilla.

—¿Dónde han estado? —se impacientó sir Percival.

—En Blackraven Hall —respondió Aldonza.

—No podía quedarme aquí sin hacer nada —se justificó Manon—. Le pedí a Thibaudot que me llevase.

Neville asintió con un ceño. Fijó la mirada en Aldonza.

—Te ves extenuada —le dijo—. ¿Por qué no te retiras a descansar? ¿O prefieres desayunar primero?

—Me retiro a descansar, querido —respondió Aldonza en español y, al pasar junto a su yerno, lo besó en la frente.

Manon se disponía a hacer lo mismo cuando su padre la sujetó delicadamente por el codo. Se miraron a los ojos.

—Ven un momento a la biblioteca —pidió Neville—. Quiero hablar contigo.

La noche anterior no habían tenido oportunidad de hacerlo. De regreso a Burlington Hall después del teatro, Manon, muy afectada por el arresto de Alexander, había llorado en los brazos de su padre la mayor parte del trayecto. Una vez llegados a la casa, los esperaba la cena con varios amigos y familiares, a la que Manon decidió no asistir. Subió a su habitación y no le permitió entrar a Catrin para que la asistiera. Aldonza la ayudó a desvestirse.

—Anoche pasé por tu cuarto para saludarte y no estabas —le reprochó sir Percival—. Por fortuna Thibault le había comunicado a Stephen que se marchaban.

Caminaron los tres hacia la biblioteca; Manon iba del brazo de su abuelo. De repente, experimentó el cansancio de una noche en vela y de gran tensión. Arrastraba los pies. Se derrumbó en un canapé y cerró los ojos.

—¿Qué noticias traes? —la interrogó Neville.

Manon elevó lentamente los párpados y fijó la vista en su padre. Ya no confiaba en él. Porter-White se había interpuesto entre ellos y sembrado la semilla de la suspicacia. Supo que no le mencionaría nada importante.

—No le concedieron la caución —dijo sin fuerza, casi en un murmullo—. Hoy lo trasladarán a Newgate.

—¡Qué desatino! —se indignó sir Alistair y elevó los brazos en un gesto de impaciencia—. ¡El heredero del ducado de Guermeaux en Newgate!

Neville se aproximó a su hija y se sentó en un sillón junto a ella; le tomó la mano, se la besó.

—No te preocupes, cariño. Nadie tolerará este atropello. Los Guermeaux son demasiado poderosos. Se armará un gran revuelo.

Sir Alistair se aproximó con la ayuda del bastón y se detuvo delante de su nieta favorita. Le acarició la mejilla.

—Cariño, sé que anoche Alexander iba a pedirle tu mano. Tu padre me lo ha dicho.

Manon soltó un suspiro y se pasó la mano por la frente.

—No es mi prometido oficialmente —le recordó—. Anoche le impidieron que pidiese mi mano.

—Manon, cariño. —Sir Percival le acunó el rostro y la obligó a mirarlo—. Desde el baile en Almack's, todos saben que algo ocurre entre ustedes. Anoche me aseguraste que se habían comprometido en secreto. ¿Están comprometidos o no? —la presionó.

Manon bajó la vista y asintió con actitud vencida. Sir Percival, en cambio, esbozó una sonrisa triunfal, lo mismo sir Alistair.

* * *

Manon durmió unas horas. Se trató de un sueño plagado de pesadillas. Se despertó sudada, con taquicardia y dolor en la nuca. Tenía náuseas, por lo que su abuela la obligó a beber leche tibia con miel, que le asentó el estómago. Cada acción, cada gesto, cada comodidad, le resultaba intolerable, pues imaginaba a Alexander padeciendo el frío, el hambre y las incomodidades de la prisión de Newgate, un sitio famoso por sus condiciones extremas e inhumanas.

Se sintió mejor después de un baño. Catrin había agregado al agua unas gotas de aceite de lavanda, cuyo aroma ejerció un extraño efecto sedativo en ella. La muchacha se demoró en el lavado del cabello y le masajeó el cuero cabelludo con tanta suavidad que Manon se quedó dormida. Al despertar, las sienes no le latían. La criada le indicó que se sentase delante de la chimenea, donde las llamas de un fuego vivaz, que devoraban los troncos de pino cargados de resina, le secaron el cabello.

Se atrevió a bajar a eso de las cuatro de la tarde, y lo hizo por la escalera que utilizaban los domésticos; no quería cruzarse con nadie, ni siquiera con Cassandra. Halló a sir Percival en su despacho. Leía *The Courier*, el periódico vespertino más popular de Londres.

—Cariño, pasa, pasa —dijo Neville y se puso de pie—. Estás muy demacrada, hija —señaló con acento reprobatorio—. ¿Has comido algo?

—¿Has ido a ver a Palmerston? —preguntó Manon en cambio.

—Sí, lo encontré esta mañana en White's, tal como esperaba. El gobierno al completo está convulsionado por este ridículo arresto. Ejercerán presión para que liberen a Alex. Palmerston dice que no tienen más pruebas que el testimonio de Trevor Glenn.

—¿Trevor Glenn? —se asombró Manon—. ¿Palmerston te reveló que él es el testigo?

—Sí —admitió sir Percival—, él ya lo sabía. Y acabo de leerlo aquí —dijo, y sacudió el periódico—. Goran Jago asegura que Glenn afirma haber visto a Alex abandonar la casa de Trewartha a eso de las siete de ayer.

—¡Miente! —espetó Manon con un brío ausente hasta ese instante—. Miente. Pero ¿por qué?

—Trevor Glenn —repitió Neville con la vista baja y mientras se tocaba el mentón en el gesto del que somete el asunto a una concentrada reflexión—. Es un tipo tranquilo, más sensato que Trewartha, que siempre fue un exaltado. Nos debe mucho dinero.

—No recuperaremos un penique ahora que ha muerto —comentó Manon con rencor y un poco de mofa, pues el préstamo se había otorgado gracias a la mediación de su cuñado.

—No me refiero a Trewartha, sino a Glenn —aclaró sir Percival.

—¿Cómo? ¿Glenn contrajo una deuda con la Casa Neville?

—Le prestamos mil libras a principios del verano —señaló su padre.

—¡Mil libras! —se escandalizó Manon.

—No ha cumplido con los dos últimos pagos —señaló Neville—. Los intereses están acumulándose, la deuda crece día a día —añadió.

Su padre siguió discurriendo sobre el tema, pero Manon ya no lo escuchaba. Salió del despacho a paso rápido, urgida por llegar a la zona de la servidumbre; quería hablar con Thibault de inmediato. En el vestíbulo, se cruzó con Stephen, el mayordomo, que se dirigía a abrir la puerta. Era Estevanico. Manon lo condujo a una pequeña sala contigua, poco utilizada; allí nadie los molestaría.

—¿Qué noticias me traes? —preguntó, ansiosa—. ¿Has podido ver a Alexander?

Estevanico asintió y extrajo una carta del interior de su chaqueta.

—Te manda esto —dijo, y se la tendió. Manon la recibió con una sonrisa esperanzada—. Manon, Alex no quiere, bajo ningún concepto, que vayas a verlo a Newgate. —Alzó una mano cuando la joven intentó replicar—. Lo entiendo, Manon, entiendo a mi hermano. Ese sitio no es para ti. No es para nadie, en realidad, ni para la criatura más vil.

—¡Con más razón tengo que ir a verlo! ¡Quiero estar con él! ¡Quiero compartir su suerte!

—Alex lo sabe, sabe que deseas verlo y que compartirías su suerte, si te lo permitieran. Y sabe que es afortunado por contar con tu cariño.

—¡Oh, Nico! —se lamentó, desmoronada en el sofá—. Estoy intentando conservar la calma, como Alexander querría, pero tengo tanto miedo.

Estevanico se sentó junto a ella y se aproximó para hablarle.

—No tengas miedo. ¿Crees que permitiremos que algo malo le ocurra? —Manon alzó la vista y observó el rostro oscuro de su futuro cuñado a través de las lágrimas—. ¿Crees que nuestro padre, cuando regrese, permitirá que se le arranque un cabello a su primogénito? Le temo a su ira, y deberían temerle los que urdieron esta patraña.

—¡Fue mi cuñado! —exclamó entre dientes—. Fue él. Acabo de enterarme de que Trevor Glenn le debe más de mil libras a la Casa Neville. No ha cumplido con los últimos pagos. Los intereses se acumulan. Estoy segura de que Porter-White está empleando la deuda como medio de extorsión. Estaba por ir al banco a buscar su expediente para estudiarlo cuando tú llegaste. ¿Quieres acompañarme?

—Están esperándome en casa —se excusó Estevanico—. Rafael y Jimmy ya deben de haber regresado tras presenciar la autopsia de Trewartha.

—¡Oh, sí, claro, ve, ve! Más tarde iré a Blackraven Hall.

—Thibault te acompañará a la Casa Neville, ¿verdad? —se preocupó Estevanico—. Alex me pidió que te recomendase que no te apartaras de su lado.

—No lo haré. Seré juiciosa —prometió—. Díselo a Alexander.

Un cuarto de hora más tarde, subía al carruaje conducido por el fiel Belloc, que la llevaría hasta la City. Incapaz de seguir esperando, desplegó la carta de Alexander, que no venía sellada. En un sitio como Newgate, contar con papel, péñola y tinta debía de considerarse un gran lujo; el lacre estaba fuera de toda posibilidad. Se acercó a la ventanilla para que la luz tenue de esa jornada nublada le iluminase el escrito.

Mi querida Manon, no te preocupes por mí. Estoy bien, dentro de lo que cabe. Solo piensa en estar atenta y en cuidarte. No te apartes de Thibault y echa el cerrojo a la puerta de tu dormitorio por las noches.

Lamento lo ocurrido. Causarte esta pena es motivo de gran aflicción para mí. Artie, Eddy y su socio, Ernest Ruffus, están haciendo lo posible para sacarme de este aprieto. Confío en sus capacidades como abogados.

Nico me comentó que deseas visitarme. Comprendo tu intención, pero no me complacería verte en este sitio tan alejado de todo lo que tú representas para mí. Ten paciencia. No pasará mucho antes de que volvamos a estar juntos.

Te pienso continuamente, mi Gloriana. Tuyo. Alexander F. Blackraven.

Manon besó la carta antes de volver a leerla. El carruaje tomó por Cornhill Street y poco después se detuvo frente a la entrada de la Casa Neville, y ella ya se la sabía de memoria, incluso había estudiado los trazos elegantes de las palabras, que se destacaban especialmente en las mayúsculas. Alexander poseía una caligrafía hermosa, claramente masculina. La invadió un inexplicable orgullo.

Thibault abrió la portezuela y la ayudó a descender. El contraste entre el silencio y la quietud de la City en esa tarde de domingo y la vorágine que se vivía a diario le produjo un malestar. El gascón y ella se miraron a los ojos.

—Esta noche me conducirás a Newgate —le ordenó—. Quiero ver a Alexander. Estoy segura de que, con unas cuantas libras, nos permitirán entrar.

—No —se opuso Belloc—. Es un dislate. Tú no tienes idea de cómo son esos sitios. Tendría que estar loco para…

—¡Lo veré! —declaró con firmeza—. Me conoces, y sabes que nada me detendrá para lograr lo que deseo.

—Estoy seguro de que el conde de Stoneville no aprobaría este desatino.

—No lo aprueba —confirmó Manon—, pero su opinión no me detendrá. Necesito verlo, Thibaudot.

Belloc negó varias veces con la cabeza en un gesto de rendición.

—Está bien —claudicó—, pero lo haremos a mi modo y con mis tiempos —advirtió, y Manon accedió con un asentimiento.

Entraron en el banco y subieron al ático, ocupado por Ignaz Bauer. El alemán, vestido con ropas cómodas y con un libro en la mano, se sorprendió al encontrarlos en el umbral. Los invitó a pasar. El lugar, pequeño y con escasos muebles, estaba, sin embargo, bien calefaccionado y limpio. Los recibió un agradable aroma a café. Bauer les ofreció una taza. Manon y Belloc aceptaron.

—¿Estabas al tanto de un préstamo que la Casa Neville le concedió a Trevor Glenn a mediados de junio, aproximadamente?

—Sí —afirmó el joven alemán—. Yo mismo le entregué el dinero.

—¿Tienes tú el expediente?

—En general nosotros nos quedamos con los expedientes porque también realizamos los cobros de la devolución —explicó—. Pero recuerdo que, en este caso, el señor Porter-White nos pidió que se lo entregásemos. Se lo di a Lucius Murray —acotó.

Manon y Belloc intercambiaron una mirada. Poco después, los tres descendieron al primer piso, donde se encontraba el despacho de Porter-White. Mientras Belloc se ocupaba de forzar la cerradura del cajón del escritorio, Manon y Bauer revisaban el resto del lugar. Manon se acordó de un viejo consejo de Samuel Bronstein y le pidió a Bauer que, antes de tocar o mover algo, memorizase en qué posición se hallaba para colocarlo como estaba tras haberlo analizado.

Por más que inspeccionaron con minuciosidad, fuese el despacho de Porter-White como la antesala en la que trabajaba Murray, no encontraron nada de interés. El expediente de Trevor Glenn no se hallaba a la vista. Habían terminado de revisar el resto del sitio, sin resultados, cuando

Belloc les anunció que había conseguido abrir el cajón. La desilusión de Manon fue demoledora. Allí tampoco estaba el expediente de Glenn.

Deprimida, se aproximó para despedirse de Bauer.

—Gracias, Ignaz. Lamento haberte molestado en un día domingo.

—La verdad es que me ha venido muy bien que su señoría se presentase hoy. Quería comentarle algo.

—Dime —lo alentó Manon con inquietud.

—Me permití visitar al tal Edmond Monro, el abogado de Porter-White —le recordó.

—El que lo asesora en las cuestiones legales de la Río de la Plata Mining & Co. —puntualizó Manon.

—El pariente de los administradores de Bedlam —aportó Belloc.

—Exacto —corroboró el alemán—. Lo visité con la excusa de unas letras de cambio que precisaba que firmarse. Y lo interrogué sobre cuestiones bursátiles y lo cierto es que sabe poco y nada. Cuando le mencioné la Ley Burbuja, no sabía de qué estaba hablándole.

—¿Entonces? —se intrigó Manon—. ¿Sostienes que no es Monro quien lo asesora en este tema?

—Monro lo asesora en las cuestiones más generales, como la confección del contrato de constitución societaria, pero no tiene idea de las sutilezas propias de una compañía que cotiza en bolsa. A Porter-White lo asesora otra persona. U otras —acotó.

Se sostuvieron la mirada en silencio.

—¿Se te ocurre quién puede ser?

—No —respondió Bauer, y Manon asintió.

—Gracias por haberte tomado la molestia de investigar más a fondo, Ignaz. Lo aprecio sinceramente.

—De nada, señorita Manon —dijo, y, tras despedirse, regresó al ático sin hacer preguntas acerca del motivo de la inesperada visita en un día domingo ni de la búsqueda del expediente.

Manon caminó hasta el carruaje, callada y absorta, tomada del brazo de Thibault. En esa tarde de principios de noviembre, la noche había caído prematuramente. Se arrebujó en su capa cuando un viento frío se arremolinó en torno a ella y le provocó un escalofrío. Imaginó a Alexander en la inmunda y gélida celda donde lo mantenían por un crimen que no había cometido. ¡Qué injusta le resultó la vida!

—Lo esconde en la caja fuerte que hizo instalar en la habitación de Alba —concluyó apenas subió al coche y antes de que Thibault cerrase la portezuela.

—Lo he pensado yo también —dijo el gascón—, pero, como te expliqué, posee una cerradura endemoniada, imposible de forzar, al menos por mí.

—Lo sé —aceptó, abatida—. Llévame a Blackraven Hall, por favor.

* * *

El carruaje con el escudo de la casa de Neville se detuvo en Birdcage Walk, delante de la entrada de Blackraven Hall. Manon, al descender, consultó la hora con Belloc, que, tras echar un vistazo a su reloj de leontina, le dijo que eran casi las ocho. Ya habían encendido las luces en la casa y se veían siluetas que se movían tras las cortinas de gaza. Cruzó el cancel de reja y subió a paso veloz por uno de los brazos de la escalinata que la condujo hasta el pórtico de imponente columnas jónicas. Llamó con dos aldabonazos. Le abrió Colton, el mayordomo, que la saludó con expresión sombría, aunque con innegable consideración. Le indicó que la familia estaba esperándola en la sala de la duquesa.

Repentinamente, se abrió la puerta de la salita, y Obadiah atravesó el vestíbulo a la carrera y se lanzó a sus brazos. Manon lo contuvo mientras el niño lloraba. Lo notó más alto y fornido; su cabello rubio tenía un aspecto brillante y sano. Esos meses bajo el ala protectora de los Blackraven le habían hecho un bien enorme.

Lo obligó a elevar el rostro. Le retiró el mechón que le caía sobre los ojos humedecidos de lágrimas. Se compadeció ante el gesto de angustia con que la miró.

—¡El capitán Alex está en Newgate! —se lamentó—. ¡Lo van a colgar!

—Ya te explicó Estevanico que no —intercedió Isabella, que, al igual que el resto de la familia, había salido tras él.

—¡A los que están en Newgate los cuelgan en la horca! —se empecinó el niño, y volvió a abrazarse a Manon.

—Acabamos de decírselo —susurró Anne-Rose—. Quiere volver a Grosvenor Place.

Manon caminó dentro de la salita con Obadiah abrazado a su cintura. Se sentó en el canapé que le señaló Miora y colocó al niño sobre sus rodillas. Sin haberse quitado siquiera la capota ni la capa, se mantuvo quieta con Obadiah entre sus brazos, que poco a poco fue calmándose. Los demás niños —Rao Sai, Binita, Dárika, Donald y Edward—, formando un semicírculo a su alrededor, lo contemplaban con expresiones tan serias como adorables. Manon les sonrió.

—Quiero volver a Grosvenor Place —musitó Obadiah.

—¿No prefieres estar aquí, con tus amigos?

—Quiero estar con Mackenzie, con Ludo y con Robert —declaró, y usó la manga de la chaqueta para limpiarse la nariz.

Manon rebuscó en su escarcela y extrajo un pañuelo, con el que le secó los ojos y la carita. Buscó la aquiescencia en las miradas compasivas de los hermanos Blackraven. Uno a uno, Estevanico primero, Anne-Rose, Arthur e Isabella, asintieron para prestar su conformidad.

—Muy bien —dijo Manon—, ve a prepararte. Le pediré a Thibaudot que te lleve a Grosvenor Place. —Obadiah se quedó mirándola con ojos ansiosos—. ¿Qué sucede, cariño? Dime.

—Si el capitán Alex muere en la horca, ¿puedo vivir contigo, señorita Manon?

—Alexander no morirá —replicó Manon con firmeza—. Pero sí, podrás vivir conmigo cuando tú lo desees, aunque creo que Alexander se ofenderá terriblemente si le dices que prefieres vivir conmigo.

—Solo si el capitán Alex muere.

—Entonces, *nunca* vivirás conmigo —presagió, y le sonrió, lo que hizo sonreír a Obadiah a su vez.

—Vivirás con nosotros cuando te cases con el capitán Alex —aseguró el niño.

Manon se limitó a asentir. Anne-Rose intervino para declarar que era tarde y que los niños debían marcharse a dormir.

—¡Yo me voy a la casa del capitán Alex! —le recordó Obadiah, y solo después de obtener una respuesta satisfactoria, aceptó retirarse.

Con la asistencia de Miora, Manon se quitó la capa, los guantes y la capota. Isabella tiró del cordel para convocar a Colton. El mayordomo se presentó enseguida y la menor de los Blackraven le solicitó que le indicase a Thibault Belloc, que aguardaba en la cocina, que preparase el coche para conducir a Obadiah a Grosvenor Place.

Miora sirvió a Manon una taza de té. La infusión, con azúcar y un chorrito de crema, le sentó bien. Recordó que no había ingerido nada en todo el día, salvo la leche con miel que su abuela la había obligado a sorber al despertar.

—Vamos, sírvete uno —le insistió Miora, y le aproximó un plato con sándwiches de jamón de York—. Estás tan pálida que pareces a punto de sufrir un vahído.

—No he comido nada —admitió, y mordió el bocadillo, tan sabroso que se le hizo agua la boca—. Gracias, Miora. Lo necesitaba —admitió—. ¿Qué noticias hay? —preguntó en dirección a James Walsh y a Rafael—. ¿Qué resultado arrojó la autopsia?

Tomó la palabra Rafael para explicar que Trewartha había sido asesinado mientras se encontraba en la tina, tomando un baño. El agua, que probablemente había estado muy caliente en el instante del ataque, había dificultado la determinación más o menos precisa de la hora de la muerte. El cirujano de Scotland Yard la había fijado entre las tres de la tarde y las ocho de la noche.

—Jimmy y yo hemos pedido que se asentara nuestra opinión contraria —aclaró.

—¿Opinión contraria? —se intrigó Manon.

—El agua estaba muy fría cuando la policía retiró el cuerpo a eso de las siete y media —señaló James Walsh—, lo que nos lleva a concluir que fue asesinado más bien temprano, a eso de las tres. También el estado de la piel nos lo sugiere y el *rigor mortis*.

—¿Rigidez de muerte? —tradujo Manon.

—Exacto —ratificó el cirujano chino—. Rigidez cadavérica.

—Entonces —se ilusionó Manon—, Alexander no pudo haberlo hecho, si, como afirma Glenn, lo vio salir a las siete de la tarde.

—No es tan sencillo —intervino Arthur—. El inspector Brown argumenta que el asesino pudo haber cometido el delito a las tres de la tarde y permanecido en la casa de la víctima hasta la hora en que el testigo lo vio salir.

—Alexander, a las tres de la tarde, estaba en la barraca del puerto —le recordó Manon.

—Solo Nico estaba con él —apuntó Isabella—. Los sábados la actividad en la barraca finaliza al mediodía, a menos que se espere la llegada de uno de nuestros barcos, algo que no ocurrió ese día.

—Nico puede atestiguar y afirmar que Alexander estuvo con él hasta la hora en que se fue para cambiarse e ir al teatro —insistió Manon.

Estevanico rio por lo bajo con actitud irónica.

—No, querida Manon. Nadie tomaría mi testimonio como válido. No es confiable —explicó— dado el vínculo que me une a Alexander. Es sabido que yo diría cualquier cosa para salvarlo.

—No olviden que Brown también sugirió que Trewartha habría podido quedarse todas esas horas en la tina y que lo habrían asesinado alrededor de las siete de la tarde —les recordó Edward.

—¿Sumergido en el agua fría, en esta época del año? —desestimó Manon.

—Parece ser que estaba muy borracho —respondió Arthur—. Hallaron dos botellas de whisky vacías junto a la tina. El estupor en el que quedó sumido debido a la ingesta de tanto alcohol lo preservó del frío y de todo, incluso adormeció su instinto para defenderse cuando el asesino lo atacó a puñaladas.

—¿Qué hay con eso —preguntó Manon—, con las heridas del cuchillo? ¿Coinciden con alguna de las armas blancas de Alexander?

—Con las de la daga —respondió Rafael—. Pero no había rastros de sangre en la que hallaron en Grosvenor Place, sin mencionar que Alex no habría contado con el tiempo suficiente para cometer el asesinato, devolver la daga a su casa, limpiarla cuidadosamente y llegar a Drury Lane a la hora en que llegó.

—Le hemos propuesto al estólido de Holden Brown hacer el recorrido y medir el tiempo —señaló Arthur—. Pero desde ahora les digo que no hay posibilidad alguna de que Alex haya cubierto esas distancias y llegado al teatro cuando lo hizo.

—Sí habría contado con el tiempo para hacerlo si hubiese cometido el asesinato a eso de las tres de la tarde —razonó Isabella—. Más que necesario, es *indispensable* encontrar testigos que lo coloquen en la barraca el sábado por la tarde.

—Varios agentes de Scotland Yard están recorriendo el puerto y buscando potenciales testigos entre los estibadores y los marineros —comentó Arthur—. Tal vez alguno lo vio. Todos lo conocen.

—Estuvimos trabajando en el despacho —apuntó Estevanico con aire pesimista—. Y cuando por fin salió a las apuradas para llegar al teatro, estaba oscuro debido a la tormenta que se avecinaba y que había ahuyentado a todo el mundo. De seguro las tabernas estaban llenas. Los muelles, en cambio, estaban vacíos.

—De igual modo, si alguien atestiguase que lo vio por la tarde en el puerto —razonó Manon—, la policía diría que pudo haber asesinado a Trewartha poco antes de las siete, en su camino al teatro, y así todo volvería a comenzar. Es como un laberinto en el cual nunca acertamos con la salida —se desmoralizó.

Guardó silencio, la vista fija en las florecillas de la alfombra a sus pies. Su actitud reflexiva contagió al resto. Tomó la palabra de nuevo segundos después.

—¿Cómo entró el asesino en la casa de Trewartha? Si él estaba en la tina, y se asegura que no había sirvientes en ese momento, ¿cómo logró entrar? ¿Forzó la cerradura?

—Según el inspector Brown, entró por el jardín —respondió Edward—, el que está en la parte trasera de la propiedad. Por lo visto, trepó por una espaldera hasta la planta superior. Una vez en la terraza, rompió el vidrio de una de las ventanas. Saben que trepó empleando la espaldera porque una de las tablillas estaba rota. Determinaron que se trataba de una rotura reciente.

—¿De qué color es la espaldera? —quiso saber Manon.

—¿De qué color? —repitió Edward, confundido.

—Sí —ratificó ella—, pregunto de qué color estaba pintada. Suelen pintarse de colores brillantes. En Burlington Hall, tenemos una de color verde y en nuestro jardín en Larriggan Manor tenemos otra de color rojo oscuro. Si la tablita se rompió, el asesino debió de haberse resbalado. Restos de pintura pudieron haber quedado en la suela del zapato. ¿Sabes si han revisado los zapatos de Alexander?

Los demás intercambiaron miradas que comunicaban desconcierto.

—No lo tuvimos en cuenta —admitió Arthur—. Alex sigue con los mismos zapatos que calzaba cuando lo arrestaron. Hoy le llevamos una muda de camisa y de ropa interior, pero no de zapatos.

—Llovió todo el día —intervino Sananda por primera vez, y los sorprendió, pues hablaba poco y conservaba un aire ausente—. Si el asesino entró por el jardín, es muy probable que haya dejado rastros de lodo en la casa. También en su calzado.

—También sobre la alfombra del palco, en Drury Lane —apuntó Isabella.

Manon sintió el impulso de correr a su casa y revisar los zapatos de Porter-White, aunque, se recordó de inmediato, Aldonza no lo había apodado la Serpiente por nada; de seguro, los habría limpiado o se habría deshecho de ellos.

—Ya deben de haber limpiado el palco —se descorazonó Arthur.

—Tenemos que ser juiciosos y prudentes —exigió Estevanico, y se puso de pie en un gesto de autoridad—. Si Holden Brown no ha mencionado lo del lodo ni lo del rastro de pintura —conjeturó—, puede deberse a dos razones: o bien a que no lo tuvo en cuenta o a que lo oculta por alguna razón. Antes de que lo pongas en evidencia, Artie, analicemos si es posible que Alex haya caminado por alguna zona donde podría haberse ensuciado los zapatos.

Los hombres se trasladaron al despacho de Roger; allí conservaban un plano bastante actual de la ciudad de Londres. Manon, de pronto exhausta, no reunió la voluntad para levantarse y seguirlos. Se quedó quieta y callada; tampoco tenía ánimo para participar de la conversación que Isabella sostenía con Miora y con Quiao.

Sananda se sentó a su lado. Extrañamente, no se sintió obligada a pronunciar una palabra. Se percató de que tenía el cuerpo tenso, las manos convertidas en puños, la respiración acelerada y los dientes apretados. Poco a poco, fue distendiéndose.

Los hombres regresaron y declararon que Alexander no había atravesado jardines ni sitios con charcos ni lodo. La mayoría de las calles por las que había transitado estaban adoquinadas y, si bien no se caracterizaban por la limpieza —era sabido que estaban siempre cubiertas de estiércol y con basura por doquier—, resultaba improbable que hubiese descendido de la montura para recorrerlas a pie. Aun así, lo confirmarían al día siguiente con el propio Alexander.

Pese a que Manon comprendía que cada pequeña pista que analizaban, desmenuzaban y discutían les brindaba argumentos para demostrarle al tribunal lo endeble que era la acusación, no se permitió alegrarse ni esperanzarse. Siendo tan amplio el período fijado por el cirujano de Scotland Yard durante el que pudo haberse cometido el asesinato, Alexander habría contado con tiempo para hacer de todo, desde devolver la daga limpia a Grosvenor Place hasta desembarazarse de los zapatos con los rastros de lodo y de pintura de la espaldera.

Repentinamente perdió el interés por proseguir con el análisis del homicidio. No tenía cabeza para enfrentarse a ese laberinto, a esa madeja enmarañada imposible de desanudar. Los asuntos en los que su cuñado estaba involucrado se convertían en grandes embrollos, confusos e indescifrables, pues de algo estaba segura: Porter-White se escondía tras la muerte de Trewartha, y nadie le haría cambiar de parecer.

Arthur, Edward y Estevanico habían decidido, tras deliberar y sopesar los pros y los contras, concurrir en ese instante a la sede de Scotland Yard y exigir al inspector Brown que mandase revisar los zapatos de Alexander. Isabella se oponía: primero había que corroborar el camino que Alexander había recorrido el sábado anterior. Arthur adujo que, si seguían esperando, la prueba perdería fuerza, y Brown alegaría que los restos de pintura y de lodo habían desaparecido después de tantos días.

—Ya debe de haberse retirado a su casa —se empecinó Isabella—. Después de todo, es domingo y son casi las diez de la noche.

—Tiene al gobierno encima exigiéndole que resuelva este caso lo antes posible —replicó Arthur—. Si es necesario, lo sacaré de la cama y lo llevaré a rastras hasta Newgate. Sé dónde vive.

—Le temo a la incompetencia de Brown —dijo Edward—. Los casos irresueltos se le acumulan. Me refiero al de Francis Turner y al de la viuda de Carrington.

—A la Carrington la asesinó el indio de los ojos verdes —indicó Estevanico.

—Al que nunca consiguió identificar —insistió Edward—. Además, no logró determinar el porqué, ni si hubo un mandante. Eso, para su carrera, no debe de ser nada halagüeño. Ahora, por primera vez, tiene un sospechoso y un motivo. No creo que quiera probar la inocencia de Alex, al contrario, querrá inculparlo para dar por terminado al menos un caso y que no se sume a su lista de fracasos.

El comentario de Edward Jago, lógico y bien intencionado, la fastidió. Lo único que le hubiese devuelto la alegría en esa instancia habría sido reunirse con Alexander. Se puso de pie, dispuesta a marcharse. Thibault ya debía de haber regresado de Grosvenor Place.

Sananda la llamó por su nombre, apenas un susurro. Se volvió a mirarlo.

—Dime, Sananda.

—Manon —dijo de nuevo con esa cadencia única, que tanto le gustaba—, trata de alimentarte y de descansar. Alexander te necesita fuerte y animosa.

—Tienes razón, así lo haré —prometió, y habría querido agradecerle, pues con esas pocas palabras le había devuelto la serenidad perdida, pero no supo qué decir, o más bien comprendió que no precisaba decir nada, por lo que, tras una reverencia, se marchó.

* * *

El sonido de los cascos sobre los adoquines y el traqueteo del carruaje la serenaban. Una llovizna ligera se evidenciaba cada vez que pasaban cerca de un fanal en The Strand. Observar la noche a través de la ventanilla la sumía en una quietud ausente en su ánimo desde que Alexander había sido arrestado y conducido a Newgate cinco días atrás. Por fin, ese jueves 7 de noviembre se le concedería su mayor anhelo: visitarlo en la prisión, una visita secreta y prohibida, que Thibault había concertado con un personaje de los bajos fondos, ella no sabía de quién se trataba.

Alexander le había pedido que no fuese a verlo a Newgate. ¿Se enfadaría al verla llegar? ¿Cómo podía pensar que no habría hecho lo imposible para volver a tocarlo, a besarlo, a olerlo? La añoranza estaba convirtiéndose en lo más pesado de sobrellevar, además de la preocupación, que le quitaba el sueño. Esos últimos días habían sido los más extraños de sus veintiún años, más aún que las jornadas tras la muerte de su madre. En aquella dolorosa instancia, y tras comprender que Dorotea ya no existía, una certeza se cristalizó dentro de ella: dedicarse a su padre y a su abuela; quería volver a verlos sonreír. En la tribulación actual, no existían certezas, la incertidumbre la sofocaba y no sabía qué hacer.

El caso del conde de Stoneville, como lo habían bautizado los periódicos, ocupaba las primeras planas. En pocos días se habían escrito decenas de artículos en los que se postulaban distintas hipótesis, se recababa información, se entrevistaba a potenciales testigos y se conjeturaba acerca de la suerte que correría el heredero de uno de los ducados más antiguos e importantes del Imperio británico. Arthur, Edward y Ernest Ruffus se debatían en los tribunales de Old Bailey a capa y espada para demostrar que las pruebas eran insustanciales e indiciarias. La falta de precisión para fijar la hora de la muerte de Trewartha, sumado al hecho de que no se habían hallado restos de lodo ni de la pintura amarilla de la espaldera en los zapatos del acusado, habría bastado para liberarlo. El testimonio de Trevor Glenn, sin embargo, se levantaba como un muro que los jóvenes abogados no lograban sortear. Las presiones políticas por liberar al conde de Stoneville combatían contra las de los enemigos de los Blackraven, que pugnaban por que fuese sometido a juicio y colgado por asesinato. No solo los traficantes de opio se contaban entre los opositores más acérrimos; los dueños de las haciendas en las colonias, que se habían visto obligados a liberar a sus esclavos tras la aprobación de la Ley de Abolición de la Esclavitud a fines de agosto de ese año, impulsada por el clan Blackraven, se la tenían jurada. Muchos estaban aprovechando la situación para ajustar viejas cuentas.

Trevor Glenn se había convertido en el hombre más buscado de Londres. Nadie sabía dónde se encontraba, excepto Holden Brown. Un día tendría que dar la cara en el juicio que se iniciaría en la corte de Old Bailey, entonces todos podrían verlo y estudiarlo. Manon recordaba a Glenn, que marchaba siempre detrás Jacob Trewartha, con quien contrastaba, pues desplegaba una actitud más sobria, menos ostentosa, menos pedante. Desde el encarcelamiento de Alexander, los Blackraven habían descubierto algunas cosas acerca de él, como que estaba en grandes aprietos económicos y que conocía a la víctima desde que eran adolescentes. Su tía Anne-Sofie le había contado que el padre de Glenn, un minero escocés emigrado a Cornualles en 1801, trabajaba en las minas de cobre cercanas a Penzance. Hasta allí se había trasladado con su esposa y su único hijo, Trevor, de doce años. Jacob y Trevor, compañeros en la escuela del pueblo, trabaron una amistad que había durado cuatro décadas.

—Conocí bastante bien a Trevor —le había confiado Anne-Sofie esa mañana tras el desayuno—. Era un muchacho tranquilo. Jacob lo dominaba como si fuese un sirviente —agregó, y frunció la boca en un gesto desaprobatorio—. Cariño, hace cinco días que falleció Jacob y no consigo reunir el valor para sentarme y escribirle a Drina —se lamentó su tía.

—¿Quieres que lo haga yo, tía? —se ofreció, compadecida por el aspecto desmejorado de Anne-Sofie—. Podría escribirle a Archie —se le ocurrió—. Él se ocuparía de darle la noticia y de consolarla.

—Hazlo, querida, hazlo. Sí, sí, hazlo —insistió.

Durante todo ese día se había instado a sentarse y a escribir la carta para su hermano. No lo había hecho, no tenía cabeza. Solo pensaba en el encuentro de esa noche con Alexander en Newgate. La atormentaba imaginar a un hombre libre e independiente, que surcaba los mares y recorría el mundo al mando de un clíper, confinado en una celda hedionda. Se urgía a no pensar; Estevanico y Arthur le aseguraban que sus condiciones eran buenas gracias a las guineas que abultaban las faltriqueras de los guardias. Ella, sin embargo, no hallaba paz, y las escenas en las que Alexander pasaba frío y necesidades se repetían como una tortura sin fin.

Un relámpago iluminó la noche. Un instante después el trueno estremeció la ciudad. La lluvia recrudeció. Repiqueteaba sobre el techo del carruaje. «Por fortuna», pensó, «Thibaudot está protegido por el techo saledizo y por su grueso abrigo». A él le debía la posibilidad de volver a ver a Alexander.

—¿En qué piensas? —Aldonza, sentada a su lado, se lo preguntó en voz baja, con cautela, como si temiese irrumpir en sus cavilaciones.

—En dos cosas, abuela: en lo que me dijo esta mañana Estevanico y en lo que me dijo tío Charles-Maurice ayer, cuando fui a almorzar a la embajada. Él está convencido de que Alexander está planeando fugarse de Newgate. Sananda, que almorzaba con nosotros, asintió.

—¿Y Estevanico? —la instó Aldonza—. ¿Él qué te dijo?

—Que un ministro del gabinete quiere quitar del caso al inspector Brown, pero que el ministro Melbourne se opone. Es sabido que lord Melbourne y los Blackraven no son grandes amigos.

—¿Por qué? —se extrañó la anciana.

—Melbourne se opuso a todas las leyes impulsadas por los Black-raven en el Parlamento, sobre todo la de abolir la esclavitud en las colonias. De igual modo —retomó Manon—, Alexander también se opone. Quiere salir de Newgate libre de sospecha y cargo. Sostiene que, si se nombrase un nuevo inspector, uno más dispuesto a demostrar su inocencia, la sospecha nunca lo abandonaría, y su reputación quedaría manchada para siempre.

—Pero si el tal Brown es un inepto, como se asegura en los periódicos, cambiarlo sería una decisión lógica —razonó la anciana.

—Yo opino igual que tú —aseguró Manon, y devolvió la mirada a la calle. Unos segundos después, quiso saber—: ¿Y qué piensas de lo que dijo tío Charles-Maurice?

—Yo también planearía la fuga si mi pescuezo estuviese en juego —afirmó Aldonza, y le sonrió—. No llegará a tanto, cariño.

Manon asintió sin convencimiento. La orden de Belloc, que detenía a los caballos con una corta exclamación, la puso en alerta. Se asomó por la ventanilla. Habían llegado. Observó con recelo el arco de la entrada, flanqueado por dos torres almenadas. De pronto tuvo miedo. Se cubrió las mejillas con las manos enguantadas.

—Estás preciosa —la reconfortó su abuela.

Oyeron voces. Se abrió la portezuela. Antes de aferrar la mano que Thibault Belloc le tendía, Manon se cubrió la cabeza con la caperuza del dominó; Aldonza hizo otro tanto. Descendió asistida por su fiel cochero. Aguardó cerca del coche mientras su abuela bajaba. La noche oscura y gélida se sumaba para aumentar los temores de Manon. Los latidos frenéticos de su corazón la ahogaban. Se giró súbitamente al oír unas carcajadas. Se trataba de unos parroquianos que salían de la taberna Magpie ubicada frente a Newgate, famosa por albergar abogados, policías, delincuentes y gentes comunes. El grupo, liderado por un hombre corpulento, de baja estatura y con una gorra de lana en la cabeza, avanzó hacia ellos.

—¡Thibault! —lo llamó el líder con tono afectuoso.

—Señor Wild, buenas noches —respondió Belloc, y se quitó el sombrero.

Manon observaba con pasmosa admiración al tal señor Wild, en cuyo aspecto se conjugaban de un modo paradójico y desconcertante la traza de un delincuente, de ojos pequeños, vivaces y muy inteligentes, y una sonrisa bondadosa. El hombre se quitó la gorra de lana, revelando una calva, y se inclinó delante de ella. Aunque había esperado el hedor de un cuerpo sucio, la alcanzó el aroma del jabón de sosa con el que debió de haberse lavado poco antes del encuentro.

—Señorita Manon, ¡qué honor es para mí conocerla! —expresó con sincero respeto y, al sonreírle, los dientes recubiertos de oro refulgieron en la oscuridad.

—Gracias, señor Wild —respondió empleando un tono afable, como si entrevistarse a esa hora, frente a las puertas de Newgate, con el jefe de los bajos fondos londinenses, fuese cosa de todos los días—. Entiendo que ha sido usted quien ha intercedido para que pudiese visitar a mi prometido.

—Así es.

—Le estoy muy agradecida.

—Lo he hecho con el mayor de los gustos, por usted, que siempre ayuda a mi gente, los pobres —aclaró Wild—, y por el capitán Alex, a quien respeto tanto como al señor duque Roger. Pongámonos en marcha —invitó con acento alegre—. Por aquí.

Belloc y Aldonza flanquearon a Manon. Tanto ella como su abuela llevaban una canasta colgada del brazo repleta de provisiones, de artículos para el aseo personal y de ropa interior que Aldonza había cosido frenéticamente durante esos días. La de Manon era muy pesada, pues contenía varias botellas de pacharán; sin embargo, no lo notaba, tan nerviosa y abstraída estaba.

Cruzaron la entrada de arco de medio punto y pasaron bajo la puerta rastrillo, que estaba levantada. Manon alzó la vista hacia las puntas cubiertas de barro que pendían sobre sus cabezas. Se trataba de una visión ominosa que denunciaba la naturaleza nefasta y peligrosa del sitio en el que estaban aventurándose. «*Lasciate ogne speranza, voi ch'intrate*», recitó para sí, evocando el verso de la *Divina comedia* que se refería a la inscripción tallada en la puerta del Infierno. «Abandonad toda esperanza, vosotros que entráis», repitió. De un modo inexplicable, las palabras de Dante Alighieri la serenaron. Después de todo, en ese infierno se encontraba su amado Alexander.

Superado el rastrillo, atravesaron un patio de adoquines en el que Manon comenzó a percibir una pestilencia que se acentuaba a medida que se aproximaban al edificio principal. Se detuvieron frente a un portón de gruesa madera, de casi diez pies de alto, con herrajes pesados y herrumbrosos que hablaban de la antigüedad de la construcción. Manon sabía que era medieval. Wild se adelantó y sacudió tres veces la aldaba. Se abrió una rendija en la puerta peatonal. Wild intercambió unas palabras con el que se hallaba del otro lado. Unos segundos más tarde les permitieron ingresar.

—Señorita Manon, señora —dijo, y alternó vistazos entre ella y su abuela—, el hedor de este sitio es muy ofensivo. Cúbranse las narices con un pañuelo.

—No será necesario, señor Wild. Si mi prometido tiene que padecer este hedor cada día, así lo haré también yo. Cúbrete tú, abuela —le indicó, y Aldonza negó con la cabeza.

Wild, tras un instante de perplejidad, asintió, serio. Entraron, y la fetidez las invadió. Las teas colgadas en las paredes de piedra apenas alcanzaban para iluminar un espacio tan vasto. La penumbra reinante no resultaba suficiente para disimular la amenaza, la sordidez y la degradación que se ocultaban entre los muros. Manon habría salido corriendo si el anhelo por ver a Alexander no hubiese sido superior a cualquier miedo o aprensión.

* * *

Gracias a los peniques que él y sus hermanos repartían entre los guardias a diestro y siniestro, el calvario se volvía llevadero. La soledad y la inactividad resultaban peores que las incómodas condiciones y que el hedor. Sin embargo, lo que estaba volviéndolo loco era la falta de libertad. Nada lo trastornaba tanto como la idea de que lo mantuviesen encerrado como a un animal. Se veía obligado a recurrir a todo el control que había aprendido a desarrollar al frente del *Leviatán* para no dejarse vencer por la ira que terminaba por convertirse en desánimo, una sensación demoledora, que lo arrojaba al camastro, donde permanecía durante horas, la vista fija en el techo de piedra fría, manchado de hollín y surcado por telas de araña.

Se esforzaba por viajar con la mente, por abandonar ese reino inhumano. Sentía el siroco tibio en la cara mientras surcaba el Mediterráneo, e imaginaba a Manon junto a él en el castillo de popa, maravillada por el color azul del mar. Recrearla en bellos escenarios se había convertido en su tabla de salvación. Reviviendo una por una las instancias de su relación —sus diálogos, las miradas compartidas, los besos, las caricias, aun los desacuerdos— terminó por comprender que durante los últimos meses había experimentado una mansa felicidad, de la que ella era la única responsable. La predisposición al fastidio, la impaciencia y el enojo que lo habían caracterizado desde la deserción de Alexandrina Trewartha habían desaparecido. La herida ya no supuraba ni dolía; había cicatrizado gracias a los cuidados amorosos y delicados de Manon, y deseaba que permaneciera cerrada para siempre.

Evocó una escena de principios de septiembre, si la memoria lo asistía, en la que la sobriedad, casi indiferencia de Manon, lo había exasperado y le había herido el orgullo. Enojado, la había increpado: «Algunas voces afirman que has decidido permanecer soltera, pues no quieres perder la libertad. ¿Qué dices a eso?». Ella, hermosa en su paciente disposición y muy dueña de sí, le recordó: «Acabo de decirte que haría cualquier cosa por ti». A la luz de las presentes circunstancias, resultaba paradójico que él le hubiese preguntado: «¿Aun perder la libertad?». Manon lo había dejado sin palabras al replicar: «¿La perdería? Contigo a mi lado, no lo creo».

En esa instancia, ni siquiera tenía libertad para ofrecerle. Un pensamiento lo atormentaba: ¿qué ocurriría si no lograban demostrar su inocencia? Fugarse de Newgate se presentaba como la única salida. No lo asustaban las consecuencias de un acto tan extremo, excepto por Manon. ¿La ataría a su destino de prófugo? ¿La separaría de su familia y de la Casa Neville? Varias veces durante esas lúgubres jornadas se había instado a escribirle para liberarla del compromiso. Todas las veces había desistido, apabullado de miedo frente a la idea de perderla.

Lo asaltó una tristeza tan inesperada y honda que experimentó una debilidad en el cuerpo. Para sostenerse, apoyó los puños en la destartalada mesa y dejó caer la cabeza entre los brazos. Los ojos se le humedecieron tras los párpados cerrados. Dejarla atrás le resultaba intolerable y temía que no reuniría el coraje para tomar una decisión tan dura.

Alzó repentinamente la cabeza al oír el chasquido de la llave de su celda. Era tarde, pensó, alrededor de las once. ¿Qué diantres querían los guardias? ¿Más dinero? Deslizó la mano dentro del pesado abrigo de piel de oso y rozó la empuñadura del estilete veneciano. La puerta acabó de abrirse con el familiar chirrido. Detrás de Jonathan Wild, entró una mujer alta y cubierta por completo, que depositó una canasta sobre el suelo antes de despejarse la cabeza.

—¡Manon! —se asombró, y cruzó con rapidez el espacio que los separaba.

La aferró por los hombros y se quedó mirándola, entre dichoso y desconcertado.

—Milord —oyó que Wild lo llamaba—, aquí le traigo a su prometida. Se les ha concedido solo media hora. Espero que sepan aprovecharla —dijo, y sonrió, desvelando los dientes de oro.

—No debiste traerla, Jonathan —le reprochó Alexander sin apartar la mirada de la devota que Manon le destinaba—, no a este sitio infernal.

—El señor Wild no es culpable de nada, milord —intervino Belloc, y terminó de entrar—. Fui yo quien le pidió que nos trajese. No hubo modo de disuadirla.

—¿Cómo pudiste pensar que no vendría a verte? —susurró Manon, y Alexander jamás imaginó que el sonido de una voz lo afectaría de ese modo.

Sonrió y le acunó el pequeño rostro, que se veía delicado entre sus manos. La encontró bellísima, y la deseó pese al lugar y a las circunstancias. La besó en los labios con reverente ligereza y la abrazó. Sin apartarla de su pecho, alzó la vista para enfrentar a los demás. Divisó a Aldonza, que seguía bajo el umbral; también cargaba una canasta. Fuera, permanecían el guardia y los matones de Wild, los mismos que había conocido en la taberna The Prospect of Whitby.

—Gracias, Jonathan —dijo, e inclinó la cabeza.

—Media hora, milord —le recordó el delincuente antes de retirarse y cerrar la pesada puerta.

—Thibault, doña Aldonza, gracias por haberla traído —dijo Alexander, siempre con Manon entre sus brazos—, aunque haya sido una imprudencia.

—Claro que ha sido una imprudencia, milord —acordó Aldonza, mientras avanzaba muy segura de sí y colocaba la canasta sobre la mesa—, pero mi nieta es la joven más voluntariosa que existe. —Giró apenas el rostro y lo miró de costado con sus ojos grandes y oscuros de gitana—. Tal vez debería advertirle, milord, que es muy voluntariosa.

—Acabo de descubrirlo —admitió Alexander, risueño, de pronto la energía recuperada solo por ceñirla entre sus brazos.

Thibault depositó sobre la mesa la otra canasta, la que Manon había dejado abandonada en el suelo. Se dedicaron a vaciar el contenido. Destaparon una botella de pacharán y brindaron con unos vasitos de peltre que Aldonza había tenido la previsión de llevar.

—¡Por la justicia y por la libertad! —exclamó Thibault, y los demás contestaron con un animoso «salud».

—Por ti —dijo Manon, y lo besó en el filo de la mandíbula cubierta de barba.

Se miraron con una fijeza que los abstraía del hostil contexto, aun de la presencia de Belloc y de Aldonza.

—Los dejamos conversar a solas —indicó Aldonza.

—Gracias por todo —dijo Alexander, y señaló la mesa cubierta de tarros de gres con encurtidos, dulces y confituras y de vasijas con distintos tipos de carnes escabechadas y trozos de jamón y queso—. Lo aprecio de corazón.

—De nada, milord.

—Llámeme Alexander —le pidió, y la anciana se limitó a asentir con una media sonrisa.

Se retiraron. Tras el chasquido que produjo la puerta al cerrarse, Alexander rodeó la cintura de Manon y la besó, y el beso se transformó en un gesto desesperado. La sujetó por las mejillas y le penetró la boca con la actitud de un muerto de sed. La respuesta apasionada de Manon solo sirvió para exacerbar un sentimiento de por sí desbordado.

Fue ella la que cortó el beso. Permanecieron aferrados el uno al otro, las frentes unidas, las respiraciones acezantes, las manos tensas, los corazones batientes.

—¿Cómo estás? —quiso saber—. Está tan frío aquí.

—Acerquémonos al brasero —invitó Alexander, y la condujo cerca del único ventanuco enrejado, donde habían colocado un brasero, un lujo en ese sitio.

Manon acercó las manos enguantadas al calor de las brasas. Volvió a preguntar:

—¿Cómo estás?

—Ahora bien. ¿Por qué me has desobedecido? —le reprochó—. ¿Acaso Nico no te entregó mi mensaje donde te decía que no quería que te aventuraras en este infierno?

—Lo hizo, pero yo le dije que estaba dispuesta a descender al infierno por ti. No sabés cómo desearía quedarme aquí contigo, compartiendo tu suerte.

—No sabes lo que dices.

—Sé muy bien lo que digo. Aquella tarde, en el hospicio de Timmy, te dije que sería capaz de soportar cualquier cosa por ti, ¿lo recuerdas? —Alexander asintió, muy afectado, pues acababa de evocar la escena minutos antes—. No eran solo palabras bonitas. Lo que te dije aquel día lo repito ahora, en estas difíciles circunstancias: estoy dispuesta a padecer lo que sea por ti.

Siempre le resultaba bonita y atractiva, pero ¡qué magnífica le pareció en ese instante! Tan valiente, tan resuelta, tan fiel y constante. La alegría que había significado su llegada se esfumó. Se apartó de ella y le dio la espalda.

—¿Qué ocurre? —se preocupó Manon y lo abrazó desde atrás.

—La situación está complicándose cada día más —dijo él, y reprimió las ansias por cubrirle las manos—. No es justo que te arrastre conmigo a esta suerte maldita. Creo que lo mejor sería que…

—¡No te atrevas a decirlo! —Manon se plantó frente a él—. ¡No te atrevas a apartarme de tu lado por ninguna razón excepto porque no me deseas como tu esposa!

—Manon, trata de razonar. —Intentó aferrarla por los hombros, pero ella se lo impidió dando un paso atrás—. Tú misma intentaste dejarme cuando me atacó aquel hombre en la casa de Samantha. Lo hacías por mí. —Impotente, Manon supo que se le habían ruborizado las mejillas. Lo miró en silencio, con una mueca entre ofendida y avergonzada—. ¿Qué destino te espera a mi lado? —insistió Alexander tras esos segundos de mutismo.

—El único destino que deseo, el que he deseado desde que tenía catorce años: ser tu mujer y tu compañera. Te amo, Alexander. ¿Eso no significa nada para ti? —lo increpó, y, aunque se había instado a conservar la calma y a mostrarse entera, se le quebró la voz en la última palabra.

Alexander chasqueó la lengua en un gesto de rendición y la atrapó entre sus brazos. Manon luchó por soltarse, pero le resultó imposible; él era infinitamente más fuerte. La apretó contra su pecho y le susurró palabras de conforto.

—Tu amor lo significa todo para mí. *Todo* —subrayó—. Es lo que me ha mantenido entero durante estos días de tribulación. Tú eres la única certeza en medio de tantas dudas.

Se quedó quieta, con los brazos caídos a los costados del cuerpo. Alexander le besó varias veces la cabeza mientras le pedía perdón por haberla lastimado. Claudicó finalmente y lo abrazó, todavía dolida porque él había intentado romper el compromiso. Alexander la condujo hasta el camastro y la obligó a sentarse en el borde, junto a él. Se miraron. Él le retiró una lágrima con el pulgar y la besó de nuevo. Otra vez Manon cortó el contacto.

—Sé que detrás de todo esto está Porter-White —declaró—. Glenn mantiene una deuda muy abultada con la Casa Neville. Estoy segura de que mi cuñado la usa para extorsionarlo. Debo encontrar los documentos de esa deuda para ser yo quien extorsione a Glenn —dijo deprisa, nerviosa—. Porter-White los tiene escondidos, pero sé dónde. Una vez que los obtenga, amenazaré a Glenn con lo mismo que de seguro lo ha amenazado Porter-White, con la prisión de deudores, solo que en mi caso le exigiré que retire la mentira que ha dicho acerca de ti.

Alexander la sujetó por el filo de las mandíbulas con una exasperación que evidenciaban su miedo y su pesimismo. Le habló cerca del rostro.

—Por amor de Dios, te lo suplico, no te expongas con Porter-White. Deja que Arthur y los demás se ocupen de esto. Tú solo presérvate para mí. —Manon, que lo notó muy alterado, asintió—. ¡Prométemelo! —exigió, y ella dijo que sí, aunque sin intención de cumplir la promesa.

Se quedaron en silencio, mirándose a los ojos. Manon lo encontraba más atractivo que nunca con la espesa barba negra. Le acarició la mandíbula y le dio un pequeño beso.

—No sabes cuánto te he echado de menos —susurró sobre los labios de él—. No vivo desde que te han tendido esta trampa. —Se cubrió la frente con la mano en un gesto abatido—. Maldito Porter-White —masculló.

Alexander la sujetó por el mentón y la obligó a mirarlo.

—Manon, durante estos días no he podido dejar de repasar la velada en Drury Lane. Al final, cuando estábamos por abandonar el teatro, regresaste al palco porque habías perdido mi pañuelo. Al bajar de nuevo, tu rostro se había transfigurado. Parecía que habías visto un fantasma. ¿Qué sucedió? —Manon se quedó muda, los ojos muy abiertos fijos en los de Alexander—. Dímelo —la presionó.

—No puedo —afirmó con voz insegura—. Hicimos una promesa.

—¿*Hicimos* una promesa? —se desconcertó Alexander—. ¿Quiénes?

—Tus hermanos y yo. Nico y Artie —puntualizó.

—Dímelo —insistió—. No quiero secretos entre tú y yo.

—Es por tu bien.

—¡Dímelo! —exigió, y le aferró los delgados hombros.

Manon bajó la vista, rendida. Se decidió a hablar. Lo hizo en susurros; así se lo había recomendado Jonathan Wild al prevenirla de que las piedras de Newgate tenían ojos y oídos.

—Cuando regresé al palco, me incliné para recoger tu pañuelo y encontré otra cosa, junto a la butaca que habías ocupado, medio escondida entre los cortinados.

—¿Qué? —inquirió Blackraven, contagiado de su secretismo.

—Un cuchillo ensangrentado.

Alexander relajó la expresión súbitamente y se irguió un poco. Aflojó la sujeción, y sus manos se deslizaron por los brazos de Manon.

—¿De veras? ¿Había un cuchillo con sangre?

Manon, al verlo confundido, lo sujetó por el rostro y le habló con determinación, aunque siempre en voz baja.

—No debes preocuparte por nada. Nico y Artie se ocuparon de hacerlo desaparecer. Solo nosotros lo sabemos. No podrá perjudicarte. *Jamás.*

—¿Pese a haberlo encontrado todavía crees en mi inocencia?

—¡Oh, Alexander! ¿Cómo puedes preguntarme eso?

—¡Dímelo! ¿Crees en mi inocencia?

—Creo en tu inocencia —afirmó—. Creo en tu inocencia, amor mío —reiteró.

Alexander la sujetó por la cintura y le devoró los labios. Ahora la besaba, no con la avidez de un muerto de sed, sino con una pasión pura y simple, deseando recostarla sobre ese mísero camastro y enterrarse en ella.

Los interrumpió un golpe en la puerta.

—Milord —se oyó la voz de Wild—. Solo un minuto más, milord.

—Entendido —respondió Alexander con la voz agitada.

Se puso de pie y ayudó a Manon a levantarse. Se abrazaron. Había llegado el momento que Manon había temido desde que había comenzado a imaginarse cómo habría sido el encuentro con Alexander. Ajustó el abrazo y escondió el rostro en su cuello para sentir la caricia de su barba.

—No quiero irme —le confesó—. ¡Qué feliz sería si pudiese quedarme aquí contigo! Sé que en la prisión de Fleet a las familias se les concede vivir con los deudores, si así lo desean. ¿Sabes si aquí es lo mismo?

Alexander rio con ternura y le besó la coronilla.

—Jamás consentiría que te quedases en este sitio. Jamás te arrastraría a esta suerte perra.

Manon se apartó, lo miró con seriedad. Le habló al oído.

—Prométeme que si decides escapar, me llevarás contigo. Donde sea que vayas, prométeme que me llevarás contigo —recalcó.

Volvió a tomar distancia para estudiar la expresión de Alexander. Él la contemplaba con ojos celados, difíciles de descifrar. Su pedido, sin embargo, lo había afectado. Lo percibía en el modo cruel e inconsciente con que le hundía los dedos en el corsé.

—No me iré de aquí sin esta promesa —advirtió Manon.

Alexander asintió con un movimiento brusco y breve de cabeza, un acto compasivo, pues ya había decidido que no la arrastraría a la vida de prófugo.

«Un día, cuando todo esto se haya resuelto, volveré por ti», le prometió con el pensamiento, mirándola con una fijeza reverencial, «porque acabo de comprender una cosa: la vida ha vuelto a tener un sentido gracias a ti, mi Formidable Señorita Manon».

FIN DE LA PRIMERA PARTE